Der Drache und das Einhorn

A. A. Attanasio

Der Drache und das Einhorn

Roman

Aus dem Amerikanischen übersetzt
von Michael Morgental

Weitbrecht

Für meinen Bruder Ron – einen wahren Magier.

Ein Pfad ist's, den der Geier nicht gewahrt,
und den des Habichts Auge nicht erspäht.

Buch Hiob 28,7

Die Deutsche Bibliothek – CIP-Einheitsaufnahme

Attanasio, A. A.:
Der Drache und das Einhorn:
Roman/A. A. Attanasio. – Stuttgart; Wien: Weitbrecht, 1995
ISBN 3-522-71810-0

Titel der Originalausgabe: The Dragon and the Unicorn

Übersetzt aus dem Amerikanischen von Michael Morgental

Die Illustration des Schutzumschlags besorgte Tilman Michalski, München.
Typografie des Umschlags Michael Kimmerle, Stuttgart.
Reproduktion des Umschlags von Repro Brüllmann, Stuttgart.
Satz von KCS GmbH, Buchholz/Hamburg.
Druck und Bindung: Friedrich Pustet, Regensburg.

5 4 3 2 1

»Knowest thou aught of Arthur's birth?«
»Weißt du etwas von Arthurs Geburt?«

The Idylls of the King
Alfred, Lord Tennyson

Vorspiel
DIE STERBLICHEN GÖTTER

Befreie ihn vom Abstieg in die Grube!
Das Lösegeld für ihn hab' ich gefunden.

Buch Hiob 33,24

Tal der Silurer, Südwales, 458 A. D.

Nebel umfing die Bäume in dem dunklen Tal – massive, urzeitliche Bäume mit starken, ineinander verflochtenen Zweigen, durch die das Mondlicht fiel. Eine kleine Gruppe von Reitern bewegte sich eilig in dem unbestimmten Licht und klammerte sich an die schmalen Nacken ihrer Ponys. Laub, das von tausend Sommern am Boden übriggeblieben war, dämpfte ihre geschmeidigen Huftritte, und sie flogen durch die breiten Schneisen zwischen den Bäumen wie flüchtige, wässerige Schatten.

An ihrer Spitze zog Ygrane, die dreizehnjährige Königin der Kelten, mit weißen Schleiern, die hinter ihr herwehten – ein Gespenst, das durch den Mondschein flog. Ihre Begleiter folgten wachsam, mit bloßem Oberkörper, die Schwerter über die Schulter geschnallt. Der Reitwind fegte ihr langes Haar und die kräftigen Schnurrbärte zurück. Sie trugen ledernes Schuhwerk, Hosen aus Wildleder und die goldenen Halsringe, die sie als die Fianna, die Wache der Königin, auszeichneten.

Ihr Ziel befand sich in der Nähe: ein kleiner Bergsee, wo Drachenhitze durchsickerte und bei Vollmond ein Zweig des Großen Weltenbaumes die Erde berührte. Die Königin beabsichtigte, diesen Sturmbaum der Götter zu besteigen.

Weniger als eine Meile hinter ihnen folgte in schneller Jagd der gefürchtete keltische Krieger Kyner mit einem Trupp seiner wildesten Kameraden, in der Absicht, die Königin aufzuhalten. Die Druiden hatten sie geschickt. Die Druiden, die über den tiefen Blick verfügten, wußten, daß sie ihr Vorhaben würde vollbringen können – zu tun, was noch keiner seit Menschengedenken getan hatte: den Großen Baum zu besteigen.

Aber die Druiden mit dem tiefen Blick konnten nicht in den Baum sehen, und was sie nicht sehen konnten, konnten sie nicht steuern. Die Druiden – sowohl die Seher wie auch diejenigen, die die politischen Geschicke lenkten – waren nicht bereit, die Herrschaft über ihre Königin und deren fanatische Anhänger abzugeben. Seit Jahrhunderten hatte die Macht den Druiden gehört, und sie waren nicht gewillt, sie an eine unberechenbare Kind-Zauberin zu verlieren.

Deshalb hatten sie ihr verboten, den Baum zu besteigen – und sie hatten für sie einen Gatten gefunden, um sie sorgfältig an die Erde gebunden zu halten, einen Römer oder zumindest jemanden, der hier im fernsten Außenposten des zusammengebrochenen Reiches für einen Römer gehalten wurde. Sie sollte nicht dem Blick der Druiden entzogen in die Götterwelt steigen. In diesem Punkt waren die patriarchalisch gesinnten Druiden fest entschlossen. Und falls ihr Trotz anhalten sollte, dann würde Kyners Klinge die Frage ihrer Autorität beantworten.

Aber der Tod konnte diese Königin nicht schrecken. Sie verfügte selbst über den tiefen Blick – und über noch mehr. Sie kannte die Geheimnisse der Talisman-Magie. Sie erinnerte sich daran aus ihrem früheren Leben. Wenn ihr Sturmangriff auf den Himmel diesmal scheitern sollte – falls Kyners Schwert ihren Lebensknoten durchschnitt –, so würde sie wiederkehren. Und würde es wieder versuchen.

Die Königin war entschlossen, so oft wiederzukehren, wie sie mußte, denn sie kannte diese Wahrheit: Das Schicksal von Völkern, von Nationen und Reichen wurde nicht auf menschlichen Schlachtfeldern geschmiedet, sondern in der Anderwelt von Göttern, lebenden Göttern, die verwundet werden konnten – und geheilt. Um ihr Volk zu retten, würde sie ihre uralte Magie gegen diese sterblichen Götter aufbieten.

In einer düsteren Lichtung, die vom weichen, fließenden Licht des Vollmonds erfüllt war, hielt die Mannschaft der Königin an, während Ygrane nach der Richtung spürte. Die Talismane, die sie und ihre Fianna während der letzten drei Meilen Waldes an Zweigen aufgehängt hatten, schimmerten wie Windglocken in ihrem Bewußtsein. Sie blockierten die Sicht und schützten sie vor der Überwachung durch die Druiden. Außerdem schreckten sie Verfolger ab, denn ihre Bedeutung war unbestreitbar: Knochenbündel, zusammengebunden mit Stacheln messerscharfen Drahtes, so geschnitzt, daß sie Ketten kleiner, genau geformter menschlicher Schädel glichen.

Doch die junge Königin und ihre Mannschaft wußten, daß diese barbarischen Fetische Kyner nicht einschüchtern würden. Er und seine kampfgestählten Krieger waren christliche Kelten.

Die Nacht pulsierte mit Schweigen. Während die Fianna besorgt auf den stummen Donner von Kyners Herannahen lauschte, hob die Königin ihr sommersprossiges Gesicht, und ihre hübschen, jungmädchenhaften Züge beruhigten sich. Ihr Bewußtsein war nach innen gerichtet und suchte die Zeitwinde. Wie immer wehten sie durch sie in zarten, aneinanderdrängenden Strömen, kaum aufspürbare Fäden, die sich zu geisterhaften Büscheln und Geweben eines fröstelnden Gefühls verknoteten.

Die Richtung zu dem Bergsee war ihr klar, eine bleiche Brise strömte ihr durch die Lichtung gerade von vorn entgegen. Sie suchte nach anderen Richtungen, nach solchen, die nicht die Eiseskälte des Todes in sich hatten. Doch eine solche bot sich ihr nicht dar.

Die Königin spornte ihr Pony an, und die sattellosen Reiter durchquerten geschwind die silberne Lichtung. Unter dem schwarzen Gewölbe des Waldes fiel der Boden so scharf ab, daß die Reittiere zur Seite ausbrachen. Als es wieder eben war, befanden sie sich bis zur Hüfte in Farngestrüpp und Nebel, der schwammige Grund bebte, als sie auf einen langen Teich stillen schwarzen Wassers zuritten. Der Bergsee.

Weiden und Zypressen säumten die Ufer und warfen zinkgrüne Spiegelbilder auf das geisterhafte Wasser, auf dem ein kleinerer Mond dahintrieb. Satte, warme Gerüche begrüßten die nächtlichen Reiter, Gerüche von verfaulenden Pflanzen, brütendem Schlamm und dem Dung der knochigen roten Rinder, die die Viehtreiber hier zum Tränken herbrachten.

Ygrane stieg ab und ließ ihr Pony zwischen die Weidenkronen davonziehen, wo es saftige Kräuter suchte. Auch ihre Fianna gab die Reittiere frei und schwärmte auf ihre Kampfpositionen aus, alle Sinne angespannt, um die Ankunft ihrer Feinde wahrzunehmen. Diese sieben Mann hatte Ygrane in den letzten Jahren selbst ausgewählt. Dabei hatte sie den tiefen Blick benutzt, um diejenigen herauszufinden, die am besten für sie sterben könnten. Sie hatte sichergestellt, daß sie in den Sippen keine Witwen hinterlassen würden, daß keine Familie ihren einzigen Sohn verlieren würde.

Jeder war vom Kampf gezeichnet, und jede ihrer Klingen war mit dem Blut von Eindringlingen gesalbt. Keine hatte keltisches Blut vergossen – bis jetzt.

Die Königin kletterte auf einen breiten Felssims, der über dem ebenholzschwarzen Teich hervorragte. Unter ihrem durchsichtigen Gewand umspielte ein rätselhaftes Licht ihren jugendlichen Leib. Als sie sich umwandte, um die vorstehenden Felsen und ihre dunklen Zypressenspindeln abzusuchen, entluden sich elektrische Funken in der dünnen Luft.

Auf der anderen Seite des Bergsees, einen Steinwurf entfernt, ragte eine senkrechte Klippe über den Wald empor. Mondschatten, von den zerfetzten Wolken geworfen, huschten über ihre gekritzte Felsfläche, und die Luft fühlte sich an wie aufgeladen von der Anwesenheit unsichtbarer Geister.

Wissend, daß dieser See den wilden Silurern heilig gewesen war, dem Kriegerstamm, den die Römer hier vor vier Jahrhunderten vernichtend geschlagen hatten, hielt Ygrane Ausschau nach deren Schatten. Fledermäuse wirbelten in der klaren Luft über den Krähenhorsten auf den Klippen umher, Eulen riefen einander zu mit Schreien wie aus einem matten Traum.

In dieser Nacht waren keine Schattenseelen da. Wenn welche gekommen wären, so hätte die königliche Zauberin einen Talisman zur Hand gehabt, der aus einer Scherbe silurischer Töpferei verfertigt war. Das mit Silbertropfen verzierte Ding würde in dieser Nacht nicht auf die Probe gestellt werden, und so warf sie es in den See. Wellenkräusel flohen über die Wasserfläche und trugen Lichtbögen in die Finsternis.

Als hätte sie damit einen Bann gebrochen, drang jetzt das Gedonner von Hufen durch die Nacht. Die rauhen Schreie von Kyners Spähern kamen näher. Sie hatten die Ponyspuren im Schlamm entdeckt und riefen dies der nachfolgenden Kriegerschar zu.

In der Stille wuchs das Gefühl unsichtbarer Anwesenheit, und die Königin gab ihrer Fianna ein Zeichen, sich enger um sie zu scharen. Sie stellte ihre Männer in einem offenen Haufen vor sich auf, unter dem Felssims, auf dem sie stand. Falon, ihr Hauptmann mit dem orangefarbenen Haar, warf ihr einen kritischen, prüfenden Blick zu. »Ältere Schwester«, flüsterte er, obwohl er leicht doppelt so alt war wie sie, »wir sind auf einem Haufen zu ungeschützt. Wir müssen uns verteilen. Laß uns los!«

Mit einem leichten Kopfschütteln gebot die Kindfrau ihm Schweigen. Ihre Augen ließen nicht ab von der Baumkette über ihnen, wo die kräftigen Silhouetten der christlichen Krieger auftauchten. Ihre großen, mächtigen Kriegsrosse schafften den Abstieg über die Wand der Schlucht nicht so leicht. Die Soldaten schwangen sich mit klirrenden Waffen aus den Sätteln. In ihren Tuniken und den Lederhelmen, die mit Wildschweinborsten und Pferdehaaren verziert waren, wirkten sie wie schäbige Schatten jener römischen Legionen, gegen die ihre Vorfahren fünfhundert Jahre lang gekämpft hatten.

Aus der Dunkelheit traten ihre keltischen Züge klar hervor; es waren große, bleiche Männer mit schweren Schnurrbärten und offenen Haaren, die über die langen Schultern ihrer abgenutzten Lederwämser fielen. Schwerter fuhren singend aus den Scheiden, während die Männer in dem farnbewachsenen Gehölz ausschwärmten und alle Fluchtwege abschnitten.

Die Fianna griff nach den Schwertern, die sie über dem Rücken trugen, doch die Königin gab den leisen Befehl: »Nein!«

»Ygrane!« Eine heisere Stimme drang von oben herab. Ein stämmiger, behelmter Mann sprang geschickt den schwierigen Hang herunter, trat in die mondbeschienene Lichtung und watete durch das neblige Farngestrüpp auf sie zu.

»Onkel Kyner«, begrüßte sie ihn respektvoll mit einer sanften Altstimme, die an einer Dreizehnjährigen überraschen mochte, und deutete mit einer königlichen Gebärde des Arms auf die Soldaten, die sich schon in Kampfstellung begeben hatten, die Schwerter bereit zum Stoß. »Sag deinen Männern, sie sollen ihre Schwerter in die Scheide stecken. Das beleidigt unser Haus, Onkel. Gehören wir nicht länger der gleichen Sippe an?«

»Es ist drei Jahre her, seit du unter meiner Obhut gelebt hast, Kind!« rief Kyner und trat brüsk aus dem Nebel heraus. Mondlicht schimmerte auf den Messingbuckeln seiner Rüstung aus rohem Leder und auf der nackten Schneide seines Krummsäbels *Kurzes Leben*. Vor drei Sommern, als sie noch ihre Mädchenjahre in Kyners Holzfestung zubrachte, hatte sie genau diese Waffe zweimal heimlich aus der Scheide gezogen – um Haselnüsse zu knacken.

»Es ist drei Jahre her, seit du mit Raglaw, diesem alten Weib, davongegangen bist«, fuhr Kyner fort und trat näher heran, in die Reichweite von Falon, der unbeweglich dastand. »Drei Jahre, seit wir zum letzten Mal eine Mahlzeit geteilt haben, und ich habe von dir nichts anderes gehört als nur von Zauberei. Und jetzt entdecke ich, daß du sogar die Druiden herausforderst. Ich sollte in dieser Nacht eigentlich in Hammerwurf sein, wo die Sachsen plündern, und nicht hinter einem ungezogenen Kind herrennen.«

Sein grob geschnittenes Gesicht, das bisher finster zu Ygrane auf ihrem Felssims hinaufgeblickt hatte, richtete sich mit einem Ruck auf die halbnackten Krieger vor ihm. Er starrte sie wütend an, als bemerkte er sie erst jetzt. Er musterte die grimmigen Kämpfer von Kopf bis Fuß, und seine Wangen strafften sich, als er die schmalen Goldbänder bemerkte, die sie um den Hals trugen. »Vertraut nicht auf falsche Wege, Männer. Keine Zauberei widersteht diesem Schwert, das Gottes einzigem Sohn dient.«

»Zwischen uns wird es keinen Kampf geben«, sagte die Kindfrau in ihrer leisen, unwiderstehlichen Stimme. »Ich bin die Königin meines ganzen Volkes – auch für die Anhänger des gekreuzigten Gottes. Meine Fianna wird kein keltisches Blut vergießen. Steckt eure Klingen in die Scheide.«

»Du kehrst also dann mit mir zurück?« Die harten Züge in Kyners ledernem Gesicht entspannten sich leicht. »Nach Venta Silurum?«

»Onkel ...« Sie warf die Lippen auf. Ihre kindlichen Augen verbargen ihren Ärger nicht. »Ich bin deine Königin. Du kannst mich nicht den Römern ausliefern.«

»Sie sind Britannier, Ygrane. Die Römer haben unsere Länder schon vor siebzig Jahren verlassen.« Er blinzelte drohend der Kindfrau zu, die ihm so vertraut und doch so fremd war. »Du bist meine Königin – und deshalb muß ich dich nach Venta Silurum bringen. Befiehl deinen Wachen, ihre Waffen abzulegen.«

Ygrane schüttelte den Kopf, und ein geisterhafter Schimmer blauen Feuers stieg von ihren bleichen Zöpfen auf.

Kyner trat einen Schritt zurück. »Jetzt keine Hexerei, Ygrane! *Kurzes Leben* hat einen mächtigen Durst auf Hexenblut.«

»Du wirst mich nicht erschlagen, Onkel.« Sie lächelte bei dem Gedanken, unerschütterlich, rein, beugte sich hinab und reichte ihm ihre junge Hand. »Komm jetzt hier herauf und blicke mit mir zusammen auf diesen Bergsee. Ich muß dir etwas zeigen.«

Kyner schwenkte seinen Säbel. Die Waffe bewegte sich wie eine Flamme. »Ich werde dich erschlagen, Ygrane, wenn ich muß. Um meinen Glauben zu verteidigen.«

»Ich habe keinen Streit mit deinem Glauben. Komm ...« Ihr unnachgiebiges Lächeln wurde auf einer Seite tiefer und erinnerte Kyner daran, daß er es gewesen war, der sie das Gebet des Herrn gelehrt und sie getröstet hatte, als sie über die Leiden von Gottes Sohn weinte. »Du mußt das sehen, Onkel.«

Der Haudegen gab ein Zeichen mit der Hand, und seine Krieger steckten ihre kurzen Schwerter weg, wichen jedoch nicht aus ihrer kampfbereiten Stellung. Erst als *Kurzes Leben* seufzend in seine Scheide zurückfuhr, entspannten sie sich. Einige kreuzten die Arme, andere hockten sich hin, alle beäugten die sieben Fianna-Krieger und taxierten, jeder auf seine Weise, das traditionelle Gewand der barbarischen Krieger.

Die Fianna-Krieger erwiderten die Blicke mit dem müden Gesichtsausdruck von Männern, die sich ihren Weg aus dem Jenseits zurückgekämpft hatten und nur mit einem Teil ihrer Seele zurückgekehrt waren. Kyner hatte diesen trägen Ausdruck schon einmal gesehen, bei Vampiren. In seinen zwanzig Jahren als Soldat Christi war er oft vom Bischof gerufen worden, um unheilige Wesen aufzuspüren. Phönizier und Römer hatten auf die Inseln abscheuliche Dinge gebracht, die in der britannischen Wildnis jahrhundertelang überlebten – gestaltwechselnde afrikanische Werteufel, orientalische Lamien mit ihrem Viperngift und die allzu menschlichen Vampire. Seit seinem neunzehnten Winter, als er der erste christliche Häuptling unter den Kelten geworden war, hatte seine gottgegebene Aufgabe, das Gute zu verteidigen, ihn zu einem Menschen gemacht, der mit dem Bösen vertraut war.

Obwohl sie *Torques* trugen – goldene Halsringe, die ihre

Seelen an den urzeitlichen Wirbel von Lebenskraft banden, den die Alten eine Göttin genannt hatten –, erschienen die Fianna-Krieger Kyner nicht als böse. Sie schienen normale Menschen zu sein, die in unnatürlichen Träumen gefangen waren. Für ihn sahen sie töricht aus in der Kriegskleidung der Urgroßväter. Soviel nacktes Heldentum, verschwendet an einen falschen Glauben, sagte ihnen sein mitleidiger Blick, als sie vor ihm zur Seite traten.

Trotz seiner Kampfrüstung sprang Kyner hurtig auf den Felssims. Nahe genug, um jetzt die Mädchenkönigin deutlich zu sehen, erkannte er die seltsame Schräge ihrer Augen, die ihn einst fast zu der Überzeugung gebracht hatte, sie hätte Elfenblut in sich. »Zeig mir, was du willst, Kind, dann machen wir uns auf den Weg nach Venta Silurum.«

Ygrane begrüßte ihren Onkel freudig, nahm seine mächtigen Hände in die ihren, und ein unheimliches Frösteln lief über seine Arme, gefolgt von Spuren winziger blauer Blitze. Auf der Stelle verließ ihn alle Furcht und alles Mißtrauen. Ein größeres Leben drang in sein Herz und seine Lungen, und er wuchs sichtbar; durch seinen herabhängenden Schnurrbart leuchtete ein Lächeln, das Stummelzähne bloßlegte.

»Raglaw hat mich viel gelehrt, seit du und ich zum letzten Mal eine Mahlzeit teilten, Onkel.«

Das Lächeln verschwand aus Kyners strengem Gesicht. »Dieses verrückte alte Weib! Die Druiden hatten unrecht, als sie dich ihr übergaben. Ich habe ihnen gesagt, es wäre besser, dich auf eine Schule in Gallien zu schicken und aus dir eine Christin zu machen.«

»Und was für eine Art von Christin würde ich abgeben, wirklich, Onkel – ich mit meinen Visionen und elfischen Freunden? Die Feenwelt würde nie mehr zu mir sprechen. Ich habe es dir schon gesagt, der gekreuzigte Gott erschreckt sie.«

Unwillkürlich mußte Kyner schallend lachen, als er sich erinnerte, wie das Kind Ygrane keck gelispelt hatte, als sie ihm zum ersten Mal während ihrer Waldspaziergänge ihre unsichtbaren Gefährten vorstellte. »Es sind also die Feen, denen ich die Schuld dafür geben soll, daß du eine Heidin geblieben bist?« Er faßte sie zärtlich unters Kinn, und ein Schauer von Wohlbehagen entlockte ihm ein weiteres Lachen.

»Behandle die Feen nicht so geringschätzig«, ermahnte ihn das Mädchen, ohne ihr frisches Lächeln zu verlieren. »Was hätten wir jetzt miteinander zu tun, wenn sie nicht wären?«

Er nickte zustimmend. Ygrane war in einem entlegenen Bergdorf geboren worden, und er hätte sie nie zu Gesicht bekommen, wenn sie nicht mit ihren unheimlichen Kräften begabt gewesen wäre. Die Druiden nannten es den Blick, so, als bedeutete das Fehlen dieser Verrücktheit Blindheit. Und Kyner erschienen sie verrückt, diese übersinnlichen Einblicke in fremdartige Welten. »Du bist eine Frau, eine Evastochter. Aus der Rippe geschnitzt, die aus Adam entfernt wurde. Du bist nur einfach weiter entfernt als andere Frauen.« Hinter seinem Schnurrbart schwebte ein frommes Lächeln. Er fühlte sich gut – stark, sicher, geborgen wie ein Seeigel in seinen Stacheln. »Vermutlich ist es Gottes Wille, daß du den tiefen Blick hast.«

»Das ist der Grund dafür, daß die Druiden sagen, ich sei eine Königin. Aber sie hätten gern, daß ich den tiefen Blick benutze, um die Ernte zu beschleunigen, Stürme zu vermeiden und Brunnen zu finden. Und damit hätte es sich. Sie wollen keine Königin, die herrscht.«

»Herrschaft ist für Männer bestimmt«, sagte Kyner undeutlich und schob die Daumen hinter seinen Schwertgurt. »Die Häuptlinge herrschen.«

»Und die Häuptlinge sind alles Druiden. Alles Männer. Während ich nur eine Frau aus einer Familie von Ziegenhirten bin, die immer nur Ziegenhirten waren, und nie war ein Schmied oder ein Druide in meiner Sippe. Jedoch bin ich Königin. Ich habe den tiefen Blick. Und ich sage dir, Onkel, ich bin Königin meines ganzen Volkes. Nach uraltem Recht bin ich auch deine Königin.«

Er pflichtete ihr mit einem beiläufigen Nicken bei. »Du

bist meine Königin – aber nur so lange, wie du unserem Volk dienst. Wie dienst du ihm, wenn du vor mir fliehst?«

»Du willst mich den Römern ausliefern.«

»Den Britanniern, Ygrane. Die Druiden haben für dich unter den Britanniern einen Gatten gefunden – einen Gatten, der einer Königin würdig ist. Er ist von höchstem Stand: *comes litoris Saxonici.*«

»Schon sein Titel ist römisch«, erwiderte sie voller Abscheu.

»Er ist der Befehlshaber der Sachsenküste – ein höherer Rang als ein *dux*! Was bedeutet schon die Sprache seines Titels?« Er beugte sich vor und vertraute ihr voller Stolz an: »Er ist ein mächtiger Mann, ein Adeliger aus einer alten Familie. Und sein Palast in Tintagel ist imposant. Ich bin selbst dort gewesen.«

»Onkel, ich habe kein Verlangen nach Palästen!« Ihr breites Gesicht schimmerte herausfordernd. »Um eines politischen Bündnisses willen verheiraten mich die Druiden an einen römischen Feldherrn.«

»Politisch ...« Er verzog säuerlich das Gesicht. »Du sprichst dieses Wort aus, als wäre es unrein. Die Sippen sind von Anfang an politisch gewesen, von den allerältesten Zeiten an, als wir unsere Könige unserer blutigen Göttin opferten. So hatten die Königinnen geherrscht. Aber du wirst nicht umgebracht werden. Die Häuptlinge haben dich aus einer Hütte in den Bergen geholt, dich erzogen und dich mit den feinsten Schätzen und Geschenken aller Sippen geehrt. Jetzt wollen wir, daß du in einem Palast lebst, als Gattin eines großen Mannes. Was fügen wir dir denn Grausames zu, daß du so vor uns davonläufst?«

»Ich wäre dankbar dafür, Onkel«, antwortete sie in einem rauchig-schelmischen Ton, »aber die Feen werden nicht mit mir nach Tintagel kommen. Die Feen werden nicht in einem römischen Palast wohnen, auch nicht unter Britanniern.«

Kyner erstarrte, seine militärische Disziplin behauptete sich gegen die Verzückung, die von der Königin ausging, und er fluchte: »Dann zum Teufel mit deinen Feen! Verstehst du denn nicht, Kind? Die Eindringlinge sind uns an Zahl überlegen. Wir brauchen dieses Bündnis mit den Britanniern, um unser Land zu retten, unser Volk.«

Sie blickte ihn nachdenklich an, suchte in seinem Gesicht, bis sie sicher war, daß ihr berückender Zauber nicht ganz gebrochen war. Dann sagte sie in einem Ton leicht wie Distelflaum: »Onkel, natürlich weiß ich das. Das ist doch der Grund, warum ich davongelaufen bin, denn ich glaube, daß es einen besseren Weg gibt.« Die Zeitwinde schwirrten in ihrer Brust, überschnitten sich gefährlich und verwickelten sich in ihrer Wahrnehmung von Kyners erzürntem Willen. Dies war der heikle Augenblick. Der Augenblick, der ihren eigenen wahren Willen gegen die Macht dieses Kriegers auf die Probe stellte. Unmerklich veränderte sie ihre Atmung und konzentrierte sich auf das glückselige Leben, das aus jener, die aller Mutter war, in ihr strömte und jetzt in Kyner hineinfloß. Als sie sah, wie seine aufgeblähten Nasenflügel sich entspannten, sagte sie: »Ich habe von dem alten Weib Raglaw sehr viel gelernt. Mehr, als ich dir sagen kann. Aber denke daran: Das Schlachtfeld überschattet eine höhere Welt ...«

»Die geistige Welt der Engel«, gab Kyner zu und spürte, wie sein Ärger nachließ, da er wußte, daß das Mädchen tiefer an ihrem beruhigenden Zauber arbeitete und überhaupt nicht auf seine Worte achtete. Sie ist noch ein Kind, dachte er, erwärmt von der sanften Freundlichkeit, die er in ihrer Nähe spürte, jedoch gewiß, daß er sich auf der Stelle aus ihrer Verzauberung losreißen könnte, wenn es nötig wäre.

»Die Welt der Engel«, wiederholte sie leise und mit einer Haltung, die von irgendwo jenseits ihrer bäuerisch-mädchenhaften Erscheinung zu kommen schien. »Sie ist wirklich, Onkel. Ich bin dort gewesen. Und ich werde wieder dorthin gehen – heute nacht. Ich möchte, daß du das siehst.«

Die buschigen Augenbrauen des Haudegens zuckten verdutzt. Aber er antwortete nicht und beobachtete unverwandt, wie Ygranes Augen aufleuchteten und blinzelten. Aus den hellen Falten ihres Gewandes holte sie wie aus ihrem Leib einen großen, weißen Opal, ein gläsernes Ei, das im Mondlicht ölig schimmerte. Im Inneren des Kleinods wirbelten irisierend-milchige Dämpfe.

Als Kyner in diese organische Dichte starrte, spürte er die Zeitwinde, jene verflochtenen Ströme, die das Schicksal knüpften. Er erlebte sie als ein Aufwallen panischen Staunens, einer erschrockenen Liebe, wie er sie zuvor schon viele Male im Gewühl einer Schlacht empfunden hatte, eine ruhige Wut, eine Heftigkeit so vollkommen wie die Luft. Er griff nach dem leuchtenden Ding, und seine groben Finger gingen mitten hindurch.

»He! Was ist das?« rief er überrascht. »Was für ein Trugbild hast du erzeugt, du Hexe?«

»Nein, Onkel, das ist ganz wirklich«, antwortete Ygrane ernsthaft und balancierte das Ei aus glattem Licht auf den Fingerspitzen ihrer aufwärts gerichteten Hand, damit er es besser betrachten konnte. »Du kannst es nicht berühren, weil es aus Licht besteht. Genau aus diesem Mondlicht. Aber seine Macht könnte Berge versetzen.«

»Was ist das?«

Das Gesicht des Kindes, das in dem heller werdenden Glühen bleich schimmerte, wirkte erstaunt wie das Gesicht eines Fötus. »Das ist das Auge des *Wüters*.«

»Das verstehe ich nicht.« Mit einem Anflug von Furcht blickte der Krieger näher hin und sah in dem opaleszierenden Nebel ein pilzartiges Gekräusel, durchzogen von haarfeinen Blitzen. »Der Wüter – der Gott der Seewanderer?«

»Ja! Das ist das Auge, das ihm genommen wurde.« Sie lachte voll frischer Überraschung und hielt das leuchtende, schwerelose Ding über ihrer beider Köpfe. »Schau es an, Onkel. Selbst so jemand wie du hat in der Gegenwart dieses Glanzes den tiefen Blick.«

Schäumende Seen brandeten in dem Auge, und kleine, flache Boote schossen aus den stürmischen Brechern. Besetzt mit Speeren und behelmten Männern, kamen die Boote zischend auf dem glasigen Sand zum Stehen und spien ihre todbringenden Besatzungen aus.

»Was siehst du?« flüsterte das Mädchen und starrte ihn aufmerksam an, neugierig ob des zunehmenden Schreckens in seinem mürrischen Gesicht.

Kyner riß seinen Blick von dieser Vision los. »Woher hast du das bekommen?«

»Nicht ich, Onkel«, lächelte Ygrane schwach. »Raglaw. Sie hat es einem Troll gestohlen.«

»Einem Troll?« Er zuckte überrascht zusammen. »Bist du verrückt, Kind?« Er richtete einen kalten Blick auf sie. Alle Reste von Verzückung lösten sich in der bitteren Angst auf, die ihn plötzlich durchdrang. »Trolle sind junge Riesen, um Gottes willen! Er wird uns alle in Stücke reißen!«

»Nur, wenn er uns findet.« Ygrane versetzte das Auge des Wüters in eine sanfte Drehbewegung, und es schwebte tanzend in der dunklen Luft.

Kyner blickte sich nervös um und sah, wie seine Männer im blauen Mondlicht niedergekauert hockten und in stiller Scheu auf das verfluchte Zauberding vor ihren Augen starrten. »Wie kann es sein, daß er uns nicht findet? Trolle haben doch den tiefen Blick, oder?«

»Ja, den haben sie, Onkel. Aber ich habe Mittel gelernt, um ihren Blick zu blenden.« Mit einer Drehung ihres Handgelenks ließ sie das Ei noch höher taumeln und beobachtete ihn, während das Auge über ihnen in der windstillen Nacht schwebte. »Der Troll wird uns nicht gleich finden. Es ist noch Zeit – Zeit zu entkommen.« Sie deutete auf das Auge, das sein unheimliches Licht noch höher trug.

»Was sagst du da?« Unwillkürlich fuhr seine Hand an den Schwertgriff. Die Zeitwinde strafften sich. Die Knoten des Schicksals glitten auf ihre Plätze. Kyner empfand dies als zunehmende Gewißheit, daß sich bald etwas Tödliches ereignen würde.

In der neuen Dunkelheit unter dem schwindenden Stern

des Götterauges wurde Ygranes Stimme so leise, daß er sie über dem dumpfen Pochen seines eigenen Herzens kaum hören konnte. »Steige mit mir in den Himmel hinauf, Onkel. Diese Nacht ist für die Götter eine heilige Zeit. Die Nacht der Ahnen – eine Nacht, die jeder Gott ehrt, die einzige Nacht, wo wir es wagen können, den Himmel zu betreten, ohne ihren Zorn fürchten zu müssen. Komm mit mir!«

Kyner wandte ihr seinen Blick zu und versuchte zu verstehen, was in diesem Augenblick vor sich ging. In einem aufblitzenden Bild, das ihn an die Vision einer Schlacht erinnerte, nahm er seine Umgebung genau und klar wahr. Er registrierte in den Schatten unter den Bäumen die Stellung eines jeden Soldaten und Fianna-Kriegers.

Direkt über ihnen sammelte sich himmlische Wolle, eine brennende Wolke, durchglüht von dem Götterauge, das sie verschlungen hatte.

Die Hexenkönigin – für Kyner war sie jetzt nichts anderes – stand vor ihm schlaff wie eine Trauernde, mit gebeugtem Kopf, das Gesicht von ihrem langen Haar verschleiert.

»Hör auf dich selbst, Kind«, befahl Kyner drohend. Seine Männer schlichen unruhig durch den Farn und gafften zu der leuchtenden Wolke hinauf, die von jähen waagrechten Strahlen von Sternenstaub durchschnitten wurde.

Die Fianna-Krieger beachteten den unheimlichen Feuersturm nicht, ihrer aller Augen waren auf ihre Königin gerichtet.

»Du redest zu einem Christen!« schrie Kyner sie an und brüllte, um den kalten Instinkt zu überwinden, der danach verlangte, sie zu erschlagen und den bevorstehenden Augenblick abzuwenden. »Jesus hat schon für die Fesseln meiner Seele mit seinem heiligen Blut gezahlt. Der Himmel wartet auf mich, und ich fürchte keine Gottheit außer dem einzigen Gott! Komm jetzt weg von hier!«

Ygrane spähte durch den Vorhang ihres Haares und beobachtete, wie Kyner seine Hand, Finger um Finger, von seinem Schwertgriff löste. Er dachte wohl, daß er ihr Gnade widerfahren ließ, weil sie in seinem Haus gewohnt hatte und er ein guter Christ war. Aber sie wußte es besser. Sie spürte die Zeitfäden, die platinfarbenen Gewebe des Schicksals, die aufklangen, als er an ihnen zerrte, um sie, die Königin, zu töten.

»Wenn wir von hier weggehen«, warnte sie ihn, »dann wird der Troll uns finden – und zwar schnell.«

»Laß das Auge hier für den Troll zurück.« Er packte ihr Handgelenk mit seiner schwieligen Faust. Ihr Fleisch fühlte sich kühl an wie Wachs. »Wir verschwinden jetzt von diesem verfluchten Ort ...«

Ein Gebrüll ertönte draußen in der Finsternis, und eines der Pferde stieß einen schrecklichen Schrei aus. Blutiger Schaum sprühte vom Himmel, ließ die schwarze Fläche des Bergsees in Wellenringen erkräuseln und sprenkelte mit winzigen heißen Pünktchen die Schultern der Fianna und die nach oben gewandten Gesichter der Soldaten.

Die Männer schrien wie mit einer Stimme auf und hatten plötzlich ihre Schwerter in Händen. Ponys brachen mit wildwehenden Mähnen und aufblitzenden Zähnen durch die Weiden, und vom Rand der Schlucht kamen die großen Schlachtrosse der Soldaten die Böschung herabgestampft und rollten vor Angst mit den Augen.

Entsetzt beobachtete Ygrane, wie der Schenkel eines Pferdes vor dem runzeligen Gesicht des Mondes vorüberflog. Die Zeitwinde beruhigten sich, und die schicksalsschweren silbernen Knoten ihrer Magie wurden zu Quecksilber und tropften mit dunklem Geschimmer ab. Jetzt, so erkannte sie, konnte alles geschehen.

Der abgerissene Pferdeschenkel schlug dumpf zwischen den Soldaten auf und ließ sie über den Rand des Bergsees hasten, hinein in den algengrünen Schlamm am Rand des Wassers.

Während Kyner vorwurfsvoll schwieg, murmelte Ygrane: »Er ist durch meinen Bann hindurchgekommen – schneller, als ich dachte ...«

Jetzt, da ihre Magie verflogen war, erschien die Hexenkönigin als ein erschrecktes Kind. Sie blickte auf die dunklen Flecken von Pferdeblut, die ihr weißes Gewand besudelt hatten, und eine fiebrige Angst packte sie.

Den Säbel *Kurzes Leben* in der Hand und von der Bezauberung durch die Königin befreit, wog Kyner einen Augenblick lang seine Loyalität gegenüber dieser Hexenkönigin gegen sein Gelübde ab, die Feinde der Kirche auszurotten. Doch ein Blick auf die Verwirrung und Angst in ihrem Gesicht nahm ihm die Entscheidung ab. Obwohl sie dieses Scheusal über sie alle herabgerufen hatte, wußte er doch jetzt mit Sicherheit, daß sie nicht böse war. Was sie getan hatte, war der Torheit eines Kindes entsprungen, nicht dem Gegenleben von Vampiren und Lamien. Er drehte *Kurzes Leben* nach außen.

Direkt unter dem Felssims, wo die Fianna bereitstand, um sich dem entgegenzuwerfen, was immer da über den bewaldeten Hügelkamm kommen mochte, rief Falon: »Ältere Schwester! Der Troll sieht das Auge! Er ist stehengeblieben!«

Ygrane blickte überrascht auf und erkannte, daß die Magie nicht von ihr gewichen war, wie sie in ihrer Panik gedacht hatte. Sie war über ihr, aus ihr herausgezogen durch den Feuersturm, der hoch über ihren Köpfen wogte. Die Verwirrung, die sie erlebt hatte, war nur das Tal einer gewaltigen Welle von Macht.

Als stünde er in einiger Entfernung von sich selbst, empfand Kyner sich auf seltsame Weise entfernt vom Pochen seines eigenen Herzens. Alle Fluchtwege waren abgeschnitten. Sie befanden sich auf dem sumpfigen Grund dieser Schlucht in einer Falle, mit dem Rücken zum Bergsee. Seine Männer winkten ihm, er solle von dem Felssims herunterkommen und sich in dem bebenden Schlamm verstecken. Aber er wußte, daß man sich vor einem Troll nicht verstecken konnte.

»Warum ist er stehengeblieben?« fragte er und wandte seinen Blick nicht von der Baumgrenze über ihnen.

»Das Auge ist an einem Ast des Großen Baumes hängengeblieben – so wie Raglaw es vorhergesagt hat.« Ygrane beobachtete mit großen, schimmernden Augen den feurigen Aufruhr über ihnen. Aus dieser Entfernung erschien er wie ein feindseliger Stern. »Es hat meine Magie mit sich gezogen, und auch die des Trolls.«

Eine neue Hoffnung erwachte in ihr, und sie rief ihre Fianna zu sich auf den Felssims und stellte sie in einem Kreis um sich auf. »Du auch, Onkel«, wies sie ihn an und stellte ihn in den Ring.

Kyners Augen quollen bestürzt hervor, als er so mit einem Befehl auf seinen Platz geschoben wurde. »Was hast du vor, Kind?«

»Hebt eure Schwerter!« befahl die Königin. »Richtet sie auf das Auge.«

Kyner setzte zum Widerspruch an, aber die Fianna-Krieger hatten schon ihre Schwerter ausgestreckt, und das blaue Feuer des Himmels lief über ihre Klingen. Er fügte sich, und aus der Schneide seines Säbels sproß plötzlich ein Pelz hervor, wie gebündelte Barthaare aus strahlendem Beryll.

Über ihnen wirbelten die Spitzen des feindseligen Sterns wie Schwertklingen. Das Auge des Wüters kam langsam herab und brachte eine glühende Wolke mit sich, die greller leuchtete als der Mond. Kyners Männer schrien erschrocken auf. Am heller werdenden Himmel zeichneten sich die Umrisse riesiger Tentakel ab, die über den Rand der Schlucht peitschten.

Der Troll kam näher. Sein Brüllen hallte so laut, daß der durchweichte Boden unter ihren Füßen bebte, als empfände das Land selbst den Schmerz. Oben am Hang peitschten Weidenäste, dann sanken die Bäume nieder.

Die Hexenkönigin hob ihre Arme und erwartete die Sturzflut von Macht, die von den glühenden Höhen auf sie herabstürzte. Ein Wind, der von unten kam, aus dem Felsblock, füllte ihr Gewand und hob ihre Haarflechten. Jede Stelle ihres Leibes sprühte Funken. Aus ihren Fingerspitzen und ihrer Nase floß eine stachlige Aura azurblauen Feuers, das sich über die Rundungen ihrer Ohren ergoß und von den Enden ihrer hochgewehten Haare in einem welligen Schwarm leuchtender blauer Streifen versprühte.

Das donnernde Klagegebrüll des Trolls wurde stärker, sein riesiger Kopf kam in Sicht und verdunkelte die Sterne. Beleuchtet vom Mondlicht und vom grell-heißen Widerschein des Feuersturms, wurden auf dem geschwollenen Kopf Haufen winziger blinder Augen sichtbar, die wie Warzen die Kerbe eines Mundloches umgaben. Und aus einem klaffenden Rachen voller flimmernder Tentakel strömte Kot, der aus dem Pferd hervorspritzte, das der Troll soeben geifernd verschlungen hatte.

Seine Tintenfischarme bäumten sich in den Himmel und griffen nach den für ihn unerreichbaren brodelnden Gewitterwolken. Männer schrien. Gierig und wütend warf sich der Troll mit aller Macht nach vorn und stürzte in die Schlucht hinab, daß die Erde erbebte.

Sein Aufprall ließ Felsbrocken davonrollen und peitschte das schwarze Wasser des Bergsees bis hinauf auf den Felssims. Kyner und die Fianna stürzten zu Boden, ihre Schwerter wirbelten über den Stein wie feurige Windräder. Nur Ygrane blieb stehen. Ein Tentakel ringelte sich um ihre Beine und ihren Rumpf, preßte ihr den Atem aus dem Leib und hob sie von den Füßen.

Jetzt hing sie in dem von oben einfallenden Licht so nahe vor dem schuppigen Gesicht des Trolls, daß sie in seinen kalten Gestank eintauchte, in eine Kälte, die über die gefrorenen Ausdünstungen toter Dinge hinausging. Atemlos baumelte sie über einem schnappenden Maul und sah eine Spirale aus Myriaden von Zungen, die das gekaute Pferdefleisch und Knochenmark hinunterschlangen.

Sie streckte ihren Kopf und ihre ausgebreiteten Arme zum leeren Himmel empor. Die brennende Wolke war verschwunden, und der Vollmond trug einige eisig leuchtende Sterne in seinem silbernen Hof.

Kyner und die Fianna rappelten sich auf, die Waffen in der Hand. »In den Kreis!« rief Falon. Von dem gestürzten Troll wehte eine trostlose Kälte wie ein Wind, und die Krieger bemühten sich, ihre Plätze wiederzufinden. Sobald sie sie wieder eingenommen hatten, wirbelten im selben Augenblick elektrische Flammen von den Spitzen ihrer erhobenen Schwerter.

Von diesen Antennen gebündelt, kehrte die Magie zurück und stürzte sich in einer schmalen Feuersäule, hell wie das Tageslicht, in den Bergsee. Ygrane fiel weich auf den Boden und landete auf ihren Füßen. Das Tentakel löste sich in braunen Dunst auf. Der Troll war weg. Er hatte seine Gestalt gewandelt, war kleiner geworden und verschwand zwischen den Bäumen. In dem plötzlichen Tageslicht war er zu einem schlammigen Klumpen zusammengeschrumpft, der übersät war mit Knötchen und Blasen.

In ihren ausgestreckten Händen hielt Ygrane das Ei, groß wie eine Melone, voll von milchigen Dämpfen. Auf ihr Kopfnicken hin senkten die Schwertkämpfer ihre funkelnden Klingen, und sie reckte sich wieder hoch und schleuderte das Auge dem Mond entgegen. Es flog einen Bogen, wie von einer Steinschleuder geworfen, malte einen elfenbeinfarbenen Regenbogen in die Luft und fiel außerhalb der Schlucht zu Boden. Die Felsen und Weiden am Rand der Schlucht erzitterten im Blitz seines Aufpralls. Ein dumpfer Donner ertönte.

»Kommt er z-zurück?« stammelte Kyner erschöpft und ließ sich auf ein Knie sinken, lehnte sich auf sein Schwert und rang nach Luft.

Ygrane zeigte der knienden Fianna ihre silbern schimmernden Handflächen und öffnete ihre Arme dem sommerhaften Donnergeruch, der von der Feuersäule über dem Wasser herüberwehte. Der Glanz kam näher, und die Schlucht leuchtete in allen Farben des Mittags. Jadegrün schimmerten die Weiden, der Bergsee spiegelte sein wahres Lohbraun, und an den Streifen der Felsenklippe wurde roter und grüner Mergel sichtbar.

Alle Furcht war verschwunden. Eine Freude aus tiefen vergangenen Leben ergriff von Ygrane Besitz. Das war es, wofür sie alles riskiert hatte, diese phosphoreszierende Strömung, die hinauf zum Wohnort der Götter floß. Voller Stolz sagte sie: »Onkel, der Troll wird nicht zurückkommen. Wir haben hier einen Zweig vom Himmelsbaum!«

Kyner blinzelte in das milde Licht und fand, daß keiner seiner Männer fehlte, alle knieten da. Einige beteten zu ihren aufgerichteten Schwertern, einige zur Königin. Sie allein stand aufrecht in ihrem wallenden Gewand, umweht von gelbbraunem Haar, Meeresfeuer in den Augen, eine unheimliche Erscheinung aus einer älteren Welt.

»Onkel, wache über meinen Leib«, befahl sie.

Der Haudegen nickte. Seine Eingeweide waren noch kalt von der lebendigen Strömung, die vor wenigen Augenblicken durch ihn und die Fianna hindurchgeflossen war. Er hatte nicht den Willen, ihr zu widerstehen. Seine Männer waren sicher. Sie hatten das wütende Ungetüm gesehen, und doch lebten sie noch. Alles, wonach er jetzt verlangte, war, mit ihnen nach Venta Silurum zurückzukehren, um diese Geschichte zu erzählen – mit oder ohne Hexenkönigin. Zum Teufel mit den Druiden!

Er schloß sich den Männern an, die mit ihren Schwertern einen Kreis um Ygrane bildeten, indem sie die Waffen Spitze an Spitze, Heft an Heft auf den Stein legten. Er legte seinen Säbel *Kurzes Leben* ebenfalls in den Kreis und setzte sich mit überkreuzten Beinen hin, so daß seine Knie zu beiden Seiten die Fianna berührten. »Wie lange wirst du weg sein, meine Herrin?«

»Ich werde bei Monduntergang zurückkommen. Länger wird der Zweig sich nicht zur Erde neigen. Bewacht bis dahin meinen Leib. Unterbrecht nicht den Kreis der Schwerter, oder meine Seele ist verloren.«

Ihre Stimme klang in ihren eigenen Ohren wie ohne Ursprung, von einem langsameren Ort stammend als der schnellen Strömung von Zeit, die aus der Feuersäule im See an ihr zog.

Verschwommen wurde ihr bewußt, daß Falon ihr zurief:

»Ältere Schwester, nimm mich mit!« Von oben sah sie, wie er über sein Schwert in den Kreis kroch und seine Arme um sie legte. Das Bild schwenkte weg, versank in der Stille eines Sommerzwielichts, eines weichen, zitringelben Leuchtens, und zwischen den Silhouetten von Bäumen, die in einem Dunst von Sonnenstäubchen verschwammen.

»Bewacht mich gut ...« Das Kinn sank ihr auf die Brust.

Das geisterhafte Glühen in dem See erlosch. Dunkelheit strömte herein.

Die Nordlichter an den Polen der Erde sind das Tor zum Himmel, jedoch für die Götter ist dieses stürmische Licht nur der Boden unter ihren Füßen. Sie leben in dem riesigen Baum elektromagnetischer Energie, der aus dem Eisenkern des Planeten entspringt und seine breiten Äste über die ganze Welt ausstreckt. Den Göttern, die selbst aus elektrischen Feldern bestehen, erscheint der ausgedehnte magnetische Baum als eine Landschaft aus vielen Ebenen.

In den leuchtenden Schichten dieses Baumes leben und kämpfen verschiedene Stämme von Göttern, so etwa die blonden Nomaden des *Beständigen Nordens* und die dunkelhäutigen Städtebauer des *Leuchtenden Südens.* Seit Jahrtausenden liegen sie miteinander im Krieg. Dabei geht es nicht nur um die ausgedehnten Territorien in den übereinanderwuchernden Zweigen des glänzenden Baumes, sondern auch um die dunklen Wurzellande, die die Oberfläche des Planeten bedecken.

Weit über diesen Wurzellanden, in den obersten Zweigen des Weltenbaumes, wo der Sonnenwind gegen die Magnetosphäre der Erde anbrandet, verändert sich das Terrain wie Dünen einer Wüste, ein unfruchtbares Ödland in den Augen der Götter, wo Trugbilder schimmern und auf einem gekrümmten, zitternden Horizont schwimmen. Direkt unter diesem öden Grenzland befindet sich das Paradies, in dem die Götter wohnen.

Vor dem Sonnenwind und den Ausbrüchen der Sterne

durch Äste des Großen Baumes geschützt, die sich über ihr wölben, leuchtet die mittlere Region in besonderer blaugrüner Schönheit für die elektrischen Wesen, die dort leben. Auf dieser Ebene spannt sich die Ionosphäre in majestätischen Hügeln und Terrassen über den Erdball. Für die leuchtenden Götter blühen diese ionisierten Ebenen mit Leben. Inmitten silberner Adern flußähnlicher Ströme blühen Regenbogenwälder. Und in diesen Wäldern und Strömen leben Tiere aus ionisiertem Gas: Greife, Manikoren, Basilisken, Vögel Roch, Feuerschlangen, Chimären und – gelegentlich – ein Sonnenhengst, der sich nach seinen ausgelassenen Reisen inmitten der Sonnenherde hier niederläßt.

Die Götter, ihr Land und dessen Kreaturen bestehen aus Plasma, aus elektrisch geladenem Gas, das zu dünn ist, als daß menschliche Augen es wahrnehmen könnten, doch sie existieren vollgültig in ihrer eigenen Welt. In Stämmen und kleineren Sippen innerhalb der Stämme durchwandern sie die riesigen Äste, die eine ganze Welt aus farbenfrohen Wäldern, hoch aufragenden Felsklippen und Ketten von Seen tragen. Aus diesen Seen fallen funkelnde Kaskaden elektrischen Stroms zwischen den Zweigen des Baumes hindurch und stürzen als Polarlichter hinab zur Erde.

Auf der Schulter eines solchen Katarakts saß ein Gott allein und beobachtete, wie sich die Wasserfälle in den Wind drehten. Der breitkrempige Hut des Gottes warf einen schrägen Schatten auf einen eckig geschnittenen Kopf, der schon umschattet war. Ein einziges mineralisch blaues Auge blickte aus einer tiefen Höhlung im Schädel. Die andere Augenhöhle barg nur Dunkelheit. Weiße Augenbrauen, nach oben gebogen und scharf wie die Haarbüschel eines Luchses, betonten eine massive Stirn, die gezeichnet war von Sonnennarben, Sorgenfurchen und Beulen im Schädel. Dieses Gesicht war vom Leiden geprägt. Grimmige Runzeln durchzogen sein verwittertes Fleisch, schnitten Falten in sein adlerscharfes Profil und verschwanden in den weißen Büscheln seines dichten Bartes.

In einen blauen Mantel gehüllt, den kräftigen Körper

zusammengekauert, saß er am Kamm der Wasserfälle und sah aus wie ein Eckstein des Himmels. Er war der Stammeshäuptling des Beständigen Nordens, und in seiner Sippe, den *Wanderern der Wilden Jagd*, war er als der Wüter bekannt. Diesen Namen hatte er im Exil seiner Jugend verdient, als sein Stamm gegen die Götter kämpfen mußte, die vor ihnen da waren. Die Fähigkeit des Wüters, sich nach Belieben in eine manische Trance des Tötens zu stürzen, hatte geholfen, die alten Götter zu vernichten, und ihm diesen Namen erworben.

Seit sie vor vielen Jahren ihren Platz im Großen Baum gewonnen hatten, waren die Wanderer frei durch ihre Welt geschweift. Auf einem der höheren Äste, von dem aus man die frostfleckigen Dünen der Ödländer überblickte, hatten sie sich ein terrassiertes Lager gebaut und es Heimstatt genannt. Aber diese Götter waren selten daheim. Ihr Vergnügen fanden sie am schönsten auf ihren Wanderungen durch die Wildnis, wenn sie ihrem Lieblingsspiel nachgingen, der Jagd.

Aber es war viel Zeit vergangen, seit der Wüter Freude an der Jagd gehabt hatte. Ihn beunruhigte der Krieg – Krieg mit den *Herren des Feuers* und ihren Dienern. Die Herren des Feuers, mächtige, göttergleiche Wesen aus der Tiefe des Kosmos, drohten, ihn und die anderen Götter aus ihrer Heimstatt zu vertreiben. Um des Überlebens willen mußte der Wüter seine Zuflucht zur Magie nehmen, und um die dafür notwendige Macht zu erwerben, mußte er in Trance Wissen suchen. Und er war auch bereit, sich an niedrigere Wesen um Hilfe zu wenden, wenn er dadurch Wissen erwerben konnte. So wie er es in seiner Jugend mit jenem Troll getan hatte.

Trolle lebten als chthonische Wesen mit primitiven Leibern, gewoben aus Quarzlicht, piezoelektrischen Feldern und tektonischen Entladungen. In ihrem Larvenstadium krochen sie hinaus auf die Oberfläche der Erde und wandelten ihre Gestalt inmitten der anderen Lebensformen, auf die sie stießen, und raubten ihnen bei jeder Gelegenheit Elektrizität. Wenn sie erwachsen waren, wurden sie zu Riesen. Aufgebläht mit soviel Ladung, wie sie sie in ihren jahrtausendelangen Raubzügen ergattern konnten, stiegen sie wieder in die Erde hinab, wo sie träumerisch durch riesige Zyklen strömenden Magmas zirkulierten.

Der Wüter hatte damals den ältesten der Trolle gefunden, der sich gerade am Ende des Larvenstadiums und am Beginn der Verwandlung in die gigantische Erwachsenenform befand. Der Wüter wollte all das Wissen erlangen, das der Troll gewonnen hatte, indem er lebende Wesen verschlang. Für dieses Wissen hatte der Wüter dem Troll ein Stück seiner selbst angeboten – sein linkes Auge.

Der Troll war auf der Stelle einverstanden. Mit soviel mehr Kraft würde er einen großartigen Riesen abgeben. Von dem riesig angeschwollenen Kopf des Trolls entrollte sich eine Blitzschlange und traf in das Gesicht des Wüters. Ihre Fangzähne rissen das linke Auge des Gottes heraus. All das menschliche Wissen, das der Troll in zehntausend Jahren gesammelt hatte, indem er Seelen verschlang, strömte durch die aufgerissene Augenhöhle in den Wüter, und der Schmerz raubte ihm das Bewußtsein.

In seiner Betäubung träumte der Wüter, er sei ein Mensch. Neun Jahre lang schlief er und erlebte im Traum Fragmente unzähliger Menschenleben, und je mehr er mit den Menschen lebte und litt, desto mehr wuchs sein Respekt für diese starken, erfindungsreichen Geschöpfe. Auch sie wollten nur überleben, wie er selbst, und so verzweifelt wie er suchten sie ihre armselige Erdenfrist auszufüllen.

Und dann traf er auf die Herren des Feuers. Nicht unmittelbar. Keiner der Menschen, die der Troll verschlungen hatte, war wirklich einem dieser leuchtenden Außerirdischen begegnet, und so gab es keine unmittelbare Erfahrung mit ihnen. Aber viele Menschen hatten von diesen bemerkenswerten Göttern gehört. Der Wüter erfuhr zu seiner großen Überraschung, daß die Herren des Feuers sich eng in das karge Leben von Menschen verstrickten.

Als der Wüter wieder erwacht war, kannte er die Menschheit, ihr sinnliches Herz, ihren träumerischen Geist – und er wußte, daß diese winzigen Wesen ein Werkzeug für Kräfte geworden waren, die viel größer waren als die Götter des Großen Baums. Die Herren des Feuers existierten als Gottheiten des Großen Waldes, der Vereinigung aller magnetischen Bäume, die all die lodernden Sonnen des Weltalls umkreisen.

Der Wüter dürstete danach, mehr über sie zu erfahren. Aber zuerst mußte er seiner Sippe einen Platz im Baum sichern. Er benutzte sein kostbares, von den Menschen erworbenes Wissen, um Waffen zu bauen. Ausgerüstet mit Schwertern aus Silber, Gold und Kupfer griffen die jungen Götter die riesigen Feueraale und elektrischen Skorpione an, die die Teiche der Macht der älteren Götter bewachten.

Jahrelang hatten die Kämpfe getobt. Und das war vor vielen Jahren gewesen – vor Jahrtausenden.

Jetzt saß der Wüter auf den Schultersteinen über einer gischtenden Kaskade und schüttelte diese drückenden Erinnerungen ab. So viel hatte sich geändert, und doch war so wenig anders geworden. Die Herren des Feuers machten sich nach wie vor an den Wurzeln des Großen Baums zu schaffen, die mit menschlichen Gehirnen verstrickt waren. Und das mörderische Handwerk der metallenen Waffen war außer Kontrolle geraten. Ein menschlicher Einfaltspinsel mit dem richtigen Schwert und ein bißchen Glück konnte einen Gott erschlagen.

Aber noch schlimmer als das – viel, viel schlimmer als das – war die Realität der Apokalypse. Er hat sie geschaut – das nukleare Glühen, den feurigen, radioaktiven Nebel, die zerstörte Erde. Als er vom Rabenast hing, dem höchsten der Sturmäste, hatte sein Blick in Trance die Zeit durchstoßen, und er hatte diesen Schrecken gesehen, an den er sich jetzt nicht erinnern wollte. Unter all diesen glorreichen Erinnerungen an Opfer und Kampf war die Prophezeiung der Apokalypse zu bitter, zu töricht sinnlos, um wahr zu sein. Jedoch, sie war wahr. Er hatte sie gesehen, und sie spottete all dem, was er erreicht hatte.

Der Wüter stieß knirschend einen Fluch durch seinen dichten Bart und erhob sich. Sein großer Leib richtete sich langsam auf, während er überlegte, was er tun mußte. Er war müde. Um ihn herum wirbelten opaleszierende Nebelschwaden von den Wasserfällen. Er war alt und erschöpft.

Auf der Suche nach Kraft, um weiterzumachen, starrte er mit seinem einen Auge hinauf in den Wind. Er blickte durch Risse in dem blauen Schleier des Tages hinauf in die sternenübersäten Räder der Nacht, die unaufhörlich den Großen Baum umkreisten.

Der Wüter stand in dampfendem Gras, rauchige Dickichte hinter sich, wo wuchtige Fässer wie Felsbrocken im Dunst aufragten. Schräg einfallendes Sonnenlicht strömte durch die Bäume auf den Bergen, brachte Nebelschwaden mit sich, Wolken von Pollenstaub und verwirrte Vogelschwärme. Von weiter oben, von Schneefeldern in reinstem Indigo, schwappte Stimmengewirr und Gelächter in die sonnigen Wälder und über die Phloxfelder.

Die Wanderer der Wilden Jagd und die Sippe des *Leuchtenden Gesichts* kamen zusammen an, eine fröhliche Schar von Göttern in dieser Nacht, wo die Ehre den Altvorderen galt und die Lebenden alle Ehrenvorrechte beiseite ließen. Denn dies war die Nacht der Ahnen, die Nacht, in der alle Toten geehrt wurden und die Lebenden frei von allen Hemmungen umhertanzten. Ein heiliges Gesetz schrieb vor, daß jeder Gott ein volles Horn vom Met des *Brauers* trinken sollte – ausgenommen der Wüter, denn er sollte eine Hirnschale voll Wein trinken, der aus der seltensten Frucht des Großen Baums gegoren war, aus dem Apfel der Dämmerung.

Durch die pechgrünen Bäume kamen mit raschen Schritten die Nachtschwärmer des Beständigen Nordens. Ihre Pelzstiefel verursachten auf dem moderigen Waldboden keine Geräusche, ihr Gelächter und ihre übermütigen Schreie hallten von dem rauchig blauen Baldachin der Pinien wider.

Die ausgelassen Feiernden schwärmten durch die Bäume, geschmückt mit Tierfellen und Blüten; die einen ritten auf den Schultern der anderen. Die Götter waren fest entschlossen, sich zu vergnügen. Ganz gleich, wie ihr Häuptling sie auch beschwören mochte, in dieser Nacht würden sie keine Energie zu seinem Vorhaben beitragen.

Der kühnste unter ihnen war der Brauer. Er trug eine Krone aus Gerste und einen Überwurf aus Hopfenranken. Seine Heiterkeit tönte am lautesten durch die Wälder, als er in das rauchige Dickicht sprang, wo die großen Fässer warteten, die sein Gebräu enthielten. Gleich hinter ihm kam der *Dichter*, auf dessen Rücken sich der *Richter* festklammerte. Die Beine um die Hüften seines Trägers geschlungen, fuchtelte er mit einem Arm wild herum, und von seinem Umhang aus Eulenfedern fielen Haarbüschel wie von einer Gänsedistel. Der Brauer hob seinen Hammer, schlug auf den Spund und ließ den Met in die darunter gehaltenen spiraligen Hörner fließen.

Abseits von den fröhlich Feiernden kauerten fünf grämliche Schatten über ihnen auf einer Felsklippe, die einen eindrucksvollen Ausblick über die Regenbogenberge gewährte. Hinter ihnen stiegen die farbigen Gipfel wie eine Leiter in die Sturmzweige des Baumes auf, in Richtung auf den sternenübersäten Abgrund. Die fünf düsteren Silhouetten, von hinten beleuchtet von der Korona der untergehenden Sonne, waren die noch lebenden Ältesten des Beständigen Nordens. Sie waren die ersten Verbündeten des Wüters gewesen, vor Jahrtausenden, als er die Sippen einte. Der *Wächter*, die *Dunkle Herrin*, der *Tapfere Krieger*, der *Schweigende* und das *Alte Weib* saßen stumm und warteten darauf, in tiefen Zügen von dem heiligen Met zu trinken. Er nickte ihnen zu, denn sie erwarteten, daß er sich wie gewöhnlich zu ihnen gesellte. Aber in dieser Nacht schritt er an ihnen vorbei und trat unmittelbar zur *Bewahrerin der Äpfel der Dämmerung.*

Die Bewahrerin, eine stattliche, sonnengebräunte Frau mit Zöpfen in der Farbe des Sonnenuntergangs, hatte den Wüter seit ihrer Kindheit geliebt, als er ihre Eltern vor den Riesen *Frost* und *Sturmsilber* gerettet und bei dieser mutigen Tat eine Narbe auf seiner Stirn über dem guten Auge davongetragen hatte. Aus Dankbarkeit gegenüber dem Wüter hatte sie ihren derzeitigen Namen angenommen und sich seitdem der Aufgabe gewidmet, die schattenhaften Landstriche der Dämmerung zu durchwandern auf der Suche nach den seltenen Weinäpfeln dieses düsteren Landes.

Stolz reichte ihm die Bewahrerin der Äpfel der Dämmerung, die in ihrem Hermelinmantel wie eine Königin wirkte, mit beiden Händen ein großes knorriges Horn, das mit goldenem Wein gefüllt war, mit allem Wein, der aus der Ernte des letzten Jahres gegoren worden war. Nach altem Brauch begann die Nacht der Ahnen immer damit, daß der Häuptling des Stammes dieses kostbare Getränk zu Ehren der Geister der Altvorderen schlürfte. Er hob das Horn abwartend in die Höhe und ließ seine Augen kühl über die fröhliche Versammlung schweifen.

Dann goß er mit einem finsteren Blick unnachgiebigen Trotzes den Trunk ins Gras. Der Wein floß in einem funkelnden Bächlein davon. Sein Plätschern im Schlamm ließ die Götter aufstöhnen.

»Für mich wird es in dieser Nacht kein Vergnügen geben«, erklärte der Wüter. »Ich habe in Trance die Apokalypse gesehen!«

Die Götter stöhnten aufgebracht.

»In dieser Nacht sollte nicht von Endzeiten die Rede sein, Häuptling!« rief der Brauer und schwenkte seinen Hammer.

»Doch!« rief der Wüter zurück. Seine drachenhaften Augenhöhlen wanderten über die Menge, suchten einzelne Gesichter heraus – die mürrische Ungeduld des Dichters, den finsteren Blick der *Königin*, die Verwirrung des *Gebers* und das rötlichbraune Gesicht der Bewahrerin, das voller Überraschung war, mit einem Aufglitzern von Stolz in ihren grauen Augen. »In dieser Nacht müssen wir über das Ende der Zeiten reden«, beharrte er und warf sein Horn ins Gras.

»Jetzt – während noch Zeit ist zu handeln, um uns vor dem feurigen Verhängnis zu retten.«

»Was ist mit dem heiligen Gesetz?« polterte der Richter. »Was ist mit der Ehre, die wir den Toten schulden?«

Der Wüter begann in kaltem, gemessenem Ton zu sprechen: »Die erste Ehre, die wir den Toten schulden, ist, am Leben zu bleiben!« Er bemerkte seinen Bruder, den *Lügner*, der ihn höhnisch angrinste, inmitten seiner Freunde, des *Weisen*, der *Sanften Nanna* und der *Dicken Herrin* – Speichellecker, die er mit List und Täuschung an sich gebunden hatte. »Ja, Bruder«, fuhr er mit schärferer Stimme fort, »wir müssen wieder um unser Leben kämpfen! Die Stämme des Leuchtenden Südens knüpfen verhängnisvolle Knoten in die Strömungen des Schicksals. Ihre Magie ist mächtig genug, um die Wurzeln unter uns wegzuschneiden!«

»Pah!« lachte der Lügner. Sein helles, klar gemeißeltes Gesicht und sein Blick voller Genauigkeit und Klarheit wirkten überzeugend. Deshalb war er der Lügner, von der Sippe ausgewählt, um den Wert einer jeden Entscheidung in Frage zu stellen und zu prüfen. Er hatte über die Jahre gut gelernt, wie er seinen älteren Bruder entmutigen konnte, und er sagte mit Nachdruck: »Die *Fauni*, die größte Sippe des Leuchtenden Südens, sind tot! Wir haben sie in den Wurzellanden zerschmettert! Wir haben die italische Halbinsel in Besitz genommen. Wir haben sogar ihre sogenannte Ewige Stadt niedergebrannt. Und du stöhnst immer noch, Bruder, über die Bedrohung aus dem Süden?«

»Ich habe sie gesehen ...«

»Und wir haben sie gehört. Ganz und gar. Schon früher.« Er blickte ihn mißbilligend an. »Nicht heute nacht, Bruder. Du hast schon neun von uns mit deinem Gerede vom Weltuntergang weggelockt. Neun von unserem Fest genommen. Neun, die gewillt sind, hundert Jahre zu schlafen, damit du ihr Leben für deine Magie benutzen kannst. Das reicht.«

»Ich brauche mehr Macht ...«

»Für eine Magie, die vielleicht gar nicht wirkt.«

»Sie wird wirken. Frage den Weisen.« Der Wüter warf dem hinterhältigen, schmalen Gott einen eisernen Blick zu, worauf dieser seine Augen abwandte und versuchte, neben der Sanften Nanna klein zu wirken. »Sag es ihnen, Weiser. Du hast mir für meinen Bruder nachspioniert. Du weißt, daß diese Magie wirken wird.«

Der Weise zuckte mit den Schultern. Seine wässerigen Augen bildeten zwei Teiche voller Wachsamkeit in seinem zerfurchten Gesicht mit dem struppigen Bart. »Du würdest Dämonen aus dem Haus des Nebels herbeirufen – das ist gefährlich.«

»Nur Dämonen sind stark genug, um die Herren des Feuers herauszufordern«, sagte der Wüter.

Die Götter schauten ihn verärgert und ungehalten an. »Das haben wir alles schon zuvor gehört«, nörgelte der Lügner. »Es ist die Nacht der Ahnen, Bruder. Laß uns in Frieden und geh und betreibe deine Magie mit denen, die gewillt sind, ihre Freude fahrenzulassen. Wir sind hier, um zu feiern!«

Zustimmendes Gemurmel erhob sich unter den Göttern, und der Wüter gebot ihnen mit rauher Stimme zu schweigen. »Hört mir zu! Mit dieser Magie, mit den Dämonen aus dem Haus des Nebels, die für uns arbeiten, haben wir eine einzigartige Gelegenheit, all die fremden Keime aus den Wurzellanden unter uns wegzuspülen.«

»Eine Gelegenheit.« Der Lügner blickte ihn respektlos an. »Siehst du? Deine eigenen Worte verraten dich. Warum sollten wir hundert Jahre unseres Lebens für eine bloße Gelegenheit opfern?«

»Die Magie wird wirken«, beharrte der Wüter, »aber um sicher zu sein, brauche ich mehr Macht. Die Magie des Leuchtenden Südens ist schwer faßbar.«

»Ich sage, neun von uns sind genug. Benutze sie, um deine Dämonen zu rufen, und laß die übrigen von uns den Ahnen Ehre erweisen.«

Der Lügner wandte sich dem Brauer zu und grinste breit;

seine Zähne funkelten wie Speerspitzen. »Der Häuptling hat sein Trankopfer dargebracht. Laß jetzt den Met fließen!«

Mit einem mächtigen Schlag traf der Hammer des Brauers den Spund, ein silberner Strahl peitschte Schaum in das Dickicht und besprühte die kreischende, jubelnde Menge. Der Wüter verzog voller Abscheu sein erregtes Gesicht.

Die Bewahrerin der Äpfel der Dämmerung trat zu ihm, um ihn zu trösten. »Tadle sie nicht dafür, daß sie nicht über ihr Vergnügen hinausschauen können. Es ist die Art allen Lebens, dem Tod auszuweichen. Niemand blickt freiwillig in diesen dunklen Abgrund. Du bist eine Ausnahme.«

»Ich wünschte, ich wäre es«, seufzte der einäugige Gott und nahm seinen Hut ab, um sich den Schweiß von der breiten Stirn zu wischen und seine Mähne zurückzustreifen, die grau und unruhig war wie Gewitterwolken. »Wenn ich eine Ausnahme wäre, Bewahrerin, würde ich dann die Energie anderer Götter brauchen, damit meine Magie wirkt?« Er schüttelte langsam und wehmütig seinen großen, knochigen Schädel und blieb mit dem Hut in der Hand stehen, um zu beobachten, wie die Feiernden aus ihren schaumbedeckten Hörnern schlürften. Sie hatten sich auf den moosbedeckten Felsen und Wurzelstrünken behaglich niedergelassen, lachten und flirteten. Die Königin hatte ihr schneeweißes Haar gelöst und trug jetzt einen Schnurrbart aus Schaum. Sie lachte lüstern und hatte nur Augen für den Liebhaber. Der warf dem Häuptling über die Lichtung hinweg einen müßigen Blick hilflosen Vergnügens zu und hakte sich bei der Königin ein, um aus ihrem Horn zu trinken.

Die Bewahrerin der Äpfel der Dämmerung lenkte den Wüter mit einem goldenen Apfel ab, den sie aus der Hermelintasche an ihrer Hüfte nahm. Es war ein Andenken an die Ernte der Weinäpfel. »Dieses Jahr ist die Ernte reich, Einauge. In der nächsten Nacht der Ahnen wirst du vom Dämmerungswein kosten, nachdem du deine eigenen Knoten in die Strömungen des Schicksals geknüpft hast. Du wirst unsere Zukunft sichern, Herr. Das hast du immer getan.«

Der Blick des Wüters streifte den Apfel nur leicht, dann richtete er sich auf das klare, reine Licht über den Bergen, den regenbogenfarbenen Bergen mit ihren sternenspitzen Gipfeln. Er trat von der schlammigen Pfütze zurück, die sein vergossener Wein hinterlassen hatte, und die Heilerin eilte zu ihm hinüber. Ihre grünen Gewänder flatterten, während sie sich auf den angereicherten Schlamm stürzte, um ihn aufzusammeln. Er beachtete sie nicht, ging mit erhobenem Haupt weiter rückwärts und suchte mit den Augen den besten Pfad hinauf in die spektralfarbenen Höhen. »Ich hatte gehofft, noch einige mehr für unsere Sache gewinnen zu können«, murmelte er bei sich selbst.

Er fragte sich, ob er genügend Kraft hätte, um Magie ins Werk zu setzen. »Sind die anderen bereit?«

»Sie warten auf uns auf dem Rabenast.« Die Bewahrerin kniete nieder und hielt den goldenen Apfel hoch. »Willst du nicht deine Ernte an Träumen annehmen?«

Er zog seinen Blick von den geschichteten Horizonten ab und gewahrte die Göttin, die zu seinen Füßen kniete. »Nicht in diesem Jahr, Bewahrerin«, sagte er mürrisch, nahm ihren Arm und zwang sie sanft aufzustehen. Er schob den Apfel beiseite. Sein Blick war still wie die Sterne. »Ich schwöre beim Abgrund selbst, ich werde die Äpfel der Dämmerung nicht annehmen, ich werde den Wein der Träume nicht wieder trinken – nicht bevor ich unsere Feinde von allen Wurzeln unter den Ästen unseres Baumes vertrieben habe.«

Ihre gelbbraunen Augen suchten in den scharfen Kanten und strengen Flächen seines Gesichtes nach einem Riß in seinem Eigensinn. Es gab keinen. In dieser Sache war der Wüter so halsstarrig, fast wie in Trance. Reinheit – davon war er besessen. Die Wurzellande sollten rein sein, gesäubert von allen Fremden. Ihm so nahe, glaubte sie die Hellsichtigkeit in seinen Zügen zu sehen. Ein Ausdruck geistesabwesender Sorge straffte seinen Blick, einen Blick, mit dem er Sand aus ihrem Auge oder einen Dorn aus ihrer Hand entfernen würde und der jetzt in eine verwundete Zukunft schaute.

»Du hast die Herrschaft über alle Wurzellande im Norden gewonnen, die die Fauni besessen hatten«, erinnerte sie ihn sanft. »Nur die Westlichen Inseln bleiben noch übrig.«

»Dort lebt *Alter Hirschkopf*«, antwortete er und begann über das hellbraune Feld zu schreiten. »Sein Stamm der Kelten beherrscht die Westlichen Inseln. Wir werden sie erobern müssen. Sie sind von der Magie des Leuchtenden Südens angesteckt.«

»Die Fauni haben sie vor Jahrhunderten erobert. Sie werden wenig Widerstand leisten. Bald wirst du über alle unter uns gelegenen Wurzellande herrschen.«

Der Wüter führte die Bewahrerin den bewaldeten Abhang aus fließendem Sonnenlicht hinauf und blickte nicht ein einziges Mal zu den Göttern zurück, die um die Metfässer geschart saßen. »Die Leute des Alten Hirschkopfes sind älter als die Fauni«, flüsterte er und versenkte sich tiefer in sich selbst, um die Trancekraft zu finden, die er brauchen würde, um die Magie auszuführen. »So alt, wie wir sind«, sagte er leise. »Sie werden nicht leicht zu brechen sein.«

»Sie sind Kinder von *Mutter* und *Frost*, genau wie wir. Blutsverwandte des Beständigen Nordens.« Die Bewahrerin ergriff den riesigen Arm des Wüters, froh über seine massige Kraft, wo sie jetzt hoch über der drückenden Hitze der unteren Äste kletterten. Hier oben, in der dünneren Atmosphäre, reichte sein mächtiger Schritt, um sie beide zu tragen, und sie flog neben ihm wie ein vom Wind gebauschtes Schultertuch.

Während die elektrischen Wesen höher stiegen, weitete sich die Aussicht. Die Erde schwebte unter ihnen, eine riesige blaue Sichel an der Grenze von Tag und Nacht. Das bunte, bewaldete Terrain der mittleren Äste blieb zurück und verschwand in frostigem Nebel. Aus diesem eisigen Dunst erschien eine verdorrte Weite von perlmuttfarbenen Dünen und schlackigen Felsen, übersät mit Flecken von Schnee – der Rabenast. Von der ewigen Dunkelheit blickten flackernde Sterne topasgelb herab.

Die Götter, die sich entschlossen hatten, ein Stück ihres Lebens für ihren Häuptling zu opfern, warteten auf ihn auf einem Vorgebirge aus scharfem, schwarzem Glas, dem spröden Rand der Atmosphäre. Jeder war in eines der weichen roten Bärenfelle gewickelt, die sie während ihres jahrhundertelangen Schlafes warmhalten würden, und sie lagen zusammen unter dem schützenden Dach einer rohbehauenen Höhle.

Der Wüter kletterte auf den ausgedörrten Kamm des Rabenastes und setzte die Bewahrerin der Äpfel der Dämmerung neben sich ab. Er war müde von dem steilen Aufstieg, doch er wagte es nicht, diesen gutgesonnenen Verwandten, die ihm ihr Leben anvertraut hatten, seine Müdigkeit zu zeigen. Sie waren schon halb eingeschlafen, betäubt von dem hypnotischen Gebräu, das ihre Körperlichter gelöst hatte, die jetzt für die Magie des Wüters bereit waren.

Der Pokal, aus dem sie getrunken hatten, stand auf einem Felsbrocken. Die Bewahrerin trank den Rest des süßen Getränks, die Neige, kaum genug, um sie in Schlaf zu versetzen. Sie würde nicht so lange schlummern wie die anderen, denn sie hatte in der Dämmerung eine Arbeit zu verrichten: die goldenen Äpfel zu ernten. Trotzdem wollte sie ihre Liebe zum Wüter zeigen, indem sie von dem Schlaftrunk kostete. Der Wüter nahm seinen Hut ab und stellte sich über sie. Für ihren plötzlich schläfrigen Blick erschien sein gequältes Gesicht groß wie der Mond.

»Bewahrerin der Äpfel der Dämmerung«, sagte er ihren Namen, und der Schlaf übermannte sie, während ihre Kraft ihren Leib verließ und auf ihn überströmte.

Langsam schritt der Wüter voran, blieb vor jedem Gott stehen, um dessen Namen zu rufen und dessen Lebensenergie zur Stärkung seiner eigenen herauszuholen. Die Frau des Brauers, *Schwester Minze*, die den Schlaftrunk bereitet hatte, war die nächste, und mit dem Übergang ihrer Energie spürte der Wüter, wie er stärker wurde. Dann spendete *Blau*, des Wüters ältester Freund, seine Lebenskraft, und die grauen

Schattierungen des Rabenastes vertieften sich in dem einen Auge des Gottes.

Von der *Verwüsterin*, der Sturmreiterin, die eine Zauberin war, empfing er ein Zwinkern und ein wissendes Lächeln. Sie verstand diese Magie, hatte sie ihm doch geholfen, sie zu ersinnen. Ihre Kraft schärfte seine Klarheit, und Worte ihrer gemeinsamen Furcht erklangen in ihm in telepathischem Schweigen: »Rufe die Bewohner des Hauses des Nebels herab! Rufe die Bewohner des Hauses des Nebels herab! Sie werden die Horden aufhalten, den erstickenden Strom der Eindringlinge. Säubere die nördlichen Wälder von allen Wanderern! Reinige die Wälder für die Wilde Jagd! Rufe die *Dunklen Bewohner* herbei, um die Eindringlinge zu zermalmen!«

Der Wortschwall in ihm erstarb, als er zu *Schönheit* kam. Ihre weißen Wimpern zitterten leicht, als er ihren Namen hauchte, und ihre lieblichen Züge entspannten sich zu einer noch tieferen Lieblichkeit, eine gelassene Ruhe, die so sehr dem unsterblichen Schlaf des Todes glich, daß es ihm das Herz im Leibe zusammenkrampfte. Sie war seine Tochter. Um ihretwillen, mehr als allen anderen Göttern zuliebe, würde er die Herren des Feuers aufhalten.

Schönheits beste Freundin, *Silberherz*, lag neben ihr. Ihr breites, ovales Gesicht und ihre schmalen Schlitzaugen glühten vor Furcht. Sie hatte keine Vorstellung, was hier wirklich vor sich ging. Sie war hier, weil Schönheit hier war. Als der Wüter ihren Namen flüsterte, spürte sie, wie ihr Inneres sich vor Freude bewegte, alle Furcht war plötzlich vergangen. Und dann fiel sie in Schlaf, und ihre Kraft gehörte dem Wüter.

Mit ihr konnte er die Gedanken der Göttin hören, die neben Silberherz lag. Die Drachenhexe zeigte den lakonischen Gesichtsausdruck von jemandem, der schon an Trance gewöhnt war. Er zog ihre Kraft in sich hinein.

Donner-Rothaar blickte aufmerksam zum Wüter, seinem Vater, auf. Zwischen ihnen waren keine Worte notwendig. Sie waren durch ihren gemeinsamen Willen an den Anfang und an das Ende gebunden. Der Jüngling ähnelte sogar dem Vater, so wie der Wüter einmal ausgesehen hatte, vor vielen Jahren, bevor die Grausamkeiten der Führerschaft ihm sein Auge und seine Unschuld gekostet hatten. Er lächelte dem Jungen mit seinem kantigen, sommersprossigen Gesicht zuversichtlich zu und sprach stolz seinen Namen aus: »Donner-Rothaar.«

Frühere Zaubersprüche des Wüters, die die Bewohner der Dunkelheit aus dem Haus des Nebels herbeigerufen hatten, hatten einst den Vormarsch der südlichen Stämme mit ihrer Städtepest aufgehalten. Jetzt war er wieder voll der gleichen Kraft, die er damals für seine Magie verwendet hatte – und jetzt, diesmal, gab es noch einen Gott, der ihm seine Kraft gab. »Wunderschmied«, sagte er, und der rotbackige Waffenhandwerker schloß seine grauen Augen. Sein Kinn mit den Grübchen sank herab, und seine Macht floß in den Wüter.

Der einäugige Gott wollte noch mehr Kraft haben, aber jetzt war er auf dem Rabenast allein. Die abgeplattete Sonne brannte dunkelrot weit unten am Himmel, am Rand der Welt. Er hob seine Arme zu den immer zahlreicher aufflackernden Sternen, und die Magie wölkte von ihm auf wie Weihrauch. Schwaden davon verschwanden im Abgrund, verloren sich im Sternenschein und den fluoreszierenden Schleiern zwischen den Sternen.

Und obwohl sie jetzt unsichtbar war, spürte der Wüter, wie die Magie wirkte. Er spürte, wie die Bewohner des Hauses des Nebels aus der Leere heraus näher herankamen und ihn umkreisten, wie Haie, die von vergossenem Blut angelockt wurden. Sie fluteten heran, hungrig nach der Lebenskraft, die er in die Kälte rinnen ließ. Er hörte ihre widerwärtigen Schreie aus dem Abgrund dringen. Und dann erschienen sie, nicht von oben, sondern von unten – vom Wind getriebene Funken, ein hitziger Gischt wirren Aufruhrs.

Das waren dieselben Bewohner der Dunkelheit, die er schon früher zu sich gerufen hatte, und sie waren wieder begierig zu tun, was er wollte – solange es um Zerstörung ging. Zerstörung war ihre einzige Leistung, und dafür hatte er jetzt reichlich Verwendung. Er setzte die ganze beschwörende Magie frei, die er angesammelt hatte, und die wirbelnden Funken gerieten in solch begierige und wetteifernde Raserei, daß einer dieser herumfliegenden Funken mit anderen zusammenstieß. Er prallte heftig ab, wirbelte herum und stürzte zurück zur Erde.

Schnell griff der Wüter danach, aber der Funke war schon fort, verschwunden auf der dunklen Seite des Planeten. Der einäugige Gott unterdrückte einen Fluch. Er brauchte jeden Bewohner der Dunkelheit, den er einfangen konnte. Aber es blieb keine Zeit, über das Schicksal dessen nachzudenken, der da hinabgefallen war. Der Wüter wandte seine Aufmerksamkeit wieder der Handvoll Funken zu, die sich im Netz seiner Magie verfangen hatten. Mit ihnen wollte er die Apokalypse besiegen und eine neue Zukunft bauen.

Das riesige, pockennarbige Gesicht des Mondes schwebte in einem lavendelfarbenen Himmel inmitten von Sternenrädern und nebligen Schwaden von Neondämpfen. Falon, der nur seinen goldenen Halsring trug, stand fröstelnd ob seiner Nacktheit auf der windgeschützten Seite einer grasüberwachsenen Felsklippe, die bleichen Augen ehrfürchtig geweitet. Purpurne Berge und blaue Baumgruppen fielen zu smaragdgrünen Wiesen und labyrinthischen Tälern ab, die übersät waren mit Seen von goldener Stille.

Zuerst spürte er den Nordwind nicht, der von dem hohen Schweigen herabwehte. Die Tiefen und Höhen dieser ursprünglichen, aus Juwelenlicht gewobenen Landschaft ließen ihn vor Staunen erstarren. In der Nähe schwankten die Grashalme in irisierenden Wogen im Wind, jeder einzelne von ihnen schien aus Büscheln prismatischen Lichts zu bestehen.

Schließlich drang die Kälte durch sein Erstaunen, und er gaffte auf seine eigene Nacktheit. Sein eigenes Fleisch leuchtete hell und klar, fast durchsichtig. Er warf überraschte Blick nach links und rechts und suchte seine Königin.

»Falon!« Sie winkte ihm von weiter unten unterhalb der Klippe zu. Ihre honigbraunen Locken und ihr loses, weißes Gewand wehten im wirbelnden Wind. »Du solltest bei den anderen sein«, schalt sie ihn, als er zu ihr gerannt kam.

»Ich konnte dich doch nicht unbewacht gehen lassen.« Er blickte sie an und war verwundert zu sehen, wie sie leuchtete und von winzigen punktgroßen Sternen übersät war. »Ich habe geschworen, dich zu schützen.«

Ihr tadelnder Blick wurde schärfer. »Du kannst mich hier nicht schützen, Falon. Ich brauchte dich unten, um über mein irdisches Leben zu wachen. Kyner kann sich durchaus berufen fühlen, die Christenheit von einer weiteren Hexe zu befreien.«

Falon zuckte zusammen, doch dann antwortete er mit Bestimmtheit: »Zuerst würde die Fianna sterben.«

Ein umherstreifender Schatten verdunkelte den Abhang, und Ygrane packte Falon am Arm, zog ihn hinter sich her und begann zu laufen. »Schnell! Zu den Bäumen!«

Falon flog hinter ihr her, überrascht, als er bemerkte, wie er durch das Gras segelte. Jeder hüpfende Schritt wirbelte ihn fußlos auf die dunkle Öffnung des Waldes zu. Er wagte einen Blick nach oben und stürzte beinahe zu Boden, als er einen riesigen Raubvogel über sich schweben sah, dessen schwarzes Flügelpaar eine schartige Wunde der Dunkelheit im leuchtenden Himmel bildete.

Ygrane beruhigte ihn unter dem donnernden Schrei des Räubers, und sie eilten geduckt durch Vorhänge aus Glyzinien in einen höhlenartigen Wald. Lumineszierende Moose überzogen die riesigen Bäume, leuchtende Lianen hingen von den düsteren Galerien der Wipfel. Als die Königin plötzlich stehenblieb, füllte sich die kühle Luft mit funkelnder Waldspreu und einem minzenartigen Duft von Blattmulch.

»Dieser Raubvogel ...«, sagte Falon, und seine Stimme hallte in Echos wider. Er teilte die Glyzinienvorhänge und beobachtete ungläubig, wie der riesige Vogel entlang den Schneisen der Sterne verschwand. »Der ist so groß wie zwölf Männer!«

»Ein Vogel Roch«, bemerkte sie und suchte die hohen Klippen mit ihren grünleuchtenden Zedern ab. »Irgend etwas hat ihn aufgescheucht.« Eine Schar Fledermäuse flatterte mit schrillen Pfiffen aus einer Gruppe von Orchideenbäumen auf den regenbogenfarbenen Klippen über den Wäldern, und jetzt wußte sie, daß sie den Weg zum richtigen Ort gefunden hatte. Der, den sie suchte, kam gegangen. Sie schaute Falon zweifelnd an. »Bedecke dich, Mann.«

Falon schaute verwirrt drein, als würde ihm erst jetzt bewußt, daß er nackt war, und er blickte stumm um sich. Seine Hände tasteten umher wie die eines Blinden. »Ältere Schwester, was für ein Ort ist das?« fragte er, obwohl er es schon wußte, weil sie ihm und dem Rest der Fianna gesagt hatte, daß sie vorhabe, in den Himmel zu steigen. Doch er mußte es noch einmal hören.

»Das ist der Sturmbaum, Falon. Du bist mit mir in die Heimat der Götter emporgestiegen.«

Er riß graues Tuchmoos von einem nahen Ast und begann sich einen Lendenschurz zu machen.

»Du solltest bei den anderen sein, Falon«, wiederholte sie in strengem Ton. »Ich bin gekommen, um meinem Leben einen neuen Sinn zu geben. Das muß ich allein tun.«

»Ich bin hier, um dich zu schützen. Ich gehe nicht ohne dich zurück.«

»Wir können erst bei Monduntergang zurückgehen.«

»Also dann, bei Monduntergang.« Er band sich den Lendenschurz mit der Ranke einer Kletterpflanze fest. »Du bist schon früher einmal hier gewesen, glaube ich.«

»Nicht in diesem Leben.«

»Deine Gewänder sind mit dir heraufgekommen ...«

»Ja, sie sind aus Silberfaden gewoben.« Sie erspähte in den unruhigen Schatten das Schimmern von Augen, das Gefunkel vieler Pupillen, die wie Glühwürmchen blinkten. Falon bemerkte sie einen Augenblick später und wollte sich schützend vor seine Königin stellen. »Elfen«, sagte sie und bedeutete ihm mit erhobener Hand stehenzubleiben. »Sie sind harmlos. Nur neugierig. Sie sehen die Körperlichter von Menschen hier oben nicht oft.«

Dann stellte Falon fest, daß viele winzige menschenähnliche Wesen durch die phosphoreszierende Dunkelheit huschten. »Warum sind wir hier?«

»Das weißt du.«

»Um Zauber zu wirken für unser Volk.« Ängstlich suchte er die kalten Höhen des Baldachins ab, wo schräg einfallendes frostiges Licht ein Durcheinander von Kletterranken und knorrigen Zweigen beleuchtete. »Aber du hast uns nicht gesagt, was für ein Zauber das ist.«

»Der Zauber des Opfers, Falon.« Sie schlängelte sich durch den Vorhang aus hängenden Blüten wieder zurück in die malvenfarbene Dämmerung und starrte stehend hinauf zu den gezackten Bergen.

»Opfer?« Bei diesem Wort zog sich Falons Mund zusammen, und die wilden orangefarbenen Haare seines Schnurrbartes sträubten sich. »Bist du deshalb allein gekommen? Um dich zu opfern?« Eine Wolke roter Schmetterlinge flatterte im Zickzack durch den aufgerissenen Pflanzenvorhang hinter ihm her, während er seiner Königin ins Freie folgte. »Wirst du dein Leben opfern?«

»Ja.« Sie ging zurück zur Felsenklippe und schaute immer noch auf die purpurnen Gebirgsketten, wo Sterne wie Gischt glitzerten. »Ich habe dich mit meinem tiefen Blick hier nicht gesehen, Falon. Das bedeutet, daß du nicht hier sein solltest. Ich möchte nicht, daß du dich einmischst. Verstehst du?«

»Ich habe geschworen, dein Leben zu schützen, Ältere Schwester.« Vorsichtig suchte er eine Seite nach der anderen ab, entdeckte rattenflinke Bewegungen im dichten Gras, wo der Boden da und dort dampfte, als kühlte er noch von Urtagen ab. Falon war sich nicht sicher, ob die Kälte des Windes oder die seiner Furcht tiefer in sein Fleisch schnitt. »Ganz gleich, welche Zaubermacht du für unser Volk auch gewinnen magst, ich kann nicht erlauben, daß du dich im Tod opferst.«

Sie blieb stehen und blickte ihn sanft an. Jedes Haar ihrer Augenbrauen, jede bernsteinfarbene Wimper glitzerte hier in dem seltsamen Schein. »Falon, es geht nicht um den Tod. Ich habe vor, mein Leben ihm zu opfern.«

Sie hob ihr junges Gesicht zu einem riesigen Mann empor, der von den Bergen herabgeglitten kam. Sein blauer Umhang wehte durchscheinend hinter ihm her, wie Sternenrauch im Himmel über ihm, und zog alle Himmel hinter sich her. Er war größer als der Vogel Roch; sein Schritt überstieg ganze Abhänge voll verstreuter Felsbrocken. Die schräge Krempe seines Hutes flatterte in seiner lebhaften Gangart.

Mit einem Blick erkannte Falon den wilden rußgeschwärzten Bart und das adlernasige Gesicht des einäugigen Gottes. »Der Häuptling der nördlichen Götter!«

»Warte auf mich in den Wäldern, Falon.« Sie schob sich in das juwelenverzierte Gras und winkte langsam mit den Armen, wie in einer Zeremonie.

Falon folgte ihr wie ein Schatten, gebeugt vor Furcht. »Weiß er, daß wir sein Auge benutzt haben, um hier heraufzuklettern?«

Ygrane blieb stehen und richtete den Finger gebieterisch auf ihren Wächter. »Du wirst das nicht noch einmal sagen. Nicht noch einmal. Du solltest gar nicht hier sein. Geh zurück in die Wälder.«

»Er hat uns sicher schon gesehen ...«

»Geh trotzdem.« Sie ging weiter den grasigen Abhang hinauf, und geflügelte Elfen so groß wie Libellen schwirrten plötzlich um sie herum in der leuchtenden Luft. Ygrane scheuchte sie beiseite und fegte eine Elfe in Falons Pfad. Sie verfing sich in seinem roten Haar. Während sie sich freikämpfte, eine fingerlange Person mit großen, friedfertigen Augen, war für kurze Zeit zu sehen, wie durchsichtig ihre

Flügel waren. Ein schnelles Flattern, und das nackte Wesen war fort.

»Ältere Schwester, warte!« Er stürzte zu ihr. Das ist ein Traum, sagte er sich und erinnerte sich an Ygrane, wie sie im Kreis der Schwerter schlafend lag. Aber die Genauigkeit und Farbigkeit, mit der er alles sah, und der beißende Gebirgswind machten diese Hoffnung zunichte. Mit echter Angst krächzte er: »Das ist der Gott unserer Feinde!«

»Warte hier, Falon!« Sie richtete ihren Blick fest auf ihn, um ihm zu zeigen, daß es ihr ernst war, und er blieb stehen. »Du solltest bei den anderen sein. Ich möchte nicht, daß du dich einmischst. Die Zeitwinde können leicht gestört werden. Verstehst du?«

Falon sagte nichts. Er blickte über sie hinweg, dorthin, wo der Riese herankam und mit seinen Stiefeln aus Wildschweinleder das lockere Geröll des Abhangs direkt vor ihnen niederstampfte. Seltsamerweise wurde er dichter, je näher er kam, und seine durchscheinenden Farben wurden fester. Augenblicke später stand er vor ihnen, einen Kopf größer als Falon, aber von menschlicher Größe. Ein intensiver Geruch von Sturmwind und Blitz ging von ihm aus, und dieser himmlische Rauch allein war schon beeindruckend genug, so daß sie demütig auf die Knie fielen.

»Alles sehender Vater!« piepste Ygrane und richtete dabei ihren Blick auf seine abgestoßenen Stiefelspitzen. »Ich bin Ygrane, die Königin der Kelten ...«

»Ich kenne dich«, umfing sie die tiefe Stimme des Wüters. »Ich habe dich und diesen Augenblick schon zuvor gesehen.«

»Ich komme, um mich selbst anzubieten ...«

»Du möchtest ein Bündnis mit den nördlichen Stämmen. Ich weiß. Ich weiß alles.« In seiner leisen Stimme schwang ernste Besorgnis, eine tiefe Niedergeschlagenheit. »Wir haben schon zuvor diesen Augenblick durchlebt, du und ich. Du mußt es gesehen haben.«

»Das habe ich, Herr«, gestand die Königin.

»Warum ist er dann hier? Du weißt, er sollte nicht hier sein.«

Falon wagte einen schrägen Blick nach oben und sah genug vom finsteren Gesicht des Wüters, um seine Aufmerksamkeit schnell wieder auf den Boden zu richten, auf die leuchtenden Fäden des niedergedrückten Grases unter seinen Knien.

»Er ist ungebeten gekommen, Herr. Er ist mein persönlicher Wächter. Treue hat zum Schicksal geführt.«

Der Wüter war erschöpft von der Magie, die er auf dem Rabenast gewirkt hatte. In seinem Kopf hämmerte es. Die ganze Kraft seines riesigen Körpers hatte sich im Binden der Dämonen erschöpft, und jetzt wollte er nur zum Heim der Götter gehen. Aber da gab es noch Hindernisse, und das erste davon war sein schmerzendes Hirn, voll von Zeitschatten und den unangenehmen Nachwirkungen der Magie.

Dann war da das Hindernis der Zeit selbst. Zum Rabenast hinaufzusteigen und wieder herab hatte anscheinend nur ein paar sehr anstrengende Minuten gedauert, wo doch in Wirklichkeit zwanzig Jahre vergangen waren. Wieder einmal war es die Nacht der Ahnen, und bevor er zur Heimstatt der Götter zurückkehren konnte, mußte er erst zu dem trunkenen Fest gehen, wo der Lügner ihn offen verspotten und die anderen ihr Grinsen verbergen würden. Sonst wäre seine Stellung als Häuptling des Beständigen Nordens in Gefahr. Da alle seine Verbündeten schliefen, mußte er nah bei seinen Gegnern bleiben.

Und dann war da dieses seltsame Hindernis – diese in die Irre gegangene Frau vor ihm, Ygrane, die Königin der Kelten. Mitten in der Magie, mit der er die Dunklen Bewohner aus ihrem Haus des Nebels herausrief, hatte er diese Menschenfrau gesehen. Die Winde der Zukunft hatten Bilder dieser Begegnung in seinen in Trance befindlichen Geist geweht. Damals war er über das, was er gesehen hatte, hinweggegangen, im Glauben, es handle sich nur um eine verschwommene Ablenkung der Zeitströmungen. So etwas geschah oft in Trance auf den stürmischen Ästen. Die Zeit schwoll an und wirbelte wie der Wind, und manchmal war sie still und gläsern und brachte Trugbilder mit sich.

Menschen im Großen Baum zu sehen war für gewöhnlich eine Illusion. Nur wenige Menschen hatten die elektrostatische Kraft, um ihre Wellenformen in den Baum zu projizieren. Die wenigen, die es geschafft hatten, waren alte Zauberer und Hexen gewesen, die ihre ganze Lebenszeit darauf verwandt hatten, Energie zu horten, so gierig wie der Drache. Die da war zu jung, um durch ihren eigenen Zauber hier zu sein. Sie war eine Art Priesterin, von den anderen ihrer Art ausgewählt, von älteren, die sehr viel Macht angesammelt hatten und sie benutzten, um ihn zu erreichen.

Der Wüter nahm seinen Hut ab, um sich in den Fleischwulst zwischen seinen Augenbrauen zu kneifen, wo seine Kopfschmerzen festgenagelt waren. In Trance hatte er gehört, wie sie ihn darum bat, ihr Volk zu verschonen, sie als Opfer zu nehmen, sie nach seinem Belieben zu benutzen. Aber er wollte sie nicht. Er hatte kein Verlangen nach Intimität mit den Bewohnern der Wurzellande. Obwohl die Jahre, die er unter ihnen zugebracht hatte, in ihm Bewunderung geweckt hatten und obwohl er ein Auge geopfert hatte, um ihr Wissen zu erlangen, betrachtete er sie immer noch als eine Rasse geringerer Wesen, ungeachtet ihrer unheimlichen Ähnlichkeit mit den Göttern.

»Treue hat zum Schicksal geführt«, knurrte der Wüter und blickte auf die elenden Sterblichen hinab. Die Erscheinung dieses anderen, dieses altertümlichen Kriegers, beunruhigte ihn. Er war in der Trance nicht dabeigewesen. Das konnte nur bedeuten, daß die Zeitwinde stärker wurden, daß sie wieder anzuschwellen begannen und die Zukunft veränderten, die seine Magie bewirkt hatte. Er mußte eilen, zur Nacht der Ahnen, heim, um sich auszuruhen, und dann hinunter in die heißen, schwülen Wurzellande, um dort dann das Land von den Speichelleckern der Herren des Feuers zu reinigen, von diesen fremden Stämmen aus dem Süden.

Aber zuerst war hier noch dieses Hindernis. Diese vorausgesagte Begegnung. Bedeutung ging von dieser Königin aus, oder er hätte sie nicht in der Trance gesehen. Sein Kopf schmerzte so unbarmherzig, daß er nicht klar erfassen konnte, was dies bedeuten sollte, und er wollte einfach seinen Weg fortsetzen. »Ich will dich nicht haben, Königin der Kelten. Ich will keine irdische Frau haben. Das solltest du wissen.«

»Ich bin keine beliebige irdische Frau, Herr«, widersprach Ygrane respektvoll, aber mit einer Spur von Gereiztheit in der Stimme. Jedoch hob sie noch immer nicht ihr Gesicht. Das Kraftfeld des Gottes war so stark aufgeladen, daß, wenn er sich nicht zurückhielt, schon seine Nähe bewirken konnte, daß Ygranes und Falons Körperlichter im Nu zerbarsten. Aber sie war furchtlos. Sie war genau um dieses Augenblickes willen in dieses Leben gekommen, um die Gunst des Wüters zu gewinnen und ihr Volk zu retten. »Die Kelten sind ein den nördlichen Stämmen verwandtes Volk. Ich biete dir unsere Ergebenheit an.«

Der Wüter stieß einen Seufzer aus, der sich anhörte wie das Zischen dampfenden Regens. »Wir haben diesen Augenblick schon zuvor geschaut, Ygrane. Du kennst meine Antwort.«

Die Königin blieb unverzagt. Aus einer Gürteltasche unter ihren Gewändern holte sie einen Stein hervor. Er war rund und flach, so groß wie ihre offene Hand, und hatte ein Loch von der Breite eines Daumens. Zuerst erschien der Stein schwarz. Aber als Ygrane ihn dem Gott hinhielt, drangen Lichtfäden durch das Loch und zeigten, daß der Stein schwarz mit gallertartigem Gelb war, wie Melasse.

»Dies ist ein Reibestein«, sagte Ygrane, kauerte sich auf ihre Fersen und blickte auf die rohledernen Beinkleider des Wüters. »Er ist alt, aus einer Zeit, als die Kelten und die nördlichen Stämme eine einzige Sippe waren.« Mit ihrer freien Hand ergriff sie eine Locke ihres aprikosenfarbenen Haares und führte sie durch das Loch im Stein. Dann machte sie damit eine sägende Bewegung. »Während dreihundert Jahrhunderten hat diese sanfte Bewegung den Stein geformt. Tausend verschiedene Leben haben dieses Symbol gestaltet. Tausend Tode haben es durch die Zeit getragen, zu mir.«

Nachdem sie den durchbohrten Stein kräftig mit ihrem Haar gerieben hatte, berührte sie ihn mit dem Finger, und ein Funke sprang über. Das elektrische Feuer entzündete ihre Fingerspitze und brannte mit einem langsamen, weißen Leuchten. »Das ist mein Geschenk für dich, zu Ehren unserer gemeinsamen Vergangenheit«, sagte sie und wagte den blühenden Blick ihrer grünen Augen zu heben, als sie ihm ihre Gabe anbot.

Ein Geschenk in der Nacht der Ahnen! Der Wüter knirschte mit den Zähnen, aber er hielt seinen Zorn zurück. Er wollte diese listige kleine Hexe nicht verbrennen, nicht in der Nacht der Ahnen. Sie konnte durchaus vom Lügner hierhergeschickt worden sein, der sich selbst zum Häuptling machen würde, wenn sein Bruder sich in dieser heiligen Nacht als Mörder erwies.

Heiterkeit durchflutete Ygrane, als der Häuptling der nördlichen Götter den durchbohrten Stein aus ihren feurigen Händen entgegennahm. Soweit war alles genau so abgelaufen, wie es Ygranes Ratgeberin, das alte Weib Raglaw, vorhergesagt hatte. Indem sie den durchbohrten Stein in der gleichen Tasche aufbewahrt hatte, in der auch das Auge des Gottes gewesen war, war der Stein für den Blick des Gottes in der Trance tatsächlich unsichtbar geblieben.

Als der Wüter die Gabe aus bernsteingelbem Schiefer entgegengenommen hatte, spürte er, wie der Schmerz in seinem Schädel nachließ. Dies war ein wahrhaftes Geschenk. Es enthielt genug elektrische Kraft, um seinen müden Leib zu erquicken. Und nun, da er es – wie der Brauch es forderte – angenommen und seine Wirkung empfangen hatte, mußte er ihr ein Gegengeschenk anbieten.

Ein Gefühl von Gefahr verdichtete sich dort, wo der Schmerz gewesen war. Ein Gegengeschenk. Ein so ehrwürdiges Geschenk, das auf die Zeit vor seiner Herrschaft zurückging, auf die frühen Tage der Alten, als selbst sie noch jung gewesen waren, erforderte Ehrfurcht. Wenn er ihr jedoch einen Gegenstand seiner Macht schenkte, wie sie es zu Recht erwartete, wo sie doch auf findige Weise nicht nur ihren Weg in den Großen Baum, sondern geschickt bis in seine Gegenwart gefunden hatte, dann konnte er nicht gegen ihr Volk kämpfen.

Ygrane hielt ihr glänzendes Gesicht erhoben, und ihre grünen Augen funkelten erwartungsvoll. Sie war nur noch einen Atemzug davon entfernt, ihrem Volk einen grausamen Krieg zu ersparen. Alles, was sie brauchte, war, daß der Wüter ihre Verwandtschaft mit einem persönlichen Geschenk anerkannte – einem Haar von seinem Bart, dem Schnürsenkel von einem Stiefel, mit irgend etwas Greifbarem, das sie zur Erde tragen und zu einem magischen Gegenstand umformen konnte.

»Hat der Lügner dich zu mir geschickt?« fragte er und kniff sein gutes Auge zusammen.

»Nein! Ich habe den durchbohrten Stein und den Zauber der alten Weiber benutzt, um hier heraufzusteigen. Sie haben mir gesagt, wo ich dich finden würde.«

»Die alten Weiber«, murmelte er in seinen Bart, erleichtert darüber, daß es nicht das Werk des Lügners war. Er drückte den durchbohrten Stein an seine Stirn und nahm seine beruhigende Kühle in sich auf. »Ich hatte nicht geglaubt, daß die Kelten noch den alten Weibern gehorchten, nicht in diesen neuen Zeiten, nicht unter den Häuptlingen.«

Ihre stolzen Wangen verdunkelten sich, als sie sagte: »Die Häuptlinge führen uns in den Krieg. Deshalb bin ich hier und biete mich dir an. Die Mütter wollen keinen Krieg, besonders nicht mit dir. Wir sind miteinander verwandt. Verheirate mich mit einem deiner Kriegsherren in den Wurzellanden. Mit Horsa – er ist der sächsische Anführer, den du gegen uns geschickt hast. Laß uns aufhören, einander umzubringen, und laß die alten Sitten wieder blühen.«

»Die alten Sitten?« Er setzte sich seinen Hut wieder auf und zog ihn drohend über sein einziges Auge. »Eure Sitten sind keine alten Sitten. Als die Kelten sich von den nördlichen Stämmen getrennt hatten, sind sie nach Süden gezogen, in die tropischen Länder, und dort habt ihr fremde Sitten gelernt, fremde Lehren – das Wort, Brahman, Logos und eure Vernarrtheit in Zahlen und Metalle –, genau den Irrsinn, den die Herren des Feuers benutzen, um die Erde zu verseuchen.«

»Zahlen ... Buchstaben ...«, stammelte Ygrane und sammelte geschwind ihre Gedanken ob dieses unerwarteten Ausbruchs, »diese Gaben können auch von den nördlichen Stämmen genutzt werden.«

»Nein!« Das Dröhnen seiner Stimme ließ Falon aufspringen und die Königin tiefer auf ihre Fersen sinken. »Siehst du es denn nicht, du Hexe? Das sind keine Gaben. Das sind Gifte! Sie lassen Städte wachsen. Sie bedecken die Wurzellande mit geraden Linien, unterbrechen den Drachenfluß der Energie, verwandeln deine Leute von dem wandernden Stammesvolk, das wir immer gewesen sind, in Trottel, die in Kästen leben und niemals die nackte Erde berühren. Die Magie der Herren des Feuers ist das Geheimnis anderer Welten, nicht der Erde. Ich werde nicht zulassen, daß sie unsere Erde zerstören!«

Ygrane neigte ihren Kopf unter der Wucht der Stimme des Gottes und erstickte ihre Furcht in Gedanken: Dies war die Nacht der Ahnen, und sie war sicher vor seinem Zorn. Er hatte ihr Geschenk schon angenommen. Aber Falons Gegenwart beunruhigte ihn deutlich, ebenso wie sie. Die schicksalhaften Dimensionen der Zeit verschoben und dehnten sich, um diese neue Anwesenheit einzuschließen. Sie versuchte tiefer nach innen zu spüren, um zu fühlen, was als nächstes geschehen würde. Aber sie war in diesem körperlosen Zustand zu luftig, um etwas anderes als den kalten Wind zu spüren, der von den Sternen herabwehte.

»Die alten Sitten dieses Steins sind deinem Volk schon lange verlorengegangen«, stellte der Wüter fest und klopfte mit dem Ding auf seine Handfläche. »Du bist besessen von fremden Kräften, die die ursprünglichen Waldländer roden und Städte aus Stahl bauen wollen. Ich habe es gesehen. Wenn das jetzt nicht zum Stillstand gebracht wird, dann warten auf uns Schrecken, die du dir nicht vorstellen kannst.«

Ygrane bemerkte die Bitterkeit in seiner Stimme, den Unterton von Melancholie hinter seiner Empörung, als verstünde er schon, daß seine Bemühungen zu spät kamen. Und sie wagte, ihm in sein hageres, schattiges Gesicht zu sagen: »Du hast unrecht. Die Magie der südlichen Stämme hat die Welt schon verändert. Wir können nicht zurückgehen. Aber wenn wir zusammen vorwärtsgehen, als ein Volk, dann können wir das Beste von dieser Magie benutzen, um zu ...«

»Schweig!« Seine Stimme explodierte über ihr, und sie bedeckte ihr Gesicht in der Erwartung, ausgelöscht zu werden. Und obwohl ihr Lichtkörper schwankte, flog er nicht auseinander. »Aus Ehrfurcht gegenüber Mutter und Frost, unseren gemeinsamen Eltern, werde ich dich nicht zerstören, Königin der Kelten. Nicht in dieser Nacht. Schau mich an.«

Sie hob ihr bleiches Gesicht und starrte in die schwarze Mitte seines einzigen Auges.

»Ich kann dir nicht geben, was du möchtest. Kein Haar von meinem Kopf, du Hexe«, sagte er mit eisiger Eindringlichkeit. Er schob seinen Hut zurück und wischte mit dem Daumen den letzten Schmerz beiseite, der noch seine Stirn durchbohrte. »Dennoch, zu Ehren von Mutter und Frost, werde ich mein Geschenk nicht verweigern. Und obwohl ich weiß, daß du es gegen mich verwenden wirst, gebe ich es aus freiem Willen. Steh auf, Ygrane. Steh auf und empfange mein Geschenk einer einzigen Erinnerung.«

Die Königin kam schwankend auf die Füße. Ihr schwindelte. Sie spürte, daß ein Wunder geschah, und zugleich packte sie eine große, tiefe Enttäuschung. Raglaw, die Alte, hatte gesagt, Ygrane müsse mit einem Ding vom Wüter zurückkommen, im Austausch für den uralten Stein. Aber eine Erinnerung? Genügte das, um Zauber zu wirken?

»Vor zwanzig Jahren, bevor ich auf den Rabenast stieg, von dem ich jetzt herabkomme, habe ich ein Einhorn gesehen.« Er strich über seinen Bart, rieb den durchbohrten Stein an seinen wirren Barthaaren, während er sich erinnerte. »Hast du jemals eines gesehen?«

Sie schüttelte den Kopf.

»Die Einhörner kommen von der Sonne. Sie kommen dann und wann hier herab in den Baum. Die Herren des Feuers benutzen sie wie Packtiere, um Energie vom Erddrachen davonzutragen. Sie kommen und gehen. Nur selten sehe ich sie im Norden, wo ich dieses eine gesehen habe. Vor zwanzig Jahren. Noch nicht so lang her. Sie streifen hier manchmal ein oder zwei Jahrhunderte umher, bevor sie auf die andere Seite des Himmels zurückkehren, zu den Herden auf dem Sonnenwind.«

Der Wüter streckte den durchbohrten Stein ihrem Gesicht entgegen, und ein grüner Funken sprang davon auf ihre Stirn über. Da sah sie die Erinnerung – den leuchtenden Punkt außerirdischer Energie, der sich langsam über die Erde bewegte.

»Diese Erinnerung ist die Erinnerung eines Gottes«, bemerkte der Wüter und steckte den durchbohrten Stein in die Tasche seiner rohledernen Beinkleider. »Ich brauche dir, einer Hexenkönigin, nicht zu sagen, wieviel Macht die Erinnerung eines Gottes im Geist eines geringeren Wesens hat. Das Einhorn wird kommen, wenn du es rufst. Und du wirst sehen, daß dies ein würdiges Geschenk für den durchbohrten Stein ist.«

Der Wüter schlenderte davon, die Felsenklippe hinab und hinein in das Waldland, auf dem Weg zum Fest der Nacht der Ahnen. Die Götter würden sich über den alten Stein amüsieren, der von menschlichen Träumen so blank gerieben war. Wenn sie mit dieser Energie vergangener Zeiten spielen konnten, würde weniger Zeit bleiben, um über ihn zu spotten und gegen ihn Ränke zu schmieden. Und dann würde er heimkehren und ausruhen. In ein paar Jahren würde er bereit sein, hinunterzusteigen in die Wurzellande, um die Westlichen Inseln zu erobern und sich einen langen Zug vom goldenen Traumwein der Bewahrerin der Äpfel der Dämmerung zu verdienen.

Schon weit hinter ihm, auf der grasbewachsenen Felsenklippe, blieb Falon mit dem Gesicht zum Boden liegen, bis die Königin ihre Hand auf sein Haar legte und ihn aufstehen hieß.

Ihre sorgenvollen Züge täuschten Haltung vor. »Wir können hier bis zum Monduntergang warten«, sagte sie mit von Tränen erstickter Stimme. Sie schleppte sich durch das zitternde Gras zu einem Felsbuckel, der den Wind abhielt. »Dann werden wir einschlafen. Wenn wir aufwachen, sind wir wieder im Kreis der Schwerter.«

Falon saß neben ihr, nahe genug für die tränenreiche Umarmung, die unausweichlich war. Er sagte nichts, beobachtete nur, wie ihr sommersprossiges Gesicht immer kindlicher wurde, während ihr die Bedeutung dessen, was geschehen war, aufging. Endlich kamen die Tränen, und er drückte sie an sich und hielt sie fest, am Ende froh, daß er für sie stark war.

»Ich habe bei der Rettung unseres Volkes versagt«, schluchzte sie. »Noch mal – ich habe versagt.«

»Nein, ältere Schwester. Du bist in den Sturmbaum gestiegen. Du hast in das Antlitz eines Gottes geschaut und lebst dennoch weiter. Und du hast sein Geschenk.«

»Es wird Krieg geben.«

»Ich weiß.«

Der riesige Mond berührte den tiefvioletten Dunst der Berge, sein gebrochenes Gesicht schimmerte kupferfarben in dem langen Licht seines Untergangs. Ygrane riß sich los und trocknete die Tränen mit ihrem Ärmel. »Wir können dem Wüter nicht allein widerstehen.« Sie konnte den Rest nicht sagen – daß die Druiden recht hatten und daß ein Bündnis mit den Römern ihre einzige Hoffnung war – und daß sie deshalb deren Kriegsherrn heiraten mußte.

Falon wußte, was sie dachte, und er konnte ihren Überlegungen nicht widersprechen. Sie war die Königin. Ob durch Zauberei oder durch Heirat, sie war die Rettung ihres Volkes, das zu ihr und den Häuptlingen aufschaute und von ihnen erwartete, daß sie es vor den Seeplünderern und den Räubern aus der Wildnis schützten. Vor diesem Schicksal konnten weder er noch die Götter sie bewahren.

»Da ist das Einhorn«, sagte er. »Es ist ein zauberisches Wesen – und es gehört dir.«

Ygrane redete nicht mehr. Sie versank im Kummer über ihr Versagen. Für sie war das Einhorn nur ein Symbol, ein Andenken an dieses märchenhafte Abenteuer. Es würde den Wüter nicht aufhalten. Aber sie erinnerte sich lebhaft daran, daß der Gott selbst vorhergesagt hatte, daß sie das Tier gegen ihn benutzen würde. Und das würde sie tun!

Als der Schlaf sie überkam, entschloß sie sich, dem Wüter zu widerstehen. Sie würde erreichen, daß er wünschte, er hätte sie für sich selbst genommen. Sie würde ihn so sehr hassen, daß er sich wünschte, er hätte sie geliebt.

Es gibt auf Erden nur einen einzigen Drachen. Er lebt im Inneren des Erdballs und ist so groß wie der ganze Planet. Sein Geist pulsiert in dem magnetischen Feld, das vom Kern der Erde ausgeht. Sein Blut zirkuliert in den langsamen Strömen des Magmas unter der felsigen Kruste, die ihm als unverwüstliche Haut dient.

Seit seinem feurigen Ursprung hatte der Drache seine Kraft gehortet und seine magnetische Energie in sich gebündelt. Er sehnte sich nicht länger nach der heißen Vertrautheit mit seinem Schöpfer, dem Sternennebelschoß, der ihn aus dem interstellaren Raum geboren hatte. Tausend Millionen Jahre lang hatte er sich gegrämt, allein in der Leere geboren zu sein, voller Sehkraft und Gefühl, und er hatte beobachtet, wie sein Schöpfer abnahm und zu einer fernen, glanzlosen Sonne zusammenschrumpfte.

Dann, als seine Schreie unbeantwortet blieben, wandte sich der Drache nach innen. Und dort fand er die telepathische Verbindung mit seinen Brüdern. In der strahlenden Mitte seines magnetischen Bewußtseins entdeckte er, daß er die Gedanken anderer hören konnte, die seinesgleichen waren – und sie konnten hören, wie er schrie und an seiner Einsamkeit verzweifelte.

Trost floß dem Drachen aus seinem eigenen Inneren zu, von den Drachen anderer Welten. Und der Drache beruhigte sich, während die Gewölbe der Ewigkeit sich in seinem eigenen Bewußtsein öffneten. Dort trat er mit diesen wohlvertrauten anderen in Verbindung und tauschte sich mit ihnen aus.

Sie waren weit entfernt. Ihre Gedanken überquerten Lichtjahre und kamen in großen Zeitschichtungen an, so daß fünftausend Millionen Jahre später aus fernen Galaxien immer noch Trost für die Geburtsschreie des Drachen eintraf.

Nachbarn, die auf nahe gelegenen Sternen geboren waren, lehrten ihn, daß es im ganzen Kosmos wirklich nur einen einzigen Drachen gab und daß jeder von ihnen, spiralig um seine Glut und sein magnetisches Bewußtseinszentrum zusammengerollt, nur eine einzelne Zelle jener unermeßlichen Kreatur war. Das Leben dieses einen einzigen Drachen war die Glut des Universums. Sein Leib glitzerte leuchtend durch den Zeit-Raum, während alte Zellen erkalteten und abstarben und neue Zellen geboren wurden.

Die Aufgabe einer jeden Zelle war, so viel von ihrer Energie wie möglich dem Ganzen zu widmen. Zu diesem Zweck wurde von jeder Zelle erwartet, daß sie ihre Lebenskraft dicht bündelte und diese magnetische Stärke in Rhythmen, die mit den anderen abgestimmt waren, nach außen strahlte. Zusammen sangen sie als ein ewiger Chor, dessen Musik der Geist des einen einzigen Drachen war.

Der Drache sang vom Sein, von einer Existenz, die weiser war als alles Böse oder Gute. Jede Zelle lauschte entzückt und modulierte ihren Gesang, damit er der Musik der anderen folgte. Zusammen lebten die heißen, glühenden Teile des Drachen in der ursprünglichen Welt – Panzerschalen aus Licht, die Dunkelheit und Kälte ausschlossen. Eingehüllt in Häute aus Fels, horteten sie das Feuer der Schöpfung und hatten Anteil an seiner Erinnerung des ursprünglichen

Lichts, das alle Dinge erschaffen hatte. In ihren glücklichen Herzen sangen sie von Mysterium und Gemeinschaft.

Und das hätte dem Drachen genügt – wenn die Schmarotzer nicht gewesen wären. Diese Organismen, die wie Schleim seine felsige Haut bedeckten, gediehen, indem sie von der Lebenskraft des Drachen stahlen, und verminderten so die Kraft, mit der er am Gesang der anderen teilnahm. Sooft er konnte, tötete er diese Fremdkörper und resorbierte ihre Körperlichter in das Magnetfeld, das in einer weitreichenden Aura vom Planeten ausstrahlte.

Die schlimmsten Schmarotzer waren die *Feurigen*. Ihre langsamen blauen Strahlen brannten mit einem nadelscharfen Schmerz, der den telepathischen Gesang des Drachen störte. Zum Glück wurde er nur selten und immer sehr kurz von diesen feurigen Parasiten heimgesucht. Sie stürzten aus der Leere hervor, raubten dem Drachen Energie und waren schon wieder auf und davon in den Abgrund, unterwegs zu ihren unerklärlichen Aufgaben. In den Liedern des Drachen hießen sie die Herren des Feuers, und die Lieder erzählten, daß sie älter waren als der Drache, älter als die Sterne, älter selbst als die Zeit.

In letzter Zeit waren diese leuchtenden Parasiten jedoch geblieben. Auf den Gipfeln der gebirgigen Haut des Drachen, außerhalb der Reichweite seiner Klauen, setzten die Herren des Feuers ihre scharfen, blendenden Klingen aus Energie ein, um einem viel kleineren Parasiten Kraft zu verleihen, einem menschlichen Wesen, einer Frau. Neugierig horchte der Drache auf die Kraft der Herren des Feuers, die anschwoll wie das Meer und gegen die Berggipfel anbrandete und gegen das Magnetfeld am Himmel.

Der Drache lauschte schärfer, und er hörte, wie die Herren des Feuers mit der winzigen Kreatur über Himmel und Prophezeiung redeten. Was konnten solche riesigen Wesenheiten einem so unbedeutenden Lebewesen über solch gewichtige Dinge zu sagen haben? Was konnte eine so winzige Kreatur wie ein Mensch davon wissen?

Der Drache lauschte mit einer Geduld, über die nur Stein verfügt. Er erfuhr, daß der Name der Frau Optima war und daß sie ein Kind bekommen sollte. Die Herren des Feuers benutzten ihre eigene ungeheure Macht, um das Kind in Optimas Leib zu formen. Der Drache verstand nicht, warum sie sich mit so einer geringen Aufgabe abmühten. Warum soviel Energie für ein so winziges Wesen?

Zu ihrer Hilfe hatten die Herren des Feuers aus der Sonne ein Tier aus Licht zu sich gerufen, einen Sonnenhengst – ein Einhorn. Es brachte Kraft für die Herren des Feuers und stahl Energie von dem Drachen. Ein weiterer Schmarotzer! Wütend schaute der Drache zu dem Einhorn empor und wollte nach ihm schlagen, aber er reichte nicht so weit durch die Kruste des Planeten.

Das Einhorn, das auf einem sonnigen Abhang äste, spürte die aufmerksame Gegenwart des Drachen und schaute auf. Seine grünen Augen blickten mit heiterer Liebe auf Fichte, Tanne und Föhre. In seinem Aussehen ähnelte es einem Pferd, doch es war von völlig anderer Art. Sein Pferdekopf war schmaler als der eines jeden irdischen Rosses, knochiger und eckiger; heraldisch ragte das spiralige Horn zwischen den zusammengekniffenen Augen empor. Ein Pelz aus Reif, mit blauen Rosetten, die fast unsichtbar vom Glanz seines Felles umwölkt waren, ließ das Wesen aus Licht gewoben erscheinen – und das war es in Wirklichkeit auch.

Im Sonnenwind geschaffen von elektrischen Wesen, die ihm ganz gleich waren, war der Sonnenhengst einst frei gewesen, mit seiner Herde dahinzugaloppieren. Inmitten leuchtender Wesen seiner Art war er auf den schattenlosen Hügeln der Sonne herumgetollt und hatte die Strahlen der Gesundheit mit den anderen geteilt, die sich mit ihren leuchtenden Gestalten aneinander gerauft und liebkost und gerieben hatten. Doch auf Geheiß der Herren des Feuers war er auf die Erde gekommen.

Stärker als die meisten anderen seiner Art, war der Sonnenhengst oft den anderen voraus gelaufen, hatte die Einsamkeit und das Vergnügen genossen, auf dem Bogenprall des Magnetfelds der Sonne zu Orten zu reiten, die nur wenige jemals gesehen hatten. Mit der Zeit war er es müde geworden, sich mit den zahllosen anderen zu bewegen. Einsame Orte hatten ihn gelockt. Sein Verlangen, allein loszuziehen, schien eine innere Weisung zu sein, eine persönliche Sehnsucht nach neuen Erfahrungen.

In einem Flug, der ihn weiter trug, als er je zuvor geflogen war, spürte er den Ansturm gigantischer Fronten von fernen Sternexplosionen. Furcht, eine seltene Emotion bei diesen Kreaturen des Lichts, durchzuckte ihn, als er plötzlich erkannte, daß er zu weit gegangen war. Der Sog der interstellaren Gezeiten der Galaxis packte ihn. Er konnte sich nicht aus diesem unnachgiebigen Griff befreien und stürzte gewichtslos in die wirbelnden Strudel des siderischen Raumes.

In diesem angstvollen Augenblick durchdrang ein schriller Schrei die zarte Kreatur. Sie war auf etwas Festes und machtvoll Magnetisches gestoßen, das sich irgendwie zwischen ihren Augen festgesetzt hatte. Das seltsame Ding wirkte als natürliche Antenne und pochte vor Lebenskraft und erfüllte das elektrische Tier mit vibrierenden Wogen von Gedanken.

Ideen überfluteten sein Bewußtsein, und in diesem Augenblick des Wissens erfuhr es, daß es nicht länger ein Sonnenhengst war. Es war von Wesen einer höheren Ordnung gerufen worden, von Wesen, die älter waren als das Universum selbst und die es in etwas anderes verwandelt hatten.

Benommen trieb das verwandelte Tier – das Einhorn – durch die mit Sternen übersäte Dunkelheit und lauschte Ideen, die in ihm selbst wogten und von der Antenne auf seiner Stirn kamen. Es erfuhr, daß die Wesen, die es gerufen hatten, sich selbst die Herren des Feuers nannten. Sie waren außerhalb des Universums entstanden – oder eher tief in seinem Inneren, in einer Dimension, die außerhalb von Zeit und Raum lag. Sie kamen vom Ort des Feuers, von der unendlich heißen und unendlich dichten Quelle des Universums selbst, aus dem Inneren der Singularität, aus der die gesamte Schöpfung Milliarden Jahre zuvor explodiert war. Aber sie waren nicht freiwillig gekommen. Sie waren durch einen Zufall hinausgeschleudert worden.

Das Einhorn erfuhr auch, daß der ganze Kosmos auf der Flucht aus einer größeren, kohärenteren Realität war. Seit ihrem Auftauchen hatten die Herren des Feuers verzweifelt daran gearbeitet, eine kosmische Maschine herzustellen, die sie in ihre Heimat zurückbringen konnte. Die Antenne, die sie am Kopf der Kreatur befestigt hatten, sollte auf einen der Felsplaneten mit heißem Kern geliefert werden, wo Teile für die Maschine der Herren des Feuers gebaut wurden. Wenn das Einhorn einwilligte, dann würde es mehr Kraft erlangen, als die meisten seiner Art je kennen werden. Und so war es bereitwillig den Weisungen der Herren des Feuers zur Erde gefolgt.

Das Einhorn stieg den Berghang hinan. Achtsam hielt es sich fern von Verwerfungen und Bruchzonen. Ihm erschienen sie wie Adern von Lava, wie glühende Ströme, die im Atemrhythmus des brodelnden Inneren des Planeten heller und dunkler wurden. Der Neonnebel, der entlang dieser steilen, heißen Spalten wogte, füllte sich mit verschwommenen Bildern von reptilischen Gespenstern und Drachengestalten – Visionen, die direkt aus den Erinnerungen des Einhorns kamen.

Dies war die Art des Drachen, sich mitzuteilen und seinen Zorn auszudrücken. Er wollte seine Kraft zurückhaben. Er wollte die Kraftfelder verschlingen, das gewobene Licht, das die Unsterblichkeit des Sonnenhengstes umfaßte. Begierig, seine düsteren Traumlieder zu befriedigen, langte er durch die Risse in seinem Panzer mit einem Duft von Geißblatt, mit einem weinschweren Geruch von sommerlichen Dämmerungen.

Aber diese Versuchungen hatten keinen Erfolg. Das Einhorn wurde nicht dazu verlockt, näher an die Bruchlinien heranzukommen, wo der Drache es fassen und verschlingen konnte. Statt dessen stieg es weiter den Berg hinan, entlang von kräftigen Kammlinien und dichten Steilabbrüchen, wohin der Drache nicht reichte. Auf dem Gipfel umfingen es Wolken, und eine kleine runde Hütte kam in Sicht.

In der Hütte kniete Optima, eine zerbrechliche Frau in Hanfgewändern, vor einem kleinen Altar aus Flußgestein. Sie war kaum zu sehen, das Glühen des Herrn des Feuers, der neben ihr stand, ließ sie fast zu einem Schatten verblassen. Der Herr des Feuers sah aus wie ein Strahl weißen Sonnenlichts, der menschliche Gestalt angenommen hat. Mit Augen, die wie blaue Sterne wirken, blickte er auf das Einhorn und nickte im Einverständnis. Ein heiliger Augenblick war gekommen, ein Augenblick, der so alt war wie der Berg, jedoch auch einzigartig und neu wie ein Traum – und doch älter als alles Sterbliche. Der Augenblick des Beginns.

Dann kam der Ruf – ein Schrei, der weit widerhallte wie ein Donner, eindringlich wie das Brüllen des Ozeans. Er rollte über den schneebedeckten Horizont hin, kam aber auch von innen, wie der Rückzug des Saftes in den Bäumen vor der Berührung durch den Winter. Dieser geheimnisvolle Ruf zog an dem Einhorn, und ihm blieb nichts anderes übrig, als ihm zu folgen. Wie an einer unsichtbaren Leine wurde es weggezogen und glitt nach Westen.

Das war nicht der Ruf der Herren des Feuers, das wußte das Einhorn sofort. Der Sog dieser Strömung war zu kalt, eine arktische Ebbe, die es in die Tiefen des Winters lockte. Flucht wäre nur nach oben möglich. Es müßte die Haut des Drachen gänzlich verlassen. Es müßte von der Erde wegspringen und zu den Feldern der Sonne zurückkehren. Das war der einzige Weg, wie es sich aus diesen geheimnisvollen Banden losreißen konnte, die es an den Himmel des Sonnenuntergangs fesselten. Wer es da überhaupt rief, wußte das Einhorn nicht. Jedoch wußte es sehr gut, daß es nie zurückkehren würde, wenn es jetzt die Erde verließe, um diesem Ruf zu entfliehen. Die Liebe zur Herde wäre nach so langer Trennung zu stark, zu vielstimmig und zu innig, als daß es noch einmal an diesen einsamen und unheimlichen Ort zurückkehren würde, ungeachtet seiner Treue gegenüber den Herren des Feuers.

Also wanderte das Einhorn nach Westen, mit hoch erhobenem Kopf, als ginge es freiwillig. Es mußte unbedingt sehen, wer es gefesselt hatte und warum. Wenn es nötig wäre, dann könnte es jederzeit vom Drachen davonspringen und die Herren des Feuers verlassen. Seine Furcht legte sich, und ruhig folgte es den ebenholzschwarzen Stufen des Horizonts, durch den Dunst des Zwielichts, hinein in den Westen, der rötlich gefärbt war.

Erstes Buch

DER DRACHENHERR

Ein Bruder ward ich den Drachen …

Buch Hiob 30,29

Lailokens Leiden

Die elfenbeinernen Turmspitzen und terrassierten Zinnen von Tintagel schienen inmitten von Regenschauern und Meeresgischt zu schweben. Schaum von den Brechern, die auf den Felsenklippen weit drunten barsten, wehte federgleich herauf und wirbelte um Ygrane, die in einem winterlichen Garten auf einem der Türme stand.

Die Königin trug ein Gewand, das mit Federamuletten und Talismanen aus Knochenperlen geschmückt war, die dazu verfertigt waren, ihren Zauber zu verstärken. Sie hob ihre Arme, und der Nebel des Wasserstaubs sprühte mit der verschwommenen Gestalt des Einhorns in den Wind. Ihr Zauberspruch stieg in den Donnerlärm des Meeres empor.

Das Einhorn kam vom Himmel herab und landete schweigend auf den Steinplatten eines Dachgartens, auf einem Turm, in dessen flacher, mit Lehm bedeckter Krone ein spiralförmiger Weg verlief. In der Mitte des winterlich toten Gartens traf der gekrümmte Pfad auf einen flachen blauen Felsblock. Darauf stand Ygrane, eine Frau von fünfundzwanzig Wintern, in einem weißen Gewand, das der Seewind bauschte. Ihre Haarflechten schimmerten zimtfarben in dem scharfen Sonnenlicht, und ihre silberberingten Hände glänzten mit durchsichtigen Energien – der unsichtbaren Leine, die der Wüter zehn Jahre zuvor in ihre Hände gelegt hatte.

Lautlos setzte das Einhorn seine opalenen Hufe auf der Steinplatte am anderen Ende des spiralförmigen Pfades auf. In seinen langen Augen glitzerte das gleiche smaragdgrüne Licht wie in den Augen der Keltenkönigin. Das Tier mit den buschigen Augenbrauen schritt würdevoll und unerschrocken über den steinernen Pfad. Es trug sein Horn hoch und zerrte an der magnetischen Leine der zauberischen Königin, um zu zeigen, daß es sich losreißen konnte, wenn es wollte.

Ygrane hielt die Leine fest und wagte sogar, noch stärker daran zu ziehen. Ein Jahrzehnt lang hatte sie schon das Einhorn mit der Magie gerufen, die der Wüter ihr im Großen Baum anvertraut hatte. Immer wenn sie Tintagel besuchte, hatte sie diese Magie angewandt und den Ruf geduldig mit ihrer Lebenskraft genährt. Sie hatte gespürt, wie die Verbindung von ihr ausging, auf das Einhorn traf und sich dann straffte. Hunderte Male war sie hier gestanden und hatte das Einhorn gerufen, hatte es über die Jahre immer näher herangezogen.

Jetzt, wo das magische Wesen in ihr Blickfeld gezogen worden war, beschleunigte sich die Zeit auf unheimliche Weise. Wolken zerrissen über ihr am Himmel, und die Sonne rollte zu ihrer südlichsten Stelle am Firmament, während das Einhorn die Spirale vollendete. Als es vor der Königin stand und die dunklen Höhlungen seiner Nüstern einen sommerlich duftenden Atem ausstießen, verlangsamte sich die Welt zur Dämmerung. Im Zwielicht nahm der Himmel gelbe und grüne Streifen an, die sich im glänzenden Fell des Tieres widerspiegelten.

In diesem ersten Augenblick von der Dauer eines Tages strömten alle Absichten und die ganze Lebensgeschichte der jungen Königin durch das Einhorn. Aber es nahm daran keinen Anteil. Sein Bewußtsein drang tiefer in das Menschenwesen ein, das es gerufen hatte. Das Einhorn schaute durch die

Gruft voller Puppen hindurch, die Ygranes Gedanken darstellten, und fand auf dem Hintergrund ihrer Seele die lebenden Götter, die ihr diese Macht verliehen.

Sie waren die *Daoine Síd*, die uralten Götter, die in der Zeit vor den Häuptlingen der Mutter gedient hatten. Ihr König war Hirschkopf, der sich selbst *Einer-kennt-die-Wahrheit* nannte. Wie der Wüter und die anderen Götter hatte er einst mit seiner Sippe in den Zweigen des Großen Baums gewohnt. Aber vor Jahrhunderten hatten ihn die Fauni besiegt und die Síd aus den leuchtenden Zweigen vertrieben.

Die verwundeten Götter waren über die rissige Haut des Drachen gehuscht und gekrochen, und viele waren mit Haut und Haar verschlungen worden. Der Drache hätte sie alle verzehrt, aber sie waren zu viele gewesen, als daß er sie hätte auf einmal verdauen können. Während dieser entscheidenden Unterbrechung, als der Drache von seinem Mahl trunken und satt gewesen war, hatte der schlaue Hirschkopf Zeit gefunden, mit dem gierigen Tier einen Handel zu schließen. Als Gegenleistung dafür, daß den Síd in den unterirdischen Wurzelstrünken des Großen Baumes Unterschlupf gewährt wurde, erklärte sich Hirschkopf bereit, den Drachen regelmäßig zu füttern. Seit damals hatten die Síd unterirdisch gelebt und Götter, Riesen, Trolle und Menschen in den Schlund des Drachen gelockt. Die Hexenkönigin Ygrane war eine ihrer Priesterinnen. Sie hatten sie mit einer großen Fülle an Macht ausgestattet, damit sie ihren Heerscharen, den Drachenhorden, half, die die westlichen Lande durchstreiften, um Nahrung für ihren strengen Herrn zu finden.

Diese Frau war genau die Verbündete, die das Einhorn brauchte, um weiterhin seinen Herren, den Herren des Feuers, zu dienen, und es begrüßte sie mit einem glockenhellen Ruf und einem sanften Schütteln des Kopfes. Ygrane nahm den fröhlichen Gruß an und bot der schmalgesichtigen Kreatur ihre Hände dar. Die silbernen Ringe an ihren Fingern rochen nach Donner, und das Einhorn schmiegte sich an die Frau.

Ygrane hatte diesen Augenblick seit Jahren vorausgesehen und war nicht überrascht von den Morgensternen in den grünen Augen oder dem Rauchwirbel seines Fells. Was sie überraschte, war die blaue Stille, die ihr das Herz erhob.

Und dann machte das Einhorn sich wieder auf seinen Weg. Ein Schimmer im glänzenden Wind, verschwand es im Teich der Nacht.

Im Keller des Nordturms von Tintagel saß Raglaw im Dunkeln. Das alte Weib nagte an einem Knollen der Traumwurzel und lauschte dem Zeitwind, der ihren Schädel durchwehte. Die schnelle Strömung um sie herum trug Echos mit sich – und eine Stimme. Die Echos waren die Schläge ihres Herzens und das Knacken ihrer spröden Gelenke. Die Stimme gehörte einem Dämon – dem Dämon Lailoken, der während des mächtigen Zauberspruchs des Wüters vom Himmel gefallen war.

Die alte Raglaw wußte, daß der Sturz dieses Dämons nicht so zufällig gewesen war, wie es den Anschein hatte. Manche alten Weiber hatten den tiefen Blick. Der Zeitwind gab dem Rauch ihres Bewußtseins eine Gestalt, und jede Alte, die beobachtet hatte, wie der Wüter Dämonen aus dem Abgrund rief, spürte, wie die schicksalhaften Strömungen wild wirbelten. Einige hatten gesehen, wie der Zeitwind die seraphischen Strahlen eines Herrn des Feuers auf jener Bergspitze nachzeichnete, wo der Dämon auf den Drachen geprallt war. Andere hatten nichts gesehen.

Die Alte hatte genug miterlebt, um jetzt zu lauschen, und schließlich hörte sie, was sie erwartet hatte – die telepathische Leidensklage eines Dämons, der von den Herren des Feuers gefangen worden war.

Eine Schattenstimme drang über die Schwelle des Hörens …

»Die Weibliche. Alles, was ich bin, schulde ich ihr. Alles Gute und Böse in meinem Leben. All die Zauberei und alles

Geheimnis. Alle Weisheit und alle Verrücktheit. Selbst am allerersten Anfang, bevor es Raum oder Zeit geben konnte, als sich jeder von uns in jedem Punkt mit allen anderen berührte, war sie da. Sie war selbst der eine Punkt, aus dem alles entsprungen ist. Und sie war auch das Entspringen. Warum sind wir fortgegangen, wenn nicht, um ihr zu folgen?

Am allerersten Anfang war die Weibliche all der unbegreifliche Sinn, den wir brauchten. Sie hielt uns alle zusammen. Völlig vermischt, denn wir waren alle mit ihr zusammen – und doch völlig keusch, den sie war ebenso gänzlich allein wie wir – ein ganzer und einziger Punkt. Was für ein größeres Glück könnte es geben?

Das war die Frage, die uns drohte. Daß wir sie bedenken konnten, zeugt von einem schrecklichen Mangel in einem sonst vollkommenen Ganzen. Aber es war natürlich unsere Vollkommenheit, die diese Frage überhaupt aufwarf. Um wieviel mehr könnten wir glücklicher sein, wenn wir ein Teil von ihr wären, jedoch von ihr getrennt? Um wieviel mehr Glück würde es geben, wenn wir sie sehen und von ihr gesehen werden konnten?

Und mit dieser Frage entstand die Notwendigkeit für den Raum, um zu sehen, und für die Zeit, in der man gesehen wurde. Wir waren viel mehr, als einer sich hätte vorstellen können. Jeder von uns hatte gedacht, er sei der einzige, bis wir auseinanderfielen. Unser Verlangen nach ihr trieb sie von uns weg – und natürlich folgten wir, hinaus in den Raum und in die Zeit, und wir wollten mit ihr sein, wie wir immer mit ihr gewesen waren. Aber auf eine neue Weise. Und so entstanden Raum und Zeit. Nur hatte keiner von uns, sie vielleicht ausgenommen, wissen können, wie kalt und dunkel es sein würde.

Und keiner von uns, sicherlich nicht einmal sie, konnte all das Leid vorausgesehen haben, das folgen sollte – und all die Freude, die dieses Leid erfordern würde, um sich wieder zu heilen. Und keiner hatte geahnt, welche Zauberei und welche Weisheit wir erlernen und besitzen mußten, um das Geheimnis und den Wahnsinn zu ertragen, sie verloren zu haben. Und wir hatten uns auch die riesigen Entfernungen und den sich über Lichtjahre ausdehnenden Raum nicht vorgestellt, und welche unvorstellbar großen Zeitspannen es erfordern würde, um überhaupt zu beginnen, uns der vollen und wahren Einheit zu nähern, die wir genossen hatten, als wir alle auf einem Punkt gewesen waren.

Niemand von uns sah etwas von unserem bizarren Schicksal voraus. Wie seltsam, daß hier draußen, in Raum und Zeit, jeder von uns so völlig von den anderen getrennt ist. Wie seltsam, daß sie überall und dennoch nirgendwo ist. Wie viel seltsamer noch, daß sie zur Frau geworden ist und daß aus der Verminderung der Frau, aus der Vertreibung der Eierstöcke aus dem Leib, die zu Hoden wurden, aus der Verkümmerung ihrer nährenden Brüste zu nutzlosen Brustwarzen, aus der Verstümmelung der Fülle und Symmetrie ihrer Chromosomen zu einer genetischen Mutation, dieses Zerrbild geworden ist, das der Mann darstellt.

Ist es dann verwunderlich, daß wir Männer leiden und in unserem Leid toben? Wir sind die unsterblichen Punkte, die aus dem einen Punkt auseinandergebrochen sind, um ihr hierher zu folgen. Wir sind die ewigen Wanderer. Und wo ist sie jetzt? Sie ist überall und nirgends. Sie ist die Umarmung der großen Leere, die das Universum darstellt. Sie ist der lange verweilende Kuß der Zeit. Sie ist alles, was sie schon immer war – und alles, wovon wir wünschten, daß sie es sei. Jetzt dienen wir ihr oder lehnen uns gegen sie auf, weil wir ihr nie entfliehen oder sie je wirklich finden können. Sie ist namenlos und sie ist der Lebensodem aller Namen – denn sie ist die Wahrheit, die am Ende uns alle umfaßt. Sie ist Gott.«

Jedesmal, wenn es gerufen wurde, kehrte das Einhorn nach Tintagel zurück. Im Garten auf dem Turm begegnete es Ygrane auf dem spiralförmigen Pfad. Sie hatten ausreichend Gelegenheit, sich miteinander auszutauschen, jetzt, wo es keinen Widerstand mehr zwischen ihnen gab, keine Verzerrung der Zeit mehr, wie bei ihrem ersten Treffen.

Sie berührte das Horn, und das azurblaue Schweigen erfüllte sie mit einem unbegreiflichen Frieden, mit der heiteren Freude wilder Wesen, mit einer unbewegten klaren Weite, in der schon alles geschehen war und in der ihre kurze Lebensgeschichte als Frau und sogar ihre früheren Geschichten in anderen Leben nur dem Sprühnebel einer Wasserfontäne glichen. In dieser ungeheuren Stille vergingen all ihre Schwierigkeiten. Die Not ihres Volkes, die dunklen Geständnisse des Krieges, selbst der Tod von Hoffnung und Verlangen versanken in diesem einen, ewigen Augenblick der Seligkeit.

Während Ygrane sich entzückt dahintreiben ließ, drang das Empfindungsvermögen des Einhorns in sie ein und suchte den Kontakt mit ihren Göttern, den Verbündeten des Drachen. Sie waren weit weg, jenseits der beständigen Grenzlinie des Horizonts, unter der Erde inmitten der verwickelten Wurzelknäuel des Großen Baumes. Der Leib der königlichen Zauberin diente nur als Antenne. Vorbei an der warmen Oxidation der Kohlehydrate und Aminosäuren im Menschenleib konnte das solare Lebewesen die elektrische Gegenwart der Götter spüren.

In dem scharfen Geist des Einhorns erschienen diese leidenschaftlichen Wesenheiten aus elektromagnetischen Flammen als das, was sie waren: schnelle, furiose Leiber aus reiner Energie in allen Farben der Sonne. Menschen erschienen sie menschlich, und wenn das Einhorn es gewünscht hätte, dann hätten sie sich im Raum als ein Wesen seiner eigenen Art dargestellt. Aber das Einhorn rief nach ihnen nicht um Gemeinschaft, sondern nur um Wissen.

Von den unterirdischen Göttern der Kelten lernte es über die geheimen Spalten in den schluchtigen Wänden des Planeten, von den Falltüren, die mit täuschend festen Platten von Diorit bedeckt waren. Für ein kleines elektrisches Wesen wie das Einhorn würde der Boden fest genug scheinen, aber wenn es dieses Terrain überquerte, würde es zu einer leichten Beute des Drachen.

Bei jedem Besuch im Garten auf dem Dach des Turmes lernte das Einhorn ein weiteres Geheimnis des Drachen kennen: die Zyklen seiner Traumlieder, die Angst der Kreatur vor dem ausgedehnten Schweigen, das diese Lieder umschloß, und das Staunen des Drachen über seine eigene Pracht. Und mit jedem Besuch kam der Frühling näher. Der Wind, der von den Grasländern herwehte, trug reichlich Nektar mit sich, und auf den malvenfarbenen Bergen verschwanden die Schneefelder. Der Garten erblühte, während die Herrschaft der Sonne zunahm.

Als es an einem sanften, bezaubernden Morgen ankam, nachdem es das kraftvolle Zucken der magnetischen Verbindung gespürt hatte, die es an Ygrane band, fand das Einhorn den Garten auf dem Turm voller neu ersprossener Kräuter – Senf, Blaustielgras, Streifenfarn, Narde, Goldrute, Salbei, Ysop, Becherwurz, Immortelle, Feuerkraut, Blauer Ingwer, Sonnenauge und Schierling, alles in wildem Überfluß. Aber Ygrane war nicht da.

In der Mitte des spiralförmigen Pfades, inmitten einer Lohe von Blüten und summenden Bienen, die wie Funken umherflogen, wartete eine dürre alte Frau in einem abgerissenen Kleid aus Hirschleder. Ihr schütteres Haar war vom Feuer gekräuselt, ihr runzeliges Gesicht zeigte schwarze Lippen, rauchgeschwärzte Wangen, die von tiefen Falten durchzogen waren, und eine verwelkte Nase, die fast zu einem Loch im Schädel zusammengeschrumpft war. Das war die alte Raglaw. Sie hatte im Laufe der Jahre ihren Leib versengt, indem sie magische Ströme lenkte, die viel zu stark waren, als daß ein menschlicher Körper sie unbeschadet ertragen konnte. Dann und wann fielen Stücke von ihr ab und verbrannten wie Sternschnuppen, bevor sie den Boden erreichten.

Raglaws Anblick und Ygranes Abwesenheit erschreckten das Einhorn, und es versuchte, sich zurückzuziehen. Aber das alte Weib hielt die magnetische Leine fest und zog das gehörnte Tier langsam und machtvoll zu sich heran. In einem Anfall von Panik bäumte sich das Wesen aus Licht auf und taumelte zurück. Seine Kraft versickerte in die Steinplatten.

Die kupferblaue Spirale aus Steinen leitete die Kraft des Einhorns in die Mitte, wo die Alte stand. Ihr kalzinierter Körper wirkte wie eine Antenne. Raglaw nahm die Wellenform der Kreatur auf und lenkte sie durch den Turm in die Erde, wo sie sie an die Haut des Drachen gebunden hatte. Mit der Drehung des Planeten wurde das Einhorn unausweichlich in die Mitte gezogen.

Die Sonne glitt geschwind über den Himmel auf ihre nördlichste Stelle zu, ihre schrägen Strahlen strichen über die Berge und die See. Im Licht der Dämmerung griffen die dunklen Augen der Alten über den letzten Abstand, der sie noch trennte, nach den senkrechten Pupillen des außerirdischen Wesens.

In diesen dunklen Flammen sah die Alte einen alten, alten Mann, der in seinen langen Bart gewickelt war wie ein knolliges Insekt, das gerade aus einem Kokon geschnitten wurde. Das Gesicht des Alten war eingesunken wie ein Totenschädel. In seinen Augenhöhlen brachen zwei klare Wasserteiche das Licht in Regenbogenfarben, die in eine kosmische Dunkelheit davonsprühten. Die unauslotbare Tiefe dieser Augen enthüllte die Gegenwart eines Dämons.

Die Züge der Alten nahmen einen beutegierigen Ausdruck an. Sie ergriff das gedrehte Horn mit einer dreifingerigen Hand und legte ihre andere Klaue nahe an den Augenwinkel des Einhorns. Das Tier erblickte ein metallisches Funkeln und erstarrte vor Angst. Die Alte drückte eine dünne Silberklinge gegen den Augenrand des Einhorn, und es spürte am herrischen Druck ihres Griffs, daß es keine Gnade gab und daß keine Flucht möglich war.

Die Alte wollte das Einhorn ihrem Herrn vom Erdwall opfern, dem *Trinker der Leben*, dem Drachen. Sie spürte nicht die blaue Stille in diesem lebendigen Horn. Diese Klarheit trug ihr Licht unvermischt durch sie hindurch und hinab in die blauen Felsplatten des Turms. Am Fuß des Turms versickerte sie in der Erde, ein salziger, leuchtender Geschmack von Ewigkeit.

Der Drache kostete dieses seltene Licht und erwachte augenblicklich aus seinen Traumliedern. Blitze zuckten am klaren, abendlichen Himmel über dem Horizont des Ozeans und stiegen zu dem Opfer empor.

»Raglaw!« rief Ygrane aus dem hohen Malvengras. Sie stieg aus dem dort verborgenen Treppenschacht hervor und kletterte über die hölzerne Luke. In ihrer Hast, der Alten Einhalt zu gebieten, trampelte sie ein feuchtes Beet von Sumpfdotterblumen nieder.

Der Ruf traf Raglaw, sie lockerte ihren Griff für einen Augenblick, und wie Quecksilber entwischte das Einhorn.

»Ah!« schrie die Alte vor Schmerz, als die Schwerkraft des Drachen an ihr zog und mürrisch von seiner verlorenen Beute zurückschnellte. Über dem Meer ertönte ein Donnergrollen, und die Sterne zitterten am Himmel.

Ygrane nahm der Alten die Silberklinge aus der Hand, ließ sie auf die Steinplatten fallen und zog die alte Frau eng an ihren Leib, um ihr den Schmerz zu nehmen. »Du bist zu alt, um Drachenknoten zu knüpfen«, schalt die Königin.

Das verbrannte Gesicht nickte müde. In ihrem ledrigen Geruch war ein saurer Beigeschmack von Verfall, von dem, was in ihr schon abgestorben war, und sie stützte sich schwer auf die junge Königin, als sie auf die Knie sanken.

»Das Volk stirbt«, krächzte Raglaw, die sich vor Schmerz zusammenkrümmte.

Ygrane schüttelte sie. »Ich werde das Volk retten.«

»Du!« Ein gequetschtes Lachen, das mehr wie ein Ruf des Schmerzes klang, kam von dem zusammengesunkenen Haufen in Ygranes Armen. »Du hattest deine Gelegenheit im Sturmbaum!«

»Und ich habe sie ergriffen, meine Alte! Ich habe sie ergriffen, und wir haben das Einhorn.«

»Wir haben nichts!« Die Alte rappelte sich auf und schob Ygrane um die Länge eines knochigen Arms von sich. »Du solltest unsere Sippe mit der des Wüters verheiraten. Sind wir nicht echte Verwandte des Stammes vom Beständigen Norden?« Sie klapperte mit den Zähnen unter ihrem Oberlippenbart. »Oder?«

Die Königin zuckte die Achseln, nahm ihren Umhang ab und breitete ihn über die Alte. »Der Wüter hat mich zurückgewiesen. Wir haben Glück, daß wir das Einhorn haben.«

»Glück!« Heftige Empörung flackerte im Blick der Alten auf. »Du hast dafür mit dem durchbohrten Stein gezahlt! Es gibt kein Glück außer dem, das wir uns selber bereiten, mein Kind. Dreißigtausend Jahre Leben der Vorfahren in diesem Stein! Dreihundert Jahrhunderte an Magie eingetauscht für ein gehörntes Pferd. Du, mein Kind, du bemitleidenswertes Kind, wirst das Volk nicht mit einem Einhorn retten.«

Ygrane mußte bei diesem Gedanken lächeln. Es war ihr nie eingefallen, das Einhorn gegen ihre Feinde einzusetzen. Sie half der Alten auf die Beine, voller Ehrfurcht vor deren dunkler Weisheit. »Komm, alte Mutter. Ich werde dich zur Feuerstelle begleiten, und wir werden darüber sprechen, was man mit einem Einhorn machen kann. Komm! Die Seeluft ist kalt in der Nacht.«

»Du hättest unsere Sippe mit der des Wüters verheiraten sollen«, wiederholte Raglaw, aus der alle Gefühle gewichen waren. »Die Römer können uns auch nicht mehr helfen als das Einhorn. Es hatte keinen Zweck, den Römer zu heiraten.«

»Ich wollte nicht heiraten …«, antwortete Ygrane murmelnd und führte die schläfrige alte Frau zum Treppenschacht. »Es waren die Druiden …«

»Kyner war es – und die Christen.« Die Alte nickte trunken. »Sie haben dich an die Römer gekettet. Und jetzt haben wir unseren Herzog, und unser Volk verläßt den Drachen zugunsten des gekreuzigten Gottes. Warum hast du mir Einhalt geboten?«

»Das Einhorn ist unser Freund.«

»Freund?« Raglaws Knochen knackten in Ygranes Umarmung, als sie sich umdrehte, um der Königin ins Gesicht zu schauen. »Kind! Das Einhorn ist eine Beute für den Drachen. Füttere den Drachen! Gib dem Trinker der Leben Kraft! Das ist unsere einzige Hoffnung.«

Als Ygrane noch jünger gewesen war, hatte Raglaws vertrocknetes Schildkrötengesicht in ihr Furcht geweckt, aber in dieser Nacht empfand die Königin nur Mitleid mit der irdischen Hülle ihrer Lehrerin. »Nein«, sagte sie im Bewußtsein ihrer eigenen geheimnisvollen Kräfte, »es gibt eine größere Hoffnung. Hast du ihn im Auge des Einhorns gesehen?«

»Ihn gesehen?« Die müde alte Frau blinzelte und kniff die Augen zusammen. »Was? Was soll ich gesehen haben?«

»*Lailoken* – den Dämon in sterblicher Gestalt.« Ygrane zog den Umhang enger um ihre benommene Begleiterin. »Alte, du bist zu alt für diese Zauberei. Du hast beinahe unsere größte Hoffnung geopfert.«

»Ein Bewohner der Dunkelheit in einem menschlichen Leib?« Raglaw verzog empört ihre schwarzen Lippen. »Unmöglich, Kind. Völlig unmöglich. Sie sind zu mächtig, der Körper ist zu schwach. Er würde sich in seine Atome auflösen.«

»Du hast ihn im Auge des Einhorns gesehen.« Ygrane wendete die alte Frau zärtlich um und führte sie durch das Malvengras zu dem laternenbeschienenen Loch im Lehmboden. »Du hattest die Hand auf seinem Horn. Du mußt ihn gesehen haben.«

»Ich habe es nicht geglaubt.« Sie schüttelte, immer noch ungläubig, den Kopf. »Ich habe es durch mich hindurchgehen lassen, eine Erscheinung, ein Traum. Er kann kein wirkliches Wesen sein. Wer könnte einen Bewohner der Dunkelheit in eine sterbliche Hülle einschließen? Vielleicht in ein großes Wesen, in einen *Behemoth,* einen Wal, sogar vielleicht in einen Bergtroll. Sie sind groß genug, um Stücke vom Traumgesang des Drachen zu enthalten. Aber nicht ein Mensch. Der ist zu klein.«

»Ein Mensch, Raglaw«, sagte die Königin, trat in den Schacht voller gelben Lichts und wandte sich um, um der Alten zu helfen. »Er ist kein Traum.«

»Warum haben wir ihn dann nicht vorausgeschaut? Warum gibt es keine Prophezeiung über ihn?«

»Denk darüber nach, meine Lehrerin!« Ygrane stützte Raglaws schwaches Gewicht, während sie in den Treppenschacht hinabstieg. »Lailoken ist nicht wie andere Seelen. Er wird uns nicht durch den Zeitwind gebracht, Alte, von Lebenszeit zu Lebenszeit. Das ist sein erstes Leben als Mensch. Sein einziges Leben. Er ist ein Zufall – ein Fehler in der Magie des Wüters. Niemand hat ihn kommen sehen ...«

»Niemand ...« Die Alte setzte sich auf der steinernen Treppe nieder, um darüber nachzudenken.

»Niemand, außer den Herren des Feuers«, flüsterte Ygrane und setzte sich neben ihre Mentorin. »Sie haben den Dämon Lailoken aus dem Abgrund gestohlen, dem Wüter geradewegs unter der Nase weg.«

»Ja, ja«, murmelte die Hochbetagte. »Viele von den alten Frauen haben gesehen, wie die Herren des Feuers einen Bewohner der Dunkelheit aus der Luft schnappten. Aber danach konnten wir ihn nicht mehr finden. Wir dachten, er wäre zurück in den Abgrund geflohen.«

»Nein, Raglaw. Die Herren des Feuers haben ihn versteckt. Sie haben Lailoken versteckt, wo der Wüter ihn nie finden würde. Im Schoß einer Frau.«

Verwirrt blickte die Alte finster drein. »Wie kann das sein? Die Macht, die nötig wäre, um so ein riesiges Wesen in einen so kleinen Raum zu quetschen, kann ich mir nicht vorstellen.«

»Deshalb brauchen die Herren des Feuers das Einhorn«, sagte Ygrane. »Es kann Energie vom Drachen aufnehmen und ihnen bringen – und die Herren des Feuers haben es benutzt, um einen Körper zu formen, der einen Bewohner der Dunkelheit aus dem Haus des Nebels enthalten kann. Stell dir vor! Ein Dämon als Mensch!«

»Dämonen sind die Feinde der Herren des Feuers ...« Raglaw preßte die Fäuste gegen ihre Schläfen, um ihre Gedanken voranzutreiben. »Wenn sie Lailoken gebunden haben, dann müssen sie einen Weg gefunden haben, um ihn zu zähmen, um ihn für ihr Vorhaben zu gewinnen.«

»Ja. Jetzt begreifst du. Lailoken ist ein Mensch mit den Kräften eines Dämons ...«

»Und mit einer Seele, die von Engeln geformt wurde«, schloß die Alte. »Aber wie standhaft ist diese neugeschaffene Seele, Ygrane? Wird Lailoken wirklich seine dämonischen Kräfte benutzen, um den Herren des Feuers zu dienen und mit uns dem Wüter zu widerstehen? Oder wird er zu seiner wahren Natur zurückkehren? Wird er wieder ein Dämon werden? Wird er Böses wirken?«

»Ich weiß es nicht«, gab die Königin mit stiller Besorgnis zu. »Aber wir dürfen diese Gelegenheit nicht aus Unwissenheit oder Furcht vergeuden.«

»Er ist ein zufälliges Wesen, Ygrane. Sein Einfluß auf den Zeitwind ist unbekannt – und gefährlich.«

»Aber ich halte die Leine zu dem Einhorn, das ihn zu formen half – zu dem Einhorn, über das die Herren des Feuers befehlen.« Ygrane sprach langsam, um ihre Erregung zurückzuhalten. »Ich glaube, Lailoken folgt dem Einhorn. Es gibt eine Art Verbindung zwischen ihnen. Wir müssen das Tier schonen. Wenn ich recht habe, dann wird Lailoken bald unter uns sein, und wir werden dann selbst sehen, ob er ein Wesen ist, das uns helfen kann – oder eines, das dem Drachen zum Fraß vorgeworfen werden muß.«

Die Alte nickte. »Vielleicht ist es also gut, daß du mich aufgehalten hast.« Sie kratzte sich nachdenklich am Kinn, Hautfetzchen fielen in winzigen zimtfarbenen Funken ab. »Ach ja, junge Königin, die Zeit hat mich verbraucht.« Sie seufzte wehmütig und streckte ihre schlaffe Hand aus. »Bring mich zur Feuerstelle, Weib – und dann erzähle mir über die Magie, die du mit dem Einhorn wirken wirst.«

Mit Morgeu, ihrer Tochter von ihrem Gatten Gorlois, die jetzt sieben Sommer zählte, schritt Ygrane durch ein ginsterbewachsenes Feld auf einem Berg oberhalb eines Tals voller Urwald. Ygrane hatte versprochen, ihr Kind mit dem orangefarbenen Haar und den dunklen Augen dürfe wieder auf dem Einhorn reiten. Sie tat dies für Morgeu, weil sie ihre Tochter auf eine Weise erfreuen wollte, wie es der Vater, der Herzog, nicht konnte. Das Kind war in Cymru, dem Königreich der keltischen Königin, nur für den Sommer zu Besuch, bevor es wieder nach Tintagel und an den römischen Hof zurückkehren würde. Ihre Mutter konnte mit dem dortigen Luxus nicht mithalten, denn ihr Land war eine Wildnis, ihr Volk war in Sippengebieten über die Täler und Hügel verstreut. Aber es gab ein Erlebnis, das nur sie ihrer Tochter zuteil werden lassen konnte und sonst niemand.

Die Königin rief nach dem Einhorn, während sie ein sanftes Lied sang, als läge in der Wehmütigkeit ihrer Stimme schon der Ruf. Aus den Baumschatten auf dem Hang über ihnen glitt das Einhorn. Es schimmerte, als wäre Silberstaub vom Mond gefallen, der am Tageshimmel über dem Berg schwebte. Als sein gezacktes Horn den Boden berührte, verdunkelte sich sein Körper zu einer festeren Gestalt, und es wartete mit gebeugtem Kopf, während Morgeu auf seinen Rücken kletterte. Dann, als Ygrane hinter ihrer Tochter auf das Einhorn gestiegen war und sanft dessen Mähne hielt, ritten sie über das Feld.

Der magnetische Fluß blauer Gelassenheit, der von der Mähne des Einhorns herwehte, beruhigte Morgeu, die sonst ein ruheloses, reizbares Kind war. Und andererseits beruhigte die Verspieltheit und Verletzlichkeit des Kindes das Einhorn, das von Raglaws Angriff noch scheu war. Ygrane hatte sechs Tage mühsamen Rufens gebraucht, um es wieder anzulocken. Das Einhorn würde sich nicht mehr von Raglaws Verstellung narren lassen. Seit es jedoch Morgeu kennengelernt hatte, kam es bereitwilliger und blieb länger.

Morgeu verfügte nicht über den tiefen Blick, und deshalb entfachte der strahlende Glanz des Einhorns in ihr nicht die seraphische Entzückung, die ihre Mutter empfand. Und dennoch war dies das edelste Vergnügen, das sie je gekannt hatte oder kennenlernen würde. Wenn sie sich auf dem verzauberten Roß auf der Stelle umherdrehte, dann wirbelte ihr Leben von ihr davon und ergoß sich über das grün-goldene Land, bevor es wieder in ihren lachenden Leib zurückfloß. Noch Tage danach hob sie überall, wo sie ging, Stücke ihres Glückes auf.

Die Fianna-Krieger beobachteten sie von der Waldgrenze aus, und manchmal glitten die Königin und ihr Kind, benommen vor Schwindel, vor ihren Augen vom Einhorn, und dann sprangen die Männer auf das Tier zu. Keiner konnte es berühren, denn es entzog sich ihnen wie Rauch. Jedoch manchmal, wenn sie außergewöhnlich schnell und mit aller Kraft sprangen, dann streiften sie seinen kühlen, sich kräuselnden Schatten, und für einige Augenblicke erwachte in ihnen ein erstaunliches Wohlgefühl. Sie standen dann keuchend im geknickten Gras, niedergedrückt von ihrem Verlangen, jetzt um so schwerer, da sie die Leichtigkeit gekostet hatten. Nach zwei oder drei Sprüngen hatten sie genug von dieser gefährlichen Freude.

Aber Morgeu war unersättlich und schlüpfte bei Nacht aus dem Zelt der Königin. Nicht ahnend, daß ihre Mutter die Fianna geschickt hatte, sie zu bewachen, eilte sie zum dunklen Feld und rief das Einhorn. Sie summte das gleiche ruhige Lied, das Ygrane zu benutzen vorgab – und das geisterhafte Roß sprang aus dem Wald. Sein Leib leuchtete wie Sternenfeuer.

Morgeu ritt endlose Kreise durch das Feld, bis ihre Mutter sie holen kam. Und ohne auf Ygranes Ermahnungen zu hören, schlüpfte sie in der nächsten Nacht wieder davon und in der übernächsten wieder. Jede Nacht ging sie zu dem Einhorn, und jeden Morgen kam sie mit Funken von Licht in ihrem Haar ins Lager zurück.

In einer dieser Nächte, inmitten nächtlicher Schatten und Mondlichts, trabte das Einhorn mit seinen Hufen aus Schweigen einen spiraligen Kreis in einer Lichtung zwischen riesigen Eichen – und auf seinem Rücken ritt Morgeu. Selbst in dem ungewissen Licht des Mondes schimmerten die langen, krausen Zöpfe des Kindes rotgolden, leuchtend und wogend wie feuriges Haar. Mit einer Hand fest in der wehenden Mähne des Einhorns ritt das kleine Mädchen mit selbstvergessener Heiterkeit, weit zurückgelehnt, bewegte die Knie ruckweise über dem Widerrist des Tieres und lachte immer wieder vor Freude auf.

Ein grauhaariger alter Mann in Lumpen stand auf einen Knotenstock gestützt und beobachtete die beiden, verborgen zwischen den riesigen Bäumen. Er war Lailoken, der Dämon. Dunkelheit lauerte in den Höhlen seiner tief eingesunkenen Augen, und sein langer, geisterhafter Leib, in die Strähnen seines Bartes gewickelt, schien aus einem tödlichen Traum hervorgeschwebt zu sein.

Das Einhorn entdeckte ihn und bäumte sich auf. Mit einem überraschten Schrei, der wie das Klirren von Messing klang, warf es das Mädchen von seinem Rücken und floh aus der Lichtung.

Der hagere alte Mann eilte zu dem gestürzten Kind. Es lag leblos auf dem Rücken auf dem von den Hufen aufgewühlten Boden. Es konnte nicht älter als sieben Jahre sein. Schnell tastete er nach den Knochen seines Halses und fand, daß sie nicht gebrochen waren. »Sie ist heil«, knirschte er laut. Verdrießlich verzog er sein bärtiges Gesicht, unsicher, was er als nächstes tun sollte.

In der Kälte des Mondlichts und dem Gewisper des Windes, der durch die Bäume strich, zog Lailoken Kraft aus dem Magnetfeld des Planeten. Frostige Energie strömte aus dem Boden, floß aufwärts durch die kräftigen Knochen seiner Schenkel, durch sein Becken und sein Rückgrat. Die Luft um ihn herum vibrierte, als er diese Kraft durch das offene Tor seiner Brust lenkte.

Die Herzenskraft des Dämons trug Lebensenergie in den schmächtigen Körper, der da unter ihm lag. Der Leib des Mädchens erschauerte, und mit einem Keuchen und einem Flattern ihrer dunklen Augen erwachte sie.

»Bist du ein Engel?« fragte sie mit dünner Stimme in archaischem Latein.

»Nein, mein Kind«, antwortete der alte Mann mit einem Lächeln und einem tiefen Seufzer der Erleichterung. »Aber ich habe gesehen, wie du gefallen bist, und ich bin gekommen, dich wiederzubeleben.«

Ihr rundes Gesicht zuckte zusammen, während sie sich aufsetzte. »Wo sind meine Wachen? Wie bist du an ihnen vorbeigekommen?«

Der Dämon Lailoken erhob sich von den Knien, stützte sich auf seinen Stab und blickte auf sie hinab. Sein ausgezehrtes Gesicht zeigte Bestürzung. »Ruf deine Wachen nicht! Ich werde jetzt verschwinden. Doch bevor ich gehe, mein Kind, sag mir, wer du bist und wie du dazu kamst, auf dem Einhorn zu reiten.«

Das Mädchen starrte den alten Mann mit pechschwarzen Augen trotzig an, taxierte seinen fragenden Blick, las die Furcht in seinem haarigen Gesicht und fühlte noch etwas anderes, eine Leere hinter seinen Augen, größer als jede Leere, die sie je am Rand einer Klippe gespürt hatte. »Ich bin Morgeu«, sagte sie schließlich hochmütig, »Tochter einer keltischen Königin und eines römischen Herzogs. Weil ich edel bin, gehorcht mir das Einhorn.« Sie kam schwankend auf die Füße und blickte ihn zornig an. »Mach nicht den Fehler, mich wie ein Kind zu behandeln. Beantworte meine Fragen – auf der Stelle. Wer bist du? Und wie bist du durch meine Wachen gekommen? Bist du ein Zauberer?«

»Ich folge dem Einhorn«, erwiderte Lailoken.

Ihre Züge nahmen einen schelmischen Ausdruck an. »Du bist also ein Zauberer, nicht wahr?« Sie schaute ihn von oben nach unten an. »Du hast dich als wilder Mann verkleidet, in diesen abgerissenen Tierfellen, aber du redest wie ein Adeliger. Wie heißt du, alter Mann, und wem dienst du?«

In der Art, wie sie ihn abschätzte, lag eine solche Selbstsicherheit, daß der hagere Mann kaum glauben konnte, daß ihm da ein Kind gegenüberstand. »Ich bin Lailoken – und ich diene Gott.«

»Also bist du ein heiliger Mann, Lailoken. Meine Mutter fürchtet die heiligen Männer, denn deinesgleichen stehlen ihr Leute. Aber mein Vater sagt, daß man euch nicht fürchten muß, daß eure Frömmigkeit Schwäche ist, denn die Sanftmütigen werden nicht das Land besitzen, sondern nur die Gräber darin.«

Erheitert und verwundert über die Arroganz und Frühreife dieser kleinen Person, wollte Lailoken wissen: »Und was glaubst du, Morgeu?«

»Ich glaube, daß du ein Zauberer bist, Lailoken«, sagte sie, die Hände auf die Hüften gestützt. »Ein wirklich heiliger Mann würde nicht ein Einhorn verfolgen. Das Einhorn käme zu ihm.«

Lailoken stimmte mit einem Nicken zu. »Wie kommt es, daß du auf dem Einhorn geritten bist?«

»Ich habe es dir schon gesagt, ich bin von edler Geburt. Ich bin die Tochter der keltischen Königin. Eines Tages werde ich die Königin sein. Das Einhorn gehorcht mir.«

»Wenn das so ist, dann ruf es für mich zurück.«

»Warum?« Ihre Augen verengten sich mißtrauisch. »Das Einhorn fürchtet dich. Es ist weggerannt, als du kamst. Dein Eindringen hätte mich töten können.« Sie trat zurück. »Ich glaube, du bist ein Zauberer – und noch dazu ein böser.« Aus ihrem knöchellangen Gewand tauchte ihre Hand auf und hielt einen silbernen Dolch. »Bleib, wo du bist, Lailoken. Ich nehme dich gefangen. Wachen!«

Lailokens Herz pochte in seiner Brust. »Morgeu! Ich bin keine Bedrohung für dich. Ich habe dich gerettet.«

»Du hast versucht, mir das Einhorn zu stehlen.« Sie winkte

mit dem Dolch über dem Kopf und rief nach den Wachen, die schon über die mondbeschienene Lichtung auf sie zugerannt kamen.

Lailoken setzte sich nieder und legte seinen Stab über seine Knie. Augenblicke später hatten die Fianna-Krieger ihn umringt, und ihre Speere zeigten auf seine schmale Brust.

»Tut ihm nichts an«, befahl Morgeu ihren Männern und fügte mit einem stolzen Lispeln ihrer weichen Stimme hinzu: »Er ist ein Geschenk für meine Mutter – ein Zauberer, den ich mit meinem eigenen Zauber gefangen habe.«

Vor einer Dioritplatte auf den Klippen, die schräg zwischen schwarzen Felsbrocken stand, blieb das Einhorn stehen. Strähnen aus Sternendunst verknäuelten sich über ihm, und dort drunten rollten schwarze samtene Wogen aus der Nacht heran und zischten und dröhnten am Strand mit geisterhaftem Gischt. Tief unter dieser gebrochenen Küstenlinie regte sich der Drache.

Das Einhorn spürte den eisendunklen Schatten des riesigen Tieres. Es rieb sein Horn gegen die gezackten Felsen und ließ feine, kristalline Flocken in die Felsspalten sinken, wo sie schließlich schmelzen und in die Erde einsinken und dann den Geruch des Einhorns in die Tiefen tragen würden. Ausgelassen tänzelte es auf dem Felssims umher und nährte sich an der heraufdringenden Welle elektrischer Kraft, als der Drache heraufstieg.

Dann, im letzten möglichen Augenblick, bevor der magnetische Zugriff der Klauen der gewaltigen Kreatur zu stark wurde, als daß es ihm noch hätte entgehen können, sprang es davon und nahm die Drachenkraft mit sich, die es brauchte, um den Herren des Feuers zu dienen.

Das letzte Mal, als das Einhorn einen der Herren des Feuers gesehen hatte, war Regen gefallen. Über seine Schulter fielen Münzen aus Licht und glitzerten vor seinen Hufen zwischen totem Laub und winzigen, nur Augenblicke sichtbaren Krönchen aus niederprasselnden Regentropfen. Das

Einhorn wandte sich um, um die Quelle dieses Leuchtens zu sehen, und es zitterte von der Stirn bis zum Schwanz. Vor ihm stand ein Engel. Sein Leuchten erstreckte sich waagrecht durch die Gassen der Bäume und ließ die Unterseite weit entfernter Zweige und Blätter frostig-weiß schimmern. Unerreichbare Fernen öffneten sich in seinen gewaltigen Augen.

Mit gebeugtem Kopf versuchte das Einhorn den Engel mit seinem Horn zu berühren, in der Hoffnung, es bekäme durch diese Antenne eine Mitteilung. Es erinnerte sich an frühere Begegnungen, als die Herren des Feuers ihre leuchtenden Hände auf sein Horn gelegt hatten und Gedanken wunderbaren Wissens in sein Bewußtsein geströmt waren. Damals hatte es vom feurigen Ursprung des Universums erfahren, und von dem, was zuvor gewesen war – vom Ort der Unendlichkeiten, der weiter als die Zeit gewesen war und kleiner als das kleinste Körnchen Raum, und jetzt bewahrte es diese Gedanken in der tiefen Stille seines eigenen Schädels.

Aber an diesem regennassen Tag flossen keine Gedanken durch das lange Horn in das Tier.

Der Engel betrachtete es schweigend, und sein riesiger Blick aus weißem Feuer pflanzte etwas Stolzes und Starkes in das Tier.

Mit erhobenem Kopf, Mähne, Bart und Fesselhaare von einer magnetischen Brise zurückgeweht, trat das Einhorn näher heran. Die Gegenwart der Engel regte es an zu spüren, daß es einer höheren Ordnung von Energie angehörte als irdische Dinge. Während es dies dachte, wurde die Welt ringsherum durchscheinend. Plötzlich konnte es durch die Steinkruste, durch die tektonischen Platten, die toten Schuppen der Drachenhaut, hinabschauen auf den lebenden Drachen tief drunten.

Magma glühte leuchtend wie Blut. Adern elektrischer Kraft, Arterien lebendigen Stroms umrissen einen schlangenartigen Leib, lang und zusammengerollt wie der Horizont. Wellen von Hitze und Schatten stiegen von der geschmolzenen Kreatur auf, während sie sich zusammenrollte und mit der ganzen Länge ihres quarzenen Rückgrats einen Salto vollführte. Ihr gebirgiger Kopf aus schwarzen Diamanten näherte sich, ein gealterter, vorstehender Unterkiefer grinste bösartig, die Augen rauchten purpurn.

Nervös tänzelte das Einhorn hin und her. Ein rollender Klang vibrierte durch seine Beine. Donner von dort unten hallte zwischen den Bäumen wider. Etwas anderes erfüllte die Luft und schob die Regenschleier beiseite. Eine fremdartige Musik erklang unter dem hohen Dach des Waldes, und die Äste der Bäume wiegten sich zu einem tiefen, ozeanischen Rhythmus.

Dies war der Traumgesang des Drachen, der auf die Sterne zielte. Er durchlief auf seinem Weg nach draußen das Einhorn und lud Glück in die gehörnte Kreatur, ließ sein Herz auflachen und seine Muskeln zittern wie weiche Schwingen. Wärme streichelte über das Einhorn hinweg, die sich besser anfühlte als die langen Hälse von hundert Müttern. Seine Knochen fühlten sich an, als seien sie von einer blauen Schläfrigkeit erfüllt.

Ein Blitz schlug in das hohe Horn ein, stand auf seiner Spitze wie eine massige Medusa, die im Sternenmeer loderte, und ihre Tentakel schlängelten und verknoteten sich im Rhythmus des Traumgesangs. Als der Blitz verschwand, war die regennasse Welt wieder da. Der Drache war fort, weggeschlossen hinter seinem Fell aus Felsen und Fichten. Auch der Engel war verschwunden. In all den dunklen Winkeln des Waldes herrschte Schweigen.

Der oberste der Druiden, Braunmähne (so genannt wegen seines langen Pferdegesichts), schlurfte durch den Korridor. Seine weißen und grünen Gewänder glänzten in den hellen Flecken frühmorgendlichen Sonnenlichts auf, die auf die Kolonnade fielen. Auf Ersuchen des Herzogs war er drei Tage gereist, zu dieser Audienz mit der Königin, einer Frau, die er verachtete, und er war verärgert, weil er kaum Zeit gehabt hatte sich auszuruhen, bevor er zu ihr gerufen wurde.

Alle Formalitäten wurden erfüllt, gewiß, murmelte er sich selbst zu, das duftgeschwängerte Bad, die frischen Gewänder, die Harfenmusik und die Lebensmittel, sogar der passende Weihrauch – aber mit was für einer Höflichkeit! Und die Schnelligkeit, als würde ich abgefertigt wie ein gemeiner Rinderhirte, der von den Feldern heimgekommen ist, um sich zu erfrischen!

Sein Selbstgespräch erstarb vor der großen Eichentür mit den eingravierten Drachenknäueln. Dort standen zwei der gräßlichen Fianna-Krieger der Königin, barbarische Erinnerung an verlorenen Ruhm. Sie trugen Beinkleider und Stiefel aus Wildleder, den goldenen Halsring der Mutter, und altertümliche Schwerter mit blattförmigen Klingen und kleinen Griffen. Er verabscheute diese Männer. Obwohl sie sich sogar beim Heer des Herzogs einen Ruf als wilde Krieger erworben hatten, waren sie doch peinlich für die Druiden, die die alten Sitten zugunsten der modernen Realität Roms aufgegeben hatten.

Als er näher kam, öffnete sich die Tür, und er sah sich dem ungeschlacht kräftigen Hauptmann der Fianna gegenüber, Falon mit dem orangefarbenen Haar. In dessen gerötetem Gesicht zeigte sich keine Gefühlsregung, und doch konnte Braunmähne die Feindseligkeit spüren, die dieser Mann ausstrahlte. Schon oft war in der Vergangenheit die Fianna mit der Garde des obersten Druiden zusammengestoßen, wenn dieser Mann Braunmähne den Zutritt zur Königin verweigert hatte. Der gebeugt gehende, grauhaarige Druide versuchte nicht einmal mehr, seinen Groll länger zu verbergen, sondern blickte zornig und trotzig in diese ausdruckslosen blauen Augen.

Der Wächter verneigte sich beiläufig und trat zur Seite. Hinter ihm lag eine Loggia, deren windgebauschte Vorhänge im Sonnenlicht safrangelb schimmerten. Girlanden frischer Blüten, Rittersporn und Zaunrübe, umschlangen die Säulen und quollen aus großen Steinvasen. Inmitten durchscheinender Seidentücher, die im Wind flatterten, saß die Königin mit überkreuzten Beinen auf einer Steinbank und aß Weintrauben.

Sooft der oberste Druide ihr schon begegnet war, immer wieder war er überrascht, wie angenehm, wie seltsam leicht er sich in ihrer Gegenwart fühlte – obwohl es sonst nichts anderes an ihr gab, was ihm gefiel. Der Rückenschmerz von seiner langen Reise auf dem Karren ließ nach, wurde ersetzt von einer Spannkraft, die ihm aus der Klarheit der ihn umgebenden Luft zufloß. Dies war der Glanz, der Zauber, die Wirkung ihrer Ergebenheit gegenüber den Síd. Darin war sie eine bemerkenswerte Königin. Das erkannte er als erster an. Wenn nur ihre menschlichen Charakterzüge ebenso entwickelt gewesen wären wie ihr Glanz und ihr berühmter tiefer Blick.

Braunmähne schritt über die abgetretenen rautenförmigen Fliesen der Loggia und zwang sich, in der Gegenwart seiner Königin aufrechter zu stehen, während er gleichzeitig jede Einzelheit ihres Benehmens registrierte. Was für eine Audienzhalle ist denn das? nörgelte er innerlich und rümpfte die Nase über die windgebauschten Schleier und die wildwuchernden Blumen. Und schau nur, wie sie dasitzt, mit überkreuzten Beinen wie eine Näherin in einem Dorf. Was hat Raglaw bloß aus ihr gemacht?

Zwei Schwertlängen entfernt blieb er stehen, wie die Tradition es verlangte, und wartete. Mit Ringen der Müdigkeit um die Augen begegnete er Ygranes ruhigem, grünem Blick, und zwischen ihnen meldete sich ein altes Einverständnis: Ungeachtet all ihrer Meinungsverschiedenheiten dienten sie dem Wohl des Volkes, sie mit ihrer Magie und er mit seiner Politik.

Die Königin bedeutete ihm mit einem nachlässigen Winken, er solle näher treten, und steckte eine weitere Traube in den Mund. Sie trug die traditionelle Kleidung der alten Königinnen und war, wie ihre Fianna, von der Taille aufwärts nackt, wobei sie ihr gestreiftes Haar auf dem Kopf in einem komplizierten Knoten aufgetürmt trug. Wieder war er von ihrem glänzenden Teint überrascht, mit seinem Anflug von Sonnenbräune von ihren langen Wanderungen im Freien, so ganz anders als die mondbleichen römischen Frauen. Es war kein Wunder für Braunmähne, der am römischen Hof lebte und sich an ihre modernen Sitten gewöhnt hatte, daß der Herzog froh war, seine Gemahlin nur bei formellen Anlässen zu sehen. In seinen Augen würde sie sicherlich wild wie eine Bäuerin erscheinen, mit ihrem sonnengebleichten Haar und ihren dunklen Wangen. »Ein paar Weintrauben?« fragte sie mit einem kindlichen Gesichtsausdruck.

»Herrin ...« Er begann mit dem formellen lateinischen Gruß, dann gewahrte er das mißbilligende Zucken ihrer Augenbrauen und redete sie wie ein Untergebener an, nannte sie »Mutter«.

»Die sind gut«, sagte sie mit vollem Mund. »Erste Ernte aus den Weinbergen von Usk. Die Weinhändler in Glevum werden dieses Jahr einen würdigen Preis zahlen. Koste einmal.«

Er lehnte mit einer steifen Verneigung ab und wünschte, sie würde in seiner Gegenwart etwas Förmlichkeit zeigen, als Anerkennung seines Amtes, wenn schon nicht seiner Person.

Ygrane nahm die glasierte blaue Schale mit den Weintrauben aus ihrem Schoß und stellte sie neben sich auf die Bank, dann ließ sie zerknirscht die Schultern sinken. »Du bist mir böse wegen meiner armseligen Gastfreundschaft.«

»Überhaupt nicht, Mutter.« Er verneigte sich erneut, diesmal etwas flüssiger, da er sich in dem sommersüßen Wind luftig vorkam. Seit er vor sechs Jahren der oberste Druide geworden war, hatte es nie irgendeine Wärme zwischen ihnen gegeben. Sein Vorgänger, Hochsilber, war zusammen mit dem alten Weib Raglaw dafür verantwortlich gewesen, die Königin auszuwählen und sie als Kind aus ihrem Bergdorf zu holen. Hochsilber hatte den tiefen Blick besessen, doch er, Braunmähne, hatte ihn nicht, und so konnte er bis zum heutigen Tag nicht verstehen, was der Ältere in dieser reizenden, aber hinterwäldlerischen Person gesehen hatte. Für ihn war sie nur ein gewöhnliches Dorfmädchen, das oberflächlich in den Hofsitten unterrichtet worden war. Ihm war die Pose der Überlegenheit, die sie angenommen hatte, zuwider, und deshalb war er auch immer wieder überrascht über die Leichtigkeit, die er oft in ihrer Nähe empfand. »Deine Gastfreundschaft ist makellos, dein Harfenspieler ist der beste, den ich je gehört habe …«

»Aber ich habe dich gedrängt, Braunmähne. Ich weiß, du bist ungehalten über mich.« Im hellen Morgenlicht sah sie die feinen grauen Bartfäden auf seinen Wangen, die er nach römischer Art rasiert hatte. »Ich entschuldige mich dafür. Du hättest mehr Ruhe nach deiner langen Reise gehabt, wenn ich gewußt hätte, daß du kommst. Jetzt bist du hier, und ich werde weggerufen. Also ist dies der einzige Zeitpunkt, wo ich dich sehen kann, bevor ich gehe. Ich wollte nicht, daß deine anstrengende Reise umsonst war.«

Braunmähne berührte sein Stirnband aus grünem Leder, dann sein Herz und reichte seine Hand mit den blauen Knöcheln dar. Die Königin drückte sie kurz, ungeduldig gegenüber dem Ritual wie immer, und er setzte sich auf die Holzbank, die Falon vor sie hinstellte. Ihre Ungezwungenheit erlaubte es ihm zumindest, direkt zu sein, und er fragte: »Weggerufen? Von wem, Mutter?«

»Von meinen Freunden«, sagte sie und nahm eine weitere Weintraube, aß beiläufig, entspannt, als sei seit ihrem letzten Treffen kein einziger Tag vergangen, wo es doch tatsächlich vier Monate gewesen waren.

Braunmähne beugte sein langes, bleiches Gesicht näher zu ihr. »Die Feen?«

»Du hast gesagt, ich soll sie in deiner Gegenwart nicht so nennen.«

»Natürlich nicht, wenn wir mit anderen zusammen sind. Die Christen erregen sich darüber, Mutter. Und mehr und mehr von uns werden Christen heutzutage. Die alten Sitten haben keinen Platz unter den neuen. Das ist der Lauf der

Welt. Aber du stammst aus einer anderen Zeit, aus einem anderen Leben, und unter vier Augen dürfen wir sie nennen, was sie sind.«

»Ich gehe in die Berge, zum Mittsommermond, Braunmähne. Ich muß früh aufbrechen, um in der Dunkelheit anzukommen.« Sie runzelte die Stirn. »Es sei denn, du bist, wie üblich, gekommen, um mich zu holen. Sind es die Häuptlinge, die dich schicken, oder ist es mein Gemahl?«

Er blickte ihr direkt in die Augen, noch ungehaltener ob ihrer Ungeduld und froh über das volle Maß seiner Autorität. »Beide. Die Häuptlinge haben einen weiteren Kriegsrat einberufen. Sie wollen, daß du zugegen bist, und dulden diesmal keine Entschuldigungen. Und der Herzog ruft dich nach Tintagel. Die Seewanderer greifen uns in immer größerer Zahl an. Er braucht dich an seiner Seite.«

»Ich werde dem mächtigen Herzog eine Kriegsmannschaft schicken. Und Falon wird mich im Kriegsrat unter den Häuptlingen vertreten.«

Tiefe Falten erschienen zwischen den glanzlosen stählernen Augen in Braunmähnes großem Gesicht. »Er möchte, daß du persönlich kommst, Mutter. Er verlangt, daß du ihn in Maridunum beim Rat der Häuptlinge triffst.«

»Er mag meine Krieger haben. Ich nehme meine Tochter an die Seen zum Mittsommermond.«

Der Druide preßte in einer entschuldigenden Geste seine Handflächen zusammen, freute sich jedoch insgeheim hämisch. Am meisten hatte er immer die hartnäckige Gleichgültigkeit gehaßt, mit der die Königin ihrer Verantwortung begegnete, und er war jedesmal froh, wenn er die Autorität fand, sie zur Erfüllung ihrer Rolle zu zwingen. »Der Herzog möchte, daß auch Morgeu nach Tintagel kommt.«

»Warum?« Ygrane nahm ihre überkreuzten Beine auseinander und war so ungehalten, daß sie fast aufstand. »Der Sommer ist noch voll. Wir haben vereinbart, daß sie bis zum Herbst bei mir bleibt.«

Der Druide warf hilflos die Hände hoch. »Der Herzog

glaubt, es sei Zeit, daß seine Tochter Kampfstrategien lernt. Er möchte sie bei sich in seinem Kriegsrat haben.«

Ygrane schnaubte ungläubig. »Sie ist erst sieben Jahre alt.«

»Der Herzog selbst war erst sieben, als er von seinem Vater, dem alten Herzog, in den Kriegsrat gerufen wurde.«

Die Königin spürte den Stolz in seiner Stimme und war angewidert. In ihrem Eifer, ihre Macht zu bewahren, krochen die Druiden so gern vor ihren römischen Verbündeten zu Kreuze, genau vor den Römern, die einst Eindringlinge genannt worden waren, damals, vor Hochsilbers Zeit und der Hochzeit, die er persönlich zwischen ihr und dem Herzog arrangiert hatte.

Ermutigt durch das Schweigen der Königin, das er als Unterwerfung deutete, fügte Braunmähne hinzu: »Mutter, seine Absichten sind korrekt. Jetzt ist Kriegszeit ...«

Ihre Stimme klang ärgerlich gepreßt: »Ich weiß, daß jetzt Kriegszeit ist, Braunmähne. Daran leide ich als Königin.«

»Natürlich ...« Der Ausdruck in seinem zerfurchten Gesicht ist auf spöttische Weise ehrlich. Er meinte, in den sechs Jahren, seit er gezwungen war, mit ihr zusammenzuarbeiten, habe er sie so gut kennengelernt, all ihre mürrische Leidenschaftslosigkeit für die modernen Entwicklungen und ihre kindliche Hingabe an die alten Sitten. Eine Zeitlang, vor der Allianz mit den Römern, da war ihre archaische Altertümlichkeit tatsächlich politisch nützlich gewesen. Die Sippen hatten damals diese Haltung bewundert. Aber jetzt, seit dem Bündnis, waren die römischen Sitten in den entferntesten Landstrich gedrungen, und jeder Bauer und Hirte wünschte mehr römische Waren und Waffen. Sie konnte nichts mehr diktieren, er zwang sich jedoch, ihr gegenüber freundlich zu bleiben, aus Respekt für ihre Stellung, nicht für ihre verwirrte Person. »Ich meine nur, Mutter, wir alle müssen persönliche Opfer für die Kriegsanstrengungen bringen – auch die kleine Morgeu. Wir müssen an das Volk denken.«

»Es geht um das Volk?« ertönte hinter ihm eine Stimme

wie das Geraspel von Schlangenhaut, und die alte Raglaw trat durch die flatternden Seidenvorhänge.

Braunmähne blickte über die Schulter und erhaschte durch die hauchdünnen Schleier einen Blick auf das Kind Morgeu, das inmitten einiger Fianna-Krieger über den Hof hüpfte und mit einem bemerkenswerten weißen Pferd herumtänzelte, das so struppig wie ein Wolfshund war. Von der Gegenwart der Alten abgelenkt, bemerkte er das Horn auf der Stirn des Tiers nicht, bevor der Vorhang wieder an seinen Platz zurücksank.

»Das Volk wird immer dem dienen, der es füttert«, sagte die Alte und setzte sich ächzend neben die Königin. »Ganz wie der Drache.«

Das Gesicht des obersten Druiden nahm einen traurigen Ausdruck an, als er der Alten in ihrem grauen Sackkleid zunickte. »Mutter Raglaw, seit dem Bündnis unserer Königin mit dem Herzog haben die Römer unser Volk viel besser ernährt und geschützt als der Drache.«

»Das ist leider so«, stimmte Raglaw zu und neigte ihre Kapuze der Königin zu, »weil wir den Drachen nicht richtig gefüttert haben. Wir haben dem Trinker der Leben die Opfer vorenthalten, die uns den Schutz gewinnen könnten, den wir brauchen.«

Mit trockener, bedauernder Stimme fügte der Druide hinzu: »Die Magie der Síd hat abgenommen, seit die römischen Götter sie vor vierhundert Jahren unter die Erde getrieben haben, seit dem Gemetzel an den alten Druiden auf Mona.«

»Bedauerlicherweise ...«, stimmte die Alte zu und beugte den Kopf. »Die Zauberei vergeht, wie glühende Kohlen, die langsam erlöschen und nur ihre leeren Formen in der kalten Dunkelheit zurücklassen.«

»Die Zauberei vergeht, wie unsere Götter in die Erde verschwinden«, sagte Braunmähne. »Der neue Gott, der gekreuzigte Gott der Römer, ist anders – ein Gott, drei Gesichter.«

»Er ist ein Gott aus der Wüste«, protestierte die Königin.

»Wie kann einer vom Stamm des Beständigen Nordens einen solchen Gott ehren?«

»Ganze Sippen sind zu diesem Wüstengott übergetreten«, erklärte Braunmähne, begierig, dieser hochmütigen jungen Frau etwas Erniedrigung zuzufügen. »Häuptling Kyner sagt, daß nur der Gott der Christen die Horden des Wüters aufhalten kann.«

»Gibst du die Síd zugunsten des gekreuzigten Gottes auf, Braunmähne?« versetzte die Königin zornig.

»Ich?« Der oberste Druide blickte überrascht drein. »Natürlich nicht. Ich weise nur darauf hin, daß viele deiner Untertanen schon zum neuen Glauben übergetreten sind – und daß es noch viel mehr tun werden.«

»Dank sei dir, Braunmähne, für deinen Scharfblick«, sagte Ygrane kühl. »Du kannst jetzt gehen.«

Der Druide bemühte sich, seinen Ärger darüber zurückzuhalten, daß er so brüsk davongeschickt wurde. »Du wirst also nach Maridunum kommen, mit deinem Kind, um deinen Gemahl und die Häuptlinge zu treffen?« fragte er, stolz darüber, daß seine Stimme ruhig und vernünftig blieb, wo es ihm doch vorkam, als schüttelte er all die falschen Träume aus ihr heraus.

Die Königin wandte ihr Gesicht um, so daß ihre grünen Augen aufzuleuchten schienen, und der Zorn des Druiden löste sich auf. Etwas Geschmeidiges und Süßes in der Sommerbrise, die da durch die sonnigen Vorhänge wehte, beruhigte ihn und machte ihm Ärger unmöglich. Er nickte freundschaftlich, als Ygrane sagte: »Ja, ja, wir werden uns in Maridunum wieder treffen. Ich werde dann inmitten der Häuptlinge entscheiden, ob meine Anwesenheit in Tintagel erforderlich ist.«

»Danke, Mutter.« Braunmähne erhob sich und berührte sein Stirnband, bot jedoch seine Hand nicht dar. Er verneigte sich und ging leichtfüßig weg, in den wallenden grünen und weißen Gewändern, und ein unerklärlich frohes Aufwallen von Erleichterung machte ihn fast schwindelig.

»Hast du den Zauberglanz nicht ein bißchen zu stark auf ihn gerichtet?« fragte das alte Weib, nachdem Falon die Tür hinter dem obersten Druiden geschlossen hatte.

»Ich wollte einfach, daß er weggeht. Seine Liebe für die Römer macht mich krank. Wenn ich ihn reden höre, wie die alten römischen Götter unsere Síd unter die Erde treiben und wie er dann Loblieder auf ihren neuen Gott singt – ich brauchte den Glanz, um mich davon abzuhalten, ihm einen Schlag zu versetzen.« Sie stand auf und streckte sich. Ihre Gedanken liefen ihr schon voraus und befaßten sich mit dem Tag, der vor ihr lag, jetzt, wo sie weggerufen worden war. »Es müssen noch Absude gemacht werden, solange das Einhorn noch hier ist. Ich werde mich darum kümmern. Bist du schon dem Bewohner der Dunkelheit begegnet, der gerade angekommen ist?«

Raglaw schüttelte den Kopf. »Ich bin müde, Ygrane. Aber ich werde die Kraft finden – denn er ist die größte Hoffnung für unser Volk.«

Ygrane trat auf ihre Lehrerin zu, um sie zu trösten, aber die alte Frau hob ihre ledrig-knorrige Hand. »Geh jetzt zum Einhorn. Es bleibt wenig Zeit, wenn wir so bald nach Maridunum reisen sollen. Hebe deinen Zauber für Leute wie Braunmähne auf.«

Ygrane umarmte die Alte leicht und spürte Raglaws Knochen so locker in der Umarmung, als würden sie nicht durch Sehnen zusammengehalten, sondern nur durch bloßen Willen. »Komm«, sagte sie. »Komm mit uns in die Sonne.«

»Ja, die Sonne«, zischte Raglaw sanft und erhob sich. »Laß die Sonne mich noch einmal berühren, bevor ich in etwas Besseres verschwinde.«

Die keltischen Wachen wechselten kein Wort mit Lailoken, da sie seine Zauberei fürchteten, und er verbrachte den Rest der Nacht zusammengekauert und dösend am Lagerfeuer. Die Krieger wechselten sich ab und standen über ihm mit ihren Speeren, bereit, ihn beim ersten Anzeichen von Teufelei zu durchbohren. Er beachtete sie nicht. Während er in Schlaf fiel und immer wieder kurz erwachte, kehrte er in seinem Geist zu diesem bemerkenswerten Bild zurück, wo dieses wundersam stolze Kind auf dem Einhorn ritt, unbesonnen und sorglos wie ein Geist, der weiß, daß der Tod nur eine Illusion ist.

Am Morgen stand er neben der Asche des nächtlichen Feuers und blickte auf die Festung und die Landzungen aus steilen Felsenklippen, die blind über die peitschenden Wogen zur nebligen, saphirblauen Insel Mona hinausstarrten. Aus dem üppigen smaragdgrünen Gras erhoben sich Massen von Zinnen aus rotem Sandstein und Wälle aus gelben und orangefarbenen Steinen. Lailoken erkannte diesen Ort wieder aus seiner Zeit als Dämon. Damals hatte er Segontium geheißen und zusammen mit Maridunum weit im Süden von Cymru den äußersten Westen der römischen Eroberung in Britannien markiert. In den Steinhallen dieser Außenposten hatte er viele Alpträume verursacht, hatte die erst kürzlich zu Christen gewordenen Eroberer mit Visionen von Lust und Höllenfeuer heimgesucht, wie es in seinem früheren Leben seine Gewohnheit gewesen war.

Obwohl die Römer diese Festung vor mehr als einem halben Jahrhundert aufgegeben hatten, waren die hölzernen Tortürme intakt geblieben und die Wehrgräben fielen immer noch steil ab. Als sie jedoch die schmale hölzerne Brücke überquerten, die sich über die Gräben spannte, beobachtete Lailoken, daß die Reinigungsschlitze am Boden, die »Knöchelbrecher«, die Angreifer zu Fall brachten, von Dornengebüsch überwachsen waren. Die Kelten nahmen es nicht so genau wie die Römer, und das ließ Böses ahnen für ihren Zusammenstoß mit dem Wüter.

Sie betraten Segontium durch einen schmalen Durchgang im Haupttor und durchquerten den Hof, wo in den L-förmigen Hütten einige hundert Mann untergebracht waren, von denen fast alle in den Hof strömten, um den sogenannten Zauberer zu sehen, den Morgeu in der Nacht gefangen hatte. Für die meisten von ihnen genügte ein Blick auf den grauhaarigen alten Mann in den zerrissenen Fellen, und sie kehrten zu ihren Tätigkeiten in den Hütten und Stallungen zurück.

Die Holzgebäude waren seit Lailokens letztem Besuch schrecklich heruntergekommen, die Schindelwände waren verrottet und mit lehmüberstrichenem Flechtwerk repariert worden. Die *via praetoria*, die Straße, die vom Haupttor herführte, hatte die meisten ihrer Pflastersteine an die Ausbesserung der Festungsmauer verloren und war jetzt nur noch eine lehmige Fahrspur voller Pfützen. Die v*ia principalis*, die im rechten Winkel dazustieß, war in besserem Zustand und bewahrte noch viel von ihrer stattlichen Pracht, während sie in die Mitte der Anlage führte, in einen offenen, gepflasterten Hof, der von Kolonnaden flankiert war. Die zentralen Gebäude waren selbst in ihrem Verfall noch großartig, und obwohl die roten Dächer dort, wo die Ziegel fehlten, mit rohen Brettern abgedeckt waren und sich die Weinranken, die sich über die Wände zogen, gegenseitig zu ersticken drohten, ließen die Bauwerke doch an sonnigere Landstriche und an vergangene Glorie denken.

Sie kamen am Tribunal vorbei, der langen Halle, wo seinerzeit der Befehlshaber stand, um zu seinen Soldaten zu sprechen, und Lailokens Blick glitt an der rissigen und bröckeligen Fassade entlang zum *aedes*, dem Schrein, der die Gottheit beherbergte. Anstatt einer Statue des Kaisers hatten die Kelten das steinerne Standbild einer starken Frau von wilder Nacktheit aufgestellt, aus deren Mund Reißzähne starrten und die eine Halskette aus Totenschädeln trug. In der einen Hand hielt sie ein Schwert, in der anderen einen abgetrennten Kopf, aus dem der Lebenssaft in einer Fontäne hervorschoß.

»*Kali*«, sagte Lailoken vor sich hin, als er in dieser Figur die Schwarze erkannte – die Dämonenkönigin vom Indus. Während seiner Zeit als Dämon, vor vielen Jahrhunderten, hatte er gesehen, wie die weißen Stämme des Nordens die Verehrung dieser Menschenfresserin über das Meer auf die westlichen Inseln gebracht hatten. Dort, so wußte er, wurde sie noch verehrt als die heilige Sau, die ihre Ferkel verschlingt. »Ach ja, was für eine Gottheit!« sagte er laut auf latein, runzelte besorgt die Stirn und sprach zu niemandem im besonderen. »Selbst der Wüter kennt diese ihre Maske als *Hel*, den weiblichen Rachen, der alles Lebende verschlingt. Sie ist der Kosmos – die physische Realität – der wütende Leib des Universums, der die Sterblichen gebiert und uns dann zerreißt.«

»Hör auf mit deinen Beschwörungen, Zauberer!« schrie ein Soldat auf brythonisch. »Schweig, oder du verlierst deinen Kopf!«

Die Begleitmannschaft führte den alten Zauberer um die *principia* herum, die in der Mitte gelegene Basilika mit ihren eleganten steinernen Treppen und Säulen, vorbei an hölzernen Gebäuden auf Pfosten – den Getreidespeichern der Festung – zu einer zweiten Querstraße. Sie trotteten an noch stillen Werkstätten vorbei zu einem ummauerten Garten voll bunter Blüten. Dort zogen sich die Wachen zurück, und er war allein.

Eine Weile stand er einfach da, wartete, schaute auf die sorgfältig gepflegten Blumen um ihn herum, die alle blau waren: Eisenhut, Iris, Hyazinthen, Rittersporn, Enzian, Kornblumen – alle blau, als wären sie Stücke, die aus dem Himmel gefallen waren. Er stand geduldig da, zufrieden, daß er nach dem langen Marsch still stehen und die schweren Blütendüfte einatmen durfte.

Aber dann nahm seine Geduld ab, und er richtete seine Aufmerksamkeit auf die Dämonenkraft im eigenen Inneren. Sofort spürte er die Anwesenheit des Einhorns in der Nähe. Er trat aus dem ummauerten Garten der blauen Blumen in einen üppigen Fruchtgarten voll von alten, gekrümmten Obstbäumen, die an langen, breiten Wänden alten Gemäuers ein Spalier bildeten. Ausgestorbene Götter tollten auf den Steinwänden und den Sockelsteinen umher, spähten hinter dicht belaubten Zweigen oder den Spaliergittern der Weinstöcke hervor. Der helle Himmel warf durch die breiten Blätter ein fließendes Licht auf Samenkästen, Komposthaufen und leuchtende Beete blühender Kräuter.

Vor ihm stand, in einer von Hecken gebildeten Gasse, das Einhorn, elegant wie Schnee. Lailoken wandte sich ihm zu, und das schlanke Tier floh seitwärts. Sein Schwanz und seine Mähne wurden zu Wolkensträhnen. Es tänzelte aus den Lauben und Spalieren davon und brannte wie ein Stern in einem grünen Feld grellen Sonnenlichts.

Weiter drinnen im Baumgarten saß das Kind Morgeu auf einem hohen Schemel inmitten leuchtender Blütenmassen. Hinter ihr war die Luft erfüllt von einer funkelnden Wolke von Samenhärchen. Eine große, breitschultrige Frau kochte etwas in einer Pfanne auf einem Kohlenbecken. Rauch wirbelte um ihre Silhouette, und ein heiterer Duft von Myrte und Föhrennadeln durchschwebte die schattige Einfriedung.

Die Frau im Hintergrund nahm eine üppige Geißbartpflanze, eine Königin der Wiese, auseinander, und die Blütenhärchen, die sie abschnitt, trieben im Morgenwind davon. Sie streute ausgewählte Schnipsel in das kochende Gebräu, die Dämpfe wurden dünner und gaben den Blick auf die überraschende Schönheit des Gesichts und der Gestalt der Frau frei. Gelbbraun, geschmeidig, mit einer kräftigen Nase und breiten Kiefern, hatte sie eine sanfte Ähnlichkeit mit einer Löwin. Ihre zusammengekniffenen grünen Augen taxierten ihn mit einer brennenden, eiskalten Begeisterung, ähnlich der Freude nach einer langen Trennung. Sie trug ihr bronzefarbenes Haar zu einem komplizierten Zopf auf dem Scheitel gebunden, und ihr enger, grüner Gwn, ein seidener keltischer Rock, bedeckte sie bis zu den Fußknöcheln und ließ ihre Brüste frei.

Lailoken wandte seinen Blick ab, da er befürchtete, er dürfte sie nicht so bloß sehen, und Morgeus glitzerndes Gelächter verspottete ihn. »Schau, Mutter«, sagte sie auf brythonisch, »er muß doch ein Christ sein. Er kann den Anblick deiner Weiblichkeit nicht ertragen.«

»Morgeu, du darfst jetzt gehen!« befahl die Frau mit fester Stimme.

»Mutter! Er ist mein Fang.«

»Geh jetzt, Liebling«, wiederholte die Frau, ohne ihre grünen, lemurischen Augen von dem dämonischen Besucher zu nehmen. »Und versuche nicht, uns durch das Spalier zu belauschen, oder – bei unser aller guten Mutter! – dein Sitzfleisch wird dir so weh tun, daß du eine Woche lang nicht reiten kannst.«

Das Mädchen warf verdrossen den Kopf zurück, hüpfte von der Bank und ging betont langsam aus dem Baumgarten davon. Dabei hielt sie vor Lailoken gerade lang genug an, um drohend mit den Wimpern zu zucken und ihre Nasenflügel aufzublähen.

»Ich bitte dich, die Unverschämtheit meiner Tochter zu verzeihen, Lailoken«, sagte die Frau mit freundlicher Stimme auf latein mit keltischem Akzent. Ihr Blick blieb dabei fest auf den alten Mann gerichtet. Dies war die Gestalt aus ihren Visionen, der Dämonenmensch, den sie schon viele Male in Trance gesehen hatte, genau bis zu jeder kleinen Einzelheit, von seinen seltsamen, quarzartigen Augen bis zu seinem langen, verwickelten Bart und seinen Kleidern aus Tierhäuten.

»Morgeu hat den ganzen Hochmut ihres römischen Vaters und nichts von der keltischen Gastfreundlichkeit des Volkes ihrer Mutter«, fuhr sie fort und zeigte auf eine Steinbank neben einigen Dreifüßen, auf denen es über heißen Kohlenbecken duftend brodelte. »Bitte, komm und setz dich zu mir.«

Lailoken starrte sie an und bewegte sich nicht. Er hatte einen langen Weg hinter sich, weil er dem Einhorn gefolgt war, und er verstand nicht, warum das leuchtende Tier ihn hierher geführt hatte.

»Stört dich mein Gewand?« wollte die Königin wissen und deutete auf ihren Gwn und ihre vollen, jungen Brüste, die von ihrem eigenen, rosafarbenen Licht erfüllt waren. »Im Sommer ist es Sitte bei meinem Volk, sich so zu kleiden.

Allerdings wäre es sogar bei Mitternacht deutlich zu erkennen, daß du von einem ganz anderen Stamm bist.«

Von einem Arbeitstisch, der überladen war mit Phiolen aus farbigem Glas und zerschnittenen Blumen, nahm sie ein hauchdünnes korallenrotes Gewand und legte es sich um. »Hast du das Einhorn gesehen, als du hereinkamst?«

»Es ist auf die Felder gerannt«, sagte Lailoken.

»Morgeu sagte mir, du hättest es letzte Nacht erschreckt.« Sie redete, während sie mit einer hölzernen Zange Phiolen in ein durchsickerndes Gebräu tauchte, sie innen und außen beschichtete und dann zum Trocknen in ein Gestell auf dem Tisch stellte. »Das hat mich überrascht, denn jedesmal, wenn ich dich im Laufe der Jahre in meinen Wachträumen sah, warst du mit meinem Einhorn zusammen. Ich hatte gehofft, du könntest seinen Kopf halten, während ich ihm eine Träne oder auch zwei nehme. Die Feder, die ich benutze, um es blinzeln zu machen, tut nicht weh, aber es wird dann schreckhaft, und ich vergieße mehr, als mir lieb ist.«

Lailoken stützte sich auf seinen Stab und blickte in die davonwehenden Dämpfe. Er suchte nach Unsichtbaren. Doch die Luft hier war leer. »Mit deinem Einhorn?« forschte er. »Gehört die Kreatur dir?«

Sie setzte die letzte Phiole ab und warf eine Handvoll Körner in das Gebräu. Die Luft füllte sich mit frostigem Rauch und den Düften regennasser Wiesen und tropfender Föhrenwälder. Sie errötete leicht und richtete ihre Aufmerksamkeit auf die Anordnung der Phiolen auf dem Tisch. »Natürlich besitze ich das Einhorn nicht. Es kam zu mir, als ich eine junge Frau war, und es brachte eine Prophezeiung mit sich.« Sie nahm eine Baumschere von einem Faltschemel neben dem Tisch und rückte ihren Stuhl so, daß sie ihren Besucher aus dem Schatten heraus anblickte. »Ich denke, es sei meines, weil es kommt, wenn ich es rufe.« Sie setzte sich gelassen hin, lehnte sich zur Seite, überkreuzte die Beine unter ihrem Gewand und strahlte den Dämon an, als wäre er ein alter Bekannter. »Aber wir sollten nicht über mich reden, sondern über dich. Du bist jetzt wirklich hier. Nach all diesen Jahren. Ich erinnere mich daran, wie ich dich vor Jahren in Trance sah, als sich zum erstenmal für mich die Vision offenbarte.«

»Dann weißt du, wer ich bin?«

»Morgeu hat mir deinen Namen gesagt«, antwortete sie. Ihre Augen waren so grün wie die des Einhorns und fast so hell. »Aber ich habe schon lange gewußt, daß du kein Mensch bist. Du bist ein Dämon. Du stammst aus dem Haus des Nebels. Der Wüter hat dich und andere deiner Art aus dem Abgrund heraufbeschworen – aber du bist zur Erde gefallen. Das Einhorn und die Annwn, die Herren des Feuers, haben dir diesen Leib gegeben.«

Lailoken nickte. »So ist es. Du weißt von mir, aber ich weiß nichts von dir.«

»Ich bin Ygrane, die Königin der Kelten«, begann sie in ihrer geschmeidigen Stimme, und eine Wolke von Melancholie umgab sie. »Meine Geschichte ist nicht so großartig wie die deine, denn alles, was ich bin, bin ich durch Zufall und Irrtum geworden. Durch den Zufall der Geburt habe ich ein sterbendes Königreich geerbt. Und durch Irrtum habe ich einen römischen Gatten genommen, dessen Kind dich in unseren Wäldern gefunden hat.«

»Du mußt noch ein Kind gewesen sein ...«, unterbrach Lailoken sie.

»Ja. Meine Ehe mit dem *dux britanniarum* war ein Fehler, den ich als Kind begangen habe. Ich war vierzehn, als meine Druiden, meine Berater, unter dem Druck der politischen Nützlichkeit mich drängten zu heiraten. Als ich fünfzehn war, versuchte ich fortzulaufen. Aber man hat mich gefunden und zurückgebracht. Dies ist jetzt mein fünfundzwanzigster Sommer.«

»Auf meinen Reisen bin ich wenigen Königinnen begegnet«, stellte der Dämon fest. »Ihr seid selten.«

Ygrane pflichtete ihm mit einem schweren, traurigen Seufzer bei. »Das stimmt. In der Zeit der Urgroßmutter der Großmutter meiner Großmutter, da waren schon viele Jahre vergangen, seit die Kelten die alten Sitten aufgegeben hatten – die Verehrung der Mutter, der Gottheit. Seitdem haben wir die Herrschaft der Häuptlinge. Jetzt ist sogar die Macht der Häuptlinge schwach geworden, untergraben, wie du wissen solltest, von der Politik ihrer Beamten. Die Männer lieben die Macht. Törichterweise haben die Könige in unserer Vergangenheit römische Sitten nachgeahmt. Sie haben ihren Verwaltern Macht eingeräumt. Mit der Zeit haben sich diese Untertanen geweigert, die Macht ihren rechtmäßigen Herrschern zurückzugeben. Sie haben die Herrschaft an sich gerissen, und seit Generationen ist jetzt der Bürgerkrieg eine traurige Tatsache des keltischen Lebens. Noch schlimmer, die Christen lehren, daß die alten Sitten böse sind, und so kommt es, daß ich bei meinem eigenen Volk den Einfluß verliere.«

»Doch die Götter geben dir Macht«, sagte Lailoken.

»So ist es«, gab sie zu. »Und ich zweifle nicht daran, daß die Daoine Síd mich gesegnet haben, indem sie meine Seele für dieses Leben auswählten. Ich war ein gewöhnliches Kind bei einer fern im Gebirge lebenden Sippe, anders als die anderen durch die Gabe des tiefen Blicks, die ich aus früheren Leben mitgebracht hatte. Noch bevor ich sprechen konnte, hatte ich schon Visionen der Göttin und des bleichen Volkes und des Pferdes mit dem einen Horn gehabt. Mein ganzes Leben lang habe ich Stücke der Zukunft gesehen. Als die Druiden von mir hörten, wurde ich von meiner Familie genommen und erzogen, um Königin zu werden. Seitdem habe ich meine Gabe verwendet, um die Sippen zu beraten. Und durch diese Stärke der Götter, durch diesen tiefen Blick, habe ich dich oft in der Flamme der Trance gesehen, wo alles, was gewöhnlich ist, in der Prophezeiung tiefer gesehen wird.«

»Die Prophezeiung ist eine heikle Gabe, Herrin«, sagte Lailoken.

»Heikel – ja, sie ist heikel«, gestand die Königin. »Gewiß, denn was man sieht, kann nicht mehr geändert werden, außer durch schreckliches Leid. Was man sehen kann, ist schon wahr – und die Wahrheit zu ändern, erfordert eine noch größere Wahrheit. Die Zeit, die den Stämmen bevorsteht, ist so schrecklich, daß ich sie lieber gar nicht gesehen hätte. Selbst einige meiner Leute würden mir die Augen ausstechen wegen dem, was ich sehe. Die Christen meine ich damit. Ihr Glaube verbietet ihnen Prophezeiungen und verdammt alle Propheten und alle, die sich mit Magie befassen, zu ewigem Leiden.«

»Ist das also die Traurigkeit, die ich in dir spüre?« wagte Lailoken zu fragen.

Sie blickte ihn traurig an. »Als ich ein Kind war, da habe ich geweint, als die Druiden kamen, um mich meiner Mutter wegzunehmen. In unserem bescheidenen Heim in den Bergen war ich glücklich gewesen. Unser Fußboden bestand aus gestampfter Erde – wir aßen Beeren im Sommer und Wurzelbrühe im Winter –, jedoch gab es für mich weder Kummer noch Sorgen. Die Feen spielten mit mir, und die Göttin war meine Freundin. Ich weinte bitterlich, als ich diese Wälder und Heckenraine verlassen mußte, wo ich das Glück der Begegnung mit den Elfen kennengelernt hatte. Aber die Druiden erzählten mir eine Geschichte, weißt du. Sie sagten, es sei eine sehr alte Geschichte, für die die Zeit der Erfüllung jetzt gekommen sei. Eine keltische Frau, die die Síd liebten, würde eines Tages einen König aus einem anderen Volk heiraten, und ihnen würde ein Kind geboren, das, wenn es erwachsen wäre, ein größerer König werden würde als alle vor ihm und seine beiden Völker aus einer Tragödie retten würde.« Sie lächelte dünn, als wäre sie sich der Torheit dieser Geschichte bewußt. »Sie sagten, ich sei diese Frau – und der Retter würde mein Kind sein.«

An Lailokens Leib stellten sich alle Härchen auf. »M-meine Mutter hat mir das gleiche erzählt«, stammelte er. »Über eine Königin, von der vorhergesagt sei, sie würde ihren Feind heiraten und einen edlen König zur Welt bringen, der bestimmt sei, uns zu einen.«

Sie neigte müde den Kopf. »Ich hatte das einst geglaubt. Die Druiden hatten diese Geschichte benutzt, um mich von zu Hause wegzuholen. Seit damals habe ich in diesen alten römischen Festungen gelebt, wohin das Bleiche Volk nur ungern kommt. Politischer Vorteile zuliebe haben die Druiden mich mit Gorlois verheiratet, dem Herzog der Sachsenküste.« Mit einem schmerzlichen, verletzten Gesichtsausdruck hob sie ihr Gesicht. »Ich war natürlich jung und verwirrt durch mein neues Leben, ein Leben mit Dienerinnen und weichen, hübschen Kleidern. Ich verlor den Kontakt zu meinen Visionen. Bald darauf war ich verheiratet und schwanger. Und dann sah ich es – und über das, was ich sah, weinte ich und habe seitdem immer wieder geweint. Gorlois ist nicht der eine – und Morgeu ...« Sie verzog das Gesicht, und ihre Stimme wurde kalt. »Morgeu ist die Tochter ihres Vaters. Er hat in ihr Hochmut geweckt und gefördert. Sie hat den tiefen Blick nicht. Oh ja, ich kann versuchen, sie zu erziehen, einstweilen, aber mir fehlen Fähigkeit und Kraft, um aus ihr etwas anderes zu machen als die selbstsüchtige, hochmütige Seele, die sie ist. Sie wird niemandes Retter sein.«

»Vielleicht wirst du eine neue Vision bekommen«, tröstete sie der Dämon. »Du mußt noch einmal schauen.«

»Das habe ich schon getan«, gab sie zu und streifte mit einem Blinzeln die Ferne von ihren Augen ab. »Ich habe geschaut, Lailoken, und ich habe ihn in meiner Trance gesehen – einen König mit gelben Augen und dem Haar eines Raben. Jedoch fürchte ich, daß ich mich selbst betrüge. Es gibt andere, die besser sehen als ich, und sie versichern mir, daß mein tiefer Blick wahr ist. Ich möchte es glauben. Ich verlange nach einer Bestimmung. Denn diese Geschichte muß wahr sein – sonst ist mein angenehmes Leben in diesen feinen Kleidern und alten Palästen leer, ein bloßer Witz.«

»Dann wird der König der Legende zu dir kommen«, beharrte der alte Mann.

»Also, du findest mich so, wie du mich siehst. Mein Leben ist nur erfüllt mit Warten und Warten – auf etwas, das vielleicht nie eintrifft.« Sie blickte auf den Tisch. »Ich verbringe meine Zeit damit, diese Absude zu kochen, besondere Flüssigkeiten, die Zauber enthalten. Das tue ich für mein Volk, Die Bauern benutzen sie für ihre Ernten und Herden, die Frauen als Heilbalsam. Ohne diese Arbeit würde ich verrückt werden.«

»Sicherlich«, fiel ihr Lailoken ins Wort, »sind die fähigen Männer dieser Festung dir treu ergeben.«

»Ja«, bestätigte sie und hob stolz ihr eckiges Löwinnenkinn. »Sie sind meine Fianna, sie kommen aus jeder Sippe. Sie sind angewidert von all dem politischen Zank und dem Bürgerkrieg dieser kleinen Häuptlinge und Beamten. Sie verabscheuen die Kriege, die uns vor unseren Feinden geteilt und geschwächt haben, und sie schauen auf mich und erwarten eine Rückkehr zu den alten Sitten. Aber sie gehören zu meinem eigenen Volk und sind nicht der ferne Geliebte aus der alten Geschichte, die mir meine Kindheit geraubt hat.«

Die Aufrichtigkeit und der Kummer dieser schönen jungen Frau weckten in Lailoken ein so tiefes Gefühl, wie er es seit seinen ersten Tagen in dieser Welt noch nie gespürt hatte. Sie erinnerte ihn an die ernste Gegenwart seiner Mutter. Als Optima ihm zulächelte, erfuhr er zum ersten Mal Liebe – und er wurde zu einem Menschen. Als diese Königin ihn hier anschaute, spürte er, wie diese Liebe sich erneuerte.

Die Königin erhob sich mit schwungvoller Grazie und lächelte traurig. »Ich habe von mir geschwatzt und dir nicht die Gastfreundschaft erwiesen, die selbst einem gewöhnlichen Reisenden zusteht. Verzeih mir. Meine Wachen werden dich an einen Ort geleiten, wo du dich erfrischen kannst. Danach werden wir weiter miteinander sprechen.«

Voller Furcht vor der Hoffnung, die die Gegenwart des Dämons in ihr weckte, gab Ygrane ihren Wachen ein Zeichen und wandte sich von Lailoken ab, bevor er noch etwas sagen konnte.

Am Ende der langen Halle, wo die römischen Befehlshaber einst zu ihren Soldaten sprachen, befand sich ein Schrein, den die Königin dem Trinker der Leben errichtet hatte. Hier stand eine Statue von *Morrígan*, der Göttin mit den Reißzähnen und der Halskette aus Totenschädeln, einer alten Personifikation des Drachen. Ygrane saß auf dem Sockel, lehnte sich gegen das Schienbein der Menschenfresserin und lauschte dem Klappern der Pferdehufe auf den Pflastersteinen des nahen Hofes. Die Geräusche von Braunmähnes geschäftiger Kavalkade, die sich darauf vorbereitete, mit Morgeu und Raglaw nach Maridunum zurückzukehren, hallten in gedämpften Echos durch die steinernen Korridore. Sie füllten Ygrane mit Traurigkeit, denn sie hatte gehofft, sie könnte mehr Zeit mit ihrer Tochter verbringen. Sie hatte gewünscht, Morgeu etwas von den Zauberkünsten beizubringen, bevor sie sie wieder dem harten und kriegerischen Einfluß ihres Vaters überantwortete.

Diese mütterlichen Sorgen lösten sich auf, als die Statue in ihrem Rücken zu vibrieren begann, was die Ankunft der Daoine Síd anzeigte. Leicht wie Motten betraten sie mit einem Duft nach Regen den trüb beleuchteten Schrein. Sie flatterten herein wie Irrlichter, orangenfarbene zuckende Flammen, die die Luft mit der unerlösten Einsamkeit ihres Exils aus dem Großen Baum erfüllten, mit der anhaltenden Melancholie der Vertriebenen. Dann löste sich einer der vielen Funken, die die Kammer erfüllten, aus dem abendlichen Dunst, den ihre Anwesenheit darstellte, und nahm menschliche Gestalt an.

Allmählich verdichtete sich vor ihr eine große, schlanke Figur, und mit einem Blinzeln erkannte sie das vertraute Antlitz von Prinz *Helle Nacht*. Er verneigte sich ehrerbietig vor der Königin. In einen grünen Umhang und grüne Hosen gekleidet, mit goldener Jacke und gelben Stiefeln, stellte er das ungezwungene, königliche Auftreten eines Elfenhäuptlings zur Schau. Er warf seine langen, kastanienbraunen Locken zurück und betrachtete sie mit grünen, leicht schrägen Augen, die den ihren verwandt schienen. »Schwester, wir müssen miteinander reden.«

»Gern, Bruder. Aber warum bist du mit einer so mächtigen Schar gekommen?«

»Wir kommen, um den mitzunehmen, der Lailoken genannt wird ...« Er hielt kurz inne und schaute sie tief an. »Um den Drachen zu füttern.«

In den Augen der Königin erschien ein kurzes Erschrecken, aber ihre Stimme blieb ruhig. »Ich verstehe die Bedürfnisse des Drachen, aber wir dürfen den Dämon nicht verschwenden.«

Der Prinz runzelte ungeduldig die Stirn. »Schwester, ich bin Lailoken gefolgt, seit er in unser Gebiet gekommen ist. Ich habe die Herren des Feuers gesehen, die sich Tag und Nacht abgemüht haben, um ihn in einen menschlichen Leib einzupassen. Ich habe sie gesehen, ein Anblick, der nur wenigen Göttern zuteil geworden ist – und ich sage dir, es sind erstaunliche Wesen. Sie haben Lailokens große Macht in einen menschlichen Körper gepackt. Ich meine, wir dürfen uns ein so starkes Lebewesen nicht entgehen lassen. Er ist hierhergekommen, damit wir ihn dem Drachen zum Fraß geben.«

»Und ich sage nein. Er ist gekommen, um uns in unserer Not zu helfen.«

»Und was ist mit dem Drachen?«

»Der Drache wird das Leben der Speichellecker des Wüters trinken.«

Helle Nacht seufzte skeptisch. »Ich wünschte, es wäre so, Schwester.«

»So wird es sein, Bruder. Ich habe es gesehen.«

»Was du siehst, weht mit dem Zeitwind, einmal hier, einmal da. Wenn wir diesmal versagen, dann wird der Drache uns verschlingen.«

»Wie du sagst, dürfen wir nicht versagen. Deshalb brauche ich Lailoken. Ich versichere dir, ohne ihn werden wir nicht die Fähigkeit haben, uns gegen die Zeitwinde zu stemmen, die den Wüter und seine Stämme an unsere Küsten treiben. Wir brauchen den Dämonenmenschen im vollen Besitz seiner Kräfte, wenn es überhaupt eine Hoffnung gibt, daß wir uns einen Platz in der neuen Welt bereiten, die auf uns zukommt.«

»Ich möchte nicht, daß dieser Platz im geschmolzenen Bauch des Drachen ist.«

»Ich auch nicht, Bruder. Aber die Daoine Síd haben mich ermächtigt, als Königin der Kelten zu handeln.« Sie hob ihr eckiges Kinn in einer Gebärde der Autorität. »Ich muß frei sein, mein Volk so zu regieren, wie ich es für das Beste halte. Du darfst nicht gegen mich stehen.«

Der Prinz blickte beleidigt drein, und die Mottenlichter in der Kammer nahmen ein dunkleres, abendliches Rot an. »Du dienst König Einer-kennt-die-Wahrheit genau wie wir. Wir stehen zusammen. Wir müssen den Drachen füttern.«

Ein trauriger Ausdruck huschte über Ygranes Gesicht. »Nein, Helle Nacht. Ich diene zuerst meinem Volk. Und es wird hin und her gerissen zwischen dem alten Weg des Drachen und den neuen Versprechungen der Herren des Feuers und ihrer christlichen Könige.«

»Alter Weg des Drachen?« Helle Nacht lachte, und das unergründliche Grün seiner Augen verdunkelte sich. »In deiner Erinnerung mag er alt erscheinen. Aber nicht für die Síd, denn wir erinnern uns an die Zeit, als wir im Sturmbaum unter den Sternenwinden, der Sonne und dem Mond lebten. Wir haben nicht immer dem Drachen gedient. Aber wir dienen ihm jetzt – und wir müssen dieses Biest füttern, wenn wir lang genug leben sollen, um hier wegzukommen und unseren Platz im Baum wieder zu fordern.«

»Du mußt mir vertrauen, Bruder. Ich habe eine Vision für Lailoken.«

»Dir vertrauen?« fragte der Elfenprinz bitter. »Wir haben dir mit Gorlois vertraut, und jetzt ist da Morgeu. Sie nimmt eine gefährlich falsche Wendung.«

Mit einem Achselzucken tat sie seinen Protest ab. »Die Druiden haben mich Gorlois übergeben. Ich habe ihn nicht gewählt.«

Der Elfenprinz kam näher, und ein Geruch von Moos und flußumspülten Felsen begleitete ihn. »Die Daoine Síd und die Kelten sind Verbündete, Ygrane. Jetzt müssen wir noch mehr als je zuvor zusammenarbeiten, um den sicheren Pfad zwischen dem Hunger des Drachen und dem Einfluß der Herren des Feuers zu finden. Verstehst du nicht? Wenn du beide behältst, das Einhorn und Lailoken, dann begünstigst du die Herren des Feuers.«

»Vertraue mir – Lailoken wird unser Bündnis mit den Römern retten. Ich habe es gesehen.«

»Aber die Römer gibt es nicht mehr. Was sie zurückgelassen haben, sind nur die Schatten der Eroberer, die uns aus dem Großen Baum vertrieben haben. Sie sind Britannier«, er sprach dieses Wort kühl aus, »einer der alten Stämme, die uns einmal gedient haben und jetzt dem gekreuzigten Gott dienen. Sie sind treulos.«

»Sie haben viel von den Römern gelernt, viel von der Kunst des Krieges. Wir brauchen sie, um den Wüter abzuwehren.«

Der Prinz ging verärgert auf und ab, und die Funken um ihn herum nahmen eine fast purpurne Färbung an. »Die Daoine Síd würden lieber auf den Rücken der Römer und Britannier in den Baum zurückkehren. Wir wollen kein Bündnis mit ihrem gekreuzigten Gott. Wir haben mehr mit dem Wüter gemeinsam als mit den Eindringlingen aus dem Leuchtenden Süden.«

Bei diesem Ausbruch hob Ygrane überrascht die Augenbrauen. »Und doch haben die Daoine Síd in ihrer Magie viel von den südlichen Stämmen und den Herren des Feuers gelernt. Ist das nicht genau der Grund, weshalb mich der Wüter zurückwies, als ich mich ihm anbot?«

Helle Nacht blieb stehen und fuhr sich mit beiden Händen durch das glänzende Haar. Er versuchte, der großen Verwirrung seiner Gedanken Herr zu werden. Er mußte etwas tun. Der Drache war begierig, seinen Traumgesang zu nähren. Jedoch wußte der Prinz, daß Ygrane recht hatte und sie warten mußten. Aber wie? Es war keine Zeit mehr. Sein Zorn brach über den herein, der sie in diese verzweifelte Lage gebracht hatte. »Der Wüter ist verrückt. Er ist besessen von der Reinheit des Beständigen Nordens. Er denkt, wir befleckten diese Reinheit. Wir, die wir einst von der Tundra bis zum Indus herrschten, als er nicht mehr war als ein kleiner Gott, der in den Wurzellanden herumkrabbelte. Wie ist er denn zur Macht gekommen, frage ich dich? Indem er sich mit einem Troll einließ. Und jetzt wagt er zu sagen, wir wären befleckt und müßten aus diesen Ländern entfernt werden? Ich sage es dir jetzt, Schwester, ich bin froh, daß er dich nicht angenommen hat.«

Ygrane lächelte zärtlich. »Und trotzdem haben wir soviel mit ihm gemeinsam, Bruder?«

Helle Nacht blies seine Wangen auf und versuchte seine Verwirrung auszupusten. »Ich habe mich versprochen. Seit unserem Exil aus dem Baum haben wir alles verloren, was wir einst mit den Wanderern der Wilden Jagd gemeinsam hatten. Seine Absicht ist, uns zu vernichten, also das zu tun, was die Fauni nicht fertigbrachten. Er ist kein Verwandter mehr. Jedoch – ich fürchte den gekreuzigten Gott.«

»Und mit Recht, Bruder«, sagte sie besänftigend. Der wilde Blick in seinen Augen beunruhigte sie. Sie verstand seine Hoffnungslosigkeit, seine Verzweiflung, etwas zu tun, irgend etwas, um sich und seinem Volk zu helfen, und sie betete ganz innig darum, daß ihre Vision sie durch diese schrecklichen Zeiten geleitete. Trotzdem wollte sie ihn nicht belügen, genauso wenig, wie sie sich selbst betrügen würde. Deshalb fuhr sie fort: »Wir dürfen nie vergessen, die Herren des Feuers sind Außerirdische. Die Magie, die sie den Leuchtenden Süden gelehrt haben, die Magie, die der gekreuzigte Gott aus der Wirbelwind-Wüste mit sich nach Norden trägt, die Magie, die man das Wort nennt, ist gefährlich. Sie ändert alles. Wir haben das während unserer Zeit im Süden selbst entdeckt, als wir Zahlen und Runen lernten. Sie hat uns so sehr verändert, daß der Wüter, unser Verwandter von alters her, uns jetzt zurückweist. Der gekreuzigte Gott gibt das selbst zu, denn er sagt, wenn wir uns mit ihm verbünden, dann werden wir nicht sterben, jedoch werden wir völlig verändert.«

Der Prinz gab einen sanften Laut des Einverständnisses von sich und begann zu verblassen. »Schwester – diese Veränderungen erschrecken uns. Die Síd haben schon soviel Veränderung erduldet. Können wir noch mehr ertragen?«

»Die Síd sind wie ihre Verbündeten, die Kelten, Überlebende. Unsere Schicksale sind verknüpft seit den Zeiten der Mütter, und zusammen haben wir die Wandlung zur Zeit der Häuptlinge überlebt. Wir werden auch diesen Wandel überleben. Geh jetzt mit meinem guten Willen, Bruder Helle Nacht, und wisse, daß jetzt, wo der Dämon Lailoken und das Einhorn uns dienen, der Drache bald wieder das Leben unserer Feinde trinken wird.«

Die funkelnden Stäubchen im Schrein wurden dunkler, zu Purpur, und dann unsichtbar, zu Ultrapurpur, und so konnte sich die Kammer wieder mit dem zuckrigen Leuchten des Morgenlichts füllen.

Die Soldaten führten Lailoken zur *principia*, einem massiven Gebäude mit blauen Kolonnaden aus Holz, Steintreppen und farbenfrohen Mosaikböden, die Szenen fremdartiger römischer Götter schilderten. Die meisten der Räume waren nackt, dunkel und dumpf – leer wie an dem Tag, als sich die Legionen zurückgezogen hatten. Das marmorne Bad jedoch war hell, die Klarheit des Morgenlichts fiel durch eine Öffnung in der Kuppel. Der blank geputzte Raum war hübsch eingerichtet, mit einigen versilberten Glasspiegeln in voller Größe, safrangelben Vorhängen, Truhen mit Kleidern und hölzernen Bänken mit dem verschlungenen Schnitzwerk der Kelten.

Während ein junger Harfner schwermütige Weisen spielte, wusch Lailoken mit einem Schwamm den Schmutz seiner Reisen ab und untersuchte seinen Körper in den Spiegeln. Er sah aus wie ein Reiher. Sein weißes Haar fiel wie ein Federbusch über die knochigen Schwingen seiner Schulterblätter herab. Er hob seinen verwickelten und verfilzten Bart und blickte auf Schlüsselbein, Rippen und Brustbein, die so straff gespannt waren wie der Brustpanzer eines Legionärs. Sein Gesicht wirkte scharf wie der Schnabel eines Kranichs. Seine langen Arme und Beine waren dünn und knotig wie sein Stab.

Schließlich kam ein alter, streng dreinblickender Soldat herein und durchtränkte Lailokens verfilzten Bart und sein Haar mit einem schaumig-schleimigen Kräutergebräu, das nach verwelkendem Gras roch. Geduldig mühte sich der Soldat mit einem Bronzekamm und einer bronzenen Schere ab, um die langen Barthaare des alten Mannes zu entwirren und zu frisieren.

Als er fertig war, betonten Lailokens silberne Mähne und zurechtgestutzter Bart das knochige Rechteck seines Gesichts und verliehen ihm etwas von dem beeindruckend patriarchalen Aussehen Jupiters, ein Anblick, der seinem strengen Gesicht ein Kichern entlockte. Um diese Wirkung noch zu verstärken, legte er die Kleider an, die man ihm gegeben hatte: eine mitternachtsblaue Tunika, Sandalen aus Mochaleder und ein schwarzes Gewand mit karmesinroter Stickerei.

Genährt von einem guten Mahl aus geschmortem Lachs, Wildpastete und Haselnußbrot, kehrte der Zauberer in den Garten zurück. Aber die Königin war fort. Als er nach ihr fragte, sagten ihm die Wachen, Ygrane sei nach Süden gerufen worden, um ihre Fianna gegen die barbarischen Plünderer zu sammeln, die entlang der Sachsenküste gelandet waren. Überrascht erfuhr er, daß er sie in ihrer Festung Maridunum wiedertreffen würde und daß er dorthin in Gesellschaft ihrer Tochter, der Prinzessin Morgeu, reisen sollte.

Das Einhorn stand kraftvoll und leicht wie Nebel im Tunnel des Waldes. Zerstreute Blüten und herabgefallene Früchte leuchteten in der Düsternis wie exotische Muschelschalen, die von einem fremden Meer heraufgewaschen worden waren. Es wartete auf Ygranes Ruf. Jetzt mußte es ihr folgen, wohin sie es führte. Um seine Mission für die Herren des Feuers zu erfüllen, mußte es dieser Menschenfrau vertrauen, deren silberberingte Finger nach Donner rochen. Aber wohin führte sie es – und warum?

In der Nähe murmelte unaufhörlich ein Bächlein. Ereignisse, die zu Folgen verknüpft waren, gingen in andere, tiefere und seltsamere Folgen über. Das Einhorn wollte heimkehren, zurück zu seinen Sonnenfeldern. Es hatte genug Energie vom Drachen aufgenommen. Es hatte alles gesehen, und noch mehr, als es überhaupt vom schmarotzerischen Leben auf der Haut des Drachen sehen wollte. Warum es noch hierblieb, schien eine zu große Frage zu sein, besonders in den Tagen, seit Raglaw es fast getötet hätte. Die Weisheit, die notwendig gewesen wäre, zu verstehen, warum es blieb, würde ihm nicht in den Kopf gehen.

Ja, das Einhorn blieb. Es hatte von seinen Begegnungen mit den Herren des Feuers gelernt, daß es eine pflichgetreue Kreatur war, und von einer höheren Ordnung, als die kleinen Lebewesen, die auf dem Drachen lebten. In diesem Wissen lag eine Verantwortung, vor der es nicht fliehen konnte. Es war erwählt worden. Von allen in seiner Herde war es allein erwählt worden. Zur Ehre seiner Art mußte es bleiben und die Arbeit vollenden, zu der es hierher gesandt worden war.

Aber wo waren die Herren des Feuers in ihren sanften Schwingen aus Licht? Wo waren ihre wachsamen Augen? Das Einhorn blickte um sich und sah blaue Ausschnitte des Himmels, umrissen von Blättern und Zweigen, die im Wind schwankten. Es lauschte und hörte nur das unaufhörliche Murmeln des Bächleins, das einer Tiefe zuströmte, die es ganz verschlingen würde.

»Du wirst nie das Einhorn bekommen«, drohte die Prinzessin, während Lailoken neben ihr auf einem lebhaften schwarzen Hengst ritt, der seine ganze Aufmerksamkeit erforderte. Er war vorher noch nie auf einem solchen Tier geritten, und er war an die hartnäckige Zielstrebigkeit des Pferdes nicht gewöhnt. Seine schwachen Beine konnten nicht verhindern, daß er hin und her geschüttelt wurde. Die starke Erregung des Rosses bei jeder Drehung des Windes und jedem einladenden Büschel Hafergras am Straßenrand stellte seine Entschlossenheit auf die Probe, und er mußte all seine physische Stärke aufbieten, um das Tier zu beherrschen.

»Ich möchte das Einhorn nicht haben«, antwortete Lailoken wahrheitsgemäß. Da er jedoch ihrem spöttischen Grinsen nicht begegnen mochte, blickte er zur Seite, hinab über die buschbewachsenen Hänge, dorthin, wo das Meer funkelte und jenseits der ihre Kreise ziehenden Möwen die Silhouette von Mona sich purpurrot am Horizont erstreckte, unter Burgen aus Sommerwolken.

»Du hast gesagt, daß du es verfolgt hast«, drängte Morgeu in ihn. »Bist du ein Lügner?«

»Ich hatte das Einhorn verfolgt – und es hat mich zu euch geführt. Schon aus diesem Grund allein sollten wir Freunde sein.« Lailoken schaute sich nach dem Aufseher des Kindes um, nach einem maßgeblichen Erwachsenen, der ihn vor der Unverschämtheit dieses jungen Menschen bewahren könnte. Aber die Wachen auf ihren Pferden achteten nur auf das Unterholz am Straßenrand und auf die sonnenglitzernden Bäume auf den Abhängen hinter ihnen. Die meisten ritten hinter ihnen und bewachten den mit Eberfellen bedeckten Wagen, der Vorräte aus der Festung mit sich führte.

»Wenn wir Freunde sein sollen«, sagte Morgeu, und ihre Augen waren dabei so kühl wie polierte Kiesel, »dann mußt du mir ein Geschenk geben.«

»Du hast das Geschenk von Lailokens Freundschaft«, erwiderte er gelassen und versuchte sein Reittier von ihr wegzulenken.

Aber sie war die weit bessere Reiterin und blieb eng an seiner Seite. »Beweise mir deine Freundschaft, Lailoken«, sagte sie hartnäckig und blickte ihn finster an wie ein Tempeldämon. »Gibt mir ein Geschenk, sage ich dir. Etwas

Einfaches. Sagen wir, diesen groben, häßlichen Stab, den du mit dir trägst.« Sie langte hinüber und riß den Stab heraus, den der Zauberer an seinem Sattel befestigt hatte.

»Gib das wieder her, junge Herrin ...«, rief der alte Mann laut, zu laut. Er erschreckte sein Pferd, und es begann vorwärts zu tänzeln. Morgeu verpaßte dem Hinterteil des Tieres einen scharfen Hieb mit dem harten Stab, so daß es in vollen Galopp fiel. Lailoken warf sich nach vorn und klammerte sich am Hals des Pferdes fest. Der Boden verschwamm unter ihm.

Verzweifelt benutzte er Magie, um mit der Kraft seines Herzens die erschreckte Kreatur zu beruhigen. Aber bevor er Herr seiner eigenen Furcht wurde, griff ein berittener Krieger nach seinem Pferd, packte geschickt die Zügel und hielt den Hengst für ihn an.

Lailoken wandte sich im Sattel um, bereit, Morgeus verächtliches Gelächter über sich ergehen zu lassen. Statt dessen sah er, daß ihr Gesicht vor Angst zitterte. An dem Wagen, der hinter ihnen kam, hatte eine schwielige Hand mit zwei Fingern eine Ecke des Eberfells angehoben, ein häßlich zerfurchtes Gesicht kam zum Vorschein, verzerrt, rissig und gebleicht wie eine verwitterte Holzplanke. Die schreckliche Erscheinung blickte wütend auf das Mädchen und verschwand dann wieder hinter dem heruntergelassenen Fell. Morgeu, deren Unterkiefer zitterte, überreichte furchtsam den Stab einem Wächter in der Nähe und zog sich auf einen Platz hinter den Wagen zurück.

Als er seinen Stab wieder hatte, legte Lailoken einen guten Abstand zwischen sich und Morgeu, und der Rest dieser Tagesreise verging ohne weiteren Zwischenfall. Erst spät in der Nacht sah er das verwitterte Gesicht des alten Weibes. Nachdem die Gesellschaft gegessen und Harfengesänge und Heldengeschichten genossen hatte, nachdem die Lagerfeuer mit Asche gelöscht worden waren und man sich unter der Wächterschaft des weißverhangenen Mondes zum Schlafen gelegt hatte, kam die Alte zu ihm.

Eine spinnenhafte Berührung holte Lailoken aus seinem ersten Schlaf unter einer Decke seit den Tagen der Liebe seiner Mutter, und er erwachte mit einem Blinzeln. »Komm mit mir, Zauberer«, wisperte die Alte mit einem Atem, der so süßsauer war wie überreife Äpfel. »Komm und geh mit mir durch die Nacht.«

Sie sprach Brythonisch, und als der Zauberer endlich diese alte keltische Sprache in seinem Dämonengedächtnis wiederbelebt hatte, war die Hexe schon in der Mondnacht verschwunden.

Er setzte sich auf und spähte nach den anderen. Alle schliefen fest neben der glosenden Glut des Lagerfeuers, und sogar die Nachtwachen waren dösend auf ihren Wachposten zusammengesunken. Das Werk der Alten, dachte er und faßte seinen Stab, als er den Feuerkreis verließ.

Am Rand der Straße, neben einem vielstämmigen Holunderbusch, fand Lailoken die alte Frau. Sie saß hingekauert und blickte hinaus auf das glitzernde Meer.

»Wer hat die Wasser ins Sein geträumt?« fragte die Alte.

Der Zauberer hockte sich neben ihr hin und musterte ihr entstelltes Profil. Ihre Gesichtszüge waren verdreht und geschrumpft wie Schlacke, und in der hellen Nacht wirkte ihr dünnes Haar wie bloße Spinnweben. »Hast du diese alten Knochen für ein Rätselspiel aufgeweckt?«

»Oh, das ist kein Spiel, Lailoken – und deine Knochen sind auch nicht so alt, wie sie scheinen.« Ihre Stimme krächzte und zischte aus einer spröden Lunge hervor. »Ich bin die alte Raglaw, die geistige Beschützerin der Königin. Und du bist der Dämon Lailoken, der die Römer heimgesucht hat und vor ihnen die achäischen Griechen und zuvor die Assyrer von Niniveh und weiter zuvor die Chaldäer von Babylon.« Sie lächelte freudlos. »Also, nachdem wir jetzt wissen, wer wir sind, sag mir, Lailoken, wer hat die Wasser ins Sein geträumt?«

»Die Göttin.«

Sie wandte ihm ihr eingesunkenes Gesicht zu, ihre Augen

waren feuchte Funken in den tiefen Höhlen, die schwarze Krümmung ihrer Nase erinnerte an den Schädel einer Mumie. »Und wem dienst du, indem du diese Fetzen sterblichen Fleisches trägst? Sag mir die Wahrheit, Dämon.«

»Ich diene der Göttin. Ich habe ihr immer gedient – so gut ich es wußte –, von der Zeit an, wo der Himmel uns hinauswarf.«

»Dann beantworte mir dieses Rätsel, Dämon Lailoken: Was finden die Sterblichen Gutes auf der Erde, das die Göttin nimmer finden kann?«

Der Zauberer dachte darüber eine Weile nach, dann gab er zu: »Ich habe keine Ahnung, alte Raglaw. Was Sterbliche finden können, kann auch die Göttin finden.«

»Dann denk darüber nach«, riet sie ihm, »denn du hast noch nicht ganz begriffen, was es bedeutet, wahrhaft sterblich zu sein, solange du dieses Rätsel nicht verstehst.« Sie kehrte ihre Aufmerksamkeit wieder den Wassern zu, auf denen der Mond spielte. »Du wirst darauf kommen.«

Lailoken schnaubte wütend. »Du sagst, das sei kein Spiel, und trotzdem sprichst du zu mir, als wäre ich ein Kind.«

Verächtliches Gelächter kam tief aus Raglaws eingefallener Brust: »Bist du das nicht, Lailoken? Haben deine sterblichen Augen mehr als ein Dutzend Winter gesehen?«

»Nein, doch ich verfüge über Wissen, das größer ist als alle deine Winter, alte Frau, selbst wenn du so alt wärest wie die vergrabenen Pharaonen, denen du ähnelst.«

»Pah – Wissen. Ist es das, womit du der Göttin zu dienen hoffst – mit deinem Wissen? Was bist du – ein Dämon oder ein Schriftgelehrter? Schau her, Lailoken.« Sie reckte ihr knochiges Kinn in die Finsternis und verdeckte die untergehenden Sternbilder. »Diese Insel dort ist Mona mam Cymru, die Mutter unseres Landes. Einst hat sie dieses ganze Land genährt, und nicht nur mit ihrem Getreide und Vieh. Sie hat uns mit ihrem Wissen ernährt, denn dort wohnten die Druiden, die Edlen unseres Volkes, die von den geheimen Wegen von Erde und Himmel wußten und das Baumalphabet kannten und die mündlich überlieferten Geschichten von den ältesten Helden und den weisesten Frauen. Und ich frage dich: Was war all dieses Wissen wert unter den Schwertern der Römer? Die Eindringlinge haben sie alle erschlagen, und ihr Wissen ist jetzt nicht mehr wert als das Gemurmel des Windes in den Bäumen. Wissen – pah!«

Die Alte wirbelte herum und stach mit einem stummelartigen Finger in die Brust des Zauberers. »Öffne das hier«, keuchte sie. »Komm, Lailoken. Öffne mir dein Herz. Ich weiß, daß du weißt, was ich meine. Öffne es jetzt und fühle, was du dann fühlen wirst.«

Was für einen Grund habe ich, ihr zu widerstehen? überlegte er, und ließ sanft die fließende Energie durch das Tor seines Herzens frei. Diese drang in Raglaw ein, als wäre die Alte Rauch.

Plötzlich strömte Lailokens Lebenskraft aus ihm heraus und stürzte durch das dunstige Wesen der Alten wie ein Mann, der in einen dunklen Treppenschacht tritt und statt dessen einen leeren Raum vorfindet. Statt jedoch hinabzufallen, stürzte der Zauberer hinauf, in den Himmel. Diese seltsame Empfindung packte ihn so stark, daß er in Gelächter ausbrach. Vom Lachen geschüttelt, löste er sich in dem Wind auf, der vom Meer heraufwehte. Er stürmte hinauf durch die mondbeschienenen Baumkronen, sein Blick war getrübt, dann stieg er mit dem Kopf voran über den dunklen Wäldern in einem sternenumfunkelten Flug höher als die Zeit.

Eine ausgedehntere Sicht öffnete sich vor ihm, und Lailoken sah die Jahre vor sich ausgebreitet wie einen wehenden, lebendigen Wandteppich. Die Gabe des Vorherwissens hatte er, selbst als Dämon, nie besessen, und das erschreckte ihn jetzt. Die Zeit ist blind, sagte er zu sich selbst.

Doch für seine verzauberte Aufmerksamkeit leuchtete die Zeit plötzlich strahlend, tanzte vor ihm wie die Schatten in einem auflodernden Feuer. Die Flammen spien ganze Muster menschlicher Geschichte aus, flackernde Generationen. Jeder Farbton trug ein Leben mit sich, färbte Szenen und

Erfahrungen aus diesem Leben und den vielen eingeschlossenen Leben, und dieses ganze prächtige Panorama schlängelte sich und wirbelte wie Schlieren feurigen Öls auf Wasser.

Vor ihm brodelte die All-Zeit. Vergangenheit und Zukunft. Er blickte über dreißig Jahrhunderte oder mehr, von den ersten Städten aus Lehmhütten am Euphrat zu einer Zukunft mit Türmen aus Glas und Stahl.

Sein Flug erreichte den Gipfel, und während er durch die Baumkronen wieder zurückfiel und in die enge Hülle seines Körpers zurücksank, schrumpften die unheimlichen Dimensionen jenseits der Erinnerung zusammen und nahmen all die Milliarden Leben mit sich, die vor ihm gelodert hatten.

Verzweifelt versuchte er, das zu behalten, was er vermochte, und dabei richtete er die größte Aufmerksamkeit auf die brennenden Bilder, die seinem eigenen kleinen Leben als Mensch am nächsten waren.

Überall schreckliche Schlachten – abgetrennte Gliedmaßen, brüllende Männer, blutverschmierte Pferde, auf denen Bogenschützen mit bronzenen Brustpanzern und ledernen Masken ritten. Pfeile zischten vorbei, durchschnitten den Raum und verschwanden bis zu ihrer Befiederung in den Leibern von Barbaren. Und da stand der blutbesudelte Wüter. Sein eines gutes Auge war erfüllt mit Bosheit, sein schwerer Bart und seine Locken wurden von einem Sturmwind zurückgeblasen, die Adern auf seinem wütenden Gesicht pulsierten wie Ketten aus blauem Stahl.

Lailoken wandte seinen Blick vom gräßlichen Zorn des Kriegsgottes ab und sah, wie aus dem Stumpf einer riesigen Eiche ein Rad zurechtgeschnitten wurde, größer als ein Mensch. Das Rad fiel auf die Seite und wurde zu einem großen Tisch, und Könige in all ihr Pracht saßen an ihm in der Runde. Dann verschwand der runde Tisch, und er sah Steinzinnen, rauchende Fackeln und brennende Siegesfeuer, schlammige Gräben voller Spieße und Speere, und noch mehr Reiter mit Raubvogelhelmen und gekrümmten persischen

Bögen. Und er sah Musikanten und Gaukler, Kamele auch und einen Elefanten. Und einen jungen, bartlosen König mit rabenschwarzem Haar und gelben Augen und einem Jade-Kruzifix am Hals.

Das zornige Heulen des Wüters erhob sich gegen den jugendlichen christlichen König mit den sanften, goldenen Augen. Lailoken stand zwischen ihnen, und ihrer beider Gesichter starrten von den gegensätzlichen Polen seines Schicksals auf den Zauberer – der eine wütend, der andere demütig und fürsorglich –, und in diesem Gegensatz erfuhr er die ungeheure Endgültigkeit, die Gewalt und Liebe voneinander trennt und die ihn zur lebenden Achse zwischen ihnen gemacht hatte, bestimmt dazu, sie voneinander getrennt zu halten.

Lailoken war es, als plumpste sein Körper auf den Boden, und er fand sich wieder in seiner leiblichen Begrenzung. Mit hervorquellenden Augen blickte er auf Raglaws lauernde Maske.

»Hast du gesehen?« zischte sie. »Hast du gesehen?«

»Ich habe Krieg gesehen ...«

»Hast du den König gesehen?«

Lailoken nickte und sank zusammen, sein Leib war schlaff vor Erschöpfung.

Ihre Klauen packten seinen Bart und zogen sein Gesicht in die feuchte Hitze ihres Geifers: »Das ist der König! Du hast ihn gesehen! Einsam wie ein Felsen auf dieser Seite des Immerdar! Das ist der König, der dem Schrecken widerstehen kann, um einer Liebe willen, die die Jahrhunderte belebt! Das ist der König! Erinnere dich an ihn, Lailoken! Erinnere dich an ihn, denn du mußt ihn für die Königin finden – für Ygrane –, bevor des Wüters unersättliches Schwert uns findet!«

»Ihn finden?« murmelte der alte Mann verwirrt. »Wer ist er? Ich kenne ihn nicht. Wo sollte ich ihn finden?«

Verächtliches Gelächter quoll aus ihrem Mund. »Wo? Du Narr! Ich habe dir etwas Besseres gezeigt als dein nutzloses

Wissen. Ich habe dein Herz mit einer Vision erfüllt und dir gezeigt, wie die Jahreszeiten gebildet werden. Ich habe dir das Schicksal gezeigt! Geh jetzt – beeile dich, Kleiner. Geh!«

Die hagere, affenähnliche Gestalt der Alten flatterte vor ihm wie schwarzes Feuer. Lailoken trotzte seiner Erschöpfung, kroch auf allen vieren davon und schleifte seinen Stab mit sich. Er hielt nicht inne, bis er im Lager angekommen war und die Nachtwache hochschreckte, als er sich im Mondschein niedersinken ließ.

Lailoken lag still, zusammengerollt und benommen von dem, was er in der Trance der Alten erlebt hatte. »Der christliche König mit den gelben Augen«, murmelte er sanft. »Die Alte sagt, ich muß ihn finden. Vor langer Zeit hat meine Mutter von einem König gesprochen – geboren aus der Liebe zweier Feinde …«

Er bemerkte, wie der Wächter neugierig nach ihm spähte, da er wohl dachte, der alte Mann rede mit dem Lagerfeuer. Lailoken drehte dem Wächter seinen Rücken zu und erwog das Rätsel der Alten, das ihn lehren würde, was es bedeutete, ein Mensch zu sein: »Was haben die Sterblichen Gutes auf der Erde gefunden, das die Göttin niemals finden kann?«

Erst später, als der Schlaf nahte, stieg die Antwort aus seinem Dämonengedächtnis auf. Er seufzte und beglückwünschte sich selbst, und dann flüsterte er kaum hörbar: »Natürlich. Einen würdigen Meister.«

Morgeu bewegte sich im Schlaf und wälzte sich unter einem Baldachin aus Kiefernzweigen auf ihrem Strohsack umher. Sie schreckte auf und sah Raglaw über sich stehen, mit zurückgeworfener Kapuze. In der Dunkelheit schimmerte das verkohlte Gesicht der Alten wie der schwarze Panzer eines Käfers.

»Bleib still liegen, Kind.«

»Alte Frau …« Morgeu wischte sich mit dem Ärmel ihres Nachtgewandes den Schlaf aus den Augen und warf einen Blick nach ihrer Wache.

»Sie schlafen alle.« In den düsteren Höhlen ihrer Augen glitzerte es wie Nadelspitzen. »Wir sind allein, du und ich.«

»Warum weckst du mich, Alte?« Morgeu setzte sich auf. Ihr rundes, bleiches Gesicht trotzte dem ruhigen Blick aus dem schwarzen Käferpanzer.

»Dies ist das letzte Mal, daß wir uns begegnen, du und ich. Zukunft und Vergangenheit überschneiden sich hier in diesem einen dunklen Augenblick. Nur unser Schicksal ist lebendig, Kind – und es lebt uns.«

Erschreckt durch das Gerede der Alten, blickte Morgeu wieder nach ihrem Wächter. Sein struppiger Kopf war vornüber gebeugt, das Kinn auf der Brust, und er schlief tatsächlich vor einem Feuer, dessen sterbende Glut dunkelrot gloste wie ein Rubin.

Starke Zauberei erstickte die Flammen, erfüllte die Dunkelheit. Das Kind hatte diese unheimliche Stimmung schon früher erlebt, immer mit ihrer Mutter und dem alten Weib. Als sie sie zuerst gespürt hatte, war sie immer aus ihrem Bett gekrochen und hatte beobachtet, wie die beiden Hexen zu lebendigen, wilden Gesichtern sprachen, die aus dem Feuer kamen, oder mit zuckenden Lichtkugeln in den Wäldern umhertanzten. Einmal tanzten sie nackt – die Alte ein Skelett aus Haut und Knochen, ihre Mutter wie aus flüssigem Marmor – vor einem riesigen pelzigen Mann mit einem Hirschkopf. Das war keine Maske gewesen, sondern das Gesicht eines lebendigen Hirsches mit wachsamen Augen und ausdrucksvollen schwarzen Lippen. Danach hatte sie sich immer nur noch tiefer in ihr Bett gekauert, wenn sie diese unheimliche Aufladung der Nacht mit Zauberei gespürt hatte.

»Was willst du von mir, alte Frau?«

»Ich möchte die Zukunft in dir berühren, Kind.« Unter ihrem Gewand kam eine mißgestaltete Hand hervor, die wie ein Knoten an einem Zweig aussah und nur aus Zeigefinger und Daumen bestand, und sie griff nach Morgeus Gesicht. »Sei still. Ich werde den Zeitwind in dir fühlen.«

Bei der Berührung der Alten wurde Morgeus Inneres kalt,

als durchzöge sie ein eisiger Wind. Sie öffnete den Mund zu einem Schrei, um den Wächter zu wecken, aber nicht einmal ein Quietschen gelang ihr. Die Berührung der Alten höhlte sie aus, ließ sie leer und lautlos werden. Und in dieser Leere wirbelten Bilder.

Sie sah ihren Vater, seine stämmige Gestalt flog durch die Luft, die strengen Züge zu mehr als nur einer Kampfgrimasse verzogen: Ein gehetzter Blick, den sie auf seinem Gesicht noch nie gesehen hatte – Angst. Barbaren in fremdländischen Helmen stürmten inmitten von Rauchfahnen vorbei. Lailoken kauerte vor pechschwarzen Ungetümen mit monströsen Gesichtern, die vor ihm schwebten – den Chitingesichtern von Insekten und Krebsen, die jedoch auf eine unheimliche, böse Weise verständig dreinblickten.

Aus dieser wirbelnden Vision trat stolz eine leichenblasse Frau mit einem Mondgesicht heraus, mit Augen wie zwei schwarze Stichwunden und flammenwildem Haar. Das war sie selbst, erwachsen – eine Zauberin wie aus dem Märchen, in grünen Atlaskleidern.

Die knochenbleiche Frau mit den blutroten Lippen blickte über die Jahre hinweg zurück auf sie, mit einem drohenden Aufblitzen in ihren kleinen dunklen Augen. Morgeu schreckte zurück, bevor sie erkannte, daß die Zauberin durch sie hindurch auf das alte Weib blickte.

Raglaws zerstörtes Gesicht glotzte überrascht. Von ihrer Nase und ihren Wangen lösten sich Partikelchen wie feiner Rauch. »Du bist stark …«, knurrte sie mit unfreiwilliger Offenheit und bemühte sich mit all ihrer zuckenden Kraft, eine unsichtbare Wucht abzulenken.

Die Stimme der Zauberin ertönte aus der jungen Morgeu, peinigend hell, voll vom Juwelengefunkel ihrer starken Magie: »Du wolltest die Zukunft berühren, Raglaw – du wolltest mich mit deiner Klaue unterdrücken. Aber ich bin zu stark geworden. Jetzt berührt die Zukunft dich. Und mit der Hand deiner Beute töte ich dich. Ich töte dich! Ich töte dich mit genau der Kraft, die du verwendet hättest, um mich zu töten!«

Die Alte, die jetzt nur noch bestürzt vor sich hinstarrte, schüttelte ihre ausgestreckte Hand, als wollte sie sich von einem unsichtbaren Griff befreien. Die abgenutzte Fingerspitze und der rissige Daumenballen, die Raglaw vor Morgeus junges Gesicht hielt, verdorrten zu schwarzer Asche und blätterten ab. Mit einem gräßlichen Stöhnen taumelte Raglaw zurück. Die Keule ihrer Hand war jetzt fingerlos und schwelte.

Auf der Stelle war der Zauber gebrochen, und das Kind Morgeu stand auf und suchte nach der märchenhaften Zauberin, die sie selbst sein würde. Aber die war fort, und auch die Alte war weg. Über ihr dehnte sich die makellose Nacht, und die unheimliche Stimmung war verschwunden. An ihrer Stelle war jetzt ein erregtes Glühen, ein erregendes Nachklingen des Schauspiels.

Sie beobachtete, wie das Licht des Feuers wieder stärker wurde, Funken sprangen auf und wurden zu Flammen. Der Wächter fuhr hoch, als risse er sich gerade aus dem Schlaf. Freude war samtartig in ihrem Leib spürbar, wie die Wärme von Weinwasser, das sie am Tisch ihres Vaters gekostet hatte.

Die Erinnerung daran, wie ihr Vater von Angst gepackt durch die rauchige Luft geflogen war, ließ ihre Knie weich werden, und sie sackte wieder auf ihren Strohsack. Sie verstand nicht alles, was sie da gesehen hatte, aber sie wußte jetzt sicher, daß dem Herzog eine schwere Gefahr drohte. Ihre Angst um ihn paßte gefährlich zu ihrer Unwissenheit und dem furchtbaren Staunen über das, was sie gesehen hatte.

Wieder ein Kind, legte sie sich erneut hin und spähte durch die Lücken in den Kiefernzweigen, hellwach in einem Gewirr von mächtigen, sich wandelnden Gefühlen. Ihre schwarzen Augen wirkten wie zwei sternenlose Tropfen, die aus der Nacht gefallen waren.

Für den Rest der Reise blieb die Alte in ihrem Wagen, und Lailoken sah sie nicht wieder, bis sie an einem grauen, regnerischen Nachmittag in Maridunum ankamen, einer steinummauerten Stadt auf den Klippen über einem ruhigen Fluß. Als sie innerhalb der Stadtmauer waren, sprang sie flink wie eine Ratte von ihrem Wagen und beobachtete, wie der Zauberer vom Pferd stieg.

»Denk an den König!« Sie schwenkte aufgeregt ihre schwarzen Gewänder und stampfte mit den Füßen auf die feuchten Steinplatten.

Um ihrem heftigen Blick auszuweichen, zog Lailoken seine Kapuze hoch, als wollte er den Nieselregen abwehren. Während der ganzen holprigen Reise hatte ihn die unheilverkündende Prophezeiung der Alten beschäftigt: »Wenn du versagt, dann wirst nicht nur du ausgelöscht ...«

Er sah, wie Morgeu an die Spitze trabte und dann mit einem geschmeidigen Sprung absaß. Ihr Umhang flatterte wie blaue Flügel. Mit wehendem roten Haar eilte sie vorbei an den Schildwachen und an dem Delphinspringbrunnen im Hof, auf ein großes, altertümliches Haus zu, das zwei Eichen flankierten, die so senkrecht aufragten wie Obeliske.

»So ein hübscher Teller, um Mord darauf zu servieren«, krächzte Raglaw unter ihrem schwarzen Mantel hervor. »Gewiß wird sie deinem König Schwierigkeiten und Unheil bringen – das heißt, wenn du ihn zuerst vor dem Wüter retten kannst. Aber um ihn zu retten, mußt du ihn finden. Hast du darüber nachgedacht? Halte jetzt gut Ausschau, Lailoken!«

Der Zauberer ging geradewegs auf die *mansio* los, das größte und älteste Gebäude in der Stadt. Dort war Morgeu schon die Marmortreppe hinaufgesprungen und durch das Vestibül verschwunden.

Die *mansio*, mit ihren zwei Stockwerken, vier Flügeln und weinüberwachsenen Säulengängen überragte die kleineren, reetgedeckten Häuser der Stadt. Die prächtige Villa bildete die Nabe, von der die unregelmäßigen Speichen baumgesäumter Straßen, gepflasterter Gassen und ausgefahrener Wege ausgingen. Kinder mit Hunden flitzten über den geschäftigen Hof, Soldaten scheuchten sie von den Pferden fort. Matronen, die ihre Amphoren am Brunnen gefüllt hatten, verweilten nicht, um im Nieselregen zu tratschen, sondern eilten davon, wobei sie die Schleier ihrer Tuniken über den Kopf hielten.

Lailoken blieb stehen, mit erhobenem Gesicht, das der kühle Regen erfrischte, und nahm alles in sich auf – seine erste echte Stadt als Mensch. Niemand von der kleinen Schar, die herausgekommen war, um die Reisegesellschaft zu begrüßen, widmete ihm besondere Aufmerksamkeit. Stallknechte übernahmen die Pferde, Weinhändler mit Lederschläuchen boten den von der Reise erschöpften Wachen Erfrischung an, und eine Gruppe römischer Offiziere in typischen Soldatenmänteln und vergoldeten Lederpanzern stand am Eingang einer Taverne herum und beobachtete die Kelten mit müßigem Interesse.

»Gorlois' Männer«, zischte eine Stimme neben Lailoken, und die Hexe Raglaw drängte sich wieder an ihn heran. »Gorlois – der Vater von Morgeu …«

Der Zauberer wich hastig zurück, aber die düstere Alte war flink und ergriff geschwind seinen Unterarm.

»Wir werden zusammen die Königin besuchen«, sagte sie mit ihrer brüchigen Stimme, »du und ich – bevor du losgehst …«

»Losgehen?«

»Du mußt sofort gehen – nachdem du der Königin begegnet bist.« Das krächzende Gelächter, mit dem sie seine Verwirrung quittierte, tat seinen Ohren weh. »Hast du schon vergessen? Den König für Ygrane finden …«

»Aber ihr Gemahl – Gorlois …«, stammelte er verdutzt.

Jetzt stieß sie ein stummes Gelächter aus. Ein Stoß heißen, apfelsauren Atems traf Lailoken ins Gesicht. »Ygrane ist eine keltische Königin. Du solltest wissen, Lailoken, daß sie alle Ehemänner haben kann, die sie will. Doch in Wirklichkeit will sie nur einen, und zwar nicht den stolzen Gorlois. Aber komm, die Königin wartet – und der Herzog, der über das

Heilmittel für meine schmerzenden Knochen verfügt. Wir müssen uns beeilen.«

Raglaws eiserner Griff zog den bärtigen alten Mann hinter sich her, und er stolperte fast, als sie die Treppe hinaufhastete, durch die Säulengänge hindurch, vorbei an den bewaffneten Wachen und hinein in die weite Vorhalle der *mansio*. Zwischen den kannelierten Säulen standen abwechselnd keltische und römische Wachen in Bereitschaft.

Lailoken musterte ihre Waffen und bemerkte am dunklen Glanz der Schwertgriffe und Speerschäfte, daß sie oft gebraucht worden waren. Dann richtete er seine Aufmerksamkeit mit einem Kopfnicken auf das andere Ende der Halle, wo eine reichverzierte Adlerstandarte an einem glattpolierten Stab lehnte, der über und über mit Ogham-Symbolen bedeckt war. Hier hatten sich offensichtlich römische Tradition und keltische Macht auf eine schwer auszumachende Weise vereinigt.

Die hohe, rotlackierte Doppeltür hinter den vereinten Standarten sprang auf, und ein stämmiger, ziegenäugiger Mann mit den Hängebacken einer Bulldogge und einem kurzen Hals trat in die Vorhalle. Rotbäckig, das scheckige Haar kurz und stoppelig wie Schweineborsten, glich er mehr einem Mann, der mit Felsbrocken rang, einem Grabenschaufler der Fußtruppe, als einem Herzog. Jedoch trug er den bronzenen Brustharnisch, in den ineinander verschlungene Schlangen getrieben waren, und auf der linken Schulter den Knoten aus purpurner Seide, der ihn als Adeligen kennzeichnete. Unter dem Arm, auf seiner Hüfte, trug er Morgeu, die in der Luft strampelte und Freudenrufe ausstieß.

Ygrane beobachtete die Szene stumm von jenseits der Schwelle, groß und langschultrig, aber mit einem unglücklichen Ausdruck auf ihrem starken Gesicht. Als sie Raglaw entdeckte, weitete sich ihr Blick erschrocken, und Lailoken wußte in diesem Augenblick, daß ihnen Kummer bevorstand.

»Du hast geduldig genug gewartet, während ich den Seewanderern den Rücken gebrochen habe«, sagte die Bulldogge mit zusammengekniffenen Augen zu Morgeu. »Jetzt kann ich dich auf eine Segelfahrt mitnehmen, Mädchen. Und später zu einem Festmahl am Strand. Was hältst du davon?« Er schwenkte sie von seiner Hüfte und warf sie in die Luft, dann fing er sie unter ihren Armen auf und setzte sie sanft auf den Boden.

Plötzlich fiel alle Heiterkeit von seinem schweren Gesicht ab, als er aufblickte und die Alte sah. »Du! Hexe!« Das Echo seiner dröhnenden Stimme hallte von der gewölbten Decke wider. »Du wagst es, mir zu trotzen? Ich habe gesagt, wenn du mir je wieder unter die Augen kommst, dann wird es dich deinen Kopf kosten – und, Gott steh mir bei, das wird es auch!«

»Dann tu es, Gorlois«, stachelte Raglaw ihn an und nahm ihre Kapuze ab. »Schicke mich in die größere Welt zurück.« In einer seltsam abgewinkelten Weise, wie bei einem rituellen Tanz, streckte sie ihm ihre grindigen Arme entgegen, mager wie Ruten.

Gorlois hielt inne und sah Wahnsinn in dem seltsamen Rucken ihrer Glieder, als sie herausfordernd auf ihn zukam.

»Was hält deine Hand denn zurück?« sagte die Alte verächtlich. »Ist das wieder meine Zauberei – daß ich, schon im Rachen des Todes, weniger Angst vor dem Sterben haben sollte als du, ein mächtiger Krieger? Feigling!«

Metall klang auf, der Herzog zog sein Schwert aus der Scheide.

»Gorlois!« schrie Ygrane.

Das Schwert pfiff in einem scharfen Bogen durch die Luft und schnitt sauber durch den Hals der Alten. Ihr Leib sank nach vorn, Blutstöße zeichneten karminrote Streifen über Gorlois' verhärtetes Gesicht. Raglaws Kopf fiel nach hinten und rollte zu Lailokens Füßen. Aus einer rasch wachsenden Pfütze von Blut blickte Raglaws verkohltes Gesicht zu dem Zauberer empor, während ihre dünnen Lippen sich noch bewegten: »Finde den König ...«

Die Fianna-Krieger, die von ihren Plätzen nach vorn gesprungen waren, als Gorlois' Schwert die Alte erschlug, zogen ihrerseits ihre Schwerter. Doch Ygrane gebot ihnen mit erhobenen Armen Einhalt. »Nein!« rief sie laut und gab ihren Wachen ein Zeichen, zurückzutreten. »Raglaw hat ihren eigenen Tod gewählt. Das habe ich selbst von ihr gehört. Sie ist aus eigenem Willen in die größere Welt zurückgekehrt.« Ihre Stimme wurde brüchig, und sie mußte die Augen schließen.

»Mein Schwert hat sie in ihre heidnische Hölle geschickt!« knurrte Gorlois und wischte am Gewand der Alten das Blut von seiner Klinge. Morgeu, die hinter ihm stand, beobachtete ihn mit funkelnden Augen.

»Nimm deine Männer und geh, Gorlois«, forderte Ygrane ihn auf. In ihren Augen schimmerten Tränen und Wut. »Deine Arbeit hier ist getan.« Dann fügte sie etwas sanfter hinzu: »Morgeu, begib dich in deine Gemächer.«

Gorlois richtete einen harten Blick auf seine Frau. »Von dir nehme ich keine Befehle entgegen, Ygrane. Meine Tochter und ich begeben uns auf eine Segelfahrt.«

»Nein, Gorlois«, widersprach Ygrane ihm bestimmt. »Morgeu wird mit meinen übrigen Leuten an der Totenfeier für Raglaw teilnehmen. Wenn du bleiben möchtest, dann müssen du und deine Männer das gleiche tun. Hier ist nicht die Sachsenküste. Wir sind in Cymru, wo ich das Gesetz bin – so wie es in unserem Bündnis festgelegt ist, mein Gemahl.«

Gorlois' Kinn zuckte heftig zur Seite. »Ich werde an euren heidnischen Riten nicht teilnehmen, Weib. Das weißt du.«

»Dann sammle deine Männer und geh – auf der Stelle.« Die Königin sagte dies, ohne die Stimme zu heben, und trotzdem waren ihre Worte so eindringlich wie ein Ruf.

Gorlois' Ziegenaugen verengten sich und führten einige Sekunden lang einen stummen Zweikampf mit den Augen seiner Frau. Er brach abrupt ab und spuckte auf den abgetrennten Kopf. Dann winkte er mit seinem Schwert seinen Soldaten, ihm zu folgen, und eilte an dem verdutzten Zauberer vorbei, als wäre der überhaupt nicht vorhanden. Morgeu folgte ihm mit den Augen und warf dann ihrer Mutter einen bitteren Blick zu.

»In deine Gemächer«, sagte Ygrane kühl zu dem Kind.

Morgeu rannte in das Haus, und die Königin blieb bewegungslos stehen, bis der letzte Römer über die Treppe verschwunden und außer Sicht war. Erst dann sagte sie mit tränenüberströmten Wangen zu ihrer Fianna auf brythonisch: »Brüder, ihr habt gesehen, wie ich meine Geisterschauerin verloren habe. Wir haben ihre Magie verloren. Aber es ist immer die Art der Weisen – immer die Art ...« Sie wischte sich die Tränen ab und rief ein stolzes Lächeln auf ihr unglückliches Gesicht. »... unsere Raglaw hat ihren eigenen Schauer gefunden und uns einen neuen gebracht. Er steht jetzt vor euch, der Dämonenbesucher, Lailoken.«

Der alte Mann stand wie betäubt, für einen Augenblick verwirrt, während die Fianna-Krieger in Hochrufe ausbrachen. Sie alle kannten seine Geschichte gut genug, daß binnen Tagen Harfner im ganzen Land von »Lailokens Leiden« singen und in ganz Cymru die Nachricht von dem Bewohner der Dunkelheit aus dem Haus des Nebels verbreiten würden, der von den engelhaften Annwn, den Herren des Feuers, zu einem Menschen gemacht worden war. Die Anerkennung durch die Königin verlieh ihm auf der Stelle einen besonderen Ruf.

Der Tod der alten Raglaw schien für Ygrane und ihre Leute vorherbestimmt zu sein, völlig im Einklang mit Lailokens überraschender Ankunft, als hätte ein einziges großes Wesen Geschlecht und Haut gewechselt und sich von einem alten Weib zu einem Zauberer gewandelt. Dieser Übergang paßte für sie zusammen wie in einer Legende, und sie rezitierten Lailokens Namen in einem schwermütigen Singsang, nahmen auf diese Weise Abschied von Raglaw und hießen im selben Atemzug den Zauberer willkommen.

Der Zauberglanz der Königin brachte Wärme in die Todeskälte des blutbesudelten Raums. Mit zusammengekniffenen Augen sah Lailoken den blauen Schimmer ihrer Aura in der Luft.

Sie winkte den alten Mann an ihre Seite. Zögernd ging er um Raglaws enthauptete Leiche herum.

»Alle Hochachtung und Verehrung, die Raglaw zustanden, sollen jetzt diesem Mann gelten«, sagte Ygrane müde. Sie preßte ihren Handrücken auf den Mund, um das Zittern ihrer Lippen zu stillen. Keiner der Fianna-Krieger blickte auf den Zauberer. Alle Augen waren auf ihre Königin gerichtet – und Lailoken sah zum ersten Mal durch die tiefe Ergebenheit dieser Männer die wahre Majestät dieser Frau. Weder Worte noch Musik konnten die Stille bewirken, über die sie jetzt in diesem Raum gebot. Wenn sie jetzt weinte, dann würde sie ihren keltischen Glauben an die Größere Welt jenseits des Lebens verraten, und Lailoken spürte, daß in diesem Augenblick ihr Königtum zusammenbrechen würde. Aber sie weinte nicht. Als sie ihre Hand wieder senkte, leuchtete ihr Gesicht mit einer königlichen Klarheit, die über Engel hätte gebieten können.

Sie legte eine Hand auf Lailokens Schulter und sprach mit einer Bestimmtheit, die ihre Männer jetzt nach der Ermordung ihrer Beraterin von Hand eines Römers hören mußten: »Wie Raglaw die Naht war, die die alten Sitten mit den neuen verbunden hatte, so soll jetzt dieser Mann die Verbindung sein, wo die Naht gewesen ist. Und er soll bei uns und in der Welt nach dem Namen dieses Ortes genannt werden, wo die Ehre und die Pflichten von Raglaw auf ihn übergingen. Von nun an ist er nicht länger Lailoken, der Dämonenbesucher. Statt dessen soll er unser Geisterschauer sein, und er soll unser Mann von Maridunum genannt werden – *Myrddin.*«

Die Versammelten brachen in einen triumphierenden Ruf aus: »Myrddin!« Der Zauberer blinzelte der Menge überrascht zu. Er war nicht darauf vorbereitet, so schnell bekannt zu werden, er, der viele Zeitalter geheim und an dunklen Orten gewirkt hatte.

Die Königin wandte sich um, und Lailoken folgte ihr in die

mittlere Halle. Er blickte einmal benommen zurück, und in diesen wenigen Augenblicken sah er, daß die Fianna schon Raglaws Leiche beiseite geschafft hatte und dann Arbeiter in ledernen Hosen damit beschäftigt waren, die Flecken mit Schwämmen zu tilgen und Weihrauchbecken zu entzünden, um die Gewalttätigkeit, die vor kurzem hier ausgebrochen war, mit Rauch zu vertreiben.

Der Zauberer folgte Ygrane und schritt schweigend an langen Eßtischen vorbei, an Zimmern mit safrangelben Vorhängen, aus denen Harfenmusik und getragener Gesang drangen, und Schreibkammern, in denen Schreiber eifrig kritzelten, ohne etwas von der blutigen Tat zu ahnen, die nur wenige Schritte entfernt stattgefunden hatte. Schließlich nahm die Königin ihren neuen Geisterschauer einen dampferfüllten Treppenschacht mit hinab, der zu den Bädern führte. Diener liefen in den Gängen hin und her. Sie trugen Rollen zu den Schreibern und Tabletts mit wohlschmeckenden Speisen in die Musikzimmer. Raglaws Tod schien für sie nicht wichtiger zu sein als das Vorüberziehen einer Wolke vor der Sonne.

»Heute feiern wir einen Sieg über die Seewanderer«, erklärte Ygrane, als sie Lailokens Verwunderung bemerkte. »Und jetzt werden wir in gleicher Weise den triumphalen Übergang der weisen Frau Raglaw in die größere Welt feiern – und die Ankunft des Zauberers Myrddin. Es gibt viel für die Schreiber aufzuzeichnen.«

Durch einen Türbogen aus blauädrigem Marmor betraten sie eine offene Galerie unter einem Baldachin aus Rosenlauben, von der aus man ein weites Parkland mit blühenden Hecken überschauen konnte. Schilfbüschel umgaben Weidenteiche, und grüner Rasen erstreckte sich bis zur fernen Mauer und den Wällen, die die Stadt umgaben. Jenseits der Zinnen bildeten wellige, grasbewachsene Hügel den Horizont. Sie setzten sich neben einem Steintisch auf gegenüberliegende Sitzbänke, deren Rückenlehnen aus geschnitzten Drachenknäueln bestanden. Dienerinnen in seegrünen *camisae* brachten Birnenwein, geräucherten Lachs und schwarzes

Brot mit Johannisbeermarmelade. Lailoken lehnte seinen Stab an ein Geländer, in das Seepferde mit Flossenflügeln gemeißelt waren, und beobachtete, wie der sanfte Regen das Wasser der Vogelbäder kräuselte.

»Du bist von Schönheit und Macht umgeben«, sagte er, nippte am Wein und knabberte am Brot, um die Verpflichtung der Königin zur Gastfreundschaft zu erfüllen. »Herrin«, fuhr er in einem Ton ernsten Zweifels fort, »ich muß dir sagen, ich bin nicht würdig, Raglaws Platz als dein Geisterschauer einzunehmen.«

»Myrddin, zwischen uns soll es keine falsche Bescheidenheit geben – bitte.« Ygrane wandte ihr löwinnenhaftes Profil den Bäumen zu, die den Garten säumten, und der Zauberer bemerkte plötzlich, wie abgehärmt und müde ihr Gesicht in diesem Licht aussah. »Gewiß zweifelst du nicht daran, daß Raglaw dich als den sah, der du bist. Sie war die Geisterschauerin der letzten Königin, weißt du. Und auch der vorherigen. Sie hatte das, was wir das starke Auge nennen, denn sie konnte tiefer in die Dinge schauen als die meisten. Nachdem die Druiden mich hierhergebracht hatten, lernte ich von ihr zu verstehen, was ich sehe.«

Ihre Stimme, kühl und leise, wurde zu einem Flüstern: »Ihr Tod kam nicht, wie du vielleicht dachtest, völlig unerwartet. Sie wäre im Herbst in die größere Welt hinübergegangen. Wir beide hatten es geschaut. Aber heute hat sie uns alle überrascht, indem sie ihren Tod trotzig gegen den Herzog setzte – ein Leben für ein Leben. Es war ihre letzte magische Tat ... für mich.«

»Aber ich verstehe es nicht«, sagte Myrddin. »Warum hat Gorlois sie getötet?«

»Sie waren natürlich Feinde«, antwortete die Königin gelassen. »Raglaw erinnerte ihn daran, wo sein Platz war, und sie ließ ihn nie vergessen, daß er ein Fremder in diesen Ländern war. Wie ich dir schon sagte, es waren die Druiden, die meine Heirat mit Gorlois aus politischen Erwägungen arrangierten. Für sein Reich bestand große Gefahr von den sächsischen Seewanderern. Da die römische Flotte schon lange abgezogen war, hatten die Barbaren die völlige Hoheit über seine Küsten und drohten ihm bald an, sie würden seinen Kopf auf einen Spieß stecken. Und es war für ihn erniedrigend, daß keine der römischen Familien, die in Britannien geblieben waren, Kräfte übrig hatte, um ihm zu helfen, ohne ihre eigenen Domänen zu gefährden. So war er gezwungen, selbst für sich zu sorgen. Die Druiden boten ihm keltische Macht an, wenn er einwilligte, ihre Königin zu heiraten.«

»Warum?« wunderte sich der Zauberer laut. »Welchen Vorteil sollte es für dich bedeuten, den hochmütigen Eindringling zu heiraten?«

»Gibt es einen anderen Grund als Macht, Myrddin?« erwiderte die Königin verdrießlich. »Da so viele unserer Stämme Christen geworden waren, hatten die Druiden Grund genug, ein Bündnis mit den Römern zu wünschen. Mich an einen christlichen Herzog zu verheiraten, der unsere Soldaten brauchte, das schützte doch ihre Interessen, oder nicht? Die Römer von der Sachsenküste haben versprochen, keine Missionare in unser Land zu schicken, und in der Tat hat sich der Rückgang der alten Sitten hier in Cymru verlangsamt.«

Sie wandte ihren Blick wieder den Eichen und immergrünen Magnolien zu. Lailoken dachte, daß es vielleicht ihre Melancholie war, die sie so schön machte. In ihrem Gesicht leuchtete eine Weisheit, die aus Leiden geboren war.

»Begeh keinen Irrtum, Myrddin«, fuhr die Königin fort. »Ich weiß, daß dieses Leben nicht mir gehört, daß ich nur eine Puppe bin, die die Druiden, die mich lenken, gemacht haben. Aber auch wenn sie mich dazu gemacht haben, so habe ich eine Seele. Das ist mein Volk. Was auch immer ich tun kann, um ihm zu helfen, das werde ich tun.

Als Königin gefällt es mir, die Kultur meines Volkes zu bewahren, aber als Frau ...« Sie hielt inne. »Ich habe das bisher zu niemandem gesagt – nur Raglaw weiß es ... wußte es.« Sie machte eine Pause und schaute ihn fest an. »Sie hätte das Einhorn getötet – dem Drachen geopfert. Aber ich habe sie zurückgehalten, weil ich glaube, daß es einen besseren Weg gibt. Ja, der Drache würde, gestärkt durch das Opfer des Einhorns, uns helfen, die Eindringlinge in einer oder zwei Schlachten zu schlagen. Aber ich habe einen größeren Plan, und Raglaw hat ihn mit ihrer Vision bestätigt – mit einer Vision, die sie auch mit dir geteilt hat, Myrddin.«

»Der König ...«, murmelte er. »Sie hat mir den König gezeigt, der Vater eines Retters werden soll.«

»Ja. Er ist der Gemahl meines Schicksals.«

»Aber was ist mit Gorlois? Er ist mir nicht als ein Mann erschienen, der bereit wäre, einen Rivalen zu ertragen.«

Das Grün von Ygranes Augen schien heller zu werden. »Ich ... ich habe Verlangen nach Liebe, Myrddin – nach wahrer Liebe. Nicht politische Zweckmäßigkeit. Gorlois hat mich nie geliebt, und auch ich ihn nicht, das ist allen offenkundig, wie ich weiß. Ich habe eine Nacht lang seine lüsternen Aufmerksamkeiten erduldet, als ich erst fünfzehn war, und dabei Morgeu empfangen. Seitdem habe ich ihm erlaubt, meine Soldaten und meine Festungen zu gebrauchen, aber niemals wieder meinen Leib.« Sie bürdete ihm eine Last inständiger Hoffnung auf, langte nach seiner Hand und nahm sie in festen Griff. »Myrddin, ich kann nicht und will nicht glauben, daß die Geschichte, die ich so oft in meinen Visionen gesehen habe, falsch ist, ein grausamer, übler Scherz, der nur zu einem Leben nutzlosen Elends führt. Warum sollte die Göttin das zulassen? Ich kann Leid ertragen, das schwöre ich, wenn es einen Sinn hat. Ich möchte nur die alte Geschichte erfüllen, die mich aus meinem einfachen Heim in den Bergen weggeholt hat. Ich möchte, daß du für mich meine wahre Liebe findest, den Zukünftigen meiner Visionen. Raglaw selbst hat gesagt, er sei ein wirklicher Mann. Sie hat ihn gesehen, und sie hat ihn dir gezeigt. Ich möchte, daß du jetzt losziehst und ihn findest.«

»Ich?« Lailokens ungläubige Worte entschlüpften seiner Kehle, bevor er noch nachdenken konnte. »Ich bin ein Dämon. Was weiß ich von Liebe? Alles, was ich je gekannt habe, war die Liebe meiner Mutter – wohl kaum die Liebe, von der du jetzt sprichst.«

»Aber nicht unähnlich«, sagte Ygrane mit herzlichem Vertrauen und suchte in seinem hageren Gesicht nach einem Schimmer von Verständnis. »Ich weiß, um mein Schicksal zu erfüllen, muß ich wahrscheinlich einen weiteren Gatten unter den Römern nehmen. Aber ich träume diesmal von einem echten Ehemann – einem guten Mann, keinem Vieh wie Gorlois und auch keinem Helden des Schlachtfelds. Ich träume von einem zärtlichen Mann, von einem, der weder zu laut spricht noch das Böse ignoriert. Ich bete zu meinen Göttern um einen solchen gleichgesinnten Gefährten, der für mich immer wie Harmonie zur Musik, wie Tugend für die Seele, wie Wohlergehen für den Staat ist …«

» … und wie Vorausschau für das Universum«, beschloß er die berühmte alte Redensart und warf ihr einen flehentlichen Blick zu. Er konnte kaum glauben, daß sie dieses Gespräch nur Augenblicke nach dem blutigen Ende der alten Raglaw führten. Tod und Geschlecht, die ineinander verschlungenen Schlangen des sterblichen Lebens, zogen ihre Schlingen fester um ihn. »Ach ja, Herrin, natürlich – ein Mann, der sowohl dienen als auch herrschen kann – genau das Wunschbild der Männlichkeit in weiblichen Vorstellungen«, sagte er leicht sarkastisch. Dann seufzte er und schüttelte ohne Hoffnung den Kopf. »Genausogut könnte man versuchen, das Morgenlicht zu stehlen. Ich weiß nichts von solcher Liebe. Und das ist keine falsche Bescheidenheit, Majestät. Wie kann ich für euch finden, was ich selbst nicht kenne?«

»Was ist mit der Liebe, die du für das Einhorn empfindest?« beharrte die Königin. »Es ist diese Liebe, die dich dem Tier nach Cymru und zu mir folgen ließ.«

»Ja, aber mit dem Einhorn ist es anders«, antwortete er. »Uns brachten nicht Liebe, Harmonie und Tugend zusammen. Die Herren des Feuers – die leuchtenden Wesen, die du die Annwn nennst –, die haben das Einhorn benutzt, um von dem Drachen Kraft zu stehlen, um mir diese menschliche Gestalt zu verleihen. Seit damals hat dieses wundersame Tier mich gelehrt, wie ich meine Dämonenkräfte in diesem armen sterblichen Leib gebrauchen kann. Meine Hoffnung ist, daß dieses Tier mir erlauben wird, daß ich auf ihm aus dieser Welt hinausreite und zum Himmel zurückkehre. Aber das Einhorn will mich nicht reiten lassen. Du siehst also: Wie deine Druiden und Römer suchen wir alle Macht – nicht Liebe.«

Das Gesicht der Königin hellte sich auf. »Dann also einen Gefallen für einen Gefallen. Du sollst die Macht haben, die du suchst, denn ich kann dir helfen, das Einhorn zu fangen und zu reiten.« Sie lächelte dem Zauberer hoffnungsvoll zu. »Letzte Nacht kam Raglaw zu mir in Trance. Sie sagte mir, daß sie dir eine Vision von einer zukünftigen Zeit gegeben habe, wie sie und ich es vereinbart hatten, nachdem ich sie überzeugt hatte, das Einhorn nicht zu opfern. Sie behauptete, du hättest in diesem prophetischen Zustand den Mann gesehen, der meine Bestimmung werden sollte – den wahren König, der mein Geliebter und der Vater der Hoffnung unseres Volkes werden wird.«

Jetzt erschien Lailoken seine Vision von dem jungen König mit den gelben Augen und dem rabenschwarzen Haar in einem anderen Licht, und er murmelte: »Ja, vielleicht – die Alte zeigte mir einen Mann – aber …« Er runzelte die Stirn. »Herrin, der Mann, den mir Raglaw gezeigt hat, ist Christ.«

»Ja, Myrddin. Das muß so sein – um die Prophezeiung zu erfüllen.« Sie drückte seine Hand und lehnte sich mit einem Ausdruck zarter Befriedigung zurück. »Ich suche Liebe. Eine Liebe, die ich in anderen Leben gekannt habe, aber noch nicht in diesem. Glaube ist kein Hindernis für mich. Habe ich mich nicht schon einem Christen hingegeben, um politischer Vorteile willen? Warum dann nicht um der Liebe und der Rettung meines Volkes willen?«

»Aber wird er deine Liebe erwidern?« überlegte der Zauberer. »Ist Prophezeiung genug, um Liebe zu erwecken? Wir beide wissen, daß der Zeitwind sich wandelt, und daß das, was wir gesehen haben, nicht unbedingt das ist, was sein wird.«

Ihr Gesicht rötete sich und leuchtete von innen. »Verstehst du nicht, Myrddin? Raglaw hat sich heute erlaubt zu sterben, weil das, was sie dir gezeigt hat, vorherbestimmt ist. Sie ist zur Seite getreten, damit du vorangehen kannst. Wenn du diesen Mann findest und zu mir bringst, dann werde ich Erfüllung finden in dem tiefsten Sinn, den eine Frau kennen kann. Wenn wir in den Gedanken der Göttin dazu bestimmt sind, einander zu begegnen, dann liebt er mich schon.«

Von der Brustwehr der Südmauer beobachtete Morgeu, wie die Fianna-Krieger die Leiche der alten Raglaw aus Maridunum forttrugen. Das Kind hatte ihrer Mutter nicht gehorcht, um dem Vater zum Abschied winken zu können. Aber der Herzog und seine Männer waren schon aufgebrochen. Der Staub, den ihre Pferde aufgewirbelt hatten, hing noch in einem gelben Dunst über der gefurchten Straße und kennzeichnete die Stelle, wo die Mannschaft die Biegung genommen hatte, die zum Meer hinunterführte und zu den Eindringlingen, gegen die zu kämpfen sie geschworen hatten.

Morgeu stieg die steile Treppe hinauf, die zur höchsten Brüstung der Südmauer führte. Um sie herum waren grünende Hügel, der rauchig-blaue Horizont der Berge und das ferne Meer. Unter ihr spazierten, klein wie Däumlinge, Mutter und der Zauberer Lailoken in dem Park innerhalb der Stadtmauern. Durch eine efeuüberwucherte Mauer ihren Blicken entzogen, trug Falon einen Sack mit Raglaws Leiche davon.

Stolz durchströmte Morgeu. Die märchenhafte Zauberin, die sie eines Tages sein würde, hatte das alte Weib erschlagen. Sie hätte sich nur gewünscht, daß der Fluch nicht ihren Vater als Täter ausgewählt hätte. Die Vision, in der sie ihn durch die Luft fliegen sah, hockte in ihr wie Ekel.

Sechs Fianna-Krieger begleiteten Falon auf seinem Gang durch die Kuhweiden zum Wald. Sie flankierten ihren

Anführer, als erwarteten sie, daß ein Feind von ihnen die Herausgabe der Gebeine der Alten fordern würde.

Mutter schien es völlig gleichgültig zu sein. Sie und der Zauberer schritten zwischen den Lavendelsternen auf den quadratischen Sims eines römischen Brunnens zu und unterhielten sich dabei ernsthaft. Das Einhorn war nirgends zu finden. Morgeu hatte es nicht mehr gesehen, seit Lailoken es verscheucht hatte, und sie hatte inständig nach ihm gerufen, daß es zurückkehrte. Schon spürte sie, daß sie nicht die Autorität besaß, diese wunderbare Kreatur herbeizuholen.

Im Augenblick war Morgeu verwirrt. Alles hatte sich geändert. Die Alte war tot, und ein zukünftiges Selbst, ein unerwartetes Selbst, war ins Leben getreten. Ihr junges Bewußtsein glühte ob dem Versprechen dieser Stärke und konnte noch nicht die grausamen Zeiten oder die wilde und sterbliche Schwäche erfassen, die eine solche Stärke erforderten.

Der Gedanke von sich selber als einer Zauberin überraschte sie auch weiterhin, denn sie verfügte über keine der Mächte ihrer Mutter – keine heilende grüne Berührung, keine Erinnerung an frühere Leben, auch kein tiefer Blick, wenigstens nicht, bevor Raglaw sie berührte. Morgeu konnte sich nicht vorstellen, wie sie so gewaltig machtvoll werden sollte.

Das Reich ihres Vaters faszinierte sie weit mehr als die langweilige naturorientierte Welt der Magie. Der römische Hof, mit all seinem Prunk und seiner offensichtlichen Bedeutung, hatte sie beschäftigt, seit sie zum ersten Mal von ihren Puppen aufblickte und der Welt Aufmerksamkeit schenkte. Sie genoß es, die Tochter des Herzogs zu sein, und sie bewunderte seine Autorität, die Art, wie er immer im Mittelpunkt stand, wie sich alle anderen um ihn herum bewegten und ihr Leben an ihn knüpften, um ihm zu folgen. Seine Entschlossenheit und Stärke erfüllten sie mit Ehrfurcht.

Die Mutter war das Gegenteil des Herzogs. Sie verschwand in ihrer Welt. In ihren Gärten und auf ihren Waldpfaden war sie immer damit beschäftigt, die Zutaten für ihre magischen Absude zu sammeln, zu sortieren und zu reinigen. Ihre erdhaften Mägde arbeiteten mit ihr so ungezwungen, als wäre sie nur eine von ihnen, eine ganz gewöhnliche Frau. Und die Druiden, die eigentlich ihr dienen und gehorchen sollten, verbrachten mehr Zeit mit den Ministern des Herzogs, um Vorteile für ihre eigenen Sippen herauszukungeln. Nur die Fianna-Krieger waren ihr wirklich ergeben, und doch hatte Morgeu schon erlebt, daß sie mit Ygrane stritten, wenn sie zu träumerisch wurde.

Wegen dieses träumerischen Wesens hatte Morgeu kein Interesse an der Magie. Ohne den tiefen Blick sah sie nicht, was ihre Mutter sah. Bis zur Begegnung mit dem Einhorn erschien ihr die Magie nicht sehr viel mehr als gebanntes Schweigen. Und dann erlebte sie zum ersten Mal die intensive Realität der Welt ihrer Mutter, als sie die gebündelten Energien des gehörnten Pferdes berührte.

Aber jetzt war das Einhorn weg – und Lailoken war angekommen. Lailoken – ein Dämon, als Mensch verkleidet. Sie hatte mit verzückter Furcht den Geschichten von dämonischer Besessenheit und Teufelsspuk gelauscht, die ihr ihre christliche Erzieherin in Tintagel erzählte, und sie wußte mit der Sicherheit eines Kindes, daß von diesem schlaksigen alten Mann nichts Gutes kommen konnte. Sie war froh, daß ihr Vater sie in wenigen Tagen zu sich an die Sachsenküste würde holen lassen. Ohne das Einhorn gab es für sie in der distanzierten Anwesenheit ihrer Mutter keine Freude.

Morgeu hüpfte den Gang neben der Brustwehr entlang und stellte sich dabei vor, sie würde wegfliegen. Dann blieb sie stehen, um zu beobachten, wie die Fianna-Krieger im Wald verschwanden. Sie wünschte, sie könnte sehen, was sie dort mit dem abgetrennten Kopf und der erstarrenden Leiche von Raglaw anstellten. Würden sie sie begraben oder den wilden Tieren überlassen? Sie wußte, was ihre Mutter sagen würde: Das Elfenvolk wird sie holen.

Aus dem Dach des Waldes brach plötzlich in einem dichten Wirbel eine riesige Wolke schwarzer Vögel hervor.

Fuchsfeuer lief schnell von Baum zu Baum, grüne Flammen, wie mit Pfeilen abgeschossen. Augenblicke später kamen die Fianna-Krieger wie verrückt aus dem Wald gerannt, ihre verwegenen Gesichter vor Furcht verzerrt.

Morgeu kauerte sich hinter der Mauer der Brustwehr nieder, obwohl das Fuchsfeuer schon verschwunden war. Über den Braumkronen stieg der Mahlstrom schwarzer Vögel immer höher, und das Kind zitterte, denn es erwartete, daß sie das Gesicht des alten Weibes bildeten. Aber sie zerstreuten sich willkürlich über den Tageshimmel wie Stücke von Nacht, die überrascht waren, sich in einem fremden Land wiederzufinden.

Der Drache rollte sich zusammen und lauschte den Traumliedern, die aus den Sternentiefen zur Erde drangen. Die Musik seiner anderen Ichs, der Drachen anderer Welten, war sowohl schnell und still, eröffnete sinnliche Freuden im Fluß seines Gehirns. Gebannt durch diese Wonne, wollte er mit der Süßigkeit singen, die aus großer Stärke kommt, doch ihm fehlte diese Kraft. Und dieser Mangel war ein Kummer, der ihn von den anderen trennte.

In seinem nach innen gerichteten Bewußtsein fühlte der Drache sich zerrissen und allein. Die Traumlieder, die auf den Sternenwinden aufgereiht kamen, wirbelten geradewegs durch die verlangende Mitte seines Mangels. Die Sterne fielen durch die Kälte. Die anderen waren so weit weg. Irgendwie mußte er sie erreichen, mußte von seinen zerklüfteten Grenzen die Kraft sammeln, damit er laut genug singen konnte, um an der endlosen Genesis des großen Drachen teilzuhaben.

Aber jetzt rollte er sich in seinem eigenen sterblichen Kreis zusammen, lauschend und sehnend. Die Sterne fielen durch die Kälte. Die Galaxien drehten sich in ihren windigen Spiralen. Und der Drache träumte von dem ersten Lied, der ersten Musik der Herren, die Feuer in die Erde gelegt hatten.

Uther

Der Zauberer hielt sich auf den ausgefahrenen und tief gefurchten Straßen Britanniens und mied jede Ansiedlung, die kleiner war als die *municipia*, wie die Römer die größeren Städte nannten. Dort traf er auf die fortdauernde Erinnerung an eine vergangene Glorie. Die kosmopolitischen Römer hatten Vergnügungen aus den exotischsten Winkeln ihres Reiches eingeführt, und obwohl sie diesen fernen Teil ihres Kaiserreiches schon vor einem halben Jahrhundert verlassen hatten, waren in den größeren Städten diejenigen Überreste ihrer Unterhaltungen zurückgeblieben, die die Gefühle der Menge befriedigten.

Zwischen regulären Vorstellungen mit Bärenhetzen und öffentlichen Hinrichtungen zeigten Jongleure, Akrobaten und Feuerschlucker auf den Hauptplätzen der ummauerten Gemeinden ihre Künste. Ungeachtet der alten römischen Edikte, die Wahrsagerei verboten, und der neuesten christlichen Verdammungen dieses Gewerbes, nahmen Astrologen und Wahrsager an Zahl zu – ebenso Fakire mit ihren Betten voll glühender Kohlen, herumziehende Heiler, Wundermänner und Regentänzer.

Fünf Jahre lang schaute Myrddin ihnen allen zu. In jeder *municipia*, die er besuchte, blickte er auf der Suche nach Ygranes König in die Gesichter der Männer. Der gelbäugige junge Mann mit dem rabenschwarzen Haar konnte als jedermann verkleidet sein, vielleicht sogar als Bettler oder Clown, obwohl der Zauberer die Möglichkeit nicht ausschließen konnte, daß der Mann schon als König regierte – denn es gab in diesen chaotischen Zeiten zahlreiche Könige. Unter den übriggebliebenen großen Familien, die nicht schon Britannien verlassen hatten, errichteten und vernichteten Intriganten und Giftmischer bei jeder Gelegenheit monarchische Herrschaften.

In den Landstrichen zwischen den *municipia* gab es keine »Könige«, nur die sogenannten »Wildwaldbanden«, umherziehende Plünderer, die Dörfer überfielen und sich gegenseitig abschlachteten. Es war nicht ungewöhnlich für Myrddin, auf den verrottenden Straßen zwanzig oder dreißig erschlagene Männer zu finden. Manchmal waren ihre verkohlten Leichen zu Haufen aufgestapelt, manchmal als geteerte Klumpen in einem Graben zurückgelassen, wo die verbrannte Schlacke schließlich vom Feuerbrand der Frühlingsblumen überdeckt wurde. Noch öfter hatte man die Leichen einfach liegengelassen, wo sie hingefallen waren, der Waffen und Rüstungen beraubt und inzwischen von Hunden und Raben angenagt.

Manchmal bedrückte ihn die manische Zerstörungswut, deren Zeuge er wurde, und um sich zu reinigen, besuchte er Ygrane – das heißt, in Trance schien er körperlos in ihrer Gegenwart zu schweben und kleine Szenen aus ihrem Leben zu beobachten. Er war bei ihr, als sie ihre Heiltränke an kranke Landleute austeilte, und dann wieder, als sie in ihrem ummauerten Garten voller Früchte und Blumen kniete und ihr Einhorn liebkoste.

Aus solchen Träumen erwachte Myrddin erfrischt. Das Schicksal, das Ygrane lenkte, lenkte auch ihn – die Freude auf eine elementare Verbindung, die noch bevorstand, auf eine Liebe, die irgendwie etwas Edles für die zerbrochenen Menschenleben dieses Landes schaffen würde, etwas, zu dem die Menschen aufblicken und daran heilwerden konnten. Ein neues Leben, geboren aus Magie und Liebe, ein kurzes Zeitalter des Friedens in dem Wirrwarr des Krieges und der Barbarei. Er wollte, daß es wahr würde, für Ygrane, um der ernsten Gebete seiner Mutter willen, und – am wichtigsten – für sie, die Göttin.

Für sie, so erinnerte sich Lailoken, war er Myrddin geworden. Für sie wanderte er durch das verbrannte Land. Für sie existierte er überhaupt.

Manchmal hockte er sich in den Schutt eines eingestürzten Schreins oder eines verkohlten Tempels, um sie zu verehren, und dann erzählte er laut seine Geschichte, als könnte er sie dadurch berühren, daß er seinen Erinnerungen Stimme verlieh – denn sie war seine Geschichte, der Grund seines Daseins, und wenn er von ihr sprach, dann mußte er von sich selbst sprechen, so daß das Erzählen sie beide sanft zusammenhielt.

»Ich bin der Dämon Lailoken. Ich bin so alt wie die Zeit, tatsächlich sogar älter, um die Wahrheit zu sagen. Aber die Wahrheit, so genau sie auch sein mag, ist eine heikle Sache. Wirklich, eine sehr heikle Sache. Das sehe ich jetzt – jetzt, wo ich das Privileg hatte, die Wahrheit von beiden Seiten zu erleben. Aber ich war nicht immer so privilegiert.

Am Anfang wurde ich, wie alles andere, das existiert, in die Welt hinausgeworfen. Die zukünftigen Zeiten werden dieses gewaltige Ereignis den großen Knall nennen. Aber nur deshalb, weil sie vergessen haben werden, was wirklich groß ist.

Vor dem Anfang, vor diesem sogenannten großen Knall, der das Universum in einem gewaltigen Strom von Energie hervorspie aus einem Punkt, der kleiner ist, als es sich irgendein Sterblicher vorstellen kann, wo war da alles? Ich werde es mit einem Wort sagen.

Im Himmel.

Bevor das Universum seine Äonen dauernde Ausdehnung durch die Kälte und Dunkelheit des Raumes begann, war alles, was jetzt ist, im Himmel als reine Energie. Alles, was jetzt ist, war damals reines Licht – wenn auch eine ganz besondere Art von Licht, ein weißes Licht in allen möglichen Wellenlängen, ein Licht von unendlicher Hitze und unendlicher Dichte.

Ich war da, im Inneren der unendlichen Hitze und der unendlichen Dichte des Alls. Und so waren wir alle da, um die Wahrheit zu sagen. Aber jetzt sind wir wieder bei der Wahrheit, und die ist, wie ich schon sagte, eine heikle Angelegenheit. Heikel deshalb, weil die Menschen sich nicht an sie erinnern.

Das ist der hauptsächliche Unterschied zwischen den

Sterblichen und den Dämonen. Ich erinnere mich. Ich erinnere mich und kann nicht vergessen, welche unendliche Freude im Inneren des Alls herrschte. Das ist der Himmel. Und er ist wirklich. Wirklicher als das durchsichtig gesponnene Gewebe aus Atomen und Molekülen, dessen kühle Vibrationen im Vakuum diese Illusion von Materie und nebelhaften Formen weben, die wir gegenwärtig die Wirklichkeit nennen.

Aber ich schwatze schon wieder. Ich kann es nicht lassen. Nichts, was ich hier draußen in der Leere, wo die hinausgeschleuderten Sterne als trüber Abglanz des einen Lichtes leuchten, über den Himmel sagen könnte, würde für einen anderen viel Sinn machen, obwohl alle mit mir dort waren.

Es soll also genügen zu sagen, daß der Himmel alles ist, wovon wir denken, daß er es ist – schön und ganz. Warum er so auseinanderfiel, wie es geschah, warum es überhaupt einen großen Knall gab, ist eine andere Geschichte, nicht wirklich für Worte geeignet, denn es ist die Geschichte von ihr – und davon möchte ich nicht wieder anfangen. Jedoch ist dies die Geschichte, die wir Dämonen untereinander erzählen, wobei wir nörgeln und uns über die Kälte und die Dunkelheit beschweren und ohne Unterlaß darüber streiten, was wir tun sollen, jetzt, wo wir hier draußen sind und nicht zurückkehren können.

Oder können wir zurückkehren? Das ist ein weiterer Streit, den wir miteinander haben.

Ich habe den Punkt erreicht, wo beides für mich nicht mehr wichtig ist. Was ist – ist. Ich nehme es, wie es kommt. Lange Zeit war ich jedoch nicht so gelassen. Einst war ich einer von den Wahnsinnigen. Verrückt vor Wut über all das, was ich verloren hatte, besessen von der Überzeugung, daß es keine Rückkehr zur Einheit und Vollkommenheit des Himmels gab, haßte ich es, hier zu sein. Ich haßte die Kälte und die Dunkelheit, aber am meisten haßte ich die Dürftigkeit des Ganzen, die enorme Nichtigkeit, in die ich geworfen worden war.

Ich verabscheute die Leere – die Geisterhaftigkeit der Atome mit ihrer inneren Leere. Die empörende Unverschämtheit dieser Atome, die es wagten, den Raum zu überbrücken, um Moleküle zu bilden! Wirklich, sie sind nichts weiter als nur die brüchigste Chimäre von Substanz, Gespenster der Form, die aus fast nichts bestanden. Ich verachtete sie, weil ich dachte, es sei alles ein so dürftiger Witz, eine Travestie der wirklichen Ganzheit, deren Erinnerung mich quälte.

Ich tat alles, was ich konnte, um so stupide, sinnlose Vereinigungen zu zerstören: Vereinigungen von Atomen zu Molekülen, von Molekülen zu Proteinen und von Proteinen zu selbstvermehrenden Automaten. Ich versuchte mein äußerstes, um die Verbindungen dieser geistlosen Automaten aufzubrechen. Voller Abscheu arbeitete ich hart daran, sie davon abzuhalten, diese monströs komplexe Häßlichkeit zu bilden, die Leben genannt wird. Und wo immer ich Leben fand, löschte ich es aus.

Ich tat, was ich konnte. Und ich war nicht allein. Zusammen mit all meinen dämonischen Verbündeten, die so dachten wie ich und die gegen den Stumpfsinn unserer Lage ebenso wüteten wie ich, stürmten wir zusammen gegen die Form. Und wir lieferten einen guten Kampf. Als Dämonen besaßen wir Macht – die Macht, unsere Körper aus kühlem, langsamem Licht durch den Raum zu bewegen, uns auszudehnen und kleine Muster von Energie mit unserem Bewußtsein zu manipulieren, das heißt, mit dem Bewußtsein, das uns geblieben war. Der Schrecken und der Zorn, die uns packten, als wir uns in Dunkelheit getaucht und von fast absoluter Kälte zusammengepreßt fanden, komprimierte unser Bewußtsein zu einem dichten Bündel geballter Wut. Wir zerschmetterten jedes Molekül, das wir fanden. In einem stumpfsinnigen Delirium torkelten wir umher und schlugen auf alles ein, manchmal sogar aufeinander. Unsere Hoffnungslosigkeit war unser Wahnsinn.

Aber es gab andere, Verbannte wie wir, die nicht die Hoffnung aufgegeben hatten, eines Tages in den Himmel zurückzukehren. Die anderen sind die Herren des Feuers – die Engel, denn so nennen die Sterblichen sie. Für uns waren sie einfach Narren.

Die Engel bewahrten irgendwie die Erinnerung an die Ganzheit in einer Weise, die unserer Wut spottete. Sie brannten. Während wir die eiskalte und lichtlose Leere, in die wir geschleudert waren, akzeptiert hatten und so wie das Vakuum geworden waren, kalt und dunkel, brannten die Engel. Sie weigerten sich, die Leere zu akzeptieren. Statt dessen klammerten sie sich an ihre Überreste des unendlichen Feuers – sie klammerten sich daran, obwohl sie dadurch brannten.

Wir Dämonen schwärmten um die Engel herum, um uns an ihrer Wärme zu trösten – aber das Geheul ihrer Agonie machte uns noch verrückter. Wir wollten, daß sie still würden und stumm für uns brannten, oder daß sie das Feuer aufgäben, das sie aus dem Himmel mitgebracht hatten, und so würden wie wir. Ihre feurige Verzweiflung erschien unnötig. Wir brüllten brutal gegen die Schreie der Engel an und versuchten, die Brennenden dazu zu bewegen, ihr Feuer loszulassen. Einige taten es. Sie schleichen noch immer mürrisch durch die sternlosen Bereiche zwischen den Galaxien, betäubt von dem Trauma, ausgebrannt.

Die meisten der Engel ignorierten unsere Rufe, klammerten sich wie irre an ihre winzigen Bruchstücke des Himmels und heulten, während sie litten. Nach einer Weile brachen wir den Versuch ab, uns an ihrer Qual zu erwärmen und ließen sie gehen. Sie stürzten, alle völlig wahnsinnig, in jede verrückte Richtung davon.

Später lachten wir, als wir beobachteten, wie sie einander suchten, als die Kälte sie biß, und wie sie sich aneinanderhängten in ihrem Brennen und Leiden und die kalte Realität abwehrten. Wir lachten und lachten über sie und redeten ihnen zu, sie sollten die Vergangenheit loslassen und der Wirklichkeit ins Auge schauen, wie wir es getan hatten.

Nicht, daß wir wirklich irgend einer Sache ins Auge geschaut hätten. Wir hingen betäubt und stumpfsinnig in der bitteren, eisigen Düsternis. Als wir über das glimmende Ringen der letzten Brennenden lachten, war unser Gelächter voll schwarzer Verzweiflung.

Obwohl wir zerschmettert waren, obwohl wir hier in dieser burlesken Realität staken, wo nur die jämmerlichsten Überbleibsel unseres majestätischen Ursprungs schändlich in einen absurd dünnen Rauch von Materie und schwacher Energie aufgelöst waren, hofften die Engel.

Die Verrücktheit der Dämonen ist die Wut – die Verrücktheit der Engel ist die Hoffnung. Sie glauben, daß wir eines Tages alle dorthin zurückkehren werden, woher wir gekommen sind. Sie führen als Beispiel schwarze Löcher an, implodierte Sterne mit so viel Schwerkraft, daß sie Licht in sich hineinziehen. Wo hinein implodieren sie? In den Himmel, sagen die Engel. Er ist noch da, all die wunderbare Vollkommenheit der Unendlichkeit.

Berauscht von dieser Hoffnung, warfen sich viele in die Sturmaugen jener kollabierten Sterne. Diese Unglücklichen sind noch mehr als nur verrückt – sie sind schrecklichen Qualen ausgesetzt. Das Geheul ihrer Agonie schallt aus der dichter werdenden Spirale von Raum und Zeit wider und dehnt sich unheimlich, während sie auf ewig sich in die Unendlichkeit hineindrehen.

Es gibt keinen Ausweg, ist die Botschaft dieser Schreie. Das schien früh schon offensichtlich zu sein. Aber die Engel ignorierten das Offensichtliche und klammerten sich an ihre irre Hoffnung. Sie glaubten, mit der Zeit würde das ganze explodierende Universum sich wieder verlangsamen, anhalten und sich wieder zusammenziehen und uns alle damit in den Himmel zurückbringen, älter und weiser. Und hier kommt das, was wir als besonders verrückt empfanden – die Engel entschieden, daß in der Zwischenzeit die Erinnerung an den Himmel genug sei!

Im Namen dieser Erinnerung arbeiteten sie, anstatt gegen

die unbarmherzige schwarze Kälte unseres Schicksals zu wüten. Oh, sie arbeiteten sehr hart. Sie förderten – gegen unseren Protest – die irre Raserei des Lebens. Sie behaupteten, sie würden das Beste aus dem machen, was vom Himmel übrig war. Und sie glaubten fieberhaft, daß die bizarren Schöpfungen, die sie durch das Zusammensetzen von Atomen und das Weben von Molekülen formten, die beste Methode wäre, die Zeit zuzubringen, bis wir alle wieder in die unendliche Pracht unseres Ursprungs zurückgerufen würden.

Uns schienen die Engel wahnsinniger zu sein als wir. Wir wußten, daß wir verrückt waren. Die Engel jedoch glaubten wirklich, sie hätten die einzige richtige Art und Weise gefunden, mit unserer Zwangslage umzugehen, und sie ignorierten unsere spöttischen Fragen: Was für einen Sinn hatte es, aus den Bruchstücken des Himmels Abbilder und Fetische zu bilden?

Der stumme Eifer der Engel vermehrte unser Elend. Wir gerieten in Wut darüber, daß sie so leicht unser jämmerliches Schicksal als etwas Erfreuliches annehmen und unser Leiden zur Zielscheibe ihres Spottes machen konnten, und wir schmähten sie.

Unser Krieg gegen die Engel ist berühmt. In jeder Galaxie, in der Umgebung jeder Sonne, auf jedem Planeten forderten wir sie heraus und taten unser Grausamstes, um ihre seltsamen Schöpfungen zu verwüsten. Wir haben immer wieder gewonnen. Die Zerstörung ist schließlich der Erbe der Schöpfung.«

Und so ist es, bekräftigte sich der Dämon und Zauberer inmitten der Ruinen Britanniens. Doch jedesmal, wenn er auf den Knien zu ihr betete und sich an seine Geschichte erinnerte, erhob er sich gestärkt und setzte seine Suche fort, nach Ygranes König, nach seinem eigenen Schicksal – und nach ihr.

Vom Frühling bis zum Herbst reiste Ygrane durch die Waldtäler und entlang des hell atmenden Ozeans. Sie besuchte die zerstreuten Gemeinden ihres Volkes, brachte ihnen magische Tränke, die die Feldfrüchte förderten und die Krankheiten von Mensch und Tier heilten. In ganz Cymru wurde sie von Herzen willkommen geheißen, nicht nur wegen der Wirksamkeit ihrer Magie, sondern auch, weil die Königin im Gedächtnis der Menschen legendäre Zeiten und deren dunklen Ruhm wachrief.

Im Winter zog sie sich in eine Festung zurück, die sie aus den Burgen der drei Häuptlinge Cymrus auswählte. Jedes Jahr besuchte sie einen anderen Kriegsherrn. Sie erwies allen ihre Gunst und überging keinen. Lot von den Nordinseln, Urien von der Küste und Kyner von den Hügeln: Sie reiste unter ihnen umher und übte ihre Magie zum Nutzen jeder Wintersiedlung aus.

Bei den Häuptlingen Lot und Urien, die der Tradition verhaftet waren, ermöglichten die dunklen Monate tiefe Trancearbeit. Sie verließ ihren Körper für mehrere Tage am Stück, legte die dreitägige Wanderung in die Unterwelt zurück, um ihre Götter zu besuchen, die Daoine Síd. Gelegentlich, an jenen seltenen Tagen, wo ihre magische Arbeit nicht ihre ganze Kraft erschöpft hatte, suchte sie nach Myrddin und versuchte, ihn bei seiner Suche zu ermutigen.

In Wahrheit aber zweifelte sie am Erfolg seiner Suche. Raglaw war am Ende ihres Lebens schrecklich gealtert, und Ygrane fürchtete, die Alte wäre schon verrückt gewesen, ihr Geist schon ausgebrannt von ihren zahlreichen wagemutigen Vorstößen in den Großen Baum. Der menschliche Leib war nicht dazu bestimmt, so viel Energie auszuhalten. Durch die unvorhergesehene Ankunft des Bewohners der Dunkelheit hatte Raglaws Gehirn vielleicht gefiebert, und sie hatte gesehen, was sie zu sehen wünschte.

Die Zeitwinde wogten und wirbelten, und was offenbart wurde, das sank oft nieder und erschien nie wieder. »Keine Prophezeiung ist verboten – und keine ist sicher«, so hatte die Alte in ihren gesünderen Tagen immer gesagt.

Einstweilen jedoch war es nützlich für die Königin, den

Bewohner der Dunkelheit in anderen Königreichen herumreisen zu lassen. Sie hatte in früheren Lebenszeiten gelernt, daß es am besten war, nur einen einzigen schweren Stock zur gleichen Zeit zu tragen, denn trug man mehrere, dann lief man Gefahr, alle fallen zu lassen. Wenn Lailoken aus dem Weg war, konnte sie sich besser auf ihre wirkliche Aufgabe konzentrieren, auf die Meisterung des Einhorns.

In ihrem ersten Winter nach der Ankunft des Einhorns, in Lots subarktischem Reich, hatte sie gelernt, auf ihm zu reiten. Unter den wehenden Nordlichtern war das Tier ruhiger und hatte mehr Geduld für ihre schwerfälligen Versuche, mit ihm zu kommunizieren. Sie konnte den Fluß der Gedanken des Einhorns fühlen, einen glänzenden Strom von Licht in der Dunkelheit des Bewußtseins, breit und stattlich wie eine Meeresströmung, viel zu riesig, als daß sie ihn hätte lesen können.

Ihre eigenen winzigen Gedanken verloren sich in einem lauten Getümmel von Emotionen und Sorgen, und der Gischt von Erinnerungen und Assoziationen huschte viel zu schnell vorbei, als daß das Einhorn sie hätte wahrnehmen können. Ygrane wurde einfach nicht gehört, solange ihr Geist nicht so leise war wie ein Fuchs auf weichem Schnee.

Dann hob die Erwartung des Mondes sie auf dem kräftigen Rücken des Einhorns höher in den Himmel. Doch sie lenkte zurück, als sie mit Erschrecken die winterliche Erde tief unter sich sah, vom Sternenlicht beleuchtet wie ein schwarzer Saphir.

Jeden stillen Gedanken hörte das Einhorn und befolgte ihn geschmeidig. Sterne flogen vorbei wie ein Schneesturm, und sie galoppierten aus der Nacht davon, hinein in den mittäglichen Glast fremder Länder. An einem Tag besuchten sie die massigen Tempelruinen Ägyptens und die Monolithen in der Tundra, wo die Sternenmagie zuerst auf die Erde gekommen war.

Wenn der Frühling kam, gab sie das Reiten auf dem Einhorn auf und reiste statt dessen hoch zu Roß mit ihrer Fianna und widmete sich den Aufgaben einer Königin gegenüber ihrem Volk. Im Sommer kehrte sie in eine der Festungsstädte Cymrus zurück, um die Zeit mit ihrer Tochter Morgeu zu verbringen.

Die Tochter kam von Tintagel zu Besuch. Seit dem achten Lebensjahr bezeichnete sie diese Burg als ihr Zuhause. Als sie neun wurde, erklärte sie sich zu einer Römerin und trug Haartracht und Kleidung nur noch im höfischen Stil.

Ygrane versuchte nicht länger, ihre Tochter an ihrer Magie teilhaben zu lassen. Statt dessen frisierte die Königin, wenn sie mit Morgeu zusammen war, sich nach römischer Art und trug dazu immer eine Tunika. Das schien das Mädchen zu beruhigen, und einige Sommer lang teilten sie die gemeinsamen Freuden von Müttern mit jungen Töchtern, spielten die traditionellen Spiele und hatten die adeligen Familien des Landes zu Gast.

Aber als sie zwölf wurde, war Morgeu schon mit ihrem Vater zu den meisten der prächtigen römischen Städte in Armorica und am Fluß Liger in Gallien gereist. Für ihren römischen Geschmack waren die hölzernen Hallen und aus Steinbrocken gebauten Festungsdörfer von Cymru inzwischen viel zu provinziell, und wenn sie zu Besuch war, dann gab sie sich nur verdrießlich und mürrisch.

Ygrane war für gewöhnlich froh, wenn der Winter kam und das verdrossene Kind nach Tintagel zurückkehrte. Aber in diesem Winter, fünf Jahre seit der Abreise ihres Geisterschauers, war die Königin verpflichtet, bei Kyner in Viroconium zu weilen. Bei diesem religiösen Eiferer gab es wenig Zeit für Trancearbeit, geschweige denn für Ritte auf dem Einhorn. So gut wie jeder ihrer Tage war schon von Kyner und seinen Ministern verplant. Sie waren erpicht darauf, Ygrane eindrucksvoll zu zeigen, wie sie ihre Herrschaft ausübten.

Viroconium, eine blühende Marktstadt mit Torbögen und Stadtmauern aus Sandstein, war vor vierhundert Jahren eine Legionsgarnison gewesen, eine steinerne Faust gegen die

Gebirgsstämme, Kyners Vorfahren. Ironischerweise feierte in diesem Winter Anno Domini 472 der christliche Häuptling seine keltische Königin mit Harfenmusik in den Bädern der Stadt und mit Sonnwendfeuern und Baumtänzen auf den gepflasterten Marktplätzen – und es war schwer zu sagen, ob hier Rom oder Cymru gesiegt hatte.

Am Tisch und vor dem warm flackernden Herd sprach Kyner freimütig über die Schönheit und Richtigkeit seines Glaubens. Manchmal antwortete ihm Ygrane, indem sie ihn an das alte Reich erinnerte, vor tausend Jahren, als die Kelten alles Land von diesen Bergen bis zu den Zedern Persiens beherrscht hatten. In jenen Tagen hatten die hebräischen Priester und die keltischen Druiden gemeinsam geheimes Wissen über die bevorstehende Ankunft eines Retters der Welt bewahrt.

Kyner gab sich nur aus Höflichkeit an der Geschichte ihres Volkes interessiert, und schließlich gab Ygrane es auf, ihm etwas zu vermitteln, und hörte nur noch zu. Sie hörte seine Begeisterung für etwas, das mehr war als ein blindes Herz und ein stummer Mund, die einzigen Gaben seiner Vergangenheit. Diese tiefe Melancholie konnte sie nicht stillen, konnte ihn nur mit oberflächlichem Zauberglanz ehren. Seine Urgroßväter waren von den Römern zur Unterwerfung gezwungen, seine Großväter und sein Vater von den Seewölfen überfallen worden, von mörderischen Plünderern, die übers Meer kamen, und so hatte er das Versagen ihrer Götter geerbt.

Alte Magie bedeutete ihm nichts, denn sie war nur die Kraft in *wic*, dem grünen Mark, die Lebenskraft, die nicht stark genug war, um Römer, Pikten, Jüten und Sachsen abzuwehren. Kyner brauchte einen stärkeren Zauber, der stark genug war, um die Toten wieder ins Leben zu rufen. Sein Glaube war die Auferstehung.

Ygrane lauschte seinen Predigten, während der Schnee an den großen Fenstern vorbeirieselte und das Herdfeuer aus dem Fleisch der Bäume Hitze und Licht hervorbrachte. Tief,

tief unter ihnen griff der magnetische Lindwurm, der so groß war wie die Welt, in seine schwarze Mitte und sang.

Im folgenden Frühling besuchte Morgeu Ygrane zum letzten Mal. Die Tochter des Herzogs, deren gekräuseltes rotes Haar wie ein feuriger Nimbus ihren runden Kopf umgab, schritt über die Esplanade auf den Zinnen von Segontium. Ihre grünen, mit Blumen bestickten Gewänder flatterten lebhaft im Rhythmus ihres herausfordernden Ganges. Sie war größer als bei ihrer letzten Begegnung, und ihre körperliche Statur war beeindruckend – sie hatte die breiten Schultern ihrer Mutter und das kämpferische Kinn ihres Vaters. Sie ging geradewegs auf Ygrane zu, die am Mauerkranz der Brustwehr lehnte und über die sonnenbeschienene Meerenge zur malvenfarbenen Silhouette von Mona hinüberschaute.

»Warum willst du meinen Vater nicht besuchen?« wollte Morgeu wissen.

Ygrane, die in eine taubenfarbene Tunika aus schillernder Seide und einen blaßvioletten gesteppten Umhang gekleidet war, blickte kühl über die Schulter. »Warum sollte ich ihn besuchen?«

»Er verlangt es, und er ist dein Mann«, antwortete Morgeu hochmütig.

»Habe ich ihm nicht die besten meiner Krieger gegeben, damit sie seine Küsten schützen?«

»Mutter ...« Morgeu starrte sie gereizt an. »Er will dich.«

Ygrane wandte sich wieder dem Meer zu. »Er will nicht mich«, antwortete sie emotionslos. »Er will mich nur benutzen. Vielleicht langweilt er sich heute abend bei seinen Huren?«

Morgeu trat an ihre Seite und blickte unwillig auf das Profil ihrer Mutter, das im Sonnenlicht safrangelb glänzte. »Wenn du ihm gegenüber nicht dein Gelübde als Ehefrau erfüllst, glaubst du dann wirklich, daß er sein Gelübde einhalten wird, die christlichen Missionare von unserem Land fernzuhalten?«

Ygrane drehte sich um. Ihre grünen Augen funkelten zornig. »Wenn er ohne die Hilfe meiner Krieger seinen Kopf auf den Schultern behalten kann, dann mag er seine römischen Priester schicken. Wer Augen hat zu sehen, der weiß, daß du die Tochter von Ygrane und Gorlois bist. Er hat mich zum Weib genommen. Mein Gelübde habe ich in jener elenden Nacht erfüllt. Er wird mich nicht noch einmal anfassen.«

»Wenn du dich von deinem Gatten fernhältst, so ist das bei den Römern ein Scheidungsgrund, vergiß das nicht«, bemerkte Morgeu herrisch.

»Glaubst du, eine Keltin zerbräche sich den Kopf über römisches Recht?«

Morgeu wies mit dem Arm auf die roten Ziegeldächer innerhalb der Steinmauern von Segontium. »Wie kannst du dich selbst eine Keltin nennen? Du lebst wie eine Römerin, Mutter, nicht wie eine Keltin. Schau auf deine Kleidung und auf deine Haartracht.«

»Ich tue, was mir gefällt, Morgeu.«

»Und es gefällt dir nicht, mit meinem Vater zusammen zu sein – deinem eigenen Ehemann?«

»Warum kümmerst du dich soviel um das, was zwischen deinem Vater und mir vorgeht?«

Morgeu wickelte einen kupferroten Zopf um den Finger. »Ich möchte, daß er glücklich ist. Wenn ich bei ihm bin, dann fragt er immer nach dir. Er versteht nicht, warum du ihn nicht besuchen willst.«

Ygranes Gesicht straffte sich. »Eine hübsche Geschichte. Du hast gesehen, was er Raglaw antat.«

Morgeu musterte ihre Mutter, sah ihre hohen Wangenknochen, die elfische Schräge ihrer Augen, ihren dunklen Teint und das starke Kinn. Ygranes keltische Züge waren unverkennbar, jedoch bestand sie darauf, ihr Haar in der komplizierten Weise der Römerinnen hochgebunden zu tragen, anstatt offen und frei. Eine Welle von Wut durchfuhr Morgeu. »Er hat sich so verhalten, wie jeder Römer es getan hätte.

Wie kannst du ihn tadeln, wenn du selbst dich wie eine Römerin verhältst?«

»Morgeu, was du sagst, gibt keinen Sinn, und dein Zorn macht mir Kummer. Jetzt, genau in diesem Augenblick, wo wir hier miteinander reden, sind meine Krieger dort draußen auf Mona und kämpfen Seite an Seite mit den Männern deines Vaters. Die Piratensiedlung, die sie jetzt gerade zerstören, hat die Küsten heimgesucht – und die Küste deines Vaters ebenfalls, was eigentlich gar nicht erwähnt werden müßte. Einige meiner tapferen Männer werden heute abend nicht zurückkommen. Sie werden sterben, um römisches Leben zu retten und römische Handelsstraßen offenzuhalten, und ich werde diesen Grund ihren Familien und ihren Lieben erklären müssen. Damit ist deinem Vater schon ein genügend kostbares Opfer gebracht. Das ist der wahre und einzige Grund, warum er mich geheiratet hat. Er hat das Beste von mir bekommen. Mehr bekommt er nicht.«

Morgeu starrte ihre Mutter mit mühsam unterdrücktem Groll an.

»Sag nur, was du auf dem Herzen hast, Tochter«, lud Ygrane versöhnlich ein, und ihre Zornesröte verblaßte vor Morgeus Verzweiflung. »Bin ich nicht immer dir gegenüber offen gewesen?«

»Mutter, ich bin dreizehn Jahre alt«, erklärte Morgeu spröde. »Seit drei Monaten bin ich eine Frau. In wenig mehr als einem Jahr werde ich so alt sein, wie du warst, als du Vater geheiratet hattest.«

»All das ist wahr«, erwiderte Ygrane sanft und nahm mit einem Lächeln das Kinn ihrer Tochter zwischen Zeigefinger und Daumen. »Und es ist ebenso wahr, daß du eine schöne Frau wirst.«

Morgeu trat hastig zurück. »Spiel nicht mit mir. Ich weiß, daß ich nicht schön bin. Meine Augen sind klein, und meine Kinnbacken zu kräftig. Ich bin nicht schön.«

»Viele Männer werden anders denken, das verspreche ich dir.«

»Vater sagt, ich solle an eine Heirat denken. Er möchte, daß ich in den römischen Adel einheirate. Deshalb lädt er Familien aus Armorica und Durnovaria nach Tintagel ein, wenn ich dort bin. Und sie kommen, weil er der Herzog der Sachsenküste und ein großer Römer ist – aber keiner von ihnen will mich haben.«

»Unsinn. Du bist noch ein Kind. In zwei Jahren werden so viele um deine Hand anhalten, daß du die Qual der Wahl haben wirst.«

»Nein, Mutter, ich sage dir, diese alten Familien wollen nichts mit mir zu tun haben. Sie flüstern über dich – über die heidnische Königin, mit der Gorlois mich gezeugt hat und die noch keiner an seinem Hof gesehen hat. Natürlich würden sie Vater das nie hören lassen. Er würde sie ins Meer peitschen. Aber ich habe ihre Blicke gesehen. Sie halten mich für etwas Seltsames, ein sonderbares Kind, das mit einer Hexe gezeugt wurde.«

Morgeus Worte hatten sichtlich eine Wirkung auf die Königin. Einen Augenblick lang stand sie getroffen da, dann öffnete sie die Arme und schickte sich an, ihre Tochter zu umarmen, doch Morgeu schob sie zurück.

»Wenn du Vater nicht haben willst, dann willst du auch mich nicht mehr haben.«

»Morgeu ...« Ygrane winkte mit den Armen. »Komm, Kind. Ich weiß zu gut, was du jetzt fühlst.«

»Wie kannst du das wissen? Du hast nie jemanden geliebt.«

Ygrane ließ die Arme fallen. »Glaubst du das?«

»Warum kommst du dann nicht nach Tintagel und lebst mit deinem Mann? Vater braucht dich an seiner Seite.«

»Wirklich?« Ygrane reckte ihr Kinn. »Oder willst du mich an seiner Seite haben? Soll ich auch Christin werden und eine fromme römische Ehefrau sein?«

Morgeu starrte düster auf ihre Mutter. »Als ich ein Kind war, wollte ich sein wie du. Ich dachte, du seist die schönste und mächtigste Frau der Welt.«

»Und jetzt?«

»Jetzt erzähle ich meinen jungen Freunden in Tintagel von dem Bleichen Volk, das mit uns auf den Wiesen zu spielen pflegte, und von dem Einhorn, mit dem ich nachts heimlich ausritt – und weißt du, Mutter, sie denken, ich lüge.«

»Unsere Magie ist außergewöhnlich.«

»Zu außergewöhnlich. Manchmal erschreckt sie mich – die im Wind flüsternden Stimmen, die durchsichtigen Gesichter in den Hecken ...«

»Sind die Síd zu dir gekommen?« fragte Ygrane mit ungespielter Überraschung.

»Ja.« Morgeus Gesicht wurde weich. »Sie sind zu mir gekommen. Auch das Einhorn. Aber nur dann und wann, wenn ich allein an einem Ort in der Wildnis bin und wenn ich lange Zeit rufe.« Ihre Augen blickten versonnen, als sie sich daran erinnerte, dann richteten sie sich wieder scharf auf Ygrane. »Wenn ich bei Vater bin, dann denke ich nie an die Feen. Dann erscheint mir all das als ein kindischer Tagtraum. Vaters Welt ist voller Pferde, Schiffe, Jagden und Schlachten. Und doch, wenn ich hier mit dir zusammen bin, dann erscheinen mir diese irdischen Dinge so klein und unwichtig.« Sie schüttelte ungeduldig ihr Haar von den Schultern. »Ich komme nicht mehr hierher zurück. Ich habe mich entschlossen, in Tintagel zu bleiben, Mutter. Vater braucht eine Frau an seiner Seite, und wenn du es nicht bist, dann muß ich es sein.«

»Kind, du bist von zwei Welten gezeugt worden, also gehörst du auch in beide.« Die Königin streckte eine Hand aus. »Bleib eine Weile bei mir, Morgeu. Wir werden zusammen mit den Feen tanzen und wieder auf dem Einhorn reiten.«

»Nein, Mutter.« Morgeu straffte unnachgiebig die Schultern, und alles Bedauern, das sie vielleicht empfunden hatte, verschwand hinter ihrem herausfordernden Benehmen. »Wenn du nicht nach Tintagel kommst und die richtige Gefährtin deines Gemahls wirst, dann bist du für mich keine Mutter mehr.«

Sie drehte sich um und lief so eilig davon, wie sie gekommen war – und Ygrane war es, als sähe sie ihre Tochter in pulsierendes rubinrotes Feuer gekleidet. Ihr junger Leib schimmerte nackt durch einen durchsichtigen Schleier karminrot glimmender Flammen.

Die Stadt der Legion, vor vier Jahrhunderten aus schwarzem Granit und Schiefer gebaut, wirkte bedrückend und unheilvoll. An den mit Eisenspitzen bewehrten Bollwerken brannten Fackeln in Körben, und bei Nacht wirkte die massige Festung in der baumlosen Umgebung wie ein feuriger Aschenkegel. So sah Myrddin die kriegerische Stadt zum erstenmal in fünf Jahren wieder, seit er auf seinem Weg nach Osten vorbeigekommen war. Damals wie jetzt bei seiner Rückkehr war es dort Sitte, Bettler und andere unerwünschte Besucher zu den Toren hinaus in die Moore zu prügeln.

Bei seinem ersten Besuch hatte er die Stadt unter der Peitsche eines Stadtwächters verlassen. Diesmal betrat er sie zu Fuß – sein Pferd hatte er in einer anderen Provinz bei einem einheimischen Bauern zurückgelassen, der seine Kinder als Säeleute einsetzte, während er selbst den Pflug durch die steinigen Felder zog – und verbarg sich vor den Wachen nicht.

In den fünf Jahren Wanderschaft in der verwüsteten Landschaft Britanniens hatte Lailoken seine Fähigkeit vervollkommnet, seine Dämonenkräfte aus seinem sterblichen Leib heraus einzusetzen. Er trat geradewegs auf das Haupttor zu und achtete nicht auf die Rufe der Schildwachen. Statt dessen stieß er einen Schrei aus, der eine Pforte in Mannsgröße aufstieß. Er ging hindurch und versetzte die Soldaten, die ihn erwarteten, und ihre angriffslustigen Hunde in Schlaf.

Die nächtlichen Straßen lagen leer da, und er ging ungehindert seines Weges zwischen den aneinandergereihten Häusern. Jedes war mit Eisenzäunen, nervösen Wächtern und hungrigen, wilden Hunden geschützt – geschützt vor den alten Familien, die sich in den anderen steinernen Palazzi eingeschlossen hatten und auf Mord sannen. Nur einmal wurde er auf der Straße angerufen, als er um eine Ecke bog und auf eine Stadtpatrouille mit Laternen und Peitschen stieß. Er setzte seine Magie ein, schickte sie aufjaulend die gepflasterten Gassen hinab und ließ sie sich gegenseitig mit Peitschenhieben traktieren.

Durch diesen Sieg mutig geworden, wählte er willkürlich Häuser aus und benutzte seinen Zauber, um an allen Hindernissen vorbeizukommen und die Räumlichkeiten nach Ygranes Gefährten zu durchsuchen.

Die erschrockenen Menschen in ihren Nachtgewändern, auf die er traf, wiesen keine Ähnlichkeit mit dem Gesicht aus Raglaws Prophezeiung auf. Er schickte sie alle mit einem gemurmelten Zauberspruch wieder zurück in den Schlaf und durchwanderte ihre Häuser. In der Hoffnung, eine Richtung zu spüren, versenkte er sich dabei in die fühlende Mitte seines Herzens. Ein prächtiges Haus nach dem anderen durchsuchte er – immer wieder ohne Erfolg. Dabei gab er jedoch acht, keine dieser *mansiones* zu verlassen, ohne vorher die Schatzkammern zu besuchen und eine Handvoll Goldmünzen mitzunehmen. Wenn seine Reisen durch diese unselige Welt ihn etwas gelehrt hatten, dann dies, wie nutzlos Gold in Schatzkammern war und wie schön, im rechten Maße, in den Händen der Armen.

Nachdem er in mehr als zwanzig Häusern ebenso viele Handvoll Goldmünzen an sich gebracht hatte, kam Myrddin der Verdacht, daß es vielleicht falsch war, in diesen wohlhabenden Vierteln zu suchen. In der Morgendämmerung vergrub er mit Hilfe eines streunenden Hundes sein Gold und kehrte in die engen Straßen mit ihren überhängenden Balkonen und vielen krummen, im Zickzack verlaufenden Quergassen zurück.

Gründlich durchsuchte er jedes Viertel der Stadt. Am Mittag befand er sich unter der Westmauer, hinter der Kaserne, im Gestank der Stallungen. Überall hatte er schon erfolglos gesucht. Er setzte sich erschöpft auf einen Randstein und beobachtete, wie schweißnasse, von Fliegen umschwirrte Pferde mit klappernden Hufen in einen altersschwachen Stall geführt wurden. Über dem Torbogen in der Form eines Hufeisens hing ein einfaches Schild, mit einer eingebrannten Inschrift:

STALLMEISTEREI
Gebrüder Aurelianus

Darüber kräuselte sich in der schwülen Nachmittagsbrise ein Windfähnchen in der Gestalt eines Drachen. Und da sah er ihn. Größer und älter als in Raglaws Vision, hatte er dasselbe schwarze Haar, nur etwas dünner, und dieselben auffälligen, jedoch weniger sanften, safrangelben Augen. Mit dem fürstlichen scharfen Blick eines Bogenschützen schauten sie abschätzend, fast listig. Er erscheint deshalb älter, überlegte sich Myrddin, weil es ja Jahre gedauert hat, ihn zu finden. Und Myrddin war schließlich auch zu der Überzeugung gelangt, daß der Mann, den er suchte, kein König sein würde. Er trug die ledernen Hosen und Armbänder eines Stallmeisters, von seinem Gürtel baumelte eine geflochtene Reitpeitsche, und seine Schultern glänzten im Schweiß der Anstrengung, die der Umgang mit den kräftigen, lebhaften Kriegsrossen bedeutete, die die Männer aus der Kaserne bei ihm zurückgelassen hatten.

Ganz verdutzt, daß er ihn endlich gefunden hatte, blieb Myrddin auf dem Randstein sitzen und beobachtete ihn. Wenn auch sein Arbeiterrücken mit Muskeln bepackt war, so war an diesem Mann des Schicksals doch eine königliche Haltung, selbst wenn er zwischen den Pferdeäpfeln herumstapfte. Die Tiere mochten ihn. Das konnte Myrddin an der Art erkennen, wie sie sanft wurden, wenn er sie berührte. Der Mann war ihnen gegenüber empfindsam und wußte sofort, welche Tiere getränkt werden mußten, welche Futter brauchten und welche ihr nervöse Kraft erst einmal in dem Reithof hinter den Heustadeln austoben mußten. Während die Soldaten ihre Pferde an den Pfosten vor dem Wassertrog festbanden, eilte er zwischen den Tieren umher, nahm ihnen die Sättel ab, redete ihnen gut zu und führte sie, nach kurzem Striegeln, in die Ställe, bevor sie zuviel tranken.

Stolz ging Myrddin auf den Mann zu, um ihn über sein Schicksal zu unterrichten. »Herr ...«

»Hau ab!« bellte der Stallmeister und machte sich nicht einmal die Mühe, den grauhaarigen Mann direkt anzuschauen, während er zwei Sättel auf einmal in die benachbarte Lederkammer schleifte.

»Herr, ich bringe eine frohe Botschaft ...«

Der Mann ließ die Sättel fallen, riß die Reitpeitsche aus seinem Gürtel und schlug damit nach dem Alten. »Ich sagte: Hau ab!«

Myrddin stolperte zurück, so erstaunt über die Gewalttätigkeit des Mannes, daß er auf die Straße stürzte und mit dem Rücken in den Kot fiel.

»Ich will keine frohe Botschaft über ein Leben nach dem Tod, keine frohe Kunde über Erlösung, kein Evangelium-Gelaber über Jesu Liebe für mich oder über Mithras' Sieg für meine Seele. Kapiert, Alter?«

»Warte«, flehte Myrddin den Mann mit den bernsteinfarbenen Augen an, als der sich abwandte. »Du verstehst nicht.« In seinem Eifer, ihn zu erreichen, rutschte der Zauberer auf dem Mist aus, fiel mit dem Gesicht nach unten und schlug sich die Stirn am Randstein auf. Sterne flimmerten im Sonnenlicht, das auf den Mist schien, und die Kraft, sich wieder zu erheben, floh aus seinen Gliedern.

Alles bestens, dachte Myrddin und wollte sich nicht um dieses Mannes willen erheben, der Tiere mehr liebte als Menschen.

»Darf ich dir die Hand reichen, Großvater«, sagte eine andere, sanftere Stimme im gleichen lateinischen Tonfall, den auch der Stallmeister gebraucht hatte. Starke Hände packten den Zauberer unter den Schultern und hoben ihn aus der Gosse. »Ambrosius hat in seinem Herzen keinen Platz für Glauben«, fügte die Stimme in dem archaischen, britannischen Latein hinzu und gab sich Mühe, Respekt für einen alten britannischen Mann zu zeigen. »Seit dem Tod unseres Vaters ist das Herz meines Bruders nur mit Verachtung für die Wege Gottes erfüllt. Kannst du ihm vergeben?«

Hoffnung durchzuckte den Zauberer, und er wandte sich um. Der junge Mann, der Myrddin zu Hilfe gekommen war, hatte genau das Gesicht, das er in Raglaws Vision gesehen hatte. Er trug sogar an seinem Hals das Jadekreuz. Staunen durchzuckte Myrddin. »Du!« keuchte der Dämon, fast stumm vor Scheu.

»Theo!« rief Ambrosius. »Laß ihn. Ich habe genug von Eiferern, die auf unsere Kosten leben wollen. Hörst du?«

»Kümmere dich nicht um ihn, Großvater«, sagte Theo mit natürlicher Selbstsicherheit und wischte die größeren Mistklumpen vom Gewand des alten Mannes. »Wenn du hungrig bist, dann kann ich dir etwas zu essen bringen, und ich zeige dir einen Platz zum Schlafen, wo die Wachen dich nicht stören werden.«

Myrddin stützte sich schwer auf seinen Stab. »Warum tust du das für mich?«

Theo trat zurück und betrachtete die seltsame Miene des alten Mannes. Unter einer gewölbten Stirn in einem langen, fahlen Schädel starrten ihn silbrige Augen eindringlich an. Er hatte noch nie ein so lebhaft häßliches Gesicht gesehen und mußte all seinen christlichen Eifer aufbieten, um zu lächeln, während er nach dem Kreuz griff, das an seinem Hals hing. »Aus keinem anderen Grund als dem, daß ich Christ bin. Was ist dein Glaube, Großvater?«

»Hast du mich nicht gehört?« rief Ambrosius und zog den Bruder am Rücken seiner abgetragenen Jacke von dem alten Mann weg. »Hör auf mit dem frommen Geschwätz. Glaube ernährt Seelen, nicht Leiber. Geh wieder an die Arbeit, Theo. Und du, Alter, folge deinem Schatten oder …«

»Ambrosius«, protestierte Theo und stellte sich zwischen den graubärtigen Fremden und seinen zornigen Bruder. »Habe Mitleid, wie unser Herr Jesus es lehrt. Sei nicht so streng zu einem Fremden. Wir geben ihm bloß einen Happen mit für den Weg.«

Der ernste Blick des Jüngeren machte Ambrosius nachgiebig, und er trat zurück, drohte jedoch mit dem Finger. »Gib du ihm einen Happen, kleiner Bruder. Aber von jetzt an fütterst du diesen Vagabunden und all die anderen Vagabunden aus deiner Tasche. Heute abend fordere ich, was mir gehört.«

»Komm«, sagte Theo zu dem Alten und verfiel dabei wieder in archaisches Latein. Kameradschaftlich legte er den Arm um die knochigen Schultern des Zauberers und führte ihn fort. »Das wenige, was ich an Speisen habe, gehört dir. Aber ich habe keinen Obolus, den ich dir geben könnte. Alles, was wir verdienen, müssen wir unseren Geldgebern abliefern, die freundlich genug waren, uns als Meister dieser Ställe einzusetzen. Wir sind hier erst ein paar Wochen, und so haben wir noch nichts gespart.«

»Wo seid ihr her, du und dein Bruder?« forschte der Zauberer.

»Aus Armorica«, antwortete Theo und führte den Alten durch die Ställe zu einer primitiven Hütte, deren Wände mit strohgestopften Löchern übersät waren.

»Also aus Kleinbritannien«, nickte der alte Mann wissend, »dem Zufluchtsort der besten römischen Familien. Ach, das erklärt den freien und ungezwungenen Akzent.« Der Fremde verfiel selbst in modernes Latein: »Jeder auf dieser Insel redet, als wäre er hundert Jahre alt.«

Theo lachte verlegen darüber, wie leicht der seltsame Kerl mit der Sprache umgehen konnte. »Du bist ein erstaunlicher alter Schurke«, sagte er und war versucht, nach dem Namen des Fremden zu fragen. Aber er hatte sich vor Jahren als Kind geschworen, daß er nie Fremde nach ihren Namen und Geschichten fragen würde, denn für einen wahren Christen waren alle Fremden Jesus.

»Warum seit ihr von Kleinbritannien hierhergekommen?« fragte der Alte. »Die meisten Leute gehen in die andere Richtung.«

Theo hielt auf dem grasbewachsenen Platz vor der baufälligen Hütte an, nahm eine Haltung ein wie ein altmodischer Redner, lächelte vor sich hin und sagte in fließendem archaischem Latein: »Das ist eine Geschichte, die am besten auf alte Art und Weise erzählt wird. Ich wurde vor zwanzig Wintern in Armorica geboren. Aber mein Bruder, der ein Jahrzehnt älter ist als ich, erinnert sich noch gut an die Zeit, als unsere Familie in einem Herrenhaus in Londinium lebte. Unser Vater trug den Purpur eines Senators der Kolonie – bis er von einem Rivalen vergiftet wurde. Mein Bruder und meine Mutter – mit mir in ihrem Leib – flohen nach Gallien, nach Armorica, und sie ließ uns Rache schwören, bevor sie im letzten Winter starb.« Er lachte leise und unsicher. »Kein sehr christlicher Eid, das kann ich dir sagen, aber sie war verbittert. Es ist verständlich.«

Er öffnete die Lattentür. Das Innere der Hütte war muffig und bescheiden: ein festgestampfter Lehmboden, ein einzelner, alter Kasten, der als Tisch diente, und Fässer als Stühle. »Im Speiseschrank sind Brot und Wein – da, in der Kiste in der Ecke. Greif zu, Großvater. Denk nur dran, die Kiste wieder hinzustellen, wenn du fertig bist. Sie hält die Mäuse ab.«

»Leistest du mir nicht Gesellschaft?«

»Das kann ich nicht.« Er zuckte bedauernd die Achseln. »Mein großer Bruder möchte, daß ich die Sättel einöle und einwachse, während er sich mit den Pferden befaßt. Da heute nacht der Mond scheint, werden wir bis zum Monduntergang alte Ledersachen ausbessern und erst sehr spät zurückkommen. Warte nicht auf uns. Du kannst in jeder freien Heuraufe schlafen, die du findest. Ambrosius wird dich nicht mehr stören – ich sorge dafür. Vielleicht haben wir am Morgen Gelegenheit für ein Gespräch. Du hast mir noch nicht gesagt, welchem Glauben du anhängst.«

Damit ging er weg, zurück zu seiner Arbeit in der Lederkammer. Myrddin blieb still sitzen, erfüllt von dem Wunder, daß jetzt seine lange Suche beendet war. In diesem Schweigen war ein Klingen, ähnlich der lautlosen Musik, die wir hören, wenn ein Sänger geendet hat und die Ehrfurcht vor dem Lied noch in unserem Inneren anhält, an dem Ort, wo alle Lieder beginnen.

Myrddin saß vor den gebrannten Lehmziegeln des winzigen Herdes und versank in dem warmen Geruch des Pferdedungs und dem warmen Blütenstaub, während draußen vor der Hütte die nahrungssuchenden Bienen im Bärenklau und in der Katzenminze herumsummten wie seine eigenen, emsig beschäftigten Gedanken: Was soll ich Theo von Ygrane sagen? Soll ich Magie einsetzen, um ihn zu ermutigen, mit mir zu der keltischen Königin zu kommen? Wird sein Bruder sich uns anschließen? Mitten im Summen der Bienen plante und überlegte er, bis er schläfrig wurde und eindöste.

Ygrane stand nackt vor ihm, in einer Wiese, in der die Sommerblüten leuchteten – Klatschmohn, Rittersporn, Hirtentäschel, Fingerhut, Purpurdisteln, Butterblumen, Hundsrosen, Zaunrüben, Kornblumen, Löwenmaul, Geißblatt –, und ihr muskatnußrotes Haar umfloß sie offen wie das Haar einer Ertrunkenen. Überall flatterten Schmetterlinge, vom Wind geschüttelte Elementargeister mit Blütenblätter-Schwingen aus Rost, Schwefel, Salz, Kupfer und Rauch.

»Schau, welche Freude du mir gemacht hast«, flüsterte sie sehr nahe. Er hörte es im eigenen Inneren. Ihre animalische Schönheit schimmerte sonnenumglänzt. Ihre langen Glieder waren weich, jedoch mit Muskeln besetzt, ihre Brüste glänzten mit dem Rosa von Magnolienblättern, der Haarflaum ihres Geschlechts war wie ein Herbstblatt.

»Ich werde dir den jungen Mann bringen«, versprach Myrddin, und sein Kopf floß über vor Klarheit.

»Sei geduldig«, beschwor sie ihn. »Verdient eine Königin etwas Geringeres als einen König?«

»Natürlich …« Er schlug sich an die Stirn und erinnerte sich an Raglaws Anweisung: »Finde den König …« Als sein Handrücken auf die Stirn traf, zerbarst seine Vision in einem

Wirbel von Schmetterlingen, und als er erwachte, fand er sich mit dem Rücken auf dem festgestampften Lehmboden des Schuppens wieder. Im Türrahmen stand purpurn die Abenddämmerung, und er wußte, was er zu tun hatte.

Myrddin kehrte in die wohlhabenderen Viertel der Stadt zurück und betrat den Gartenweg auf der Rückseite des großen Herrenhauses, wo sein Gold verborgen lag. Er schlüpfte durch den Dienereingang und brachte mit seiner Magie den Koch dazu, einen Weidenkorb zu füllen: mit warmen Brotlaiben, Krügen mit dem besten Wein des Hauses, Olivenöl, Honig, einem Strohnest voller Enteneier, einem Sack Nüsse und einem mit Lattich, Zwiebeln, Spargel, getrockneten Erbsen und frischem Blumenkohl, einem Topf Fischsauce und obendrauf ein gebratenes Hähnchen, gefüllt mit Feigen und umwickelt mit einem Ring Würste.

Er steckte dem verzauberten Koch ein paar Goldmünzen aus seinem Schatz zu, schnappte sich auf dem Weg hinaus eine Schüssel mit Birnen und Pasteten und balancierte sie vorsichtig auf dem schwer beladenen Korb. Er brauchte all seine Dämonenkraft, um die reiche Last durch die Stadt zurück zur Hütte der beiden Brüder zu tragen. Mit strengen Zaubersprüchen vertrieb er alle Mäuse aus dem Schuppen, stellte die Speisen und den Sack mit den Goldmünzen auf dem behelfsmäßigen Tisch ab und zog sich in eine abgeschiedene Heuraufe in den Ställen zurück.

In dieser Nacht genoß er den erholsamsten Schlaf seiner fünfjährigen Suche. Er wachte ganz erfrischt im Morgengrauen auf. Neben ihm saßen im Stroh die beiden Brüder und beobachteten ihn scharf wie Wölfe.

»Wer bist du?« wollte Ambrosius wissen.

Der Alte setzte sich auf und pflückte das Heu aus seinem Bart. »Mein Name ist Merlin. Ich bin ein wandernder Scholar aus dem Süden. Ich bin in meinem ganzen langen Leben durch die weite Welt gewandert, um Wissen zu erwerben.«

Theos aufmerksamer Blick hellte sich auf. »Ein Scholar? Dann bist du also in Rom gewesen?«

»O ja. Ich bin in Rom gewesen. Und in Athen, Alexandrien, Antiochien, Babylon ...«

»Was ist mit diesem Geld? Und diesen Lebensmitteln?« forschte Ambrosius. »Wo hast du sie her?«

»Die Münzen habe ich auf meinen Wanderungen zusammengetragen. Ich habe keinen persönlichen Bedarf an solch schnödem Mammon. Da ihr so freundlich zu mir gewesen seid, sollt ihr sie gern haben, da eure Bedürfnisse größer sind als die meinen.«

Ambrosius reckte den Kopf. »Was willst du von uns, Merlin? Was geht hier vor?«

»Ich möchte nur eines – ein Heim. Ich bin jetzt zu alt, um noch weiter zu wandern. Ich suche ein Heim, wo ich meine letzten Tage verbringen und alles Wissen weitergeben kann, das ich zusammengetragen habe, damit ich in der Gewißheit sterbe, daß nichts von dem, was ich gelernt habe, dem Vergessen anheimfallen wird.«

»Warum bei uns?« drang Ambrosius in ihn, und rieb sich mit dem Daumen am Grübchen seines Kinns. »Diese Stadt hat eine Menge schönerer Häuser als unser stinkendes Loch.«

»Welche Bequemlichkeit würde mein kleiner Beutel mit Münzen mir schon in einem vornehmen Haus erkaufen?« fragte Merlin. »Solch wohlhabende Familien würden meine kleine Gabe verachten. Für euch jedoch reicht dieses Geld hier, um all eure Geldgeber auszuzahlen, so daß euch dann diese Ställe gehören. Und was mich angeht, wenn ihr mich aufnehmt, dann habe ich mir mit meinen bescheidenen Mitteln einen Weg in eine Familie von vornehmer Herkunft verdient.«

Ambrosius runzelte die Stirn und fragte: »Was weißt du von unserer Herkunft, Alter?«

»Ich habe es ihm schon erzählt, Ambrosius«, fiel Theo ein. »Ich habe ihm von Vater erzählt.«

»Männer von so vornehmer Abstammung tragen den Stempel der Größe in sich«, sagte Merlin zu dem unzufriedenen Mann, der da vor ihm saß. »Das ist eure Erziehung. Mit meiner großen Erfahrung von den Dingen in der Welt könnte ich euch zu Diensten sein. Vielleicht können die Fähigkeiten, die Gott mir gegeben hat, euch helfen, wieder euren rechtmäßigen Rang einzunehmen.«

»Rede keinen Pferdemist mehr, Merlin«, erklärte Ambrosius in einem Ton unterdrückter Wut. »Der Dienst, den ich haben möchte, bekomme ich von einem Schwert. Das einzige Wissen, daß ich suche, ist Rache. Und die Hilfe, die ich brauche, ist Macht – nicht das Geschwätz eines alten Narren wie du.«

»Wissen ist Macht, Bruder«, fiel ihm Theo ins Wort. Sein Bruder warf ihm einen schnellen, dunklen Blick zu, er fuhr jedoch fort: »Nehmen wir ihn auf. Aus welchem falschen Stolz sollen wir ihn zurückweisen? Wir sind die letzten der Sippe Aurelianus. Ich glaube nicht, daß wir in der Lage sind, irgend jemandes Hilfe zurückzuweisen, wenn sie ehrlich ist.«

»Ich brauche von niemandem Hilfe als von Gott«, versicherte Ambrosius, und seine Nasenflügel bebten, »und die habe ich, denn meine Sache ist gerecht.«

»Deshalb hat Gott uns Merlin geschickt«, fuhr Theo in einem besänftigenden Ton fort. »Schau mal, wirklich, Ambro, er hat uns schon gespeist und hat unsere Schulden zurückgezahlt. Was kannst selbst du da noch mehr an Segen fordern?«

»Ja, er hat uns unsere Schulden bezahlt – und legt uns die Last seines Alters auf.« Er schüttelte trübselig den Kopf. »Wenn das Geld fort ist, ein Jahr später, zwei, drei Jahre später, wenn wir dann immer noch Mist schaufeln und den seinen noch dazu, dann werden wir es bereuen.«

»Bruder, ich schwöre dir vor unserem Erlöser, ich werde mich selbst um Merlin kümmern, und er wird dir nie zur Last fallen.«

Ambrosius rappelte sich hoch. »Du bist also dann für ihn verantwortlich, Theodosius. Dir habe ich in meinem Herzen Platz eingeräumt, weil du mein Bruder bist. Aber ich habe keinen Platz für jemanden anderen, egal wie freundlich und großzügig er sein mag. Die Qualen von Mutter und Vater füllen mein Herz, und da ist kein Platz mehr übrig für jemanden anderen – überhaupt kein Platz.«

Nachdem er dies gesagt hatte, schritt er davon, ohne noch einen Blick auf den geheimnisvollen Alten zu werfen.

Theodosius folgte ihm mit einem hilflosen Blick. »Er ist verflucht, Merlin«, sagte der junge Mann. »Der Glaube unserer Väter bewirkt da gar nichts. Er gestattet seinem Leben keine Liebe und keinen Frieden. Er empfindet nur Verlust – und Bitterkeit.«

»Der Preis der Rache ist ein leeres Herz.« Merlin betrachtete sorgfältig Theos von der Sonne gebräuntes Gesicht, musterte es nach seinem Charakter und seinen Mängeln. Seine gutaussehenden, fast hübschen Züge hatten in der Breite seines Kinns und in seiner kräftigen Stirn und den kräftigen Wangenknochen einen Anflug von hartem, barbarischen Erbe. Diese Wirkung wurde gemildert durch seine feinen schwarzen Augenbrauen und seine langen Wimpern und diese eigenartigen goldenen Augen. »Warum hat der Zorn nicht dir alle Liebe und alles Mitempfinden geraubt?«

»Ich war nicht zugegen, als Vater vergiftet wurde. Ambrosius jedoch hat es gesehen«, antwortete er bereitwillig und schaute auf seine von der Arbeit schwieligen Hände. »Er war erst zehn, als es geschah, und er erkannte damals gar nicht, was er da gesehen hatte. Vater war mit einem Freund zusammen, einem Senatskollegen, im Garten unseres Hauses in Londinium. Ambrosius sah, wie der Mann Wein eingoß und ein Klümpchen in den Pokal meines Vaters tat. Ambrosius dachte, es sei ein Stück Zucker, wie es Vater gewöhnlich in den Wein seines Sohnes tat.« Er wandte den Kopf zur Seite und gab einen unglücklichen Seufzer von sich. Eine Weile redete er gar nichts. Überwältigt von seiner Familiengeschichte voller Schmerz, starrte er durch einen Spalt zwischen den Balken hinaus, wo der Morgenstern wie ein ferner Eiskristall durch die Wolken über den Zinnen der Stadt schien.

Schließlich fuhr er fort: »Jahre sind vergangen, bis mein Bruder schließlich begriffen hatte, daß das Klümpchen ein Gift war. Es machte aus unserem stolzen und starken Vater vor den Augen seines Sohnes eine Leiche. Wenn man hört, wie er das Sterben beschreibt, mit den gewaltigen Krämpfen und dem blutigen Erbrechen, dann versteht man die Qualen meines Bruders und seinen unauslöschlichen Haß auf Balbus Gaius Cocceius.«

»Den Giftmörder?«

»Ja.« Er schaute Merlin an. Ein Schatten von der Pein seines Bruders lag auf seiner Stirn. »Wir haben von Boten aus Londinium erfahren, daß Balbus' Ehrgeiz auf blutige Weise in Erfüllung gegangen war. Mit der Leiche unseres Vaters und den Leichen anderer als Trittsteinen hat er den Titel eines Hochkönigs der Britannier angenommen. Wir haben gehört, daß sogar die Barbaren ihn mit dem Titel der Nordmänner ehren: Vortigern.«

»Ich kenne Vortigern«, bestätigte Merlin grimmig. In der Ferne war wie ein Omen das Läuten der Kirchenglocke der Stadt zu hören. »Ich weiß, daß er großes Unheil über unser Land gebracht hat – er holt wilde heidnische Stämme herein und bezahlt sie mit Gold, damit sie gegen die Nordmänner kämpfen. Er muß noch erkennen, daß seine neuen Verbündeten, seine Söldner, selber genau die Feinde sind, die Britannien bedrohen.«

»Er ist ein mörderisch schlauer Hundesohn«, sagte Theo verzweifelt. »Und deshalb, Merlin, fürchte ich um meinen Bruder. Ich meine, was für eine Chance hat ein Stallmeister gegen eine Kreatur, die grausam genug ist, um selbst Hochkönig zu werden? Glaube mir, ich habe versucht, das Herz meines Bruders zu besänftigen, um ihn für den Weg unseres Erlösers zu gewinnen. In Jesus ist Erlösung. Nicht in der Rache. In der Rache ist nur Tod. Du bist ein weiser Mann, Merlin. Sage mir – was kann ich tun, um meinen Bruder zu retten?«

Merlin stieß langsam und nachdenklich den Atem aus.

»Theo – du bist freundlich zu mir gewesen, und ich möchte dich nicht anlügen – also, statt dessen muß ich dein Herz brechen. Glaub es mir, wenn ich es dir sage, weil ich aus der Erfahrung eines langen Lebens spreche ...« Er holte Atem und wagte, ihm die Wahrheit zu sagen: »Niemand wird gerettet. Nicht von der Krankheit dieser Welt.«

»Aber Jesus ...«

»Nicht einmal Jesus wurde gerettet. Oder?«

»Er ist von den Toten auferstanden ...«

»Ja. Du sprichst die unveränderliche Wahrheit aus. Von den Toten.« Der Zauberer öffnete hilflos seine langen Hände. »Niemand wird gerettet.«

Theos goldene Augen weiteten sich erschrocken. »Willst du damit sagen, daß mein Bruder verloren ist?«

»Ich sage, wir alle sind verloren. Du darfst dich nicht darauf versteifen, deinen Bruder retten zu wollen. Du mußt dich selbst retten, Theo ...«

»Was meinst du damit?« Seine Wangen röteten sich ärgerlich. »Ich bin gerettet. Ich bin ein Christ. Ich werde den Tod nicht schmecken.«

»In dieser Welt schon.«

Die Röte in Theos Gesicht wurde noch dunkler, jedoch unterdrückte er die Worte, die in ihm aufstiegen, und fragte statt dessen geduldig: »Du bist kein Christ, nicht wahr?«

Merlin schüttelte den Kopf.

»Was ist dann dein Glaube, Merlin?«

Der Zauberer antwortete wahrheitsgemäß: »Mein Glaube ist, daß wir alle sehr sterblich sind. Es ist außerdem mein Glaube, daß es etwas unzerstörbares Gutes im Leben gibt und der volle Schrecken der menschlichen Grausamkeit dieses Gute nicht töten kann. Und auch der Tod kann es nicht verringern. Das Ziel des Lebens ist das Leben. Der Tod und alles, was jenseits des Todes liegt, gehört ganz Gott.«

»Dann glaubst du an Gott?«

»Natürlich. Auf meinen Reisen habe ich ...« – er wollte fast sagen: »sie«, doch er unterbrach sich – »habe ich Gott in vielen Erscheinungen erlebt.« Er lächelte wohlwollend verschmitzt. »Zum Beispiel in der Erscheinung des sanften Mannes, der mich gestern aus der Gosse aufhob.«

Theo verbarg seine Verlegenheit, indem er sich eine lange Haarsträhne aus dem Gesicht strich und aufstand. »Merlin, du weißt, daß ich das, was ich gestern für dich getan habe, ohne Gedanken an Belohnung tat. Deine Großzügigkeit von heute uns gegenüber ist weit mehr, als wir verdienen. Du weißt das.«

»Weiß ich das?« fragte der Zauberer.

»Ein Mann von deiner Weisheit sollte das wissen«, beharrte Theo. »Mit dem Geld, das du uns gegeben hast, ist mein Bruder einen großen Schritt näher an seiner Rache an Vortigern. Verdienen wir das, frage ich dich?«

Merlin neigte den Kopf und sagte sanft: »Die geringsten von uns, die glauben, sie seien die größten, wüten gegen unsere zerbrechliche Sterblichkeit mit Gewalt und Ränkeschmieden. Aber das bringt sie nur um so schneller dem verhängnisvollen Zeitpunkt näher, wo sie in die Grube fallen, die die Natur für sie bereitet hat. Das ist für Vortigern so unvermeidlich wie für deinen Bruder.«

»Und für uns ebenfalls«, erinnerte ihn der junge Mann.

»Es geht nicht anders«, stimmte Merlin zu.

»Redet ihr beide immer noch?« rief Ambrosius vom Heuboden, wo er hinaufgeklettert war, um mit der Heugabel Futter für die Pferde zu holen. »Der Tag vergeht, während ihr beiden miteinander plaudert – und jetzt müssen wir einen weiteren Mund füttern. Geh in die Kammer und mach die Sättel fertig, Theo. Die Soldaten werden in einer Stunde hiersein.«

Theo streckte seine Hand aus, um dem alten Mann hochzuhelfen, und Merlin nahm sie, stand auf und zog ihn näher an sich heran. »Danke dafür, daß du mir ein Heim gibst – und einen Geist, der meiner Lehren würdig ist.«

»Du hast jetzt bestimmt ein Heim, Merlin. Was die Würde meines Geistes angeht ...« Theo blickte dem Wanderer offen in die Augen. »Ich muß dich jetzt warnen: dein Gold kann nicht meinen Geist kaufen. Ich bin ein Akoluth. Ich gehe jeden Mittag in die Kirche, um meine Studien für das Priesteramt weiterzupflegen. Wenn du bei uns bleibst, dann werde ich gewiß mein Bestes tun, um dich für unseren Erlöser zu gewinnen. Bitte, nimm deine Münzen zurück und verlaß uns jetzt, wenn ich dich damit beleidige.«

Merlin drückte seine Hand mit echter Anteilnahme und versprach: »Nichts, das mit Liebe getan wird, beleidigt mich.«

Theo lächelte breit, seine Zähne waren weiß und ebenmäßig wie die Wahrheit. Er gab dem Alten einen sanften Klaps auf die Schulter und ging zu seiner Arbeit in die Lederkammer. Sein Herz erfreute sich an dem unschuldigen Stolz, den der Glaube mit sich bringt.

Dem würzigen Duft des Weihrauchs in der Kirche war ein schwacher Geruch vom Öl der Altarlampen beigemischt. Dies war Theos bevorzugter Platz in der Stadt, da er sich hier an sein früheres Zuhause erinnert fühlte. In Armorica hatte er praktisch in der Kirche gelebt. Die Friedlichkeit des Heiligtums zog ihn an und hatte ihn seit seiner Kindheit getröstet.

Wenn er auf die großartige Marmorarchitektur mit ihren aufsteigenden Pilastern und hohen Fenstern voll staubdurchwehten Tageslichts schaute, dann spürte er sich von einer heiligen Gegenwart umfangen. Satyre und Nymphen liefen auf dem Säulengebälk entlang – römische Reliefs aus der Zeit, als in diesen überwölbten Nischen Opfer für *Hellen Himmel*, den König des Himmels, den Herrn über die Götter, verbrannt wurden. Jetzt wurde für den *Namenlosen Gott* und seinen gekreuzigten Sohn brennender Weihrauch geopfert.

Jesus hing an dem Kreuz über dem Altar auf dem grausamen Höhepunkt seines Leidens, in gräßlichen Einzelheiten direkt in Holz geschnitzt. Theo kniete in einer Votivnische, wo er den Gekreuzigten sehen konnte, aber selber im Schatten verborgen war. Der Akoluth mit dem rabenschwarzen Haar war ein nach innen gewandter Mann, in seiner Anbetung wie in seinen Gedanken.

Er dankte Gott dafür, daß er Merlin geschickt hatte, und bat um die notwendige Stärke und Gnade, um die Lehren des alten Mannes im Lichte von Jesu Opfer zu verstehen. Sein Glaube, so meinte er, war seine Kraft. Alles Wissen war Nahrung und mußte diese Kraft nähren.

Bis Merlin aufgetaucht war, war das Abenteuer auf dieser Insel für Theo als verzweifelter Gipfel eines melancholischen Daseins erschienen. Mutter ließ Ambrosius nie den schmählichen Tod ihres Vaters vergessen und beschwor ihn bis zu dem Tag, an dem sie starb, ihn zu rächen. Die Rückkehr von Armorica war mehr eine Flucht vor dem Gespenst der Mutter und ihrer unaufhörlichen Nörgelei gewesen und nicht so sehr ein wohlüberlegtes Unternehmen.

Theo wäre lieber nach Süden gegangen, an das Mittelmeer und in das angesehene Kloster von Lérins, wohin die besten Kirchengelehrten sich oft zurückzogen, um Gott zu hören. Aber die Familiengeschichte hatte Ambrosius auf den Weg der Gefahr getrieben, und Theo konnte ihn nicht allein lassen.

Satan hätte es sowieso nicht erlaubt. Seit Theo sich erinnern konnte, war Satan in seinem Schlaf zu ihm gekommen und hatte ihn mit wilden Visionen von Schlachtfeldern gequält. Ambrosius sagte, dies sei nicht Satan, sondern ein Drache, der die Gestalt eines Mannes annahm, um über Theo zu wachen. Vermutlich war es ein Drache der Ahnen, an den die Familienfahne des Draco erinnerte.

Aber Theo wußte, daß der Mann mit der Eidechsenhaut und den gelben Augen, der ihm in seinen Alpträumen erschien, Satan war. Er war zu Theo durch die Mauer der Welt gekommen und roch nach Feuer. Nur Gebete konnten ihn fernhalten. Eifrig betete Theo darum, daß Ambrosius Frieden mit sich selbst und dem Tod ihres Vaters machte, ohne

Blut zu vergießen, ohne dem Herrn der Vipern Genugtuung zu verschaffen.

Durch die grüne Verzückung des Sommers und die traurige Lieblichkeit des Herbstes hindurch hatten Merlins Tage mit den Brüdern Aurelianus eine unveränderliche Routine. Bei Morgengrauen bereitete der Zauberer ein Frühstück aus den Überbleibseln des vorausgegangenen Abends, dann half er Theo, die Sättel für die Reiter des jeweiligen Tages herzurichten, während Ambrosius die Pferde bereitmachte. Sobald die berittenen Patrouillen zum Tor hinaus waren, verbrachte Ambrosius den Rest seines Morgens, wie er es immer tat. Er übte auf seinem eigenen Streitroß militärische Manöver in voller Rüstung, sprang auf sein Tier und wieder herunter, schlug nach Stockpuppen auf dem Boden und auf Sägeböcken und schwang mit beiden Armen ein mit einem Gewicht versehenes Schwert, um seine Schlagkraft zu stärken. Die Rüstung, das Schwert und die Manöver waren die seines Vaters – alles, was ihm von seinem vornehmen Erbe übriggeblieben war.

Einmal in der Woche bestand Ambrosius am Morgen darauf, daß sein Bruder mit ihm Bogenschießen vom Pferderücken aus übte, und trotz seiner Proteste, er sei Akoluth, gehorchte Theo aus einem Sinn für Familienehre. Die Aurelianus-Sippe konnte ihre Reitervorfahren direkt bis zu den ersten Kavallerieeinheiten zurückverfolgen, die in Britannien gedient hatten, zu den wilden sarmatischen Reiterkriegern von der Donaugrenze, die vor vier Jahrhunderten Agricola der großspurigen *Legio XX Valeria Victrix* zugewiesen hatte. Ambrosius war überaus stolz auf das überragende Können seiner Vorfahren im Sattel und mit dem großen persischen Bogen, und er bewahrte sorgfältig alle Fertigkeiten, die er als ein junger Mann von den Pferdemeistern und Bogenschützen seines Großvaters erlernt hatte.

Theo genoß sichtlich das Reiten, aber nur halbherzig schwang er die beschwerten Waffen, sehr zu seines Bruders laut geäußerter Enttäuschung. Sobald Ambrosius' Flüche obszön wurden, war für Theo die Übungsstunde vorbei, und er stürmte aus dem Reithof hinaus, machte seiner Empörung Luft, indem er eine Weile Mist schaufelte, und dann setzte er seine Studien bei Merlin fort. Der alte Mann unterrichtete ihn in Griechisch, da er schon in den lateinischen Klassikern bewandert war, und sie disputierten in langen, weitschweifigen neuplatonischen Diskursen, in denen der Zauberer Theos geistige Fähigkeiten auf die Probe stellte, indem er alles anzweifelte, was der junge Mann von den Priestern lernte.

Der Unterricht, den Merlin gab, war ebenso wie das Mistschaufeln, der tägliche Gang zum Markt, das Kochen und das Ausbessern der Kleider nur eine Tarnung für seine wirklichen Absichten. Mittags, wenn Theo die Kirchendogmen lernte, ging Merlin scheinbar zum Markt, um für das Abendessen einzukaufen. Da die Brüder nun die Eigentümer ihrer Stallmeisterei waren, war Geld für Nahrung und Kleidung zur Hand, und der Zauberer mußte für die Grundbedürfnisse des Lebens seine Magie nicht einsetzen. Statt dessen hatte er ein scharfes Auge auf die Ehefrauen der Stadtältesten und der Armeebefehlshaber, die auf ihrem Weg in die Bäder den Markt durchquerten, und zwar in Sänften, die jeweils von zwei Maultieren getragen wurden. Sie ließen ihre Diener zum Einkaufen auf dem Markt zurück und kamen einige Stunden später wieder in den Sänften vorbei, um die Diener mitzunehmen. In der Zwischenzeit benutzte Merlin seine Tricks, um von den Dienern alles zu erfahren, was sie über ihre Haushalte wußten.

Beim Abendessen mit den beiden Brüdern erzählte Merlin alles, was er auf dem Markt erfahren hatte, als hätte er einfach Klatsch mitgehört. Auf diese Weise unterrichtete er sie schon im voraus, wenn die Ankunft bedeutender Leute aus anderen *coloniae* in der Stadt der Legion erwartet wurde. Hoch zu Roß in vollem Staat unter dem Emblem der Drachenfahne ihrer Familie ritten die Aurelianus-Brüder immer wieder los, um den ankommenden Würdenträgern zu begegnen. Das bot ihnen mehrfach Gelegenheit, nicht nur den zu Besuch kommenden Grafen und Herzögen – und einmal sogar dem König von Anderida – zu begegnen, sondern auch mit ihnen ins Feld zu ziehen.

Ambrosius, der durch seine beharrlichen Übungen gestählt war, hielt sich gut in den Scharmützeln mit den Räuberbanden, die die Bauern und einsam liegenden Weiler heimsuchten. Die Würdenträger waren beeindruckt und empfahlen ihn den Stadtältesten, die ihm nach einiger Zeit einen Posten in ihrer Reiterei anboten. Aber Ambrosius, stolzer Sohn eines Senators im Herzogsrang, konnte nichts Geringeres annehmen als einen Befehlshaberposten – und das machte weit mehr erforderlich als nur ein paar Siege gegen Banditen aus den Hügeln. Trotz seines vornehmen Rangs blieb Ambrosius Stallmeister, und keiner nahm seinen Ehrgeiz auf Führerschaft ernst.

Was Theo anging, benahm er sich im Feld so zurückhaltend, daß es schon fast an Feigheit grenzte. Bei jeder Kampfbegegnung versetzte er seinen Bruder in Verlegenheit, weil er die Feinde mit der flachen Seite seiner Klinge schlug und keinem das Leben nahm. Sein Bruder schimpfte ihn wegen seines wirkungslosen Kampfes, und die Priester tadelten ihn, weil er überhaupt kämpfte. Sogar Merlin begann zu zweifeln, ob Raglaws Vision Theo wirklich als Kampfkönig mitten in der Barbarei des Krieges enthüllt hatte.

Die Alpträume des jungen Mannes zerstreuten schließlich die Zweifel des Zauberers. Fast jede Nacht wachte Theo auf, nachdem er im Bett um sich geschlagen hatte. Auf seiner Stirn glänzte der Angstschweiß. Merlin wußte dies, weil er selbst sehr wenig schlief und seine Nächte damit zubrachte, auf den grasbewachsenen Plätzen zwischen den Ställen und der Hütte herumzugehen und Selbstgespräche über Gott und das Schicksal zu führen. In den meisten Nächten rollte sich Theo einfach auf die andere Seite und kuschelte sich wieder zum Schlafen zusammen. Aber in manchen Nächten wachte er mit einem solchen Schrei auf, daß er seinen Bruder aufweckte.

Von den ersten gequälten Schreien alarmiert, fuhr Ambrosius hoch und griff nach dem Schwert, das neben seiner Strohmatte lag. Wenn er sah, daß es sich nur um den Alptraum seines Bruders handelte, ließ er die Waffe wieder los und legte sich müde zurück auf sein Lager. »Wieder der Traum?« brummte er.

»Ja, o ja«, antwortete Theo fiebrig. »Ich habe ihn wieder gesehen. Er kommt mir mit seinem Gesicht so nahe. Ich habe seine Hitze gespürt, Ambrosius. Er riecht wie nasse Asche.«

»Der Teufel?«

»Ja – Satan selbst.« Theo setzte sich im Dunkeln auf und schlang seine Arme um sich. »Ich schwöre es beim Kreuz. Ich habe seine gelben Augen gesehen und die Schuppen um sein aufgerissenes Maul ...«

»Theo, wann wirst du mir endlich glauben?« murmelte Ambrosius ungeduldig. »Das ist nicht Satan.«

»Sag es mir noch mal, Ambro.«

Mit einem Stöhnen rollte sich Ambrosius von seiner Strohmatte, schlurfte durch den Raum und kniete sich neben seinen Bruder hin. »Hör mir zu, Theo. Als ich ein Junge war, hat Vater mir über den Drachen erzählt. Er wechselt seine Gestalt mit den Jahreszeiten, lebt im Winter unter der Erde, kommt mit dem Frühlingsdonner hervor und fliegt unsichtbar und mächtig wie der Wind mit den Sommerwolken.«

»Ich konnte dieses Wesen sehen, Ambro«, betonte Theo. »Es war überhaupt nicht unsichtbar.«

»Das ist richtig, kleiner Bruder. Ein Aurelianus kann den Drachen sehen. Deshalb sind wir die Drachensippe. Vor langer, langer Zeit, so hat Vater erzählt, haben wir der Drachenbrut einen Gefallen erwiesen, und jetzt wachen sie über uns.«

»Aber warum kommt er zu mir? Warum behelligt er dich nicht?«

Ambrosius legte seinen kräftigen Arm auf die Schulter seines Bruders. »Du trägst das Mal des Drachen auf deinem Rücken. Er steht hinter dir, nicht hinter mir.«

»Das ist doch bloß ein Muttermal, Ambro. Mutter sagte, es bedeute nichts.«

»Nein, es ist mehr als das. Mutter wollte dich nicht erschrecken. Schau, Vater hatte genau so ein Mal. Es war zwischen seinen Schulterblättern. Er hat es mir gezeigt und mir selbst gesagt, daß es das Zeichen des Drachen sei. Es bedeutet, daß der Drache für dich kämpfen wird, so wie für ihn und seinen Vater und alle unsere Vorväter, bis zurück zu unseren barbarischen Vorfahren. Als ich ein Junge war, wollte ich selbst dieses Mal haben. Aber was für einen Zweck hat es, auf etwas zu hoffen, was nicht da ist – der Drache hat es dir gegeben.«

»Es hat Vater nicht gerettet.«

»Der Drache kämpft für uns auf dem Schlachtfeld – nicht gegen Verräterei im Prunkzimmer.«

Theo lehnte sich an Ambrosius. »Ich hasse das Kämpfen.«

»Weißt du was, kleiner Bruder?« Ambrosius sprach in Theos zerzaustes Haar. »Vater haßte das Kämpfen auch.«

»Nein.«

»Doch. Ich sah ihn einmal, wie er vor dem Kampf weinte, so sehr hat er ihn gehaßt. Aber er hat trotz seines Widerwillens gekämpft, weil es keinen anderen Weg gab. Alles, was wir haben, ist mit dem Schwert gewonnen – oder wird mit dem Schwert genommen.«

Theo rückte von Ambrosius weg und schaute ihn im nächtlichen Schatten an. »Du hältst mich doch nicht für einen Feigling, Ambrosius?«

»Du bist kein Feigling. Du bist ein Aurelianus. Du haßt das Töten, wie jeder geistig gesunde Mann.«

Theo ließ den Kopf hängen. »Manchmal, wenn du mich im Feld anschreist, weil ich nicht härter kämpfe – weil ich nicht töte –, dann denke ich, du mußt mich verachten.«

»Theo – kleiner Bruder …« Ambrosius griff nach Theos Schultern und nahm sie in seine großen Hände. »Ich liebe dich. Ich schreie dich an, weil ich dich liebe. Verstehst du das nicht? Du trägst das Zeichen des Drachen. Wenn du es nicht benutzt, dann wirst du sinnlos sterben, und unser Volk wird mit dir sterben. Deshalb kommt der Drache zu dir in der Nacht, um dich für die Wahrheit des Krieges wachzumachen. Im Krieg geht es nicht um das Töten, Theo, mein Junge. Wir sind keine Mörder. Wir kämpfen im Krieg, damit wir leben können.«

Theos Augen hingen leidenschaftlich an Ambrosius' stolzem Blick, und sein Gesicht hellte sich auf, während er sagte: »Ich werde mir mehr Mühe geben, Bruder.«

»Ich weiß, das wirst du, Theo. Du bist wie Vater. Du bist vom Drachen gezeichnet.«

Aus dem Nest des Mondes tief im Wald erhob sich durch die kalten lunaren Dünste des Sumpfes der Drachenpriester. Er war sichtlich ein Mann, jedoch nicht menschlich. Jahrhunderte hatten sein Haar zu einem langen, schwarzen Zopf geflochten, der aus einem grünen Schädel entsproß. Der Zopf schlängelte sich um einen gepanzerten Leib, um einen Bronzeharnisch, der dunkel geworden war wie ein Schmelztiegel, um Schulterplatten, die schon von der Verwesung befallen waren, und um Fetzen einer Tunika, die wie Spinnweben an ihm hingen.

Theo erinnerte sich, daß er träumte. Diesmal versuchte er nicht, sich vor der schuppigen Gestalt zu verstecken, sondern er stand still und wagte es, die Überzeugung seines Bruders auf die Probe zu stellen, daß dieser Wiedergänger nicht Satan war. Moos hing von dem Drachenpriester herab, und sein Gesicht war geschrumpft wie das eines Reptils.

Der archaische Soldat kam schlurfend näher und trat in schräg einfallendes Mondlicht. Ein verschrumpeltes Gesicht aus gefleckter Salamanderhaut wurde sichtbar, Molchlöcher anstatt einer Nase, und seine hellen bernsteinfarbenen Augen blickten aufmerksam umher.

»Hatte Jesus unrecht?« fragte Theo Merlin an einem winterlichen Morgen, während der Wind wie ein Wolf im Drachenbanner über der Stallmeisterei heulte. »Ist es falsch, alle Menschen zu lieben?«

Am Tag zuvor hatte er beobachtet, wie sein Bruder und die Reiterei der Stadt eine Schar hungernder Landstreicher niedermachten, die einen Getreidespeicher geplündert hatten, und ihm war die ganze Nacht übel gewesen, während er sich an die blutigen Szenen erinnerte. Merlin schob Zweige in das Feuer im Lehmherd der Lederkammer und beobachtete den ewigen Kampf des Lichtes gegen die kalte Dunkelheit. Schließlich sagte er zu dem jungen Mann: »Hat Jesus nicht gelehrt, daß es keine größere Liebe gibt, als wenn ein Mann sein Leben hingibt für seine Freunde?«

»Aber wenn man das Gebot gegen das Töten bricht?« fragte Theo und zwirbelte die Lederkordel, die er bearbeitete.

»Ist es Mord, einen Mörder zu erschlagen und damit die unschuldigen Menschen zu retten, die er niedergemetzelt hätte?« Merlin schob die Frage beiseite und wandte seinen kalten Rücken dem Feuer zu. »Geh noch tiefer hinein. Ich glaube, wenn du in diesen schlimmen Zeiten ein wahrhafter Christ sein willst, dann mußt du, Theodosius Aurelianus, dein eigenes Leben als Priester hingeben und das Schwert nehmen. Sonst wird genau der Glaube, dem du anhängst, noch während deines Lebens ausgelöscht von Barbaren, die nur Plünderei und Raub lieben.«

Das war ein Argument, das selbst die Priester verstehen konnten, besonders jetzt, wo sie Nachrichten von heidnischen Angriffen auf die Bischofssitze des Ostens und von Massakern an wehrlosen Christen im offenen Ackerland des Nordens erhielten. Unaufhaltsam drangen – trotz Vortigerns Söldnern außerhalb von Londinium – die Anhänger des Wüters auf den Inseln vor und verschlangen Britannien. Auf dem Marktplatz kreiste jetzt das Gespräch unter den Dienern der vornehmen Häuser mehr darum, wie man sich über den Kanal nach Armorica zurückziehen könnte, statt um die Erfüllung der Bedürfnisse christlicher Kriegsherrn.

Merlin suchte in seinen Träumen nach Ygrane, suchte ihren Rat, hoffte, daß sie ihn anweisen würde, Theo aus der Stadt der Legion zu nehmen und ihn nach Westen zu ihr zu bringen. Aber wenn er sie in diesen seltenen Schlaftrancen fand, dann schien sie ihn nicht zu beachten.

Einmal sah er sie, wie sie Segenssprüche über die Rinder sang, die von den Weiden heimkehrten, und über die Viehtreiber und ihre Angehörigen, die mit Girlanden geschmückt waren und einen keltischen Festtag feierten. Ein andermal träumte er, daß sie mit dem Einhorn in der Nacht an einem obsidianschwarzen Teich stand und in Glaskrügen Mondlicht sammelte. In den durchsichtigen Behältern tönte die zinkgelbe Energie wie Glockenklang.

Ein andermal träumte Merlin, er schwebe neben ihr, während sie mit ihren Schreibern Landkarten las oder stämmige Sippenhäuptlinge und deren lärmende Familien bewirtete. Als ein Geist im Wind wehend, sah er sie in den engen Wildlederhosen, die ihr Volk so gern hatte, wie sie auf einem Pferd römische Straßen entlanggaloppierte, die die von ihrer Fianna besetzten Festungen verbanden. Umgeben von ihren wilden Rittern erschien sie dem Zauberer als Kriegerkönigin – und als er erwachte, fragte er sich, ob dieser sanfte Theo Manns genug sein konnte für solch eine Frau.

In diesem Frühling veränderte Merlin absichtlich alles. Mit seiner Magie rief er nach Gold. Unter einem Baldachin von Erlenkronen nicht weit von der Stadt, wo vor vierhundert Jahren die ursprünglichen Zinnen gestanden waren, führte sein Zauber ihn zu einem Haufen Bruchsteinen, der von Hopfenranken überwuchert war.

Er gelangte dorthin mit Theo auf einem ihrer Spaziergänge, bei denen sie Beeren und Kleinwild suchten, während sie sich in Gedanken mit der fragmentarischen Philosophie des Heraklit befaßten. Merlin verfolgte einen Hasen in einen moosbewachsenen Spalt in dem zugewachsenen Steinhaufen und tat so, als steckte er fest. Er jammerte erbärmlich um Hilfe und verhinderte, daß es Theos tatkräftigen Bemühungen gelang, ihn herauszuziehen.

Theo rief dem alten Mann ermutigend zu, dann eilte er

Hilfe zu holen und kam mit dem murrenden Ambrosius, einem Zugpferd und einem Flaschenzug zurück. Sie trugen emsig den Steinschutt ab und arbeiteten angestrengt den größten Teil dieses Nachmittags. Als nach Merlins Einschätzung Ambrosius die Grenze seiner Geduld erreicht hatte, purzelte der Zauberer aus dem Steinhaufen heraus, riß einen Hagel von Kieseln mit sich, staubige Wellen von Schiefer und – oben auf dem ganzen Durcheinander – eine glitzernde Lawine von Goldmünzen.

Die Häupter der Kaiser Nero und Nerva, die auf die Münzen geprägt waren, ließen erkennen, daß das Gold in den ersten Jahrzehnten der Eroberung vergraben worden war, vielleicht versteckt vor frühen Aufständischen. Bevor die Hanfsäcke, die sie enthielten, verfault waren, hatten die Münzen das Reich überlebt, das sie geprägt hatte, und gehörten folglich ganz und ohne Widerspruch den Brüdern Aurelianus.

Über Nacht wurden Ambrosius und Theodosius zu den wohlhabendsten Männern in der Stadt der Legion, in Wahrheit sogar zu den Wohlhabendsten aller westlichen Provinzen. Ambrosius erwarb sich die Heeresführerschaft, nach der er sich gesehnt und auf die er sich seit seiner bitteren Kindheit vorbereitet hatte. Einige der besten Krieger der Gegend kamen zu ihm, denn er war nicht nur großzügig mit seinem Gold, er war der wagemutigste militärische Planer, der seit dem Rückzug der Legionen ins Feld gezogen war.

Als Bruder des neuen Generals begleitete Theo Ambrosius zu seinem Kriegsrat und seinen Kriegsfahrten und predigte den Befehlshabern wie den Truppen. Wenn er ins Feld zog, dann nicht zum Kämpfen, sondern um den Verwundeten zu helfen und den Glauben der Sterbenden zu stärken. Sein offizieller Titel war *quaestor*, und er diente als Quartiermeister und Finanzoffizier der kämpfenden Truppen. Mit seinen polierten bronzenen Schulterstücken und dem roten Lederharnisch, in den das Drachenwappen der Familie eingeprägt war, wirkte er aristokratisch. Nach anfänglichem Zweifel war sogar Merlin überzeugt, daß seine Vision von Theo als König nicht völlig unwahrscheinlich war. Der Zauberer war jetzt begierig darauf, ihn Ygrane zu zeigen, aber Theo hatte keine Lust, seinem Bruder von der Seite zu weichen, da er seinen Dienst an den Soldaten als wichtige Aufgabe empfand.

»Ich hatte schon gefürchtet, es gäbe keinen Sinn im Leben ohne die Kirche«, sagte er eines Tages zu Merlin im *atrium* des größten Hauses der Stadt, wo sie jetzt lebten. Die Sonnenstrahlen fielen wie Lanzen durch die runden Oberlichter, und ein Geklapper wie dissonante Rhythmen barbarischer Musik klang aus der Küche, wo man das große Festmahl des Abends vorbereitete – wieder war ein Würdenträger eingetroffen, um dem neuen, triumphierenden Kriegsherrn in der Stadt der Legion seine Reverenz zu erweisen.

»Ich glaube, ich stimme den griechischen Sophisten zu«, fuhr Theo ernsthaft fort und lehnte sich auf seinem Lehnstuhl mit den geschwungenen Beinen zurück. »Ich bin zu der Auffassung gelangt, daß es soviel verschiedene Sinne des Lebens gibt, wie es Menschen gibt. Obwohl ich den Krieg hasse, bin ich jetzt glücklich, sogar auf dem Schlachtfeld, weil Ambrosius glücklich ist.«

»Am Anfang des Frühlings, da wart ihr, du und dein Bruder, noch Stallmeister«, erinnerte ihn Merlin. »Sechs Monate später seid ihr Generäle und habt ein Dutzend erfolgreicher Treffen mit dem Feind hinter euch. Aber laß dir das nicht in den Kopf steigen, Theo, mein Junge. Die umherziehenden Briganten sind vertrieben, ja. Aber die Feinde, denen ihr in den nördlichen und östlichen Ländern begegnen werdet, sind keine Pöbelbanden, sondern grimmige Barbaren, deren Lebensinhalt der Kampf ist. Du mußt deinen Bruder überzeugen, daß ihr euch mit den Kelten im Westen verbindet. Nur sie können eure Reihen mit den erprobten Kriegern verstärken, die wir brauchen, um den Vormarsch der Barbaren aufzuhalten. Komm mit mir nach Westen und besuche Ygrane, die Königin. Sei der Botschafter deines Bruders. Dort wirst du einen bedeutenden Sinn für dein Leben finden.«

»Reitest du immer noch auf den mächtigen Kelten herum?« fragte Ambrosius, als er das *atrium* durch ein Portal betrat, um dessen Säulen sich blühende Weinreben rankten. Er trug eine Tunika und eine Schärpe in stumpfen Goldtönen mit einem purpurnen Seidentuch über der rechten Schulter, das sein Streben nach Majestät andeutete. »Ich habe es dir schon gesagt: Wir brauchen kein Bündnis mit den Barbaren, Merlin.«

»Und ich habe dir schon gesagt, Herr Stallmeister, die Kelten sind keine Barbaren. Sie herrschten einst über ganz Europa, von Britannien bis Persien, bevor es ein römisches Reich gab. Sie sind ein mächtiges und ...«

» ...edles Volk«, beendete Ambrosius ungeduldig Merlins Worte und warf sich auf ein Ruhebett. »Aber denke daran, sie waren die Feinde meiner Vorväter, und folglich sind sie auch meine Feinde.«

»Deine Vorväter lebten in ganz anderen Zeiten, Ambrosius«, erinnerte ihn Merlin. Seine Stimme hatte einen harten Klang. »Deine Vorväter waren Eindringlinge, daran wirst du dich erinnern. Die Kelten haben tapfer gegen sie gekämpft.«

»Und verloren«, sagte Ambrosius verächtlich. »Wir brauchen sie nicht. Wir brauchen ein Bündnis unter den Britanniern. Es gibt unter ihnen zu viele Könige und zu wenige Führer.«

»Ein großer Führer bezieht alle ein«, war Merlins Rat, »auch die Ausgestoßenen.«

Ambrosius stieß einen ärgerlichen Seufzer aus. »Dann wird dir unser Gast von heute abend gefallen. Wir haben einen Herzog zu Besuch, der die Kelten sehr gut kennt. Ich glaube, ich kann sogar sagen, er kennt sie intim. Ich bin neugierig zu erfahren, was er darüber denkt, daß du beharrlich auf einem Bündnis mit den Heiden bestehst. Er dürfte sich eine Meinung gebildet haben, da er genau mit der Königin verheiratet ist, über die du so prahlst. Ein Herold ist schon von Westbrücke vorausgekommen und hat verkündet, daß binnen einer Stunde die Stadt der Legion die Ehre haben wird, Gorlois, den Herzog der Sachsenküste, mit seinem Gefolge zu Gast zu haben.«

Beim Klang dieses Namens durchfuhr den Zauberer ein ängstliches Beben.

»Du kennst diesen Herzog?« fragte Theo.

»Ja«, murmelte der Zauberer. »Ich bin ihm vor einigen Jahren begegnet, in Maridunum. Ich habe damals in ihm nicht viel Liebe für die Kelten entdeckt.«

»Er ist ein Römer«, sagte Ambrosius knapp, stand auf und ging zwischen den Topfpflanzen umher. Er war zu unruhig, als daß er hätte lang still liegen können. Früher, in den Ställen, hatte er nachts geschlafen, weil er von seinen Enttäuschungen erschöpft war, aber seit er seine neue Stellung mit all ihren großartigen Möglichkeiten erreicht hatte, war es seine Gewohnheit geworden, tagsüber wie besessen das Land auszukundschaften, während er des Nachts im Herrenhaus herumschlich, Pläne schmiedete und Strategien entwarf. »Niemand in den *coloniae* begreift, warum Gorlois überhaupt eine solche Füchsin geheiratet hat. Es heißt, Ygrane sei eine keltische Hexe.«

»Die Kirche hat eine solche Verbindung geduldet?« wunderte sich Theo laut.

»Die Kirche!« Ambrosius kicherte verächtlich. »Wann werden dir endlich die Augen über die Kirche aufgehen, kleiner Bruder? Warum, glaubst du, haben sie deine Weihe aufgeschoben, als du ein Stallmeister warst, und warum würden sie dich jetzt, wenn du nur in deinem Schlaf darum bätest, zu einem Bischof machen?« Er blieb vor einer Wachsbüste seines Vaters stehen und starrte angestrengt auf diese blinden Augen. »Gorlois war von den *coloniae* aufgegeben worden, als die Seewanderer über seine Küstengebiete schwärmten. Welche Wahl hatte er? Und welche Wahl hätte die Kirche an der Sachsenküste? Es war besser, das Gold den Kelten zu geben und Kirche und Staat am Leben zu halten, als den Barbaren zu unterliegen und alles zu verlieren.«

Theo strich mit dem Daumen über sein Kinn. »Dann sind also die Kelten würdige Krieger?«

»Gäbe es heute überhaupt noch Kelten, wenn sie es nicht wären?« sagte Ambrosius und wanderte zu einer korinthischen Säule neben dem Eingang zum *peristylum*, dem weiten Hof im Inneren des Hauses, der zum Himmel hin offen und von den Portalen und Säulen der vielen Zimmer des Herrenhauses umgeben war. »Wir werden heute abend hier unter den Sternen speisen – falls Gorlois mir sein Versprechen gibt. Ansonsten gibt es kein Festessen. Ich brauche Verbündete, keine Festgäste. Britannien braucht Einheit.«

»Ich würde nicht zuviel von Gorlois erwarten«, warnte Merlin. »Der Herzog ist ein hochmütiger Mann und fast doppelt so alt wie du. Vielleicht wird er Macht teilen, aber ich zweifle, daß er ein Versprechen geben wird.«

Ambrosius ging ins *peristylum* hinaus und sagte mißmutig, über die Schulter gewandt: »Teilen? Auf die Weise, wie Vortigern teilt? Nicht mit mir! Wir brauchen einen Hochkönig, der nichts mit Barbaren teilt. Wir brauchen Einheit. Kein Teilen.«

Theo und Merlin tauschten besorgte Blicke aus, und der Zauberer zuckte die Achseln. »Er hat recht, weißt du. Die alten Römer haben das verstanden. Wenn Macht geteilt wird, dann wird sie geschwächt.«

Theo blickte Merlin finster an, als müßte der Alte es besser wissen. »Nicht die ältesten Römer, Merlin. Nicht die Republik. Sie haben Macht geteilt, und es hat sie groß gemacht.«

»Aber in Zeiten ernster Krisen haben sogar sie einen Diktator ernannt.«

Theos Blick wurde noch düsterer, und er schien nicht auf den Zauberer zu hören. »Ich liebe meinen Bruder, aber ich glaube, in dieser Angelegenheit ist er wirklich zu stolz.

Will er Britannien einigen – oder einfach nur Vortigern ersetzen?«

»Einfach?« Merlin reckte seine buschigen Augenbrauen. »Damit dein Bruder das erreicht, wird er ganz Britannien einigen müssen. Vortigerns Verbündete sind zu mächtig, als daß Ambrosius ihn einfach ersetzt.«

»Das ist genau, was ich fürchte, Merlin. Bürgerkrieg. Anstatt uns gegen die Barbaren zu vereinen, wird mein Bruder bewirken, daß die *coloniae* sich gegenseitig bekriegen.« Er schloß die Augen. »Es muß einen anderen Weg geben.«

Merlin blieb stehen und blickte auf Theo. Er staunte, was aus dem unreifen jungen Mann geworden war, der damals den Zauberer aus der Gosse aufgehoben hatte. Zum ersten Mal begann Merlin wirklich daran zu glauben, daß Theo unleugbar der König aus Raglaws Vision war. Es war nicht nur, daß der junge Mann in der Bronze- und Lederrüstung und den teuren bestickten Seidengewändern die Erscheinung eines Königs angenommen hatte, wobei seine hübschen, knabenhaften Züge genauso wirkten, wie man es im Gesicht eines jungen Monarchen erwarten mochte. Merlin sah noch mehr, etwas Tieferes in diesen frühen, leidenschaftlichen Augenblicken des Aufstiegs seines Bruders. Was den Zauberer beeindruckte, war Theos beständiger Glaube an den Gott der Christen, der ihn dazu bewegte, zuerst auf das Wohl der anderen zu achten, vor seinen eigenen Bedürfnissen. Das war eine Fürsorge, die ihn jedoch auch verletzte, denn sie machte ihn sehr empfindsam für das Problem des Bösen, das sein Bruder an sich gezogen hatte.

Er öffnete seine goldenen Augen und schaute den Zauberer traurig an. »Du hattest recht, Merlin. Die ganze Zeit. Ich wollte dir nicht glauben – und in den Ställen hätte ich vielleicht auch weiter nicht geglaubt. Aber jetzt, wo wir die Macht haben, Ambrosius' Träume zu erfüllen, jetzt, wo die Macht uns hat, da ist es zu offensichtlich. Zu fürchterlich offensichtlich.« Er starrte Merlin an, und ihm war fast schlecht vor Angst. »Vielleicht wird am Ende keiner gerettet.«

Durch einen Einschnitt in den niedrigen Hügeln des Westens kam am Abend der Zug des Herzogs auf der Ebene oberhalb der Stadt der Legion an. »Hier werden wir für die Nacht kampieren«, wies Gorlois den Oberstallmeister an. Er stand im Sattel auf, um besser das Land überblicken zu können, das unter ihm lag. Im tiefen, violetten Dunst des Graslandes unter den Haufen roter Wolkenbänke hockte die Stadt aus schwarzem Stein wie die gezackte Krone eines Riesen.

»Vater, warum halten wir hier an?« fragte Morgeu und ritt auf ihrem rotbraunen Hengst zu ihm heran. Ihre roten Locken wehten im Wind hinter ihr her wie eine Fahne des Sonnenuntergangs, und ihre kleinen Pupillen spiegelten, schwarz wie Pech, die Tiefen der Nacht wider. »Wir können die Stadttore bei Einbruch der Nacht noch erreichen.«

Gorlois' kleine Augen wandten sich ihr kurz zu. »Bei Einbruch der Nacht ankommen?« sagte er ungläubig.

Sie seufzte, denn sie hatte verstanden. »Natürlich. Der Herzog der Sachsenküste reitet nicht in der Dunkelheit der Nacht in eine Stadt ein. Aber, Vater, ich hätte so gern ein heißes Bad.«

»Die Bäder dieser Stadt sind außergewöhnlich, Morgeu«, sagte ihr Vater, ohne sie weiter anzuschauen. Sein Blick verlor sich in einer nostalgischen Erinnerung an den grausamen Steinhaufen, der jetzt in den goldenen Dunst des Sonnenuntergangs eingehüllt war. »Sie wurden unter der Herrschaft des Kaisers Vespasian gebaut, als die Handwerker stolz waren auf ihren Pomp. Du wirst die versenkten Dampflöcher genießen, die das Wasser wirbeln machen und den Leib mit ihrer Hitze umspülen. Es ist wert zu warten, das versichere ich dir.«

»Wenn nicht die Provinzler die Bäder abgebrochen haben, um daraus ein weiteres ihrer protzigen Taufbecken zu bauen.«

»Das ist möglich, Tochter. Es sind fünfundzwanzig Jahre her, seit ich diese Stadt zum letztenmal besucht habe. Damals war sie herrlich.« Sein Gesicht mit den Hängebacken nickte bei dieser lieblichen Erinnerung. »Aber jetzt – jetzt hat Roms einstige Glorie selbst die Illusion ihres Weiterlebens eingebüßt. Jetzt gibt es keine Illusionen von Ruhm und Pracht mehr. Jetzt gibt es nur noch das bloße Überleben, wenn wir mutig sind und Glück haben. Und so ziehen wir los und schlagen die Kriegstrommel mit dem letzten großen Helden unseres toten und verrotteten Reichs.«

»Du hast seinen Vater gekannt.« Morgeu zog ihren blauen, zerdrückten ledernen Reitermantel enger um sich, um die abendliche Kühle abzuwehren. »Er war ein Senator.«

»Aurelianus?« fragte er. Sein Blick war immer noch verloren im goldenen Dunst der Vergangenheit. »Ja. Er hatte Aussichten auf den Posten des Kaiserlichen Magistrats für ganz Britannien. Ich habe ihn einmal getroffen, in Londinium, im Geheimen Rat. Nach meiner Erinnerung war er ein edler und ehrlicher Mann. Er zeigte mir seine großen Pläne für einen Einfall in Germanien, um den Krieg in die Heimat der Jüten und der Angeln selbst zu bringen – um zu sehen, wie es ihnen gefallen hätte, wenn ihre Felder verbrannt und ihre Dörfer geplündert würden. Aber er ist gestorben.«

»Ein Attentat, heißt es.«

»Ist das wichtig?« Er klopfte zärtlich auf den Hals seines Streitrosses und sagte nachdenklich: »Tot ist tot. Es gab keinen Einfall in Germanien, nur eine Kapitulation. Und jetzt sucht der ehrgeizige Sohn des Senators Rache und Kampf. Schwächung vor dem Ansturm unserer Feinde.«

»Ist es Rache?« fragte Morgeu, um ihren Vater weiter am Sprechen zu halten. Er war so oft schweigsam, daß es selten und daher merkwürdig war, ihn so redselig zu erleben. »Die Proklamationen, die er erläßt, handeln davon, die Könige zu vereinen, um Britannien zu verteidigen.«

Gorlois lachte bellend. »Dieser Ambrosius ist schlau. Er spricht davon, die Könige zu vereinen – aber haben nicht schon alle Könige und Kriegsherren Balbus Gaius Cocceius Unterstützung gelobt, der so stolz den sächsischen Titel eines Hochkönigs Vortigern führt? Nein, Morgeu. Ich habe dich nicht mitgebracht, damit du dem zukünftigen Einiger Britanniens begegnest. Das wird niemals kommen. Es gibt zu viele gierige Männer auf dieser Insel. Nein, wir werden nicht zu einem edlen Feldzug gerufen. Du bist hier bei mir, um zu erleben, wie Krieg im größten Rahmen geführt wird, nicht um der Eroberung willen, sondern einfach aus Wut.«

Gut, dachte Morgeu. Sie hatte ihren Vater begleitet, weil er versprochen hatte, es werde viele Kämpfe geben. Während der Jahre, da sie ihn auf seinen endlosen Streifzügen an der Küste begleitete, hatte sie zahllose Überfälle und Verteidigungsscharmützel erlebt. Aber nie hatte sie bei einer Schlacht zugeschaut. Zu oft hatte sie ihren Vater begeistert vom Krieg reden hören, so wie es die Dichter taten. Jetzt endlich würde sie sehen, was die Dichter gesehen hatten.

Flankiert von Leibwächtern mit gefiederten Helmen kam der Herzog der Sachsenküste hoch zu Roß an der Spitze eines kleinen Zuges von Reisewagen und Gepäckkarren an. Seine Hängebacken waren mit weißen Schnurrhaaren verziert und röter geworden, seit Merlin ihn zum letzten Mal gesehen hatte, aber der Hochmut und die Überheblichkeit des Herzogs hatten nicht nachgelassen.

Die Brüder Aurelianus und Merlin empfingen Gorlois am Säulengang ihres Herrenhauses. Der Herzog begrüßte sie nicht, noch bot er ihnen Heil. Statt dessen taxierten seine Ziegenaugen kühl die Männer, die vor ihm standen, während er auf ihren Gruß wartete.

»Willkommen, Bruder Gorlois«, rief Ambrosius herzlich in archaischem Latein, kam jedoch nicht die Stufen des Säulengangs herunter, um dem Herzog die Ehrerbietung zu erweisen, die der ältere Mann offensichtlich erwartete. »Komm in mein Haus und ruhe dich von dieser langen Reise aus. Du bist weit gereist, um mich zu besuchen.«

Ambrosius' Begrüßung, obwohl in Ton und Gesten höflich vorgetragen, mißfiel dem Herzog sichtlich, und er knurrte laut genug, daß es alle hören konnten, seinen Wachen zu: »Emporkömmling.«

Ein aufgeregtes Gemurmel lief durch die Reihen der Stadtältesten, der Ritter und ihrer Begleitung aus den wohlhabenden Familien, die den Herzog am Haupttor begrüßt und zum Haus der Familie Aurelianus begleitet hatten. In der Menge waren viele, die wie Gorlois glaubten, daß die Brüder niedere und ungehobelte Stallmeister seien, die bloß durch Zufall nach oben gelangt waren.

Merlin stieß mit seinem Stock laut auf den Boden und verhinderte so einen möglicherweise gefährlichen Ausbruch von Ambrosius. »Die Angehörigen der Familie Aurelianus sind durch ihre Herkunft berechtigt, den Purpur zu tragen, wie jeder beliebige Adelige im Land.«

Ambrosius gebot mit ausgestrecktem Arm Merlin Einhalt und lächelte den Herzog huldvoll an. »Gorlois«, sagte er mit der Vertraulichkeit eines Gleichrangigen, »du bist nicht so weit gereist, um mich zu beschimpfen …«

»Du bist es, der mich beschimpft!« versetzte Gorlois. »Mein Urgroßvater wurde vom Kaiserlichen Magistrat selbst zum Herzog der Sachsenküste ernannt.«

Ambrosius' Lächeln ließ nicht nach. »Und wird uns dein Urgroßväterchen dann gegen die *Pikten, Jüten* und *Skoten* anführen?«

Eine Woge von Gelächter stieg aus der Menge empor, und selbst die Wachen des Herzogs grinsten. Gorlois' Gesicht nahm ein tieferes Rot an, und er zwang sich zu einem gequälten Lächeln, das seine gelben Zähne bloßlegte. »Gut gesagt, Bruder Ambrosius«, räumte er ein und stieg vom Pferd. »Ach, wenn doch die Helden unserer edlen Vergangenheit für uns kämpften! Aber auf unseren geringen Schultern liegt die Last, unsere Königreiche zu verteidigen.«

»Unser Königreich«, verbesserte ihn Ambrosius und öffnete die Arme, um den Herzog zu umarmen. »Bevor die barbarischen Stämme uns angreifen, müssen wir uns vereinen.«

Merlin trat näher an Ambrosius heran, da er erwartete, der

Herzog würde gewalttätig werden. Doch Gorlois, der mit einem starren Grinsen und einem scharfen Funkeln in seinen Ziegenaugen die Stufen hinaufstieg, griff nicht nach seinem Schwert. Er umarmte Ambrosius und dann Theo und murmelte beiden steife Höflichkeiten zu. Merlin blickte er fragend an: »Sind wir uns schon einmal begegnet?«

»Erinnerst du dich nicht, Vater?« piepste eine junge Frau, die aus dem vordersten Reisewagen stieg. Ihr gekräuseltes rotes Haar schimmerte im Sonnenlicht um ein rundes und bleiches Mondgesicht – das Kind Morgeu war zur knospenden Weiblichkeit herangewachsen. Wie ihre Mutter hatte sie lange Schultern und war schlank wie eine Flamme, besaß aber die kleinen Augen ihres Vaters, und in ihrem schiefen Lächeln lag ein Anflug von Grausamkeit. »Myrddin – Mutters Zauberer vor einigen Jahren.«

In Gorlois' starrem Blick flackerte Erkennen auf, und er knurrte: »Du schon wieder?« Seine Augen blickten drohend. »Wenn du es mit Zauberei versuchst, du alter Trottel, dann werde ich dir dasselbe verpassen wie der alten Raglaw.«

Die Brüder schauten Merlin überrascht an, bevor der Strom der gesellschaftlichen Ereignisse, zur großen Erleichterung des Zauberers, sie davonspülte. Gorlois stellte Morgeu vor, und man betrat das Herrenhaus. Wie die Brüder es schon ein dutzendmal zuvor getan hatten, wenn sie Würdenträger des Königreiches begrüßten, führten sie ihre Gäste in deren Gemächer, machten sie mit den Dienern bekannt und zeigten ihnen das *balneum*, die Bäder. Und dort in den Bädern war es, wo aufs neue die Sprache auf Merlins Identität kam.

Wenn sie nackt auf den prächtigen Mosaiken saßen, die Muskeln vom Dampf und den fähigen Griffen eines persischen Masseurs entspannt, dann waren die Besucher den Brüdern willfähriger, als sie es im Kriegsrat wären, umgeben von Rüstungen und Landkarten, die sie an die Macht und die Gebiete erinnerten, die auf dem Spiel standen. Die meisten Gefolgschaftsversprechen wurden hier im *balneum* abgegeben, das von Gorlois eingeschlossen. Als der Masseur heraustrat und Merlin zunickte, womit er andeutete, daß der Herzog die Führerschaft von Ambrosius anerkannt hatte, hegte jedoch der Zauberer den festen Verdacht auf Verrat. Der Herzog hatte viel schneller zugestimmt als alle anderen.

»Sie wollen dich sehen«, sagte der Masseur und griff nach Gewand und Stab des alten Mannes.

Merlin wartete für gewöhnlich im Vorraum, wo er – ohne daß die anderen es sahen – seine Magie einsetzen konnte, um die Gewänder der Gäste zu durchsuchen. Zweimal zuvor hatte er schon Gift in den Ärmeltaschen gefunden und es mit einem Zauberspruch unwirksam gemacht. Der Schock auf den Gesichtern der Giftmischer später beim Bankett, nachdem sie ihre wirkungslosen Gifte in Speise oder Trank gemischt hatten, amüsierte ihn immer wieder. Ein geflüsterter Zauberspruch in dem Augenblick, wo die Beinahe-Attentäter am verletzlichsten waren – während eines Trinkspruchs nach dem Segen des Bischofs –, und die Giftflaschen sprangen aus ihren Ärmeln hervor, als geschähe es zufällig oder durch ein Versehen, und offenbarten so ihren Verrat. Natürlich, Verräter hatten unweigerlich Ausreden, und die Brüder blieben höflich und akzeptierten kühl die offenkundigen Lügen. Aber es war eine Warnung gewesen, und die Mörder waren für alle Zeiten gezeichnet.

Diesmal jedoch fand Merlin kein Gift und keine verborgenen Dolche in Gorlois' Gewändern, und als er das feuchte Bad betrat, fühlte er sich seelisch so nackt wie körperlich.

»Der Herzog sagt uns, daß du ein Zauberer bist, der seiner Gemahlin in Segontium und Maridunum gedient hat«, verkündete Ambrosius, als Merlin in das heiße Wasser hineinstieg und sich gegenüber den Brüdern und ihrem ruppigen Gast niedersetzte. »Er sagt, seine Tochter habe dich eines Nachts in den Wäldern zaubern sehen.«

»Ygrane schmeichelt mir mit diesem Titel«, sagte Merlin. »Ich habe einmal ihre Tochter vor einem Sturz gerettet. Das Kind erinnert das als Zauberei.« Er lachte gutmütig über den besorgten Ausdruck in Theos Gesicht und wandte sich dem Herzog zu. »Und wie geht es Königin Ygrane – ist sie wohlauf?«

»Frag Morgeu«, knurrte Gorlois. »Ich habe die Hexe nicht mehr gesehen, seit ich die Kreatur enthauptete, die ihr Ohr vergiftet hatte.«

Ambrosius unterbrach das Gespräch mit erhobener Hand. »Ich habe dich hierhergerufen, Merlin, weil der Herzog mir versichert, daß die Kelten kein Stamm sind, der des Bündnisses mit den Römern würdig ist. Ich möchte, daß du das selber hörst.«

»Warum sonst glaubt ihr wohl, daß ich so erpicht auf unser Bündnis bin?« fragte Gorlois laut. »Um Gottes willen, ich möchte nichts mehr mit diesem heidnischen Mystizismus und dieser Hexerei zu tun haben. Ich wäre damals gar nicht darauf eingegangen, wenn es in all diesen Jahren hier einen wahren Kriegsherrn gegeben hätte. Aber es gab keinen. Keiner kam mir zu Hilfe, als die Barbaren in Wogen vom Meer her landeten und meine Städte und Bauernhöfe einnahmen. Ich mußte mich auf die Krieger verlassen, die ich finden konnte.«

»Sag ihm, was du uns gesagt hast«, sagte Ambrosius, »über die Bedingungen der Kelten für ein Bündnis.«

»Hat Ygrane es dir nicht gesagt?« Gorlois betrachtete Merlin mit einem ungläubigen, finsteren Blick.

»In Wahrheit bin ich der Königin nur zweimal begegnet, und das nur kurz.«

»Sie fordern, daß ich eure Priester aus ihrem Gebiet fernhalte«, bekannte der Herzog mit einem Knurren und lachte spöttisch. »Vierzehn Jahre plagt mich jetzt schon die Kirche, weil ich diese Länder den Heiden überlasse.«

»Ich dachte, die meisten der keltischen Stämme seien jetzt Christen«, stellte Theo fest. »In den Schoß der Kirche gebracht durch die Heilige Non. Zur Zeit predigt ihr Sohn David ihnen das Evangelium.«

»Es gibt viele Christen unter den Kelten«, sagte Gorlois,

»aber die wirklichen Krieger, die blutdürstigen, die sogar die Barbaren fürchten, das sind die Fianna. Sie gehorchen keinem Priester und verehren seltsame Götter. Ygrane will keinen Priester in ihren Ländern dulden.«

»Und zahlst du dieser Fianna Gold dafür, daß sie für dich kämpft?«

»Gold?« Gorlois' Augen traten hervor, so daß man das Weiße der Augäpfel sehen konnte. »Ich zahle niemandem Tribut. Die Kelten forderten, daß ich ihre Königin heirate. Das habe ich getan. Aber das ist schon alles. Wenn ich militärische Hilfe brauche, dann alarmiere ich meine Frau, und die Fianna kommt.«

»Und wie willst du weiterhin die Kirche zurückhalten, Herr?« wagte Merlin zu fragen, obwohl er die Antwort schon kannte. »Die Bischöfe werden nicht lange auf der Seite eines christlichen Herzogs stehen, der ihre Mission behindert.«

»Ich würde diesem jungen Emporkömmling Ambrosius nicht Gefolgschaft versprechen, wenn ich ihn nicht brauchte«, gab Gorlois zu. »Vergib mir meine Worte, aber es ist wahr. Bischof Germanicus hat schon gefordert, daß ich die Grenze für seine Soldaten Christi öffne. Wenn ich ihn zurückweise, dann verliere ich die Unterstützung meiner eigenen Untergebenen, die schon glauben, der Bischof sei ein Heiliger. Aber wenn ich den Heiligen seine Missionare ins Keltenland schicken lasse, dann provoziere ich sicher den schrecklichen Zorn der Fianna. Ich habe überhaupt keinen Zweifel, daß ich dann ebenso gegen sie kämpfen müßte wie gegen die Seewanderer. Dann werden wir ja sehen, was deine Führerschaft wert ist, Ambrosius.«

»Du wirst meinen Wert schon viel eher sehen, Gorlois«, behauptete Ambrosius. »Mit deinem Versprechen habe ich alle Truppen, die ich brauche, um meinen Feldzug zu beginnen. Diesen Winter werde ich die Barbaren in den Mittellanden und im Süden zerquetschen, und ich werde unsere Küste sichern. Im Frühling werde ich in Londinium sitzen, als Hochkönig von ganz Britannien.«

Gorlois stieß einen leisen Pfiff aus. »Du bist ein unbesonnener Emporkömmling, Aurelianus. In Londinium sitzt schon ein Hochkönig. Er wird dein Gefolgschaftsversprechen fordern, wenn du dich in den Mittellanden beweist.«

Ambrosius sprang fast aus dem Bad, seine mächtigen Brustmuskeln zuckten wie ein Pferdefell. »Balbus Gaius Cocceius ist kein König! Er ist ein Mörder! Im Frühling, das schwöre ich, wird seine Seele in der Hölle brennen!«

Theo rutschte zu seinem Bruder und wollte ihn beruhigen, doch Ambrosius schüttelte ihn ab und stand im Bad auf. In seinem gutaussehenden Gesicht stand ein düsterer und unguter Ausdruck.

»Mir ist es egal, wie viele barbarischen Söldner Balbus anheuert«, sagte er. »Sobald der Frühling kommt, wird er sterben.«

Gorlois, dessen schroffes, streitlustiges Gesicht bisher unfähig zu sein schien, Bewunderung zu zeigen, strahlte Ambrosius mit einem stolzen Lächeln an, ein Ausdruck, der so wenig zu ihm paßte, daß er in seinen harten, narbenübersäten Zügen schauerlich wirkte, als wäre der Herzog ein Heiliger des Blutvergießens.

In einem Blumengarten, der sich an die Gastgemächer anschloß, einem sonnenbeschienenen *atrium* voller warmer, süßer Düfte, traf Gorlois mit seinen Beratern zusammen. Sie saßen auf Bänken mit quastenverzierten Kissen im Schattengesprenkel einer Topfakazie. Neben ihnen plätscherte ein Brunnen und schirmte ihr Gespräch gegen heimliche Lauscher ab.

»Kann Ambrosius vernichtet werden?« sagte Gorlois zu dem marmornen Faun, der in der Brunnenschale tanzte.

Marcus, der Neffe und Truppenführer des Herzogs, schüttelte den Kopf. Groß, blond und kräftig gebaut, sah er mehr aus wie ein Sachse als wie ein Römer. »Ambrosius ist innerlich groß. Er ist blutdürstig, aber er hat eine Vision. Seine Männer spüren das. Sie respektieren ihn, weil die Götter seinen Adel in den Ställen auf die Probe gestellt hatten, ihn tadellos fanden und ihn mit dem Gold der Vorfahren bezahlten. Noch wichtiger als sein Glück ist, daß er die Fähigkeiten eines Führers hat, daß er ungestüm im Feld ist und kameradschaftlich in der Kaserne. Er kennt jeden Mann der Garnison aus jener Zeit, als er ihre Pferde versorgte, er kennt ihre individuellen Stärken und Schwächen. Er hat seine Offiziere sehr sorgfältig ausgewählt, und diejenigen, die er mit Gold nicht kaufen kann, bezahlt er mit Ruhm und Ehre. Ich sehe keinen, der uns entgegenkommen würde. Er hat ganz klar eine unerbittliche Vision. Und er hat sie an seine Männer weitergegeben, indem er sie zu einer Elitetruppe geschmiedet hat, eine Art neuer taktischer Einheit, die sich auf die Reiterei verläßt. Er trainiert sie täglich und hart – und sie lieben ihn dafür. Sie sind überzeugt, daß er der nächste Hochkönig von Britannien ist, und sie alle bilden seine Leibwache. Ich empfehle keinen Putsch gegen ihn.«

Der Ton seiner Stimme, der am Ende fatalistisch klang, ließ die Hoffnung des Herzogs ersterben, er könnte Ambrosius' Ambitionen vereiteln. Die Familie Syrax in Londinium, die wohlhabendste Sippe auf den Inseln und der treueste Verbündete des Hochkönigs Vortigern, hätte für die Beseitigung einer solchen offensichtlichen Bedrohung einen ansehnlichen Preis gezahlt.

Gorlois' Blick glitt von dem Marmorfaun auf seinen politischen Ratgeber hin, einen kahlen, zahnlosen älteren Mann von storchenähnlichem Aussehen, dessen römische Abstammung so altehrwürdig war, daß er mit allen bedeutenderen Familien in Britannien verwandtschaftliche Bande hatte. »Also, Aulus? Wer von den Familien dieser Stadt ist gegen ihn?«

Der alte Mann rieb seine äderige Nase. Es war ihm peinlich, daß er seinem Herzog berichten mußte: »Es gibt keine Familie in der Stadt der Legion, die gegen ihn ist, Herr. Er ist der Sohn eines Senators, ein Mann von tadelloser Abstammung, den man nicht ernsthaft als Usurpator bezeichnen kann. Überdies, Herr, hat er alle Familien gewinnbringend in seinen Feldzug eingebunden, indem er ihnen großzügige Profite von der Erneuerung des Handels verspricht, sobald einmal die Landstraßen zwischen den *coloniae* von Gesindel gesäubert sind. Er erhebt keine Steuern und kauft allen Nachschub für seine Armee in den Geschäften der Familien mit Gold.« Seine gefleckten Hände zuckten. »Ambrosius hat dies alles sehr sorgfältig durchdacht – und die Familien respektieren solche Sorgfalt.«

»Ja – die Familien schon«, nickte Gorlois. Er mußte einsehen, daß Ambrosius etwas fast Übernatürliches geworden war, jemand, der über Blutfehden hinausgewachsen war. Tiefe Falten erschienen auf seinem kräftigen Gesicht, und er schaute seine Tochter scharf an. »Wieder ist deine Mutter im Spiel. Ambrosius' Berater – dieser alte Mann war Raglaws Zauberer! Gewiß hat Ygrane ihn hierher geschickt. Mit ihrer Magie hat er das Vermögen gefunden, um diesen Kriegsherrn aufzubauen. Hm? Siehst du, was für eine Hexe sie ist, Morgeu?«

»Du solltest sie mehr fürchten, Vater«, sagte Morgeu. Sie lag mit dem Rücken auf einer Bank, hatte ein Knie hochgezogen und die Finger vor der Brust verschränkt. Während sie auf die Muster starrte, die die Akazienzweige vor der Sonne bildeten, erschienen die Ränke ihrer Mutter deutlich vor ihrem inneren Auge. Die Magie der Königin sah aus wie ein Flußmuster, viele Verzweigungen von Folgen, die von dem bergigen Königreich Cymru in die römischen *coloniae* flossen. Der größte Zufluß strömte in diese Zitadelle im Vorgebirge und füllte ihre schwarzen Steinmauern mit einer aufgedämmten magischen Macht, die bereit war, über Britannien hinweg ins Meer überzulaufen.

»Ich sollte sie mehr fürchten«, gab der Herzog zu, doch seine Stimme klang wie Stahl. »Ich habe im Laufe der Jahre genug von ihrer Magie gesehen. Jedoch bin ich ein Christ. Meine Erlösung wird mir vom höchsten Gott zugesichert. Ich fürchte Ygrane nicht – und auch keine andere Hexe.«

»Wenn Merlin ein unheiliger Mann ist«, brachte der Staatsmann Aulus vor, »dann würde ein guter Soldat Christi ihn beseitigen.«

»Das würde ich nicht versuchen«, warnte ihn Morgeu schnell. »Merlin ist unheiliger, als du denkst. Er ist ein Dämon.«

»Du bestärkst mich in meinem Argument, junge Herrin«, sagte Aulus und blickte dann den Herzog streng an. »Schicke ihn auf der Stelle zur Hölle, Herr. Du wirst Gott eine Ehre erweisen und allen Familien einen Dienst.«

Morgeu setzte sich auf. »Vater, Merlin ist nicht wie Raglaw. Er ist ganz anders als alle, die wir je gekannt haben.«

»Was rätst du mir dann, meine Tochter?« fragte Gorlois ernsthaft. Vor langer Zeit, als sie noch das engelhafte Gesicht eines Kindes gehabt hatte, hatte er gelernt, ihren Einsichten zu vertrauen, ihren klugen Voraussagen über das Verhalten der Leute und über unerwartete Situationen, die später eintreten würden. Nun, da ihr Gesicht schärfer gezeichnet war, konnte er sich in vielen ihrer Gesichtszüge wiedererkennen, und er nahm ihren Rat an wie von einer prophetischen Version seiner selbst.

»Merlin kann nicht getötet werden – auf jeden Fall nicht von uns. Er dient größeren Mächten.«

»Unheiligen Mächten?« fragte der Herzog.

»Nur Gott ist heilig, Vater.«

»Dann ist es entschieden«, stellte Gorlois abrupt fest, faßte mit den breiten Händen die Knie und beugte das kämpferische Gesicht nach vorn, um all ihren aufmerksamen Blicken zu begegnen. »Ambrosius kann nicht beseitigt werden, nicht durch Waffen, Politik oder Magie. Da man sich ihm nicht widersetzen kann, werden wir uns auf seine Seite stellen. Welche andere Wahl haben wir?«

Der Waffenmeister der Wanderer der Wilden Jagd war ein Zwerg. Wie alle Zwerge war er nur halb so groß wie ein Mensch, besaß aber in seinem muskelbepackten Körper mit den kräftigen Knochen die doppelte Stärke. Die Zwerge waren von den *Asen*, den Göttern, aus Maden im Leichenfleisch der erschlagenen alten Götter geformt worden: haarlose, todesbleiche Fleißarbeiter. Es gab keine weiblichen Zwerge, und deshalb keine Kinder und keine Ahnen, die sie hätten ehren müssen. Die Zwerge lebten nur für die Arbeit – bei Tag in ihren unterirdischen Werkstätten, bei Nacht in ihren Träumen, in denen sie die raffinierten Apparate, fürchterlichen Waffen und erstaunlichen Juwelen entwarfen, für die sie berühmt waren.

Der Wüter hatte einen Zwerg als Waffenmeister ausgewählt, weil er keinem der Götter traute. In der Heimstatt der Götter waren keine Waffen erlaubt, außer denen, die der Häuptling trug. Jagdausrüstung war im Großen Baum nur während der Wilden Jagd gestattet. Der Wüter hatte nicht vergessen, wie er an die Macht gekommen war. Die metallenen Waffen, die erfunden worden waren, um Götter zu töten, ließ er gut bewachen.

Der Waffenmeister der Asen war also Brokk, der fleißigste und schlauste der Zwerge. Er hatte den Armring des Wüters hergestellt, dessen makellos spiegelnde Oberfläche geschickt das Gesichtsfeld des einäugigen Gottes weit auf seine blinde Seite ausdehnte. Niemand, so überlegte der Wüter, konnte einen so erfindungsreichen Geist wie den dieses Zwerges überlisten, und deshalb hatte der Häuptling der Asen Brokk auf der öden arktischen Insel untergebracht, wo sich das Waffenlager der Götter befand.

Allein dem Wüter verantwortlich, führte Brokk ein Leben, das für einen Zwerg ideal war, völlig ungestört und reich an Arbeitsmitteln. Jeden Tag war er damit beschäftigt, die Zwerge zu beaufsichtigen, die ihm in den Werkstätten halfen, und die Elfensklaven, die sich an den Schmelztiegeln und Schmieden abmühten. Nur selten besuchte er das Waffenlager, und dann auch nur, um diese tödlichen Werkzeuge zu überprüfen und zu warten. Und noch seltener wurde er in seiner Emsigkeit von dem heulenden Alarm gestört, der vor Eindringlingen warnte.

Einige Male in der Vergangenheit hatten der Lügner und seine Gefolgsleute versucht einzubrechen. Aber jedes Mal hatte Garm, der geifernde Riesenwolf, sie mit Schrecken in die Flucht geschlagen, zurück zu ihrem angenehmen Leben im Weltenbaum. Brokk hatte nicht ein einziges Mal die Arbeitshöhlen verlassen müssen. Als jedoch an diesem Tag das ohrenbetäubende Jaulen aufhörte, war kein Siegesgeheul von Garm zu vernehmen.

Der helle Ton des Meldehorns rief nach Brokk. Nur der Wüter hatte bisher das Meldehorn geblasen, denn niemand sonst konnte sich Garm nähern, ohne zerrissen zu werden. Doch Brokk wußte gut, daß beim Herannahen des Häuptlings der Alarm nicht ertönen würde.

Flüche über diese Störung murmelnd, stand der Zwerg mürrisch von seinem steinernen Arbeitstisch auf, wo inmitten von Greifzirkeln, Klemmen und Metallspänen Gemmen glitzerten. Er watschelte durch eine Höhle, die von den Feuern aus den Brennöfen in den umliegenden Grotten erleuchtet wurde. Von einem Stalagmiten, der mit Hebeln besetzt war, nahm er einen Pelzfetzen und schob die Kristallkugel, die, so groß wie ein Schädel, in den Stein eingesetzt war, in seine Augenhöhe. Der Kristall nahm die statische Ladung des Pelzstücks auf; inmitten von Licht und Nebel erschien im Inneren der Kugel eine dunstige Sicht auf die Oberfläche der Insel über der Erde.

Auf dem mit Schiefertrümmern bedeckten Platz vor dem Höhleneingang, der zu den Werkstätten und zum Waffenlager führte, wartete eine stattliche Frau. Brokk sah sofort, daß sie keine Göttin war. Ihre langen, vom Wind zerzausten Flechten weißen Haars und die unvollkommene Symmetrie ihres eckigen Gesichts paßten zu einer menschlichen Erscheinung. Schnee wehte in großen Flocken vorüber, und sie zitterte in ihren weißen Pelzgewändern. Hoch außerhalb ihrer Reichweite hing das goldene Meldehorn, am Berghang befestigt mit scharlachroten Seilen, deren jedes stärker war als der Leibesumfang der Fremden.

Brokk suchte die Umgebung nach demjenigen ab, der das Horn geblasen haben mußte, und er fand Garm auf dem mit Feuersteinen übersäten Strand ausgestreckt auf dem Bauch liegen. Der Riesenwolf mit den gewaltigen Fängen schlief, seine teuflischen Augen in ihren tiefen Höhlen waren geschlossen. Wirbelnder Nebel hing wie Dampf an seinen schwarzen Hörnern und seinem borstigen Fell und perlte an seinen ledrigen Lefzen zu Tau.

Das Horn ertönte erneut, tief und gebieterisch, als riefe der Wüter selbst. Brokk blickte mit dem Schaukristall auf den Höhleneingang und sah nur die bleiche Frau, die tapfer im fallenden Schnee stand. Eine Zauberin, vermutete er und zog einen Hebel, der in der Granitmauer der Höhle ein mannsgroßes Portal öffnete. Er wußte, wie mit solchen Eindringlingen zu verfahren war.

Sobald die Frau das Portal betrat, zog Brokk an einem anderen Hebel, und der Boden unter der Fremden gab nach. Der Zwerg wartete, bis er das befriedigende Krachen stürzender Felsen in der Grube hörte, das in den Höhlenwänden wie Donner widerhallte. Dann wandte er sich mit einem schiefen Grinsen wieder seinem Arbeitstisch zu.

»Ich bin gekommen, das Schwert zu holen.«

Brokk hüpfte verdutzt hoch, als er die bleiche Frau am anderen Ende der Höhle sah. Sie trat aus einem Rauchloch der darunten liegenden Schlackengrube. Ruhig kam sie auf ihn zu, und die Zwerge und Elfen zogen sich von den bienenkorbförmigen Schmieden in die zitternden Schatten zurück.

»Ich bin gekommen, das Schwert *Blitz* zu holen.«

»Das ist das Schwert des Wüters!« Der Zwerg lachte düster, um seine Furcht zu verbergen, und legte eine Hand auf den Hebel, der die glühenden Schmelztiegel steuerte. »Wer bist du, unverschämte Fremde?«

»Ich bin Rna, die Königin der Feuersteinmesser.«

»Feuersteinmesser?« Der Zwerg beobachtete sie, wie sie zwischen den Schmieden näher kam, in den tiefer gelegenen Bereich, wo die Schmelztiegel standen. »Die letzten vom

Stamm der Feuersteinmesser sind auf dieser Insel vor mehr als dreißigtausend Jahren gestorben, meine Dame.«

Brokk warf den Hebel herum, der die Schmelztiegel zum Guß neigte. Fluten goldenen Feuers schwappten über die Königin aus uralter Zeit und ließen sie im Glühen verschwinden. Einen Augenblick lang stand ein größeres Wesen an ihrer Stelle. Riesig wie ein Gott füllte es die Höhle bis zur Decke, und sein Körper brannte mit Strahlen, die aus dem Inneren kamen, unheimliche, sich zu Spiralen ringelnde Facetten und glühendes Plasma, wie sie der Zwerg noch nie an einem Gott gesehen hatte. Die riesengroßen, unverwandt blickenden Augen des Wesens trugen in ihren dunklen, umfangenden Tiefen nackte Kerne von Sternen ...

Der Zwerg zuckte zusammen. Als er wieder aufblickte, schritt die weiße Königin unverletzt durch einen feurigen Schleier aus geschmolzenem Erz und stieg die Stufen zu seiner Galerie herauf.

»Wer bist du?« kreischte er und versuchte nicht länger, seine Furcht zu verbergen.

»Ich bin Rna, die Königin ...«

»Nein! Du bist ein größeres Wesen.« Brokks verzerrtes Gesicht entspannte sich, betäubt von einer Erkenntnis: »Du ...« Er trat zurück, packte seine lederne Schürze und schüttelte den kugelrunden Kopf. Sein Unterkiefer fiel herunter, die Augen weiteten sich, und es dauerte eine Weile, bis er sagen konnte: »Du bist einer der Herren des Feuers!«

Die Frau zog das sonnengebleichte Haar vor den blassen Augen zur Seite, und der Zwerg sah die Altersnarben, die sie umgaben. Aus der Nähe erschienen ihre trockenen Lippen und eingefallenen Wangen wie die einer Mumie.

»Ich bin Rna, die Königin der Feuersteinmesser. Ich bin gekommen, das Schwert Blitz zu holen.«

Inmitten von Schwertern, Speeren, bronzenen Gesichtsmasken und Tafeln mit Landkarten an den Wänden saß der Kriegsrat in der Stadt der Legion zusammen. Hier offenbarte

Ambrosius Gorlois und dessen Feldoffizieren seine Strategie für die Eroberung Britanniens. »Die meisten unserer Männer werden hier im Westen bleiben, um die Sachsenküste mit der Hilfe der Kelten zu halten, während wir mit den Männern, die uns die anderen *coloniae* versprochen haben, auf die Mittellande zumarschieren.«

»Du hast nicht genügend Männer, um die Mittellande einzunehmen«, meldete sich eine junge Stimme aus der Richtung der Eichenholztür.

Merlin, der auf einer Sitzbank neben Theo saß, richtete sich auf und sah Morgeu, die selbstbewußt den Raum des Kriegsrates betrat. Sie trug eine knielange Ledertunika mit einem messingverzierten Dolchgürtel um ihre schmale Taille. Ihr gelocktes Haar war streng aus dem kühlen Gesicht zurückgekämmt und zu einem Knoten im Scheitel gebunden. Sie sah fast aus wie eine junge und gefährliche Barbarenkriegerin.

»Heb dich hinweg, Mädchen«, befahl Ambrosius und zeigte zur Tür. »Dies ist ein Kriegsrat.«

»Ruhig, Ambrosius«, meldete sich Gorlois von dem Tisch mit der Landkarte, wo er gerade die Route des Feldzugs studierte. »Meine Tochter kann es in Strategie und Taktik mit jedem Mann aufnehmen. Sie hat mir bei vielen Unternehmungen sowohl im Rat wie im Feld wertvolle Einsichten vermittelt. Ich kann wohl sagen, sie ist eine Kennerin der Kriegskunst, und du würdest gut daran tun, auf ihren Rat zu hören.«

Ambrosius hob die Augenbrauen. »Morgeu, nicht wahr?«

»Du hast nicht genug Männer«, wiederholte sie und trat an die Seite ihres Vaters. »Die *coloniae* haben dir nur geringe Versprechen gegeben. Jede *colonia* hat dir nur eine Handvoll Männer versprochen. Sie sind zu vorsichtig, um einem noch unbewiesenen Kriegsherrn mehr anzuvertrauen. Wenn du die Soldaten meines Vaters hier im Westen zurückläßt, dann wirst du nur das Gerippe einer Streitmacht anführen. Mit den Verlusten, die bei den Zusammenstößen mit den Barbaren zu erwarten sind, wirst du schon lange, bevor du den Fluß Tamesis erreicht hast, geschwächt sein.

Gorlois lächelte düster. »Sie hat recht, du weißt es. Ich bin der einzige, der dir eine wesentliche Streitmacht angeboten hat. Du kannst es dir nicht leisten, meine Männer zurückzulassen.«

»Ich kann es mir nicht leisten, sie nicht zurückzulassen, Gorlois«, verriet Ambrosius. »Wie du aus der Route des Feldzuges auf der Karte vor dir sehen kannst, werden wir den ganzen Winter weg sein. Ich wage es nicht, die Küsten so lange ungeschützt zu lassen. Ich kann mir keinen Krieg an zwei Fronten leisten. Nein. Du wirst mit mir kommen, Gorlois. Ich brauche deinen Rat im Feld und deine Erfahrung im Kampf. Aber die Hauptmasse deiner Streitmacht muß hierbleiben, um unseren Rücken zu decken.«

Morgeu grinste selbstgefällig. »Du kannst nicht hoffen, die Nordmänner und die Sachsen mit der geringen Streitmacht zurückzuschlagen, die dir die *coloniae* zugesichert haben. Hast du eine Vorstellung von den Zahlen, die gegen dich bereitstehen? Die Pikten allein zählen schon nach Tausenden. Du wirst nur über weniger als fünfhundert befehlen.«

»Mir wurden vierhundert und siebenunddreißig Fußsoldaten zugesagt«, gab Ambrosius bekannt. »Aber ich verfüge über hundert und fünfundsechzig Reiter, die ich selber trainiert habe.«

Morgeu blickte ihren Vater und seine Offiziere an und rollte mit den Augen. »Du wirst diesen Winter damit verbringen, daß du dich in den *coloniae* verbirgst und nicht damit, die froststarren Landstriche darum herum zu erobern.«

»Dieses Mädchen hat durchaus recht«, gab Ambrosius zu. »Das heißt, wenn ich herkömmliche Angriffe durchführen würde, wie du und die Barbaren es erwarten. Aber ich kenne meinen Feind besser.«

»Niemand kennt die Barbaren besser als wir«, sagte Gorlois nachdrücklich und nickte seinen Offizieren zu: hageren, kampfeslustigen Männern, deren Haare der Salzwind des

Meeres gebleicht hatte und deren vom Leid verdunkelte Augen ihn ergeben anblickten, gehorsam bis in den Tod. »Ich sage dir, sie sind nicht wie die Banditen, die du hier in dieser Gegend jagst, die zuschlagen und dann wegrennen. O nein, Ambrosius. Die Pikten werden bis zum letzten Mann kämpfen, selbst wenn du ihren Anführer tötest.«

»Besonders wenn du ihren Anführer tötest«, fügte einer der Offiziere hinzu. »Sie kämpfen, um zu sterben. Tod im Kampf sichert ihnen den Eintritt in ihren heidnischen Himmel. Der Pikte zieht sich nie zurück.«

»Niemals?« fragte Ambrosius nach.

»Niemals«, bekräftigte Gorlois.

Ambrosius klatschte in die Hände. »Perfekt! Ich hatte so etwas schon gehört und gehofft, daß es stimmt.«

Die Krieger des Herzogs tauschten zweifelnde Blicke miteinander aus.

»Wenn sie fliehen, ist unsere Arbeit nur um so härter«, erklärte Ambrosius. »Aber wenn sie standhalten und kämpfen, dann wird es ein großes Gemetzel geben. Wir werden sie vernichten.«

»Ambrosius«, Gorlois legte dem jüngeren Mann die Hand auf den Arm, um ihn zu zügeln. »Meine Tochter hat dir schon gesagt, daß wir nicht die Männer haben ...«

»Für einen herkömmlichen Kampf – ja.« Ambrosius schritt durch den Raum und blickte in jedes der kampfgestählten Gesichter im Kreis. »Der Schlüssel zu unserem Sieg ist das Pferd. Wir treten Seewanderern und Gebirgskämpfern gegenüber. Sie verabscheuen das Pferd. Wenn sie überhaupt reiten, dann reiten sie in die Schlacht und steigen zum Kämpfen ab. Für sie ist es unmännlich, über eine Entfernung hin mit Steinen oder Pfeilen anzugreifen. Ihre Kriegerregeln verlangen, daß sie Mann gegen Mann kämpfen. Aber wir sind doch keine Seewanderer oder Männer aus den Bergen, oder?« Er grinste boshaft und zog seine Hände zurück, ahmte das Schießen mit Pfeil und Bogen nach. »Wir wissen, welches Geschick es erfordert, zu reiten und zu schießen. Und für uns ist es nicht Feigheit, unsere Feinde aus der Ferne zu erschlagen. Oder?« Er ließ den unsichtbaren Pfeil auf Gorlois losschnellen.

»Aber einhundert und sechsundfünfzig Reiter«, sagte Morgeu verzweifelt. »Das ist alles, was du hast – gegen Tausende!«

»Es werden noch andere dabeisein«, versprach Ambrosius. »Wenn wir unsere ersten Schlachten gewonnen haben, werden wir mehr Rekruten bekommen. Und außerdem, wir werden nicht alle Barbaren in einer einzigen Schlacht bekämpfen. Sie werden nur zu Hunderten auf uns zukommen, und es wird nur ein Gefecht auf einmal geben, weil sie glauben, daß wir nur das hilflose Gerippe einer Streitmacht seien, wie du gesagt hast. Und wir werden offenes Terrain wählen, hoch auf den Ebenen an den Flüssen, wo unsere Reiterei den Feind umkreisen kann. Die mutigen Krieger aus den Bergen werden stehen und kämpfen – und sterben.«

Wieder glühte grausige Bewunderung auf Gorlois' Hängebackengesicht, während er Ambrosius anblickte und die Richtigkeit des tödlichen Plans des jungen Kriegers erkannte. Die erstaunten Offiziere erhoben sich von ihren Sitzbänken und versammelten sich um die Landkarte und inspizierten die Schauplätze, die sorgfältig ausgewählt worden waren für die berühmten Schlachten, die da kommen sollten.

Morgeu stand beiseite. Sie betrachtete Ambrosius mit einem heißen Leuchten in den Augen, und ihr Blick funkelte von Vorfreude auf das Gemetzel, das er versprach. Bald würde sie selbst die Großartigkeit der Eroberung erleben, die der Herzog während ihres ganzen bisherigen Lebens gerühmt und gepriesen hatte. Bald würde sie an dem blutigen Ritual teilhaben, das sie für immer von ihrer Mutter trennen würde, der Ritus des Krieges, der sie zu einer Römerin machen würde.

»Ich habe Angst um meinen Vater«, flüsterte Morgeu den gleichgültigen Sternen zu. Sie saß im Garten vor ihren Gemächern. Durch den hauchdünnen Stoff ihres Abendgewandes drang die Kühle der Nacht.

In der sternendurchfunkelten Finsternis des Himmels bildete sich ein Gesicht, ein schwarzes Antlitz mit zwei Augen aus Leere. Aus dem stummen Strudel, der seinen Mund bildete, quollen Sterne wie Dunst. *Für den Vater gibt es keine Hoffnung neben Lailoken. Keine Hoffnung für den Vater.*

In früheren Trancezuständen, die durch Traumtränke vertieft worden waren, hatte sie mit diesem Gesicht gesprochen. Es war *Ethiops,* ein Dämon, ein Genosse Lailokens aus dessen früherem Leben. Der Dämon und Morgeu hatten den gleichen Wunsch: Lailoken von seinen sterblichen Banden zu befreien.

Morgeu haßte ihre Mutter dafür, daß sie den Vater verlassen hatte, den sie aus ganzer Seele liebte. Ygrane verfügte über die Magie, ihn zu retten, ihn vor Unheil im Feld zu schützen, um sein Schlachtenglück zu stärken. Aber sie hatte den Herzog verlassen.

Und sie hatte auch ihre Tochter im Stich gelassen. Da Morgeu sich an ihren Vater hielt, hatte Ygrane ihr das Einhorn weggenommen. Sie hortete seine Schönheit und Macht für sich selbst und für Lailoken, ihren Sklaven.

Um dem Einfluß von Ygranes Geisterschauer zu begegnen, hatte Morgeu Hexen angeworben, die ihr die Verständigung mit Dämonen beibrachten. Sie hatte Ethiops gefunden, und er würde ihr helfen. Schon jetzt hatte der Dämon ihr Kraft gegeben, genug, um ihre Trance zu stärken, aber noch zu wenig, um den tiefen Blick zu wecken. Sie wollte den Zeitwind sehen, der sie und ihren Vater nach Osten wehte, in den Krieg. Sie wollte sehen, wie sie ihn schützen könnte.

Aber ihr fehlte die Magie, um mehr zu sehen als dieses Gesicht aus fließender Dunkelheit, diese geschmeidige Stärke, die an die Wurzel ihrer Sinnlichkeit rührte und aus ihrer eigenen geheimen Dunkelheit einen kühlen, magnetischen Lebenssaft heraufzog.

Ihre Dienerin rief von drinnen, und sie wußte, daß es Zeit

war zu gehen. »Heute nacht«, versprach sie Ethiops, stand auf und fühlte ihn schon in sich, zusammengepreßt in dem heißen Raum ihres tiefsten Inneren. »Du wirst mich heute nacht wieder besitzen. Und mit deiner sicheren Stärke werden wir Lailoken von der Erde befreien.«

Merlin fürchtete Morgeu. Sie hatte Kenntnisse der Magie.

Doch bei dem Festmahl an jenem Abend im laternenbeleuchteten *peristylum* bewegte sie sich mit der sanften Grazie einer gut erzogenen Vierzehnjährigen. Kein Wort von Ygrane oder keltischer Magie oder Kriegsplänen. In eine hautenge weiße *camisa* gekleidet, die die sanften Rundungen ihrer jungen Brüste und Hüften betonte, wirkte sie verführerisch weiblich. Ihr rotgoldenes Haar war kunstvoll geflochten und nach römischer Mode über ihrem schmalen Nacken hochgesteckt. Mit ausgesuchter Geduld und Raffinesse lenkte sie Ambrosius' wohlwollende Aufmerksamkeit auf ihre Gegenwart und entlockte ihm sogar einige Male ein freundliches Lächeln.

Danach offenbarte Morgeu Merlin das Ausmaß ihres magischen Wissens. Als Gorlois und Theo zu Bett gingen und Ambrosius in der Kammer des Kriegsrates saß und über seinen Karten und Terrainberichten brütete, da erschien sie in den Gemächern des Zauberers, im Vorraum, der in den Garten führte. Nackt unter dem sternenübersäten Himmel, sah sie aus wie ein Stück Mondlicht, ihr Haar war wie eine Aura aus Rauch um ihr kaltes Gesicht und wie ein Büschel zwischen ihren Beinen.

»Erinnerst du dich, Lailoken, wie ich dachte, du seist ein Engel, als ich dich das erste Mal sah?« Ihre Stimme kam nicht von außen, sondern aus dem Inneren des Zauberers, und dadurch wußte er, daß sie nur eine Erscheinung war, vielleicht nur für seine Augen bestimmt. Sie lächelte mit halbem Gesicht und erfüllte sein Herz mit Grauen. »Damals habe ich erkannt, daß du ein Zauberer sein mußt. Erinnerst du dich?«

Merlin erhob sich von seiner Liegestatt und zog sein Schlafgewand enger um sich.

»Seitdem habe ich sehr viel gelernt, Lailoken.« Sie schwebte näher heran, ein schattenloser Dunst, wollüstig von innen beleuchtet. »Ich habe mit einigen deiner Freunde gesprochen. Mit Ethiops – und *Azael.* Sie vermissen deine Gesellschaft. Sie sagen mir, daß du für meine Mutter einen König vorbereitest. Ist das wahr?«

»Das geht nur Ygrane und mich etwas an«, antwortete er kurz angebunden. »Laß mich allein.«

»Ambrosius wird nie meine Mutter bekommen«, sagte Morgeu zuversichtlich, mit einem Hochmut, der ihn erschreckte. »Deine Zauberei mag stark genug sein, um ihn zum König zu machen – aber meine ist stark genug, um ihn zu meinem König zu machen.«

»Warum?« fragte er. »Deine Mutter hat mir selbst diese Aufgabe gegeben.«

»Meine Mutter hat schon einen guten Mann in meinem Vater«, sagte sie, und ihr Blick funkelte wie Sternendunst. »Aber sie weiß nicht, wie sie ihn lieben soll. Sie ist eine keltische Träumerin und weiß nicht einmal, wozu ihre Magie da ist. Sie verdient keinen weiteren starken Römer. Du solltest ihr nicht dienen, Merlin. Komm zu mir. Sei mein Zauberer. Ich bin diejenige, die in der alten Prophezeiung vorausgeschaut wurde. Ich werde wissen, wie Ambrosius zu benutzen ist – und ich werde die Voraussage erfüllen. Dann wird die Fianna mir folgen, die Síd werden mir ihre Magie weitergeben, und ich werde die nächste Hochkönigin der Kelten sein.«

Merlin packte seinen Stab und ging auf den Vorraum zu. »Du weißt, daß ich meine Aufgabe nicht fallenlasse, Morgeu.«

Das Gespenst deutete mit einer heftigen Grimasse auf ihn. »Du bist kein Zauberer, Lailoken. Du bist ein Dämon – nicht anders als die anderen. Du gibst nur vor, ein Mensch zu sein. Glaube nicht, du könntest mir in die Quere kommen. Die anderen Dämonen werden es nicht erlauben.«

Merlin stellte sich breitbeinig hin und hielt seinen Stab

quer, als könnte er damit ein Gespenst abblocken. »Ich möchte nicht gegen dich kämpfen, Morgeu, aber wenn ich muß, dann werde ich es tun.«

»Dein Kämpfen ist hier zu Ende, Dämon«, erklärte sie, und in ihren Augen leuchteten plötzlich Blitze auf, die ihn schmerzvoll zusammenzucken ließen. »Ich möchte, daß du das sterbliche Fleisch wieder verläßt und wieder in die Leere zurückkehrst, wohin du gehörst. Zurück in die Dunkelheit mit dir!«

Ein Blitz durchzuckte seinen Körper und riß ihn hoch, auf die Zehenspitzen, seine Augäpfel rollten zurück in die Dunkelheit des Schädels, die von Feuerbögen durchzuckt war. Er brach zusammen, sein Herz raste, als wollte es den Brustkorb verlassen, der Atem blieb weg. Der Tod hielt das Zepter seines Rückgrats in eisigem Griff, und die Dunkelheit kam näher, um das zu holen, was ihr gehörte.

Auch Morgeus nackte Erscheinung kam näher und weidete sich an dem gestürzten Zauberer.

Mit letzter Kraft schwang Merlin seinen Stab gegen sie, und wo er ihre Gestalt durchfuhr, da blutete sie grünes Feuer und sternenfunkelnden Reif. Sie stieß einen gequälten Schrei aus, ihr aufgerissener Mund weitete sich, wurde breiter als ihr entsetztes Gesicht und verschlang ihre ganze Erscheinung ins Nichts.

Der Atem drang wieder in die Lungen des Zauberers, und er stieß einen heftigen Fluch aus, einen magischen Schrei, der dem Raum um ihn herum von aller Bedrohung reinigen sollte.

Übermenschliches Gekreische ertönte im dunklen Garten. Merlin schaute hinaus und erblickte Ethiops, der vor den Sternen in die Nacht hinaufstieg. Und dann umgab ihn Stille und die Blütenträume des schlafenden Gartens.

Der Wüter ging vor dem Vorgebirge oberhalb der Stadt der Legion hin und her. Er duckte sich zwischen die Wälder wie der Wind, der durch die Bäume strich. Hier war zu viel gefährliche Magie am Werke, der er sich nicht unmittelbar aussetzen wollte. Die Zitadelle dort drunten war ein riesiger Magnet, der entlang den Kraftlinien der Erde Energie in seine schwarzen Steine zog. Mit schrillen Schreien huschten die Daoine Síd durch das hohe Gras auf den Ebenen außerhalb der Stadt. Dem Gott erschienen sie wie abendlich flackernde Flammen, die durch das vom Tage müde Gras liefen, so klein, daß er jeden von ihnen mit einer Faust zermalmen könnte. Aber zusammen waren sie gefährlich, ein Hornissenschwarm, ein geiferndes Wolfspack, ein Rudel blutrünstiger Haie. Er verbarg sich zwischen den Hügeln, knirschte mit den Zähnen, zupfte an seinem Bart und erwog das Problem wie ein nervöser Schachspieler.

Die Zitadelle dort drunten war ein schwarzes Ei. Dort drinnen schwamm die Drachenbrut in ihrem Saft, ein monströser Fötus, der an Form und Kraft zunahm. Im Frühjahr würde die Scheußlichkeit ausschlüpfen, eine weitere Gestalt des Hungers des Drachen, darauf aus, die Weltschlange mit seinem, des Wüters, Fleisch und den Leibern aller Wanderer der Wilden Jagd zu füttern.

Ursache des Ganzen war der Dämon Lailoken. Der Wüter spürte ihn in der Zitadelle wie einen schwelenden Klumpen himmlischen Feuers. Der Gott konnte nicht glauben, daß Lailoken sich tatsächlich aus dem Wahnsinn befreit hatte, den der Sturmgott über ihn hatte kommen lassen. Schmerzlich erinnerte er sich daran, daß sein Opfer schließlich ein Bewohner der Dunkelheit war, und er bereute es, ihn nicht getötet zu haben, als er die Gelegenheit dazu hatte. Jetzt war es viel zu spät für eine direkte Konfrontation, denn der Dämon hatte seine Macht gefunden und würde ein schrecklicher Feind sein – besonders jetzt, da die Herren des Feuers sich einmischten. Mit dem Schwert Blitz in ihrer Gewalt konnten sie nur die Absicht haben, damit einen Menschen zu bewaffnen, der ihn, den Wüter, ermorden sollte. Würde der Dämon selbst mit dem Schwert in der Hand aus diesem Schlangenei ausschlüpfen?

Um diese Frage zu beantworten, hatte der Wüter versucht, die Herren des Feuers zu finden. Er war dem schwachen Schimmer des Schwertes Blitz durch diese Hügel und die dichten Wälder nach Westen gefolgt, dorthin, wo die Sterne sich beugten und in die Erde eingingen. Seine Waffe war in die Unterwelt gelangt, dorthin, wo die Síd in gefährlichem Bündnis mit dem Drachen lebten.

Noch weiter im Westen, auf einer Insel im Meer der *Scoti,* die Avalon hieß, lag das Schwert Blitz gefangen. Er konnte etwas spüren, das wie ein kalter Windfaden aus dem stummen Stein der Insel herwehte. Dies berührte ihn in seinem Herzen, in einer verhängnisvollen Wunde. Der Zeitwind hatte ihn dafür bestimmt, durch dieses Schwert zu sterben – es sei denn, er hielte sich von ihm fern.

Da er nicht wagte, sich offen Avalon zu nähern, hatte der Wüter seine Raben ausgeschickt, dort für ihn zu spähen – aber noch keiner war zurückgekehrt.

Also mußte er warten und sehen, was im Frühling dort aus dem schwarzen Ei ausschlüpfen würde. Ein Heer würde herauskommen, soviel war er sicher. Sie würden im Frühling die Zitadelle verlassen, denn kein Befehlshaber, der bei gesundem Verstand war, würde die Zuflucht der Zitadelle verlassen, wenn die Winterstürme kamen.

Mit dem Tauwetter würde die Zeit für den Kampf kommen. Der Wüter hatte keinen Zweifel daran, daß der Bewohner der Dunkelheit in der Mitte der Schlacht sein und sie mit aller Wut seiner wahnsinnigen Sendung vorantreiben würde. Und der Ase würde bereit sein. In diesem Winter würde er sich mit seinen eigenen Dämonen beraten, den vieren, die er aus dem Abgrund gerufen hatte, und zwar mit der Magie der Götter, die jetzt auf dem Rabenast schliefen. Den schlafenden Göttern zuliebe, die ihm vertrauten, und durch die Stärke der Bewohner der Dunkelheit, die ihm dienten, würde er das zermalmen, was auch immer aus diesem schwarzen Ei ausschlüpfen mochte.

Morgeu lag auf der Liege in ihrer Kammer, zur Seite gedreht und die Wange in die Hand gestützt. Ihre eigensinnige Stirn war ruhig, doch ihre geschlossenen Augenlider zuckten. Aus ihrem Körper herauszugehen erforderte die gesamte entspannte Konzentration, die ihr Geist aufbieten konnte. Wenn sich im glatten Marmor ihres Fleisches eine Falte der Spannung auch nur andeutete, dann würde ihre Trance zu einem Traum zusammenbrechen.

Jahre der Erfahrung hatten sie gelehrt, wie sie gleich Sternenlicht aus ihrem schlafenden Leib heraustreten und als Geist in die Wachwelt gehen konnte. Ihre Erscheinung stand im Garten und blickte zum nächtlichen Himmel empor, wo die Sterne herabblickten wie Brösel von Licht. »Ethiops!« rief sie.

Stille sickerte durch das Murmeln einer Brise im Gebüsch.

Lailokens Magie war stärker, als sie vermutet hatte. Das Dämonengesicht in der Nacht, das so lange seine Kraft mit ihr geteilt hatte, war fort. Ohne es hatte sie kaum die Klarheit, sich von der Dunkelheit ihres Leibes zu entfernen, ohne daß sie stolperte und einschlief.

Behutsam warf sie sich durch die Dunkelheit einer Mauer und kam in einem Hof heraus, wo sich große, kerzengerade Pappeln vom Sternenhimmel abhoben. Merlin ging zwischen den Bäumen im Kreis herum. Die Hände hinter dem Rücken verschränkt, das Gesicht nach oben gerichtet, sprach er zum Himmel.

Ethiops? fragte sie sich und näherte sich ihm, um zu sehen, wen der alte Zauberer ansprach.

Zwischen die Hecken geduckt kam sie nahe genug heran, um durch die Baumspitzen in den Brunnen der Nacht hinaufzuschauen. Was sie sah, schwankte wie ein Traum. Wogende Ströme von Menschen flossen durcheinander hindurch und liefen im Zickzack über Straßen, die mit metallenen Wägen in vielen Farben verstopft waren, alle mit schwarzen Rädern und Rauch, der aus ihren Böden entwich. Der Qualm stieg zwischen riesigen Glastürmen in die Luft.

Ist das die Hölle? Dieser Gedanke erschütterte sie, und beinahe wäre sie ohnmächtig umgefallen. Um sich zu beruhigen, zog sie sich zurück, zu eifrig allerdings, und sie fand sich außerhalb der Stadtmauern wieder.

Die Morgenröte schimmerte in der langen Mähne des Wüters. Er kauerte auf dem Moor, so weit weg, daß sie ihn ganz sehen konnte, ein Berg im Osten, wo das Land ohne sonstige Erhebung verlief. Sein eines Auge glitzerte wie der Morgenstern, und seine leere Augenhöhle war ein Tunnel in schwarze Unendlichkeit.

Morgeu zitterte. Der eindrucksvolle Anblick des düsteren Gottes jagte ihr einen leuchtenden Schrecken durchs Herz – und sie huschte weg wie verdunstender Tau.

Unter dem Banner des Drachen führte Ambrosius Aurelianus sein kleines Heer von der Stadt der Legion über die Moore hinaus auf die Ebenen der Mittellande. Entlang des Weges schloß sich ihnen ein mageres Kontingent von Gorlois' Streitkräften aus ihrem Lager außerhalb der Stadt an. Sie waren kaum eine Verstärkung für die Mannschaften, die nur langsam wuchsen, da die *coloniae* ihre Versprechen damit erfüllten, daß sie freiwillig nur eine Handvoll ihrer am wenigsten erwünschten Soldaten zu dem närrischen Drachenherrn schickten.

In eine Ledertunika gekleidet und mit einem römischen Kurzschwert ausgerüstet, saß Morgeu neben ihrem Vater an den Zügeln eines robusten Feldzugwagens. Das reich verziert getäfelte Fahrzeug mit seinen Gorgonenköpfen an den Deichselstangen, den mit Adlern verzierten Seitenbrettern, dem Baldachin aus Kupferblech, in den Greife gehämmert waren, und den großen, soliden hölzernen Rädern, die mit spiraligen Schlangen bemalt waren, brauchte vier Zugpferde, doch Morgeu lenkte sie geschickt.

Sie ignorierte Merlin, schaute direkt durch ihn hindurch, wann immer er in ihr Gesichtsfeld geriet. Von ihrem Zusammenprall im Garten waren keine sichtbaren Wunden festzustellen, doch der Zauberer spürte, daß die Atmosphäre um sie getrübt war – ein gefährlicher Rückzug, wie von einem verwundeten Tier, das seine Wut in sich ansammelte. Sie würde den Geisterschauer nicht wieder unterschätzen.

In Ambrosius' Gegenwart wirkte Morgeu klug und für die individuellen Bedürfnisse der Streitmacht aufgeschlossen, voller praktischer Ideen über die Marschordnung. Sie teilte Kundschafter und Schildwachen ein und sicherte den Nachschub – ihr Verständnis für die Angelegenheiten des Heeres beruhte darauf, daß sie ihr Leben lang sowohl ihren Vater als auch die Fianna bei ihren Kampfeinsätzen begleitet hatte. Ambrosius, dessen Erfahrung im Befehl eines Heeres nur dem Studium von Büchern und den Kriegsspielen im Beratungszimmer entsprang, nahm ihren Rat dankbar an. Und Gorlois, der auf den militärischen Scharfsinn seiner Tochter stolz war und dem die Möglichkeit gefiel, einen aggressiven römischen Kriegsherrn zum Schwiegersohn zu bekommen, fügte sich ihren Urteilen.

Hausierer und reisende Händler brachten die Nachricht von der kleinen Armee nach Norden und Osten. Die barbarischen Plünderer, die seit dem Rückzug der Legionen nach Belieben durch das Land gestreift waren und dabei reiche Villen ausraubten, Vieh abschlachteten, Landbesitzer und deren Familien erschlugen und den wilden Hunden und Wölfen zum Fraß überließen, sammelten sich fröhlich. Von den Hügeln stieg der Rauch ihrer Lagerfeuer gen Himmel, und barbarische Lieder prahlten mit ihrer Absicht, dieses harmlose Heer niederzumetzeln.

Seit über fünfzig Jahren hatten sich die Britannier in ihren ummauerten und wehrhaft befestigten *coloniae* versteckt, aus denen sie nur sporadisch hervorkamen, um in schnellen Ausfällen das umgebende Ackerland, soweit sie konnten, gegen lokale Banditen zu schützen. Viele der Barbaren hatten nie einen gut abgestimmten und gelenkten Vormarsch erlebt und glaubten, daß diese dünnen Phalanxen von Speerträgern mit ihren stolzen Bannern durch die wilden und heftigen Angriffe der Pikten leicht auseinandergetrieben werden könnten.

Aber Ambrosius, der sein ganzes Leben auf dieses Ereignis hingelebt und nüchtern vorausgesagt hatte, daß die Versprechungen, die der britannische Adel einem Stallmeister gab, leer waren, freute sich diebisch auf die schreckliche Überraschung, die er für seine Feinde vorbereitet hatte. Während seiner sechs Monate als militärischer Befehlshaber in der Stadt der Legion hatte er die meiste Zeit damit zugebracht, seinen ausgewählten Reiterkader darin zu trainieren, die Schwerter wegzustecken und schwere Eichenbögen zu benutzen, und er zwang seine Leute, im Reiten auf bewegliche Ziele zu schießen. Um diese Schwadron als seine eigene zu kennzeichnen, hatte er an sie eine besondere schwarze Lederrüstung ausgegeben; in die ebenholzschwarzen Brustpanzer war das Drachenemblem der Sippe Aurelianus eingeprägt. Seitdem hatte er sich jeden Tag bemüht, sich die bevorstehenden Schlachten bildlich vorzustellen: wie er mit diesen Männern – seinen Männern! – bei jedem Wetter und auf jedem Terrain dahinreiten würde.

Dann, einen Monat vor Beginn des Feldzuges, ersetzte er die schwerfälligen Waffen durch leichte persische Bögen, die in der alten römischen Reiterei seiner sarmatischen Vorfahren der Standard gewesen waren. Die persische Waffe, ein zusammengesetzter Bogen, der aus abwechselnden Schichten von Holz, Leder und Horn bestand, besaß äußerste Biegsamkeit. Sie war lang und auf orientalische Weise tückisch gekrümmt. Der außerordentlich lange Zug der Bogensehne war so mächtig, daß die Pfeile mit ihren Stahlspitzen Rüstungen durchdringen konnten – sofern die Barbaren überhaupt welche besaßen.

Als die versammelte Kriegerschar der Pikten zu Fuß aus den Wäldern und Hügeln stürmte, um die magere Schwadron der britannischen Krieger zu massakrieren, die sie im offenen Feld überrascht hatten, schwärmte die Reiterei auseinander. Ambrosius selbst führte den weitgestreuten Angriff. Inmitten der nervösen Soldaten beobachteten Theo und Merlin hoch zu Roß, wie die berittenen Bogenschützen zwischen den anstürmenden, johlenden Barbaren hin und her flogen und ihre Schüsse mit kühler und tödlicher Genauigkeit abgaben. Gorlois stand auf seinem Feldwagen, an seiner Seite seine feuerhaarige Tochter, und beide beobachteten gespannt, wie die wilden Plünderer in der Ferne wie tote Blätter zu Boden fielen.

Nicht ein einziger Nordmann kam auf Schwertlänge an die flinken Pferde heran, und binnen Minuten war das Feld dunkel vor Blut und pfeilgespickten Leichen. Die verdutzten Barbaren, die nur mit wenigen Pfeilen gerechnet hatten, aber nicht mit solchen Geschossen, die wie der Nordwind heranzischten und sie so weit von ihren Feinden entfernt fällten, schlugen mit berserkerhafter Wut um sich und rückten weiter vor, zu stolz, um sich umzudrehen und zu fliehen. Die Reiter umkreisten unter ekstatischen Beifallsrufen der erleichterten Soldaten die wütenden Krieger und töteten sie von allen Seiten. Sie verschonten keinen einzigen.

Als das Gemetzel zu Ende war, schickte der Drachenherr die lachenden Fußsoldaten los, die Pfeile wiederzuholen und den Toten die nützlichen Waffen abzunehmen. Ambrosius kehrte triumphierend an die Spitze seines Heeres zurück, und so gestärkt setzte die Kriegsmannschaft den Marsch nach Osten fort.

Noch dreimal griffen auf dieser Reise blutrünstige Banden von Jüten, Angeln und Pikten an, aber nur ihre drohenden Schreie erreichten den Zug. Die schnelle Reiterei mähte mit ihren mächtigen orientalischen Bögen die Feinde nieder, sobald sie auf der Bildfläche erschienen. Als vorsichtiger Taktiker führte Ambrosius seine Truppen entlang der Flußebenen, wie er es vorhergesagt hatte, fern der Wälder und draußen im offenen Land, wo die Barbaren sich selbst offen zeigen mußten, wenn sie angreifen wollten.

In jeder neuen Stadt, durch die die Kriegsmannschaft kam, vermehrten auf Kampf erpichte Soldaten ihre Reihen, und sie freuten sich, daß sie endlich zu den Siegern gehörten. Aquae Sulis, Corinium, Cunetio, Spinae, Calleva Atrebatum, Durocobrivae und Verulamium: Aus allen Städten strömten die kampfbereiten Männer heraus, wenn sich das siegreiche Drachenbanner näherte. Und ein großer Teil dieses Vormarsches fand im Winter statt, einer Zeit, wo die Männer höchst ungern die warme Geborgenheit ihrer Städte verließen.

Das war auch ein Teil von Ambrosius' Strategie. Die barbarischen Horden konnten sich in der verschneiten Landschaft nirgendwo verstecken. Wenn die Schneestürme wüteten, zog der Drachenherr sich mit seinen Leuten in die nächste ummauerte *colonia* zurück, und wenn der Himmel wieder aufklarte, dann marschierten sie wieder, immer auf den Spuren der größeren barbarischen Stämme, die sie auf den eisfunkelnden Waldlichtungen niedermetzelten, wo sie sich schutzsuchend zusammengedrängt hatten. Die Arbeit war langsam und öde – aber das Töten war großartig.

Des vielen Tötens überdrüssig saß Theodosius rittlings auf dem höchsten Sitzbrett des Feldwagens. Schlaff lehnte er sich an die Fahnenstange, die die Standarte trug. Ein Nordwind, der aus einem grauen Himmel kam, peitschte das Drachenbanner mit den scharlachroten und schwarzen Drachenschuppen. Die flatternde Fahne stöhnte leise, kaum hörbar, beladen mit dem Unglück der Toten.

Von der Tribüne des Wagens aus überschaute Theo den späten Nachmittag. Im farblosen Wald nahmen die Schatten zu, während hinter den Wolken die Sonne sich einem Fluß entgegenneigte, der so stumpf war wie Bleischlacke. Abgesehen von den Wachen, die in ihre Pelze gehüllt am Rande des Lagers die Wachtfeuer für die kommende Nacht aufbauten, waren die Flußufer leer. Der Rauch aus den Zelten der Soldaten trug wohlriechende Dünste mit sich – von geröstetem Getreidemehl und gebratenem Ziegenfleisch.

Theo beobachtete, wie Merlin aus seinem Zelt kam und die Kapuze seines Mantels über seine grauen Locken zog. Er bewegte sich flink über die von Hufen festgestampfte Erde und wirkte überhaupt nicht wie ein alter Mann.

Aber Theo wußte natürlich, daß die verhüllte Gestalt, die auf ihn zukam, weder alt war noch ein Mann. Er schien das schon lange Zeit gewußt zu haben, obwohl erst drei Wochen vergangen waren, seit der Zauberer von seinem Krankenbett aufgestanden war. Wenn man ihn die Leiter zum Wagen heraufsteigen sah, dann würde man nie denken, daß er je verwundet worden war: Er schwebte die Sprossen schier herauf und glitt an dem Sitzbrett entlang. Dabei bauschte der Wind sein schwarzes Gewand, so daß er wirkte wie eine große, böse Fledermaus.

»Du hast mich gerufen, *quaestor*?« sagte Merlin und setzte sich neben Theo. Seit Wochen hatte er beobachtet, wie die Kummerfalten in Theos Gesicht immer tiefer wurden. Ein aus dem Herzen fließender Enthusiasmus wirkte bei dem jungen Mann nur in Gegenwart des Zauberers. Aber jetzt hielt Merlin diese Energie zurück. Er hatte geduldig darauf gewartet, daß Theo ihn rief, um sich seinen Kummer von der Seele zu reden, und er wollte die Wahrheit dieses Mannes nicht verzerren. Er zog sein ätherisches Feld enger um sich, preßte es zu einer winzigen, eingekapselten Achtsamkeit zusammen, die in seinem sterblichen Kern so sehr konzentriert war, daß sein Gesicht zu einer Maske wurde.

Theos düsterer Blick richtete sich auf das knochige Gesicht unter der Kapuze und sah dort Menschlichkeit. »Du bist nicht ganz ein Teufel, oder?«

»Ich bin der Mensch, den Gott aus mir gemacht hat.«

»Träumst du?«

»Natürlich.« Die Augen des Zauberers verengten sich. »Ich träume von Optima. Und von den Engeln, die sie besuchten. Manchmal träume ich vom Wüter.«

»Dem Gott der Germanen. Das muß schrecklich sein.«

»O ja.«

Die echte Furcht in Merlins Stimme ermutigte Theo zuzugeben: »Ich habe auch schreckliche Träume gehabt.«

»Der Schlangenmensch.«

»Ja ...« Die Düsterkeit in Theos Augen verflog. »Der Schlangenmann. Er kommt aus der Erde, in verwitterter altertümlicher Rüstung ...«

»Und er hat deine Augen.«

»Ja.« Theos Gesicht zuckte, als in ihm ein neuer Verdacht keimte. »Ist das deine Magie, Merlin? Hast du meinem Schlaf diese Träume eingegeben?«

»Nein. Ich habe deine Träume nicht berührt. Das ist jemand anderer.«

Theo blickte weg, auf den metallisch schimmernden Fluß, und dachte darüber nach. »Du hast recht. Ich hatte diese Träume lange bevor ich dich traf.« Er hielt inne. »Dann weiß ich, wer es sein muß. Der Schatten eines Vorfahren.«

»Mehr als das. Wenn das, was ich von diesem Besucher gesehen habe, sich als wahr erweist, dann ist er ein Magus. Ihm ist es irgendwie gelungen, Kraft vom Drachen abzuziehen, dem riesigen fühlenden Wesen im Inneren der feurigen Erde.«

Theos Augen huschten mit einem erschrockenen Blick zum Zauberer zurück. »Satan?«

Merlin kaute an seinem Schnurrbart und überlegte. »Vielleicht ist Satan der Drache. Er kreist im Inneren der Erde.«

Theos furchtsam verzerrtes Gesicht entspannte sich plötzlich, und er reckte mißtrauisch den Kopf. »Ist das noch eine von deinen Phantasien, Merlin – genau wie damals, als du mich glauben machen wolltest, die Erde sei eine Kugel, die in der Leere kreist? Denk daran, wie närrisch du wurdest, als du mich zu überzeugen versuchtest, die Erde drehe sich um die Sonne?« Der bedrückte Ton der eigenen Stimme machte ihn lachen. »Du hattest wirklich erwartet, daß ich meinen gesunden Menschenverstand aufgebe, die Wahrheiten ignoriere, die Gott mir vor die Augen gestellt hat und deine Torheiten glaube. Amüsiert es dich, uns lächerliche Geschichten zu erzählen, weil wir vor deiner Magie so einfältige Kinder sind?«

Merlin verneinte mit einem heftigen Kopfschütteln. »Der Drache ist wirklich, Theo. Er lebt in der Erde, voll mit leuchtender Kraft, und er frißt, was immer er fangen kann. Aber auch wir können uns von ihm nähren. Er besteht nicht aus Bein und Fleisch, sondern aus einer Essenz, die reiner ist als Feuer – aus einer wirbelnden Art von Licht. Ich glaube, dein Vorfahr hatte gelernt, wie er von diesem Licht etwas abziehen und sich vom Blut des Drachen ernähren konnte.«

»Und die Träume?«

Merlin neigte sich vertraulich näher und sagte: »Jahrhundertelang hat er in der lehmigen Kruste der Erde gelebt. Jahrhundertelang, Theo. Denk darüber nach. Er ist nicht mehr ganz menschlich. Man kann den Drachen nicht berühren, ohne berührt zu werden. Er verwandelt die Menschen. Nicht nur ihre Körper – die zu einer klebrigen Art von Licht werden, zu einem Plasma mit einer eigenen, eigenartigen Natur, das nicht länger der Versorgung bedarf oder auch nur der Luft –, aber das Drachenblut verändert auch ihren Geist. Es öffnet sie den langen Horizonten zwischen den Momenten. Dort vergehen Jahre wie Tage.«

»Wie weißt du das?«

Die erschrockene Miene des jungen Mannes verlangte nach der Wahrheit, und Merlin vertraute ihm an: »Ich bin in der Tat sehr alt. Ich weiß etwas von der Zeit und von den Phantomen, und ich sage dir, der Geist deines Vorfahren verschwindet in der Lücke zwischen den Momenten. Durch seinen Samen muß er den Weg zurück in die Zeit finden.«

»Das Drachenmal auf meinem Rücken ist sein Zeichen.« Theo blickte versonnen in den schiefergrauen Himmel und erinnerte sich an die Geistergeschichten von dem sarmatischen Drachenherrn, von denen Ambrosius sagte, ihr Vater hätte sie ihm erzählt.

Die Überlieferung der Familie behauptete, diese Geschichten von Vampiren, Lamien und Wertieren kämen vom ersten Legionär aus ihrer Familie, einem Abenteurer namens Vray Vitki. Als er jetzt darüber nachdachte, fiel Theo ein, daß ein

Gelehrter, ein Mitgast in einer der vielen *mansiones*, die er in seiner Jugend in Armorica besucht hatte, ihm einmal gesagt hatte, das slawische Wort vitki bedeute Magier.

»Dein Vorfahre sammelt den Willen, die Momente zusammenzuhalten, nur dann, wenn er durch die Not seiner Familie gerufen wird«, unterrichtete ihn Merlin. »Wenn er aus der Erde aufsteigt, dann fängt das Netz deines Blutes ihn aus der Luft, und du träumst von ihm.«

»Er steigt jetzt wegen Ambrosius' Krieg aus der Erde empor. Großvater Vitki will uns helfen, Vaters Tod zu rächen. Aber er sollte nicht zu mir kommen. Er sollte zu meinem Bruder gehen.« Selbstmitleid huschte einen Augenblick lang über die Züge des jungen Mannes. »Als wir uns zum ersten Mal begegneten, da sagtest du, niemand würde gerettet. Doch dieser Vorfahre – dieser Magus, Großvater Vitki aus den alten Geschichten, er kommt, uns zu retten. Aber mein Herz bekümmert, daß er zu mir kommt, wo Ambrosius doch der ist, der ihn braucht.« Sein Gesicht war den Tränen nahe. »Der Drache schickt seinen Magus zum Falschen. Merlin – ich bin ein Feigling.«

Die leidenschaftliche Innerlichkeit dieses Geständnisses beunruhigte Merlin. »Alle weisen Männer sind Feiglinge«, sagte er.

Theo nickte niedergeschlagen.

»Gewalttätigkeit entfremdet uns«, sagte Merlin. »Die Mordlust der Schlacht ist eine Besessenheit, eine bestialische Trübung. Es ist weise, diesen Zustand zu fürchten. Die ihn nicht fürchten, sind selbst besessen. Fürchte sie, fürchte sie alle!«

»Ich möchte nicht töten«, sagte Theo mit brüchiger, furchtsamer Stimme. »Warum kommt dann Vray Vitki zu mir?«

»Du brauchst ihn. Vielleicht nicht zum Töten, sondern zu deinem Schutz.«

Dieses Wort ließ Theo aufblicken. »Ja – zum Schutz.« Der Priester in ihm verstand dieses Motiv. »Merlin, ich bin des Tötens müde. Ich möchte, daß die Germanen weggehen und uns in Frieden lassen. Wir sollten miteinander handeln, nicht kämpfen.«

Merlin blinzelte ungläubig. »Du mußt wirklich erschöpft sein, daß du vergessen hast, wo wir in der Geschichte stehen. Erinnerst du dich an die Hunnen? Onkel Attila? Die Germanen haben ihr Land verloren.«

Theo erhob sich, stellte sich breitbeinig hin, verschränkte die Arme gegen den Nordwind und blickte suchend auf den Wald, den ausgedehnten Unterschlupf der Plünderer. »Wir brauchen Rom.«

Merlin blieb auf dem Brett sitzen, wölbte die hohlen Hände im Schoß und freute sich, daß er diese Wirkung ohne Magie erzielt hatte. »Wir brauchen die Autorität des Schwertes. Ja. Es ist eine traurige Wahrheit, aber trotzdem wahr.«

»Wie kann der Magus uns helfen? Was kann Vray Vitki tun?«

Merlin wußte es nicht und gab sich keine Mühe, seine Unsicherheit zu verbergen. »Er ist jetzt alt. Er hat deiner Familie seit einer Zeit gedient, bevor noch Jesus sein Leiden durchmachte. Bald wird er sterben, und all die Kraft, die er benutzt hat, um diesen Leib aus Licht aufzubauen, wird der Drache verschlingen. Ich denke, es ist seine Absicht, alles, was von ihm noch übrig ist, dir zu geben, um dir zu helfen, deinem Bruder zu helfen.«

Theo wandte sich um und blickte den Zauberer vorsichtig an. »Sag mir, Zauberer, wird es je eine Zeit ohne Krieg geben?«

»Ist das ein Rätsel?«

Theo schaute enttäuscht drein, und die Schatten unter seinen Augen wurden dunkler. »Dann sagst du also, Krieg sei unvermeidbar?«

Merlin stand auf und sagte im Ton einer Offenbarung: »Ich sage dir, Krieg ist wie ein starker Fluß, der die Menschen hinwegschwemmt. Zu breit für eine Brücke, viel zu wild für jedes Boot. Also, sag mir, wird es je eine Zeit geben, wo man einen solchen Fluß überqueren kann?«

»Was du sagst, macht keinen Sinn.«

»Was hier wahr ist, macht keinen Sinn.«

Theo schüttelte den Kopf. »Ich bin zu müde für Rätsel.«

»Dann will ich es dir geradeaus sagen. Es gibt eine Zeit, da man sogar einen reißenden Strom zu Fuß überqueren kann. Im Winter. Fürchte die dunkle Zeit und die Kälte nicht, Theo, denn sie haben ihren Segen – wenn du ihn anzunehmen weißt.«

»Ich bin müde, Merlin.«

»Dann komm wieder in dein Zelt und schlaf«, sagte der Alte, legte seinen Arm um den jungen *quaestor* und führte ihn zur Leiter. »Morgen bringt uns der Fluß zur nächsten Schlacht.«

Der Frühling fand das Heer des Drachenherrn, wie Ambrosius es vorhergesagt hatte, in großer Zahl auf dem Marsch entlang dem dunstig-glitschigen Ufer des Flusses Tamesis. Die sächsischen Söldner, die weit im Norden eingesetzt waren, boten keinen Widerstand. Vortigern, der den Vormarsch seines Feindes nicht aufhalten konnte, hatte sich mit der Handvoll Truppen, die noch loyal zu ihm standen, in seine Festung auf dem Südufer zurückgezogen.

Der sanfte Frühlingsregen hatte die Erde um Londinium geweckt. Krokusse lagen verstreut umher, wie helle Fetzen auf dem grünen Teppich des Planeten. Hirsche sprangen durch das Lager. Hasen verfolgten sich mitten zwischen den Zelten. In den hohen Hallen des Waldes sang das Leben. Und Ambrosius brachte Vortigern den Tod.

Knapp außer Schußweite von Balbus Gaius Cocceius' Bogenschützen schossen Ambrosius' persische Bogen einen brennenden Pfeil nach dem anderen in das Holz der Festung. Der Drachenherr brüllte, Cocceius solle sein Gift zurücklassen, herauskommen und Mann gegen Mann mit Ambrosius kämpfen. Doch Vortigern verbarg sich in seiner Festung, und die Flammen fraßen das tote Holz.

Schwarzer Rauch kroch über den Himmel, und die Tore

schwangen weit auf. Die Soldaten, die vor den Flammen aus der Festung flohen, fielen im zischenden Hagel der Pfeile. Und während die Festung wie ein riesiger Scheiterhaufen aufloderte, ritt Ambrosius im Rauch hin und her, schrie Schmähworte und brüllte Siegeslieder, und immer wieder schoß er rächende Pfeile in das vom Wind angefachte Brandopfer.

Lange nachdem die Mauern in einem funkensprühenden Wirbel zusammengebrochen waren und nur noch einen schwelenden Haufen bildeten, ritt Ambrosius durch den Aschendunst seines toten Feindes und sang dabei heiser. Und sein Haß und all die Länder seiner Qual, die er durchquert hatte, um Rache zu nehmen, stiegen schwarz in den Frühlingshimmel.

Lailoken hockte im hohen Gras am Fluß. Der Rauch des Scheiterhaufens, der einmal Vortigerns Zitadelle gewesen war, tauchte alles in ein Zwielicht. Die Sieger jubilierten mit Gesängen und Gelächter. Er konnte es nicht ertragen, in ihre Gesichter zu schauen. Sie waren so glücklich, sie sahen so böse aus.

Deshalb war er hierher geflohen. Das schwankende Gras und der murmelnde Fluß sollten den Schmerz stillen, den das Gelächter des Heeres ihm bereitete. Ihr glückliches Geschrei erinnerte ihn zu stark an sein früheres Leben als Dämon.

Schließlich kniete er im Schlamm, bekreuzigte sich und begann schnell und leise zu reden. Er redete, um die Quelle in sich selbst zu spüren, um die Kraft anzusprechen, die seine Atome zusammenhielt und all seine dämonischen Kräfte und sein dämonisches Wissen in ein einziges menschliches Leben gezwungen hatte. Er redete, um sich selbst zu hören.

»Nach unserer Zeitrechnung beginnt meine sterbliche Geschichte im Jahre des Herrn 422 auf dem Hochland von Cos. Dreitausend Jahre vorher war ich zum ersten Mal auf die Erde gekommen und hatte viel Erfolg dabei gehabt, die großen menschlichen Siedlungen in Mesopotamien und

Ägypten zu vernichten. Ich fand es einfach, die Habgier, die die Sterblichen gegeneinander hegten, auszunutzen und war zuversichtlich, daß in kurzer Zeit diese Abscheulichkeit, die man Zivilisation nennt, vernichtet sein würde.

Ich pendelte von Rom zu den Grenzen, voller Hochgefühl über den Sieg, den ich und meine Verbündeten durch Alarich den Goten hatten vollbringen helfen, als er die sogenannte Ewige Stadt plünderte. Als das Römische Reich zu unserer Zufriedenheit niedergebrannt war, schwelgten wir Dämonen in dem anschließenden Chaos, das Attila und seine Hunnen anrichteten. Offen gestanden war ich jedoch über all dem etwas traurig geworden. Die Römer waren so ein nützliches Werkzeug gewesen, wenn es darum ging, andere zu quälen. Aber die Engel waren zu weit gegangen, als sie kürzlich die Römer dazu eingesetzt hatten, eine neue Religion der Liebe, des Friedens und der Selbstaufopferung zu verbreiten. Das konnten wir Dämonen nicht hinnehmen. So entzogen wir der grimmigen Herrschaft der Römer unsere Unterstützung und halfen bei ihrer Vernichtung.

Meine Aufgabe während und nach dem Fall von Rom war, mich nach Norden zu begeben und die Garnisonen in den letzten Außenposten heimzusuchen. Das habe ich genossen. Die Römer, seit den letzten hundert Jahren schon Christen, hatten ihre alten priapischen Götter und nährenden Göttinnen aufgegeben und Angst vor lüsternen Geistern und bestialischen Dämonen bekommen. Ha! Ihre Angst machte es für mich um so leichter, sie zu manipulieren. Mir gefiel es besonders, weibliche Einsiedler auszusuchen, fromme Klausnerinnen, Nonnen, die ich mit sexuellen Phantasien und nächtlichen Schrecken quälte, bis sie verrückt wurden und sich selber oder andere töteten. Meine Kumpane und ich hatten unsere Technik in früheren Zeiten so sehr vervollkommnet, daß die Sterblichen sogar einen Namen für den Schrecken hatten, den diese Qual für sie bedeutete. Sie personifizierten diese Erfahrung und nannten sie – *Incubus.*

Das gebirgige Königreich von Cos bestand aus uralten

Bergen, die sich vor Äonen aufgefaltet hatten und im Laufe der Zeiten zu einem Labyrinth wirrer Hügel und dicht bewaldeter Granitschluchten erodiert waren. Auf einer Wiese auf dem Hochland über diesem Hügelgewirr stieß ich auf eine einsiedlerische Nonne, eine ehemalige Prinzessin von Cos, die sich für eine heilige Frau hielt. Ha! Und nochmals ha! Sie war so reizlos wie ein Besenstiel, nicht sonderlich häßlich, aber sehr gewöhnlich, mit einer Art Wieselmiene in ihren scharfen Zügen, und mit meinem typischen Zynismus stellte ich mir vor, dies allein sei schon die Inspiration für ihre zur Schau getragene Heiligmäßigkeit. Mit meiner typischen Aggressivität fiel ich über sie her wie ein heftiger Wind, der eine langweilige Straße entlangheult.

Diese Nonne, ihr Name war Optima, lebte völlig allein in einer kleinen runden Hütte aus mit Lehm beworfenem Flechtwerk. Ein Herd aus rohen Steinen nahm die Mitte der Hütte ein, und Wasserkessel hingen an der Wand über dem Feuerholz. Der Boden aus festgestampfter Erde war nackt, nicht einmal mit Schilf bedeckt. Das Bett, ein Strohsack, lag zwischen einem gebrechlichen Schemel und einem wackeligen Tisch. Über einem schiefen Fenster beobachtete ein Kruzifix, wie ich die Lattentür aufstieß und in das vollgestopfte, dämmerige Innere stürmte.

Ich fand sie im Gebet, vor einem winzigen, lächerlichen Altar aus grünen Flußsteinen kniend, auf dem eine mit Haselnußöl gefüllte Votivlampe flackerte. Meine windige Gegenwart löschte die Flamme und schob die Frau über die knöchelhohen Steine. Als sie durch die Wucht meines Angriffs vornüber fiel, flog die graubraune Hanfkutte um ihre Hüften hoch. Wie ein frostiger Wind rammte ich mich gegen ihr Geschlecht, wollte Schreck und Schmach in ihr auslösen. Ha!

Aber ich erlebte einen Schreck. Aus ihrer Scham griff eine unwiderstehliche Kraft nach mir, ein schrecklicher, heißer Magnetismus, der mich mit versengender Pein packte und schnell und fest in die heißen, dunklen, feuchten Tiefen ihres lebenden Körpers zog.

So etwas war mir noch nie zuvor geschehen, nicht in hundert anderen Welten. In der Vergangenheit hatte ich immer das Fleisch von außen gepeinigt, Brustwarzen und Klitoris eisig gekitzelt, Gänsehaut hervorgerufen, Haare sich sträuben lassen und wie Wind in die Ohren gepfiffen. In Wahrheit benutzte ich meine Macht nur, um kleine Energiemuster zu manipulieren – die Gehirnwellen meiner Opfer –, um Halluzinationen zu erregen. Das war in der Vergangenheit immer ausreichend gewesen, um meine Beute zu vernichten. Nie zuvor war ich in einem menschlichen Leib gewesen.

Für gewöhnlich hockte meine Bosheit wie eine bleierne Dunkelheit über dem Brustbein, Tentakel von Kraft sondierten in angstgeblähten Nasenflügeln, langten durch stöhnende Nebenhöhlen, um das zitternde Hirn zu berühren und es mit meinen telepathischen Alpträumen frieren zu machen, mit meinen gewaltsam eingeflößten Visionen von wollüstigem Schrecken.

Doch diesmal war es anders. Eine groteske Macht hatte mich gepackt und mit unwiderstehlicher Qual in eine schwärzere Tiefe gezerrt, als ich sie je gekannt hatte. Diese unglaubliche Kraft band mich, betäubt und zitternd, in die Dunkelheit. Ich schlug um mich, versuchte, mich loszureißen. Aber ich konnte die Umklammerung nicht lösen, die mich gepackt hatte, mich festhielt, mich an sich selbst nagelte.

Was war geschehen? Meine Vorstellung, so alt wie die Zeit selbst, sträubte sich. Sie ist nur eine Frau, sagte ich mir. Eine Sterbliche. Ich kann ihr entkommen.

Ich kämpfte, bis ich aller Stärke, allen Lichtes entleert und der Dunkelheit gleich geworden war, die mich gefangenhielt. Lange Zeit döste ich benommen in der Trance meiner Hilflosigkeit, lauschte dem gedämpften Schlag von Optimas Herz und dem Summen des Blutes in ihren Adern. Langsam begann ich zu begreifen, was mit mir geschehen war.

Zuerst konnte ich es nicht glauben. Nur allmählich fand ich mich mit der unabweisbaren Wahrheit ab und nahm sie an. Ich hatte sie gefunden. Oder eher: Sie hatte mich gefunden.

Nach Milliarden Jahren der Verzweiflung, nach Lichtjahren, Lichtjahrhunderten, Lichtjahrtausenden des Wanderns, da ich geglaubt hatte, sie sei für immer von uns geflohen – hier war sie! Wah-ha-ha! Das Gelächter meiner Freude brach all meinen uralten Groll und beseitigte den ganzen gräßlichen Traum meiner Geschichte. Ich war wieder bei ihr! Der einzigartige Punkt meines Seins, die Monade, die ich war, war eins mit ihrer Gegenwart. Wieder einmal waren wir eins.

Diese Optima, dieses reizlose Wiesel von einer Frau, erschien nur sterblich, ihre Sterblichkeit war nur eine Tarnung für den Tempel der Göttin. Das war geschehen: Ich hatte die Göttin an dem Ort gefunden, wo ich sie am wenigsten erwartet hatte. In der Dunkelheit einer Lebensform, die ich verachtete, in der Fleischeshitze des Unterleibes, im schleimigen Blutgeflecht und in den aufgedunsenen Geweben, den Gallerten und der fettigen Tiefe des Lebens, in dieser Häßlichkeit, die zu zerstören ich so wild entschlossen gewesen war – dort hatte ich sie endlich gefunden.

Hier, in dieser Höhle aus Gebein, in diesem Sarg der Zeit, in dem dunklen Alptraum, tat sich mir ihre Liebe so zärtlich kund. Sie erinnerte sich gut an mich. Sie erinnerte sich an unser Einssein vor aller Zeit, als wir alle in einem Punkt bei ihr gewohnt hatten. Ich war wieder ihr Favorit, wie ich es zuvor gewesen war, wie wir alle es gewesen waren, als wir mit ihr zusammen waren.

Obwohl ich die Welt gemordet hatte, obwohl ich soviel Leid auf vielen Welten angerichtet hatte, vergab sie mir. Sie vergab mir, weil ich allen Schrecken meines Wütens aus Verlangen nach ihr entfacht hatte. Und ihre Liebe tat sich mir zärtlich kund, in all meiner Dunkelheit. Sie packte mich mit einem Willen zu immerwährender Liebe, und all die unerfüllten Hoffnungen der Engel erfüllten sich damals und dort in mir. Ich war wieder heil. Ich war im Himmel.

Ich betrat das irdische Leben als ein riesiges, häßliches Kind. Meine Knochen waren knotig, meine aschgraue Haut übersät mit rosafarbenen Blasen und grindigen Flecken. Und ich war behaart. Büscheliger Pelz bedeckte meinen langen Schädel, und mein eingesunkenes Gesicht blickte erschreckt aus einem struppigen Bart so weiß wie Frost.

Für jedes unvoreingenommene Auge war ich überhaupt kein Kind. Ich war ein alter, alter Mann, der Allerälteste, zusammengesunken zu einer hilflosen, knorpeligen, schrumpeligen Masse aus Barthaaren und spröden Knochen. Jede andere Mutter hätte bei meinem Anblick aufgeschrien und mich barmherzigerweise in einen Brunnen geworfen. Aber Optima war keine gewöhnliche Sterbliche, wie wir wissen. Sie säugte mich mit ihren mageren Brüsten, und obwohl ich mich erschöpft genug fühlte, um zu sterben, überlebte ich. Mit jedem Atemzug drohte mein Leben mir zu entgleiten – und das hätte mir gepaßt.

Jetzt hatte mich die allerschlimmste Einsamkeit gepackt, schlimmer als die Einsamkeit, die ich erfahren hatte, als ich damals beim Großen Knall aus dem Himmel geschleudert worden war, denn damals war ich mit den anderen zusammen gewesen. Aber hier, in meiner sterblichen Erscheinung, war ich wahrhaft und endgültig allein, eingeschlossen in meine quietschenden Knochen und mein mageres Fleisch. Nur der Schlag meines Herzens leistete mir Gesellschaft.

Mensch zu sein bedeutete die schrecklichste Einsamkeit des Universums. Als Dämon schweifte ich frei von den meisten physischen Begrenzungen umher, ich konnte nach Belieben kommen und gehen, wie es mir gefiel, und zwischen den Welten hin und her huschen. Nun ja, nicht wirklich huschen. Reisen durch die ewige Nacht und die immerwährende Kälte erfordern einen heftigen Willen, aber die Zeit hat für Geister eine andere Bedeutung. Für einen Menschen, der hinfällig ist wie eine winzige Mücke, besitzt die Zeit eine wahnsinnige Regelmäßigkeit – Atemzug folgt auf Atemzug, das Herz pocht seinen geistlosen Trommelschlag, das Blut fließt durch seine Kanäle und flüstert seine Vorahnung der Sterblichkeit in das innerste Ohr, zwingt uns, seinem Rauschen zu lauschen, das an das Geriesel des Sandes in einer Sanduhr erinnert.

Wie halten die Menschen das aus?

Ich zumindest hatte die Erinnerung an meine Zeit in Optima, in der Umarmung der zeitlosen Liebe der Göttin. Das Leid, das mir ihre Abwesenheit diesmal zufügte, war nicht annähernd so schlimm wie damals, als wir sie zum ersten Mal verloren hatten, denn jetzt wußte ich ... – ich wußte tatsächlich, daß sie hier draußen mit uns in der Leere war. Sie war in ihrem Kummer so elend dran wie wir. Und, das Beste von allem, sie liebte uns noch. Sie hatte mir meine wahnsinnige Wut vergeben – und diese Wut war, wunderbarerweise, völlig verschwunden, einfach durch die Gnade, sie hier wiedergefunden zu haben, obwohl es nur für diese kurze Zeit gewesen war.

All die Erinnerungen an meine Existenz als ein Dämon fanden Platz in meinem menschlichen Schädel, und ich erinnerte mich an alles aus meinem früheren Leben. Das verringerte meine Furcht ein wenig. Aber es unterwarf mich einer unerträglichen Klaustrophobie. In den Schädel eingesperrt, empfand ich mich begraben. Die Farben erschienen mir dürr, und es gab weniger davon in der Welt. Geräusche drangen nur gedämpft zu mir vor. All meine Sinneswahrnehmungen waren beeinträchtigt. Und meine Telepathie kehrte überhaupt nicht zurück.

Ich schrie laut auf, im Inneren meines gewaltigen Schrekkens. Wa-a-a-ah-h!

Und ich betete. Inbrünstig betete ich – O Göttin, nimm mich aus diesem lebenden Leichnam hinweg. Töte mich, damit ich wieder als Geist leben darf. Meine Bosheit ist erschöpft. Ich schwöre, ich werde alles Böse, das ich getan habe, wieder gutmachen. Ich werde das Leben und seine wunderbare Komplexität fördern. Bitte – bitte! Versetze mich wieder in mein geistiges Selbst!

Aber die Göttin sagte nichts. Sie war fort. Und einen Augenblick lang zweifelte ich an meiner Erinnerung an sie. Mit wundem Herzen fragte ich mich, ob ich die ganze intrauterine Erfahrung mit ihr nur halluziniert hatte.

Und dann begann Optima zu singen. Mit einer Stimme so wohlklingend wie eine Erinnerung an den Himmel, sang sie von ihrer Liebe zu mir. Sie sang von den kleinen Vögeln, den allerwinzigsten Vögeln, die stark genug sind, um den Frühling und die warmen Tage mit sich vom Süden heraufzubringen. Sie wiegte meinen verschrumpelten Körper in ihren mageren Armen, und sie sang von den inneren Gebirgen der Seele, die jeder von uns erklimmt, um den Weg zum Himmel zu finden. Sie sang von der Müdigkeit der Felsen im Fluß und von der Liebeskrankheit der Katzen in den Gassen und von der Zärtlichkeit der Seekühe für ihre Kälber.

Meine Zweifel vergingen völlig, denn ich konnte sie in Optimas Stimme hören. Trotz des Pochens meines leidenden Herzens und des Geröchels meiner widerspenstigen Lungen hörte ich, wie sich ihre Liebe sanft in Optimas Stimme kundtat, und ich beruhigte mich. Ich beruhigte mich und saugte an ihren milchschweren Brüsten, und ich wurde stark durch ihre Liebe.

Bald fand ich die Kraft, mich selbst aufzusetzen. Ich war noch zu schwach, um zu sprechen, aber ich hatte einen Standpunkt gewonnen, von dem aus ich mich umschauen und meine Umgebung untersuchen konnte. Vom Inneren dieses Leibes gesehen sah die Welt völlig anders für mich aus, als sie mir in meiner Zeit als Geist erschienen war. Die Schatten schienen mehr Substanz zu haben, und physische Objekte wirkten kleiner, dichter. Je mehr ich schaute, desto stärker wurde meine Klaustrophobie, bis ich meine Augen schließen und einfach den Schrecken der Dunkelheit ertragen mußte.

Allmählich wurde ich an meine Gefangenschaft gewöhnt, und ich begann Optima aus der Wurzelhöhle unter der großen Eiche zu beobachten, wohin sie mich setzte, wenn sie an das Flüßchen ging, um unsere wenigen Kleider zu waschen. Ich starrte auf die Welt. Sie war von einer kargen Schönheit, die mir zu gefallen begann. Die Hochwiese, auf der wir lebten, war voll von hohem, silbergrünem Gras, das wie Pelz im

Wind schimmerte. Drunten verschwand der braune Faden des Baches in einem dichten, schwarzgrünen Wald, aus dem dann und wann kräftige Rothirsche traten.

Am Morgen verhüllten Nebelbänke die niedrigeren Kämme und Hügel. Aber gegen Mittag konnte man die zahlreichen Täler und Schluchten sehen, die sich zwischen den smaragdgrünen Gipfeln dahinschlängelten. Im blauen Gewölbe des Himmels türmten sich Wolkenberge auf und schleppten ihre Schatten über ein Mosaikgewirr von Tälern und Lichtungen.

Auf fernen Hügeln zeichneten sich undeutlich die Umrisse strohgedeckter Dächer am Horizont ab. Gerade noch sichtbar, drängten sich am anderen Ende der Wildnis Hütten eines Dorfes zusammen. Von dort unten kamen Bauern heraufgestiegen, kamen dann und wann zu Besuch und ließen Opfergaben für die heilige Frau auf der Hochwiese zurück. Wir konnten sie schon von ferne kommen sehen, und Optima versteckte mich immer sorgfältig in der Hütte, bevor sie kamen. Während ihrer ganzen Schwangerschaft war es ihr gelungen, ihren Zustand verborgen zu halten. Und obwohl ihre Entbindung grotesk schwierig gewesen war, hatte sie mich nur mit der Hilfe der Engel geboren.

O ja, die Engel besuchten sie täglich. Ich sah sie so deutlich wie damals, als ich noch selbst ein Geist gewesen war. In Feuer gehüllt, mit großen, leuchtenden, ruhigen Augen besuchten sie sie jeden Tag zweimal, in der Dämmerung, wenn sie vor ihrem winzigen Altar aus grünen Flußsteinen kniete und betete. Sie ignorierten mich völlig, und wie sehr ich es auch versuchte, ich konnte nie ganz hören, was sie zu ihr sagten. Vielleicht beteiligten sie sich nur an ihren Gebeten. Ihre Stimmen klangen wie ein Glasglockenspiel in einer trägen Brise.

Manchmal kam am oberen Ende der Wiese, neben der Gruppe von Blutbuchen, wo sie gern im Freien betete, das Einhorn zu ihr. Mit silbernen Hufen und blau wie das Mondlicht erschien das geschmeidige Wesen mit seiner gefährlichen Schönheit in leuchtendem Schweigen. Es neigte das gedrehte Horn zur Erde und wartete geduldig, während Optima betete. Immer verstummte das Säuseln des Windes in seiner Gegenwart. Dann bekreuzigte sich Optima, setzte sich inmitten der Astern und Fingerkrautblüten nieder, und das Einhorn näherte sich ihr mit majestätischer Langsamkeit und legte seine samtene Schnauze in ihren Schoß.

Seine grünen Augen beobachteten sie gelassen, und in diesem friedvollen Augenblick konnte auch ich es berühren. Das zarte Flattern seines Fells summte durch meine Fingerspitzen wie schwacher Strom. Seltsamerweise kräuselte meine Berührung seinen Körper, als hätte ich eine glänzende Wasserfläche aufgestört, und tief in meinem Inneren öffnete sich eine Blüte mit einem Duft wie aus dem Himmel.

Sein Weggang erfüllte mich immer mit einem Echo des untröstlichen Kummers, den ich in der Leere erduldet hatte. Nach diesen ersten paar Malen berührte ich das Einhorn nicht wieder, ganz gleich, wie sehr Optima mich dazu einlud. Wenn ich es beobachtete, wie es durch das Gewirr der Wälder verschwand, leuchtend wie ein vom Himmel gefallenes Stück Mond, dann spürte ich, wie die Flamme meiner Körperhitze aus meinem Fleisch aufstieg und ihr Feuer dem der Hölle hinzufügte, als könnte ich nie etwas anderes sein als der Dämon, der ich war.«

Die Sachsen, denen die Vernichtung ihres großzügigen Gönners mißfiel, kamen mit fürchterlicher Wut aus dem Norden und aus ihren Insellagern heruntergefegt in den Süden. Als sie ihre gewaltige Heerschar vor Londinium versammelten, schloß sich Ambrosius, dessen Rache erfüllt war, in den prächtigen Statthalterpalast ein und trank – sehr zum Ärger seines Bruder und zu Morgeus zorniger Verzweiflung – mit Opium gewürzten Wein und vergnügte sich Tag und Nacht mit jungen Frauen.

Nach Vortigerns Tötung hatte er seinen Willen verloren. Das war das Ziel seines Lebens gewesen, und jetzt, da er es erreicht hatte, war sein Schicksal erfüllt. Im Kriegsrat fehlte es ihm an Anteilnahme und Konzentration, und bald erschien er überhaupt nicht mehr zur Beratung.

Theo hatte keine Lust auf militärische Abenteuer oder deren Beute und überließ den alltäglichen Befehl über das Heer Gorlois, wärend er sich mit Morgeu bemühte, den Bann der Ausschweifungen seines Bruders zu brechen. Doch es nutzte alles nichts. Ambrosius ignorierte seinen Bruder, und wenn er betrunken nach Morgeu grapschte, dann zog sie sich verärgert zurück und schloß sich in ihrem Flügel des Palastes ein. Damals enthüllte ihre Magie ihr, was Merlin schon wußte: der stolze Ambrosius würde nie ihr gehören, denn er hatte sich schon mit dem Tod vermählt.

Ohne die taktische Klugheit und die treffsichere Intuition seiner Tochter verschwendete Gorlois die Kräfte des Heeres in extravaganten Angriffen auf die Sachsen. Zwar bleib er dabei siegreich, aber die Aktionen kosteten unnötig Menschenleben. Binnen weniger Wochen nach ihrem größten Sieg begann das Heer auseinanderzubrechen.

Merlin blieb in seinem Winkel des Palastes. Er fürchtete sich, auf den Straßen von Londinium umherzugehen. Fürchtete sich, weil er am östlichen Horizont die riesige Gestalt des Wüters herannahen sah, mit Wolken als Bart und den Meeressternen in seinem wilden Haar. Aufgrund der Anwesenheit des Wüters wußte der Zauberer, daß die Britannier letztlich vom Untergang bedroht waren, wenn sie in der alten Hauptstadt blieben. Er drängte Theo, seinen Bruder zu verlassen, die Hauptmasse seiner Truppen zu nehmen und sich nach Westen zurückzuziehen. Aber Theo würde natürlich nie von seines Bruders Seite weichen.

Als Merlin in seinen Vorhaltungen gegenüber dem Drachenherrn immer eindringlicher wurde, hörte Ambrosius auf, mit ihm zu reden. Selbst dann fürchtete sich Merlin noch, die volle Kraft seiner Magie auf Ambrosius anzuwenden. Wenn er es täte, dann würde – so wußte er – der Wüter davon erfahren. Also wartete der Zauberer in seinen Gemächern und spähte durch die Vorhänge auf den Giganten des Krieges, der im Fluß watete.

Das Warten endete im Mittsommer, als sich die Sachsen vor der Stadtmauer aufstellten, nachdem sie das britannische Heer bis auf die Bogenschützen und eine kleine Phalanx von Fußsoldaten aufgerieben hatten. Ihr Häuptling, Hengist, ein breitschultriger Krieger mit einem Hörnerhelm, schickte eine Botschaft des Inhalts: Wenn er nicht seinen vollen Tribut in Gold bezahlt bekäme, dann würde er sich mit den Pikten verbünden, genau mit den Stämmen, die zu bekämpfen er von Balbus Gaius Cocceius gezwungen worden war.

Dieser Verrat brach den Bann von Ambrosius' Zügellosigkeit. Der Drachenherr wurde plötzlich aufgerüttelt, etwas zu tun, und er bestand darauf, einen Überfall auf Hengists Lager anzuführen.

Im Thronsaal, der mit rosafarbenem Marmor ausgestattet war und wo die Kaiserstatuen stumm aus den wogenden Massen von Seidenvorhängen hervorschauten, wurde Merlin Zeuge eines lauten Streits zwischen Ambrosius und Theo. In einer furchtbaren Vorahnung erkannte der Zauberer, daß auch dies notwendig war. Jedes verletzende Wort, das zwischen den Brüdern hin und her flog, war schon zuvor in den Kristall der Zeit geschnitten worden. Ambrosius war ein verlorener Mann in einer verlorenen Welt. Nichts konnte ihn retten. Und doch ...

Theo flehte Merlin unter Tränen an, er solle Ambrosius aufhalten, nachdem seine eigenen, verzweifelt wütenden Versuche gescheitert waren. Dies zwang den Zauberer, Magie zu Hilfe zu nehmen.

Er versetzte die Palastwachen vor den Gemächern des Drachenherrn in Schlaf und trat einfach ein. Ambrosius legte gerade seine Rüstung an. »Hau ab, du altes Arschloch!« befahl er. »Jetzt müssen Köpfe rollen. Ich habe keine Zeit für dein philosophisches Geschwätz.«

»Deine ganze Zeit wird verbraucht sein, wenn du heute den Palast verläßt«, warnte ihn Merlin.

»Verfluchst du mich also?« fragte er spöttisch und griff nach seinem Schwert.

»Benutz es nur«, forderte ihn Merlin auf und zeigte auf die Waffe. »Töte mich, wenn du mußt – aber meine Warnung bleibt bestehen.«

Ambrosius senkte das Schwert und blickte den Zauberer finster an. »Wie bist du überhaupt hier hereingekommen?« Er tat die Frage selber mit einer Handbewegung ab. »Macht nichts. Du brauchst nicht zu antworten. Ich will es nicht wissen.« Er schob das Schwert in die Scheide und straffte die Gurte seines Schildes. »Schau, ich war mir schon seit langem darüber im klaren, daß du irgendwie von Dämonen abstammst. Ich weiß, daß du es warst, der für uns das Gold fand. Ohne dich wären wir jetzt nicht hier. Also meinst du, du hättest einen Anteil an dem, was geschieht. Aber das hast du nicht. Etwas Größeres bestimmt jetzt über mein Schicksal. Und daher weiß ich, daß meine Zeit um ist. Ich weiß es.«

Merlin mußte sich gewaltsam zurückhalten. »Du willst sterben?«

»Ha! Wollen ... So würde ich es nicht sagen, Alter. Ich will nicht sterben. Aber ich werde sterben. Das spüre ich. Es ist ein unmißverständliches Gefühl – wie Hunger oder Durst. Ich habe es gespürt, seit ich Cocceius tötete. Meine Zeit ist um.«

»Nicht wirklich«, sagte Merlin, obwohl ihm seine Worte hohl klangen.

Ambrosius lächelte nur, kalt und freudlos. Er trat auf den Zauberer zu und legte ihm eine Hand auf die Schulter und sagte ruhig: »Dank dir, Alter – wer auch immer du sein magst.«

Merlin sagte nichts mehr, und Ambrosius verließ den Raum wie ein Schatten. Der Zauberer folgte ihm in den Korridor, weckte die Wachen wieder auf, und zusammen begleiteten sie Ambrosius in den Hof, wo er seine Truppen zu sich rief.

Selbst Theo sah ein, daß es aussichtslos war, ihm sein Vorhaben auszureden, und er lief seine Rüstung holen. Gorlois nahm das Drachenbanner und ritt mit Ambrosius an der Spitze der Mannschaft. Als Theo durch das Tor hinausfegte, feuerten die Bogenschützen schon in Hengists Lager.

Sachsen schwärmten aus ihren Lederzelten und hoben große Lederschilde, um die Pfeile aufzufangen, während sie liefen. Merlin kletterte auf die Stadtmauer, um von den Zinnen aus das Geschehen zu beobachten, und als er auf dem Wall ankam, von dem aus man das Lager der Feinde sehen konnte, prallten die düsteren Gestalten aufeinander.

Morgeu war schon da, das blasse Gesicht ganz Aufmerksamkeit, und hielt die Fäuste geballt. »Komm zurück!« rief sie, als ihr Vater zur Nachhut ritt, um die Männer mit den Spießen nach vorn zu holen. »Komm zurück!«

Gorlois hob das Drachenbanner, zum Zeichen, daß er verstanden hatte, doch hinter der bronzenen Maske war sein Gesicht nicht zu sehen. Den Arm zum römischen Gruß ausgestreckt, trabte er zurück in die Schlacht.

»Ambrosius ist verrückt!« schrie Morgeu. Sie schaute Merlin mit angstgeweiteten Augen an. »Halte ihn auf!«

»Ich kann den Drachenherrn nicht aufhalten«, sagte er und zwirbelte nervös seinen Bart.

»Nicht den Drachenherrn, du Narr! Halt meinen Vater auf. Du hast die Zaubermacht. Mach, daß er zu mir zurückkommt.«

Merlin blickte ihr besorgt in die Augen. Wenn er Gorlois aufhielt, dann gefährdete er wahrscheinlich Theo. Alle Macht, die der Zauberer vielleicht hatte, mußte er für Theo reservieren. Er schüttelte feierlich den Kopf.

»Du Scheusal!« Wutentbrannt wandte sie ihr Gesicht dem Schlachtfeld zu und begann einen Zauberspruch zu singen. Aber dahinter war keine Macht, nur Angst, und bald verstummte sie, während die Tragödie, die sich dort unten anbahnte, sie mit ihrem Schrecken in Bann schlug.

Die berittenen britannischen Bogenschützen erledigten zwei Dutzend in Rüstungen steckende Sachsen für jeden aus ihren Reihen, dem das Pferd unter dem Leib weggehauen wurde, wobei die Messer der Feinde gierig Unterleib und Gesicht zerschnitten. Die Fußsoldaten schleuderten ihre Speere und stürmten in einem bedrohlichen Keil voran, der die Sachsen zerstreute und eine Straße des Todes in das Innere ihres Lagers eröffnete. Doch Gorlois hatte, ungeachtet Morgeus Befürchtungen, nicht die Absicht, sich für einen anderen zu opfern. Als sächsische Verstärkungen aus den Wäldern über den Fluß brachen, winkte er mit seinem vom Blut geröteten Schwert und befahl den Rückzug.

Ambrosius beachtete ihn nicht und warf sein Roß in die Mauer von Kriegern, die ihren Führer umgaben. Seine Pfeile waren verbraucht. Er schwang sein Schwert, beugte sich vor und kam mit Hengists blutendem Kopf wieder hoch.

Theo galoppierte zu ihm, wie Merlin ihn nie hatte reiten sehen. Er hielt sich nur mit den Beinen an dem Pferd fest und schoß einen Pfeil nach dem anderen in die Menge, die seinen Bruder mordlüstern umdrängte. Als er an Gorlois und seinen Männern vorbeiraste, schrie er, sie sollten ihm folgen. Selbst aus ihrer Entfernung konnten Morgeu und der Zauberer sehen, wie sich sein Gesicht aus Zorn über Gorlois' Rückzug verdunkelte.

Von Theos verrückter Attacke ermutigt, sammelten sich viele von Gorlois Männern und den anderen Soldaten, die zurückgeblieben waren, und griffen wieder an. Aber nicht Gorlois. Kühl beobachtete er, wie Theo über die toten Leiber sprang, Leichen niedertrampelte und den letzten seiner Pfeile in die wirbelnde Menge der johlenden Sachsen schoß.

Dann brach das Pferd des Drachenherrn unter Ambrosius zusammen, und er verschwand im brodelnden Gedränge der Barbaren. Die Schreie der Sachsen änderten ihren Ton, ihre Speere hoben Ambrosius' zerfetzten Leichnam hoch. Ihr Siegesgeheul ging in wütendes, schrilles Geschrei über, als Theo und seine Männer sich einen Weg durch die Flanke der Sachsen hieben.

Merlin begann einen Zaubergesang. Er glaubte, in dem

Getümmel hinter Theo das Schimmern von Schuppen zu sehen. *Der Drachenmagus!* Er rief laut einen Zauberspruch, und dann sah er.

Leuchtend gewellt wie das Nordlicht, das feurige, faltige Fleisch vor Hitze schimmernd, erhob sich hinter Theo Vray Vitki, der Mensch, der zum Drachen geworden war, riesig wie eine Lawine und unsichtbar für alle außer dem Zauberer – und dem Wüter.

Der riesige Gott, der mit gespreizten Beinen am Horizont stand, hob seine Fäuste wie Hämmer, sein eines Auge war vor Wut zusammengekniffen, doch auch er stand machtlos vor der Schicksalsträchtigkeit des Augenblicks.

Mit schwefelgelben Augen, lodernd wie Scherben der Sonne, schlang der Drache Theo in die elektrischen Knäuel seines Leibes, und zusammen rückten sie vor. Die Blitze seiner Klauen schlugen zu, der Flammenbogen seines Schwanzes peitschte um sich, und der Feueratem aus seinem schrecklichen Rachen geiferte wie ein kleiner Vulkan.

Wie ein verwundetes Tier zappelte das sächsische Heer vor der überwältigenden Wildheit des Drachen, und Ambrosius' Leib verschwand in dem Chaos. Theo stürmte direkt in die Mitte des Tumults. Er lenkte sein Pferd mit dämonischer Intelligenz, setzte über die Knäuel kämpfender Fußsoldaten hinweg, hieb auf die Barbaren ein, dann setzte er zurück und schlug mit den Vorderhufen seines Rosses zu, bevor er einen Bogensprung zur Seite machte und sich von der Rückseite des Feindes aus in das Gemetzel stürzte. Auf diese Weise hieb er die Streitmacht der Sachsen in kleine, getrennte Stücke.

Sobald Gorlois sah, daß sich die Schlacht gewendet hatte, rief er den Rest seiner Männer mit kühnen Schreien zusammen.

»Nein!« schrie Morgeu.

Der Herzog hörte sie und grüßte aufs neue, ließ sein Pferd sich aufbäumen, um seine Männer anzutreiben.

»Nein!« kreischte Morgeu. »Das ist Magie! Zauberei! Zieht euch zurück!«

Aber Gorlois brannte vor Entschlossenheit, den entscheidenden Angriff zu führen, der die Bedrohung durch die Sachsen brechen würde. Er würde sich nicht von einem Stallmeister in Rüstung überbieten lassen. Das Drachenbanner wie eine Lanze gesenkt, stürmte er in das Schlachtgewühl.

Wenn er den Drachenmagus hätte sehen können, dann hätte er seine Angriffsrichtung so geändert, daß er hinter dem Drachen hergefegt wäre, um so seine Attacke und die Kraft des Drachen zu verstärken. Statt dessen, ohne Ahnung von der Gegenwart des Ungeheuers, ritt er quer durch dessen feuerlohende Seite geradewegs in die Raserei der Barbaren hinein. Es war eine gute taktische Entscheidung, aber er wußte nichts von der übernatürlichen Kraft, die ihn umgab. Ein Sachse schleuderte in wilder Panik seine Axt, die Waffe wirbelte durch den aufgewühlten Staub und traf Gorlois' Pferd zwischen die Augen.

Heftig nach vorn geschleudert krachte der Herzog vor den fliehenden Barbaren auf den Boden wie ein grausiges Geschenk des Wüters. Messer durchschnitten die Gelenke seiner Rüstung, und Gorlois' Gliedmaßen und sein Kopf flogen in verschiedene Richtungen davon, bevor seine wütenden Männer über die Schlächter herfielen.

Morgeu heulte auf und warf sich auf Merlin. »Du! Du hast ihn umgebracht!«

Mit einer Reflexbewegung schwang Merlin seinen Stab zwischen sie beide, Morgeu flog zurück und krachte viel heftiger, als er es beabsichtigt hatte, gegen die steinerne Brustwehr. Das Gesicht häßlich verzerrt vor Wut, starrte sie ihn haßerfüllt an. »Dämon!« schrie sie und streckte die krampfhaft zuckenden Hände aus, als wollte sie ihn in der Luft zerreißen. »Bring mich um! Bring mich jetzt um!« Sie warf sich auf die Knie und griff in die Leere. »Bring mich jetzt um! Oder ich schwöre bei der Mutter Gottes, ich werde dich umbringen!«

Der Zauberer richtete mit zitterndem Arm seinen Stab auf sie. Er wollte sie nur abhalten, doch sie dachte, er beabsichtige sie mit seiner Magie zu töten. Und als der Schlag nicht kam, stand sie ruckartig auf. »Sie schneiden ihn in Stücke!« schrie sie.

Gegenüber ihrer unversöhnlichen Wildheit fehlten Merlin die Worte. Er blickte sie betroffen an – und sie taumelte nach hinten, rang um Atem. Sie sah aus, als würde sie gleich zusammenbrechen. Statt dessen verfluchte sie ihn mit derber Stimme: »Scher ... dich ... zur Hölle ... Lailoken!«

Sie eilte die Rampe der Brustwehr hinab und verschwand durch die Tür eines Erkers.

Auf dem Schlachtfeld brach der Widerstand der Sachsen zusammen. Die berittenen Soldaten jagten die Ufer des braunen Flusses hinab und die grünen Hänge hinauf in die Lager der Feinde. Der Rest war bloßes Morden, und Merlin wandte seinen Blick zum Horizont.

Dort stand der Wüter, ein mächtiger Schatten in den Gewitterwolken, die sich über der schimmernden Mündung der Tamesis auftürmten. Ihn umgaben die Schreie seiner gemetzelten Anhänger. Dennoch erfreute sich der Kriegsgott am Tod des Drachenherrn und des Herzogs.

Merlin spürte dies, denn der Wüter lächelte in seine Richtung, und die tiefe Dunkelheit in seinem leeren Auge erfüllte den Zauberer mit einer tiefen Verzweiflung um die ganze Welt der Göttin.

In dieser Nacht erschien ein Komet am Himmel. Die lange, dünne, grüne Feder aus Licht schimmerte wie eine unheimliche Geisterfahne über den schwelenden Scheiterhaufen, die die Gräber beleuchteten, in denen der Drachenherr und seine Gefallenen lagen. Auf den Tribünen, die vor der Stadtmauer errichtet worden waren, schwenkten Bischöfe Weihrauchfässer und murmelten Gebete. Ein Hochamt vergegenwärtigte feierlich die Passion und die Auferstehung. Über den Menschenmassen aus der Stadt, die die Felder füllten, sangen liturgische Chöre monodische Klagelieder.

Von den stattlichen Marmorhöhen des Statthalterpalastes

folgten Theo und die anderen Befehlshaber den heiligen Zeremonien, mit denen der Heimgang von Ambrosius Aurelianus und seinen Kriegern in den Himmel geehrt wurde. Am Ende der majestätischen Riten zogen die Menschen an dem Feuer vorbei, das in der Mitte loderte, entzündeten an ihm Fackeln und gingen dann voller Trauer in die Stadt zurück, in die sie das Licht trugen, das zuletzt auf ihren Helden geschienen hatte.

Noch lange, nachdem die Bürger hinter die Mauern der Stadt zurückgekehrt waren, stand Theo am Balkongeländer und blickte hinab in das zuckende rote Glühen des sterbenden Feuers. Trotz des Schutzes durch Vray Vitkis Drachen war er verwundet worden; in seine linke Schulter war ein Sauspieß gedrungen. Ausgebrannt und verbunden, pulsierte die Wunde schmerzhaft, doch er stand unbewegt.

Die erschöpften Befehlshaber, viele so schlimm verwundet wie er oder noch schlimmer, blieben an seiner Seite – gute Römer, gleichgültig gegenüber dem Schmerz, hellwach für die Leiden anderer. Merlin wußte, sie warteten auf ein anerkennendes Wort von Theo, und er fühlte mit seiner Herzenskraft in den jungen Krieger hinein und spürte schrecklichen Kummer und schreckliche Angst. Theo war allein, der letzte Aurelianus. Er fühlte sich völlig allein.

»Der Komet, der dort oben scheint«, wagte schließlich einer der Befehlshaber das Schweigen zu brechen, »das ist der Heimgang des edlen Ambrosius in den Himmel. Eine große Seele ist von uns gegangen.«

Unter den Trauernden erhob sich zustimmendes Gemurmel.

»Nein«, erklärte Merlin und wandte sein Gesicht den versammelten Soldaten zu. Sie erwiderten erschrocken seinen Blick, und einige reckten sich, als wollten sie ihn fortschleifen. Doch er fuhr fort: »Eine große Seele ist heute auf die Erde gekommen. Er selbst weiß es nicht. Er ist noch benommen von dem schrecklichen Töten heute. Und das ist sein Name. Der Schreckliche.« Der Zauberer sprach es lateinisch aus. »Doch sein Name soll in der Sprache seiner Feinde bekannt werden, denn sie haben heute erfahren, wie wahr dieser Name ist. In der Mundart seiner Feinde ist er Uther.«

Theo riß die Augen weit auf. Er blickte um sich und schaute auf Merlin und die Männer, die ihn umstanden. Er blinzelte und neigte den Kopf zur Seite, als versuchte er, durch den Lärm des Tötens hindurch dem Zauberer zu lauschen.

»Uther«, wiederholte Merlin. »Schrecklich ist der Tod eines Bruders. Schrecklich ist der Tod eines Volkes. Schrecklich ist die Seele, die diesen Schmerz ertragen und daraus ein Leben für die Menschen bereiten muß, die zurückbleiben.«

Der Zauberer stützte sich auf die Balustrade und zeigte mit seinem Stab auf den Kometen. »Das ist das Drachenbanner deiner Vorfahren – der Pendragon – die Seele deines Bruders ist von dir zu ihm gegangen. Jetzt bist du nicht länger Theodosius Aurelianus. Dieser Bruder ist heute auf dem Schlachtfeld mit seinem Heerführer gestorben.«

Als Theo den Sinn dieser Worte erfaßte, zuckte sein benommenes Gesicht erschrocken zurück, und seine Augen füllten sich mit Tränen.

»Heute kommt eine neue Seele auf die Erde«, fuhr Merlin fort und hob seine Stimme, um auch die Soldaten zu erreichen, die auf den Terrassen unter ihnen ausgestreckt lagen. »Heute haben wir einen neuen Drachenherrn bekommen.« Er berührte mit dem Stab Uthers Brust und verkündete: »Uther Pendragon.«

Von drunten riefen einige Soldaten, die ihn verstanden hatten: »Pendragon!«

Die Befehlshaber auf dem Balkon hoben die Arme zum römischen Gruß und boten ihm ihre Gefolgschaft an, indem sie riefen: »Uther Pendragon!«

In Uthers Augen standen heiße Tränen, doch er schaute seine Generäle fest an, begegnete allen ihren Blicken und hielt jedem ruhig stand. Als er auf die Augen des Zauberers traf, fühlte Merlin wieder in das Herz des jungen Mannes, und der

Geisterschauer spürte die Einsamkeit von Theos Kummer und Angst, die etwas Erhabenem und Unsagbarem Raum gaben – einem neuen Wesen, in dem jetzt die todlose Kraft seines Bruders weiterlebte, seltsam vermischt mit seinem sanftesten Seelenanteil, dem getauften – eine mörderische, unaufhaltbare Stärke vereint mit der Liebe Jesu.

Und Myrddin dachte an Ygrane und ihr Verlangen nach der großartigen Bestimmung, die sie von ihrer Familie und von der Zärtlichkeit der Feenwelt, die sie liebte, losgerissen hatte. Sie schienen sich ähnlich zu sein wie Bruder und Schwester, diese beiden Waisen ihrer gepeinigten Völker. Und obwohl sie Meilen auseinander waren und einander nie getroffen hatten, waren sie doch nie getrennt gewesen, denn sie waren Liebende am Anfang und am Ende, einander zugedacht durch Gottes blühende Liebe.

Zweites Buch
DIE HERRIN DES EINHORNS

Wird dir das Einhorn willig Dienste leisten?
Wirst du ihm einen Strick um seinen Nacken zwingen?

Buch Hiob 39.9

Ein Palast wie aus Feuer

Nach dem Tod seines Bruders blieb Uther Pendragon drei Tage lang stumm. Er saß auf einem Stuhl mit hoher Lehne auf dem höchsten Balkon des höchsten Turmes des Palastes und starrte hinaus, über die Flußebenen und das ferne Küstenwetter hinweg, dorthin, wo der Wüter zornig auf und ab ging.

Merlin wußte, daß Uther den Gott nicht sah und auch nicht die Tamesis, nicht einmal, als die Sommersonne sich auf der breiten Fläche des Flusses spiegelte und ihn die Augen zusammenkneifen ließ. Sein nach innen gerichteter Blick, grausam und scheu zugleich, suchte nach dem Ort, an den der Geist seines Bruders gegangen war, zurück in eine Landschaft in Armorica, dem »Kleinbritannien«, wo sie einst zusammen gewandert waren – zwanzig Jahre zusammen. Jetzt blieben davon nur wehmütige Erinnerungen.

Merlin stand hinter ihm und benutzte seine Magie, um zu spüren, was Uther fühlte. Erinnerungen glommen in ihm auf, und der Raum seines Lebens war abgemessen wie Musik. Die Vergangenheit bestand aus schwerelosem Lachen, dem melodiösen Glück eines Kindes und den eintönigen Gesängen der Kirche. Aber das Lied veränderte sich. Sein altes Herz mit seinen beiden Kammern, in der einen kindliche Freude, in der anderen düsterer Glaube an die Kirche und an die Familienrache, war zerbrochen. Und da das Herz zerbrochen war, war alle Freude verschüttet. Rache hatte ihren Zweck verloren. Und der Glaube, der größer war als alle Zwecke, konnte ihm nicht mehr helfen. Das Lied in seinem Inneren hatte sich verändert.

Diese Veränderungen konnte er nicht in Sprache fassen. Er wußte nicht, was aus ihm geworden war. Merlin fand sich schließlich damit ab, daß er es ihm würde sagen müssen.

»Uther«, sagte der Zauberer sanft am vierten Tag, während der Trauernde mit geistesabwesender Gründlichkeit einen Apfel kaute und den unwiderstehlichen Fluß mit den Augen absuchte, wobei sein nach innen gerichteter Blick bei den niedrigen Kähnen und den mit Rhabarber und Kletten bewachsenen Ufern verweilte. »Uther – dein Heer erwartet deinen Befehl.«

»Ich bin hungrig«, antwortete er. »Ist das nicht seltsam, Merlinus? Ich meine, wenn man darüber nachdenkt, dann ist es sehr seltsam.«

»Ja, ich weiß genau, was du meinst«, sagte Merlin. »Das Leben ist, wie der Tod, völlig jenseits einer Wahl.«

Uther biß von seinem Apfel ab, knabberte eine Weile nachdenklich daran herum, dann sagte er: »Ich wollte nur Priester werden. Ich wollte Gott anbeten, alle Menschen lieben, den Leidenden helfen, ihre Seelen für den Himmel bewahren. Ambrosius wollte Rache. Ich nicht.«

Merlin lehnte sich an die Balustrade und nickte mitfühlend. »Und jetzt ist er fort, und du bist der Hochkönig der Britannier. Wie ironisch dir das erscheinen muß ...«

»Genau. Wie absurd ironisch! Welches Recht habe ich auf diese Stellung?« Mit einem Ausdruck des Widerwillens warf er den Apfel weg, und die Frucht fiel in einen spiegelnden Teich auf der Terrasse unter ihnen. »Ich bin niemandes König. Nicht deiner, nicht ihrer. Ambrosius hatte das Zeug dazu. Ich nicht.«

»Uther, du bist der König. Nicht durch deinen Ehrgeiz, sondern durch das Schicksal. Nur durch das Schicksal bist du

König geworden. Siehst du das denn nicht? Das ist Gottes Hand.«

»Dann werde ich abdanken«, entschied Uther und wischte sich mit dem Handrücken den Mund ab. Sein vier Tage alter Bart verlieh seinem gebräunten Gesicht etwas Löwisches, und er sah nicht mehr aus wie der junge Mann, den Merlin gekannt hatte, sondern wie ein älterer Cousin seiner selbst. »Ich werde mich in ein Kloster zurückziehen. Gib den Titel einem anderen, der ihn wirklich ausfüllt.«

»Du würdest den Tod herrschen lassen?« fragte Merlin und gab seiner Stimme einen leicht verletzten Klang.

»Was meinst du damit?«

»Du bist hungrig«, erwiderte der Zauberer. »Das waren deine ersten Worte als Uther Pendragon. Uthers Leben will weiterleben. Schließ es nicht in eine Mönchszelle ein! Denn dann würde der Tod über deinen Bruder herrschen. Nein. Ambrosius' Tod hat dich zum König gemacht. Jetzt mußt du dieser Tatsache einen Sinn geben. Hörst du mich, Uther?«

»Hör auf, mich so zu nennen.« Er setzte die Füße auf den Stuhl und umarmte die Knie. »Ich bin Theodosius Aurelianus. Einfach nur das. Und ja, ich bin hungrig – aber nicht nach Krieg. Ich möchte nie wieder etwas vom Krieg sehen.«

Merlin stieß sich von der Balustrade ab und neigte sich plötzlich nahe zu Uther hin. »Hör auf, das Kind zu spielen!« rief er ihm ins Gesicht. »Dein Bruder ist tot! Er ist für seine Rache gestorben, ja. Aber seine Rache war die Rache des Volkes an einem Verräter. So sicher, wie du vor mir sitzt, werden die Sachsen, die Cocceius hierhergebracht hat, dieses Land heimsuchen und seine Leute umbringen – deine Leute – es sei denn, ein Rächer macht ihnen einen Strich durch die Rechnung. Verstehst du denn nicht? Du bist dieser Rächer.«

»Laß mich allein, Merlinus.« Uther betrachtete ihn mit schläfrigen Augen. »Laß die Kriegsherrn gegen die Sachsen kämpfen. Ich habe es über.«

»Dann wird der Tod herrschen«, prophezeite Merlin, und seine Stimme klang verächtlich. »Ambrosius hat getötet und ist gestorben, um den Namen seines Vaters zu rächen – aber der Geist seines Vaters bleibt ungerächt. Der Geist deines Vaters und des Vaters deines Vaters und aller Vorväter der Sippe Aurelianus, die in dieses wilde Land Zivilisation brachten – sie alle haben heute ihren Geist verloren. Alles, wofür sie lebten und starben, gibt es nicht mehr, weil du deine selbstsüchtige Wahl getroffen hast. Soviel zu deiner Treue. Soviel zu Jesus und der Kirche, die du zu lieben vorgibst. Soviel zu den Hoffnungen aller Christen in Britannien ...«

»Schon gut – genug!« schrie Uther. Er setzte sich auf und lehnte sich so nah an den Zauberer, daß er die Wärme von Merlins Gesicht spürte. »Was willst du von mir? Was soll ich tun? Barbarendörfer niederbrennen? An der Spitze des Heeres marschieren? Wie mein Bruder werden?«

Merlin zuckte nicht zurück. »Ich möchte, daß du dich bemühst.« Sein Blick blieb fest. »Es gibt ein Ende für die Geschichte, die du lebst, und ich möchte, daß du dich bemühst, daß es das richtige Ende wird. Verstehst du mich, Uther? Ob es dir gefällt oder nicht – du hast eine Bestimmung.«

Der Ärger verschwand von Uthers bärtigem Gesicht, und er schaute Merlin einen Augenblick lang an, als sei er überrascht, daß die Lösung für den Gefühlswirrwarr in seinem Inneren so einfach war. *Eine Geschichte – mit einem Ende.* Dann schob er sich am Zauberer vorbei.

»Ich bin hungrig«, beklagte er sich und trat in den überwölbten Vorraum hinter dem Balkon. An der Wendeltreppe blieb er stehen und schaute ungeduldig zurück. »Nun? Kommst du, Merlinus? Uther Pendragon, der Hochkönig der Britannier, ißt nicht gern allein.«

Prinz Helle Nacht setzte sich auf, nachdem ihn der Elf berührt hatte. Sein eckiges Gesicht glänzte golden. Der Elf, der ihm pflichtgetreu Bericht erstattet hatte, eilte davon und verschwand in den hellen Dünsten des milchigen Mondscheins. Der Elfenprinz stand auf, plötzlich leichter geworden durch das, was er erfahren hatte. Der Bewohner der Dunkelheit, der als Mensch auftrat, war verrückt und machtlos in die Welt gewandert – und jetzt kehrte er mit einer Vision und den Überredungskünsten eines Dämons zurück.

Die Vision selbst war Helle Nacht immer fragwürdig erschienen. Er hatte geduldig zugehört, wie alte Frauen sechzehn Generationen hindurch prophezeiten, die Vereinigung einer keltischen Königin und eines römischen Königs würde einen Retter hervorbringen. Doch bis jetzt hatte er es nie geglaubt. Nicht, daß er je an der Klarheit des tiefen Blickes der Alten gezweifelt hätte, denn die hatte sie über Hunderte von Generationen hinweg großartig bewiesen, vielmehr glaubte er nicht, daß jemand in diesem turbulenten neuen Zeitalter die Richtung des Zeitwindes genau vorhersagen konnte.

Was der Elf jedoch offenbart hatte, änderte die Meinung des Prinzen. Vielleicht haben die alten Frauen recht, dachte er und ging einen Dünenhang hinauf. Raglaw sagte, sie hätte ihre Vision des römischen Königs erfolgreich an Lailoken weitergegeben. Vielleicht stimmt es.

Oben auf der Düne angelangt, legte Helle Nacht seinen Kopf zurück und blickte hinauf zum sternenübersäten Zenit. Dort oben spähte der Bewohner der Dunkelheit in die Zukunft. Der Zeitwind wehte durch dieses Zeitalter auf eine größere Epoche zu, die für die Augen des Prinzen unsichtbar war. Unsichtbar, bis er durch die Silberaugen des Dämons einen Blick auf jene zukünftige Szene erhaschte. Nur kurz, aber mit einer sengenden Intensität, die das Bild für ewig dem Gedächtnis einbrannte, schaute er die gewaltigen Palasttürme am Abgrund der Apokalypse.

Wie fremdartig diese Glasgipfel aussahen, ohne die Verzierungen aus Marmor und Holz, die bei den Römern und Kelten und allen anderen Stämmen so beliebt waren. Wie seltsam, eine Zukunft zu schauen, in der die Türme ohne bestimmte Merkmale waren, ohne alle Statuen, Schneckenornamente, Friese – ohne jeden Tribut an organisches Leben, an die Natur oder an die Menschheit selbst. *In was für eine bizarre, abstrakte Welt trägt uns der Zeitwind?*

Helle Nacht blickte nach Westen, nach Avalon. Wenn er nur dorthin gehen und den Herren des Feuers begegnen könnte. Er wußte, sie könnten ihm die Schönheit einer solchen mineralischen Landschaft erklären – sie, deren Wüstenstämme von einem unbekannten Gott sprachen, ohne Namen oder Eigenart. Diese Stadt ohne alle Bilder, ohne allen Schmuck, dieser rein geometrische Bienenstock war gewiß eine Stadt ihres Gottes.

Und was war mit dieser Brandkatastrophe, die die Augen erblinden ließ? In Lailokens Vision hatte Helle Nacht das weiße Leuchten gesehen, das die Stadt in Trümmer legte, und gebannt hatte er den Bewohner der Dunkelheit beobachtet, wie er mit seiner Geschichte die stolzen Türme aus dem Feuersturm herausrief – als könnte schon der Zauberbann seiner Erzählung die Apokalypse abwenden. *Was für eine Art Magie war das?*

Die Zeit hatte gezeigt, daß sie von einer höheren Ordnung war als die Zauberei der Götter, die sich noch mehr auf die elektrische Kraft ihrer Körper verließen als auf die subtile, doch beherrschende Magie des Geistes. Die Herren des Feuers lehrten geistige Kräfte, die kaum eine Substanz zu haben schienen – Runen und Ziffern, doch die Geschichten, die sie aus den Schriftzeichen bildeten, und die Zahlenwerke, die sie webten, waren viel wirkungsvoller als selbst die Macht des Drachen.

Diese Gedanken flößten Prinz Helle Nacht neue Hoffnung ein. *Vielleicht haben die alten Frauen am Ende doch recht! Vielleicht wird unser Retter in Wahrheit aus der Vermählung zweier Feinde geboren. Vielleicht wird er den Wüter zerbrechen und den Síd einen Weg öffnen, auf dem sie in den Großen Baum zurückkehren können.*

Mit dieser inständigen Hoffnung grüßte der Elfenprinz Avalon, das unter den sinkenden Sternen des Horizonts verborgen war. Und er grüßte den König, der da kommen sollte, den Geweissagten, dessen Zauber auch dann andauern würde, wenn alle Königreiche dieses Zeitalters sich schon in Luft aufgelöst hatten.

Sobald Theodosius sich damit abgefunden hatte, daß er der Erbe seines Bruders war, hätte Merlin ihm vom Einhorn erzählen können und darüber, warum er so besessen darum gekämpft hatte, daß Theodosius König wurde. Er hätte ihm sagen können, daß er die Ereignisse manipuliert hatte, um den ganzen schicksalhaften Traum von Uther Pendragon in Bewegung zu setzen, damit er ein Versprechen erfüllen konnte, das er vor Jahren einmal der Königin der Kelten gegeben hatte.

Merlin erklärte jedoch nichts, denn er hatte begonnen, an etwas zu glauben, das größer war als seine eigene Magie. Über die Brücke des Herzens hatte Theos neues Wesen sich ihm Stunden nach Ambrosius' Tod offenbart. Der Zauberer hatte ihm nur den Namen gegeben.

Und dann war da der Komet gewesen. Das war nicht mein Werk, war Lailoken sich sicher. Die Erscheinung des Kometen bestätigte Uther Pendragons Autorität, denn der Stern wurde von allen gesehen, in vielen Provinzen, Herrschaftsgebieten und Königreichen, und das bis weit in den Sommer hinein. Merlin hatte keinerlei Magie eingesetzt, um Theo zu inspirieren, hinter seinem Bruder her zu stürmen und den Angriff der Sachsen zu brechen. Das war ganz und gar Theos eigene Tat gewesen. Und Vray Vitki, der Drachenmagus, den Theos rechtschaffener Zorn herbeigerufen hatte, war sein Verbündeter. Obwohl Merlin seine Zauberei benutzte, um dieses Wesen zu schauen, und obwohl Morgeu glaubte, seine Macht hätte den Angriff inspiriert, der Theo zu Uther gemacht und ihren Vater getötet hatte, so blieb die Wahrheit, daß Merlin bloß Zeuge des Geschehens gewesen war.

Etwas Größeres als Magie war die Ursache für Theos Reaktion auf den Tod seines Bruders gewesen und hatte ihn zu Uther Pendragon gemacht. Nicht die Magie des Zauberers, sondern etwas in seinem eigenen Inneren.

Folglich erzählte Merlin Uther nichts von seinen Absichten und widmete sich statt dessen dem Dienst, dem Hochkönig bei der Bewältigung der nächsten Aufgabe zu helfen – der Sicherung des Königreichs. Noch bevor die sterblichen Überreste ihres Vaters bestattet waren, war Morgeu mit einer Handvoll Diener nach Westen geflohen, und obwohl der Zauberer Erleichterung darüber verspürte, daß sie fort war, so wußte er doch: Wenn er sie das nächste Mal sehen würde, dann würde es mörderisch zugehen.

Uther, dem der römische Hochmut seines Bruders fehlte, gab bereitwillig zu, daß die Kelten ebensoviel Grund hatten, ihr Gebiet gegen die Barbaren zu verteidigen, wie die Britannier, und daß ein Bündnis für beide von Vorteil wäre. Und da Gorlois tot war, mußten die Britannier auch eine Gesandtschaft schicken, um sicherzustellen, daß der gute Wille der keltischen Königin und der Zugang zu ihren wertvollen Kriegern erhalten blieb.

Keiner von Gorlois' Offizieren wollte diese Aufgabe übernehmen, am wenigsten von allen sein Neffe, der Erbe seines Titels, Marcus Dumnoni. Sie behaupteten, sie fürchteten den Zorn des Geistes des Herzogs. Und auch von den anderen adeligen Häusern meldeten sich keine Freiwilligen, denn Gorlois hatte sie alle mit Erzählungen über die heidnische Zauberei seiner Frau geängstigt.

Am bedenklichsten war, daß das neue Bündnis zwischen den Britanniern selbst gefährdet blieb. Die großen Familien von Londinium, die Vortigern unterstützt und von seinem Bündnis mit den Sachsen profitiert hatten, planten Uthers Sturz. Wenn der Flußnebel die Stadt einhüllte und die Welt nur noch ein Schatten ihrer selbst zu sein schien, glitt der Geist des Zauberers die Straßen und Gassen entlang, drang in die großen alten Häuser ein und lauschte den Strategien zum Königsmord, die dort ausgeheckt wurden. Merlin erkannte, daß es für den König Zeit wurde, Londinium zu verlassen.

Die Gelegenheit dazu kam mit einem Herold aus Cymru, der eine Botschaft von den Druiden, der keltischen Regierung, brachte. Da sie von Gorlois' Untergang erfahren hatten, schlugen die Druiden eine Heirat ihrer Königin mit dem Hochkönig von Britannien vor.

Uther widersprach. Er war schließlich ein Christ, und die Druiden hatten in ihrer Botschaft deutlich gemacht, daß sie dieselben Bedingungen haben wollten wie mit Gorlois. Als Gegenleistung für ihre militärische Zusammenarbeit wollten sie Zusicherungen, daß christliche Missionare wirksam von ihrem im Westen gelegenen Königreich ferngehalten würden.

»Da mache ich nicht mit«, schwor Uther. »Sankt Non hat den keltischen Stämmen schon die frohe Botschaft von Jesus gebracht. Ihr Sohn David setzt ihre edle Arbeit bis zum heutigen Tag fort. Ich werde meinen eigenen Glauben nicht zugunsten eines politischen Vorteils unterdrücken – und auch aus keinem anderen Grund.«

Merlin sagte nichts, denn die britannischen Bischöfe übernahmen für ihn die Argumentation. Sie waren glühende Anhänger von Pelagius, des einheimischen Theologen ihres Landes, der glaubte, daß jeder Mensch einen freien Willen besaß und deshalb seinen eigenen Frieden mit Gott machen mußte.

Die Bischöfe rieten dem König, die Königin nur dem Namen nach zu heiraten, dem Überleben des Landes zuliebe, angesichts der Bedrohung durch die Barbaren. Der Hauptrivale des Pelagius, der heilige Augustinus, der sich so eigensinnig geweigert hatte, das Dogma der Kirche aufzugeben, habe dadurch schließlich die Anpassungsfähigkeit seiner römischen Führer und ihrer Verbündeten geschwächt – und war selbst bei lebendigem Leibe von den Vandalen in Nordafrika verbrannt worden.

Was am Ende – höchst seltsam und überraschend – für Uther den Ausschlag gab, war die Gelegenheit, persönlich einer keltischen Königin zu begegnen, die dem Christentum widerstrebte. Theo, der Priester, der noch in Uthers Herzen wohnte, verlangte danach, wenigstens einmal eine heidnische Adelige zur Herrlichkeit seines Glaubens zu bekehren, und zwar auf eine Weise, die dem groben Gorlois nie gelungen wäre. Zögernd erlaubte er den Bischöfen, seine Einwilligung in das Angebot der Druiden aufzusetzen.

Als er sich dann bewußt wurde, daß die herannahende kalte Jahreszeit die beste Verteidigung für das Tiefland bedeutete, verkündete er in aller Form seinen Plan, in das Gebirgskönigreich von Cymru zu reisen und das Bündnis mit den kriegerischen Kelten zu sichern, das schließlich die Eindringlinge zurückschlagen würde.

In einem bemerkenswerten Akt politischen Scharfsinns ließ Pendragon Severus Syrax rufen und ernannte ihn in Gegenwart des Bischofs, der Kleriker der Stadt und der Ältesten der großen Familien wieder zum *magister militum* von Londinium und empfing dafür seinen Treueschwur.

So wieder in ihre Macht eingesetzt und vor Gott dazu verpflichtet, Uther Pendragon zu unterstützen, konnte die Familie Syrax nicht gegen den Hochkönig in dessen Abwesenheit öffentlich eine Rebellion schüren. Der alte Staatsmann und Fürsprecher der Familien, Aulus Capimandua, wäre stolz auf soviel diplomatisches Geschick gewesen – aber er hatte die Stadt schon verlassen, da er sich in die Gartenstadt Venonae zurückziehen wollte, bevor das Ränkeschmieden und Intrigenspiel in Londinium wieder begann.

Nachdem in Londinium ein fähiger militärischer Vertreter eingesetzt war, führte Uther sein Heer nach Westen. Entlang des Weges schickte er die Soldaten in die *coloniae* zurück, aus denen sie stammten, und nahm persönliche Treuegelöbnisse der Würdenträger dieser Provinzen entgegen. Seine lange kirchliche Ausbildung und seine vornehme Erziehung waren ihm bei dieser diplomatischen Reise sehr dienlich, und niemand stellte seine königliche Autorität in Frage – zumindest nicht von Angesicht zu Angesicht.

Das schwierigste und dringlichste Problem dieser Zeit war

Uthers Schulterwunde. Sie weigerte sich zu heilen. Die Heilenergie, die Merlin mit seinem Herzensstrom in das zerschnittene Fleisch schickte, verringerte den Schmerz und das Eitern nicht. Auch die Zaubergesänge, die er versuchte, blieben erfolglos.

Merlin konnte den König nur der Fürsorge der Wundärzte überlassen. Sie bestanden darauf, die klaffende Wunde mit einer Tinktur von Eisenkraut und Nieswurz zu waschen und sie täglich dem Sonnenlicht auszusetzen. Es gereichte zu Uthers Ehre, daß er sich nicht beklagte. Merlin hegte den Verdacht, daß Uther insgeheim froh war, die Wunde zu behalten, als leibliches Zeichen seines inneren Leidens.

Abweichend von der Vision, die Raglaw dem Zauberer übermittelt hatte, begann Uther einen Bart zu tragen, der so geschnitten war, daß er die Breite seiner Backen umrahmte. Die schwarzen Barthaare betonten die scharfen Flächen seines Gesichtes, die seit dem Tod seines Bruders noch schärfer hervortraten. Sein Gesicht wirkte geschnitzt wie das einer Schachfigur, und falls er je gelächelt hätte, dann wäre es, so glaubte Merlin, zersplittert wie Glas.

In den sommerlichen Wochen nach Hengists Tod und der Niederlage der Sachsen stand der Wüter betäubt an der Mündung der Tamesis. Den einen Fuß im Wolfslederstiefel auf der Insel Thanet, den anderen auf der Insel Tamesa, starrte er hinaus auf die Nordsee, mit jenem benommenen Blick, den die Götter manchmal bekommen, wenn der Zeitwind plötzlich umschlägt.

Für gewöhnlich machen sich Götter bei solchen Schwenks des Schicksals einfach aus dem Staub und kehren schnell in ihre astralen Reiche im Sturmbaum zurück. Aber der Wüter hatte geschworen, diese Westlichen Inseln zu erobern, und wollte nicht aufgeben. Er ließ seine Macht in seine Körperhaltung sinken und blieb weiter stehen, während die Zeitschatten sich um ihn herum neu ordneten, wie ein Talnebel, der über das Land rollte. Nur das Meer blieb unveränderlich.

Die Stahlklinge des Meereshorizonts bewahrte ihn davor, daß ihm schwindlig wurde.

Für den riesigen Gott dauerte ein Schwindel nur Augenblicke, aber in der Welt der Menschen und Dämonen würden inzwischen Wochen vergehen. Die vier Dämonen, die die Magie des Wüters aus dem Abgrund geholt hatte, torkelten auf dem nebligen Terrain umher, wütend über das Gemetzel an ihren sächsischen Horden. Sie gaben der Überraschung die Schuld. Niemand hatte den Drachenmagus kommen sehen. Sie gaben Lailoken die Schuld. Er hatte den Drachenmagus in die Schlacht gebracht. Sie gaben einander die Schuld. Jeder von ihnen war so erpicht darauf gewesen, das Blutbad auszukosten, keiner hatte die Geistesklarheit besessen, die Sturmkrieger zu lenken.

Die Dämonen umzischten verärgert den Wüter und versuchten, sein versteinertes Starren zu durchbrechen. Der Gott war ihre Puppe, und seine Drähte hatten sich in den Stößen des Zeitwindes verheddert. Daß die Illusion seiner Macht zerbrochen war, war gefährlich, denn durch diese Niederlagen mochte er vielleicht zu der Erkenntnis kommen, daß die Dämonen überhaupt nicht unter seiner Herrschaft standen. Dann würde er schnell begreifen, daß er sie in Wirklichkeit nicht aus dem Abgrund gerufen hatte – sondern daß vielmehr sie aus der Tiefe gekommen waren, um sich seiner zu bemächtigen, des Gottes mit der meisten Macht. Er war ihr Werkzeug. Sie brauchten ihn, um die Millionen Menschenwesen in diesem organischen Wahnsinn auf der Oberfläche des Planeten in Erregung zu versetzen und um sie gegen ihre zeitlosen Feinde zu führen – gegen die Herren des Feuers.

Die Dämonen zischten wie Blitze und hofften, dadurch den Gott wach zu bekommen, doch vergeblich. Bald schwebten sie davon und suchten nach neuen Möglichkeiten, wie sie ihrem alten Kameraden Lailoken Schwierigkeiten bereiten könnten.

Bald fanden sie Morgeu, die in einem grünen Kapuzenmantel über die hügeligen Wiesen des Hochlandes von Deva nach Westen ritt. Sie war außer sich vor Trauer, und Ethiops, der sie schon früher bearbeitet hatte, wollte sich jetzt an ihr zu schaffen machen.

Aber die anderen hielten ihn ab. »Laß sie ihrem Schmerz folgen«, rieten sie. »Er wird sie dorthin führen, wohin wir wollen. Wenn ihre Verzweiflung sich zu Rache verhärtet, dann wird sie nach uns rufen.«

Die Dämonen flogen ihr voraus, verbreiteten Nachtmahre und schlimme Vorzeichen und reinigten das Terrain von Banden und piktischen Kriegertrupps. Von den Dämonen beschützt, eilte Morgeu nach Westen, nach Cymru. Je weiter sie sich vom Reich ihres Vaters entfernte, desto härter galoppierte sie. Sie kehrte in das Land ihrer Mutter zurück wie eine Woge, die sich ans Meer erinnert.

Ygrane bevorzugte die Einsamkeit. Ihr kamen wehmütige Erinnerungen an die vollkommene Abgeschiedenheit ihrer Kindheit: Damals war sie in den Wäldern in der Nähe ihres Dorfes umhergewandert und hatte dabei im Sommer Beeren und im Winter Brennholz gesammelt. In jenen frühen Tagen hatte sie das Wunder, die Schönheit und die Kraft der hügeligen Wälder genossen. Im Licht der untergehenden Sonne hatte sie mit den Feen getanzt. Im Mondlicht war sie mit den Síd umhergehüpft, die das ganze Dorf in Schlaf versetzt hatten, um ihr geheime Orte zeigen zu können. Sie hatten sie in mondbeschienene Lichtungen tief in felsigen Schluchten entführt, wo die Musik des elfischen Flötenspielers den Drachen so nah heranlockte, daß die Bäume zitterten und blaues Feuer auf den Zweigspitzen tanzte. Manchmal hatten sie sie tatsächlich in die *Hohlen Hügel* mitgenommen, damit sie die Traumgesänge des Drachen hören konnte, die auf ihrem Weg hinaus zu den Sternen in den Hohlräumen des Planeten widerhallten.

Zwanzig Jahre waren vergangen, seit sie zum letzten Mal den unheimlichen Gesang des Drachen gehört hatte. Sie war jetzt zu beschäftigt mit ihrem Dienst als Königin, um noch mit dem Bleichen Volk tanzen und umherspringen zu können. Und die Síd ließen sie allein, denn sie wollten, daß sie in der Tageswelt für sie arbeitete und dort alles tat, was sie konnte, um den Wüter davon abzuhalten, ihre Hügel zu überfallen und Land und Magie zu stehlen. Und um sie vor den Anhängern des Wüters zu schützen, begleitete ihre Fianna sie überallhin.

Wenn sie Einsamkeit brauchte, dann hatte sie keine andere Wahl, als ihre Magie zu benutzen, um ein paar Stunden für sich selber freizumachen. In letzter Zeit hatte sie oft die Notwendigkeit empfunden, für sich zu sein. Die Nachricht von Gorlois' Tod zwang sie, ihre Fianna schlafend in den Ställen zurückzulassen, damit sie allein in die Wälder reiten und mit den Síd hadern konnte, daß sie sie je diesem Mann übergeben hatten. Panischer Schmerz erfaßte sie dann um ihre Tochter Morgeu, und sie versuchte immer wieder, sie mit ihrer Magie zu finden, doch vergebens.

Tage später brachten dann die Síd die Nachricht, daß der Bewohner der Dunkelheit, der den Herren des Feuers diente, einen Gatten für sie gefunden hatte, einen jungen römischen König von vornehmer Geburt, doch bescheidener Kindheit. Daß dieser König eine einfache Kindheit gehabt haben sollte, war für sie ein Zeichen, daß er derjenige war, den zu finden sie Myrddin ausgeschickt hatte. Die mächtigen Gefühle, die diese Nachricht in ihr aufwühlte, ließen sie wieder allein in die Wälder gehen, während ihre Fianna schlummernd am Mettisch saß.

Sie erfuhr nichts Neues über sich selbst, aber ihre Einsamkeit machte ihr erneut bewußt, was sie schon wußte: In dieses Leben war sie gekommen, um ihrem Volk zu dienen, und dafür hatte sie alles ertragen, Raglaws unheimliche Trancen, die politische Verheiratung mit dem verabscheuungswürdigen Gorlois durch die Druiden und die Mutterschaft an einem verbitterten Kind. Wenn dieser Uther Pendragon, den Myrddin mit seiner dämonischen Magie gefunden hatte, wahrhaft ein Mann war, den sie lieben konnte, dann würde das ihr Leben auf eine höhere Ebene heben. Ihr wurde schwindlig, wenn sie daran dachte. Sinnliche Liebe, Leidenschaft, die irdische Vereinigung in herzlich empfundener Treue mit einem fremden Mann, den sie sich vertraut gemacht hatte – sie mußte viele Leben zurückgehen, wenn sie sich an diese Freude erinnern wollte. Aber was für eine Freude konnte das sein, wenn eine solche Vereinigung den Notwendigkeiten des Krieges entsprang?

Das war für sie die brennendste Frage an jenem Nachmittag, als Falon ihr mitteilte, Braunmähne lasse nach ihr rufen. Der Oberste der Druiden war mit Kyner und seinen fanatischen Christen gekommen, um sie nach Maridunum zu nehmen, damit sie dort ihrem neuen Gatten begegne. Diese Nachricht bekam sie in einem entlegenen, nebeldurchwobenen Tal am Oberlauf des Flusses Usk. Auf der Stelle versetzte sie mit einem Zauberspruch ihre Fianna in verzückten Schlaf. Sie ließ sie auf dem Waldboden liegend zurück, bewacht von einem Kreis von Pilzen.

Ygrane stieß einen Pfiff aus. Reiher flatterten aus dem überfluteten Sumpfland auf, das den Wald in kleine Inseln aufteilte. Inmitten wirrer Vorhänge aus wildem Wein und moosüberwachsener Wurzeln erschien das Einhorn. Mit der Leichtigkeit des Sonnenlichts tänzelte es durch den Dunst des Flusses den Hang empor und kam Ygrane so nahe, daß sie sich auf seinen schlanken Rücken rollen konnte.

Die Berührung versetzte sie wie immer unvermittelt in tiefe Ruhe. Trance und Wachheit vermischten sich, facettierten die Wirklichkeit, daß sie funkelte wie ein geschliffenes Juwel. Wirre Fetzen von Sonnenlicht hingen in den Galerien des schattigen Sumpflandes wie Engel – und ein bleiches, nach oben gerichtetes Gesicht schimmerte kurz zwischen den dunklen Farnen auf.

»Helle Nacht«, rief die Königin sanft und stieg ab. Wenn sie vom Einhorn wegtrat, so fühlte sich das so schwer an, wie wenn sie aus dem Wasser an Land kam. »Hast du Morgeu gefunden?«

Helle Nacht näherte sich ihr barfuß über einen mit Lilien gesäumten Pfad, in eine einfache grüne Tunika gekleidet, die keinen Hinweis auf seinen hohen Rang bei den Síd gab. Sein Haar war zerzaust, sein Gesicht durchscheinend dünn. Er war nur ein Schatten seiner selbst, doch als sie ihn berührte, wurde er sichtbar lebhafter. »Nein, Schwester. Ich habe Morgeu nicht gefunden. Die Feen glauben, daß sie sich unter Bewohnern der Dunkelheit verbirgt.«

Der Königin war, als legte sich eine große Schwere in ihre Brust, und ihr Herz zuckte schmerzvoll unter dieser Last zusammen.

Als er dies sah, ging der Prinz zu einem anderen Thema über. »Die Elfen sagen mir, du hättest einen neuen Gemahl. Wieder einen Römer.«

Ygrane rief das Einhorn näher heran. »Du bist wieder schwermütig gewesen. Komm! Berühre das Horn!« Sie brauchte die Berührung mit dem himmlischen Tier, um ihre mütterliche Angst zu mildern und um in ihrem Herzen Platz für mehr als nur Morgeu zu machen. Das Tier liebkoste sie mit seiner Schnauze und hellte all die leeren Räume in ihrem Inneren auf, so daß da plötzlich Platz war für ihr inneres Leiden an ihrer Tochter und ebenso für ihre besorgten Zweifel an sich selbst als Mutter, Ehefrau, Weib. Nur ihre Stellung als Königin erschien ihr sicher in diesem Abgrund des Verlustes, der Leben genannt wurde.

Sie winkte dem Prinzen, er solle sich dem Einhorn nähern, aber er lehnte ab und blieb am Rand des Wassers stehen. »Das Tier mag meine Berührung nicht.«

Noch während er sprach, scheute das Einhorn zur Seite, denn es erinnerte sich daran, daß dieser keltische Gott es dem Drachen hatte opfern wollen. Ygrane ließ es los und blickte in die grünen Augen des Elfs. »Ich hatte dir gesagt, du solltest zu mir kommen, wenn die Schwermut zu stark wird.« Sie strich sein Haar zurück, legte die Hände an seine Schläfen und ließ Lebenskraft in ihn strömen. Innerhalb eines Augenblicks ließ seine Durchsichtigkeit nach, er wurde dichter und lächelte erleichtert.

»Danke, Schwester. Ich hätte eher kommen sollen.« Er wäre auch eher gekommen – seine Verzweiflung war schon so düster geworden, daß er selbstmörderisch daran gedacht hatte, die Asen im Großen Baum zu überfallen –, aber er hatte ein ungutes Gefühl, die Magie der Hexenkönigin zu seinem eigenen Nutzen zu gebrauchen, wenn ganz Cymru sie brauchte.

»Wenn ich dir nicht helfen kann, Prinz der Síd, was nützt dann mir oder meinem Volk meine Magie? Wir sind nur so stark wie unsere Götter.« Mit ihrem katzenhaft breiten Gesicht war sie dem Prinzen immer eher elfisch als menschlich erschienen, und es kam ihm seltsam vor, wenn er hörte, wie sie von sich selber als einem Menschen sprach.

»Warum schläft die Fianna?« fragte er und blickte auf die glänzenden Körper, die auf einem nahen Hügel in einem Teich von Sonnenlicht zusammengesunken lagen.

»Ich wollte allein sein.« Sie drückte zärtlich seine Schultern, als sie bemerkte, wie er besorgt zusammenzuckte, weil er sie gestört hatte. »Vielleicht habe ich deine Schwermut gespürt.«

»Vielleicht ist das, was du fühlst, die Hoffnung auf Liebe ...«, gab er zu bedenken und legte seinen Kopf mit einem wissenden Blick schief. »Dein Gemahl ist unterwegs.«

Mit einem leichten Achselzucken gestand Ygrane diese Möglichkeit ein. »Ich habe nur die Seele einer Frau.«

»Im Fleisch einer Frau.« Helle Nacht wollte sie glücklich sehen, damit er sich besser fühlte, wenn er von ihr die beglückende Magie empfing, die er gegen seine Schwermut brauchte. »Hast du gehört, daß in den Gebirgsdörfern das Sonnenrad für dich und den neuen König getanzt wird?«

Der orgiastische Tanz des Sonnenrades war in der Frühzeit der Menschen entstanden, um das Leben zu feiern, und wurde jetzt nur noch in den abgelegensten Dörfern gepflegt, die völlig unberührt von den Römern waren. »Ja, ich habe es gehört«, gestand die Königin mit einem langsamen, stolzen Lächeln.

»Wirst du das Rad mit ihnen tanzen, so wie es die Königinnen der alten Zeit einst getan haben?«

Ygrane runzelte die Stirn und schaute verwirrt und weise zugleich drein. »Um ehrlich zu sein, Bruder, ich hatte nicht erwartet, daß Myrddin überhaupt Erfolg haben würde, und schon gar nicht so schnell. Und jetzt sind Braunmähne und Kyner mich holen gekommen. Aber ich will nicht gehen. Noch nicht.«

»Vertraust du nicht Raglaws Vision? Der Bewohner der Dunkelheit hat den Mann gefunden, den sie mit ihrem tiefen Blick sah.«

»Wieder ein römischer Ehemann.«

»So denke ich auch. Keine Vision ist in diesen turbulenten Zeiten sicher. Der Zeitwind weht, wohin es ihm beliebt. Dieser Mann, Uther Pendragon, ist einer von Gorlois' Volk. Von denen hast du doch für dein Leben genug gehabt.« Seine Augen leuchteten mit einem Strahlen aus einer unerwarteten Zukunft. »Heirate statt dessen mich.«

Ygrane lachte dunkel und stieß ihn spöttisch von sich. »Das versuche ich nie wieder. Die Kinder aus solchen Verbindungen müssen leiden.«

»Und sterbliche Kinder leiden nicht?«

»Nicht auf dieselbe Weise. Wir leben und sterben durch unsere animalischen Leidenschaften. Aber das Blut der Götter ... Es gibt Arten von Fieber in diesem Blut, die menschliches Fleisch mit unerfüllbaren Sehnsüchten brennen lassen. Ich werde diesen Fehler nicht noch einmal begehen. Nein.« Ihr unerbittlicher Blick fixierte den Prinzen so fest, daß er sich gezüchtigt vorkam. »Morgeu mag sich den Bewohnern der Dunkelheit hingeben und wahnsinnig werden. Aber dieser Wahnsinn kommt aus den Dämonen, nicht aus ihr. Ich werde nie wieder die Verrücktheit der Götter in ein Kind verpflanzen.«

Das Gesicht von Helle Nacht wirkte winterdünn. Das Tageslicht hatte ihn erschöpft, selbst hier, wo es nur grün und kühl durch die Kronen der überfluteten Bäume drang. Die Zurückweisung durch die Königin, so berechtigt und unnachgiebig sie sein mochte, hatte seinen Willen geschwächt, noch länger im brennenden Tageslicht zu verweilen, und er verblaßte. »Ich werde heute nacht wieder nach Morgeu suchen«, versprach zitternd seine verklingende Stimme.

Ein Schauer des Bedauerns darüber, daß sie den Prinzen überfordert hatte, überkam Ygrane. Sie wollte ihm helfen. Sie wollte ihnen allen helfen – den Síd, den Druiden, ihrem Volk und ebenso den Britanniern. Die unsterbliche Königin in ihr wollte sie alle vor den Eindringlingen retten. So, wie sie es in ihren früheren Leben getan hatte.

Aber dieses jetzige Leben ist anders, sagte Ygrane zu der unsterblichen Königin in ihrem Inneren. Diesmal glauben viele unserer eigenen Leute nicht an dich. Und der Mann, den ich heiraten muß, glaubt auch nicht an dich.

Schweigen umfing sie. Dadurch wußte sie, daß nicht wichtig war, was sie dachte. Daß sie nur an die unsterbliche Königin glauben mußte, die sie in diesen Leib versetzt hatte.

Das Einhorn liebkoste sie erneut, und das Schweigen der Königin in der Mitte ihres Wesens wurde schön und geheimnisvoll.

Ygrane rollte sich auf den Rücken des Einhorns, und sie flogen über das Wasser hinweg in Sprüngen, die die Reiher aufscheuchten. Der sanfte Donner der Vogelschwingen und das erschrockene Krächzen drang in die Träume der Fianna und wurde zum dumpfen Aufprall von Booten an der Küste und zum Knarren von Spantenholz unter dem bedrohlichen Gewicht bewaffneter Sachsen.

Uther weigerte sich, die Stadt der Legion zu betreten. Die Erinnerung an die Zeit, die er dort mit seinem Bruder verbracht hatte, war noch zu stark. Er kampierte im Moor, während die Reitersoldaten, die der Drachenherr trainiert hatte, nach Hause zurückkehrten. Vor einer schimmernden schwarzen Wand von Bannern, die auf dem Paradefeld vor der Stadt im Wind flatterten, ernannte der König den höchstrangigen Überlebenden von Ambrosius' Leibwache zum militärischen Befehlshaber der Stadt und übergab ihm das Haus des Drachenherrn.

Am nächsten Tag brach Uther bei der ersten Dämmerung das Lager ab, und er sowie Merlin, der Bischof und eine Handvoll schwarzgekleideter reitender Bogenschützen brachen zur Sachsenküste auf, zusammen mit Gorlois' hagergesichtigen Befehlshabern und ihren Männern.

Ambrosius' Winterfeldzug war gründlich gewesen, und es gab keine Anzeichen von Banditentum oder Brigantenunwesen auf dem Land – keine zerstörten Kirchen und keine Schlackenhaufen verbrannter Dörfer. Die Menschen aus dem Hügelland begrüßten die Kavalkade so begeistert wie die erleichterten Bauern des Tieflandes, und der König und seine Begleitung genossen eine ereignislose Reise durch die Halbinsel zu Gorlois' Festung an der Küste, Tintagel.

Unterwegs suchte Merlin mit seiner Herzensenergie nach der übelwollenden Anwesenheit von Morgeu, aber er konnte sie nirgends finden. Selbst in der Burg hatte niemand sie gesehen. Ist sie zu ihrer Mutter gegangen? überlegte er. Lauert sie uns unter den Kelten auf?

Um den gefallenen Herzog zu ehren, blieb Uther einige Tage in Tintagel, wohnte kirchlichen Gottesdiensten bei, hielt Lobreden auf seinen Waffenbruder und bestimmte, daß das Herzogtum an Marcus Dumnoni überging, Gorlois' Neffen und obersten Heeresbefehlshaber.

Marcus war nicht Zeuge von Uthers Kampfrausch vor Londinium gewesen, denn er war im Westen geblieben, um die Küste zu bewachen. Aber der Respekt, den er aus den Erzählungen seiner Soldaten heraushörte, die dabeigewesen waren, beeindruckte ihn. Und als der Zeitpunkt kam, wo er sein Treuegelöbnis ablegte, klang in seiner Stimme Achtung für einen Kampfgenossen an.

Diese Hochachtung war nicht ohne Wirkung auf die Befehlshaber der anderen Festungen in den Küstenstädten, die das Reich in der Abwesenheit des Herzogs verteidigten. Sie und ihre Vorgänger waren ein halbes Jahrhundert lang von den Seewanderern angegriffen worden, bevor die Fianna eingriff, und sie wünschten sich einen starken kriegerischen Monarchen, der vorurteilslos genug war, um an diesem Bündnis festzuhalten. Da der alte Herzog tot war, konnten sie offen ihren Respekt für Ygrane ausdrücken. Sie hatte sich nie ihren zahlreichen Bittgesuchen verschlossen, trotz des kalten Hochmuts, den Gorlois ihr gegenüber an den Tag gelegt hatte. Das Zeugnis dieser kampfgestählten Befehlshaber beeindruckte Uther und verstärkte seine Neugier auf die Kriegerkönigin noch mehr.

An einem beryllklaren Morgen luden der König und seine Männer ihre unruhigen Pferde auf ein Schiff mit tiefem Kiel und verabschiedeten sich von ihren Landsleuten. Riochatus, der Bischof der Britannier, und ein Dutzend seiner Kleriker begleiteten sie. Sein vergoldeter Bischofsstab und sein mit Rubinen verziertes Vortragskreuz wurden weithin sichtbar am Bug aufgestellt. Der hagere Kirchenmann, dem die ersten Anzeichen von Seekrankheit schon ein leichenhaftes Aussehen verliehen, sprach einen Segen über den knieenden König und die Mannschaft, danach zog er sich in einem Wirbel von Roben und Weihrauch unter Deck zurück.

Dann hißten die Seeleute die Drachenflagge und legten ab. Das schwerfällige Transportschiff stampfte und schlingerte in der Flut. Die weißen Türme und hellen Wimpel der Burg von Tintagel verschwanden in dunstiger Ferne hinter Sprühnebel, weißen Schaumkronen und schreienden Möwen, die ihre Kreise zogen.

Uther Pendragon stand aufrecht am Bug, in das schwarze Leder eines gewöhnlichen Reitersoldaten gekleidet, um mögliche Attentäter unter den Kelten zu täuschen. Er reckte den Kopf zwischen Hirtenstab und Vortragskreuz, den Zeichen seines Glaubens, auf den er trotz seiner Zweifel stolz war, und er blickte in eine Zukunft, die niemand an Bord erraten konnte.

Die Dämonen suchten nach dem Einhorn. Sie wollten den Verderber ihres alten Freundes zerreißen, bevor das Tier Lailoken noch weiter unter seinen Bann bringen konnte. Doch nicht einmal ihre scharfen Blicke konnten es finden.

Auf der Krone des Großen Baums, auf dem Rabenast, schwebte das Einhorn, verzückt durch seine Verwandtschaft mit der Leere des Alls. Die Erde rollte unter ihm hinweg und erinnerte sich an alles, während das Einhorn vergaß und wie Musik dahintrieb.

Allmählich verfestigte sich sein Bewußtsein wieder mit Erinnerungen, und das himmlische Tier schwebte tiefer herab, weg vom Rabenast. Die Sterne zogen sich zurück und glitzerten in der Dunkelheit wie vereiste Bäume. Wolken breiteten ihre Federn aus. Seen und Flüsse glänzten auf dem besonnten Leib der Welt wie edle Metalle.

Das Einhorn sank hinab, beladen mit Erinnerungen und Versprechungen. Die Dämonen spürten es, als es in die untere Atmosphäre eintrat, aber sie konnten es nicht finden, denn das Einhorn hatte die Farbe des Wassers angenommen. Und die Sterne schickten ihre Strahlen geradewegs durch das himmlische Tier hindurch.

Während der König sich an der Sachsenküste aufhielt, reisten ihm Herolde voraus und verkündeten der Hochkönigin der Kelten, Uther Pendragon hege große Hoffnung, mit ihr Rat zu pflegen und den beiderseitigen Wunsch ihrer Völker nach Vereinigung zu vollziehen. Auf ihre Einladung hin legte das Schiff des Königs an der Flußmündung in der Nähe von Maridunum an und wurde von einer Menge von Dorfbewohnern, Bauern, Hirten, Händlern und kreuztragenden Wanderpredigern begrüßt, dic sich alle mit den Ellbogen um eine bessere Aussicht rangelten. Keiner von den Männern der Königin war zu sehen.

Auf dem Schiff wurden Fahnen entrollt, Trompeten ausgepackt, Trommeln geschlagen und Weihrauchfässer entzündet, dann stieg Bischof Riochatus von Bord, gefolgt von seinen Klerikern und der kleinen, bewaffneten Mannschaft der Männer des Königs. Uther war in ihrer Mitte verborgen. Merlin bildete die Nachhut, hinter dem Wundarzt, den Pferdeburschen und den energischen Musikanten. Dabei hielt er sich zwischen den Gepäckträgern versteckt. Die immer noch anwachsende Menge drängte nach vorne, und die vorderste Reihe der Reiter mußte ihr mit den Spießen Einhalt gebieten, während die Pferdeburschen die unruhigen Pferde von Bord führten.

»Uther!« ertönten Sprechchöre der Wanderprediger über die lauten Beifallsrufe der Menge hinweg. »Uther! Christus für die Kelten!«

Der Bischof hob den Hirtenstab, und ein gewaltiger Schrei drang aus der Menge und übertönte seinen Segensruf. Die Reiter saßen auf und drängten ihre Rosse durch die Massen, um einen Weg für den Zug des Königs zu bahnen.

Von der Heckreling des Schiffes aus konnte Merlin auf das Dock hinabsehen, wo Uther sein Pferd bestieg, flankiert von seinen wachsamen Männern. Der König blickte verwirrt drein, fast benommen von der Herde der Gläubigen, die sich versammelt hatte, um ihn zu begrüßen.

»Uther! Christus für die Kelten! Uther!« tönten weiter die Rufe, doch sie ließen etwas nach, als die Menge zu begreifen begann, daß der König sich ihr nicht zeigen würde.

Riochatus' schmales Gesicht strahlte vor Freude über die prächtige Begrüßung, die seiner Mission zuteil wurde. Er schickte einen Keil seiner Kleriker voraus, die das Vortragskreuz trugen, und teilte so die Menge, damit auch Reiterei und Troß durchkamen. Langsam zog die Prozession von den Docks auf die Straße, die nach Norden führte, in das heidnische Gebiet, das die Stadt umgab.

Erst als die Britannier die Hauptmasse der jubilierenden Gläubigen hinter sich gelassen hatten, war der Bischof damit einverstanden, seinen von vier Pferden gezogenen Wagen zu besteigen und zur ummauerten Stadt vorauszufahren. Er nahm die Mehrzahl der Reiter mit sich, denn er sollte Maridunum als erster betreten, wie Christus die Unterwelt. Dort würde er, so gut er konnte, mit den heidnischen Druiden die Zeremonie vorbereiten, die seinen König mit der ungläubigen Königin vereinen und so ihre beiden unterschiedlichen Völker enger als je zuvor miteinander verbinden würde.

Die restlichen Reiter folgten zusammen mit den Wagen und bewegten sich langsam die alte, ausgefahrene römische Straße hinab. Der König und der Zauberer zogen hoch zu Roß in der Mitte der Kolonne mit, redeten beiläufig, wie sie es oft zuvor getan hatten, über die alten Philosophen, über Astronomie und die Gewohnheiten von Zugvögeln – über alles mögliche, nur nicht über die eifrigen Christen, die sie am Hafen zurückgelassen hatten, oder über die keltische Königin, die sie in Maridunum erwartete.

Hinter ihnen trugen vier Packpferde und zwei von Maultieren gezogene Ochsenkarren die Gaben des Königs für Ygrane – einen kleinen Wald von Obstbaumschößlingen und grünen Muskatellerrebstöcken, denn der Zauberer hatte sich an die Leidenschaft der Königin für ihren Garten erinnert.

An einer Wegbiegung, wo durch ein niedriges Wäldchen von Silbertannen eine sandige Bucht und das grüne Meer hindurchschimmerten, brach an einem der Karren die Achse. Die Reiter saßen ab und halfen der Handvoll Fußsoldaten, Pferdeburschen und Gepäckträger, das Gefährt zu entladen und es auf die Seite zu legen, damit es notdürftig instand gesetzt werden konnte.

Da man Merlin für zu alt hielt, um mitzuhelfen, und der König mit seiner Wunde nicht helfen durfte, wanderten die beiden von der Straße weg in den sonnigen Herbstnachmittag hinein. Wegen der Hitze des Tages legte Uther seinen drachengeschmückten Brustpanzer ab, spazierte auf dem Hügelkamm entlang und spähte auf das klare Meer hinab.

Da Merlin keine Gefahr in der Umgebung spürte, ließ er dem König seine Ungestörtheit. Der Zauberer wanderte hügelaufwärts weiter, hinein in einen Wald von windgekrümmten Apfelbäumen und robusten Eichen und Tannen. Dort fuhr der Seewind durch den Baldachin der Baumkronen mit einem Brausen, das wie die Brandung klang.

Merlin war nicht weit gegangen – er konnte immer noch die Männer sehen und hören, die unter ihm knurrten und fluchten –, als er eine kleine Lichtung erreichte, wo im letzten Winter eine vom Blitz getroffene Eiche umgestürzt war. Hier leuchtete die Luft hell und klar wie guter Apfelwein. Tausende gelber Fingerkrautblüten und Gänseblümchen zierten das dunkle Blaugrün dieser duftgeschwängerten Einfriedung.

Vor dem von Pilzen überwucherten Stamm des umgefallenen Baums stand das Einhorn. Es glitt vorwärts, und die Luft wurde mild, erfüllt von silberner Stille.

Mit schockierender Plötzlichkeit stieß das Einhorn sein Horn durch den Bart des Zauberers tief in die Grube seiner Kehle, dort, wo die Schlüsselbeine sich trafen. Ein stechender Schmerz warf ihn nach hinten, und er fiel mit dem Rücken auf eine harzige Decke aus Zypressenrinde. Barbarische Worte krampften sich um den Schmerz in seiner Kehle zusammen und verdichteten sich zu einem wilden, unbezähmbaren Lachen.

Mit dem ersten Anfall rasenden Gelächters strömte sein ganzer Schmerz hinaus, ein blaues Feuer trat an seine Stelle. Mit nach innen gerichtetem Blick sah er es in seinem Inneren – blaue Flammen, die durch seinen Hals in den Kopf hinaufwirbelten und die mit jeder Zuckung seines Lachens heller wurden.

Und dann war Schweigen. Ein winddurchwehtes Schweigen, mit den Lauten von Vogelgezwitscher, Laubgeraschel und seinem verrückten Lachen, das zwischen Augenblicken völliger Stille hochkam und wieder abebbte.

Mit gewaltiger Anstrengung riß Merlin die Augen auf, wie

ein Träumer, der sich aus einem Alptraum losreißt. Eine Fata Morgana der Zukunft schwebte am gewölbten Himmel und schwankte wie die Spiegelung auf einem Teich. Straßenlabyrinthe aus Teer und Beton verschwammen in der Ferne zu einer gezackten Silhouette, die wurzellos am Himmel über dem Wald hing.

Die phantastische senkrechte Stadt wirkte ausgelöscht, wie im Dunst eines Sumpfes. Lange Zeit stand er da und beobachtete, wie sie davonwehte, wie eine Wolkenlandschaft in hohem Wind. Schließlich war die Stadt so weit weg, daß sie zu einem Strich ausdünnte, zu einer Kette von Vögeln auf ihrem jahreszeitlichen Zug.

Während die Vögel am makellosen Himmel verschwanden, hörte Lailoken seine eigene hohle Stimme sprechen:

»Als zwei Monate nach meiner Geburt der Winter kam, purpurn und bleich, war ich stark genug, um zu stehen, herumzuwatscheln und zu sprechen. Während die großen Flocken zur Erde wirbelten und der Wind wie ein wildes Tier heulte, kuschelten Optima und ich uns vor dem glühenden Ofen zusammen. Ich aß Haferbrei, und sie kaute an dem Schwarzbrot und dem getrockneten Rindfleisch, das die Bauern an unserer Türschwelle niederlegten.

›Weißt du?‹ nuschelte ich meine ersten Worte.

Ihr freundliches Wieselgesicht nickte. ›Ich weiß.‹

Meine schwache Stimme gab sich Mühe, meine Frage vollständig auszusprechen: ›Weißt du – wer ich bin?‹

Ihre Finger, knotig vom jahrelangen Holzhacken, strichen sanft das weiße Haarbüschel aus meinen verschnupften Augen. ›Natürlich, mein Lieber. Du bist der Dämon Lailoken. Die Engel haben mir alles über dich erzählt.‹

Ich blinzelte, um sicher zu sein, daß sie wirklich lächelte und nicht nur eine Grimasse machte. ›Warum?‹ krächzte ich.

›Was, mein Lieber?‹

›Warum – sorgst du – für mich?‹

Sie legte einen Finger auf meine eingesunkenen Lippen und hieß mich schweigen. ›Du bist Gottes Kreatur, Lailoken.

Wie könnte ich nicht für dich sorgen? Du bist in mir gewachsen. Du bist mein Kind.‹

Ihr Kind! Diese Vorstellung richtete mich auf. Mutterlos seit Beginn der Zeit, hatte ich die Einsamkeit der Leere gegen einen sterblichen Leib und die Liebe einer Mutter eingetauscht. Wie kann ich die Tiefe der Fürsorglichkeit schildern, die sie in mir wachrief? Sternenstaub, der zu Fleisch und Blut geworden war, existierte mein Leib als ihr Geschenk und als Hoffnung Gottes, daß ich, ein Dämon, das, was ich zuvor immer verachtet und zerstört hatte, dazu benützen würde, Liebe und Friede zu verbreiten. Konnte ich das? War es Gottes Absicht, daß ich gerade unter den Lebensformen Erfüllung finden sollte, die ich zuvor gequält hatte?

Optima und ich verbrachten jenen strengen Winter in Gesprächen über meine Bestimmung.

›Du bist nicht der Gesalbte‹, warnte sie mich an einem strahlend blauen Morgen, als wir an dem Bach, wo sie mich nach der Geburt gewaschen und getauft hatte, Eis zerbröckelten, um Trinkwasser zu gewinnen. ›Christus ist der Sohn Gottes. Ja, du bist von einer Jungfrau geboren wie er, aber du bist ein Diener der Dunkelheit – inkarnierte Bosheit. Das wußte ich, als du so lüstern in mich eindrangst. Aber ich habe dich nicht zurückgewiesen, denn unser Herr hat gelitten und ist am Kreuz gestorben, um uns die Liebe zu lehren – besonders die Liebe zu unseren Feinden. Ich wußte, wenn ich dich, den Feind des Lebens, lieben könnte, dann würde ich den Lehren unseres Erlösers Ehre erweisen.‹

Ich bedauerte, daß ich nicht in Palästina gewesen war, als Jesus auf der Erde wandelte. Ich hätte gern selbst gesehen, ob er wirklich die Liebe so wahrhaft verkörperte, wie meine Mutter es so inständig glaubte. Doch leider hatte zu jener Zeit mein Vergnügen mich nach Rom geführt, zu den blutigen Gladiatorenspielen.

›Vielleicht bin ich dann der Antichrist‹, überlegte ich und stieß ärgerlich meinen heißen, dunstigen Atem aus, schon erschöpft von meinen schwachen Versuchen, das Eis des Baches mit einem Stein aufzubrechen.

Optima hielt in ihrem Gehämmer inne und umfaßte mich mit einem besorgten Blick, der mich elend machte. ›Du würdest mir das Herz brechen, Lailoken. Ich habe schrecklich gelitten, um dich zu gebären. Du erinnerst dich daran. Du hast mich fast entzweigerissen, als du aus mir hervorgekrochen kamst. Trotzdem segne ich jenen Tag, denn die Engel haben mir versichert, du würdest deine Dämonenkraft benutzen, um in allem, was du tust, dem höchsten Guten zu dienen. Sag mir jetzt, ob ich mich irre.‹

Ich holte tief Luft und schüttelte mein graues Haupt.`Du irrst dich nicht, Mutter. Ich schwöre …‹

›Dies ist eine grausame Zeit, um geboren zu werden, mein junger Alter.‹ Schwere Sorgen vertieften die Furchen in ihrem abgehärmten Gesicht. ›Die Engel haben mir gesagt, daß eine lange Nacht über die Welt kommen wird – eine schreckliche Nacht, die tausend Jahre dauern wird – eine Zeit des Bösen, Lailoken, Pest, Hungersnot, Krieg und noch mehr Krieg – und Schlimmeres als Krieg, abscheuliche Greueltaten, die im Namen unseres Herrn ganzen Völkern angetan werden. Ach, welch ein Schmerz!‹

Beeindruckt von ihrer wachsenden Verzweiflung setzte ich mich in den Schnee. ›Kann ich dem Einhalt gebieten?‹

Plötzlich verflog die Besorgnis, die ihre Züge verzerrt hatte, und sie betrachtete mich mit einem Lächeln von so aufrichtiger Zärtlichkeit und Liebe, daß ich einen Augenblick lang glaubte, ich hätte ihr bedrückendes Gefühl einer Vorahnung mißverstanden. ›Nein, Lailoken.‹ Der ruhige Blick ihrer grauen Augen fixierte mich mit lebhafter Klarheit, nicht der Blick einer Mutter, sondern eines Geistwesens, das seinesgleichen anschaute. ›In dieser Welt, zu diesem Zeitpunkt, sind wir dem Untergang geweiht.‹

Die Würde, mit der sie der hoffnungslosen Wahrheit unseres Lebens ins Gesicht schaute, richtete mich auf seltsame

Weise auf. Ich erblickte in ihrem erhobenen Kinn und ihren gestrafften Schultern Spuren ihres früheren Lebens als Prinzessin aus dem Königshaus von Cos. ›Du wirst über Kräfte verfügen, wenn dein Leib jünger wird, aber sie werden nicht ausreichen, um diese fürchterliche tausendjährige Nacht abzuwenden.‹ Sie senkte traurig ihre Stirn, hob mich aus dem Schnee und wischte mit ihrem abgetragenen Kleid die Eisstückchen von meinem Hinterteil. ›Wenn du nur zu einer anderen Zeit in diese Welt gekommen wärest, zu einer hoffnungsvolleren Zeit, wo deine Erlösung Veränderungen auslösen könnte, die andauern würden. Nein. Was auf uns zukommt, ist eine Zeit, der ein Fluch alle Rettung nimmt. Das Beste, was man hoffen kann, ist, daß du ein Beispiel gibst von allem, was gut ist, eine strahlende Vision von Größe, die wie ein lebendiger Stern durch die dunklen Jahrhunderte leuchten wird.‹

›Das kann ich tun?‹

›Und mehr. Auf einer Insel im Westen gibt es neun schwarze Schwäne, die in Wirklichkeit heidnische Königinnen sind, denen Gott den Himmel verweigert hat. Ihre Gebete haben dich zur Erde gebracht, Lailoken. Sie sind deine Patinnen. Jetzt ist die Zeit gekommen, um die älteste von ihnen aus diesem Purgatorium zu befreien. Du sollst den König finden, der ihren Platz einnehmen wird.‹

›Ich verstehe nicht.‹

Sie lächelte milde und tätschelte mir den Kopf. ›Wenn die Zeit kommt, wirst du verstehen. Für jetzt ist es genug, daß du dem Guten dienen willst.‹

›Werde ich wissen, was gut ist?‹

›Das ist die Hoffnung meines Lebens und der Sinn aller meiner Gebete.‹ Sie neigte den Kopf, und das nächste sagte sie mit leiserer, belegter Stimme: ›Ein König wird aus der Liebe zweier Feinde geboren werden – und er wird das Volk unserer Insel für einige Zeit vereinen – und während dieser gerechten und edlen Zeit mußt du ihm dienen.‹

›Ich? Aber ich bin so schwach. Ich bin nicht mehr, was ich

zuvor war, Mutter. Ich bin nur ein Gedächtnis im Leib eines alten Mannes.‹

›Das wird sich ändern. Du wirst jünger werden. Die Engel haben gesagt, daß du bei der Geburt alt sein und dann jünger werden wirst, weil du ein Dämon bist und deshalb die Schöpfung von rückwärts betreten und dich allmählich würdig erweisen mußt, die Göttlichkeit der Kindheit zu besitzen.‹

Ich wollte ihr nicht sagen, daß dies Unsinn sei. Ganz gewiß hatten die Engel meinen geschwächten und gealterten Zustand eingerichtet, um mich besser beherrschen zu können, falls ich zu meiner früheren dämonischen Verhaltensweise zurückkehren sollte.

Ja, Optima versicherte mir: ›Deine Kräfte werden zunehmen. Dann, wenn du dem König begegnest, wirst du die rechte Stärke haben. Sie wird von Gott kommen. Was du beisteuern mußt, ist der Wille zu dienen. Das muß von dir kommen, Lailoken. Die Demut zu dienen.‹

›Wer ist dieser König?‹

Sie drückte meine Schultern, stolz, wie es schien. ›Du wirst ihn kennen, denn du wirst ihm den Weg bereiten.‹

Die Überzeugung, mit der sie dies sagte, der Stolz ihrer Gewißheit, erfüllten mich mit Ehrfurcht und Glauben – ein Gefühl für eine Bestimmung, das in meinem Dasein als Dämon völlig gefehlt hatte. Ich sog die kühle Luft ein und sagte aus vollem Herzen: ›Ich schwöre dir, Mutter, ich werde dieses sterbliche Leben der Aufgabe widmen, Gutes vor Gott und den Menschen zu tun. Ich werde diesen guten König finden und ihm dienen. Ich werde dich nicht enttäuschen.‹

Ein hellseherisches Leuchten schimmerte im hageren Gesicht meiner Mutter, und sie nickte befriedigt. ›Ich weiß, so wird es sein.‹

Ich sage aufrichtig, die Freude, die das Lächeln dieser Frau in mir auslöste, leuchtete durch meinen schwachen Leib so strahlend wie ein Schmerz, und all die Äonen meines dunklen Treibens brachen in diesem einen Augenblick vor der Wahrheit meines Lebens zusammen.

Als die Nordwinde nachgelassen hatten und die Schneewehen so seicht geworden waren, daß die Bauern wieder den Weg zu uns fanden, gab sich Optima keine Mühe mehr, mich zu verstecken. Aber sie log darüber, wer ich war. Sie erzählte den ehrfürchtigen Leuten mit den verschmierten Gesichtern, die mit Geschenken von Brot, Käse und Kerzen zu uns kamen, ich sei ein alter Wandermönch.

Gewiß sah ich auch so aus. Seit meiner Geburt zu Anfang des Frühlings war ich schon zu meiner vollen Größe herangewachsen. Und obwohl ich schließlich stark genug war, Feuerholz zu tragen und Eis für das Wasser anzuschleppen, hatte ich das runzelige Gesicht und den schütteren weißen Bart des Urgroßvaters eines Patriarchen. Als die Bauern weggingen, waren sie nicht klüger als zuvor.

›Warum mußtest du lügen, Mutter?‹ fragte ich und knabberte mit meinen sprossenden Zähnen am weichen Inneren des Brotes. ›Daß du einen Dämon wie mich gebären und bekehren konntest, ist eine Anerkennung deiner Heiligkeit.‹

Sie tätschelte meine Wange und warf einen Stock ins Feuer. ›Lieber Lailoken, trotz all deinem übernatürlichen Wissen bist du so naiv. Ich bin eine Tochter des Königs von Cos. Und er ist ein weltlich gesinnter Mann. Wenn er erfahren würde, daß ich geboren habe, dann würde er natürlicherweise annehmen, ich sei vergewaltigt worden. Und da er unten im Tal Wachen aufgestellt hat, um sicherzustellen, daß keine Heiden den Weg hier herauf finden, würde er zu dem Schluß kommen, daß einer der Wächter oder ein Dörfler mir beigewohnt hätte. Und er würde sie auf der Suche nach einem Geständnis und nach Sühne einen nach dem anderen töten lassen. Nein, Lailoken. Die Wahrheit ist eine gefährliche Sache. Und oft müssen wir lügen, um etwas größeres Gutes zu bewirken.‹

Optima lebte wie eine wahrhaft weise Frau, und ich lernte in jenem Winter von ihr sehr viel über Liebe und die Hingabe an Gott, auf der alles Gute in der Welt beruht. Die Tatsache jener Hingabe ist nichts Geringeres als das Opfer. Das einzig

Gute, dessen die Sterblichen fähig sind, ist die Liebe. Selbst um zu beginnen, Gutes zu tun, muß man willens sein, über sich selbst hinauszuwachsen, so lehrte sie mich. Alle Dinge, die der Mensch herstellt, vergehen. Alle Wörter verlieren sich in der Leere, die die Zukunft darstellt. Nur die Liebe bleibt. Liebe für das, was ist. Nicht für das, was war oder sein könnte. Liebe für das, was ist – das allein ist wahre Liebe. Das allein kann die Zukunft nicht auflösen. Denn diese Liebe ist Gott, die Göttin – ist ihre Vereinigung mit uns, hier und jetzt, ungeachtet der Leere zwischen den Sternen oder des Vakuums, das die Atome enthält und in das wir alle, früher oder später, fallen müssen. So, wie ich am Beginn der Zeit gefallen bin. Und so, wie ich wieder fallen werde, wenn dieser Leib verbraucht ist. Das macht nichts. Die Liebe bleibt. Alles andere wird dieser einen und ewigen Wahrheit geopfert.

Als müßte sie diese Lehre betonen, starb Optima in jenem Frühling. Als die ersten schwachen grünen Spitzen des wiederkehrenden Lebens sich zeigten, ging sie einfach von mir. Ob zufällig oder mit Absicht: dies geschah auf den Tag genau ein Jahr, nachdem sie mich geboren hatte.

An jenem Tag war ich früh in die Hochlandwälder fortgegangen, um Krokusse für den Altar zu sammeln. Ein Engel begegnete mir auf meinem Rückweg. Der Blitz seiner Augen loderte heiß, und ich mußte mich abwenden. Als ich wieder aufschaute, war er fort, und an seiner Stelle stand Sonnenlicht zwischen den Bäumen, obwohl die Sonne selbst weit auf der anderen Seite des Himmels stand. Später erkannte ich, daß der Engel ihr Begleiter gewesen war, und das sonnenhelle Licht, das zwischen den Blättern hindurchging, war ihr Geist gewesen, der gekommen war, um von mir Abschied zu nehmen.

Ich hastete durch den Wald, um ihr von dem Wunder zu berichten, das ich geschaut hatte, und fand sie zwischen den Blutbuchen knien. Das Einhorn stand da und berührte mit seinem langen Horn ihre Schulter. Als es mich sah, zog es sich zurück und verschwand in den Schatten der Bäume.

Als ich sie überführte, war sie schon kalt und steif, im Tod in der Haltung der Anbetung erstarrt. Ein ungeheurer Schrei des Jammers schüttelte meinen Leib. Der Trauerschrei hob mich aus mir heraus, über das Blau des Himmels hinaus, hinein in den Sternennebel. Ewige Nacht öffnete sich vor mir. Und die Sterne verwundeten mich mit ihren Nadeln.«

Der Schmerz jener Erinnerung löste das Gelächter in Merlins Brust und ließ ihn überrascht prusten. Das Einhorn war verschwunden. Die Lichtung war leer, durchstrahlt von diamantenen Lichtfäden.

Er setzte sich auf, legte eine Hand an seine Kehle und spürte die kühle, elektrische Strömung des Tores in seinem Leib, das das Einhorn geöffnet hatte. Der Fluß der Energie bündelte seinen tiefen Blick, und er schaute zukünftige Ereignisse, die ihm näher waren, innerhalb der Spanne des eigenen Lebens.

Er sah einen König im Sonnenlicht schreiten, an der Spitze einer erstaunlichen Gefolgschaft von Kriegern mit Eisenmasken und eleganten Damen in regenbogenfarbenen Seidenkleidern. Das blondbärtige Gesicht dieses Königs besaß die Schönheit einer breiten Löwenstirn – Ygranes Schädel und Haarfarbe –, die gelben Augen und die römische Nase der Vorväter aus dem Hause Aurelianus.

Die stolze Vision verschwand zitternd. Doch sie fachte die Hoffnung wieder an, die Optima in seinem sterblichen Herzen entzündet hatte. Lailoken hatte den König der Prophezeiung gesehen. Und dieser König war der Sohn von Uther und Ygrane.

Mit einem verwunderten Lächeln über das, was er gesehen hatte, sprang Merlin auf die Beine und schaute sich suchend nach dem Einhorn um. Das leuchtende Wesen war nirgendwo zu sehen, weder in den Schatten der Bäume noch im farndurchwachsenen Gestrüpp.

Er war allein, und doch sagte er: »Einhorn! Du hast meine

Augen geöffnet! Ich habe den König gesehen! Den König, den Optima prophezeit hat!«

Das Echo seiner glücklichen Worte hallte im Wald wider. Er nahm seinen Stab und ging in einem kleinen Kreis durch das Wäldchen; er trug den Kopf hoch erhoben, sein Geist war mit der dämonischen Energie aufgeladen, die das Einhorn in ihm freigesetzt hatte.

»Du hattest recht, mir diese Kraft bis jetzt vorzuenthalten«, sagte Merlin. »Ich war noch nicht bereit dafür so klar zu sehen. Aber meine Reisen haben mich verändert. Das weißt du, nicht wahr?«

Er nickte den leeren Gassen des Waldes wissend zu. »Ja, du weißt Bescheid über mich, Einhorn. Du weißt, daß ich mich verändert habe. Ich habe die Menschen jetzt kennengelernt, weißt du – das Volk meiner Mutter – die Christen.« Er stieß seinen Stab auf den lehmigen, braunen Waldboden und erklärte mit Bestimmtheit: »Sie sind das Volk meines Schicksals, Einhorn. Das verstehe ich jetzt. Sie arbeiten auf ihren Höfen und in ihren Gewerben. Sie bauen ihre Städte und ihre Kirchen, und sie glauben, daß Gott sich um sie sorgt.«

Der Zauberer spähte durch die Bäume, dorthin, wo der Nachmittag sich in ein verzaubertes Gewirr aus Sonnenstäubchen und Splitter von Tageslicht auflöste. »Ich bewundere diese Leute, wirklich. Die Kirche sagt ihnen, daß die Welt jetzt jeden Tag zu Ende gehen kann. Und das ist das gleiche Versprechen, das der Wüter seinen Leuten anbietet – daß die Apokalypse kommt. Doch bauen die Christen trotzdem für morgen. Die Leute des Wüters bauen nichts. Sie denken, es sei tapferer und schlauer, das zu nehmen, was andere gebaut haben. Sie glauben, es sei das Recht des Starken, den Schwachen zu töten, und sie zerstören alles, was die Christen bauen. Jedoch bauen die Christen es wieder auf und schaffen leuchtende Städte, wo die Sanftmütigen leben und gedeihen können – für ein Morgen, das vielleicht niemals kommt.«

Er hob sein stolzes Gesicht und redete zu den Fäden aus Sonnenlicht, die durch den Kronenbaldachin der Bäume drangen. »Sie glauben an den Frieden – sie predigen Liebe. Wie es meine liebe Mutter Optima tat. Sie versuchen, eine Zukunft zu bauen, wo jeder Mensch für jeden anderen Menschen verantwortlich ist. Langsam tasten sie sich durch ihre Unwissenheit und ihre Ängste hindurch und tun die Arbeit der Engel.«

Wieder stieß er triumphierend mit seinem Stab auf und setzte sich in den Schatten des Waldes nieder. »Sie sind das Volk meiner Mutter, Einhorn, und unabsichtlich bin ich dazu gekommen, mir etwas aus ihnen zu machen. Aber wie sehr ich auch versuche, ihnen zu helfen, selbst mit den Kräften, die du mir gezeigt hast, könnte ich doch keinen von ihnen retten. Es gibt zu viele Barbaren – zu viel Krieg überall. Ich habe es fünf Jahre beobachtet, und ich konnte überhaupt nichts dagegen tun.«

Er ließ den Kopf sinken und schloß die Augen vor den dunklen Erinnerungen an die Verwüstungen, die er auf seinen Reisen gesehen hatte. Dann sagte er nachdrücklich: »Ich kann es gewiß nicht, weil ich nur ein einziger bin. Aber ein König der Britannier – jemand, der stark genug ist, alle diese kleinen Kriegsherren zu vereinigen –, er könnte das tun, was die Römer taten – die Wilden zurückdrängen, die Plünderungen und Gemetzel beenden und die leuchtenden Städte wieder aufbauen.«

Langsam hob er das grimmige Gesicht und öffnete die silbernen Augen, die jetzt mit leidenschaftlicher Überzeugung leuchteten. »Diesen Kampf und sein Ziel habe ich in Raglaws Vision gesehen. Und daran glaubt auch Ygrane. Und das ist, was meine Mutter von mir erwartete, und sie wollte, daß ich helfe, es zu verwirklichen. Deshalb haben die Engel so schwer gearbeitet, um mich hierherzubringen. Um die Größe des Königs zu erfüllen. Denn nur ein großer König kann alle Provinzen vereinen und die Barbaren verjagen. Britannien ist eine Insel. Mit einem starken Führer können wir zu einer Inselfestung werden, in unserem eigenen Land sicher und geborgen vor dem Wahnsinn, der die Zivilisation vernichtet.«

Sein Leib vibrierte mit der dämonischen Energie, die das Einhorn in ihm freigesetzt hatte, und der Zauberer flüsterte ehrfürchtig: »Es ist möglich. Ich habe es gesehen. Ich habe den König gesehen.«

Merlin entschloß sich, seine neue Kraft auf die Probe zu stellen, und füllte seine Augen willentlich mit dem tiefen Blick. Wie mit einem Windstoß verdrängte klares Sonnenlicht das Wäldchen aus seinem Gesichtsfeld, und er fand sein Bewußtsein schnell hügelabwärts fliegen, hinweg über die sich neigenden Hänge. Unter ihm huschte eine üppige Fülle von Blumen vorbei, grellbunte, wuchernde Flecken – Butterblumen, Glockenblumen und Klatschmohn –, dann die sonnenbeschienene Wasserfläche eines Teiches und ein Ufer mit dicht stehenden Binsen und Schilf.

Heiter wie vom Wind getragener Fruchtflaum einer Pflanze segelte er an dem umgeworfenen Ochsenkarren vorbei, wo die in Sackleinwand gewickelten Obstbäume auf einer Seite aufgestapelt waren und die Männer sich abmühten, die gebrochene Achse zu zerlegen. Das Meer unter den von Tannen gekrönten Klippen brandete mit Schaumkronen gegen die Felsen.

Er flog durch eine Gruppe von Birken und kam auf eine Wiese, deren Gras der Wind kräuselte. Auf dem offenen Feld wogten Reiterscharen der kommenden Generation, und auf ihren Wimpeln trugen sie alle Embleme von Optimas Glauben: das Kreuz, das Lamm, den Kelch und die weiße Taube.

Ein wildes Lachen aus Freude über diese christliche Zukunft, über die Erfüllung der Hoffnungen seiner Mutter, schüttelte ihn, und die Fata Morgana löste sich im Wind auf. Es dauerte eine Weile, bis er sein erregtes Gelächter beruhigen konnte. Er erinnerte sich daran, daß sein physischer Körper immer noch bewußtlos in einem Wäldchen lag. Er schwebte hier als Geist und mußte seinen Weg zurück zu dem Fleisch finden, das Optima für ihn gewebt hatte. Dieser Gedanke ernüchterte ihn.

Merlin konzentrierte sich auf die Stelle in ihm, die von der

Berührung durch das Einhorn noch kalt war. Wieder quoll Lachen auf, und er bot all seine Macht auf, um es zu unterdrücken. Diesmal verschwammen die prophetischen Silhouetten der zukünftigen Generation über ihm wie kalte Wogen von Gebirgswasser und ließen ihn benommen in einer Wasserlandschaft zurück.

Graublaues Licht zitterte um ihn herum, als befände er sich unter Wasser. Schatten stiegen und fielen in einer brodelnden, weiten, schimmernden See – und er begriff, daß er nicht die Zukunft schaute, sondern die trübe Gegenwart, eingetaucht in den himmelweiten Strom der Zeit. Die Schatten, die ihn umgaben, waren die lebenden Wesen, deren Taten die mögliche Zukunft formten und eingrenzten.

Wieder überkam ihn Gelächter. Wie absurd schien dieser Augenblick, der so riesig war wie der gähnende Himmel und alles enthielt – alles! Da sah er einen langbärtigen Mann, sich selbst. Er lag da wie tot, ein Augenlid war halboffen und ließ das Weiß des Augapfels sehen. Leuchtende Fäden goldener Energie zitterten in der Luft zwischen ihm und seinem Körper und verbanden seinen Astralleib mit der reglosen Gestalt.

Im gedämpften, wässerigen Schimmer der Weite des Augenblicks zeigten sich andere Figuren. Die ungeschlachten schwarzen Formen von Dämonen schwebten in der Ferne, stumm wie Berge. Er erkannte die schauerlich verzerrten Gestalten seiner früheren Kameraden. Aber sie sahen ihn nicht, denn den Dämonen fehlte der tiefe Blick. Hinter ihnen erhob sich der Wüter, sein blauer Umhang bildete den Himmel, sein eines Auge schimmerte bleich wie der Mond. Auch er sah den abtrünnigen Dämon nicht, denn sein Blick wurde von einer Zukunft gefesselt, die weit von diesem Augenblick entfernt war.

Ihm näher in der blauen Atemlosigkeit dieser Vision ging Uther Pendragon umher, blind für die Zeit wie jeder Mensch. Er wanderte umher in seinen Gedanken über das, was vor ihm lag, während er über eine Baumfalle stieg, blind für die Kräfte, die ihn umgaben. In seinem Schatten schwebte Vray

Vitki. Er trug seine eigene Mitternacht mit sich, eine Dunkelheit in der Gestalt eines Mannes, umrahmt von schimmernden Echsenschuppen. Auch er hatte kein starkes Auge – und das war eine Gnade, denn seine Zukunft lag im Rachen des Drachen.

Merlin unterdrückte den Impuls zu lachen. Es bereitete ihm ein schelmisches Vergnügen, die Zeit selbst als eine Dimension zu sehen, als einen endlosen weiten Raum, der von allen lebenden Wesen besetzt war. Überall waren Waldkreaturen, eingeschlossen in ihre gebannten Augenblicke der Ewigkeit. Er blickte durch ihre wässerigen Körper hindurch, über einen melodisch herabrieselnden Bach hinweg, vorbei an durchsichtigen Schleiern von Wäldern und Bergen, dorthin, wo Menschen ihre blinden Augenblicke besetzten.

Die Soldaten des Königs mühten sich ab, die gebrochene Achse ihres Wagens wieder einzurichten. Riochatus und seine Begleitung kamen in Maridunum an, ein Bienenkorb voller Geschäftigkeit, der noch in diesem einen, blinden Augenblick eingeschlossen war. Wimpel schlängelten sich in einem erstarrten Wind; Gesichter waren erstarrt in einem Ausdruck, der sich nicht änderte.

Schicht um Schicht weitete sich der Horizont vor dem durchdringenden Blick des Zauberers, und er entdeckte das Einhorn auf der anderen Seite der Stadt. Es schwebte in ruhiger Freundlichkeit zwischen den zerfetzten Vorhängen des Waldes, mitten im Sprung gefangen, versunken in der Tiefe des Augenblicks, ohne Schau der Zukunft.

Merlin ließ seinen Blick noch weiter schweifen und suchte nach der Königin. Zuerst fand er Morgeu. Sie kauerte im orangefarbenen, verschwommenen Licht von Fackeln in einer runden, tiefliegenden Krypta. Ringsum trugen gewundene Säulen aus Jaspis eine Kuppel aus Schwarzstein. An sie waren unzählige menschliche Schädel genagelt, in denen Laternenflammen brannten. Hier bewegte sich die Zeit und sickerte langsam in die Zukunft.

An eisernen Ketten hingen Weihrauchfässer aus gehämmerter Bronze und ließen sich kräuselnde Dampfschwaden entweichen, die auf den Boden sanken und wie Gespenster von Vipern auf den Onyxsockel einer abscheulichen Gestalt zukrochen. Es war die gleiche scheußliche Statue, die der Zauberer in dem *aedes*-Schrein in Segontium gesehen hatte: eine nackte Frau mit Fangzähnen, die eine Halskette aus Schädeln trug und ein blutiges Schwert und einen abgetrennten Kopf schwang – *Morrígan,* die Dämonenkönigin.

Morgeu lag vor der Statue hingestreckt und hielt ihre tanzenden, mit Glöckchen geschmückten Fußknöchel fest umklammert. Der nackte, grobknochige, weibliche Leib schimmerte totenbleich wie Wachs. Die Lichter der flackernden Feuer in den Totenschädeln streichelten sie wie schattenhafte Finger von Skeletten. Sie rollte herum und stützte sich auf ihre Ellbogen auf. Ihre kleinen Augen blickten liebevoll auf die Statue.

»Ethiops …«, rief sie mit einer Stimme, die nicht die ihre war, mit einer schlangenhaft-geisterhaften Stimme, die in ihrer Bosheit Merlin so vertraut war, daß ein Schmerz ihn durchdrang und durchbohrte wie eine Kiefernnadel einen vom Wind umhergeschleuderten Schmetterling. Energien fein wie Spinnweben wirbelten aus der gräßlichen Statue hervor und umgarnten Lailokens Herz, hielten ihn mit schrecklicher Verzückung fest.

Eine aalglatte Schattengestalt löste sich von der Steinfigur, aufgerichtet und mit blutroten Lichtflecken aus den Schädellaternen übersät. Das war Ethiops, der von den Berghöhen herabgekommen war, die er mit dem Wüter teilte. Er sah Merlin nicht. In seinen schwarzen Augen spiegelte sich Morgeus bleiches, von Scheu ergriffenes Gesicht. Nur allzu gut konnte sich Lailoken die Abneigung vorstellen, die der Dämon für dieses Fleischbündel empfand, das da vor ihm auf dem Boden kroch – doch sein dunkler, durchsichtiger, geschmeidiger Leib umarmte die Hexe.

Merlin konnte ein Lachen nicht unterdrücken, als er sah, wie weit Ethiops Verdorbenheit in seiner Verzweiflung ging.

Der Zauberer bemühte sich, seinen tiefen Blick beizubehalten, und die schockierende Szene verschwand. Morgeu ist eine Waffe der Dämonen, sagte er sich, um sein Gelächter zu ersticken, das ihn schon schmerzte. Und so beruhigte er sich auf der Stelle.

Vor ihm saß Ygrane auf einem Boden, den ein weiches Kissen jahrhundertealter Kiefernadeln und Buchenblätter bedeckte, und beobachtete ihn. Das gedämpfte Licht der erstarrten Zeit verbarg ihren aufmerksamen Blick nicht. Sie schaute ihn geradewegs an. Ihr durchsichtiger Leib öffnete sich wie ein zur Seite gezogener Regenvorhang, und hinter ihr, hinter der durchsichtigen Maske von Erde und Felsen, die die Kruste des Planeten bildeten, wachte der Drache. Seine purpurnen, rauchigen Augen füllten Meilen der Berge, und in der düsteren Ausdünstung seines Wesens wirkte er unirdisch.

Dieses riesige Gesicht überraschte Merlin so, daß er die Herrschaft über sich verlor und ein erschrockenes Gelächter in seinem Inneren ausbrach. Seine Vision zerfiel – aber im gleichen Augenblick, da sie verschwand, sah er, daß Ygrane nur ein Köder des Drachen war. Ihre Magie lockte sie alle an. Er sah deutlich das Gewebe aus blauem Feuer, zu feinsten Fäden gesponnen – gesponnen und gewoben, um sie alle in diesem Raum der Zeit zu fangen.

Azurblaue Fäden gingen vom feurigen Schatten des Drachen aus, sammelten sich in Ygranes Leib, der wie eine Linse wirkte, und verbreiteten sich dann über die Welt. Die magischen Fäden webten Knoten um ihn. Auch an Uther und dem schattenhaften Vray Vitki schimmerten die magischen Schnüre, die sich um sie zogen. Und das Einhorn trug die langen Zügel der Macht der Königin. Ihre Absicht war, sie alle dem Drachen zum Fraß zu geben, denn die Flechten ihrer Magie banden jeden von ihnen an das Tier im Inneren des Planeten.

Auch die Königin selbst wurde vom Gespinst des Drachen umstrickt. Obwohl sie das Einhorn davor bewahrt hatte, dem Drachen geopfert zu werden, mußte sie kämpfen, um ihren eigenen Willen durchzusetzen. Die Verbindung der Síd mit dem Welttier beherrschte und umschloß auch sie.

Ihr grüner Blick verweilte als Nachbild in Merlins starkem Auge. Sie beobachtete ihn mit einer scharfen, unerschütterlichen und gnadenlosen Aufmerksamkeit.

In der gewaltigen Lichtung inmitten von Eichen, Eschen und Vogelbeerbäumen und den grünen Efeuvorhängen kam sich Uther wie ein winziges, verstohlenes Tier vor. In diesem düsteren Wald mit seinen schweigenden, sonnenlosen Galerien, felsigen Hohlwegen und schulterhohen Farnbüscheln, wo nur selten ein Strahl geisterhaften Tageslichts hindurchdrang, fühlte er sich frei und unwichtig.

Er dachte an seinen Bruder und an die sagenhafte Düsterkeit der Wälder seines eigenen Lebens, wo er in einem Gewirr politischer Verpflichtungen und zukünftiger Schlachten seine Seele suchen mußte. Am meisten lag ihm die lieblose Heirat auf dem Herzen, die ihm bevorstand, eine heilige Vereinigung mit einer heidnischen Frau, die er nie zuvor gesehen hatte.

In der Ferne zuckte ein grelles grünes Feuer auf, und der König bahnte sich seinen Weg in diese Richtung, über gefallene Baumriesen hinweg, durch die steinigen Betten ausgetrockneter Bäche und einen Irrgarten dornenreichen Unterholzes hindurch. Mit seinem Kurzschwert hieb er sich einen Weg durch ein Nesselgestrüpp und kam schließlich in einem Raum aus dunstigem Himmelblau an. Dort war es blau wie auf dem Grund eines seichten Meeres – ein himmelheller Brunnen aus Bäumen.

Ein kleines Steingebäude hockte inmitten von silbernen Gräsern und farbenfrohen Klecksen von Löwenmaul, Fingerhut und Zaunrübe. Irrtümlicherweise hielt der König das gedrungene, überwölbte Bauwerk für das Grab eines Heiligen, für eine Kapelle, denn in die Oberschwelle über die Dolmentür war ein keltisches Kreuz gemeißelt – ein Kreuz, das auf einem Kreis lag – ein altes Symbol der kosmischen Quadranten. Er war sichtlich dankbar, daß er in dieser urtümlichen Landschaft einen Ort der Verehrung gefunden hatte, eine heilige Stelle, wo er seine Ängste vor Gott abladen konnte. Er steckte sein Schwert in die Scheide und eilte durch das üppige Gras. Am Eingang beugte er das Knie, dann trat er ein.

Drinnen blieb er stehen und neigte schüchtern den Kopf. An einem Altar aus rohen Steinen stand eine große Frau in einem weißen Gewand, das bronzene Haar in Flechten gelegt, und ordnete Kränze aus Wildblumen. Es war Ygrane. Doch der König wußte dies nicht, denn die Königin war allein, einfach gekleidet für die Begegnung mit ihren Feen, und sie trug kein Zeichen ihres Ranges. Er grüßte sie in Latein, wie es einer Glaubensgenossin gegenüber üblich war: »Christus sei mit dir, Schwester.«

Ygrane wandte sich gelassen um. Ihr Zauberglanz strahlte von ihr aus und schuf eine ruhige Stimmung. Seit die Herolde sie über Uthers Ankunft in Cymru unterrichtet hatten, hatte sie magische Sprüche gemurmelt und Uther gerufen, damit er ihr hier in diesem Schrein begegne und sie die ersten Augenblicke ihres gemeinsamen Schicksals hier allein verbringen könnten. Es überraschte sie nicht, daß er hier erschien, und sie lächelte, als reagierte sie damit auf den ehrfürchtigen Irrtum des jungen Mannes. »Willkommen, Fremdling, im Tempel des Friedens.«

Uther blinzelte im Halbdunkel des Raums. »Ist dies keine Kapelle?« Er bemerkte Muster an den Steinwänden, die dem griechischen Buchstaben Tau glichen. In die Vorderseite des Altars waren drei miteinander verbundene Kreise gemeißelt, auf die jetzt Lichtstrahlen aus den Fensterschlitzen der kleinen Kuppel fielen. »Du bist keine Christin?«

»Dies ist ein keltischer Tempel«, sagte sie und ließ ihren Blick unruhig über ihn hinwegwandern, so daß er leicht ihre Besorgnis erkennen konnte: Er trug ein Schwert und war ein Römer, und sie war törichterweise allein. Dies war ihre erste Prüfung für diesen Mann, der ihr Gatte werden sollte. Die

Jahre mit Gorlois hatten ihr Auge geschult, in einem Männergesicht den leisesten Anflug von Grausamkeit zu erkennen.

Sie sah nichts davon. Statt dessen zuckte der junge König zurück, wie vor einer offenen Ofentür.

»Du sprichst Latein ...« Uthers Verwirrung zog ihn von ihr weg. Er versuchte zu begreifen, wer diese schöne Frau war, die sich allein in einem abgelegenen heidnischen Tempel aufhielt, und was sie vorhatte, so wie sie hier inmitten dieser Kränze aus geschmeidigen Farnen und Blütensternen stand, die vor dem Altar aufgehäuft lagen.

»Ich bin ...« Sie hob vorsichtig die Arme und drehte die Handflächen nach außen und offenbarte so ihre Schlichtheit. »Ich bin eine Dienerin der Königin – Ygrane, der Königin der Kelten. Unser Latein haben wir zusammen gelernt, während ihrer Ehe mit dem Herzog der Sachsenküste.« Sie legte eine bleiche Hand auf den Altar. »Ich bin bloß hierhergekommen, um von den geistigen Mächten den Segen des Friedens auf unsere Vereinigung mit den Britanniern herabzuflehen.«

Uther erkannte seinen Fehler. Er zog sich weiter zurück und neigte entschuldigend den Kopf. »Verzeih mir, ich – ich wollte zu unserem Heiland um denselben Frieden beten ... das heißt, zu meinem Heiland – Jesus – dem Gesalbten – Christus ...«

»Ich weiß von Jesus«, sagte Ygrane mit einem amüsierten, aber zurückhaltenden Lächeln. »Der Herzog war auch ein Christ.«

»Natürlich ...« Uther hob verlegen die Hand an die Stirn. »Es tut mir leid, daß ich hier so eingedrungen bin. Ich überlasse dich deinem Gebet.«

Ygrane war von seinem Charakter angenehm berührt. Sie beobachtete aufmerksam seinen verlegenen Rückzug, um die körperlichen Merkmale des Mannes wahrzunehmen. Als er wieder in das kräftige Sonnenlicht hinaustrat, sah sie ihn deutlich – sein ruhiges Gesicht und seine nachdenklichen, goldenen Augen, die im Licht blinzelten, und die tiefschwarzen Locken seines Haars, zerzaust nach dem anstrengenden

Marsch durch das Dickicht. In diesem offenbarenden Licht sah er knabenhaft aus. Sorgen verkrampften sein Herz, der heftige Zweifel, der ihn hierher gebracht hatte, war so offensichtlich wie die Sorgen auf dem Gesicht eines Kindes.

In einer Welle des Mitempfindens verschwanden Ygranes Ängste. »Du gehörst zur Mannschaft von König Uther, nicht wahr?«

Uther nickte. »Ja – ich gehöre zu ihm.«

In seinem staubigen Gewand, den abgetragenen Hosen und den schmutzigen Stiefeln sah er wie ein gewöhnlicher Reiter aus. Die Augen der Königin leuchteten wissend auf. »Nach dem, was wir gehört haben, wart ihr der Kummer der Sachsen. Eure Bogenschützen und eure Pferde haben die Feinde zutiefst überrascht.« Sie zeigte auf den blumenübersäten Altar. »Kommst du und betest mit mir?«

Uther verlagerte sein Gewicht nach hinten.

»Also, bete dann zu deinem Gott«, sagte Ygrane sanft. »Wenn unsere Völker Verbündete werden sollen, dann sollten auch unsere Götter Verbündete sein – meinst du nicht?« Sie richtete ihre Aufmerksamkeit wieder auf den Blumenschmuck und sagte, ohne ihn anzuschauen: »Jedoch ist euer Glaube noch jung, nach dem, was ich gehört habe, oder eher ein Flickenteppich aus vielen alten Lehren.«

»Das ist nicht wahr«, sagte Uther und trat in den Tempel. Ihn lockte der eine Köder, dem er nicht widerstehen konnte. »Jesus ist Gottes einziger Sohn. Er kam, um für unsere Sünden zu sterben und uns für den Himmel würdig zu machen.«

Ygrane lächelte schelmisch über seinen Einspruch, aber sie unterdrückte ihre Heiterkeit, bevor sie sich ihm zuwandte. »Laß dein Schwert draußen, Soldat. Bitte. Dies ist ein Schrein des Friedens. Das hätte ich dir sagen sollen.«

Uther trat nach draußen und fingerte an seinem Gürtel herum. »Du hast es gesagt – es tut mir leid. Aber du bist im Irrtum über meinen Glauben. Jesus allein ist der Sohn Gottes. Es gibt keinen anderen.«

»Ich habe dich beleidigt«, stellte Ygrane mit sanftem Spott

fest. »Dann bin ich es, der es leid tun muß. Weißt du, unser Volk ist alt und stolz, und ich nehme sein Wissen einfach für selbstverständlich.« Sie winkte ihn herein und wies auf einen Sitz in einer Nische, die in die Steinmauer gemeißelt war. »Wasser?« fragte sie und nahm neben dem Altar eine rote Lederflasche und einen kleinen Korb aus Weidengeflecht hoch. »Oder einen Gerstenkuchen?« Als er mit einem leichten Kopfschütteln ablehnte, fügte sie hinzu: »Sie sind mit Rosinen und schwarzen Walnüssen gebacken. Das Lieblingsgebäck der Königin.«

Uther nahm einen Gerstenkuchen und knabberte daran mit einem höflich-dankbaren Blick.

»Vor tausend Jahren«, sagte sie und setzte sich auf den benachbarten Sitz in der Mauer, »war mein Volk über ganz Europa verbreitet. Hast du das gewußt?«

»Ja, vor achthundert Jahren habt ihr die Ewige Stadt geplündert«, sagte er, den Mund voller Gerstenkuchen. »In der Tat wart ihre eine Bedrohung für die Römer, bis sie euch 225 Jahre vor der Geburt unseres – meines Erlösers bei Telamon besiegt haben.«

»Wirklich.« Sie erkannte mit einem Lächeln seine Bildung an. »Für einen Soldaten kennst du dich ziemlich gut aus.«

»Ich – ich hatte für das Priesteramt studiert und etwas Geschichte gelernt«, murmelte er und schluckte den Gerstenkuchen. »Und du, du kennst dich auch ziemlich gut aus für eine Dienerin.«

»Die Königin erwartet von all ihren Bediensteten, daß sie lesen können und ihre Geschichte kennen.« Sie bot ihm die Wasserflasche an. »Unser Ogham-Alphabet ist so alt wie die griechische Schrift.«

»Ein solches Erbe ist des Stolzes würdig.« Er nahm die Flasche und trank daraus.

»Du mußt ebenso stolz auf dein Erbe sein, daß du das Priestertum aufgibst und für dein Volk kämpfst«, bemerkte sie.

Uthers Blick wurde plötzlich hart. »Wenn wir nicht kämpfen, werden wir alles verlieren«, antwortete er brüsk. »Die

Barbaren wollen diese Insel für sich haben, und sie sind entschlossen, uns von hier zu vertreiben.« Er reichte ihr die Flasche zurück, und als er die tiefe Besorgnis in ihren großen Augen bemerkte, wurde sein Blick weich. »Aber natürlich kennst du diese schlimme Wahrheit genauso gut wie ich. Deshalb bist du ja hier. Um dafür zu beten, daß unser Bündnis den Frieden gewinnt.«

»Können wir gewinnen, was meinst du?« fragte sie ihn und suchte in seinem jungen Gesicht nach einer Andeutung von Hoffnung.

»Wir müssen gewinnen«, erwiderte er und beugte sich plötzlich mit seinem ganzen Körper nach vorn, angriffsbereit, wachsam, und dabei sah er fast ängstlich aus, wie sie meinte. »Wir müssen gewinnen – um all dessen willen, das heilig ist – um deines und meines Volkes willen.«

»Ich bete darum, daß dein König ebenso entschlossen ist.«

»Er ist entschlossen, sein Leben hinzugeben«, sagte er kategorisch, »wenn damit unser Land wieder aus der Barbarei zurückgewonnen werden kann. Er wird keinen geringeren Preis zahlen als sein Bruder. Das weiß ich.«

»Und du, Soldat?« Sie schaute ihn eindringlich an, fasziniert von seinem Eifer. »Hat dein Glaube dich darauf vorbereitet, dein Leben für unsere Sache hinzugeben?«

Uther lehnte sich zurück. »Ich bin schon tot«, flüsterte er, und bei diesen Worten überlief es die Königin kalt. »Meine ganze Familie ist tot – hingemordet vom Krieg und vom Schmerz. Mir kommt es oft so vor, als sei ich mit ihnen gestorben.« Seine Fingerknöchel schimmerten im Halbdunkel, während er den Lederschutz seiner Knie umklammerte. »Deshalb kam ich hier herein zum Beten – als ich dachte, es sei eine Kapelle.«

»Du bist gekommen, um für deine Familie zu beten ...«, sagte Ygrane sanft und senkte die Augen.

Er machte sich nicht die Mühe, ihr zu versichern, daß seine Familie im Himmel sicher war. Er war allein auf der Erde, und er würde gegen seinen Glauben handeln. Er hatte gehofft, er könnte für die Frau beten, die er heiraten mußte. »Ich bin eigentlich gekommen, um für eure Königin zu beten«, gestand er, stemmte seinen Kopf rückwärts gegen die Steinmauer und blickte ruhig in ihre fragenden Augen. »Ich bin gekommen, um zu Jesus zu beten, er möge ihr Herz für sich öffnen – damit Uther und Ygrane die Segnung einer christlichen Ehe erlangten.«

Ygrane setzte sich aufrecht hin. »Ich glaube, dein Gebet wird nicht erhört werden, Soldat. Ygrane ist sehr leidenschaftlich in ihrem Glauben. Und unser Volk ist alt, wie ich dir schon sagte. Viel älter als Rom.«

»Und worin besteht ihr Glaube?« fragte Uther ruhig. »Zu wem betet ihr Kelten?«

»Es ist der Glaube der Kelten, daß in jedem Menschen eine Seele ist«, antwortete sie ihm melodisch und legte den Kopf zurück. Es schien, daß die starken Wangenknochen ihre stolzen Augen noch heller leuchten ließen. »Und in jeder Seele ist ein Verstand, der Gutes oder Böses denken kann. Und aus dem Guten kommt das Leben. Und in allem Leben ist Gott.«

»Und was ist mit dem Bösen?« fragte er.

»Es gibt nichts Böses«, erwiderte sie mit einem ruhigen Lächeln, »das nicht ein größeres Gutes ist.«

Uther legte den Gerstenkuchen beiseite, den sie ihm gegeben hatte, und setzte sich aufrecht hin. Die Aufrichtigkeit der Dienerin bewegte ihn, und er bereute, daß er sie täuschte. »Wir sollten zu unseren verschiedenen Göttern beten«, schlug er vor.

Er kniete vor dem Altar nieder, und sie stellte sich neben ihn. Sie beteten stumm. Draußen zwitscherten die Vögel und der Wind rauschte in der Düsternis des Waldes. Dann stand Uther auf, und Ygrane berührte seinen Arm. »Danke, Soldat. Du bist hochherzig, daß du den Schrein meines Volkes mit deinem Gebet ehrst.«

Die Königin zog ihren Zauberglanz zurück und stand einfach als sie selbst vor ihm. Sie suchte in seinem Gesicht nach Zeichen von Interesse. Sie wollte, daß er sie verlockend empfand, als Gegengewicht dazu, daß sie von ihm angezogen wurde. Er blickte nicht weg, sah nicht in sich gekehrt aus, und ihr Herz schlug schneller. Sie trat näher und sah, wie sein Blick aufleuchtete. In diesem Leuchten erkannte sie, wie er verlockt wurde, und sie wußte, sie würden vertrauten Umgang miteinander haben.

Das Einverständnis im Blick des demütigen Königs verjagte alle ihre Zweifel, und sie fühlte, sie konnte sich nicht länger vor diesem ehrenwerten Mann verstecken. Er hatte jede Erwartung erfüllt, nicht einmal die unsterbliche Königin in ihr konnte einen Makel an ihm entdecken. Sie neigte reumütig den Kopf. »Ich bin Ygrane – die Königin der Kelten.«

Für einen Augenblick sackte Uther unter dem Gewicht dieser Enthüllung zusammen. Ein kalter Stich durchzuckte ihn: vor Verlegenheit, daß er vorgegeben hatte, jemand anderer zu sein. Dann richtete er sich auf, getroffen von dem Gedankenblitz, daß diese aufrichtige, einfache und doch so elegante Frau seine Königin war. »Herrin …«, murmelte er und suchte nach Worten, wie er sein Verhalten erklären könnte.

»Du bist Uther Pendragon. Ich weiß es.«

»Du weißt es?« Sein olivbraunes Gesicht verdunkelte sich.

»Ich habe es die ganze Zeit gewußt. Es tut mir leid, daß ich nicht auf der Stelle dir gegenüber offen war.«

»Du hast es gewußt – und du hast es mir nicht gesagt?« fragte er erstaunt und neugierig zugleich, doch ohne gefühlsmäßige Erregung. »Du hast mich überlistet? Ist das eine keltische Sitte?«

»Nein«, sagte sie, und ihre Stimme klang weich vor Schuld, »eine persönliche Schwäche. Ich mußte sicher sein, daß du nicht wie mein erster Gatte bist.«

»Und ist deine geheime Beurteilung zufriedenstellend verlaufen?« sagte er spöttisch.

»Bist du mir böse?«

»Nein.« Er trat näher an sie heran und spürte, wie die Hilflosigkeit, die ihn zu dieser heidnischen Frau gebracht hatte, auf etwas Glücklicheres zuströmte. »Ich bin nicht böse. Ich bin in Wirklichkeit froh genug, daß ich lachen könnte. Nach alldem, was ich über dich gehört hatte, hatte ich eine ..., nun ja, eine geheimnisvolle – Priesterin erwartet.«

»Du wolltest sagen, eine Zauberin? Eine Hexe?« Ihre Augen verengten sich spöttisch. »Hast du Angst vor mir?«

Er bemühte sich nicht, seine Befürchtungen zu verbergen, und bei der Erinnerung an seine Ängste weiteten sich seine sonnenfarbenen Augen. »Ich habe so seltsame Sachen gehört – daß du auf einem Einhorn reitest und mit Elfen sprichst. Ich habe sogar gehört, daß du einmal auf den Sturmbaum der Sachsen gestiegen bist, um ihrem Gott zu begegnen, dem Wüter. Gerüchte sagen, daß du mit einem Wort verzaubern kannst. Bin ich jetzt verzaubert?«

»Wie glaubst du denn, daß ich dich hierhergebracht habe, allein zu mir?«

Uther lachte, da er meinte, sie scherze. »Wo sind deine Wachen?«

»In der Nähe«, log sie und legte ihre rechte Hand auf die seine, in einem ersten Schritt zur Vertrautheit. »Ich bin froh, daß wir uns ohne Förmlichkeiten begegnet sind – selbst wenn ich dich überlistet habe.«

Er packte ihre Hand und spürte feste, rauhe Haut. Sie war stark. Einen Augenblick überlegte er, ob sie in Wirklichkeit eine Dienerin war, die vorgab, eine Königin zu sein. Dann bemerkte er ihr Lächeln, mit dem sie seine plötzlichen Bedenken von seinem Gesicht ablas.

»Meine Hände sind rauh, weil ich ein Leben lang mit Pflanzen gearbeitet habe«, erklärte sie. »Bei den Römern ist das kein Zeichen für eine Königin, ich weiß. Wenn es dir etwas ausmacht, dann werde ich mich bemühen, Handschuhe zu tragen.«

»Nein. Ändere dich nicht. Ich möchte dich so kennen, wie du bist.« Er zuckte mit gespielter Verlegenheit die Schultern. »Ich kann nur hoffen, daß du meine Hände nicht zu weich findest.«

Mit einem Lachen stieß sie ihn neckisch an und berührte unabsichtlich seine Schulter. Er verzog das Gesicht. Überrascht griff sie nach seinem gesunden Arm. »Du bist verletzt.«

»Eine nicht recht geheilte Wunde.« Er kauerte sich auf den Sitz in der Wand. Der pochende Schmerz, beständig und dumpf, den er schon nicht mehr beachtet hatte, meldete sich jetzt mit lebhafter Qual.

»Laß sie mich sehen«, verlangte die Königin und knöpfte sein Gewand auf.

Auf seinem Gesicht glitzerte kalter Schweiß, und er schloß seine Augen. »Ich bin bei einem römischen Wundarzt in Behandlung.«

»Bei einem römischen Wundarzt«, schnaubte die Königin verächtlich und zog vorsichtig das Gewand zur Seite. »Benutzt er Knoblauchpaste und Pech? Das ist bei euren Feldärzten beliebt.« Sie zog den Ärmel seiner Jacke herunter und legte die rote, geschwollene Wunde frei, die mit Fäden von Katgut fest zugenäht war. »Du wirst davon Fieber bekommen. Du brauchst die Salbe einer Heilerin. Du kannst meine bekommen.« Aus ihrem Gebäckkorb holte sie ein daumengroßes Fläschchen aus blauem Glas.

»Was ist das?« fragte Uther, während Ygrane eine harzige braune Flüssigkeit über die schwarze Naht und das verbrannte Fleisch goß.

»Heilbalsam«, antwortete sie und verstrich die Salbe sanft über die Lippen der Wunde. »Öle von Nessel, Eisenkraut und Weide. Das heilt. Ich spüle alle Phiolen mit magischen Mitteln, das hilft heilen. Alle meine Diener tragen diesen Balsam bei sich. Jetzt sind Kriegszeiten.«

Er beobachtete, wie geschickt sie den Balsam sowohl auf seiner Wunde als auch auf der Innenseite des Gewandes auftrug, wo es die Wunde berühren würde, und sein Puls schlug schneller. »Wie kommt es, daß du, eine Königin, so viel über Medizin weißt?«

»Das Volk und das Land zu heilen ist eine meiner ersten

Pflichten als Königin«, antwortete sie und legte vorsichtig den Ärmel seines Gewandes wieder zurück und schloß sein Kleid. »Ich glaube, du wirst jetzt kein Fieber haben. Aber wenn die Wunde nicht richtig geheilt war, dann vielleicht doch. Dann wird man die Naht öffnen müssen.«

»Wenn das geschieht«, sagte er, »lasse ich dich holen.«

»Wir werden bald wieder zusammensein«, sagte sie und blickte prüfend in sein junges Gesicht. Sie sah sich an all den kleinen Einzelheiten satt, die sie in der Trance noch nicht geschaut hatte. Dann drückte sie die Phiole in seine Hand. »Behalt dies. Ich werde deine Wunde wieder damit salben – schon heute abend –, wenn wir uns in Maridunum begegnen.«

Sein Blick wanderte über ihre ernsten Züge und prägte seinem Gedächtnis die starke Breite ihrer Wangenpartie ein, die lange Danaernase, die feine Haut – wie ein Pelz aus Blütenblättern – und die Schräge ihrer grünen Augen. Die Phiole steckte er in die Tasche seines Gewandes über seinem Herzen. »Komm mit mir zu meinem Gefolge. Sie sind auf der Straße, auf der anderen Seite dieses Wäldchens. Wir werden zusammen in Maridunum einziehen, du und ich.«

Sie betrachtete ihn mit einer klaren, ausdruckslosen Ruhe, die keines ihrer unterdrückten Gefühle verriet. Diese Begegnung war viel besser ausgegangen, als sie zu hoffen gewagt hatte. Liebe war möglich – und das brachte neue Gefahren und noch mehr Schwierigkeiten in ihr Leben. Myrddin, rief sie stumm, du hast deine Aufgabe zu gut erfüllt. Sie brauchte Zeit, um diese intimen Möglichkeiten in ihr größeres und gefährlicheres Leben als Königin einzufügen.

»Diese erste Begegnung soll uns allein gehören«, sagte sie und trat zum Altar zurück, »vor Gottes Angesicht.«

»Vor deinem oder meinem Gott?«

»Lassen wir unsere Heirat das beantworten.« Sie lächelte müde. »Wenn wir erfolgreich sind, können wir das mit unseren Kindern erörtern. Wenn wir versagen – nun ja, die Sachsen haben ihre eigene Vorstellung von Gott.«

Das glückliche Beben im Herzen des Königs ließ nach, als er diese Wahrheit in sich aufnahm. Von seinem Schmerz und den Tatsachen seines Schicksals wieder wie betäubt, wandte sich Uther auf der Schwelle um und legte seine Hand auf die blaue Phiole in der Tasche seines Gewandes. »Danke.«

Er verließ die Kapelle ohne besondere Geste, wie ein alter Freund, der zögerte zu gehen. Dann nahm er an der Tür sein Schwert und seinen Schild auf und schritt langsam durch das silberne Gras. Einige Male blieb er stehen und winkte, bevor er im Halbdunkel des Waldes verschwand.

Spät am Nachmittag erschienen die braunen Steinmauern von Maridunum auf den steilen Felsenklippen, die den Flickenteppich des ebenen Ackerlandes überragten. Die Fahne mit dem Einhorn der Königin flatterte neben dem Drachenbanner des britannischen Königs und verkündete, daß die Druiden und die Bischöfe bereit waren, die Vereinigung ihrer Monarchen zu besiegeln. Verziert mit bunten Wimpeln, auf denen Drachen und Einhörner sich begegneten, standen die hölzernen Tore weit offen. Entlang der Fahrstraße und auf der Böschung drängten sich jubelnde Stadtbewohner, und als der herannahende Zug in Sicht kam, schwoll die Menge am Tor immer mehr an.

Uther setzte sich aufrecht im Sattel, als er die alte römische Festung erblickte, deren Zinnen von langhaarigen, schnurrbärtigen keltischen Kriegern besetzt waren. Er hielt sein Pferd für einen Augenblick an der Stelle an, wo der Weg den Rand der ersten Wallanlage der Stadt umrundete und einen weiten Rundblick auf die umgebende Landschaft gewährte.

Aus dem glücklichen Ausdruck seines Gesichtes konnten alle ersehen, wie ihn die Schönheit dieses von den Römern kultivierten Landstrichs berührte. Das Land war durchsetzt mit alten steingefaßten Teichen, Steinmauern, Kirschgärten und Hainen italienischer Pflaumenbäume. Der Rasen der grünen Hänge war von toskanischen Schafen abgeweidet. Bewässert von ordentlichen Kanälen, die zwischen Lehmhütten mit Strohdächern und blumengeschmückten Fenstersimsen verliefen, wirkten die Gehöfte so gepflegt wie kleine Parks. Hier klang noch das paradiesische Zeitalter des Reiches nach, und auf den steilen Hängen über den schimmernden Feldern glitzerten die geschmeidigen Olivenbäume in den Strahlen der späten Sonne.

»Uther!« erhob sich ein Schrei aus der Menge am Tor, und die Leute machten Platz und ließen den scharlachrot gekleideten Bischof und seine Vorhut kreuzetragender Kleriker aus der Stadt heraustreten, um ihren König zu begrüßen.

Uther nickte seinen Männern zu, sie sollten vorrücken, und die Mannschaft trabte an den gaffenden Zuschauern vorbei auf das Stadttor zu. Die Reiter saßen ab und umringten den König, während Bischof Riochatus herantrat. Er trug auf seinen Armen den Purpurmantel eines Imperators und oben darauf einen goldenen Stirnkranz nach Art der etruskischen Könige.

Von den Pferden seiner Reiter vor den Blicken der Menge abgeschirmt, legte Uther seine Reiterhandschuhe und sein Wams ab und kniete sich nieder, um den Segen des Kirchenmannes zu erhalten. Der Bischof reichte einem Kleriker den Mantel und den Kranz, legte die Hände auf das Haupt des Königs und murmelte ein Gebet.

Merlin hielt sich abseits von den Klerikern, die, wie er wußte, seine Anwesenheit mißbilligten. Er fühlte sich immer noch etwas benommen von dem, was seine Vision ihm vorher an diesem Tag enthüllt hatte, und stützte sich schwer auf seinen Stab. Er schickte die Schwingungen seiner Herzensenergie aus und suchte in der Menge nach störenden Einflüssen, doch er fand keine. Unter den Versammelten herrschten nur glückliche Neugier und Ehrfurcht.

Mit dem Purpurmantel und dem goldenen Stirnkranz angetan, betrat Uther Maridunum. Die Musiker, die man von Tintagel mitgebracht hatte, übertönten die lauten Gesänge der Kleriker mit einem großartigen Trara, und die Soldaten schrien: »Uther! Uther! Uther!«

Die Masse der Kelten gaffte und kicherte und machte überhaupt keinen jubilierenden Lärm. In der Einschätzung des Königs schienen sie ein ganz anderes Volk zu sein als die Menge der Christen, die er an der Schiffsanlegestelle angetroffen hatte. Diese Dörfler trugen zwar Gewänder, die sehr denen glichen, die man überall in Europa sah – Tuniken, Kapuzenmäntel, lange Kleider –, doch ihr Haar im Topfschnitt glänzte von Nußöl, und viele der jüngeren Frauen trugen die Brüste unbedeckt. Der König reagierte darauf nicht sichtbar, sondern nickte den Menschen freundlich zu, während er dem Bischof über den blumenübersäten Hof folgte, vorbei am mit Kränzen geschmückten Delphinbrunnen und die Marmorstufen hinauf in die *mansio* in der Mitte.

Merlin, den der Prunk beeindruckte, hätte gerne mit seiner Herzensenergie nach Uther gegriffen und gespürt, was der König empfand, aber er war zu sehr damit beschäftigt, die gaffende Menge nach Morgeu und anderen Bedrohungen abzusuchen.

Dort, zwischen den kannelierten Säulen und vor den hohen, rotlackierten Doppeltüren, wo Gorlois Raglaw getötet hatte, spürte Merlin eine tiefe Erregung in seiner Seele, als schimmerte in seiner Brust ein ganzes Grasfeld im Sonnenlicht. Absichtlich stellte er sich genau an die Stelle, wo Raglaws Kopf zu seinen Füßen gerollt war. Ihr Auftrag an ihn war jetzt erfüllt. Er hatte den König gefunden und hierher gebracht. Der Kreis war geschlossen.

»Merlinus«, rief ihn der König.

Der Zauberer drängte sich durch die Phalanx der Soldaten, die den König schützend umgaben, und eilte an seine Seite. »Stell dich neben mich«, befahl der König.

Riochatus, prunkvoll in Scharlachgewänder gekleidet und eine kegelförmige Kappe auf dem Haupt, und seine Kleriker, die braunen phrygischen Kapuzen von den kurzgeschorenen Köpfen zurückgezogen, führten die Prozession an. Als sich die großen roten Türen öffneten, hob der Bischof seinen Kreuzstab.

Durch die großen Türen kam eine Reihe weißgekleideter Männer mit langen Schnurrbärten, langem Haar und fünfeckigen Holzschuhen, die auf dem Marmor laut klapperten. Das war die herrschende Schicht der Kelten, die Druiden.

Merlin betrachtete prüfend ihre Gesichter. Sie sahen nicht unfreundlich aus. Seine Herzensenergie kreiste unter ihnen und unterrichtete ihn, daß keiner mörderische Gedanken hegte, nicht einmal bösen Willen. Sie waren nur Politiker, die Ältesten der Sippen aus den Hallen der Häuptlinge, klug darauf bedacht, ihre Gesellschaftsordnung zu bewahren, und er konnte fast hören, wie ihre Gedanken mit der Maschinerie ihrer Strategien klickten und surrten.

Hinter ihnen kam die Königin. Bei der ersten Berührung durch die Herzensenergie des Zauberers schickte Ygrane ihren Zauberglanz aus. Merlins Schädel schien sich zu öffnen wie eine Blüte, sein Geist schien zu schweben wie ein Duft, wieder körperlos und doch fest in seiner Form. Wie ein Träumer, der sich seines Traumes bewußt war, sah er sie auf die Männer zukommen, durch das schräge Licht des Säulengangs hindurch, durch die Gewänder der Sonne.

Die Königin trug einen enganliegenden Gwn, der sie vom Schlüsselbein bis zu den Fußknöcheln mit blauem Samt umhüllte, besetzt mit Staubperlen und gelben Saphiren. Ihr honigfarbenes Haar war für diesen Anlaß in viele dünne Zöpfe gelegt, die durch eine aus Gold geflochtene Tiara gesteckt waren, auf der Amethyste, Smaragde und Rubine glitzerten.

Mit seiner Herzensenergie prüfte Merlin jeden Mann der Fianna, die im Raum verteilt stand, und er fand bei keinem eine Bosheit. Neugier und etwas eifersüchtige Unruhe mischten sich leicht in ihre Sorge um die Sicherheit der Königin. Aber ansonsten zeigten sie keinerlei gefährliche Gefühle für das königliche Paar, und alle neigten ehrfürchtig den Kopf, als der Bischof mit Stentorstimme verkündete: »Uther Pendragon, König der Britannier!«

Braunmähne, der Oberste der Druiden, verneigte sich

kurz, warf die Kapuze von seinem großen Kopf zurück und erwiderte stolz auf brythonisch: »Hier ist Ygrane, die Königin der Kelten.«

Bei der Begrüßung des Königs weiteten sich Ygranes Augen kaum wahrnehmbar, und sie bot ihm beide Hände an. Als Uther sie mit seinem trockenen Griff nahm, sagte sie zu ihm mit einem Lächeln, das man als freundschaftlich deuten konnte: »Nimmst du mich als deine Königin an?«

Über Uthers abgespanntes Gesicht, das bis zu diesem Augenblick bleich wie die Unterseite eines Blattes gewesen war, lief eine dunkle Röte, die keinem der Anwesenden entgehen konnte. »Das Schicksal unserer Völker hat uns für einander bestimmt, Herrin«, antwortete er etwas steif, dann fügte er mit Wärme hinzu: »Wir sind gesegnet, daß wir einander haben in diesen schrecklichen Zeiten. Ich werde stolz zu dir stehen, Ygrane, Königin der Kelten – wenn du mich haben willst.«

Ein blendendes Licht fuhr zwischen dem Zauberer und dem königlichen Paar hindurch, und Merlin wandte sein langes Gesicht zur Seite. Aus den Augenwinkeln erhaschte er einen Blick auf einen Engel. Er nahm nur dessen sonniges Gewand wahr, und die ehrfurchtgebietende Stille in seinen großen, unverwandt blickenden Augen.

Merlin blinzelte und schaute sich dann im Raum um. Er stellte fest, daß niemand sonst den Engel gesehen hatte. Er konzentrierte sich auf seine Atmung, während Ygrane, die lächelte und sanft mit ihrem Begleiter plauderte, Uther in den hohen Audienzsaal führte, wo ein üppiges Festmahl vorbereitet worden war.

Der Zauberer folgte den ehrwürdigen Druiden und Kirchenmännern und nahm seinen Platz am Haupttisch ein, der in einem weiten, offenen Säulengang aufgestellt war, mit Ausblick auf den lavendelfarbenen Abendhimmel mit seinem zarten Sichelmond, karminroten Wolkenfetzen und dem Diamantgefunkel des Abendsterns.

Austern, Krebse, Lachse und Forellen wurden auf goldenen Tabletts zu dem von Fackeln beleuchteten Tisch gebracht, dazu Trüffel, Obst und Kristallkrüge mit hellem Wein. Harfenspieler und Flöter spielten sanfte, beruhigende Weisen. Zwei Dutzend junger flachshaariger Männer, deren rotbraune Tuniken mit fröhlichen Glöckchen bestickt waren, trugen die zahlreichen Gerichte auf und räumten die gebrauchten Teller ab.

Die Druiden unterhielten sich in fließendem Latein freundschaftlich mit den Kirchenmännern über die jeweiligen Werte ihrer Glaubenslehren – über den Frieden, die Liebe und die Gerechtigkeit der Moralphilosophie der Kelten, verbunden mit der Nächstenliebe, zu der sich die Christen bekannten. Diplomatisch berührte niemand das Thema des Glaubens der Kirchenmänner an eine kommende Apokalypse und ein Letztes Gericht, und ebenso vermied man es, über die Gewißheit der Druiden hinsichtlich der Wanderung der Seele durch alle Arten von Lebensformen zu sprechen.

Einmal erkundigte sich der hohlwangige Bischof, vom Wein erhitzt, ob Merlin, der Berater des Königs und Sendbote der Königin, ein Christ oder ein Heide sei. Merlin erzählte den Leuten am Tisch offen von seiner heiliggesprochenen Mutter Optima, der Tochter des verstorbenen Königs von Cos, und wie sie ihn, geschwängert von einem Dämon, geboren und getauft hatte – und er gab die Frage an den Bischof zurück: »Was bin ich denn, heiliger Vater – der Sohn einer Heiligen oder eines Dämons?«

Braunmähne mischte sich ein und stellte fest, daß nur Gott über Lailokens Stellung in der Schöpfung entscheiden könne, und Riochatus stimmte dem zu. Gott allein konnte über ein so seltsames Wesen wie diesen Merlinus urteilen.

Der König und die Königin nahmen nur wenig an dem Gespräch teil. Sie fürchteten die mögliche Feindschaft zwischen den Repräsentanten ihrer Religionen und hüteten sich davor, das zarte Gewebe des Schicksals zu zerstören, daß sie zusammengebracht hatte. Merlin strahlte vor Vergnügen, als er sah, wie glücklich die beiden einander angenommen hatten, wie warm sich ihre Blicke berührten und welche Hoffnung auf ihren jungen Gesichtern aufleuchtete. In diesem Augenblick erschien es dem Zauberer unausweichlich: Uther war der vorherbestimmte König, den zu finden Ygrane ihre Kindheitsfreuden aufgegeben hatte – und Ygrane versprach die mitfühlende Seele zu sein, die Uther bis jetzt nur in Jesus hatte finden können.

Offensichtlich haben sie nichts von den Leuten in ihrer Mitte zu fürchten, meinte Merlin. Die Engel haben sie zueinander geführt. Nur die Dämonen können das noch zerstören ... Und der Zauberer war entschlossen, alle seine Kräfte einzusetzen, um diese unheilvolle Möglichkeit zu verhindern, ganz gleich, mit welcher Bosheit seine Feinde gegen ihn vorgehen mochten.

Nach dem Mahl riefen Uther und Ygrane ihn beiseite, und zu dritt zogen sie sich auf die Galerie im rückwärtigen Teil der *mansio* zurück. Über der dunklen Erde und den von Fackeln erleuchteten Zinnen schimmerte der klare, mondlose Nachthimmel mit spinnwebfeinen Sternensträhnen.

»Du mußt ihm alles erzählen, Myrddin«, sagte Ygrane zu ihrem Geisterschauer und lud ihn mit einer Geste ein, sich ihr und Uther gegenüber an einem nackten Schiefertisch niederzusetzen. Eine einsame Öllampe leuchtete von einem hohen Dreifuß unter dem weinumrankten Laubendach, und in diesem trüben Licht sahen die beiden für Merlin aus wie das erste Paar aus einer schönen, archaischen Welt. »Ich möchte, daß von Anfang an zwischen meinem Gatten und mir keine Geheimnisse bestehen.«

»Ich habe ihm schon fast alles erzählt, Herrin.« Merlin lehnte seinen Stab an die Sitzbank, in die Runen geschnitzt waren, und setzte sich hin.

»Fast alles?« sagte Uther verblüfft. »Wovon redet ihr, Merlin?«

»Herr ...« Merlin neigte ehrerbietig den Kopf. »Du weißt schon, daß ich ein Dämon bin, der durch das Opfer meiner guten Mutter für das Gute gewonnen wurde. Und du weißt, daß ich die Magie, über die ich verfüge, eingesetzt habe, um deinen Bruder zu erhöhen.«

Uther nickte ungeduldig.

»Jetzt mußt du erfahren, daß ich ausgeschickt wurde, um dich zu finden.« Merlin begann die Geschichte von Raglaw und ihrer Vision von Uther zu erzählen, und wie der Boden und der Samen für dieses Schicksal schon Jahre zuvor bearbeitet und gepflanzt worden waren, als Optima ihrerseits ihrem dämonischen Gast sein menschliches Schicksal enthüllt hatte. Merlin berichtete ihm auch vom Einhorn.

Uther lauschte gespannt, immer noch verzaubert von der freudigen Überraschung, daß die lebhafte und liebenswürdige Frau, der er an diesem Tag im Schrein im Wald begegnet war, die Gattin werden sollte, der zu begegnen er sich einst gefürchtet hatte. »Also hat sich nichts geändert«, war sein Schluß, als die Geschichte erzählt war. »Wir alle drei, so scheint es, wirken in einem unwahrscheinlichen Spiel mit, als bloße Diener Gottes.«

Merlin richtete seine Aufmerksamkeit wieder auf die Königin. »Herrin, vergib meine Frage, aber ich muß es wissen – ist Morgeu des Verrats fähig? Könnte sie versuchen, deine Stellung mit Gewalt an sich zu reißen?«

»Myrddin, sie ist nicht mehr das Kind, an das du dich von deinem letzten Besuch bei mir erinnerst«, räumte Ygrane ein, und ihre Stimme klang schwach und unglücklich. »Sie verfügt jetzt über Magie. Über schreckliche Magie. Nach dem zu schließen, was ich in Trance sehe, hat sie sich den schwarzen Künsten ergeben.«

Merlin zwang seine nervöse Hand, nicht an seinem Bart herumzuzupfen. »Herrin, auch ich habe sie in Trance gesehen – und da war sie in der Gesellschaft eines Dämons.«

Ygranes besorgtes Gesicht verdunkelte sich. »Ja, das klingt nach der traurigen Wahrheit. In einem Kult meines Volkes, dessen Anhänger sich selbst die *Y Mamau* nennen, werden von alters her Dämonen verehrt. Das sind allesamt Fanatiker. Wenn es nach ihnen ginge, dann würden die Königsopfer der alten Zeiten wieder eingeführt, so hat man mir erzählt. Sie sind Hexenkrieger – sie rufen die Geister der Toten herbei, damit sie ihnen auf dem Schlachtfeld helfen. Sie hoffen, meine Magie gegen mich benutzen zu können. Ich fürchte, Morgeu hat sich ihrer finsteren Schar angeschlossen.«

Als der Zauberer dies hörte, verdüsterte sich sein Gesicht. Uther bemerkte es und mischte sich ein. »Zuviel bedrängt uns heute abend«, sagte er und überkreuzte seine Arme. »Jetzt muß ich alles wissen. Du mußt mir sagen, worin deine Magie besteht, Ygrane. Nicht, daß ich darüber urteilen wollte, nur, damit ich es weiß. Woher kommt sie?«

Sie rückte näher an ihn heran und schüttelte sanft den Kopf. »Schau nicht so besorgt drein, Uther. Wie Merlinus dir bestätigen wird, bin ich keine böse Hexe. Ich diene unserem Volk auf keltische Weise. Es ist so, wie ich es dir im Schrein gesagt habe: Wir glauben daran, daß die Seele unsterblich ist. Wenn der Leib stirbt, dann geht die Seele in einen anderen Körper über. Das geschieht immer wieder, durch jede mögliche Lebensform hindurch, durch alles Schwere und alles Gute hindurch. Und das geht weiter, bis die Seele alles erfahren hat und würdig ist, zu Gott zurückzukehren. Denn Gott weiß alles, und es ist nicht möglich, bei Gott zu sein, solange man nicht alles erlitten hat.«

»Aber worin besteht deine Magie? Gewiß muß sie schützen und ebenso etwas bewirken.«

»Manchmal glaube ich, sie bewirkt lediglich ihre eigene Form von Not.« Sie seufzte, entschränkte seine Arme und hielt seine beiden Hände. »Ich war schon in früheren Leben eine Königin, Uther. Ich sage dir das nicht, um zu prahlen, sondern um dich ... vorzubereiten.«

»Mich vorzubereiten?«

Sie hielt inne. »Also dann, um dich zu unterrichten. Ich bin, wie ich es auch in früheren Leben war, eine Verehrerin der Morrígan, einer strengen Göttin, die mein Volk verehrt, seit wir vor Jahrtausenden von Skythien, Kimmerien und Indien nach Westen wanderten. In jenen längst vergangenen

Zeiten opferten wir unsere Könige, erdrosselten sie und bestatteten sie für unsere blutdürstige Göttin. Jetzt in diesem Leben hat Morrígan mich für meine vielen Königsopfer belohnt, indem sie mir die Verehrung ihrer Diener, der Daoine Síd – des Bleichen Volkes, der Elfen der Sagen –, und deren Magie gewährte. Aber in diesem Leben bin ich es, die geopfert werden soll. Und so habe ich die Freude meiner Kindheit an Gorlois verloren, und mein Leben als Mutter wurde mir mit meinem einzigen Kind, Morgeu, genommen. Das ist mein Schicksal – der Preis meiner Magie.«

»Und ich?« fragte der König. »Soll ich auch geopfert werden?«

»Mußt du das fragen, Uther?« Sie hob traurig die Augenbrauen. »Die Zeit, die wir leben, lebt uns und zeugt von unserem Opfer. Dein Bruder hat das gewußt. Und wir dürfen nicht vergessen. Wir verlieren unser vereinigtes Königreich, wenn wir nicht willens sind, uns aneinander zu verlieren.« Sie führte seine Hände an ihre Lippen. »Aber ich sage dir jetzt dies, weil ich es glaube: Ich werde etwas verlieren, das mir teurer und näher ist als mein Königreich, junger König – denn ich werde mein Herz an dich verlieren.«

In jener Nacht schlief Merlin nicht. Er streifte in den Gärten umher und löste damit mehr als einmal ärgerliche Warnrufe der Fianna und der Männer des Königs aus, die aufgestellt waren, um die *mansio* zu bewachen. Er kümmerte sich nicht darum. Sein starkes Auge hatte ihm zu viele Bedrängnisse enthüllt, als daß er hätte schlafen können. Er bezweifelte auch, daß der König und die Königin in dieser Nacht schliefen. Lichter brannten in den Fenstern ihrer getrennten Gemächer, während sie im stillen die bedeutsame Schwelle bedachten, die sie am nächsten Tag zusammen überschreiten würden.

Merlin konnte nicht glauben, daß das Böse schlief, denn er erinnerte sich zu gut an sein Leben als Dämon. Seine Mutter hatte ihn damit beauftragt, in die Welt zu gehen und Gutes zu wirken: aus Chaos Ordnung zu schaffen und für die Schwachen zu sorgen. Er konnte nicht untätig beiseite sitzen, während seinem König und seiner Königin von Morgeu und ihren Hexenkriegern, den Y Mamau, Gefahr drohte. Seine Herzensenergie durchsuchte die Nacht, fand jedoch keine Bedrohung.

Am folgenden Tag setzte Merlin seine Suche fort, so müde er auch war. Während die Pavillons und Zelte errichtet und prächtig ausgeschmückt wurden, durchwanderte er die Umgebung der ummauerten Stadt und spürte so tief in die bewaldeten Hügeln hinein, wie es ihm seine Kraft erlaubte.

Die Hochzeit fand mit viel Prunk und Pracht im Freien statt. Banner, Wimpel und Stoffdrachen flatterten vor einem zartblauen Himmel, während sowohl Druiden wie Christenpriester, getrennt und zusammen, ihre heiligen Zeremonien an dem königlichen Paar vollzogen. Währenddessen mischte sich Merlin unter die dichte Menge der Städter und Dörfler aus Maridunum und den umliegenden Weilern, um besser Verrat herausspüren zu können. Aber da war nichts. Als der Augenblick der heiligen Vermählung gekommen war, ließen die Kirchenmänner Friedenstauben auffliegen. Trommelwirbel rollten wie Donner.

Sogleich begann das Fest mit seinen Volksbelustigungen – Jongleure, Clowns und Akrobaten führten, in der Menge verteilt, ihre Kunststücke vor, während die Musikanten ihre fröhlichsten Lieder spielten. Kinder tobten umher, Reigentänzer faßten sich an den Armen, Geschichtenerzähler trugen im Singsang ihre Wundermären vor. Bier schäumte, Wein sprudelte. Merlin beobachtete alles von der überdachten Promenade der *mansio* aus, wo auf Befehl der Königin und sehr zu seinem Verdruß die Diener, denen er am Abend zuvor ausgewichen war, jetzt darauf bestanden, ihn zu umsorgen.

Während der festliche Tag voranschritt, überließ man den Zauberer sich selber. Musik wogte zwischen den Bäumen und Hecken und schwebte hinaus in die bunten Hügel. Auf dem Podium, wo man die beiden unter einem gelben, mit Drache und Einhorn bemalten Sonnendach verheiratet hatte, hielt jetzt das königliche Paar lange Audienzen. Zuerst sprachen sie mit Bischof Riochatus, dann mit Braunmähne und den Ältesten der Druiden, gefolgt von Falon und den Befehlshabern der Fianna. Nach ihnen kamen die Männer des Königs und schließlich verschiedene örtliche Würdenträger.

Am Ende wurde auch Merlin gerufen. Er war in ein neues Gewand in Mitternachtsblau mit Korallenstickerei gekleidet, das ihm die Königin geschenkt hatte. Braunmähne hatte ihm eine kegelförmige Druidenkappe geschenkt, die nach Farbe und Muster zu dem Gewand paßte: ein Symbol der Weisheit, das er stolz trug. Mit seinem wehenden Silberhaar und seinem langen Bart, der aus diesem Anlaß neu gestutzt worden war, und mit seinem robusten Stab in der Hand, sah der Zauberer zu seinem eigenen Amüsement in jeder Hinsicht wie ein Weiser aus. Kräftige Fianna-Krieger und Bogenschützen des Königs in ihren ebenholzschwarzen Rüstungen geleiteten ihn als Ehrengarde durch die lärmende Festversammlung, und aus der Menge folgten ihm neugierige Blicke und überraschte Ausrufe.

Zahlreiche Wächter standen vor jedem Festzelt auf dem Posten und waren jenseits der Baumreihen zu sehen, die den Platz umgaben. Sie hatten auch alle Zinnen der Stadtmauer besetzt. Obwohl die Sonne noch über dem wässerigen Horizont der blauen Hügel leuchtete, brannten auf den Mauern und rund herum um das Podium des Hochzeitspaares schon Fackeln. In einem benachbarten Pavillon saßen fünfzig keltische Befehlshaber mit ihren Frauen beim Festmahl. Sie trugen Kleider in allen Farben des Regenbogens. Daneben spendete ein kleinerer Baldachin dem Bischof und seinen Klerikern Schatten bei ihrem Mahl.

Auf dem Podium saßen Ygrane und Uther auf ihren Stühlen aus dunklem Holz. In den Stuhl der Königin waren Drachenflossen und Drachenkrallen geschnitzt, in den des Königs die gespaltenen Hufe und die stilisierte Mähne eines

Einhorns. Selbst über den Rasen hinweg konnte Merlin ihre offene Freude erkennen, die selbst nach einem langen Tag der Rituale und Audienzen noch nicht nachließ. Ygrane war prächtig gekleidet in ein scharlachrotes Mieder und einen weißen Gwn, der mit komplizierten keltischen Symbolen aus Goldfäden gemustert war. Uther trug eine smaragdgrüne Tunika, die bis zu seinen Knien reichte, darüber einen Lederharnisch, in den das Drachensymbol seiner Sippe eingeprägt war. Beide trugen zarte goldene Kronen und hielten sich an den Händen, wie der Zauberer entdeckte, als er sich ihnen näherte.

Als man Merlin erblickte, erstarb das Gespräch in den Zelten der Druiden und der keltischen Befehlshaber, und sie schauten auf ihn und murmelten einander etwas zu. Die Kleriker beobachteten ebenfalls den Zauberer scharf; in ihren Blicken war die Ablehnung deutlicher zu lesen als in der gedämpften Reaktion der Kelten.

Vor dem Podium verbeugte sich Merlin förmlich vor dem königlichen Paar, einmal vor ihr, einmal vor ihm, wie er es die anderen auch hatte tun sehen. Auf Einladung der Königin stieg er die fünf Stufen zum Podium empor und setzte sich auf die Audienzbank zu ihrer Rechten. Ihr Leuchten durchdrang ihn, es war ein außerordentliches Glühen von Sinnlichkeit und weiblichem Selbstbewußtsein. Etwas, das er gut kannte – die weibliche Energie, die ihn zuerst in den Schrecken der Leere gelockt, dann aus seiner irren Wut in den Trost des Schoßes seiner Mutter gezogen und schließlich hierher durch die Geschichte seiner eigenen Mühen an Ygranes Seite geführt hatte.

»Wie großartig, was du vollbracht hast, Myrddin«, sagte sie anerkennend. »Du warst erfolgreich. Du hast meinen wahren Gefährten gefunden.«

»Und hast unser Königreich vollendet, indem du uns zusammenbrachtest«, fügte der König hinzu. »Nach Ambrosius Tod war auch ich gestorben. Soviel von mir hatte ihm gehört. Aber du hast mir einen neuen Namen gegeben und damit auch eine neue Bestimmung. Und jetzt – eine Gemahlin. Wie können wir dich für deine Mühen belohnen?«

»Das Kind, das ihr zur Welt bringen werdet, ist der ganze Dank, um den ich bitte«, antwortete er mit einem Lächeln, das Anteil an ihrem Glück nahm.

Ein blendendes Licht fegte vorüber, nahe am Podium. Der Zauberer legte eine Hand schützend vor die Augen und sah seine Knochen durchschimmern. Ein Engel war ihm sehr nahe gekommen.

Warum? fragte er sich mit Furcht. Seine Augenhöhlen schmerzten vom blendenden Licht.

»Myrddin?« Die Königin beugte sich herüber und legte besorgt die Hand auf seinen Arm. »Was siehst du?«

Merlin versuchte zu ignorieren, was er gesehen hatte. »Die Welt erscheint wenig verändert durch diese heutige Hochzeit, aber ich weiß, das Zeitalter, das hier begonnen hat, wird in das Herz der menschlichen Träume eingehen und Ansehen bei allen ...«

Eine weitere weißglühende Flamme zitterte vorüber, näher als beim letzten Mal, und diesmal sah Merlin deutlich die einem Kometenschweif gleichenden Haare und das einem Fötus ähnelnde Gesicht eines erstaunt blickenden Engels. Unruhe packte ihn. Seine Herzensenergie fühlte nichts. Er stand auf und versuchte, damit weiter in die Welt hineinzuspüren. Nichts.

Dann verstand er. Als Dämon hätte er es nie vergessen, damals, als er in der Leere zitterte und Welten wie Funken aufleuchten und erlöschen sah. Aber als Mensch, verzückt von der irdischen Traumwelt, konnte man es leicht vergessen.

Die größte Schwäche der Sterblichen war, daß sie glaubten, das, was sie taten, sei wichtig. Sie lebten weit von der Wahrheit entfernt. Und so schien es, daß Lailoken schon zu lange ein Mensch gewesen war und vergessen hatte, daß die größten Schlachten nicht zwischen Sterblichen ausgefochten wurden. Weit drunten jenseits der Welt, in den blinden Tiefen, die von Stern zu Stern reichten, kämpften Engel und Dämonen weiter miteinander in den bebenden Konvulsionen der Sternenfelder und Nebel und des von ihnen umschlossenen kosmischen Mülls, zu dem solche Welten gehörten wie dieser feuchte Felsen, auf dem kleine Lebewesen lebten und starben. Der Krieg tobte weiter. Doch von seinen trüben sterblichen Augen in seiner Sicht eingeschränkt, hatte er sich nicht mehr daran erinnert, daß der Kampf in der Leere über das Schicksal von Welten entschied.

»Merlin – was ist los?« bedrängte ihn der König und stand besorgt auf.

Einem Instinkt folgend, hob Merlin seinen Stab und rief barbarische Worte, mit denen er den anwesenden Dämonen befahl, sich zu zeigen. Plötzlich erschienen sie am Himmel über dem festlichen Park als schwarze Masse kriegerischer Wolken, die Blitze durchzuckten. Als Antwort darauf schossen Engel hin und her. Wie glühende Feuerkugeln loderten sie in ihrem Kampf, ein Vordringen der Dämonen aufzuhalten. Mindestens drei von Lailokens früheren Kameraden hatten sich zum Angriff versammelt – Ojanzan, Bubelis und Azael –, aber nicht Ethiops, der Dämon, den der Zauberer mit seinem tiefen Blick gesehen hatte. *Wo war Ethiops?*

»Myrddin, setz dich«, sagte die Königin sanft an seiner Seite.

Ihre Ruhe beunruhigte ihn, denn er mußte erkennen, daß niemand, nicht einmal Ygrane mit ihrem tiefen Blick, die Dämonen sehen konnte. Der Zauberer nahm ihre Hand und legte sie fest auf seinen Stab, damit sie an seiner Vision teilhatte.

Im gleichen Augenblick, als der scheußliche Anblick sie traf, fiel sie auf die Knie.

Uther stürzte zu ihr, und Merlin stimmte Kampfgesänge an – ein vergeblicher Versuch, das Vorrücken der Dämonen aufzuhalten. Doch es war hoffnungslos. Er wußte es nur zu gut: Seine früheren Kameraden waren unerreichbar für menschliche Flüche.

Voller Angst spähte Merlin nach Morgeu und ihren Soldaten. Wo mochten sie sein? Und jetzt erst sah er sie – am anderen Ende des Parkbereichs, wo die tief im Westen stehende Sonne durch die Wälder schien. Dort schwebte Ethiops bedrohlich über den Baumwipfeln, seine quallenartigen Tentakel peitschten die Erde und umwickelten eine kämpfende Schar glasiger Gestalten – das Bleiche Volk.

Merlin kniff die Augen zusammen und entdeckte so eine Schar von Elfen, die sich vergebens darum bemühten, den Ansturm einer Reihe sich aufbäumender Pferde aufzuhalten, auf denen mit Kapuzen bekleidete Soldaten saßen. Ethiops' peitschende Tentakel zerstreuten die Síd-Krieger, und Morgeus Reiter griffen an.

Verzweifelt versuchte Merlin, die Wachen zu alarmieren, aber allen erschien sein Verhalten als verrücktes Getue. Einige meinten, er hätte einen Krampfanfall. Andere dachten, er sei so frech und verfluche die Hochzeit. Auf seine ersten wilden Rufe hin sprangen die Fianna-Krieger, die um das Podium stationiert waren, auf die Plattform hinauf, und als die Königin zusammenbrach, eilten sie zu ihr.

Falon wollte gerade sein Schwert ziehen, um Myrddin, den Bösen, zu erschlagen, denn er dachte, der Zauberer hätte Ygrane angegriffen. Nur Uthers warnender Ruf hielt den Hieb des Kriegers zurück. Statt dessen packte Falon Merlin am Rücken seines Gewandes und riß ihn von der Königin weg.

Im nächsten Augenblick prallten der Monsterhai des Bubelis und Ojanzans sich windender Hundertfüßler am Himmel mit den Engeln zusammen. Vor Merlins Augen zerbröselten die Dämonen in der feurigen Gegenwart der Engel auf der Stelle zu rauchender Asche und jagten über den Himmel davon, kreischend in kataleptischer Qual. Durch die momentane Bresche, die sie in der Verteidigung der Engel erreicht hatten, glitt Azael hindurch.

Entschlossen, seinen alten Freund aus seinem sterblichen Leib zu stoßen, stürzte sich der Dämon auf die Stelle, wo Lailoken neben Ygrane gestanden war. Doch Falons Eingreifen rettete dem Zauberer das Leben. Statt auf Merlin zu treffen, schlug Azael mit Geschrei und Gekreisch auf der Plattform auf, direkt neben dem Stock aus dem Sturmbaum, und wurde zur Überraschung der ganzen Versammlung in einer Explosion sichtbar.

Der Aufprall zerschmetterte das Podium, warf das königliche Paar, die Fianna-Krieger und Merlin auf den Boden und stürzte die ganze Tribüne kopfüber in den flackernden Schatten von Azaels zwölf Fuß langer Aalgestalt. Das glitschige Dämonengesicht öffnete sich zu einem markerschütternden Schrei der Wut und der Enttäuschung, um vieles lauter als das erschreckte Aufheulen der zahllosen entgeisterten Augenzeugen.

Da der Dämon ihm jetzt so nahe war, erzielte der barbarische Fluch des Zauberers einige Wirkung. Lailoken wünschte seinem früheren Kameraden brüllend den Tod, und unter schmerzvollem Kreischen schrumpfte Azael zusammen. Doch selbst in seiner Qual war der Dämon geistesgegenwärtig genug, um um sich zu peitschen.

Merlin rollte zur Seite. Azaels glitschige Knäuel verfehlten ihn und klatschten auf die Königin. Als Merlin sich aufsetzte, um den Dämon mit seinem Stab zu schlagen, und dabei fürchtete, er könnte der Königin Schaden zufügen, wenn er einen weiteren Fluch ausstieße, stürzte sich Uther mutig und närrisch auf das scheußliche Wesen. Mit einem Zucken fegte Azael den König beiseite und schleuderte ihn zu Boden, wo Uther betäubt liegenblieb. Merlin stieß mit seinem Stab nach dem Dämon und jagte dabei seine ganze Kampfeswut durch die Waffe. Azael schreckte zurück und schlug mit dem Schwanz um sich.

Ein Hieb traf den Zauberer auf die Brust, schlug ihm den Stab aus der Hand und warf ihn, atemlos und benommen, ausgestreckt auf das zerschmetterte Podium. Doch er blieb noch wach genug, um zu sehen, daß sein Angriff wirkungsvoll gewesen war. Ygrane kam frei, während Azael noch weiter zusammenschrumpfte, davonglitt und allmählich aus der Reichweite des Stabes verschwand.

Kaum hatte Merlin den Atem wiedergefunden, da brach eine wilde Woge von Pferden durch die Menge, stürzte Tische um und fegte die Menschen beiseite. Außerhalb der Reichweite seiner Herzensenergie hatten diese mit Kapuzen verhüllten Krieger geduldig in den Wäldern gewartet, und jetzt stürmte ihr Angriff anscheinend aus dem Nirgendwo hervor, eine Truppe von Geisterreitern, gegen die Merlin nichts vermochte. Bestürzt und verwirrt glotzte er sie an.

Die schreckliche Erscheinung Azaels hatte die Wachen abgelenkt, und so hatten sie nicht gesehen, wie die Reiter vom anderen Ende des Parks herangeprescht kamen. Jetzt war es zu spät, Alarm zu schlagen. Die Angreifer gingen mit aller Macht auf die Versammelten los. Einige der Bogenschützen des Königs hatten noch die Geistesgegenwart, ihre Pfeile abzuschießen, bevor der Angriff über sie hinwegfegte, aber sie fällten nur vier der anstürmenden Feinde.

Zwölf weitere Reiter flogen an den Bogenschützen vorbei. Merlin zerriß es fast das Herz, als er sie sah – fürchterliche Soldaten mit Wolfsschnauzen und Lederkapuzen –, die Y Mamau, von denen die Königin zuvor gesprochen hatte, die Hexenkrieger, denen der Tod nichts bedeutete! Fünf fielen unter den rasenden Attacken der verzweifelten Fianna-Krieger, aber die übrigen sieben drangen weiter vor, trampelten über den niedergerissenen Baldachin hinweg und zerfetzten dabei die gemalten Bilder von Drache und Einhorn.

Merlin keuchte und versuchte, genügend Luft zu bekommen, um einen barbarischen Schrei auszustoßen, aber als die Pferde an ihm vorbeistürmten, brachte er nur ein Röcheln zustande. Síd-Kämpfer verfolgten die dahinrasenden Schlachtrosse. Ihre durchscheinenden Leiber waren mit Blasen und Wunden von Ethiops' giftigen Tentakeln übersät. Prinz Helle Nacht stolperte in ihrer Mitte dahin. Sein bleiches Fleisch war aufgerissen und flatterte wie die Lumpen eines Aussätzigen, als er verzweifelt versuchte, die am Boden liegende Königin zu erreichen. Aber die Krieger des Bleichen Volkes, denen Ethiops' Angriff alle Magie genommen hatte, verfügten nicht über die Kraft, die berittenen Wolfskrieger aufzuhalten. Wie ein Nebel wurden die Elfenkrieger von den dahinstampfenden Reitern auseinandergetrieben.

Schwerter blitzten auf, Fianna-Krieger stürzten blutüberströmt zu Boden. Dann sah Merlin, wie zwei Wolfskrieger herabstießen und die bewußtlose Ygrane packten. Uther schrie auf und fiel erneut benommen zu Boden. Einer der Angreifer hob einen Wurfspieß und wollte den König durchbohren, doch ein Pfeil fuhr ihm durch den Hals und stoppte ihn. Die sechs überlebenden Angreifer stürmten davon. Auf einem der Pferde lag die Königin, aufgeladen wie ein toter Hirsch.

Einen Augenblick lang waren alle gebannt, niemand bewegte sich. Bis zu diesem kritischen Moment hatten die Y Mamau keine Magie eingesetzt, und alle, die auf dem Feld zurückblieben, waren von der plötzlichen Lähmung überrascht, die sie überkam. Als die benommenen und zornigen Fianna-Krieger endlich die Willenskraft hatten, den Bann der Hexenkrieger abzuschütteln und zu ihren Pferden zu rennen, waren die Entführer schon im Wald verschwunden.

Halb erstickt schlug Uther um sich und setzte sich auf. Sein Gesicht war vom Schrecken verzerrt. »Ygrane!« keuchte er.

Rufe der Bestürzung erklangen aus den Trümmern des Hochzeitsfestes. Die meisten der Dorfbewohner waren schon geflohen und hasteten zurück zu den Stadttoren. Nur Soldaten und Priester blieben zurück. Entsetzte Zuschauer, die noch auf den Beinen gestanden waren, fielen auf die Knie. Der Bischof, ein Kriegsveteran und tapferer Soldat Christi, erhob sich von der Stelle, wo er einem gefallenen Bogenschützen den letzten Segen gegeben hatte, nahm einem verdutzten Kleriker den Kreuzstab ab und schob sich energisch durch die erstaunten Hochzeitsgäste.

Bestrebt, den König vor Zauberei zu beschützen, ging Riochatus auf den Zauberer los, da er dachte, Merlin sei irgendwie der Urheber des ganzen Unheils. Der verteidigte sich, indem er den Hieb des Kreuzstabes mit seinem Stab aus dem Sturmbaum parierte – und einen bestürzenden Augenblick lang hatte der Bischof Anteil am tiefen Blick des Zauberers und sah die geisterhaften Gestalten des Bleichen Volkes, durchscheinend im späten Licht des Nachmittags, mit Wunden übersät, wie sie an ihm vorbeihumpelten auf ihrem Weg zurück in die Dornensträucher und die Hohlen Hügel. Prinz Helle Nacht selbst war da, über und über mit schrecklichen Schnittwunden bedeckt. Er hatte sich schnell umgedreht, um Merlin zu schützen, und jetzt war sein zerschnittenes Gesicht dem des Bischofs bedrohlich nahe.

»Teufel allüberall!« brüllte der Kirchenmann und zuckte zurück. »Merlin, verdammt! Was hast du getan?«

Der Zauberer befahl den Klerikern, ihren Bischof wegzugeleiten, der jetzt, von seiner Kraft verlassen, vor sich hin stotterte. Dann dankte Merlin mit einem kurzen Nicken dem Elfenprinzen, bevor er sich dem König zuwandte. Die Bogenschützen hatten Uther auf die Beine geholfen. Er streckte einen Arm nach Merlin aus. »Wer war das? Wer hat Ygrane weggeschleppt?«

»Y Mamau«, sagte Merlin. »Morgeus Männer.«

»Das sind keine Männer«, sagte Falon grimmig, über einen der gefallenen Feinde gebeugt. Er hatte die greuliche Ledermaske abgenommen und das sommersprossige Gesicht einer Frau enthüllt. »Die Y Mamau – das sind Priesterinnen der Morrígan. Hexenkriegerinnen, begierig darauf, im Kampf zu sterben. Die Menschen fürchten sie. Nur wir Fianna-Krieger wagen es, ihnen Widerstand zu leisten.«

»Wohin haben sie Ygrane gebracht?«

»Ich befürchte, sie wollen sie Morrígan opfern«, antwortete Falon tieftraurig und wandte sich ab, um sein Pferd zu suchen.

Uther stand bleich da, starr vor Zorn. »Pferde!« rief er. »Bringt mir mein Pferd!«

»Herr …« Merlin blickte dem König in die wütenden Augen. »Wir können nicht allein gegen die Y Mamau reiten.«

»Die Fianna wird für ihre Königin kämpfen«, sagte Uther

und trat am Zauberer vorbei auf die Stadtmauer zu. »Mit ihr werden wir diese Y Mamau verfolgen.« Sein düsterer Blick schweifte über das Chaos aus umgestürzten Tischen und umgeworfenen Zelten. »Was für ein Narr ich bin! Wir hätten in der m*ansio* heiraten sollen, innerhalb der Stadtmauern. Schau, wie viele umgekommen sind!«

»Die Y Mamau verfügen über Magie, Herr«, wandte Merlin heftig ein, während er den am Boden liegenden Leichen auswich. »Wir dürfen ihnen jetzt nicht folgen. Bald ist es Nacht.«

»Du verfügst über Magie!« schrie der König und blieb vor dem Zauberer stehen. »Wir verfolgen diese Hexen, verstehst du mich? Wir müssen Ygrane zurückholen!«

»Ja, natürlich, ich weiß. Aber verstehst du nicht? Wir brauchen mehr dazu. Meine Kräfte reichen nicht aus.« Merlin kam dem Protest des Königs zuvor, indem er ihm die Hand auf die Schulter legte. »Du hast den Dämon gesehen. Da sind noch andere dabei. Uther, ich kann nicht allein gegen sie kämpfen. Wir brauchen Hilfe.«

»Ja, wir alle haben den Dämon gesehen!« rief jemand zornig aus der verwirrten Menge. Merlin blickte in die Richtung, aus der der Ruf gekommen war. Der Bischof schüttelte seine Begleiter ab und schritt auf den König zu. »Das war Satan selbst! Gibt es daran einen Zweifel? Gott hat deine Heirat mit dieser heidnischen Königin verflucht ...«

Voller Ärger wandte sich Uther ihm zu. »Schweig! Du weißt nicht, wovon du redest.«

»Ich weiß, was ich gesehen habe«, wandte der hagere Mann ein. »Ein Zeichen von Gott, daß deine Heirat unheilig ist – verdammt in seinen Augen!«

Braunmähne, dessen weiße Druidengewänder zerrissen und mit Schmutz besudelt waren und der gerade einen sterbenden Kelten getröstet hatte, erhob sich mit bekümmerter Miene. »Hüte deine Zunge, Riochatus. Das ist immer noch Cymru, und du wirst unsere Königin nicht mit deiner Unwissenheit besudeln!«

Uther biß die Zähne zusammen, um nicht in Gebrüll auszubrechen, und rief mit einem gequälten Blick den Zauberer zu Hilfe. »Merlinus ...«

Merlin hob seinen Stab, bahnte Braunmähne einen Weg und schickte den Druiden dem Bischof entgegen. Dann nahm er den König beiseite. »Fürchterliche Kräfte werden gegen uns ins Feld geführt«, warnte er. »Wir brauchen Hilfe.«

»Sucht nicht die Hilfe beim Teufel ...«, begann der Bischof.

Doch Braunmähne unterbrach ihn und sagte laut: »Myrddin hat recht, Uther. Wir können es nicht wagen, die Y Mamau bei Nacht zu verfolgen.«

»Ich werde nicht untätig herumsitzen!« protestierte Uther.

»Nein«, stimmte Merlin von Herzen zu. »Aber zuerst müssen wir bei Ygranes Verbündeten Hilfe holen – bei den Daoine Síd.«

Falon und die überlebenden Fianna-Krieger, die mit ihren Pferden gekommen waren, verstanden, was der Zauberer meinte. Sie murmelten untereinander und sahen beängstigt aus. Aber die Bogenschützen und der König runzelten verständnislos die Stirn.

»Hier sind heute schon Síd-Krieger gestorben, bei der Verteidigung der Königin«, sagte Merlin und zeigte mit seinem Stab nach Westen, auf den Eingang zum Wald. »Die überlebt haben, kehren jetzt in die Hohlen Hügel zu ihrem König zurück. Wir müssen ihnen folgen und ihren König um Hilfe bitten.«

»Werden sie ... Können sie uns helfen?« fragte Uther die Fianna-Krieger.

Die Soldaten zögerten. Sie fürchteten sich, laut vom Bleichen Volk zu sprechen. Dann nickten sie schüchtern. Nur Falon sprach. »Sie sind noch älter als die Morrígan, und ihre Magie ist größer.«

»Dann machen wir uns auf den Weg!« Uther lief sein Pferd holen. Braunmähne eilte hinter ihm her, packte ihn am Arm und zwang ihn stehenzubleiben. »Herr Uther, niemand, der je in die Hohlen Hügel ging, kam wieder als derselbe zurück. Das Bleiche Volk macht die Sterblichen verrückt!«

»Ihr begebt euch in die Hölle!« schrie der Bischof.

»Dann bleibt zurück, wenn ihr wollt«, sagte der König und schob sich an ihm vorbei. »Ich werde allein gehen, wenn es sein muß. Und ich werde nicht ohne Ygrane zurückkehren – ganz gleich, ob gesund oder verrückt.«

Braunmähne trat zur Seite und ließ ihn vorbei. Die Druiden hatten diese Königin eingesetzt; sie würden auch eine andere finden. Falon warf ihm einen verächtlichen Blick zu, bevor er Uther folgte, der schon auf die Pferde zurannte, die ihm von den Stadttoren her entgegengeführt wurden. Die Bogenschützen eilten hinter ihrem König her. Die Fianna-Krieger tauschten nervöse Blicke aus und folgten widerwillig ihrem Anführer.

Merlin gab sich einen Ruck und schloß sich ihnen an. Der schreckliche Anblick der Dämonen hatte seine Zuversicht gedämpft. Ja, die Göttin selbst wollte, daß er hell vor dem heraufkommenden dunklen Zeitalter leuchte, aber auch sie konnte nicht verhindern, daß diese tausendjährige Nacht hereinbrach. Wer durfte sagen, daß Lailoken überhaupt Erfolg haben konnte, selbst bei einer so geringen Aufgabe, ein einziges Schicksal genug zu glätten, daß es ihren Glanz widerspiegelte?

Zutiefst verzweifelt suchte er sich seinen Weg durch ein Feld, das übersät war mit eingestürzten Zelten und den Überresten des Festmahls, die die Dorfbewohner auf ihrer panischen Flucht verstreut hatten. Da entdeckte er das Einhorn. Es stand wie ein nebliger Schatten im Wald. Aber schon dieser eine Blick war genug, um ihm Mut zu geben.

Der König blickte von seinem Roß ungeduldig und düster auf den Zauberer herab. »Welchen Weg müssen wir nehmen, Merlin?«

»Nach Westen, Herr«, erwiderte Merlin. Er schob seinen Stab zwischen die Sattelgurte und bereitete sich auf eine lange Reise vor. »In das Zwielicht zwischen den Welten.«

Vor der riesigen Scheibe der untergehenden Sonne erblickte Merlin die schmächtigen Gestalten von Prinz Helle Nacht und dessen Kriegern und führte den König und seine kleine Truppe nach Südwesten, über das Parkland hinaus, auf einen undeutlichen, halb verborgenen Pfad in einem Wald, der für die Jahreszeit zu grün war. Verwelktes Laub und leere Fruchthülsen dämpften am Boden den Hufklang der Pferde, doch an den Zweigen hingen die Blätter noch dicht an dicht. Durch die eng stehenden Bäume und Büsche vor ihnen warf die Glut des Sonnenuntergangs ein seltsames Licht über die Welt, und sie wirkte flüssig und durchscheinend zugleich.

Sie ritten stundenlang, doch das Zwielicht ging nie in völlige Nacht über. Jedesmal, wenn Merlin nach vorn eilte, um sich mit den Elfen vor ihnen zu beraten, zogen sie tiefer in die dämmerige Apokalypse hinein. Schließlich wurden die Bäume immer weniger, und die Reiter waren nur noch Schattenflecken vor der weiten, aus Flammen gewobenen Mauer der roten Sonne. Das Land um sie herum lag glatt und flach da, doch es schimmerte am Horizont im düsterroten Feuer und dem chimärischen Gewebe der gigantischen Sonne.

Die elfischen Führer verschwanden, an ihrer Stelle erschien schließlich ein einsamer Baum am ungewissen Horizont. Er trug keine Blätter, seine mächtigen Zweige hoben sich wie ein Gewebe von der riesigen Sonne ab. Der Baum stand völlig in der Leere, seine lodernden Wurzeln waren eine Widerspiegelung seiner nackten Äste und zahlreichen Zweige. Als die Reiter näher an ihn herankamen, beobachteten sie wie in einem Traum, wie er immer größer wurde, verschwamm und flackernd sich in dicht stehende Säulen aus Feuer verwandelte. Allmählich umgab sie das Gewebe aus Flammen, prächtige Wände, gewoben aus brennendem Plasma, durchzogen von Wärmeadern und vielfältigen Farbnuancen. Über ihren Köpfen bogen sich Stützpfeiler aus Feuer und wuchsen zu feurigen Gewölben und Kuppeln zusammen.

Marmormuster aus Flammen glühten wie brennender

Karneol und Achat unter den Reitern in fugenlosen Bodenplatten, fiebrig siedend, doch ohne Hitze. Vor ihnen erhob sich eine königliche Halle, voller Kolonnaden, die übereinander geschichtete Balkone trugen, und Bogenfenster, die einen Blick auf die silberne Sichel eines Neumondes und Haufen von Sternen gewährten.

In der Ferne erschien ein gezacktes Leuchten. Ein Thron aus Sonnenlicht stand am anderen Ende der blendenden Arkade. Seine Beine sahen aus wie Klauen mit Schwimmhäuten, scharf-spitze Sonnenstrahlen bildeten seine fächerartige Rückenlehne. Die abgerissene Schar der Elfenkrieger, denen die Reiter in dieses fremdartige Reich gefolgt waren, knieten nieder vor einer menschlichen Gestalt, die von einer so mächtigen Helligkeit umgeben war, daß sie fast der Sternenhitze der Engel gleichkam.

Langsam und vorsichtig saßen die Reiter ab und näherten sich dem Thron zu Fuß. Aus dem blendenden Licht eines lebendigen Sternenkerns formte sich eine königliche Erscheinung, ein schillernder Lichtnebel, der zu einem hoch aufragenden, breitschultrigen Mann mit einem menschlich wirkenden Rentiergesicht und einem knochigen Geweih über einer wolligen Mähne wurde.

Die Fianna-Krieger knieten nieder, die anderen taten es ihnen gleich. »Majestät ...«, grüßte Merlin.

»Wann hat je ein Dämon sein Knie vor einem Gott gebeugt?« brüllte der Tierkönig. »Lailoken, du bist ein Teufel, und du wirst diesen alten Gott hier nicht täuschen. Auf die Beine! Ebenso könnte ich mich vor dir verbeugen. Und das hier noch in meinem eigenen Palast!«

»Majestät, ich bin jetzt nur ein Mensch ...«

»Ha! Du möchtest, daß ich glaube, ein Dämon könnte zu einem Menschen gemacht werden?« Er stieß ein johlendes Gelächter aus, das in klaren Echos von den hohen Gewölben des Palastes widerhallte. »Keine Magie kann einen Dämon verändern, Lailoken. Schau dich doch an, wie du dich in einem menschlichen Pelz versteckst! Du bist so, wie du schon immer warst. Das wird sich nie ändern. Mich kannst du nicht zum Narren halten.«

»Gott hat mir eine sterbliche Gestalt gegeben, damit ich sein Werk unter den Sterblichen vollbringen kann«, sagte Merlin schwach.

Ein trollhaftes Grinsen entblößte menschliche Zähne in seinem tierischen Gesicht, als der Hirschkönig auf den Zauberer herabblickte. »Oh, berufen wir uns jetzt auf Gott?« Er beugte sich vor und winkte Merlin, er solle aufstehen. »Gott mag dich mit einer menschlichen Haut geschlagen haben, Lailoken, aber wenn es darum geht, Ygrane von den Hexen zu retten, werden wir keine Hilfe von Gott bekommen.«

Merlin stand auf und bemerkte, daß seine Augen sich jetzt in Höhe der silbernen Mantelschließe des Elfenkönigs befanden. Sein eigenes Gesicht spiegelte sich in ihrer polierten Rundung – jedoch nicht sein menschliches Gesicht, sondern die Reißzähne, das Natterngrinsen und die zusammengekniffenen Quarzaugen seines früheren Dämonengesichtes. Der Zauberer war überrascht und blickte an sich herab. Er erwartete fast, wieder den glatten Haibauch und die kräftigen, mit Hautfalten besetzten Beine seiner alten Dämonengestalt zu sehen. Aber nein, irgendwie erschien er für seine eigenen Augen und die Menschen, die ihn umgaben, gänzlich sterblich.

»König Einer-kennt-die-Wahrheit«, wandte sich Merlin noch einmal an das grinsende Rentiergesicht des Hirschkönigs, »ich bitte dich – wirst du uns helfen, Ygrane aus den Händen der Y Mamau zu retten?«

»Die Frage, Lailoken, lautet seit langem: Würdest du uns, den Daoine Síd, gegen unsere Feinde helfen, gegen den Wüter und seine nordischen Götter?« verkündete der Hirschkönig gebieterisch. »Vor nicht allzu langer Zeit warst du ein Verbündeter all jener, die das Leben hassen, wenn du dich erinnerst. Jetzt dienst du dem namenlosen Gott und kommst zu mir mit einem Anbeter des Gekreuzigten. Du bist ein Dämon, Lailoken.«

»Er mag einmal ein Dämon gewesen sein«, meldete sich jetzt König Uther. Seine Stimme klang brüchig und beklommen, als er da vor dem alten Gott stand, der groß und breit wie ein Tier war. »Aber er dient mir. Ich bin es, Uther Pendragon, der diese Männer hierher zu dir befohlen hat.« Sein Mund zitterte, er errötete und war den Tränen nahe. »Ich stehe hier für sie – und für meinen Gott, der kein gekreuzigter Gott ist, sondern die Liebe des Allmächtigen für seine Schöpfung – dich eingeschlossen.«

Das Grinsen des Hirschkönigs wurde zu einem drohenden Zähnefletschen. »Du bist ein anmaßender Mensch, Uther Pendragon.«

»Majestät«, Uther wechselte den Ton und neigte den Kopf, »Gott hat dich sichtlich zu einem größeren Wesen gemacht als mich. Ich bin nur ein sterblicher Mensch.« Er berührte das Jadekreuz an seinem Hals, hob seinen Blick zu den Tieraugen des Hirschkönigs und sprach mit festerer Stimme. »Ich habe nicht die dämonische Kraft meines Beraters, aber Gott hat es für richtig gehalten, mich zum König der Britannier zu machen. Heute habe ich Ygrane geheiratet, die Gott zur Königin der Kelten gemacht hat. Wir haben uns zusammengeschlossen, um diese Insel vor den Eindringlingen zu retten. Deine eigenen Krieger sind umgekommen, um sie – und mich – zu retten.«

Der keltische Gott nickte anerkennend in die Richtung, wo Prinz Helle Nacht und seine verwundeten Soldaten knieten. Dann betrachtete er Uther mit schelmisch zusammengekniffenen Augen, ganz aufmerksam, als sehe er etwas Neues.

»Wenn ich zu dreist erscheine, Majestät«, fuhr Uther fort, und seine Stimme wurde stärker, »dann nur deshalb, weil ich Angst um Ygrane und unser Volk habe – und ich möchte, daß du dich direkt mit mir befaßt. Kannst du helfen, meine Frau zurückzuholen?«

»Mit dir befassen?« Das höhnische Grinsen des Hirschkönigs wurde zu einem listigen Lächeln. »Ich werde mich ganz direkt mit dir befassen, König Uther – falls du das verträgst.«

Falon warf Merlin einen besorgten Blick zu, und der Zauberer bereitete sich darauf vor, sich zwischen den Hirschkönig und Uther zu werfen.

»Komm mit mir, Uther«, winkte der Hirschkönig. »Du auch, Lailoken. Ihr anderen bleibt hier.« Er schritt auf den breiten Treppenschacht zu, und mit großen Augen bemerkte Uther unter dem smaragdgrünen Mantel des Elfenherrschers ein Paar pelzige Beine und gespaltene Hufe. Merlin las diesen Blick und wünschte sich, er hätte seinen König eher gewarnt, daß das äußere Aussehen von Göttern, Dämonen und Engeln immer nur eine Erscheinung war, gestaltwandelnde Energien, die sich ganz nach Belieben formen konnten.

Der Hirschkönig begann wieder zu sprechen: »Nur wenige Sterbliche, König der Britannier, sehen das, was ich dir jetzt zeigen werde, und leben dann noch, um davon zu berichten.« Anmutig wie ein Geist stieg er die Treppe empor, und die beiden Männer mühten, mit ihm Schritt zu halten. Tief unter ihnen wurde der Thronsaal immer kleiner. Mit jedem Schritt auf der Wendeltreppe schienen sie eine große Entfernung über die feurigen Konturen und lodernden Vorgebirge der Halle hinaufzugleiten. Bald verschwanden die winzigen Punkte, die ihre Gefährten darstellten, ganz aus ihrem Blickfeld in der diamantenen Tiefe, über der sie in einer Spirale emporstiegen.

Oben erreichten sie einen hohen Tafelberg unter dem nackten Nachthimmel, an dem die Sterne riesengroß in ungewohnten Konstellationen schimmerten. Der gigantische Sichelmond zeigte auf seinem hellen Körper all seine Alabasterrisse und Ketten toter Vulkane, dahinter glühten weite Wüsteneien voller Asche wie Lavendelstaub. In dieser Mondnacht lag vor ihnen ein wunderbares Anderland. Die Himmelslichter warfen einen glitzernden Schein auf das Plateau, funkelten über einer Oase von Weidenhainen und moosigen Mulden und berührten gekräuselte, grasige Ränder schwarzer Bergseen, die so kühl waren wie Sternenstaub.

»Wo sind wir?« fragte Uther mit schwacher Stimme.

Der Hirschkönig grinste ihnen über seine Büffelschulter hinweg zu. »Dies ist das Land der Toten, König Uther – und auch das Land der Ungeborenen.«

Schnell gingen sie zwischen Reihen von Felsblöcken hindurch, die wie vom Wind geformte Schädel aussahen. Mit ehrfürchtigen Blicken betrachtete Uther die Ruinenfelder, die sich vor ihnen erstreckten, eine vom bleichen Mondlicht beschienene Ebene, die übersät war mit Scherben zerschlagener Töpferwaren, zerbrochenen Säulen, verstümmelten Statuen – ein schimmerndes Gebeinhaus einer uralten, sagenhaften Welt.

»Und das ist das Feld der zerbrochenen Träume«, erklärte der Hirschkönig. »Schaut, und ihr werdet moderne römische Ruinen unter den verlorenen Träumen der Alten finden.«

Eingekeilt zwischen dem zerbrochenen Steinbildnis eines geflügelten assyrischen Königs und einer Düne polierter Knochen in ägyptischer Rüstung ragte die Adlerstandarte des einst mächtigen Reiches aus einem glanzlosen Haufen zerbeulter römischer Helme.

»Unser Kreuz – das keltische und das christliche – wird eines Tages auch hier verrotten«, sagte König Einer-kennt-die-Wahrheit nachdenklich, und seine starke Stimme weckte Echos in den Zypressengrotten, die vor ihnen lagen, jenseits der mit Gebeinen übersäten Ebene. »Es sei denn, Uther, wir können zu einem echten Übereinkommen gelangen, das mächtig genug ist, die eindringenden Nordmänner abzuwehren, die unsere Existenz bedrohen.«

Durch die Nebel, die über dem zerborstenen Mauerwerk eines nahen griechischen Tempels wallten, näherte sich ihnen eine schmale Gestalt, deren Haare so zart waren wie Spinnweben.

»Raglaw …«, rief Merlin und brachte vor Überraschung kein Wort mehr heraus.

»Warum solltest du überrascht sein, mich hier zu sehen, Myrddin?« fragte sie keuchend. »Du selbst hast gesehen, wie ich aus der stolzen Welt der Sonne geschieden bin …«

»Merlin«, flüsterte Uther, »wer ist diese alte Frau?«

»Ich bin das alte Weib Raglaw, Hoheit«, stellte die alte Frau sich selber vor. Nebelfetzen lösten sich von ihrem skeletthaften Körper, als sie näher heranschwebte. »Ich bin die geistige Beraterin deiner Frau, und zwar die, die deine liebe Ygrane gelehrt hat, wie sie einen Sinn in ihren Trancezuständen und Visionen erkennen kann.«

»Was willst du von uns?« fragte Uther, den die leichenhafte Erscheinung der Alten entnervte.

»Wollen?« Sie lachte gackernd. »Ich bin schon jenseits des Wollens, König Uther. Nach und nach werde ich noch einmal von den Toten scheiden, um meinen Kreislauf fortzusetzen – ich, die ich einst am wenigsten tauglich zum Leben und dem absoluten Tod am nächsten war. Ich, die ich alle Formen durchlaufen habe, die eines Leibes und Lebens fähig sind. Ich, die ich noch nicht vollendet bin. Ich stehe hier als Zeugin eures Eintritts in das Land der Toten.«

»Ich grüße dich, gute Raglaw«, rief der Hirschkönig herzlich, und die schattenhafte Alte wurde kurz aus ihrer Trance gerissen. »Gute Neuigkeiten, die ich dir auf deinen Weg mitgeben kann. Dieser junge römische König kommt, um ein Bündnis mit den Kelten zu schließen ...«

»Das ist bekannt, das ist bekannt«, murmelte die Alte. Wie Rauch wehte sie zwischen niedrigen Sandhügeln davon. »Ich habe alles gesehen, wißt ihr. Erinnerst du dich, Myrddin?« rief sie zurück. »Wir haben alles gesehen – alles: die blutgetränkte Erde, die Geisterheere, den König, der verwirrt ist über seine Wahl. Das ist er, nicht wahr? Das ist er, der meine allerliebste Ygrane geheiratet hat. Ja, ich erinnere mich noch an alles. Er wird den König zeugen, der die Macht haben wird, gerecht zu sein. Das heißt, nur dann, wenn er sich rechtzeitig aus seiner Verwirrung löst. In der Zeitlichkeit ist so viel verwirrt – Gnade ohne Hoffnung – Gnade ...«

Sie gelangte außer Hörweite und war bald wieder vom Nebel verhüllt.

»Heiligster Gott!« rief Uther sanft. »Mir gefällt dieser Ort nicht, Merlin.«

»Wenn wir Ygrane retten wollen«, erinnerte ihn der Zauberer, »dann müssen wir weitergehen.«

König Einer-kennt-die-Wahrheit schritt durch den zarten Nebel voran und antwortete: »Während ihres Lebens hatte die Dame Raglaw die Gabe des starken Auges …«

»Die Gabe der Prophezeiung«, erklärte Merlin.

»Ja, das starke Auge«, wiederholte der Hirschkönig und warf dem Dämon einen dunklen Blick zu, weil er ihn unterbrochen hatte. »Damit hat sie gesehen, daß ein Zeitalter von Zwielicht und Finsternis über unsere Insel kommt, ein apokalyptisches Zeitalter, das Jahrhunderte dauern wird. Unser Bündnis allein wird vielleicht Hilfe bringen, etwas Gnade für unsere Völker bis zum Ende der Dunkelheit. Aber es besteht keine Hoffnung, das Schicksal zu wenden. Es gibt keine Hoffnung, die dem Unheil trotzt.«

»Warum sollen wir uns dann überhaupt die Mühe machen, es zu versuchen?« fragte Uther bitter.

»Ja, in der Tat, warum«, antwortete der Hirschkönig. »Früher oder später gelangt alles auf dieses Feld der Trümmer.«

Merlin stieß seinen Stab fest auf, doch der sandbedeckte Schieferboden gab kein Geräusch von sich. »Wegen dieser Verzweiflung brauchen König Einer-kennt-die-Wahrheit und alle Kelten einen christlichen König – diesen König. Und den, der auf ihn folgen wird.«

Sie waren zur Grenze des Gräberfeldes gekommen, wo Zwergkiefern sich in den Saum einer Böschung krallten, die den Rand einer Kraterlandschaft von schimmernden Gletscherteichen bildete. Der Hirschkönig blieb stehen und schaute die beiden Männer an, die mächtigen Hände auf die Hüften gestützt. Sein Mantel wehte hinter ihm im Aufwind, der von der Felsenklippe kam, und enthüllte wollig behaarte Beine und einen von Pelz umhüllten Fiesel. »Rechtfertige dich, Dämon.«

»Die Kelten sind ein ewiges Volk«, begann Merlin in seinem diplomatischsten und versöhnlichsten Ton. »Du hast Raglaw gehört. Sie spricht für dein ganzes Volk. Leben geht in Leben über, bis es sich selbst vervollkommnet. Für euch ist der Tod immer ein Beginn. Selbst der Tod eures Volkes ist erträglich. Warum also soll man sich Mühe machen, in der Tat?« Er berührte mit seinem Stab Uthers Schulter, die Narbe der Wunde, die Ygrane mit ihrer Magie geheilt hatte. »Dieser christliche König glaubt in etwa das, was auch euer Feind, der Wüter, glaubt – daß das Leben zum Tod führt und daß der Tod das Leben beendet. Daß die Welt selbst einer Apokalypse entgegengeht und dem Ende aller Zeiten. Er wird ein starker Verbündeter eures Volkes sein, denn sein Glaube verlangt, daß er sich hier und jetzt bemüht, das Beste aus seinem Leben zu machen, denn dieses Leben ist das einzige Gute, das er hat.«

Der Hirschkönig mahlte mit den Kiefern, als müßte er Merlins Worte wiederkäuen. »Du bringst triftige Gründe für deinen König vor, Myrddin. Ich glaube, ich werde dich nicht mehr Dämon nennen.« Er wandte sich um und führte die Männer weiter. »Kommt! Ich werde diesem christlichen König etwas Keltisches zeigen, von der Art, für die wir mit Recht berühmt sind.«

Er führte sie einen bröckeligen Serpentinenpfad hinab, durch glänzende Dunstschleier hindurch, die gelegentlich aufrissen und den sternenübersäten Himmel sehen ließen. In den feuchten Geruch zerschmetterter Steine mischte sich der harzige Duft von verkrüppeltem Eukalyptus, der in den Spalten und Rissen der Felswand wuchs. In unbestimmter Ferne grollte Donner. Am Fuß der überhängenden Felsenklippe sprangen sie von einem gefährlichen Sims auf schlackiges Geröll und langten schließlich vor dem schwarzen Rachen einer mit Reif überzogenen Höhle an. Salpeterranken hingen wie gefrorener Geifer von der Decke des Höhleneingangs, und ein kühler, unterirdischer Wind trug ihnen einen moderigen, reptilischen Geruch entgegen.

»Theo ...«, kam ein gequälter Ruf aus dem Inneren, wie ein schwankendes Echo.

Mit einem Ruck richtete sich Uther auf. »Ambrosius?« Er trat auf die lichtlose Höhle zu. Merlin legte ihm eine Hand auf die Schulter und hielt ihn zurück.

»Warte«, riet der Zauberer. »Er kommt.«

Ein Schatten löste sich aus den düsteren Tiefen der Höhle und schob sich in das zitternde Sternenlicht. Hager, die Augen gerötet, kam Ambrosius heraus, schwach wankend, die Augen voller Verzweiflung. »Theo – nicht du – noch nicht ...«

»Bleib stehen, Schatten«, befahl der Hirschkönig. »Du bist in der Gegenwart von Lebenden.«

»Theo – noch am Leben?« Ambrosius trug noch die Rüstung, in der er gestorben war, aber er wies keine Wunden auf, obwohl er erschöpft erschien. Seine Haut war aschgrau, seine Augen glühten düster. »Was tust du an diesem Ort?«

Uther schüttelte Merlins Hand ab und stürzte auf seinen Bruder zu.

»Nein!« rief der Zauberer, doch es war zu spät.

Uther umarmte Ambrosius, und in dem Augenblick, als sie sich berührten, zappelte der Drachenherr in Uthers Griff und stieß einen schrecklichen Schmerzensschrei aus. Uther wich erschrocken zurück und sah, wie sein Bruder sich in Qualen krümmte.

»Bleib weg von ihm!« wies ihn der Hirschkönig an. »Die Toten können die Hitze der Lebenden nicht ertragen.«

»Ambrosius – es – es tut mir leid!« schrie Uther, fiel auf die Knie und starrte weinend auf das verzerrte Gesicht seines Bruders. »Vergib mir!«

Mit römischem Gleichmut richtete sich der Drachenherr auf, die Muskeln seines Gesichts waren schmerzlich angespannt. »Dich wieder zu berühren – lebendig! – Dieser Schmerz ist ... ist eine große Freude für mich.«

»Bruder, warum bist du hier in dieser Höhle?« Uther

blickte ihn düster an, immer noch kniend. »Du bist für unser Volk gestorben. Du solltest im Himmel sein.«

»Ich bin aus Rache gestorben«, antwortete Ambrosius grimmig. »Als Lohn dafür stehe ich jetzt an der Schwelle zur Hölle.«

»Nein!« Uther ballte die Fäuste und stand auf. »Wer richtet dich?«

Ambrosius schüttelte den Kopf und kniff die Augen zusammen, als die schauderhafte Kälte die glühende Hitze der Umarmung seines Bruders vertrieb. »Niemand ... hat mich gerichtet – außer mir selbst. Das spielt keine Rolle, kleiner Bruder. Ich bin hier mit Großvater Vitki, dem Drachengesicht aus deinen Träumen, Bruder – so nahe bei dir ... wie ich nur kommen kann.«

»Drachengesicht?« Uther runzelte verwirrt die Stirn. »Vray Vitki ist hier?«

»Der Drache Aurelianus ...« Ambrosius verzog den Mund zu einem bleichen Lächeln. »Du erinnerst dich doch gewiß? Der Drache unseres Vorfahren. Hast du ihn nicht gesehen? Du trägst sein Zeichen. Er hat dir geholfen, weißt du – vor Londinium.«

Uther blickte ihn verständnislos an und schüttelte langsam den Kopf. »Ist das so?« fragte der König schließlich Merlin.

Merlin nickte. »Ich habe ihn selbst gesehen, Herr. Der Drachenmagus, von dem ich dir erzählt habe. Er bleibt dein Verbündeter.«

»Vor ... Londinium?«

»Er ist dort zu dir gekommen, Uther.«

Uther setzte sich schlaff auf den Boden, von Staunen überwältigt, und suchte seine Erinnerungen an jenen tragischen Tag. Er starrte traurig auf den Geist seines Bruders. »Du fehlst mir, Ambrosius.«

»Großvater Vitki spricht mit mir. Er sagt mir, du verfügst über Lehensgelübde aller römischen Kriegsherren in Britannien – und der wilden Kelten.« Trotz seiner Erschöpfung zeigte sich eine Spur seiner alten Listigkeit. »Du mußt vorsichtiger sein als Vater oder ich. Ich habe nur für den Zorn gelebt.«

Uther blickte ihn mit Tränen in den Augen an.

Merlin kniete neben ihm nieder, legte ihm den Arm um die Schulter und flüsterte ihm zu: »Die Schatten der Toten ändern sich nicht, Uther. Genau, wie wir es von Homer gelernt haben. Wir müssen ihn vom Drachenmagus befreien.«

»Sei vorsichtig, Theo ...«, warnte der Drachenherr. Und da wurde sich Uther der Anstrengung bewußt, die der Geist aufbot, um in seiner Gegenwart aufrecht zu stehen. »Großvater Vitki sagt mir, du hast Gorlois' Frau geheiratet. Er sagt, daß Merlin einen Zauber ausgesprochen hat. Er gab dir das Aussehen des Herzogs ... du hast seine Frau verführt. Sei vorsichtig, Theo – das sieht nicht nach dir aus.«

»Das ist nicht wahr ...«, stieß Uther hervor, dann blickte er zu seinem Zauberer und fragte flüsternd, nur für Merlins Ohren bestimmt: »Warum lügt Vray Vitki?«

»Dieser uralte Vorfahr hat die Kraft für sein langes Leben vor Jahrhunderten vom Drachen gestohlen, als er in jenen urtümlichen Zeiten ein wichtiges Mitglied der Vipernsippe war«, antwortete Merlin flüsternd. »Jetzt dient dieser Vorfahr dir. Du trägst das erbliche Zeichen, mit dem er die oberirdische Welt berührt. Diese Blutsbindung umfaßt deinen Bruder nicht. Es gibt keine physische Verbindung zwischen ihm und dem Drachenmagus. Ich möchte wetten, daß Vray Vitki Geschichten über dich erfindet, um Ambrosius bei sich in der Nähe zu halten. Wir müssen ihn davon lösen.«

»Ambrosius«, sagte Uther wehmütig, »du darfst nicht länger hierbleiben. Nicht mir zuliebe. Ich kann es nicht ertragen, wenn ich daran denke, daß du so leidest.«

»Ich möchte dir nah sein – auf dich achtgeben.«

»Du mußt aufhören, dir Sorgen über mich zu machen. Du kannst mir nicht mehr helfen. Ich wünschte, du könntest es. Du fehlst mir schrecklich, Ambro. Aber ich weiß, daß ich deine Arbeit tue – Vaters Arbeit. Du mußt dich von diesem trostlosen Ort entfernen und zu Gott gehen, damit du deinen Lohn bekommst.«

»Für mich gibt es keinen Lohn, Theo.« Ambrosius stand aufrecht da, obwohl sein Leib zitterte. »Ich bin nur ein gewöhnlicher Mörder.«

»Überlaß das Urteil Gott, Ambrosius.« Uther hob sein Gesicht zum Hirschkönig. »Wo ist der christliche Zufluchtsort in diesem Land der Toten?« fragte er.

König Einer-kennt-die-Wahrheit zeigte vorbei an einem Haufen zusammengestürzter Felsen und vom Wind zerzauster Eibenbüsche auf einen Einschnitt in dem Randfelsen. Uther schlug diesen Weg ein, die anderen folgten ihm. Dann spähte er über eine Terrassenlandschaft. Über den untersten Flächen aus rissigem Lehm flimmerte die Hitze mit butylblauen Flammenspitzen. Als nächstes hing ein gefahrvoller Garten über dem von Fackeln erleuchteten Flachland. Abgebrochene Kakteenstümpfe und stachelige Bäume saßen auf glatten, schwarzen Felsen unter einer höheren Terrasse. Auf den höchsten Ebenen schimmerten Wiesen mit Teppichen aus Wildblumen, weite Flächen grünen Rasens, ausladende Bäume und Wasserläufe, die aus nebeligen Wasserfällen entsprangen. Diese oberen Hänge glänzten in einem Morgenlicht, das aus einem Hochland herabströmte, das hinter eisbedeckten Bergen verborgen lag.

»Ambrosius, komm hierher«, rief Uther.

Der Schatten hinkte an seines Bruders Seite und beäugte die Szenerie der christlichen Nachtodwelt. »Hölle. Oder der Reinigungsort – wie die Priester uns immer gewarnt haben. Wie du mich gewarnt hast, Theo.«

»Ja, der Reinigungsort, gewiß«, sagte Uther. »Der erste Schritt in den Himmel. Ich bringe dich dorthin, Ambrosius.«

»Nein, halt. Ich habe Angst, Theo.«

Uther holte tief Luft, um nicht vor dem traurigen Schauspiel der Angst seines Bruders zurückzuschrecken. »Gott wird nicht streng urteilen, Ambrosius. Das verspreche ich dir. Ich werde mit dir kommen und für dich sprechen.«

»Ha!« rief der Hirschkönig, und alle zuckten zusammen, selbst der Geist. »Das geht nur, wenn du dein sterbliches Leben aufgeben und Ygrane zurücklassen möchtest. Er wird allein für sich sprechen. Niemand, der diesen Einschnitt im Randfelsen durchschreitet, kann je wieder zurückkommen – nicht einmal ich. Ambrosius geht allein – oder überhaupt nicht.«

Über ihren Abgrund zwischen Leben und Tod schauten sich Uther und Ambrosius ergeben an.

»Geh, Ambrosius. Vertrau auf unseren Gott. Er hat uns zu dem gemacht, was wir sind. Das kann er uns nicht zum Vorwurf machen. Sein eigener Sohn, Jesus, hat versprochen, daß die Liebe Fürbitte für uns einlegt. Vertrau darauf.«

»Was ist mit dir, Theo? Du solltest ein Priester werden. Wie kannst du wirklich ein König sein?«

»Ich herrsche mit Liebe, Ambrosius. Die Liebe allein macht mich zum König.« Er fuhr sich mit der Hand über sein besorgtes Gesicht. »Geh jetzt, Bruder, bitte. Geh hindurch. Dieses Leben ist nicht lang. Ich werde bald genug wieder bei dir sein.«

»Wenn ich dich so sehe …« Ambrosius breitete erstaunt die Arme aus. »Wenn ich dich sehe, als König, da spielt es keine Rolle, wenn ich in die Hölle gehe.«

Uther empfand eine Spaltung zwischen Körper und Geist; Tun und Denken waren in ihm auseinandergerissen. Sein Fleisch schmerzte vor Kummer und verlangte danach, seinen Bruder noch einmal zu umarmen – aber er wußte, daß dies nicht Ambrosius war, nur sein Geist, sein Gespenst, getrennt vom Fleisch und vom Tun und von den veränderlichen Gedanken der Lebenden. Obwohl Uthers Leib vor Trauer schmerzte, empfand sein Geist nur Müdigkeit, die Erschöpfung der dem Schicksal Unterworfenen, die inmitten von Schwierigkeiten und Bosheit weiterleben mußten, um ein Geschick zu erfüllen, das sie von den Toten geerbt hatten.

Ambrosius erkannte das Leiden seines Bruders. Es quälte den Geist, daß er so nah an den Lebenden stand, und er verweilte nur kurz, einen letzten hungrigen Blick, bevor er für immer durch den Einschnitt im Randfelsen trat. Wie von einer Unterströmung gezogen, bewegte er sich schnell in die Ferne. Er wandte sich nur einmal um und hob den Arm zum römischen Gruß, bevor er aus ihrer Sicht verschwand.

Als er von ihnen ging, rollte ein Donner aus der Höhle. Ein kalter Wind wirbelte um die Besucher und wehte verkrustete Asche in die Höhe.

Der Hirschkönig wandte sein Gesicht dem Wind zu. »Der Drachenmagus spürt dich«, stellte er fest. »Wir müssen weitergehen. Beruhige dich jetzt und komm mit mir zu dem Schutzwald dort oben. Ich muß dir etwas zeigen, und wir müssen zu einer Übereinkunft kommen.«

König Einer-kennt-die-Wahrheit führte die beiden Männer an der Randfelsenwand entlang, zwischen riesigen Felsen hindurch zu einem sandigen Pfad, der durch knietiefes Heidekraut bergauf verlief. So erreichten sie den Kiefernwald, auf den er gedeutet hatte. Ganz unerwartet hörten sie wildes Gelächter und die Geräusche ausgelassenen Feierns, die von etwas weiter oben zu ihnen drangen.

»Kein Grund zu Furcht«, sagte der Hirschkönig. »Das sind bloß meine Leute, die wissen, daß ich hier bin.«

Uther und Merlin, die nicht wußten, wie sie das auffassen sollten, blickten an den langen Stämmen der Kiefern empor zu den Zweigen mit den Nadelbüscheln, die wie Inseln am Himmel schwebten. Im Mondschein ging ein würziger Duft von den Föhren aus, und von oben kam sanft eine warme Brise, die das geschäftige Summen von Bienen und das Schellengeläute und Blöken ferner Schafe mit sich trug. Der Hirschkönig führte sie aufwärts, und der Himmel erblaßte zu opalenen Farben und überzog sich schließlich mit himbeerroten und zitronengelben Morgenwolken.

Die Höhe, die sie inzwischen erreicht hatten, gewährte einen Ausblick auf ausgedehnte Wiesenlandschaften und rauchblaue Wälder, die seltsamerweise gleichzeitig kultiviert und auch wild wirkten. Unten sahen sie das Einhorn äsen;

über sein weißes Fell spielte irisierend das Licht. Wieder ertönte in der heller werdenden Dämmerung ausgelassenes Gelächter, und Merlin spürte die Anwesenheit glücklicher, unsichtbarer Wesen, die ihn irgendwie nicht an die Kelten, sondern an die mythischen Gestalten der Griechen erinnerten, an Zentauren, Satyre und Titanen aus der Zeit vor Zeus.

Der Zauberer schwang seinen Stab umher, und das Gekicher wurde lauter. Plötzlich erschienen um sie herum buntscheckig glänzende, lachende und erstaunte Gestalten, im Aussehen nicht unähnlich dem Hirschkönig, aber nur halb menschlich. Es waren fellschnäuzige, tatzengliedrige Leute mit moosigem Haar und Augen, die so grün waren wie Meerestümpel.

»Dies ist das *Erste Volk*«, verkündete der Hirschkönig. »Sie leisten mir Gesellschaft, wenn ich hierher zu Besuch komme.«

»Aber wo ist ›hier‹?« wollte Uther wissen.

»Hier sind die Randbezirke der größeren Welt, König Uther«, antwortete der Fürst in Tiergestalt. »Hier vermischen sich die Formen. Auf wilde, widersprüchliche, humorvolle und aufreizende Weisen vermischen sie sich – und sie genießen die Vermischung. Hier fallen Formen weg und Seelen stehen allein, als strahlendes Licht, das die geistigen Gesetze erwartet, und sie nehmen immer neue Formen an.«

»Erstaunlich«, murmelte Uther leise, sichtlich voll Ehrfurcht vor der unnatürlichen Schönheit dieser elysischen Felder. Sein Leib wiegte sich unbewußt zu den schrillen, leisen Flötentönen der ältesten Musik, einem Rhythmus von Wind und Wasser …

»Schaut genauer hin«, bat König Einer-kennt-die-Wahrheit. Er zeigte nach unten auf das üppig fruchtbare Tal, von wo aus einem lärmerfüllten Wald eine Wolke von Gelächter und Gesang aufstieg. Zwischen den Bäumen kaum sichtbar, tänzelten dort menschliche Gestalten, die aus nicht mehr als leuchtendem Nebel bestanden. Eine ganze Schar dieser Wesen tollte und hüpfte umher wie Faune. Dieses geheimnisvolle

Schauspiel weckte in den beiden menschlichen Beobachtern die seltsame, doch vertraute Süße unergründlicher Magie – ein Gefühl von Friede und Lieblichkeit, das sie undeutlich aus ihren weit zurückliegenden vorgeburtlichen Träumen erinnerten. Trotz aller Unbekümmertheit und Ungezügeltheit drückte die spontane Energie der Geister eine unbeschreibliche Schönheit in Unschuld und Reinheit aus, als gehorchten sie dem besonderen Rhythmus eines höheren Gesetzes: ein Tumult, entflammt von göttlichem Geist.

»Dort unten«, der Hirschkönig deutete mit einem Lächeln hinab, »sind die ewigen Tänzer. Ich bin ihr Herr, ihr Pan. Ich diene ihnen in dieser Welt und der geringeren Welt der sterblichen Formen. Meine Aufgabe ist, sie zu hegen wie ein Gärtner seine Pflanzen, wie ein Schäfer seine Herde.«

»Sind das Elfen?« fragte Uther ehrfürchtig.

»Nicht ganz. Sie sind Leute«, antwortete der Hirschkönig vage. »Meistens Kelten. Meine Leute. Sie weilen hier als körperlose Seelen, bis die neuen Formen, die sie brauchen, um ihr kosmisches Schicksal zu erfüllen, sie wieder in die kleine Welt der körperlichen Existenz zurückrufen.«

»Kosmisches Schicksal?« Uther konnte seine Augen nicht vom Spiel der Phantome abwenden und neigte sein Gesicht tiefer in die Luft, die von den Hügeln und Feldern aufstieg. »Wer entscheidet über diese Schicksale? Wer wählt ihre neuen Formen aus – ihr neues Leben in der Welt der Lebenden? Tust du es? Und was hat das überhaupt mit meiner Ygrane zu tun?«

König Einer-kennt-die-Wahrheit stieß ein Lachen aus, dessen Echo wie Donner widerhallte. Das laute, schallende Gelächter erschreckte das Einhorn, so daß es sich auf den Hinterläufen aufbäumte und die nebeligen Gestalten aus dem buschigen Wald lockte. Wie vorüberwehender Dunst über einen winterlichen Fluß tanzte die lärmende Schar am Rande der Wiese in voller Sicht vorbei – flinke Figuren aus Flaum und Spinnweben, chimärenhaft lieblich und gnomenhaft in ihren zerfetzten Seidengewändern.

Sie schlüpften zurück in die purpurnen Schatten des Waldes, und der Hirschkönig zügelte sein Amüsement genug, um sagen zu können: »Das hat viel mit deiner Ygrane zu tun, mein Junge. Du mußt Geduld haben. Was das Schicksal dieser Seele angeht – nein, Uther, ich mache keine Schicksale. Ich gestalte keine Formen. Du verwechselst mich mit einem größeren Gott. Diese Macht ist so weit von mir entfernt, daß ich kaum vorhersagen kann, wann eine Seele kommen oder gehen wird, und noch viel weniger, wessen Seele wo hingehen sollte. Einige bleiben bei uns jahrhundertelang, andere halten sich hier bloß wenige Tage auf. Ich habe nicht das starke Auge, um die Schicksalsabhängigkeit der Seelen zu sehen. Ich kümmere mich nur um sie, zusammen mit meinen Mitgöttern, dem *Flöter* und der *Dame von den Wilden Tieren.* Solange diese Seelen hier sind, gehört mir und den anderen Daoine-Göttern ihre Lebenskraft. Wir sind nicht mehr als die gesammelte Energie derjenigen, die zu uns kommen. Wenn der keltische Glaube erlischt, dann werden auch wir vergehen.«

»Euer keltischer Glaube, der ein Feind meines Glaubens ist«, sagte Uther grimmig und starrte in die dunklen Augen des Riesen. »Es genügt schon, daß ihr es wagt, Jesus zu verspotten, indem ihr ihn den gekreuzigten Gott nennt.«

Der Hirschkönig knurrte amüsiert Merlin zu: »Dein König Uther ist ein kriegerischer Kerl, glaube ich, Myrddin. Kein Wunder, daß der Drachenmagus ihm sein Zeichen eingeprägt hat.« Er strich seinen Spitzbart und reckte die buschigen Augenbrauen Uther entgegen. »Dein Glaube ist mir fremd, Sterblicher – eine bizarre Wüstenreligion voller Gewalt und Opfer. Ich habe ihre Anhänger nicht aufgesucht. Ich bin nicht in ihre unfruchtbaren Länder gereist. Aber sie ist zu mir gekommen und hat Seelen von meinen Feldern genommen und mich dadurch gemindert. Soll ich sie dafür loben?«

»Du hast von einem Handel gesprochen, Majestät«, sagte Uther und wechselte geschickt den Ton. »Habe ich recht, wenn ich annehme, daß du – wie bei Ygranes erstem Ehemann – den Handel haben möchtest, daß wir versprechen, christliche Missionen von den keltischen Ländern fernzuhalten?«

König Einer-kennt-die-Wahrheit zeigte ihm sein unheimliches, halb rentierhaftes Lächeln. »Ja. Das war mein Kompromiß mit Gorlois. Aber ich werde mit dir nicht den gleichen Kompromiß schließen, Uther. Mir scheint, daß du ein wahrer Christ bist, was er nicht war. Deshalb braucht man keinen außerordentlichen Blick zu besitzen, um zu sehen, daß du anders verhandeln wirst, wenn es um deinen Glauben geht.«

»So ist es«, sagte Uther nüchtern. »Du sagst, du habest einen Kompromiß mit Gorlois geschlossen. Also bedeutet das, die Missionen von deinen Ländern fernzuhalten ist weniger, als was du diesmal wirklich willst?«

»Viel weniger.« Der Hirschkönig beugte sich vor, wie ein Vater zu seinem Kind. »Also gut, dann. Das ist mein Handel: Ich will nichts Geringeres als deine Seele, Uther Pendragon.«

Uther wich verdutzt zurück.

»Ha! Genau so hat auch Gorlois mich angeschaut.« Der Hirschkönig schnaubte verächtlich. »Erschreckt dich also mein Handel? Nur weil ihr Christen mein Bild genommen und mich zu einem Dämon gemacht habt. Ihr nennt mich Satan. Aber ich bin kein Dämon. Lailoken wird es dir sagen. Ich bin das, was die Dämonen einen Drecksbauern nennen, weil ich mich sogar um den Dreck des Lebens und alle Schwächen des Lebens kümmere. Ich sage dir, ungehobelte Bauern sind der Achtung so würdig wie jeder beliebige Heilige. Ich arbeite mit den Annwn ...« Er wandte seinen wollig behaarten, gehörnten Kopf wieder Merlin zu. »Annwn – die Herren des Feuers – wie nennt er sie, Myrddin?«

»Er kennt sie als Engel, Herr«, sagte Merlin.

»Ich arbeite mit den Engeln«, wiederholte er an Uther gerichtet. »Ich vermittle zwischen der hiesigen größeren Welt aus strahlender Energie und der kleinen Welt aus Schlacke und Materie.«

Uther blickte den Hirschkönig ruhig an. »Mit meiner Reaktion wollte ich nichts andeuten, Majestät, aber die Wahrheit ist, ich bin ein unwissender Mensch. Ich bin noch nie zuvor einem solchen Wesen wie dir begegnet. All das ist fürchterlich neu für mich. Vergib mir meine Taktlosigkeit. Mein einziges Verlangen ist, meine Frau Ygrane zu retten. Aber was das angeht, soviel weiß ich und soviel kann ich dir sagen: Meine Seele gehört Gott. Jesus hat für die Rettung meiner Seele gelebt und ist dafür gestorben.«

»Das ist genau, warum ich sie haben will«, sagte der Hirschkönig fast übermütig. »Mein Plan sieht vor, deinen Glauben eng mit meinem zu verbinden. Einen wahren Gläubigen, eine echte christliche Seele so wie dich hier unter uns zu haben, damit sie mit uns tanzt und singt, dem gleichen Kreislauf unterworfen ist, dazu bestimmt, wiedergeboren zu werden, vielleicht als einer von uns – als was immer Gott will –, das ist es, was ich will.«

Uther verzog ungläubig sein Gesicht. »Warum?«

»Um zu leben.« Mit einer begeisterten Grimasse entblößte der Hirschkönig seine Zähne. »Um zu leben, König Uther. Mit dir hier unter uns kann ich mir durch dich eine stärkere Einheit zwischen meinem Volk und allen anderen Christen erträumen. Mit Jesus als dem Fürsten des Friedens werden die keltischen Sitten vielleicht weiterleben. Mit dem Wüter gibt es nur Tod.«

»Du willst Ygrane nur dann retten, wenn ich dir – meine Seele gebe?« Der junge König blickte scharf in das animalische und doch priesterliche Gesicht.

»Natürlich nicht. Ygrane ist aus meinem eigenen Volk. Um sie von ihren Entführern zurückzuholen, werde ich selbst mit den Dämonen kämpfen, wenn ich muß.« Er zupfte an einem pelzigen Ohr und schüttelte den Kopf. »Nein, Uther, ich schlage einen viel größeren Handel vor. Einen Austausch, wenn du willst. Dafür, daß deine Seele bereitwillig hierher zu uns kommt, verspreche ich dir, euch die Seele unseres größten Kriegers zu schicken – damit er als euer Sohn geboren wird, als deiner und Ygranes. Und zu seiner Zeit, das verspreche ich dir, wird er die volle Unterstützung der Daoine Síd haben. Und wenn er der König von ganz Britannien ist, werden wir an seiner Seite gegen den Wüter kämpfen. Mir wurde versprochen, wenn eine große Seele wieder sterbliche Gestalt annähme, dann würden wir auf diese Weise unsere keltischen Sitten vor völliger Auslöschung bewahren.«

Die Worte des Hirschkönigs elektrisierten Merlin. Ist das nicht die Prophezeiung? dachte er. Genau die Geschichte, die Optima mir erzählt hat und die Raglaw an Ygrane weitergab? Er blickte zu Uther hinüber, um zu sehen, ob der die Bedeutung des Angebots des Hirschkönigs begriff, aber der junge König zeigte kein Zeichen, oder eher, sein Gesicht verbarg alles. Das Ausmaß dessen, was er wußte und worauf Merlin ihn vorbereitet hatte, zeigte sich nicht in seiner äußeren Erscheinung, nur in seinem Inneren.

Mit seiner Herzensenergie spürte Merlin Uthers Staunen und Furcht, die miteinander verknüpft waren und wie Hügel, wie Wolken aufstiegen und ihn daneben kleiner erscheinen ließen. Der Zauberer befürchtete, Uther würde zur Bewegungslosigkeit erstarren. Aber die Erinnerung an Ygrane brachte Uther in die Gegenwart zurück. Er kreuzte die Arme. »Ich dachte, du hättest gesagt, du könntest keine Schicksale machen, keine Formen gestalten – daß du nicht einmal voraussagen kannst, ob eine Seele kommen oder gehen wird?«

»So ist es. Ich kann niemanden zwingen. Aber mein Wort bewirkt viel bei meinen Leuten.« Die Weisheit, die sich in seinem Tiergesicht abzeichnete, überraschte Uther. »Ich verspreche dir, Uther Pendragon, eine große Kriegerseele wird zu Ygrane kommen, wenn sie von dir empfängt.«

»Hat Gorlois ein solches Angebot zurückgewiesen? Warum?«

»Der abergläubische Kerl wollte sich nicht überzeugen lassen, daß ich nicht Satan bin und nicht seine Seele in die ewige Verdammnis führen wollte.« König Einer-kennt-die-Wahrheit grinste spöttisch und schüttelte verächtlich den wollhaarigen Kopf. »Ewige Verdammnis. Was für einen grausamen Scherz sich eure Priester mit euren Leuten erlauben. Seelen wandeln sich. Nur Gott ist ewig – und welche Art von Gott würde ein geschaffenes Wesen für ewig verdammen? Welche Sünde könnte wohl so groß sein? Aber das ist euer Glaube. Ich will ihm nicht weiter widersprechen. Gorlois hat mir seine Seele verweigert. Glaubst du, daß er jetzt im Himmel ist – oder in der Hölle verbrennt?«

Merlin lenkte von dieser Herausforderung ab, indem er fragte: »Sag mir, Majestät: Wer ist Morgeu? Was für eine Seele ist sie, die zu Ygrane und Gorlois kam?«

»Keine Seele meiner Wahl«, erwiderte der Hirschkönig schroff. »Sie war eine zornige Seele, ganz gewiß. Wenn ich mich recht daran erinnere, war sie eine von Boudiccas führenden Kriegerinnen, die von den Römern enthauptet und dann aus dieser Verbindung wiedergeboren wurde.«

Boudicca. Merlin und Uther erinnerten sich gut an diesen Namen, wie jeder römische Britannier, denn diese Frau war eine Kriegerkönigin gewesen, die vor fast vierhundert Jahren einen Aufstand gegen die neu eingetroffenen Römer angeführt hatte. Bevor sie gewaltsam unterdrückt wurde, löschte sie eine ganze Legion aus und massakrierte über siebzigtausend Römer und ihre Verbündeten. Zur Vergeltung wurde auf Befehl des Kaisers Nero ihr Stamm vernichtet.

»Dann muß man sie fürchten«, bemerkte Merlin mit offener Beklommenheit. »Eine solche Raserei wäre in den Händen der Dämonen wirklich ein tödliches Werkzeug. Wie wollt ihr je gegen sie kämpfen?«

»Gegen sie kämpfen?« Der Hirschkönig legte überrascht eine Hand auf seine majestätische Brust. »Ich nicht. Das ist nicht meine Aufgabe. Ich habe gesagt, ich würde sogar gegen die Dämonen kämpfen, wenn ich müßte – aber das werde ich nicht müssen, oder, Uther? Du bist es – du und dein Vorfahr, der Drachenmagus –, der den notwendigen Kampf ausfechten wird, um Ygrane zurückzuholen, während ich und meine

Daoine Síd nicht mehr tun müssen als Morgeus Dämonen abzulenken.«

»Und wenn ich dir meine Seele verweigern muß?« fragte Uther.

Der Hirschkönig zwinkerte ihm schlau zu, dann zuckte er mit seinen massigen Schultern. »Mußt du?«

»Ich habe meinem Bruder versprochen, ich würde zu ihm in den Himmel kommen.«

Merlin nahm Uther am Ellbogen und zog ihn vom Hirschkönig weg. »Mach keinen Handel mit Geistern, Herr. Ich bin sicher, wir können unser irdisches Schicksal aus eigener Kraft meistern.«

Der Tierkönig rückte näher. »Myrddin, warum sprichst du gegen mich?«

Merlin löste sich von Uther und stellte sich offen vor das mächtige Wesen hin. »Herr der Wildnis, ich habe bei meiner heiligen Mutter geschworen, dem Guten zu dienen. Es ist gut, daß wir Ygrane sofort retten. Dieses Gespräch stellt eine gefährliche Ablenkung dar.«

Mit einem Schwall herbstlicher Luft, die nach Holzrauch und vermodernden Blättern roch, seufzte der Hirschkönig. »Gib dich nicht dem zornigen Wüstengott hin, Uther. Mach es nicht so wie Gorlois. Nimm mein Angebot an. Gib mir deine Seele, für so lange, wie Gott will, daß du bei uns bleibst, und laß einen mächtigen keltischen Krieger deinen Sohn sein und König für dein Volk und meines.«

König Uther blieb stumm. Er wußte, daß dies der Wendepunkt seines Schicksals war, doch er konnte nur an Ygrane denken. Nicht an Ygrane als Königin und nicht an das militärische Bündnis, das den Wüter zurückschlagen konnte, sondern an die fürsorgliche, grünäugige Frau, die er in der Kapelle getroffen hatte. Sie war in Gefahr. Seine goldenen Augen fielen ihm schläfrig zu, als er um einen Weg betete, den Hirschkönig zu befriedigen, ohne seine eigene Seele herzugeben.

Um Zeit zu gewinnen, damit er sich eine Antwort zurechtlegen konnte, legte Uther sein Gesicht in die Hände. Merlin spürte, wie die Gedanken des Königs sich in seinem Kopf überschlugen. Er konnte ihn fast denken hören: Was will Gott? Als Uther aufblickte, war sein Gesicht starr und schien von müder Resignation gezeichnet. »Majestät, wie du bin ich der Diener meines Volkes. Wenn es dessen größerem Wohl dient, dann will ich es tun. Aber ich habe nur noch eine weitere Bedingung.« Er richtete sich auf. »Die Seele, die du Ygrane und mir schickst, wird meinen Glauben annehmen und als Christ leben.«

»Was?« Der Hirschkönig taumelte vorwärts. »Eine andere Seele – eine meiner größten – an euren seltsamen orientalischen Glauben verlieren?«

Uther zuckte nicht zurück. »Eine Seele für eine Seele, Majestät.«

König Einer-kennt-die-Wahrheit packte seinen kurzen Bart und lehnte sich so weit zurück, daß es schien, als würde er umfallen. Dann richtete er sich wieder auf und schlug mit der Faust in die Hand. »Abgemacht! Nach der Geburt eures Sohnes gehst du zur Rabenquelle, die Druiden kennen diesen Ort und können dir den Weg zeigen. Trink von seinem süßen Gift, und deine Seele wird geradewegs zu uns hierherkommen.«

»Nachdem wir meine Frau befreit haben«, erwiderte Uther schnell, »werde ich deine Worte erwägen, die Worte, die wir heute hier gesprochen haben, die uns nur binden, wenn das Opfer, um das du bittest, tatsächlich dem größeren Wohl meines Volkes dient.«

»Erwäge es dann gut, König Uther. Wenige Sterbliche bekommen die Gelegenheit zu sehen, was du gesehen hast, und dann zu ihrem alten Leben zurückzukehren.« Seine Augen verengten sich drohend. »Und was dich angeht, Myrddin …«

Beim Klang seines Namens stützte sich der Zauberer auf seinen Stab und hob tapfer sein Gesicht.

»Du wirst dich aus diesem Durcheinander heraushalten«,

sagte der Hirschkönig streng. »Wegen dir haben sich die Dämonen mit Morgeu verbündet. Sie wollen dich aus deinem sterblichen Körper reißen, und wenn du dort dabei bist, dann wird man sie sicher nicht aufhalten können. Nein, Myrddin. Für dich habe ich eine andere Aufgabe.« Seine dunklen Augen starrten ihn unergründlich an, und der Zauberer spürte, wie ihre Dunkelheit uralte Erinnerungen an seine langen, traumlosen Flüge zwischen den Sternen aufrührte. »Du wirst auf dem Einhorn nach Avalon reiten. Das Tier kennt von hier aus den Weg.«

»Avalon?« stammelte Merlin und schüttelte die einsamen Träume ab, zu denen die großen Augen des Gottes ihn angestiftet hatten.

»Avalon. Eine Insel im westlichen Meer.« Seine Stimme hallte wider, als käme sie aus einer Höhle, und Merlin erkannte, daß er sich immer noch in Träumen bewegte, immer noch unter dem bannenden Blick des Gottes. »Auf Avalon wirst du einen Kreis aufrecht stehender Steine finden, jeder doppelt so groß wie ein Mensch. Das ist der Tanz der Giganten.«

»Der Tanz ...«

»Ja, Myrddin, der Tanz der Giganten«, wiederholte er, aber die Wiederholung war nicht nur für ihn bestimmt, begann Merlin zu begreifen. Denn der Gott hypnotisierte nicht den Zauberer, sondern die Zeit selbst. Er gestaltete Ereignisse mit seinem magischen Willen. »In der Mitte dieses Kreises steht ein kleinerer Stein, so groß wie ein Mensch, aber sehr schwer. Er besteht aus Sternengestein, das vor langer Zeit auf die Erde fiel. Bewege ihn zur Seite. Darunter wirst du einen Teich finden. Die Wassergöttin, die dort lebt, wird dir eine Waffe geben, die vor langer Zeit von dem Zwerg Brokk verfertigt wurde ...«

»Brokk ...« Merlin schüttelte den Kopf und versuchte den Bann des Gottes abzuschütteln. »Aber Brokk ist einer der Handwerker des Wüters.«

Der Hirschkönig grinste kühl. »Ja, in der Tat. Er ist tatsächlich der beste Schmied des Wüters. Er hat dieses Schwert für den Wüter geschmiedet, als der einäugige Gott aus Furcht vor den Alten sich auf Menschengröße hatte schrumpfen lassen. Der Jütenheld Siegfried hat damit einen Drachentroll erschlagen. Die Annwn, die Engel, haben es Brokk weggenommen und mir gegeben, um damit mein Volk gegen den Wüter zu verteidigen. Es ist ein schönes Stück Handwerkerkunst und mit einem außergewöhnlichen Zauber ausgestattet, der seinem Träger dient. Ich möchte sehen, wie es eingesetzt wird, so wie es Absicht der Herren des Feuers ist – gegen den Wüter! Das wird ihm den Kamm schwellen lassen!« Er schüttelte fröhlich die Fäuste, als er die Wut seines uralten Feindes voraussah. »Bring das Schwert Blitz und den Sternenstein nach Maridunum. König Uther wird dich dort empfangen – mit seiner Braut.«

Merlin kletterte mühsam von dem Hügelkamm voller Kiefern hinab zu der Wiese, wo das Einhorn graste. Es kannte ihn und ließ nicht von seinem Äsen ab, bis er bei ihm war. Es hob den Kopf, erkannte mit seinen klaren Augen Merlins Absicht und wartete, daß er aufsaß. Bei der Berührung durchzitterte ihn ein kalter elektrischer Schlag und in seinem Gehirn öffnete sich eine Blume, die nach Himmel duftete.

Danach fühlte sich Merlin verzückt, so mit Freude gesegnet wie die Seelen, die in dem Elfenwald des Hirschkönigs tanzten. Er sah, wie Uther seinen Arm zum römischen Gruß hob. Zum ersten Mal hatte er sich von seinem König getrennt, seit er ihn als Stallmeister kennengelernt hatte, doch er fühlte keine Sorge.

Merlin saß aufrecht auf dem Einhorn, als sie über die Wiese dahingaloppierten, in den Wald hinein. Mit der einen Hand hielt er sich an der Mähne des Einhorns fest, in der anderen hatte er seinen Stab. Die grüne Dunkelheit mit den Baumsäulen huschte vorüber; er blickte nicht zurück. Die Geschwindigkeit teilte seinen Bart, der über seine Schultern floß, peitschte sein Gewand und bog seinen kegelförmigen Hut zurück, aber sie beeinträchtigte nicht seinen Blick. Nach kurzer Zeit waren sie wieder in offenem Land und stürmten auf das malvenfarbene Licht der Berge zu.

Auf einer Felsenklippe mit einem Ausblick auf Hügel, Täler und Bergmulden voller Apfelbäume hielt das Einhorn an. Quecksilbrige Kaskaden schlängelten sich zwischen verkrüppeltem Apfelgebüsch an den hohen, grünen Vorgebirgen herab und wurden in wilden Dunstschwaden von den steilen, felsigen Gehölzen davongeweht. Der sauersüße Geruch von herbstfaulen Äpfeln umwehte ihn in einer Meeresbrise, die von der felsigen Küste drunten heraufblies.

Er stieg ab, und in dem Augenblick, wo er den Kontakt mit dem Einhorn verlor, überkam ihn düsterer Kummer. Ihm war plötzlich übel, als er sich schmerzlich an die üppige Grausamkeit der physischen Welt erinnerte, und er griff wieder nach dem Einhorn. Doch es wich ihm aus. Er stolperte hinter ihm her, voller Ekel über die körperliche Schwere seines Lebens. Das Tier sprang hügelabwärts und führte ihn zu einer Ebene voller wilder Orchideen.

Die knorrigen Apfelbäume, die in dem matschigen, braunen Mulch ihrer herabgefallenen Früchte wurzelten, umgaben das Orchideenfeld mit einer verwilderten Mauer. In der Mitte ragten roh gehauene Menhire auf – einzelne aufrecht stehende Steine – und durchbohrten den blumenüberwucherten Boden in einem unregelmäßigen Kreis. Merlins Schmerz ließ nach, als er sich daran erinnerte, was ihn hier erwartete.

Da seine Beine noch von seinem magischen Ritt gefühllos waren, lehnte sich Merlin kräftig auf seinen Stab und stolperte in den Tanz der Giganten. Der Stein in der Mitte, keilförmig mit flacher Oberfläche, sah aus wie ein riesiger Amboß, den die Kriegsaxt eines Frostriesen zurechtgehauen hatte. Die beiden seitlichen Hörner des Eisensteins schimmerten silberschwarz und waren mit den orangefarbenen Flocken von Rost übersät. Der Zauberer stellte sich vor, er spüre, wie die Schlacke unter seiner Berührung mit magnetischer Kraft summte.

Der Sternenstein würde nicht vor seiner sterblichen Kraft

nachgeben. Um ihn zur Seite zu heben, war ein kräftig gesungener barbarischer Zaubergesang notwendig und alle erdgebundene Kraft, die er in seinen Leib ziehen konnte. Wie der Hirschkönig vorausgesagt hatte, befand sich unter dem siderischen Stein ein Wasserloch. Auf den Knien versuchte Merlin an seinem eigenen bärtigen Spiegelbild vorbei in das dunkle Wasser zu spähen, dann schrie er erschrocken auf, als sich plötzlich eine glänzende Hand bis zum Ellbogen aus dem Wasser hob und dann schnell wieder hinabsank.

Merlin, der wie ein staunender Affe vor dem Wasserloch kauerte, beobachtete, wie eine scharfe Klinge aus blauweißem Stahl die spiegelnde Oberfläche durchdrang und langsam zum Himmel gehoben wurde. Die facettierte Klinge, die so vollkommen geformt und geglättet war, spiegelte die über dem Meer geborenen Kumuluswolken über dem Gewirr der Apfelzweige so deutlich wie ein Fenster. Dann erschien das goldene Heft, sonnenhell und von ineinander verschränkten Ringen umgeben. Unter einer Parierstange, die wie eine lange, elegant gekrümmte persische Glyphe aussah, erhob sich der spiralig gestaltete Griff, durch die durchsichtige Hand des Wassergeistes hindurch sichtbar.

Das Schwert Blitz war eine elegante Waffe, in der Form berückend einfach, ohne Verzierungen von Juwelen oder eingravierten Schnörkeln. Abgesehen von dem elfisch komplizierten, sorgfältig ausgeführten Torques-Muster am Heft trug es überhaupt keinen Schmuck. Merlin gaffte es lange Zeit bewundernd an, bevor ihn der Gedanke, die Erwartung durchzitterte, daß er es jetzt in seine eigene Hand nehmen sollte.

Als er das Schwert berührte, tauchte die Wasserhand weg, er kauerte auf den Knien und hielt selbst die Waffe. Sie schwankte wie ein lebendes Wesen in seiner Hand. Er hob sie kurz hoch, genoß ihr spürbares, doch nicht zu schweres Gewicht, dann schwang er sie probeweise, und ihre geschmeidige Stärke erfüllte ihn mit Ehrfurcht. Es fühlte sich an, als sei sie eine Verlängerung seines Arms.

Merlins Knie wurden feucht, und als er an sich hinabschaute, sah er, daß das Wasserloch sich ausdehnte. Er sprang auf die Beine, und während er zurückwich, wurde der Tümpel größer, die Orchideen am Rand fielen in dichten Büscheln hinunter. Hastig rannte er aus dem Tanz der Giganten davon und lief, das Schwert in der einen Hand, den Stab in der anderen, auf die Zeile der Apfelbäume zu. Dann eilte er wieder zurück, um den Sternenstein zu holen, wie der Hirschkönig ihn angewiesen hatte.

Angetrieben von der Angst, er könnte den Meteorstein verlieren, sang er lauthals den Zaubergesang und hob den Stein mit aller Kraft, dann gelang es ihm, den Felsblock wie einen holpernden Schubkarren vom Wasser weg zu bewegen. Erst als er ihn in den Apfelwald geschoben hatte, blickte er zurück. Als er sich umwandte, sah er, wie die Menhire senkrecht und völlig lautlos in das Wasser sanken. Auf der Wasserfläche blieb nur ein sanftes Gekräusel zurück, als hätten Fische nach Luft geschnappt.

Merlin überlegte, daß vielleicht die ganze Insel überschwemmt würde, und er wollte schier verzweifeln, als er daran dachte, daß er den schweren Stein, das Schwert und seinen Stab dorthin tragen mußte, wo immer das Einhorn jetzt war. Bei dem Versuch, sich seine Last zu erleichtern, schob er das Schwert schräg in den Spalt im Stein.

Das aus dem Teich austretende Wasser kam vor den Bäumen zum Stehen. Als Merlin das Schwert heben wollte, steckte es fest, als wäre es in den Stein geschmiedet. Panik überkam ihn, und er versuchte mit Zaubergesängen und mit der Kraft, die er aus der Erde holte, die Waffe herauszuziehen, doch vergeblich.

Er tröstete sich mit dem Wissen, daß König Einer-kennt-die-Wahrheit verkündet hatte, das Schwert verfüge über einen Zauber. Wenn er es nach Maridunum gebracht haben würde, dann würde er den Gott um die notwendige Kraft zur Befreiung des Schwertes bitten. Einstweilen beschloß er, es so hinzunehmen, wie es war, und setzte sich auf den Felsen, um sich eine Weile auszuruhen, bevor er sich an die Aufgabe machte, den Stein über das Meer zu Ygranes Königreich zu transportieren.

Als Merlin sich mit dem unbeweglichen Schwert abmühte, kam eine Schar Schwäne aus dem Wald geflogen. Er blieb eine Weile sitzen und beobachtete, wie sie sich auf dem schwarzen See treiben ließen, bleich und scheu, stolz und traurig. Neun von ihnen bewegten sich hintereinander in einer Reihe über die Seefläche, als stellten sie sich vor ihm zur Schau. Während er sie beobachtete, versank er wieder in diesen melancholischen Kummer, der ihn immer nach dem magischen Kontakt mit dem Einhorn überkam.

Er erinnerte sich an Optimas geheimnisvolle Vorhersage über die heidnischen Schwanenköniginnen und setzte sich aufrecht hin. *Was hatte sie gesagt?* Er blickte um sich, versuchte, den Augenblick einzuschätzen und herauszufinden, ob er verzaubert worden war. Seine Herzensenergie spürte etwas wie die mächtige Dunkelheit zwischen den Sternen – eine solche Tiefe unberührter Qual, daß er dachte, ein Dämon müsse in der Nähe umherschweben.

Dann geschah etwas Außergewöhnliches. Nachdem sie einmal um den See geschwommen waren, kehrten die Schwäne zum anderen Ende zurück, wo sie auf dem Wasser niedergegangen waren, und während sie den See verließen, schüttelten sie sich und warfen ihre Federn ab, ihre Gestalten wurden länger, und schließlich betraten sie das Ufer verwandelt in stattliche, weißgekleidete Frauen, die schwarze Schleier trugen. Der Anblick der ersten beiden Verwandlungen schreckte ihn auf. Als die dritte vonstatten ging, sprang er auf die Füße und bohrte die Fingernägel der einen Hand in die Fläche der anderen, um sicherzugehen, daß er wach war. Bei der vierten rief er: »Wer seid ihr?«

Sie beachteten ihn nicht, sondern schritten in den Wald, schweigend und ätherisch. Als der vierte, fünfte und sechste Schwan sich der Reihe nach verwandelte, rannte er am Rand des Sees entlang und rief, sie sollten stehenbleiben. Doch ihm antwortete nur das Echo aus den Apfelbäumen.

Während er auf die Gestalten zurannte, verdichtete sich der Wasserdunst über dem See, und er schaute ihre schöne Verwandlung durch einen goldenen Nebel aus Morgenlicht. Sein Lauf verlangsamte sich, wurde zäh wie in einem Traum. Nach einer sich scheinbar endlos dehnenden Zeitspanne erreichte er die sich verwandelnden Schwäne und konnte deutlich sehen, wie die Federn in weißes Fleisch und gefältetes Gewand übergingen. Die Luft, die sie umgab, so dicht wie Meeresgischt und golden vor Sonnenstrahlen, war von einer Stimmung erfüllt wie ein tausend Jahre weites Weizenfeld.

Er schickte seine Herzensenergie aus, um die Leere zwischen seinem und ihren Herzen zu überbrücken, und schließlich erreichte er das letzte Schwanenwesen, als es den Wandel vom Tier zur Frau gerade vollendete. Mit einem Schrei wie dem einer Möwe öffnete sich der Raum in seiner Brust, und er spürte, wie der Sommer im Herzen der Frau sich langsam wandelte, sterbend wie ein Schmetterling, und in den Nebel und den Verfall des Herbstes überging.

»Wer bist du?« rief Merlin ihr zu. Durch den schwarzen Schleier, der von dem Silberband in ihrem weißblonden Haar herabfiel, sah er, wie ihr gelassenes Gesicht in der Klarheit des Morgens glänzte, so traurig und bleich, als würde der Mond selbst für sie weinen.

»Wir haben sehr lange Zeit auf dich gewartet«, sagte sie, und ihre wohlklingende Stimme kam von oben, von hinten, von überall und nirgendwo. Sie folgte ihren Schwestern in den Wald, den die vielen schräg einfallenden Pfeile des Morgenlichts bis in den kleinsten Winkel durchdrangen. Er folgte ihr, von seinem träumerischen Laufen außer Atem, angezogen von der besonderen Einsamkeit, die ihn am Anfang aus dem Himmel gelockt hatte, das uralte Versprechen von Zauberei und Geheimnis, die Reise am Rand des Leibes vorbei, die hoffnungsvolle Ferne, die die Weibliche war.

Avalon, die Apfelinsel, reckte ihre nadelscharfen Felsen gen Himmel – Menhire, die auf jeder Klippe und auf jedem Vorgebirge errichtet worden waren. In viele waren in Runenschrift Zaubersprüche eingemeißelt, wie etwa

Sieben Jahre ein Fisch im Meer.
Sieben Jahre ein Vogel im Baum.
Sieben Jahre in der Glocke Schall.
Sieben Jahre in der Hölle Qual.

Merlin wollte nicht wissen, welche Magie sich in ihnen verbarg. Er wollte unbedingt den Schwanenfrauen folgen, deren Reihe sich einige Schritte vor ihm anmutig und geheimnisvoll dahinbewegte. Ganz gleich, wie schnell er ihnen folgte, sie blieben immer gerade außer Reichweite, und seine flehentlichen Bitten, sie sollten anhalten und mit ihm sprechen, verhallten ungehört in den sonnendurchtränkten Tiefen des Apfelwaldes.

Voller Sorge dachte er an das stolze Schwert, das er im Sternenstein am See zurückgelassen hatte, und er fragte sich, wie es König Uther ging, der mit dem Hirschkönig tief in der Anderwelt allein war. Er erinnerte sich an Falon und an die Fianna, die im Palast aus Feuer sich selbst überlassen waren – und mit der größten Sorge dachte er an Ygranes Schicksal, die sich in der Gewalt der wahnsinnigen Morgeu und ihrer wölfischen Hexenkriegerinnen befand.

Aber wie sehr er auch besorgt sein mochte, er würde jetzt nicht von seiner Aufgabe ablassen, die ihn dazu geführt hatte, den neun seltsamen Frauen zu folgen. Sie hatten ihn gerufen. Das war genug für jemand wie Lailoken, der aus dem Himmel gerufen worden war, um ihr in die kälteste Dunkelheit zu folgen. Um nichts in der Welt würde er sich wieder von diesen neun schönen Schatten der Göttin abwenden.

Von Süden kamen schnelle, weiche Wolken angesegelt und wirbelten in sonnigen Fetzen durch einen blauen Himmel, der dunkler war als die Berge. Smaragdgrüne Schmetterlinge wimmelten auf den Überbleibseln der Jahreszeit – auf zerzausten Kohlblüten, die sich durch den Fallobstteppich der Äpfel geschoben hatten und orangefarben und violett ihren berauschenden Nektar anboten. Im hohen Farndickicht zwischen den nackten Stämmen einzelner Ulmen standen weiße Hirsche und beobachteten, wie sie vorüberzogen. Durch die kahlen Astenden des Waldes schimmerte ein türkisgrüner See hindurch, daneben erhob sich eine breite, pilzförmige Kuppel, braun wie Lebkuchen.

Die Schwanenfrauen führten Merlin über moosüberwachsene Felsstufen hinab zu dieser seltsamen runden Hütte am grünen See. Vor der krummen Holztür schimmerte rotes Gebüsch – Stachelbeeren, wilde Rosen, Berberitzen –, und er blieb dort stehen, während die Frauen im Inneren der Hütte verschwanden.

»Myrddin«, rief eine sanfte Stimme von innen.

»Wer seid ihr?« fragte er aufs neue.

»Myrddin ...«

Langsam und unsicher ging er hinein und fand sich in einem weiten Innenraum mit einem Fußboden aus festgestampfter Erde und runden Wänden, die mit Spiralen und Wellenlinien in warmem Gelb, Blau und rotem Ocker geschmückt waren. Beleuchtet von den schrägen Strahlen eines blauen Lichts, das durch die kleinen, runden Fenster hoch in der Kuppel einfiel, saßen die neun Schwanenfrauen in einer Reihe auf klobigen, aus Holzblöcken gehauenen Thronen. In ihrer Gegenwart kam es Merlin sogar im Inneren der Hütte vor, als wäre er wieder in den braunen Hallen des Waldes, im Geruch der vergehenden Jahreszeit.

Merlin gab es auf, mit seiner Herzensenergie in das Innere der Erscheinungen zu spüren. Er trat näher heran und musterte die schattigen Gesichter hinter den schwarzen Schleiern. »Sagt mir, wer ihr seid«, forderte er sie auf.

»Setz dich, Myrddin. Mach es dir bequem. Du sollst wissen, was du zu wissen verlangst.«

Merlin tat, wie ihm geheißen, und entdeckte neben seinem Ellbogen einen Becher mit Met und auf dem Boden vor ihm einen auf Felsen gedünsteten Lachs, der in Flußgras gewickelt war. Er aß und trank – und es war gut.

»Wir sind die *Alten Königinnen*«, begann die Frau, die am weitesten links saß. »Ich bin die älteste, Rna, die Königin der Feuersteinmesser.«

Sie hob ihren Schleier und enthüllte eine Haut so weiß wie polierte Knochen und faltiges Fleisch, das wie Schuppen von Elritzen schimmerte. Blaue Dämmerung umgab ihre Schläfen, und obwohl ihre Gesichtszüge jung waren und sie üppiges Haar in der Farbe einer Drosselbrust besaß, erschien sie sehr, sehr alt.

»Warum habt ihr mich hierhergeführt?« fragte Merlin.

Feierlich schön wie ein Falke musterte sie ihn wie mit dem verschlossenen Gesicht eines Steins. »Ich werde es dir sagen«, antwortete sie mit einer Stimme, die in dem hohen Raum dumpf klang. »Ich habe als sterbliche Frau gelebt, als Königin eines Stammes, vor hunderttausend Sommern. Nach meinem Tod wurde meine Seele hierher nach Avalon geschickt, um als Zeugin zu dienen für die Zeitalter der geopferten Könige, die auf mich folgten.«

Merlin verneigte sich demütig. »Schöne Königin, ich verstehe eure Sendung nicht.«

»Natürlich nicht, Myrddin, denn du bist erst vor kurzem in unsere Welt gekommen, erst vor wenigen tausend Jahren, als die ersten Städte zu blühen begannen.«

»So ist es«, bestätigte er. »Aber wie weißt du das?«

»Was weiß ich nicht nach hundert Jahrtausenden, als mitfühlende Zeugin des menschlichen Schauspiels?« Ihre reihergrauen Augenlider flatterten schläfrig. »Ich kenne deinen Dämonennamen – und den Schoß, der dich zu einem Menschen machte, auch die Notlage deiner Königin Ygrane ...«

»Dann habt ihr mich hierhergeführt, um mir zu helfen?« fragte er in einem Anflug von Hoffnung.

»Nein, Myrddin«, erwiderte sie mit ihrer trägen Stimme. »Du bist hier, um mir zu helfen. Höre zu! Ich bin die älteste der Königinnen, und meine Zeit als Zeugin ist um – fast um, nach so arg langer ...«

»Wer hat dir das auferlegt?«

»Wessen Magie ist mächtig genug, um eine Seele einen Äon lang an einen Ort zu binden?« gab sie ihm die Frage zurück.

»Dämonen.«

Sie schüttelte sanft den Kopf. »Sie haben weder den poetischen Sinn noch ein Motiv, sich ein solches Schicksal auszudenken.«

»Dann müssen es ...«

»... die Herren des Feuers sein«, antwortete sie für ihn. »Die Engel haben jede von uns ausgewählt und uns hierhergebracht. Wir alle sind Königinnen.«

»Die Engel ...« Er kaute ungläubig an seinem Bart. »Warum?«

»Weil, Myrddin, die Seele eines jeden Menschen die Seelen aller anderen berührt. Die Sendung, die uns die Herren des Feuers übertragen haben, ist, Zeugen des menschlichen Schauspiels durch die Zeiten hindurch zu sein. Wir preisen alles, was würdig ist, und verdammen alles, was unser menschliches Schicksal erniedrigt oder davon abweicht. Und was wir neun Seelen fühlen, berührt die Seelen aller anderen. Auf diese Weise, langsam und tief durch die Zeiten hindurch, helfen wir die Menschheit zu verändern. Wir helfen, die menschliche Seele zu wandeln.«

»Meine Mutter hat von euch gesprochen«, sagte er. »Sie sagte mir, Gott habe euch den Himmel verweigert und daß ihr meine Patinnen seid, weil ihr meine Seele durch Gebet zur Erde geholt hättet – um dich zu befreien. Kann ich dich befreien?«

»Ich bin schon seit Hunderten von Jahrhunderten hier, Myrddin.« Sie blickte ihn mit trancehafter Entrücktheit an.

»Alle zehntausend Jahre wählen die Engel eine weitere Königin aus, die sich als Zeugin der trotzigen Liebe unseres Menschengeschlechts zu mir gesellen soll. Und zusammen haben wir in einer Trance gelebt und durch den magischen Blick, den die Engel uns verliehen, beobachtet, wie die Menschen aufblühen, kämpfen und sterben. Wir haben endloses Morden betrauert, das glaubhafter war als die Liebe, und wir haben zahllose unbesungene Helden gepriesen und ihren Verrat an das Böse. Und langsam, so wie der eigensinnige Ackerboden unserer eigenen harten Seelen Reue empfindet und die aufgehende Saat des Friedens, der Nächstenliebe und der Gnade annimmt, beginnt zögernd eine Zeit des Grünens in der einen, gemeinsamen Seele aller Frauen und Männer. Den Furchen unserer geläuterten Sitten entspringt neues Leben. Es gibt hundert, tausend Generationen einen Sinn, und allmählich beginnt ein Geist der Versöhnung und der Gemeinschaft in den Herzen der Menschen zu wurzeln. Der Pflug der Liebe gräbt tiefer. Moralisches Verständnis – Gerechtigkeit – allgemeine Gleichheit sprießen. Und dann, plötzlich, ist die Zeit der Königinnen zu Ende ...«

»Und der Mann übernimmt die Macht für sich selbst«, fiel Merlin ein.

Die alte Königin senkte zustimmend ihre müden Lider. Als sie ihn wieder anblickte, erschienen ihre grauen Augen getrübt, stumpf wie die einer Toten. »Die Zeit der Königinnen ist vorbei. Seit zehntausend Jahren. Jetzt beginnen die Könige ihre Geschichte der Eroberungen. So beginnt das Zeitalter der Kriege.« Ihre Stimme klang brüchig, und sie saß so lange still und stumm, daß der Zauberer das Summen der Bienen draußen im federigen Gras hören konnte. Er blickte der Reihe nach auf die anderen acht Schwanenköniginnen neben Rna: sie saßen noch unbeweglicher, marmorhaft und still wie der Tod.

»Die Engel werden keine Königin mehr hierherrufen«, begann die Alte wieder zu sprechen. »Aber bald wird ein König kommen, der meinen Platz einnimmt. Ein König wird kommen als Antwort auf die zehntausend Jahre an Königen vor ihm. Und meine Seele wird endlich frei sein, um wieder in den Kreis der lebenden Seelen zurückzukehren, die von einer atmenden Form zur anderen übergehen. Bald werden die Engel das erste männliche Pfand an diesen Ort bringen, die erste Geisel der Herrschaft des Mannes, der auf meinem Sitz sitzen und Zeuge der Erniedrigungen sein wird, die der Mann seiner eigenen Art zufügt, und – noch schlimmer – Zeuge der schrecklichen Verbrechen, wie sie in der langen Epoche der Königinnen nie verübt wurden: der Erniedrigungen, die der Mensch der Erde selbst zufügt.«

Es lief Merlin eiskalt über den Rücken, und er zupfte an seinem Bart. »Der erste König – um hier unter euch hunderttausend Jahre lang zu sitzen?«

»Wir bezweifeln, daß die Herrschaft der Könige länger als einen Bruchteil dieser Zeitspanne dauern wird«, prophezeite die Königin düster. »Der Mann verfügt über zuviel Gewalttätigkeit. Doch ja, er wird hier sitzen, bis Frieden herrscht – oder bis er sieht, wie die Könige, die auf ihn folgen, die letzten Menschen erschlagen.«

»Uther?« riet Merlin unruhig. »Ist es Uther, den die Engel ausgewählt haben? Habt ihr mich deshalb hierhergerufen – um die Ironie zu genießen, daß ein Dämon den Engeln dient?«

»Nein, Myrddin«, sagte die Königin schwermütig. »Ironie ist eine subtile Grausamkeit, und nach hunderttausend Jahren der Grausamkeiten bin ich jeder Art von Haß zu müde, um danach noch Verlangen zu haben.« Sie winkte ihn mit einer langsamen Wendung ihres Handgelenks näher heran. »Meine Nachfolge ist erst dann gesichert, wenn die Engel den richtigen König finden, eine Seele mit der Herzensgröße, die gesamte Anmaßung des Krieges ebenso zu tragen wie das Erbarmen der Liebe. Dein Uther ist das nicht. Er bringt die Heiligkeit des Krieges durch seinen eigenen Widerwillen in Verruf. Die Engel werden ihn nicht wählen.«

Wen dann? überlegte Merlin, bis ihm die Antwort dämmerte. »Natürlich, es muß der große Krieger sein, den der Hirschkönig Uther für seine Seele versprochen hat! Ein keltischer König aus alter Zeit.«

»So glauben wir auch«, stimmte die Königin zu. »Aber seine Geburt ist noch nicht gesichert – und selbst wenn Uther den Glauben seiner eigenen Seele opfert, damit dieser Krieger geboren wird, dann ist immer noch das Überleben dieses Kindes bis zum Erwachsenenalter gefährdet, durch all die Bosheiten, die die Dämonen ihm antun können. Jeder Herzenshunger in diesem zukünftigen König und jeder Vorfall in seinem zeitlichen Bereich wird zu einer Handhabe der Dämonen werden, um über unseren Wunsch zu siegen. Unsere einzige Hoffnung, daß die Bestimmung dieses Königs sich erfüllt, liegt darin, daß alle Mächte des Lichts und der Form zusammen gegen die Intelligenzen der Finsternis und der Leere kämpfen.«

Merlin blickte kühn in die stumpfen Augen der Königin. »Ich habe meiner Mutter versprochen, daß ich mit den Engeln arbeite.«

»Es werden schlimme Versuchungen über dich kommen, die dich von deiner Bestimmung weglocken wollen«, weissagte die Königin.

Er stieß heftig seinen Stab auf. »Nein. Ich bin fest entschlossen.«

»Du wirst geprüft werden«, warnte ihn die bleiche Königin erneut. »Wenn die Zeit kommt, mußt du dich für die Engel entscheiden – für den König, der erst kommen wird, oder die ganze Zukunft unserer Art wird gefährdet sein. Es hängt so viel von dir ab, Myrddin.« Sie schloß die Augen. »Vielleicht zu viel.«

Ihr unheilvoller Ton erinnerte ihn an Raglaws schreckliche Ermahnung. »Wenn du versagst, dann wirst nicht nur du ausgelöscht, sondern auch die ganze Zukunft, die du gesehen hast.«

»Ich werde nicht versagen«, schwor er und fragte sich, ob er wirklich wußte, was er da versprach.

»Du mußt dafür sorgen, daß das Einhorn im Dienst der Herren des Feuers bleibt«, bedrängte ihn Rna. »Es hat viel Macht. Laß nicht zu, daß es sich in die Leere davonstiehlt. Wir brauchen das Einhorn. Halte es in der Nähe des Drachen.«

Merlin blinzelte, verwirrt durch diese Herausforderung. »Ich werde es versuchen.«

»Vergiß nicht, daß du ein Dämon bist, Lailoken.« Durch das Sprechen war ein Anflug von Röte in Rnas bleichem Gesicht erschienen, und in ihrem strengen Falkenblick flackerte ein lebhafter, wehmütiger Ausdruck auf. »Du hast Kräfte, die noch weit größer sind als die des Einhorns.«

Verwirrt von diesem Gedanken, öffnete Merlin den Mund, doch er sagte nichts. Er konnte sich nicht vorstellen, wie er das Einhorn zu etwas zwingen sollte.

»Erinnere dich auch daran, Myrddin«, sagte die Schwanenkönigin, »daß du immer jünger wirst. Das ist der einzigartige Fluch deines Lebens als Mensch. Das Knabenalter und all seine Gefühlswirren warten auf dich. Du wirst nicht davon verschont bleiben.«

»Was befürchtest du? Daß ich mich verliebe?« Ihm entschlüpfte ein Lachen.

»Liebe ist Erlösung«, erinnerte ihn Rna. »Die Lust ist es, die du fürchten mußt. Das solltest du wissen, Lailoken. Als Dämon hast du oft genug die Lust dazu benutzt, die Bemühungen der Engel zu zerstören.«

Er tat ihre Sorge mit einer Handbewegung ab. »Dafür bin ich zu alt. Ich bin so alt wie die Engel, denk daran.«

»Ja, Myrddin, aber nicht als Mensch.« Sie wandte den Kopf und blickte ihn nur mit einem ihrer grauen Augen an, wie ein Kranich. »Das Fleisch muß seine eigenen hilflosen Versprechungen halten, die weder die Engel noch die Dämonen abweisen können.«

Sie sprach, als sei dies schon eine Erinnerung. Und wie eine Erinnerung würden ihre Worte dann wiederkehren, wenn er es am wenigsten erwartete. Aber in diesem rätselhaften

Augenblick in der Gegenwart der neun Königinnen hörte Merlin nicht zu, denn er war noch nicht bereit zu hören, was sie ihm gesagt hatte. In diesem Augenblick fürchtete er allein das Einhorn, wegen der Möglichkeit, die es bot, dem Kampf der Engel und Dämonen zu entfliehen – alles hinter sich zu lassen wie einen bösen Traum, der schon tausend Millionen Jahre zu lange dauerte.

Als könnte Rna seine Gedanken hören, senkte sie ihren schwarzen Schleier und verhüllte ihr Gesicht.

»Warte«, rief Merlin. »Was soll ich jetzt tun?«

Sie zeigte auf einen Kreis hellen Lichts auf dem festgestampften Erdboden. »Wir brauchen nichts mehr zu sagen. Schau selbst in das Licht – in das Licht, aus dem wir alle gekommen sind und öffne dein starkes Auge. Dann wirst du sehen, was du tun mußt.«

Merlin gehorchte ihr und setzte sich mit überkreuzten Beinen auf den Boden, legte seinen Stab in den Schoß und wandte den neun Königinnen den Rücken zu. Die unendliche Klarheit des Himmels strömte in sein nach oben gerichtetes Gesicht, er schloß die Augen und ließ die warmen Strahlen das Muster der Blutgefäße seiner Lider tief in sein Gehirn einprägen.

Dann hob die Dämonenkraft in ihm die kräftige Erdenergie von ihrem Ort in seinem Unterleib, vorbei an seinem zitternden Herzen und durch die schlüpfrige Enge seiner Kehle hindurch. Als die Kraft in seinen Kopf drang, verließ er seinen Leib, strömte hinauf an der hellen Säule des Sonnenlichts, hinaus durch das Fenster, hinein in den windigen Äther des Tages.

Die Erde neigte sich unter Merlin in ihren Wolkenfetzen. Er sah Avalon als Ganzes, die steilen Felsenklippen überwachsen mit Heidekraut, die Berghänge und Täler rotbraun vom herbstlichen Laub der Apfelbäume. Die Menhire wirkten wie große, verhüllte Gestalten, die an steilen Felsenrändern umherstanden. Er kniff die Augen zusammen und sah den grünen See und die braune Einsiedelei der neun Königinnen, die unter ihm immer kleiner wurden, während er inmitten kalter Wolken nach oben getragen wurde.

Die See glänzte unter ihm, und Avalon geriet außer Sicht. Er wußte, wenn er beschleunigte, dann würde sich die Zeit ausdehnen und vor ihm würde sich die Zukunft erstrecken. Doch dies wollte er nicht sehen. Wenigstens noch nicht. Viel dringlicher war es, zu erfahren, was aus Uther und Ygrane geworden war. Also flog er beständig weiter.

Sanft sang er seine dämonischen Zaubersprüche. Der Tageshimmel über dem Ozean färbte sich allmählich purpurn, und nach einiger Zeit schwebte er an den Meeresklippen von Cymru vorbei. Der Dunst der Wälder stieg zu ihm auf, öffnete sich wie ein Schleier und enthüllte einen Schafhirten und seine Herde, die an der Biegung eines Baches auf moosigem Grund standen.

Merlin tauchte an dem Hirten vorbei und stürzte in die Erde. Dunkelheit umgab ihn. Einen Augenblick später öffnete sich der blinde Abgrund in kaltem Licht, so bleich wie Mondschein – Sternenlicht aus einem feurigen Tierkreis. Er war in der Anderwelt angekommen und schwebte über dem perlmuttfarbenen Flachland außerhalb des Feuerpalastes des Hirschkönigs.

Der Palast selbst leuchtete am Horizont, scharf umrissen wie ein Flammenbündel der Sonne. Er schwenkte darauf zu. Seine Absicht war, seinen König zu finden, um sicher zu sein, daß mit Uther alles gut ging. Als er näher kam, verdunkelte sich das Terrain unter ihm zu einer schlackenhaften Landschaft aus verkohltem Sand und dahintreibender Asche.

Die Ruinen toter Zivilisationen strömten vorüber – die gigantischen Tempelsäulen von Karnak, ihrer heiligen Gemälde entblößt, Ninives Gartenmauern, eingestürzt und in Sand ertrinkend, und die Ziggurats des mächtigen Ur, nackte, umhergewürfelte Felsbrocken, umzingelt vom Treibsand eines Flusses.

Er erkannte diesen Ort von dem Rundgang mit dem

Hirschkönig und suchte nach Raglaws Schatten, den er hier hatte umherwandern sehen. Aber diesmal fand er nur Sandwolken, die über die zerstörten Zeugen verlorener Reiche hinwegwehten.

Er verlangsamte seinen Flug und landete vor der Höhle des Drachenmagus. Schwefelblumen blühten gelb wie Forsythien aus dem verbrannten Kies. Von drinnen drang ein sanfter Donner.

Der Zauberer rief kühn: »Vray Vitki, komm heraus!«

Ein zischendes Geräusch drang aus der Höhle – das Geräusch von Drachenschuppen. Zwei gelbgrüne Lichter leuchteten in der Dunkelheit, und die graugrünen Augen des Magus kamen näher, begleitet von rauchigen Wirbeln kalten Atems.

Er hielt an der Schwelle der Dunkelheit an. Merlin, der im unterirdischen Sternenlicht dastand, sah nur einen riesigen Schatten. Vom Licht der eigenen Augen beleuchtet, schwebte über ihm ein Sauriergrinsen mit den Bastardzügen eines menschlichen Gesichts, riesig und schrecklich wie eine Ritualmaske.

»Vray Vitki – ich bin Merlin, der Zauberer der Familie Aurelianus. Ich bin gekommen, um dir Kraft zuzusprechen.«

Die Augen des Drachenmagus flammten auf und erloschen wieder. Er war altersschwach. Sein Leben glimmte nur noch. Selbst die Verzückung der Trance war vor Erschöpfung bitter geworden. Alles in ihm, was zum Drachen geworden war, wollte sterben und zu seinem Ursprung zurückkehren. Aber was von seinem Menschsein noch übrig war, streckte sich nach Merlin aus.

Vray Vitki, stumm wie eine Natter, konnte nicht sprechen, aber Merlin spürte mit seiner Herzenskraft, wie es um den Drachenmagus stand. Seit seine telepathische Verbindung zu Ambrosius abgerissen war, hatte Vray Vitki in dieser Höhle gelegen, zusammengerollt in seiner eigenen Erschöpfung.

»Ich werde dir Kraft zusprechen«, versprach Merlin, »denn ich weiß, du wirst diese Macht nutzen, um Uther Pendragon zu dienen, einem König, der von deinem Samen abstammt und Vater des großen Königs sein wird, der da kommen soll.«

Noch während der Zauberer die dämonischen Worte sprach, die den Drachenmagus mit neuer Lebenskraft erfüllten, wurde Merlins eigenes Körperlicht trübe und schwebte langsam davon. Sein physischer Leib weit weg in Avalon rief ihn, und sein Geist flog zurück durch das Ruinenfeld.

Kurz erspähte er die Fianna-Krieger und die Reiter, die Uther begleitet hatten. Sie waren aus dem Palast des Hirschkönigs geflohen und wanderten hoch zu Roß dahin, auf der Suche nach einem Weg zurück in die von der Sonne beschienene Welt.

Der Wüter lag auf den weichen Wiesen des Landes der *Cantier*. Er lauschte lange Zeit dem Herzschlag des Drachen, bis die flüssigen Rhythmen ihn in eine Trance einlullten.

Durch solches Verhalten hatte er sich vielen Göttern entfremdet, auch seiner guten Gattin und seinem verdorbenen Bruder. Sie schüttelten sich vor Abscheu bei dem bloßen Gedanken, den ganzen Leib an die schleimige Haut des Drachen zu pressen. Es erfüllte sie mit schrecklichem Widerwillen, wenn sie an die zahlreichen Schmarotzer dachten, die in dem heißen Dunst des Drachenfleisches eifrig nach Nahrung suchten. Die Göttern kümmerten sich nicht um das, was er ihnen von der Apokalypse erzählte. Sie würden nie bereit sein, das stinkende Biest zu umarmen.

Vor langer Zeit, während seines Exils auf der Erde, hatte der Wüter gelernt, die organischen Wesen zu lieben, die viele der anderen Götter Schmarotzer nannten. Ihm machten die Lager der Stämme nichts aus, die sich in den Mulden und Flußtälern befanden, die sein Leib bedeckte. Tatsächlich wollte er, daß sie sich von ihm ernährten, daß sie durch seine göttlichen Kräfte stark wurden. Zu gegebener Zeit würde er ihre Kraft benutzen, um diese Inseln zu erobern.

Einstweilen war er damit zufrieden, in Trance zu versinken

und in die Träume und Verzückungen seiner Sturmkrieger und Berserkerhäuptlinge einzutauchen. Er sprach durch die Runen der Rabenpriester und tanzte mit den Todesengeln, den Kriegern, die zu ihrem Kult die Häute anlegten, die sie ihren Feinden abgezogen hatten.

Im Austausch lernte er durch ihre Magie winzige Dinge, die er nicht sehen konnte, weil er als Gott so groß war. Er hörte von der Königin der Kelten, die auf dem Einhorn ritt, und er erinnerte sich an Ygrane, die kühne jugendliche Hexe, die es gewagt hatte, ihm im Großen Baum gegenüberzutreten.

Wenn es damals nicht die Nacht der Ahnen gewesen wäre und sein Kopf nicht geschmerzt hätte von der schrecklichen Anstrengung, der er sich beim Binden der Dämonen unterzogen hatte, so hätte er auf der Stelle bemerkt, daß sie einen mächtigen Zauber gegen ihn ausübte. Die Kelten hatten ihn hereingelegt. Er hatte Ygrane das Einhorn gegeben, und jetzt benutzte sie es gegen ihn. Die magischen Absude, die sie mit der unirdischen Energie dieses Tieres herstellte, besiegten alle Amulette seiner Zauberer und das Kriegsglück seiner Krieger.

Aber er freute sich, als er erfuhr, der Dämon Ethiops habe die verschlagene Tochter der Königin dazu benutzt, sie zu fangen. Da er mit Ygrane Geschenke ausgetauscht hatte, konnte der Wüter sie nicht töten oder ihren Tod befehlen, ohne die heiligen Bindungen ihrer beider Verwandtschaft und Abstammung zu verletzen. Ethiops jedoch wurde nicht durch solche Feinheiten eingeschränkt.

Der Wüter lag bequem auf der grünen, sich drehenden Erde. Seine Magie, die immer langsam begann, würde sich am Ende erfüllen. Das wußte er. Die Götter, die ihm vertrauten, die ihm ihre Lebenskraft gegeben hatten und jetzt auf dem Rabenast schliefen, würden aufwachen und entdecken, daß sie die Herren dieser Inseln und des ganzen Beständigen Nordens waren. Nicht die Herrin des Einhorns und nicht ihr verrückter Menschendämon, der Zauberer Lailoken, nicht einmal die Herren des Feuers selbst konnten ihn aufhalten, denn er kämpfte darum, die Erde selbst von den Abscheulichkeiten zu befreien.

Weit weg, im Hintergrund seiner Trance, wo die Absurditäten der Träume sich mit den Alpträumen berührten, bewahrte der Wüter seine Erinnerungen an die Zukunft auf. Thermonukleare Vernichtung und globale Erwärmung verschmutzten seine Trance mit Vorstellungen von einer Schlackenwelt: Städte, die zu Felsstümpfen zusammengeschmolzen waren, Wälder, von denen nur noch felsige Erdwunden übrigblieben, alles Land zu unfruchtbarer Asche geworden – und dort, wo einst Götter und Menschen gelebt hatten, brandeten leblose Ozeane unter dunstigen Hitzewellen.

Der astrale Flug des Zauberers führte über die öde Kohlenwüste der Wurzeln des Weltenbaums zu den lodernden Turmspitzen des Palastes des Hirschkönigs. Dessen Wände flackerten und brodelten, zitternd in der schwankenden Balance zwischen Form und Gestaltlosigkeit. Als er beobachtete, wie der Palast innerhalb seiner mit Juwelen besetzten Begrenzungen von Türmen, Vorwerken, Stützpfeilern und Bögen atmete, dachte Merlin an den Glaubenssatz, den er als Dämon gelernt hatte: alle Formen sind Illusionen – nur die Formlosigkeit ist wirklich.

Aber wo Engel Formen schufen und Dämonen gewaltsam über die Scheinbilder geschaffener Welten herzogen, hatte sich das Einhorn, das ihn auf Avalon erwartete, dafür entschieden, weder für die Form zu kämpfen, noch irgendwelche Anstrengungen zu unternehmen, sie aufzulösen. Das Einhorn und seine Art hatten sich einfach dafür entschieden, sich abzuwenden. Und Merlin konnte mit ihm gehen. Wenn seine Dämonenkraft, die auf menschliche Größe zusammengedrängt worden war, mit einem Einhorn vereint würde, dann konnte er, wie er wußte, durch eine schwarze Sonne hindurchschlüpfen und in den Himmel zurückkehren. Er konnte dann dem ganzen brennenden Universum den Rücken zuwenden, dem All mit seinem Gestöber an Sternenfeuern, seinen Planeten, die von fiebrigem Leben verseucht waren, von den Menschenleben, in denen der Hunger des Blutes brannte und die den Ehrgeiz des Geistes entflammten – all dies waren Wellen von Feuer in der Leere, die einen Augenblick lang heiß brannten, aber sicher dazu bestimmt waren, in der Kälte und der Finsternis zu erlöschen.

Warum sich nicht davonmachen? fragte er sich.

Der Sturmbaum hob seine Wurzelschlingen wie breite, versilberte Schwingen über den schwarzen Horizont und schien den ganzen Weltraum wie einen Kristall in seinem Griff zu halten. Facetten glühten rot, wo der Palast Feuer in den gewobenen Glanz der Wälle und Türme preßte. Andere Zweige umklammerten finstere Leere. Die Wurzeln umschlossen wie die Millionen Dendriten des Hirns eine leuchtende Leere, eine leere Dimension lodernder Schatten, die der Palast über das Ödland warf.

Dies blieb das Dilemma des Zauberers: Seine übernatürliche Gier erhob sich über die Erde und griff nach den gekrümmten Zweigen des Sturmbaums, während seine Liebe zu Optima inzwischen zu einer Ergebenheit gegenüber seinem König und seiner Königin gereift war. Er wollte alles haben, die Hitze des Lebens unter dem kalten Himmel und das Glühen des himmlischen Paradieses jenseits des Abgrunds. Dieser mythische Baum, der entwurzelt im Raum hing und seine Klauen sowohl in die Tiefe wie die Höhe ausstreckte, war das Ebenbild seiner Seele, und da sie jetzt von so widersprüchlicher Natur war, wußte er, daß er sein Menschsein erlangt hatte.

»Die Seele ist unsterblich«, sagte Einer-kennt-die-Wahrheit zu Uther Pendragon, »denn sie ist ein Energie-Muster, das in die Struktur des Universums eingeprägt wurde.«

Uther fragte sich, ob das als Trost gemeint war, denn er

konnte nicht aufhören, sich Sorgen über Ygrane zu machen. Während sie zwischen gigantischen Felsblöcken hindurchgingen, hörte er nur mit halbem Ohr dem redseligen Gott zu, der zungenfertig die Mysterien erörterte. Als sie an der Höhle des Drachenmagus ankamen, hielt der König Ausschau nach dem Schatten von Ambrosius, aber sie waren allein.

Aus dem Inneren der Höhle ertönte ein rauhes Geraspel, und Merlin hörte, wie der Hirschkönig sagte: »Er kommt. Jetzt gib acht, daß du dich an alles erinnerst, was ich dir gesagt habe, junger König. Dieser Magus kann nur zu Geistern sprechen, aber er weiß, was du denkst, was du fühlst. Er wird am besten auf deine tiefen Emotionen antworten. Und wie loyal er auch deiner Familie gegenüber sein mag, so ist dieser Magus doch jetzt mehr ein Tier als ein Mensch und kann sehr reizbar sein. Du mußt furchtlos befehlen und Entschlossenheit zeigen. Ich glaube, der Verlust des Geistes deines Bruders hat ihn erneut mit wütender Energie erfüllt. Sei auf der Hut, Uther.«

Uther schien nicht auf den Gott zu achten, seine Augen waren fest auf die Dunkelheit des Drachenlagers gerichtet.

Wie eine riesige Laterne kam ein langes Gesicht aus der Düsternis hervor. Als Uther es erblickte, erschrak er und wich zurück, aber der Hirschkönig hielt ihn mit seinen großen, pelzigen Händen fest an Ort und Stelle.

Ein kalter Wind fegte aus dem Erdloch und wirbelte am Höhleneingang Aschenflocken hoch. Begleitet von einem trockenen Gestank des Verfalls, schlurfte der Drachenmagus hervor. Der knochig-blaue, glänzende Schädel der Kreatur zeigte sich und füllte den ganzen Höhleneingang mit seinen gekrümmten Hörnern, großen Ohren und einem breiten, grimassierenden Gesicht mit hängenden Schnurrhaaren und Reißzähnen – völlig unmenschlich.

Gelbe Augen in der gleichen Farbe wie Uther, nur um Größen heller, blickten wachsam aus majestätisch tiefen Augenhöhlen unter einem vorstehenden Stirnbein. Die silberblauen Schuppen flimmerten elektrisch, die Haare auf Uthers und des Hirschkönigs Köpfen richteten sich auf.

Einschläfernde, heiße Erdgerüche erfüllten die Luft, als eine purpurne Zunge zischend aus dem Maul des Drachenmagus hervorschnellte. Glitzernd wie schwarze Schlangenhaut, wand sie sich eng um Uther und drückte seine Arme an seine Seiten, während ihre zuckende Spitze sein erschrockenes Gesicht ableckte. Dann glitt die Zunge wieder zurück, verschwand und hinterließ einen erdig-sumpfigen Geruch.

Der Drachenkopf schnüffelte schwerfällig an Uther herum, von seinem zerzausten rabenschwarzen Haar über das ebenholzschwarze Leder seiner Rüstung bis zu seinen staubigen Stiefeln. Mit einem Knurren tief in der Kehle, das wie fernes Donnergrollen klang, hob sich langsam Vray Vitkis abstoßendes Gesicht. Rauch entwich aus seinen krummen, verkrusteten Nüstern und den grinsend verzogenen Winkeln seines Mauls.

»Uther-r-r-r«, knurrte der Mann, der zu einem Tier geworden war, und es klang wie Kiesel im eisigen Bett eines Flusses.

Uther nickte und bemühte sich, seine Stimme wiederzufinden.

Das scheußliche Gesicht hielt an und hing über ihnen wie eine monumentale Dämonenfratze.

»Furchtlos befehlen«, flüsterte der Hirschkönig. »Entschlossenheit. Mach weiter! Denk jetzt an deine Frau!«

»Dracon Vitki!« sprach Uther mit lauter Stimme, in der all seine Not enthalten war, die der Gedanke an seine Braut auslöste. »Trag uns zu Ygrane.«

»R-r-reiten!« erwiderte Vray Vitki kaum verständlich aus tiefer Kehle. »R-r-reiten zu Ygr-r-rane!«

Mit einem betäubenden Getöse krachte plötzlich das massive Gewölbe der Höhle zusammen, und aus dem Durcheinander löste sich ein gebirgiger Panzer, umspielt von elektrischem Feuer in allen Regenbogenfarben.

Die Hände auf die Ohren gepreßt, erhob sich Uther. Der Hirschkönig hinter ihm warf mit taubem Gelächter den mähnenumwehten Kopf zurück. Sie ritten auf Vray Vitkis massigen Händen, während der Boden selbst angehoben wurde und Kies und Asche durch die Räume zwischen den gigantischen Klauen rieselten.

Die feurigen Schwingen des Drachmagus fegten die Schlacke beiseite, die ihn in seinem Schlaf bedeckt hatte, und die riesige Kreatur erhob sich in die Nacht der Unterwelt.

Allein an seinem körperlosen Ort zwischen den Welten kam Merlin sich wieder sehr wie ein Dämon vor, konnte er doch viele Punkte im Raum zugleich berühren: seinen in Trance befindlichen Leib in Avalon, den Drachenmagus und Uther, die wie Geister durch durchsichtige Schichten von Fels und Erde fegten, und Ygrane ...

Der Gedanke an Ygrane erfüllte den Zauberer mit Angst. Er fürchtete um ihre geistige Gesundheit. In Ethiops' Gewalt war sie zerstörerischem Wahnsinn ausgeliefert. Er wollte sie befreien, aber er war nur ein Phantom, das sie weder sehen noch hören konnte. Doch sie spürte seine Gegenwart. Sie fühlte sein Entsetzen wie ein Wehen von Zugluft. Ihre Seele spiegelte seine Angst wider, als er sich ihr näherte, und er erkannte, daß er Stärke ausstrahlen mußte, um ihr zu helfen.

Um sich selbst zu beruhigen und wieder seine stärkste Energie herbeizurufen, begann er zu sprechen. Er wußte, daß sie ihn nicht hören konnte, also sprach er zu sich selbst:

»Nachdem meine Mutter gestorben war, eilte ich außerhalb meines Leibes durch den erschreckenden Schmerz hindurch hinter meinen Hoffnungen her. Ich dachte, ich könnte vielleicht Optimas Geist einholen, bevor sie die Erde verließ. Hoch, sehr hoch flog ich aus meinem Leib fort, hinein in den wirbelnden Schmerz, wo die Galaxien hingen. Unter mir blühten die Nordlichter wie Wasserblumen. Die Erde war dunkel, die Sonne hinter der Welt verborgen.

Aber sie war fort, und mit ihr die letzte Verbindung zu der

großen Liebe, die mich geboren hatte. Sie war fort. Der Erdball drehte sich unter mir in den Händen der Finsternis, und ich hing im Dunkel, allein mit meinem Schmerz.

Wenn ich dort draußen im All geblieben wäre, über der untergegangenen Sonne und dem kalten Feuer der Nordlichter, dann hätte mich der Schmerz von meinem Leib losgerissen, und ich wäre wieder ein Geist gewesen. Ich war noch ein Anfänger in bezug auf Sterblichkeit und körperliches Leiden, ein bloßer Jährling als Sterblicher. Ich dachte, ich könnte mich durch den Schmerz hindurchdrängen, mich von meinem Fleisch trennen und mit diesem Leben abschließen. Ha!

Der Schmerz kettete mich an den Kern der Erde, und je mehr ich kämpfte, frei zu sein, desto schlimmer wurde er. Ich hatte nicht die Kraft, soviel davon zu ertragen, bis ich frei war. Ich trauerte um den Verlust von Optima, um den Verlust meiner einzigen Verbindung zum Himmel in diesem Leben, aber der riesige Schmerz war viel größer als meine rasende Trauer. Ich fiel wieder auf die Erde zurück.

Ich erwachte in meinem müden, alten Leib. Sofort bereute ich meinen vergeblichen Versuch eines Selbstmords. Ich hatte Optima geschworen, ich würde dieses Leben benutzen, um Gutes zu tun – und im allerersten Augenblick der Trennung war ich wieder in mein selbstsüchtiges, wütendes Verhalten zurückgekehrt.

Aus dem düsteren Dunkel des Waldes beobachteten mich die grünen Augen des Einhorns. In ihrem sanften Licht erkannte ich, daß meine Mutter mir vergab. Ich war ein Dämon, und es war zu erwarten gewesen, daß ich mich am Anfang so verhalten würde. Aber durch Optima war ich mehr geworden als ein Dämon. Ich war ein Mensch geworden. Das Gewand aus Fleisch und Bein, das ich trug, hatte sie in ihrem Leib gewebt. Sie war tot, und trotzdem lebte sie – in mir, als ich. Wenn ich sie überhaupt liebte, erkannte ich da, dann würde ich das Leben dieses Fleisches und den Geist ihrer Lehren respektieren müssen.

Ich begrub Optima unter den Blutbuchen. Mit den bloßen Händen begann ich, ihr Grab in der aufgetauten Erde zu graben. Dann kam im abnehmenden Licht das Einhorn heraus und spaltete mit seinen silbernen Hufen den Boden. Zusammen öffneten wir die Erde. Ich holte mit den Händen das Erdreich heraus, das Einhorn durchschnitt die dicken Wurzeln und schob die großen Steine zur Seite. Mit den Sternen am Himmel als Zeugen senkte ich den Leichnam meiner Mutter in diese schwarze Grube. Ihre Hände waren noch gefaltet, ihre Knie gebeugt und ihr Kopf gesenkt, und so kniete sie noch im Tod anbetend vor dem einen, ewigen Gott.«

Morgeu glaubte nicht, daß sie besessen war. Ethiops hatte sie überzeugt, daß sie ihrer selbst mächtig sei. Selbst am Höhepunkt ihrer Verdüsterung, nach dem schrecklichen Tod ihres Vaters, als sie tagelang wie in Trance im eigenen Schmutz gesessen war, offensichtlich behext, da hatte sie gedacht, sie benutze ihre eigene Zauberei, um ohne Essen und Trinken auszukommen. Sie hatte geglaubt, sie wirke als übersinnlicher Leuchtturm für knapp zwei Dutzend geschädigter Frauen, die in weit verstreuten Dörfern und Weilern in den nördlichen Wäldern lebten. Sie war zu der Überzeugung gelangt, ihr magischer Wille allein habe ihre Anhängerinnen zu ihrer stinkenden Höhle gerufen.

Die ganze Zeit hatte der Dämon geduldig die Gedanken und Stimmungen hervorgebracht, die notwendig waren, um die junge Frau davon zu überzeugen, daß diese Macht aus ihrem eigenen düsteren Kummer erwuchs. Die verrückten Stummen, die Schwachsinnigen, die abgerissenen Herumtreiberinnen und die vor Wut wahnsinnigen Witwen, die halbverhungert aus dem Wald hervorgetorkelt kamen, waren auf ihren telepathischen Ruf hin gekommen, um durch Rache geheilt zu werden.

Als sie mit ihrer wilden Schar von Hexen über das Land wanderte, glaubte Morgeu, daß nur das Böse überlebe. Das Gute mischte sich in die Wirklichkeit ein, konnte sie aber nicht ertragen. Nur das Böse hatte Bestand. Und deshalb mußte sie selbst böse werden, um Böses zu bekämpfen.

Von Ethiops mit Hellsichtigkeit ausgestattet, hatte Morgeu ihre Bande von Ausgestoßenen zurück in die Berg- und Flußsiedlungen geführt, wo sie seinerzeit mißbraucht worden waren, und sie fand die grausamen Männer, die ihre Anhängerinnen zuvor vergewaltigt und versklavt hatten. Einen nach dem anderen lockte ihre Magie hinaus an einsame Plätze, wo die rasenden Frauen blutige Rache nahmen. Aus den Häuten dieser Leichen machten sie Leder und kauten und nähten es zu den wölfischen Masken der Mondhündinnen, die Morrígan heilig waren.

Am Ende des Sommers hatte Morgeu sich und ihre Scharen davon überzeugt, daß sie die Y Mamau seien, Hexenkriegerinnen, der schwarzen Göttin geweiht, der Göttin des Todes und der uralten Leidenschaften der Blutgier und der Zerstörung – Morrígan. Die Göttin hatte ihnen Magie und Inspiration zuteil werden lassen, die notwendig waren, um sich zu bewaffnen, Pferde zu stehlen und die Königin der Kelten zu entführen.

Jetzt saß Ygrane gefangen in einer Kammer oben im Turm hinter dem Schutzwall ihrer eigenen Magie. Aber keine Magie konnte gegen Morrígan helfen, und bald würde Ygrane selbst geopfert werden.

Während der Vorbereitungen zu diesem feierlichen Ereignis hatte Morgeus Magie eine große Statue der Morrígan entdeckt, die in einem Sumpf versenkt war. Die Y Mamau hatten sie herausgeholt und mit aufwendigen Zeremonien in der Krypta dieses Garnisonsturms auf einer Felsenspitze aufgestellt, den die Römer vor langer Zeit verlassen hatten.

Die tanzende Figur, nackt bis auf die Halskette aus Schädeln, ragte gräßlich über Morgeu empor. Die junge Frau lag dort ausgestreckt, den Rücken an das dunkle steinerne Schienbein der Göttin gelehnt, und blickte, von Ethiops verzaubert, auf die flackernden Schatten des hohen Gewölbes.

Unsichtbar hockte der Dämon über ihr und machte sich

eifrig am energetischen Gewebe ihres fiebrigen Ehrgeizes zu schaffen. Sorgfältig webte er die elektrischen Impulse in ihr Gehirn, und sie glaubte, sie sehe die riesigen glanzlosen Augen der Göttin, wie sie aus der Dunkelheit auf sie herniederstarrten.

Morgeus weißes, angeschwollenes Gesicht erschien verwundert, als sie Morrígan lauschte, die zu ihr mit der Stimme eines Hundes sprach. Das gierige Gebell und flüsternde Knurren kam von überall aus der schimmernden Krypta.

Die Mutter der Nachtmahre wollte nicht, daß Ygrane auf der Stelle getötet wurde. Ein Ritual mußte vorbereitet werden, um ihr ihre Magie zu stehlen, damit Morgeu ihren Platz als Königin der Kelten einnehmen konnte.

Dies gefiel der Zauberin, und sie lächelte. Die Schadenfreude ließ ihre Augen im aufgedunsenen Gesicht wie die eines Schweines erscheinen.

Heftig knüpfte Ethiops weiter und entzündete kühne Hoffnungen in Morgeus gierigem Hirn. Wenn er es richtig hinbrachte, dann konnte er Morgeu benutzen, um in Ygrane einzudringen. Und dann, aus Ygranes Innerem, verborgen hinter ihrer beträchtlichen Magie, würde er nahe genug an Lailoken herankommen können, um ihm den Kopf abzureißen.

Der Schatten des Dämons füllte den ganzen Garnisonsturm, während er da über seine Aufgabe gebeugt hockte. Niemand sah ihn, doch alle fühlten, wie er sie mit seiner Macht umfangen hielt. Ob sie in der Küche Knochen aufknackten, um eine Mahlzeit aus rohem Mark herzurichten, oder auf den Zinnen stumpf in das Sonnenlicht starrten, so spürten die Y Mamau seine Anwesenheit – und für sie war er der Schatten der Morrígan.

Sterne glitzerten durch Risse in den Wolken, und tief im Osten funkelte Venus. Merlin, frei außerhalb seines Leibes schwebend, richtete seine Aufmerksamkeit auf den Morgenstern und drängte den Schlaf zurück, von dem er wußte, daß er ihn zu seinem Leib zurückführen würde. Er wollte noch nicht in Avalon erwachen – nicht, solange er die Königin nicht gefunden hatte.

Der Geist des Zauberers wiederholte in schläfrigem Gemurmel unablässig ihren Namen und folgte einem langen Fluß, der wie eine schwarze Ader unter dem Wolkenmeer in die Berge führte. Die steinigen, öden Gipfel, hunderte Fuß hoch, fingen Feuer.

Als die Sonne über dem Berglabyrinth aufging, senkte sich Merlin zu einer rohen Felsenfestung hinab – einer Burg aus Granitblöcken. Der Felsenhaufen auf dem Bergsims glühte orangefarben in der Aura der Erde.

Sein Plasmakörper schlüpfte durch einen Fensterschlitz. Ygrane war da. Sie kauerte in einer Ecke, die Knie an die Brust gezogen. Sie hatte ihre Tiara verloren, ihre Wangen waren mit Schmutz und Tränen verschmiert, ihre traurigen Luchsaugen blickten in die Ferne.

»Herrin ...« Merlin versuchte vergebens, ihr seine Gegenwart mitzuteilen. Aus ihrem leeren Blick mußte er schließen, daß sie ihn weder sehen noch hören konnte.

Er tastete nach ihr mit seiner Herzensenergie und hörte in ihrem Inneren ein Stöhnen, das wie das Seufzen eines Tigers klang. Ihre Fäuste umklammerten die Knie, die Fingerknöchel schimmerten weiß. Die Zähne aufeinandergebissen und stoßweise durch die wunden Lippen atmend, konzentrierte sie ihre Aufmerksamkeit auf ihre Magengrube und sammelte ihre Kraft auf ein leuchtendes Bild – das Einhorn mit den gespaltenen Hufen.

»Es kann nicht kommen«, sagte Merlin ohne Rücksicht auf ihre Taubheit. »Ethiops würde es dem Drachen zum Fraß geben. Es wartet auf mich in Avalon. Spare deine Kräfte, Herrin. Uther ist mit dem Drachenmagus unterwegs.«

Die schwere Tür öffnete sich mit einem Knall. Merlin schnellte durch die Decke. Als er seinen Kopf wieder durch den Granit steckte, sah er vier Hexen mit Lederkapuzen eintreten. Ihre wölfischen Gesichter mit den Reißzähnen waren auf Ygrane gerichtet.

Merlins Herzensenergie berührte immer noch die Königin, und er zuckte zusammen, als er spürte, wie die Energie in ihrem Unterleib sich zusammenzog und gleichzeitig wie ein Block weißglühenden Eisens brannte. Mit einem Schrei schleuderte sie diese Kraft aus ihrer Mitte hinaus, und die Y Mamau flogen rückwärts und prallten mit Gekreisch gegen die Wand.

Dünne Fäden eines geisterhaften Feuers flackerten in den düsteren Schatten auf, als Morgeu erschien. »Mutter – wie lange kannst du noch so weitermachen? Früher oder später wirst du müde werden. Und wenn du völlig ohne Verteidigung bist und deine Beschwörungen und Tricks dir nicht länger helfen, dann werden die Y Mamau dir das Herz herausreißen und es Morrígan opfern. Ist das nicht vollkommen recht und billig?«

Ygrane schloß die Augen halb und begann wieder stoßweise zu atmen. Sie sammelte die Kraft in ihrem Rückgrat, rief nach dem Einhorn und bereitete sich für einen neuen Angriff vor.

»Glaubst du, mir fehlt der Mut, meine eigene Mutter zu ermorden?« sagte die Erscheinung verächtlich und fügte dann mit einer plötzlichen, seltsamen Modulation ihrer Stimme hinzu: »Du weißt, Mutter, es ist nicht Mord, was ich dir anbiete, sondern Gnade. Du bist auch eine Priesterin der Morrígan. Wenn ich deinen Leib töte, dann befreie ich deine Seele. Das ist die Gnade, die ich dir anbiete. Solltest du mir dafür nicht dankbar sein?«

»Heb dich hinweg, Dämonenkind!« schrie Ygrane.

Morgeu kam schimmernd näher heran. »Ich werde nicht weggehen, solange du mir nicht deine Magie gibst. Ich schwöre dir, ich werde sie nur dazu benützen, unser Volk stark zu machen. Für die alten Sitten, für die Sitten, die Morrígan dienen.«

Ygrane schüttelte heftig den Kopf. »Nein. Keine Blutopfer

mehr. Morrígans Bann über unser Volk ist vorbei – seit langem schon. Du kehrst zu längst Vergangenem zurück, Morgeu. Die Síd haben mich zur Königin gemacht, damit ich helfe, die Dämonengöttin zu ersetzen.«

»Törichtes Weib«, zischte Morgeu, während sie in einen rötlichen Strahl Morgenlicht trat und ihr Körper halb verschwand. »Du begreifst nicht, wie schwach unser Volk geworden ist, seit wir die Mutter mit den Reißzähnen aufgegeben haben, die wahre Mutter – die Mutter, die uns in Blut gebiert, die uns jeden Monat bluten läßt und unser Fleisch verschlingt. Wir sind ein kleines Volk geworden, während die Barbaren, die immer noch ihre blutigen Götter verehren, stärker werden.«

Ygrane blickte sie tadelnd an. »Ehrst du so deinen Vater – den Vater, von dem du behauptest, du hättest ihn geliebt? Was würde er jetzt von dir denken, von einer Dämonenverehrerin?«

Morgeu, von der im hereindringenden Tageslicht nur noch wildes Augengefunkel und eine körperlose Stimme übrig waren, antwortete langsam: »Mein Vater ist einen schrecklichen Tod gestorben, von deinem Zauberer verraten, dem Dämon Lailoken. Einen gewaltsamen Tod, damit du diesen hübschen jungen Mann heiraten konntest, der es wagt, sich Uther zu nennen.«

Ygrane riß ungläubig die Augen auf. »Glaubst du das?«

»Glauben?« Morgeus fransiges rotes Haar und ihr Mondgesicht wurden wieder sichtbar, als sie sich aus dem Sonnenstrahl lehnte. »Mutter – ich weiß, daß du Lailoken losgeschickt hast, einen Liebhaber für dich zu finden. Ich weiß, daß er seine Magie eingesetzt hat, um aus einem Stallmeister einen König zu machen. Und ich weiß, daß er die gleiche Magie dazu benutzt hat, Vater umzubringen. Ich habe ihn gesehen. Ich war dort bei ihm auf den Wällen, als er seine Kraft gegen Vater richtete. Seine Dämonenkraft hat den Herzog in die Hände der Feinde geworfen, damit er vor meinen Augen in Stücke gehackt wurde. Mein Vater, ein kampferprobter Krieger, erschlagen! Während dein Liebhaber, ein zukünftiger Priester, ein armseliger Stallmeister, bloß mit dem harmlosesten Kratzer an seiner Schulter davonkommt. Bin ich eine Närrin? Soll ich meinen eigenen Augen nicht mehr trauen?«

»Du hast unrecht, Morgeu.« Ygrane umklammerte ihre Knie noch fester. »Dein Vater würde erschrecken, wenn er dich jetzt sähe.«

Falten des Schmerzes erschienen in Morgeus rundem Gesicht. »Vater kann mich jetzt nicht sehen, Mutter. Er liegt in einem Grab in Londinium, in ein Dutzend Stücke gehackt.«

»Hör auf mit dieser Verräterei, Morgeu«, beschwor Ygrane sie. »Dein Vater mag tot sein – aber ich tat nichts, um ihn zu töten. Ebensowenig Myrddin. Das weiß ich, Kind. Ich habe im Trancelicht in den Zauberer geschaut – ich habe ihn im Laufe der Jahre auf seinen Reisen beobachtet und das Gute gesehen, das er getan hat, ungeachtet des Kummers, den er dabei erdulden mußte. Er ist nicht der Mörder deines Vaters.«

»Du lügst, um dein gieriges Leben zu retten«, sagte Morgeu bitter. »Das, was ich mit meinen eigenen Augen gesehen habe, kannst du nicht ändern!«

Ygrane hob eine Hand in das geisterhafte Glühen des Scheinleibes ihrer Tochter. »Kind, du stehst unter dem Bann eines Dämons. Ich würde dich nicht anlügen – meine eigene Tochter. Hör mir zu! Ich bin deine Mutter.«

Morgeu blickte sie wütend an und wich in den Sonnenschein zurück, in dem sich ihre Erscheinung auflöste. »Du bist nur meine animalische Mutter«, kam ihre Stimme mitten aus der Luft. »Du bist das Tier, das mir die Last dieses Lebens auferlegt hat. Ich streife dich ab, so wie die Hebamme die Nabelschnur durchschneidet und die Fruchthaut abstreift. Ich werde dich zerbrechen, dich tollwütige Kreatur – die du verrückt bist vor Lust, Lügen und Haß.«

Ygrane senkte das Gesicht auf die Knie. Gegen eine solche Heftigkeit fehlten ihr die Worte.

»Dein Volk leidet«, fuhr Morgeu mit schneidender Stimme fort, »während du Bündnisse mit unseren Feinden schließt. Böses Weib! Wenn dein Zauber gebrochen ist, werde ich deine Macht nehmen und Morrígan übergeben. Du wirst unser erstes Blutopfer sein, denk an meine Worte – und die Magie, die ich dir abnehme, wird Morrígan nur größeres Leben in dieser neuen Zeit verleihen. Zusammen werden wir unserem Volk seinen rechtmäßigen Ruhm wiedergeben.«

Ygrane hob wieder ihre tränengeröteten Augen, doch Morgeu war verschwunden, nur die Y Mamau blieben zurück. Sie stürzten sich mit ihren nadelscharfen Zähnen und den glänzenden Masken aus menschlichem Leder auf Ygrane. Mit einem Schrei schleuderte die Königin eine weitere Welle von Kraft gegen sie, und die Hexen fielen rückwärts gegen die Wand und keuchten hinter ihren Masken.

Plötzlich verfinsterte sich das Sonnenlicht im Raum. Aus der Dunkelheit erschienen winzige, böse Gesichter auf der vernarbten Haut der Felswände, und ein widerlicher Gestank kam auf. Merlin kauerte sich nahe an Ygrane. Er wußte, was als nächstes geschehen würde. Er spürte, wie ihr Herz heftig pochte, auf der Hut vor der um sich greifenden Dunkelheit.

Wird er mich sehen? fragte sich der Zauberer besorgt, als Ethiops in die Kammer kam. Ohne seinen Stab, mit dem er das Unsichtbare entschleiern konnte, sah Merlin nur wenig, der Dämon blieb für ihn größtenteils unsichtbar – und der Dämon sah offensichtlich den Zauberer nicht, denn Ethiops ging an ihm vorüber und richtete sich direkt an die Königin.

Zwei bösartige Augen funkelten in der dunstigen Luft. Die Y Mamau erstarrten erschreckt und schlichen sich aus der Kammer. Aber Ygrane verlor den Mut nicht. Ihr Zauber war stark. Obwohl die kalte Gewalt des Dämons nach ihr griff und versuchte, ihr ihre Magie zu entreißen, hielt sie durch.

Merlin wußte, wie schwer das sein mußte, da er selbst oft einen sterblichen Geist gebrochen hatte. Wenn Ethiops wollte, konnte er ihr den Schädel durchbohren oder sie von innen erdrosseln. Aber offensichtlich wollte er etwas Subtileres von ihr haben als ihr Leben. Er wollte ihr die Seele entreißen, denn darin lag ihre wirkliche Macht, die Magie, die das Einhorn herbeirufen und dem Elfenvolk befehlen konnte. Wenn er diese Kraft unter seine Herrschaft bekäme, welch vollkommenes Unheil könnte Ethiops dann anrichten!

Ygrane wandte sich ihm zu. Auf ihrer Stirn glitzerte kalter Schweiß. Schüttelfrost packte sie, als die giftige Kraft des Dämons sie erfüllte, doch sie sammelte ihren ganzen Geist, ihr ganzes Sein, in einem lebhaften inneren Bild des Einhorns. Sie richtete ihre Konzentration auf die geschmeidigen Muskeln des Tieres, die sich unter seinem Fell aus Mondlicht hoben und senkten, und Ethiops beobachtete sie, während er schmerzhaft in ihre Kieferknochen bohrte.

Tränen erschienen an den Wimpern ihrer fest geschlossenen Augen, während sie sich zwang, sich die gespaltenen Hufe des Einhorns vorzustellen, die blau waren wie Muschelschalen. Der Dämon erfüllte ihre Lungen mit seinem Gestank und versuchte, ihre Konzentration zu brechen. Sie folgte den geschmeidigen Linien, angefangen bei den Locken am Fesselgelenk des Einhorns über die sanften Konturen des Beins, den breiten Widerrist und den schlanken Hals bis zu den hohlen Wangen und den strahlenden grünen Augen.

Merlin war hilfloser Zeuge ihres stummen Zweikampfs und beobachtete, wie Ethiops' Enttäuschung wuchs, bis er plötzlich vorstürzte und die Kehle seines Opfers umklammerte. Ygrane würgte und wand sich, kämpfte mit blauem Gesicht um Luft.

In einem Reflex flog Merlin auf die boshaften Augen zu, die im Raum schwebten – aber substanzlos wie ein Gedanke schnellte er durch sie hindurch. Als er sich umdrehte, hatte der Dämon aufgehört, sie zu strangulieren. Ygrane lag wie ein Bittsteller auf den Boden gebeugt, ihre Augen starrten weit aufgerissen auf die unendlichen Landschaften in den Maserungen des Steins. Sie schloß die Augen und blieb keuchend liegen. Irgendwo in ihrem Geist beugte das Einhorn seine knochigen Beine und legte sich auf der Blumenwiese nieder, die sie im Schweigen ihrer Gebete geschaffen hatte.

Ein schlangenhafter Schatten glitt aus der Kammer. Merlin erkannte, daß Ethiops aufhören mußte, sonst hätte er sie getötet, so entschlossen war sie. Doch in der entschiedenen Bewegung, mit der sich sein alter Verbündeter zurückzog, spürte Merlin auch, daß Ethiops nicht völlig unzufrieden war. Diese Folterungen gefielen ihm. Ygrane war jetzt schwächer als beim letzten Mal, wo er sie gefoltert hatte, und er – oder seine Dienerin Morgeu – würden zurückkommen. Ygranes Seele war die Zielscheibe ihres boshaften Spottes geworden, ihr Spielzeug, und sie waren entschlossen, es noch nicht zu zerbrechen.

Als der Dämon gegangen war, wurde die Kammer heller, die Luft frischer, und mit dem Gewicht des Sonnenlichtes legte sich Merlin über sie. Er spürte, wie ihre Angst nachließ, während sie ihren Atem wiederfand. Zorneswellen überfluteten sie und spülten ihre Angst hinweg, und um sich zu beruhigen, betrachtete sie mit ihrem geistigen Auge eingehend die Spirale aus Licht, die das Horn des Einhorns darstellte.

Kummer folgte auf ihren Zorn, und sie preßte ihre Wange an den Steinboden. Merlin hörte, wie sie ihr Leben verwünschte, wie sie wünschte, sie wäre den Druiden davongelaufen, damals, als sie sie holen kamen. Sie wünschte, sie wäre vor Raglaw geflohen, als sie damals die Alte unter dem strohgedeckten Vordach ihres Elternhauses stehen sah. Sie bedauerte es, daß sie je das Heim ihrer Kindheit verlassen hatte, jene Hütte inmitten der Wälder, die vom Vogelgesang erfüllt waren und wo das Bleiche Volk für sie tanzte, umgeben von den dunklen Tälern mit ihren ruhelosen Nebeln und den kichernden Elfen. All dies hatte sie hinter sich gelassen und etwas viel Größeres gesucht, als was sie gefunden hatte, etwas viel Größeres als Gorlois und Morgeu und dieser schlimme Ort hier.

Tränen quollen aus ihren geschlossenen Augen und blieben als kleine dunkle Sterne auf dem Granitboden liegen. Ihr

Leben erschien ihr als schmerzlicher Irrtum. Das Gewicht ihres Kummers und ihres Unwissens zog sie in den Schlaf.

Ein langsam wandernder Sonnenstrahl berührte ihre Wange, in ihrem Bewußtsein wurde seine Wärme zu einer Liebkosung der guten Hand ihrer Mutter. Doch als sie aus ihrem Traum hochschreckte, da war es nicht die Berührung ihrer Mutter, von der sie sich vorgestellt hatte, sie hätte sie berührt, und sie sah vor sich auch nicht das Gesicht ihrer Mutter. Statt dessen wachte über sie eine orientalische Frau mit olivbrauner Haut und einem blauen Schleier über dem schwarzen Haar. Die großen byzantinischen Augen der Fremden betrachteten sie wohlwollend, ein zartes Lächeln erschien auf ihrem friedlichen Gesicht.

»Weine nicht, liebliche Königin«, sagte die dunkelhäutige Frau im altertümlichen, melodischen Brythonisch von Ygranes Kindheit. »Wir wissen nichts von unseren eigenen Seelen. Wir müssen Gott vertrauen.«

»Wer ... bist du?« fragte Ygrane.

»Du kennst mich nicht. Ich bin eine Freundin deines Gemahls.«

»Du kennst Uther?«

»Seit er ein Kind war.« Ein milder Dunst umgab sie, wie Blütenstaub blühender Bäume im Frühling. »Ich habe versucht, ihm die Liebe zu geben, die seine eigene Mutter ihm nicht geben konnte, da sie so lange litt.«

Ygranes Brust bebte. Ihr Herz war wie trunken in einer seltsamen Hochstimmung. Der Dunstschleier, der die Fremde umgab, war von besonderer Strahlkraft, als hätte sich ein glühender Diamant in der Luft aufgelöst. Ein erleichtertes Lächeln erschien auf dem traurigen Gesicht der Königin.

»So ist es schon besser«, sagte die Fremde und begann im eigenen Glanz zu verschwimmen. »Du hast eine so mächtige Liebe für Gottes Schöpfung, daß du nichts zu fürchten brauchst – in diesem Leben und auch im nächsten.«

»Warte ...« Ygrane griff in die leuchtende Leere. »Wer bist du? Wie heißt du?«

Durch die sternenfarbigen Tiefen des Schlafes antwortete eine kaum hörbare Stimme. Merlin bemühte sich, die verklingenden Silben zu verstehen, und er glaubte den Namen »Miriam« zu vernehmen, bevor die gütige Frau gänzlich im Nebel von Ygranes Schlaf verschwand.

Unter den wirren Sternenketten am Firmament führte Falon seine abgespannte Mannschaft über die öde, schwarze Ebene der Unterwelt. Das reiterlose Pferd, das sie geführt hatte, zockelte jetzt hinter ihnen her, ebenso verwirrt wie sie, welcher Weg einzuschlagen sei. Falon richtete sein Roß willkürlich auf einen Sternenhaufen am Horizont aus, der so hell funkelte wie der abgehackte Schweif eines Blitzes.

Ausgedörrt und halb verhungert, saßen die Reiter zusammengesunken auf ihren Tieren, die Köpfe gebeugt, als wollten sie sich nicht länger mit dem unbarmherzigen Anblick des Ödlands quälen. Der Palast aus Feuer erschien jetzt zu ihrer Rechten, ein Flammennebel, der zu einer gewissen Zeit, als sie im Kreis gewandert waren, jede Himmelsrichtung besetzt gehalten hatte. Sein Glanz wehte wie Wind zwischen den Bimssteindünen.

Die Pferde wankten vor Erschöpfung. Falon wußte, er sollte einen Halt einlegen, aber er wagte es nicht. Bei jeder Ruhepause war einer von ihnen nicht aus seinem Schlaf erwacht. Das Land hatte schon das Leben zweier Fianna-Krieger und zweier königlicher Reiter verschlungen. Weit hinten trugen ihre Pferde ihre Leichen, an einer langen Leine geführt, um in der windlosen Düsternis ihren Verwesungsgestank fernzuhalten.

Jetzt sang oder betete keiner mehr, wie sie es noch am Anfang getan hatten. Dreimal waren, anscheinend von den Stimmen angelockt, Wirbelstürme von Fliegen aus den Rußfeldern aufgestiegen und stechend durch den Zug der Krieger gefegt. Spinnenmilben so groß wie Daumennägel waren aus dem tintenschwarzen Staub hochgesprungen und hatten sich mit ihren stachelartigen Freßwerkzeugen am Fleisch der

Menschen festgebissen. Deshalb mußten die Reiter den Weg über die zerbrochenen Felsplatten nehmen, an denen sich die Pferde ihre Hufe verletzten.

Einmal war aus der bläulichen Helligkeit des Horizonts eine geisterhafte Legion alter Römer herbeimarschiert. In matt angelaufene Schuppenrüstungen und eingedellte Bronzehelme gekleidet, stapften sie vorüber, ohne daß ihre beschlagenen Sandalenstiefel ein Geräusch von sich gaben. Sie trugen die rechteckigen Schilde vor sich her, als wollten sie damit die Dunkelheit zurückdrängen. Sie sahen die Berittenen nicht, obwohl sie so nah an ihnen vorüberzogen, daß die in ihre roten Lederharnische eingeprägten Adler und die geflügelten Cupido-Köpfe auf den Metallbeschlägen ihrer Felltaschen zu sehen waren. Die Legionäre, die hier durch diese ungewisse Nacht wanderten, waren seit langem aufgerieben. Nur der Kampfgeist der Legion dauerte noch an und trug das leere Bild der Soldaten über die Ebene der Namenlosigkeit, voll bitterer Entschlossenheit, die der Zeit trotzte.

Vor kurzem waren die Spuren gespaltener Hufe im dunklen Sand zwischen den verstreuten schwarzen Felsplatten erschienen. Die Reiter waren überzeugt, dies seien die Spuren von Teufeln, die tiefer in das dämonische Königreich führten. Ihnen würden sie nicht folgen.

»Das Einhorn«, krächzte Falon mit trockener Kehle, und er schwenkte in die Richtung der Spuren. Ob die anderen ihrem eigenen Weg folgten oder nicht, darum konnte er sich nicht mehr kümmern. Er hatte einfach nicht mehr die Kraft dazu.

Ein Pferd wieherte, und wer noch konnte, blickte auf. Falon hob tapfer die Hand an das Heft des Schwertes, das er auf dem Rücken festgegurtet trug, aber er war zu schwach, die Waffe zu ziehen.

Aus der Dunkelheit rollte ein Blitz wie ein wurzelloser Dornbusch geradewegs auf sie zu. Grelle Geräusche und Explosionen begleiteten das Wesen aus Blitzen, während es über die Kiesfelder dahinzog, dabei Kerben in die größeren

Felsen schnitt, die es überquerte, und kleinere in heiße Pfeile zersplittern ließ, die über den Boden dahinsausten und Funken sprühten.

Seit fünfzehn Jahren war Falon nicht mehr so erschrocken, seit er Ygrane in den Weltenbaum gefolgt und dem wahnsinnigen Gott der wandernden Stämme gegenübergestanden war. Seine Angst überraschte ihn. In diesem unbestimmten Zwielicht hatte er sich so oft auf das Sterben vorbereitet, daß er gedacht hatte, alle Angst sei von ihm genommen. Aber der vibrierende Blitz, der da wie eine riesige Spinne auf ihn zukam, weckte in ihm einen neuen Schrecken, und er fand noch die Kraft, sein Schwert zu ziehen.

Ein Blitzstrahl fuhr aus dem lodernden Dornbusch und schlug in das Schwert. Er durchzuckte Falon nicht mit Schmerz, sondern mit einem Glanz, der allen Schmerz und alle Müdigkeit in ihm vernichtete. Er wandte sich jubelnd um und sah, daß die ganze Schlange von Fianna-Kriegern und Königsreitern von einem sanften, elektrischen Feuer umgeben war. Alle grinsten breit in einem heftigen Glücksgefühl, über ihre Gesichter huschten flüssige Flammen. Sogar die Leichen setzten sich schwankend auf; das Feuer des Blitzes ließ die Verwesung verschwinden.

Falon wandte sich wieder nach vorn, der Rettung zu. Er erwartete einen Herrn des Feuers. Statt dessen löste sich etwas Tierhaftes aus dem zischenden Blitz. Kurz erschien ihren menschlichen Augen das Einhorn. Seine weißglühende Erscheinung zeichnete blaue Schatten auf die schwarzen Felsen des farbenlosen Landes.

Jetzt war es fort, sein heraldischer Umriß war noch in der nachfolgenden Dunkelheit zu sehen. Nach einem Augenblick der Verwirrung bemerkten die Reiter die Spuren gespaltener Hufe im Aschenboden. Sie gingen von der Stelle aus, wo das Einhorn gestanden hatte, und verschwanden in den Schatten unter den fremden Sternen. Endlich glaubten auch die Christen, daß die Spuren den Weg in die ihnen bekannte Welt zeigten.

Während Ygrane schlummerte, verweilte Merlin noch bei ihr und staunte über das, was er gesehen hatte. Miriam, sprach er den Namen der Erscheinung vor sich hin, die die Königin getröstet hatte, und er erinnerte sich daran, daß dies der Name war, den Optima in ihren inbrünstigen Gebeten zu Jesu Mutter benutzt hatte. Kann das sein? fragte er sich. Warum sollte sich eine solche Frau die Mühe machen, vor einer heidnischen Königin zu erscheinen? Wegen Uther – natürlich. Um seinetwillen! Theodosius – »der Mann, den Gott gibt.«

Erschöpfung ließ ihn frösteln. Er war zu lange von seinem physischen Körper entfernt gewesen. Er mußte jetzt nach Avalon zurückkehren. Nur eine heilige Scheu hielt ihn davon ab, dem Verlangen nach Schlaf nachzugeben. Er schwebte weiter über der schlummernden Königin und suchte die heilige Vision zu verstehen, die sie erlebt hatte – da verdüsterte ein kalter Schatten die Kammer aufs neue.

Ethiops war zurückgekehrt. Merlin geriet in Panik und flog im Kreis durch die Zelle, aber der Dämon war nicht zurückgekehrt, um Ygranes Folterung fortzusetzen. Er umkreiste sie nur, ruhelos wie ein Hai. Der Zauberer kannte diese Unruhe gut. Sie hatte ihn in der uferlosen Dunkelheit zwischen den Sternen gepeinigt.

Merlin ließ alle Vorsicht fahren und schickte seine Herzensenergie aus. Er hörte Ethiops' vertraute Gedanken, die leicht auszumachenden Grübeleien eines Dämons. Du wirst sterben, dachte Ethiops laut und richtete sich dabei an die schlafende Königin. Dein Kind Morgeu wird leben und eines Tages sterben, und diese Welt wird weiter ihre wilden Veränderungen und bedauerlichen Entwicklungen durchmachen. Dieses Zeitalter wird vergehen, und in den sommerlichen Bäumen um ein neues Rom werden Eulen schreien – diese Felsen hier werden lang schon zusammengestürzt sein, doch sie werden noch Felsen sein – und ich werde bleiben, ungeachtet, wie viele Jahrhunderte vergehen, ein Feind der Felsen, ein Feind Roms, der sommerlichen Bäume, der Eulen und ein Feind aller Kinder aller lebenden Wesen.

Verzweifelt bemüht, Ygrane irgendwie zu helfen, überließ Merlin Ethiops seinem Geschwätz und sauste die dunklen Korridore und Treppenschächte hinab, durch alle Steinebenen hindurch, in der Hoffnung, einen Spalt in den Verteidigungsanlagen der Y Mamau zu finden. In der Tiefe stieß er auf eine versunkene Zeremonialkrypta mit einem Kreis aus spiralförmig gewundenen Jaspissäulen. Ihn fröstelte. Diese Szenerie hatte er zuvor schon einmal gesehen.

Die Jaspisschlangen trugen ein Gewölbe aus schwarzem Stein. Daran waren dicht an dicht menschliche Schädel genagelt. *Wessen Schädel? Erschlagener Römer? Geopferter Kelten?* Laternenflämmchen brannten in ihnen. An eisernen Ketten hängende Weihrauchfässer aus gehämmerter Bronze schickten Rauchschwaden aus, die sich zu Boden senkten und wie die Gespenster von Vipern zu dem Onyxsockel der scheußlichen Statue krochen, die Ethiops besetzt hatte – eine nackte Frau mit Reißzähnen, die eine Halskette aus Schädeln trug und ein blutiges Schwert und einen abgetrennten Kopf schwenkte – Morrígan, die Dämonenkönigin.

Morgeu lag vor der Statue hingestreckt und umfaßte fest deren schlanke, tanzende, glöckchengeschmückte Fußknöchel. Der große, schlanke Leib der gerade zur Frau herangereiften jungen Hexe glänzte in seiner Nacktheit totenbleich wie Wachs. Das flackernde Licht aus den Schädellampen streichelte sie wie mit Knochenfingern.

Merlin wich zurück, da er erwartete, sie würde sich umdrehen und ihn mit ihrem zweiten Gesicht sehen. Aber sie wandte sich nicht um. Statt dessen setzte sie sich auf und schielte zu dem Götzenbild empor. Sie spürte nicht länger den Fluß von Kraft, der von ihm ausgeströmt war.

Dann sah Merlin den Grund. Er erschrak, als er König Einer-kennt-die-Wahrheit entdeckte, der sich hinter der Statue verbarg und sie mit seinem wogenden, smaragdgrünen Umhang abschirmte. Hinter dem Gott stiegen aus dem Boden noch astrale Dünste von der Stelle auf, aus der er sich erhoben hatte. Als Schutzgeist des Landes war er geradewegs aus dem Erdboden hervorgekommen. Morgeu und ihre Hexenkriegerinnen hatten ihn noch nicht wahrgenommen. Aber Ethiops. Sein wütender Schrei heulte wie ein Sturmwind die Treppenschächte herab, als er herbeigeflogen kam.

König Einer-kennt-die-Wahrheit erblickte Merlin, und seine braunen Lippen in dem borstigen Rentiergesicht lächelten ihm wild zu. Dann glitt der Dämon in die Krypta.

Voller Wut stürzte sich Ethiops auf den Hirschkönig. Die verrückten Schläge des unsichtbaren Dämons konnte Merlin als Schatten vor dem hellen grünen Licht des Hirschkönigs sehen. Die beiden Giganten rangen miteinander: Ethiops wand sich wie eine Schlange um den breiten Leib des Gottes, der Hirschkönig hielt mit einer Hand den Vipernrachen auf Armes Länge von sich fern, während er in der anderen eine kurze, krumme Klinge schwang.

Der Dämon sollte es eigentlich besser wissen, dachte Merlin und wich vor den um sich schlagenden Titanen zurück. Kein einzelner Dämon kann allein einen Gott niederwerfen, der von Engeln geschaffen wurde. Götter holten ihre Macht direkt aus dem Planeten, und wenn es so einfach wäre, sie zu vernichten, dann hätten die Dämonen nie zugelassen, daß überhaupt ein Reich auf der Erde erschienen wäre.

Einer-kennt-die-Wahrheit war besonders wendig, da er so lange unter der Erde gelebt hatte, wo die Körperlichter der Götter dichter und behender sind als im Großen Baum. Mit einigen wenigen flinken Stichen löste sich der Hirschkönig aus Ethiops' Umschlingungen und schleuderte ihn heftig durch die Krypta. Der Wutanfall, mit dem sich der Dämon wand und krümmte, amüsierte König Einer-kennt-die-Wahrheit, und er schüttelte sich in einem Taumel, tanzte um das Götzenbild des todbringenden Weibes herum und jagte den Dämon mit einem kreischenden Gelächter.

Morgeu hob ein scharlachrotes Gewand auf, das am Sockel einer der Schlangensäulen lag und warf es sich über, während sie vor dem Bild der Morrígan auf und ab ging. Auf dem Gipfel ihrer Verwirrung rief sie mit einem schrillen Schrei ihre Kriegerinnen. Einige Frauen in Stiefeln, braunen Hosen und Tarnjacken kamen aus den feuchten Nebenräumen angelaufen. Ihr kurzgeschnittenes Haar und ihre schwarzumrandeten Augen kennzeichneten sie als Y Mamau.

»Bringt Ygrane hier herunter«, befahl sie barsch. »Schnell!«

Während die Kriegerinnen die lichtlosen Korridore entlangeilten, watete Morgeu durch Schwaden von Weihrauch zu einer steinernen Treppe in der Wand. Merlin folgte ihr durch die Dunkelheit nach oben zu einer Eisentür, die sich quietschend öffnete und den Blick auf einen strahlenden Herbstmorgen freigab. Der Wind, der von den Bergwäldern herabwehte, trug den Duft von Kiefern und Heidekraut mit sich.

Der Zauberer blickte hinab in das dunkle, tiefe, sumpfige Tal und sah sie kommen – die Heere der Daoine Síd. Wie ein Nebel strömten sie durch die noch nachtdunklen Grotten, eine Legion von Drachenkriegern, die gekommen waren, um ihre Königin zu befreien. Ihre Rüstungen bestanden aus Schlangenhäuten, die mit roten Perlen besetzt waren, und aus polierten Schädelknochen, ihre Waffen aus zurechtgeschnitzten Rippenknochen, glattgefeilten Reißzähnen und den geschliffenen Klauen von Feuerschlangen. Wie der Drache selbst schlichen sie voran und krochen auf dem Bauch die Bergflanken empor.

Mit ihren sterblichen Augen sah Morgeu sie nicht, aber sie spürte den drohenden Angriff. Das erregte Flötengepfeife und die sagenhaften Trommelwirbel der Daoine Síd hallten in ihrer Seele wider, und sie zitterte, als fiele ein Nachtfrost über sie her – obwohl die Morgensonne sich über die blauen und nebligen Berge erhob.

»Morrígan!« schrie Morgeu, und das Echo antwortete ihr. »Morrígan! Verteidige deine Kriegerinnen!«

Ethiops, der vor dem Hirschkönig floh, wirbelte durch den Treppenschacht herauf. Seine Dunkelheit zerfloß, und er besudelte die Luft mit Flecken pechschwarzen Geschmiers. Er konzentrierte den Willen seiner Energie auf Morgeu, und ein Höllengestank wie die Verzweiflung der Welt, wie Verwesungsgeruch, durchdrang sie und ließ sie nach ihrem Hals greifen. Sie sank auf die Knie vor der groben, würgenden Anwesenheit ihres Meisters, und er ging in sie ein, so gut ein Dämon sich in eine Sterbliche quetschen kann, ohne die Blutgefäße in ihrem empfindlichen Hirn zu zerstören. Hier konnte er sich vor dem keltischen Gott schützen, denn der Hirschkönig würde Morgeu erschlagen müssen, um an den Dämon zu gelangen.

Morgeu erhob sich mit einem unheilvollen Grinsen auf ihrem bleichen Gesicht. Ein Funkeln erschien in ihrem irren Blick. Da der Dämon ihre Augen schärfte, konnte sie jetzt die Daoine Síd in ihren Feuerschlangenhäuten und Knochenpanzern sehen, samt den bunten Federn und Haarbüscheln, die sie mit Baumharz an ihre Gesichter geklebt hatten. Sie kamen vom Grund des Tales heraufgeklettert und schwangen Lanzen und Schwerter, deren Spitzen in schwarzes Gift getaucht worden waren.

Morgeu hob die vor Wut zu Klauen verkrampften Hände und stellte sich mit der Kraft des Dämons auf die Zehenspitzen. Ethiops' Ungestüm, das gegen den Hirschkönig so nutzlos gewesen war, schlug jetzt verhängnisvoll auf die Drachenkrieger ein. Morgeus Körper wurde von der gewaltigen Kraft geschüttelt, die aus den magnetischen Tiefen des Planeten heraufströmte und durch ihre erstarrten Arme hinausschoß.

Die Scharen der Angreifer fielen in Wellen vor dem violetten Leuchten nieder, das von ihr ausging, wie gischtende Brecher, die gegen Felsen anstürmten. Ihre Feuerschlangenrüstungen flatterten davon wie verwelktes Laub, und ihre schlanken Körper lösten sich in Rauch auf und vergingen im Sonnenlicht wie funkelnder Tau und Flocken wirbelnder Gischt.

Schwerelos wie sterbende Motten wirbelten die gefallenen

Krieger gegeneinander in dem kalten Abwind, der von Morgeus grimmigem Leib herwehte. Ihre lauten Schmerzensschreie verhallten im Nebel der sich auflösenden Leichen. Doch die tapferen Síd-Krieger rückten weiter vor, auch wenn sie mit blauem Elfenblut besudelt waren, und sie senkten ihre Lanzen gegen den mörderischen Wind.

Morgeu flatterte im Strom der Dämonenkälte wie eine Vogelscheuche. Mit verdrehten Augen sah sie nicht länger das Morden, das von ihr ausging, sie spürte nur, wie es durch ihre vibrierenden Knochen aufstieg und aus ihr hinausgestoßen wurde. Und sie hörte, wie es widerhallte, gegen den Sturzbach ihrer mörderischen Ekstase prallte und in den Schreien derjenigen auffunkelte, die es wagten, der Mutter des Todes zu trotzen.

Ygrane hörte, wie das Leiden der Síd-Krieger in der Morgenluft loderte, und zog sich vor dem Fensterschlitz in ihrer Zelle hoch. Tief drunten, zwischen den Zitronen, Orangen und dem Grün des Waldes, starben ihre Retter in großer Zahl. Sie sah, wie ihre zarten Leiber zerrissen wurden, gleich Fetzen nächtlichen Nebels durch die Lanzen der Sonnenstrahlen. Strahlen violetter Energie schossen vom Fundament des Turmes aus, in dem sie gefangen war. Sie zwängte ihr Gesicht in den Fensterschlitz und machte gerade noch direkt unter sich eine scharlachgekleidete Gestalt aus.

Morgeu! Purpurne Lichtstrahlen schossen aus ihrem zuckenden Leib hervor, schlugen in die Scharen der Krieger, die bergauf stürmten, und ließen sie zu Fetzen vergehen, die der Wind davontrug. Als sie dies sah, schlug Ygrane gegen die Steinwand und schrie zu der jungen Frau hinab, sie solle aufhören, doch ihre Stimme verhallte nutzlos in den Bergen.

Die Luft um Morgeu wurde von einer Kraft verzerrt, die sie überschattete. Ygrane erkannte daran, daß ihre Tochter von einem Dämon besessen war.

Die Königin wich zurück, streckte einen Arm zum Fenster

hinaus und öffnete die Hand in einem Versuch, ihren Drachenkriegern ein Zeichen zu geben, sie sollten sich zurückziehen, da sie Angst um sie hatte. Doch da öffnete sich die Tür der Zelle, und zwei Y Mamau mit Wolfsmasken stürzten herein.

Ygrane stieß einen Fluch aus, der den Kriegerinnen die Knie zusammenknicken ließ. Zwei weitere kamen herein, Ygrane zuckte erneut und erteilte einen weiteren unsichtbaren Schlag, der die Kriegerinnen rückwärts umwarf.

Aber diese beiden Angriffe erschöpften sie, und als sich die nächsten beiden Wolfskriegerinnen auf sie stürzten, konnte sie nur matt ihre Fäuste schwingen. Sie packten Ygrane an den Armen und schleiften sie aus der Kammer, den Korridor entlang und die steinerne Wendeltreppe hinab. Sie hasteten dahin, rissen sie schmerzhaft an den Armen und ließen ihre Beine auf die Stufen aufschlagen, so daß ihre Schienbeine geprellt wurden. Sie wollten Ygrane unbedingt nach unten bringen, bevor sie die gewaltige Kraft ihrer Flüche wiedergewonnen hatte.

In der Zeremonialkrypta schleuderten sie die Königin zu Füßen der Morrígan-Statue auf den Boden, rannten hinaus und schlugen hinter sich die Tür zu. König Einer-kennt-die-Wahrheit war verschwunden. Merlin wirbelte auf der Suche nach dem Gott in den finsteren Nischen umher und verließ die Krypta, indem er durch die Steinmauern nach draußen entwich. Dort erhaschte er einen Blick auf den Gott, einen grünen Blitz im Wald unter den scharlachroten Schwingen des Morgens. Der Hirschkönig rief seine Truppen zurück, um sie für einen Flankenangriff neu aufzustellen.

Als Merlin zu der Krypta zurückkehrte, fand er Ygrane vor dem Götzenbild der Dämonengöttin liegen. Er glaubte, sie bete zu der Mutter mit den Reißzähnen, dann berührte er sie und fand, daß sie leer war.

Tot!

Angst packte ihn, und er begann verzweifelt einen Zaubergesang zu rufen, um sie wiederzubeleben, obwohl er bezweifelte, daß ein so mächtiger Zauber wirken konnte ohne seinen physischen Leib, der die herbeigerufene Lebenskraft sammeln müßte. Schreckliche Vermutungen kamen ihm in den Sinn, dann verstummte er mitten in seinem Ruf.

Der Zauberer umhüllte den feinen Splitter ihres Lebens mit seiner Herzensenergie, und seine Angst verwehte. Ygrane hatte das gleiche getan wie er: Sie hatte ihren Leib verlassen. Anders als er hatte sie jedoch niemand, der über ihre leibliche Hülle wachte. Aus diesem Strang, der sie mit ihrem Leib verband, hörte er ihre Gedanken und spürte er ihre Gefühle.

Das Einhorn erfüllte Ygranes Sinn. Sie hatte die schreckliche Gefahr auf sich genommen, ihren Leib hier im Schlupfwinkel ihrer Feinde unbewacht zurückzulassen, um nach dem Tier zu suchen.

Das geistige Bild des langen, knochigen Gesichts des Einhorns verschwand und wurde durch einen erstaunlichen Anblick ersetzt, der ihre Aufmerksamkeit gefesselt hatte. Und Merlin sah, was sie schaute.

In der Helligkeit der oberen Luftschichten erschien ein reiner Rubin. Wie ein Meteor zog er eine Flammenspur über den Himmel und fiel vor die Sonnenflammen, die den Kelch der östlichen Berge füllten. Ein scharfer, saurischer Schattenriß vor der Sonnenscheibe, der immer größer wurde – eine riesige Drachengestalt – Uthers Drache!

Fetzen dunkelbrauner Haut schälten sich von Vray Vitkis Flanken ab, wie Pilzlamellen von einem Baum, und wie Flecken von Flechten überzogen alte Wucherungen seinen langen Hals. Als er den Hintergrund der Sonnenscheibe verließ, sah der Drachenmagus alt aus. Beulen überzogen seine Flanken, von seinen Krallen lösten sich Flocken wie aus stumpfem Metall. Von seinen Lefzen wehten Schnurrhaare wie Fetzen von Seetang. Nur in den Augen, die in ihren düsteren Höhlen glühten, war Leben. Und seine Schwingen wirbelten wie Nordlichter mit regenbogenfarbenem Feuer.

Der Drachenmagus landete in einem düsteren, engen Tal,

so nahe an dem Turm, wie er konnte, ohne den Felsenhaufen umzustürzen. Einen Augenblick später war er schon wieder fort. Uther von der Anderwelt heraufzutragen hatte die Kraft erschöpft, die Merlin dem alten Drachenmagus gegeben hatte. Hätte Vray Vitki länger verweilt, dann wäre er gestorben.

Uther schlich sich aus dem Tal heraus, hinter ihm folgten die Daoine Síd, angeführt von ihrem gewaltigen Gott mit dem Rentiergesicht.

Als Ethiops sie erblickte, floh er in die Festung, denn er wußte, daß er dem Hirschkönig und seiner Verstärkung nicht standhalten konnte. Morgeu sank leer zusammen, als er sie verlassen hatte. Jetzt war sie nur noch eine Frau und fiel geschwächt auf den Boden. Kurz blickte sie auf den einzelnen Mann, der an der Spitze der sonst unsichtbaren Angreifer ihr entgegenkam. An seiner schwarzen Lederrüstung und dem dunklen Haar erkannte sie ihn.

»Uther!« schrie sie. »Zur Hölle mit dir!«

Sie zwang sich aufzustehen und eilte in den Turm, warf die Eisentür hinter sich zu und rammte den rostigen Bolzen ins Schloß. »Morrígan!« brüllte sie und raste die Treppen hinab.

In der Krypta entdeckte sie ihre Mutter, die mit dem Gesicht zum Boden vor dem Bild der tanzenden Todesgöttin lag, und sie blieb stehen, unsicher, was das bedeutete. »Mutter?« schrie sie. »Was tust du? Beten? Dann bete! Du gehörst hierher! Nicht zu Uther. Du bist ihr Opfer! Bete!«

Als Ygrane nicht sofort antwortete, beugte sich Morgeu über sie und näherte ihr verwirrtes Gesicht dem ihrer Mutter. Sie legte die Finger an die Kehle der Liegenden und spürte den schwachen Puls der Schlagader. Als sie erkannte, wie verletzlich ihre Mutter jetzt war, stieß sie ein schrilles Gelächter aus. »Was hast du getan?« flüsterte sie in Ygranes Ohr.

Merlin schlug auf Morgeu ein und versuchte vergeblich, sie mit seiner körperlosen Anwesenheit abzulenken.

Dann stand Morgeu abrupt auf. Merlin dachte schon, er hätte das bewirkt. Sie blickte sich um und suchte nach der

Obsidianklinge, die bei Zeremonialopfern benutzt wurde. Sie ging aufmerksam am Rand der Krypta entlang und durchsuchte die Gebeinhaufen und talgverschmierten Schädel an den Nebenaltären.

Von oben verkündete das Quietschen berstenden Metalls, daß ihre Feinde durchgebrochen waren. Hinter einer der Schlangensäulen öffnete sich eine Tür und ein halbes Dutzend Wolfskriegerinnen drängte mit gezogenen Schwertern herein. »Prinzessin!« keuchte die erste durch ihre Maske. »Die Síd haben den Turm erreicht!«

»Wo ist Morrígan?« fragte eine andere.

Morgeu ignorierte ihre Frage und zeigte auf den dunklen Treppenschacht, der nach draußen führte. »Vier von euch gehen dort hinauf. Bringt Uther um!« Sie packte die restlichen beiden an ihren Schwertarmen. »Wir müssen das Messer für die Opfer finden. Wo ist es?«

»Dafür ist keine Zeit«, erwiderte eine der hündischen Masken mit rauher Stimme. »Kein Zeit, Prinzessin! Die Síd sind im Turm. Sie töten mit kaltem Feuer!«

»Wir müssen fliehen«, sagte die zweite scharf. »Wenn wir nicht fliehen, dann wird Morrígan heute alle ihre Verehrerinnen verlieren.«

»Nein!« schrie Morgeu. »Morrígan hat es versprochen. Ich soll die Königin unseres Volkes werden.«

»Dann müssen wir fliehen, Prinzessin – sofort!«

Morgeu blieb im Licht der Fackeln im Korridor stehen. »Halt! Nehmt Ygrane mit! Dann soll Morrígan ihr Opfer später bekommen.«

»Keine Zeit – schau nur!« Die Kriegerin zeigte mit ihrem Schwert den Gang hinab. Dort quoll ein purpurner Dunst hoch. »Lauf! Beeil dich!«

Merlin erkannte, was dieser Dunst bedeutete. Ein Trupp von Drachenkriegern kam den Korridor herabgestürzt, die vergifteten Lanzen angriffsbereit. Die wolfsgesichtige Kriegerin wich nicht und wollte sie aufhalten, doch sie war nur ein Mensch, schwerfällig im Vergleich zu den geschmeidigen

Elfen. Die Elfenlanzen schnellten unter der Klinge hindurch, die sie schwang, und durchbohrten ihre Schenkel und ihren Unterleib.

Schrecken packte Morgeu. Sie drehte sich um und wollte fliehen, doch die Angst ließ ihre Knie weich werden. Ihre letzte verbliebene Kriegerin packte sie an Ellbogen und Schulter und schob sie voran. Merlin sah, wie sie in die Zitadelle zurückwichen und wie Morgeu mit äußerster Angst zurückblickte.

Der Zauberer wandte sich um und machte sich auf die Suche nach dem König. Uther Pendragon stand auf der Schwelle des Eingangs, dessen Eisentür der Hirschkönig aus ihren Angeln gerissen hatte. Drachenkrieger eilten an ihm vorbei in den Treppenschacht, um die übrigen Y Mamau zu erledigen, die noch unten stationiert waren. Zufrieden darüber, daß Uther sicher war, glitt Merlin durch die Felsmauer zurück in die Krypta, um über Ygranes Leib zu wachen.

Im Schein der Schädellampen blieb er im Raum schweben. Ygrane war schon in ihren Leib zurückgekehrt. Sie setzte sich auf. Ihr Gesicht war so bleich wie ein winterlicher See, und ihre Augen starrten ins Nichts. Beklommen berührte Merlin sie – in ihrem Inneren war sie nicht allein. Ethiops befand sich in ihrem Hirn, sehr klein, so eng zusammengerollt, wie es Merlin bisher nicht von einem Dämon für möglich gehalten hatte.

Der Zauberer lauschte auf das, was Ygrane fühlte. Er hatte Angst um sie. Glänzend schwarz umschlang Ethiops, der Aal, das Bewußtsein der Königin. »Du hast eine große Gefahr auf dich genommen, als du deinen Körper verließt«, sagte der Dämon mit seiner geschmeidigsten Stimme, »und nun hast du verloren. Jetzt bist du eine Geisel in deinem eigenen Gehirn. Verstehst du das?«

Ygrane starrte ausdruckslos vor sich hin und ignorierte die Stimme in ihrem Kopf. Sie war entschlossen, das Vipergesicht nicht zur Kenntnis zu nehmen, das ihren Geist besetzt hielt. Sie konzentrierte sich wieder auf das Einhorn und wollte die jadefarbene Wendeltreppe sehen, die aus der Schwärze seiner vertikalen Pupillen aufstieg.

»Ich bin in dir, Ygrane«, gurrte Ethiops. »Weißt du, was das bedeutet? Ich kann dich berühren.«

Ein stechender Schmerz ließ sie das Gesicht verziehen und die Stirne runzeln.

»Ethiops – hinaus!« rief Merlin. Aber der Dämon konnte ihn nicht hören. Niemand konnte seine astrale Stimme hören.

Der Schmerz hörte auf, und eine mißtönende, geile Lust schrillte durch Ygranes Leib.

»Gefällt dir das?« flüsterte der Dämon. »Möchtest du mehr davon?«

Das Einhorn nützt nichts, erkannte sie, und Merlin fühlte ihren Gedanken. Das ist sogar für das Einhorn zu schrecklich, als daß es sie daraus retten könnte.

»Wenn du genau das tust, was ich sage«, flüsterte Ethiops in ihr, »dann werde ich dich am Leben lassen. Du wirst nicht gegen mich kämpfen. Du wirst dorthin gehen, wohin ich dich zu gehen heiße, du wirst tun, was ich dich zu tun heiße, und ich werde dir dein Leben lassen.«

Ygrane richtete ihre Aufmerksamkeit vom gegenwärtigen Augenblick weg und blickte in den dunkelsten Teil ihres eigenen Selbst hinab und suchte nach der Fremden, die sie auf dem Tiefpunkt ihrer Verzweiflung gesehen hatte. Wo war sie – Uthers Freundin? Miriam …

»Schweigen«, forderte Ethiops. »Du wirst in meiner Gegenwart schweigen.«

Miriam, rief Ygrane aufs neue – und sie sah wieder vor ihrem geistigen Auge die Frau mit dem blauen Schleier. Miriam erschien mit geneigtem Haupt, als betete sie. Sie hob ihr Gesicht, die Augen waren geschlossen, die Lippen bebten in Worten, die einem tieferen Hören anvertraut waren. Und dann öffneten sich ihre großen Augen wie die Sonne.

Merlin wich aus der zuckenden weißen Hitze zurück und hörte Ethiops' erbärmliches Aufheulen. In dem blendenden

Blitz sah Merlin, wie die Aalsgestalt des Dämons sich krümmte und sich zappelnd von Ygrane entfernte. Auf der Stelle war der Schrecken vorbei. Der Dämon war fort. Ygrane blinzelte und berührte mit zitternden Fingern ihre Schläfen. Ihr Geist war leer – wieder heil.

»Ygrane!« Uther stürmte in die Krypta und stürzte durch die Weihrauchschwaden auf sie zu. »Bist du verletzt?«

Die Königin hob ihm die Arme entgegen und lächelte, um zu zeigen, daß sie heil war. Sie umarmten einander, betäubt von der Wucht der Ereignisse, stumm angesichts der körperlichen Gefahren und der übernatürlichen Schrecken, die sie getrennt und dann wieder an diesem gräßlichen Ort zusammengeführt hatten. Uther hob sie auf und trug sie zum Treppenschacht, während die Krieger des Bleichen Volkes in ihren Feuerschlangenrüstungen zuschauten und unruhig auf die bösen Schatten achteten, die die Schädellampen auf das scheußliche Götzenbild warfen.

»Laß mich neben dir hinaus ins Licht gehen«, sagte Ygrane, und Uther ließ sie auf die Füße nieder. Zusammen stiegen sie der Sonne entgegen.

Ygrane betrachtete ihre Hände, die in den Jahren ihrer Ritte mit ihrer Fianna zäh geworden waren, und sie wünschte sich, sie könnte auch an ihrer Seele Schwielen bekommen. Der Schmerz, den sie um ihre Tochter empfand, war gefährlich. Er ließ sie ihre früheren Leben vergessen und gab ihr die Empfindung ein, Morgeu sei ihr einziges Kind in all ihren Inkarnationen. Traurigkeit erfüllte ihr Herz, und ihre Brust schmerzte, während sie sich auf einen Felsklotz inmitten von Stengeln der Vogelmiere niedersetzte. Uther kniete nieder, um sie zu trösten, und sie bat ihn, sie einen Augenblick lang sich selber zu überlassen.

Morgeu … intonierte sie stumm und schloß die Augen. Sie wünschte sich, sie hätte die Magie, um den tieferen Schmerz in ihrer Tochter zu heilen, den der Dämon benutzte, um die junge Frau besessen zu machen. Dieser

Schmerz muß meine Schuld sein. Meine Liebe zu ihr war zu schwach, dachte sie.

In ihrem Stolz als Königin hatte sie ihr Volk, ihre Fianna und ihre Magie mehr geliebt als ihre Tochter aus Gorlois' Samen.

Die Liebe, die sie jetzt in sich für Morgeu entdeckte, schien mehr aus ihrer Angst um ihr Kind zu entspringen als aus Wärme und Fürsorge. Sie hatten nie viel geistige Gemeinsamkeiten gehabt. Das Einhorn und die Magie, die während jener goldenen Sommer von ihr zu Morgeu geflossen war, hatten sie für eine Weile einander nahegebracht. Aber jetzt wünschte sich die Königin von Herzen, sie hätte nie ihre Magie mit Morgeu geteilt, nie ihrer Tochter die größere Welt der Geister gezeigt. Wenn sie Morgeu Gorlois überlassen hätte, dann hätten die Dämonen sie vielleicht nicht berühren und so schrecklich mißbrauchen können.

Ygrane wandte Uther den Rücken zu, damit er ihre Tränen nicht sah. Morgeu durfte nicht seine Sorge sein, denn das, was sie zusammen vollbringen mußten, durfte nicht durch ihre persönlichen Ängste und Qualen eingeengt werden. Die schreckliche Zeit, die sie bei Ethiops zugebracht hatte, bestärkte sie darin. Das Böse wuchs stärker auf Angst und Qual. Und alles, was sie wirklich für Morgeu empfand, war Angst um das Leben und die geistige Gesundheit ihrer Tochter – und die Qual, die in ihrem Herzen an der Stelle war, wo sich die Liebe hätte befinden sollen.

Als Merlin endlich alles gesehen hatte, was er sehen konnte, entschloß er sich, nach Avalon in seinen Leib zurückzukehren. Wie ein Falke kreiste er über der unheilvollen Felsenfestung und entdeckte tief unten einen roten Fleck, Morgeu.

Ihr Gewand bauschte sich im Wind ihrer schnellen Flucht, als sie und die letzten ihrer Y Mamau hoch zu Roß auf einem Pfad durch den grauen Bergwald flohen. Der König und die Königin gingen auf einem Serpentinenweg in die entgegengesetzte Richtung. Merlin nahm an, daß sie jetzt sicher waren und daß er wieder seine eigene leibliche Gestalt annehmen konnte, um sich dann ihnen in Maridunum anzuschließen. Auf ihn wartete das Schwert Blitz – und das Einhorn.

Doch während er im stillen Sonnenschein über die fernen hohen Berge dahinglitt, erschienen ihm seine Erwartungen falsch, denn er sah, daß der König und die Königin in der Wildnis allein waren und daß ihnen eine beschwerliche Reise ohne den Schutz der Fianna, der königlichen Reiterei oder der Krieger des Hirschkönigs bevorstand.

Er suchte nach König Einer-kennt-die-Wahrheit. Schwarze Vogelschwärme markierten den Horizont, und jenseits von ihnen entdeckte er den grünen Blitz des Hirschkönigs. Seine Schar Drachenkrieger in ihren roten Rüstungen folgten ihm westwärts durch rosafarbene Federwolken.

Zwar peinigte den Zauberer die Müdigkeit, doch er hatte kein gutes Gefühl dabei, Ygrane und Uther allein in den Bergen zurückzulassen, obwohl er in seinem gegenwärtigen Zustand nichts unternehmen konnte, um ihnen zu helfen. Um ihre Sicherheit besorgt, ging er in einem Birkenwäldchen an einem kiesigen Bach nieder, wo sie angehalten hatten, um sich zu erfrischen.

»Weißt du, wo wir sind?« fragte Uther, löste die purpurne Seidenschärpe von seiner rechten Schulter und tauchte sie in den Bach.

»Weit weg von irgendwo«, seufzte Ygrane und setzte sich auf einen flachen Felsklotz neben einen üppigen Stachelbeerbusch. »Die Y Mamau verstecken sich ohne Zweifel fern aller menschlichen Behausungen, um ihrem mörderischen Kult zu huldigen.«

Uther setzte sich neben sie und wischte zart die Tränenspuren von ihren Wangen. »Es tut mir leid, daß unsere Hochzeit so schlimm ausgegangen ist.«

»Mir tut noch mehr leid, daß so viele gute Leute gestorben sind«, klagte die Königin und pflückte lustlos an den Beeren herum. »Was glaubst du, was uns noch bevorsteht? Noch mehr Mord? Noch mehr Gemetzel?«

»So sollte es nach unserem Willen nicht gehen«, sagte er sanft. »Als wir uns in der Kapelle als gewöhnliche Menschen begegneten, haben wir uns verstanden. Aber die Königin und der König sind Leute, die von der Geschichte getragen werden.«

»Dann laß uns nicht zurückkehren, Uther.«

Uther hob den Kopf und blickte sie fragend an. »Wie denn das?«

»In diesen Bergen gibt es Dörfer.« Ygrane hob ihr Gesicht zu den tiefen Schluchten, aus denen Dunst ins Sonnenlicht aufstieg. »In einem wurde ich geboren. Dort habe ich meine glücklichsten Jahre erlebt.«

»Ygrane«, protestierte er liebevoll. »Wie könnten wir das denn machen? Unsere Leute werden nach uns suchen – deine Fianna würde nie aufgeben. Selbst jetzt befinden sie sich in der Unterwelt und suchen dich.« *Die Unterwelt ...* Das Erstaunen über seine Reise in die Unterwelt umgab ihn weiter wie ein wohlklingender seltsamer Traum. Seit er in die natürliche Welt zurückgekehrt war, fühlte er sich so viel kleiner als je zuvor, verkleinert durch alles, was unsichtbar war – und er betete immerzu für seine Männer, die in jenem dunkleren Reich zurückgeblieben waren. Jedoch wollte er dorthin zurückkehren, gerufen von einem majestätischen und wohlwollenden Schicksal. Der Flug mit dem Drachenmagus blieb ihm nur undeutlich im Gedächtnis, wie ein Trugbild der Trunkenheit, das verflog, wenn man wieder nüchtern wurde. Aber das Erlebnis der elysischen Felder des Hirschkönigs beunruhigte ihn, denn davon blieb eine lebhafte Freude zurück.

Ygrane betrachte ihn mit einem resignierten Lächeln. »Du hast recht, Uther, mein Liebster. Ich weiß, daß wir nicht vor uns davonlaufen können. Aber es ist ein schöner Gedanke, nicht wahr?« Sie streifte ihm das zerzauste Haar aus den Augen. »Denk mal darüber nach – wir würden außerhalb eines Dorfes weit weg von einer Festung leben, auf unserem eigenen kleinen Hof. Vielleicht könntest du mich deinen Glauben lehren ...«

»Meinen Glauben?« Uther riß sich von seinen Gedanken an die Unterwelt los und grinste schief. »Was sagst du da? Du, die Königin der Kelten – eine Christin?« Nach seinem Erlebnis in der Gegenwart des Hirschkönigs fühlte er sich von seiner Religion eingeschränkt, wie ein Mann, der gezwungen wurde, die Welt nur durch ein Guckloch zu betrachten. Es gab soviel mehr, als er sich jemals in seinen kühnsten Gedanken vorgestellt hatte!

»Uther – hast du eine Freundin namens Miriam?«

Uther suchte zu verstehen. »Nein ...«

»Dann eine geistige Freundin«, beharrte Ygrane und näherte ihr Gesicht seinen goldenen Augen. »Zu der du gebetet hast, seit du ein Junge warst?«

»Miriam?« Er schaute ihr verwundert in die Augen. »Miriam – das ist der hebräische Name von Maria, der Mutter Jesu. Ja, zu ihr habe ich mein ganzes Leben lang gebetet.«

»Sie ist zu mir gekommen, weißt du. In Morrígans Krypta. Sie sagte, sie habe versucht, dir die Liebe zu geben, die deine Mutter nicht geben konnte.«

»Sie hat das gesagt?« Er hob seine dünnen, dunklen Augenbrauen. »Was willst du mir sagen, Ygrane?«

»Es ist wahr«, beteuerte sie.

»Du glaubst daran?« fragte er mit dünner Stimme.

»Die Wahrheit der Dinge besteht in dem, was ich sehe«, erwiderte sie standhaft. »Seit ich ein Kind war. Und das ist der Fluch und der Segen meines Lebens gewesen.«

Mit einem Stirnrunzeln versuchte er erneut, sie zu verstehen. »Also, deine Visionen haben dir gezeigt, daß ... daß mein Glaube wahr ist?«

»Jeder Glaube ist wahr, Uther«, sagte sie sanft, wie zu einem Kind. »Die Wahrheit deines Glaubens habe ich nie bezweifelt. Aber erst jetzt erkenne ich, daß er auch für mich gelten muß – jetzt, wo wir Mann und Frau sind.«

Uther lehnte sich zurück und schüttelte den Kopf. »Das ist zuviel für mich – dieser Tag, oder waren es Tage? Der Geist meines Bruders – der Hirschkönig – Vray Vitki – und unsere

Männer noch in der Unterwelt …« Seine Stimme wurde ruhiger, er unterdrückte seine Heftigkeit. »Willst du mir sagen, daß du Christin werden möchtest?«

»Ja, Uther. Es überrascht mich nicht weniger als dich. Ich möchte deine christliche Gattin sein und lernen, wie du Gott verehrst.« Sie bemerkte das Unbehagen in seinem Gesichtsausdruck und mißverstand es. »Oh, ich weiß, das muß dir wie ein Schock vorkommen – wo ich doch früher so eigensinnig war. Vielleicht hätte ich von Gorlois lernen sollen. Aber er war kein gläubiger Christ – nicht so wie du, Uther.«

Der König verschränkte die Arme und kniff sich nachdenklich in die Unterlippe.

»Uther, was ist?« Sie blickte ihn forschend an und redete weiter, schneller als zuvor: »Bist du unzufrieden mit dem, was ich gesagt habe? Glaubst du, daß ich mich irre – in dem, was ich gesehen habe? Vielleicht war es die Vision des Dämons, das Werk des Dämons. Doch das glaube ich nicht.«

Er schreckte verlegen aus seinen Grübeleien hoch. »Nein, nein. Ich bin mir sicher, was du gesehen hast, ist durchaus wirklich, Ygrane. Tatsächlich bin ich mir dessen sicher. Ich weiß …« Er kämpfte mit sich selber. »Ich weiß es, weil ich euren Gott gesehen habe. Ich sah ihn – so wie ich dich jetzt sehe. Ich bin neben ihm gestanden. Ich habe sogar mit ihm gesprochen. Und der Drachenmagus – Vray Vitki hat mich aus der Unterwelt hierher getragen. Hast du den Drachen gesehen?«

Sie nickte nüchtern. »Natürlich. Er hat dich zu mir gebracht.«

»Ja! Der Hirschkönig hat ihn für mich herbeigerufen. Mein Bruder …« Er stand auf und ging am Ufer des Baches entlang. Der Kies knirschte unter seinen Füßen. »Mein Bruder war auch da. Wir haben miteinander gesprochen.« Er fiel in Schweigen und blickte zur Seite.

Ygrane folgte ihm mit den Augen. »Dir ist eine große Ehre zuteil geworden«, sagte sie feierlich. »Nicht einmal ich hatte bisher das Privileg, die größere Welt in meinem sterblichen

Leib zu besuchen, mußt du wissen. Nur in Visionen habe ich sie geschaut.«

»Ygrane, noch gestern hätte ich gedacht, es wäre unerträglich, daß jede Religion wahr ist …«

»Mein König, was immer das menschliche Herz ersinnt, ist wahr«, sagte sie und beobachtete ihn, wie er am Rand des Wassers auf und ab ging. »Die geistige Welt geht uns voraus. Die Götter ersinnen sich uns. Wir sind der Traum – sie sind die Träumer.«

Uther schritt ruhelos am silbernen Saum des Baches hin und her. »Und unsere Männer? Meine Garde und deine Fianna – wo sind sie jetzt? In einem Traum?«

»Auch ich leide für sie, mein König. Ich leide für sie, weil ich ihnen nicht helfen kann. Wir müssen darauf vertrauen, daß der Hirschkönig sie freigibt.« Sie hob ihr Gesicht. Hier in den Schatten der Bäume wirkten ihre Augen noch grüner. »Wir müssen den geistigen Mächten vertrauen – so wie sie uns hier in unserer geringeren Welt vertrauen.«

Uther blickte finster vor sich hin. »Genau das ist es … die Welt der Wahrheit ist soviel größer als das, was man mich gelehrt hat. Aber was sollen wir dann glauben? Was ist die lebendige Wahrheit unseres Lebens?«

»Die Wahrheit wartet direkt vor unseren Augen«, sagte Ygrane.

Uther blieb stehen und blickte sie erwartungsvoll an. »Der Hirschkönig will meine Seele haben.«

»Er wird sie nicht bekommen«, sagte Ygrane erschrocken. »Wenn wir ein vereintes Paar sein sollen, verheiratet an Leib und Seele, dann werde ich mit dir zur Jungfrau Miriam beten, und sie wird uns zu gegebener Zeit mit einer edlen christlichen Seele segnen, die unser Sohn und Nachfolger sein wird.«

Uther runzelte unsicher die Stirn. »So einfach ist es nicht«, murmelte er. »Ich … es war unbeschreiblich dort unten, Ygrane. Ich war so glücklich, als ich beobachtete, wie die Seelen in dem schönen Wald tanzten. Schon da hätte ich fast auf der Stelle meine Seele hergegeben.«

Ygrane lauschte still. Ihr Gesicht füllte sich mit der ganzen Melancholie ihres jungen Lebens.

Uther nahm ihre Hände und spürte, wie kalt sie waren. Er sah die Blässe ihrer Wangen. »Du brauchst etwas zu essen – und Ruhe.«

Sie legte ihre Hände auf seine Schultern und lehnte erneut ihre Stirn an die seine. »Mein Gemahl, etwas Wunderbares und Schreckliches geschieht mit uns.«

»Ja ...« Er schloß die Augen. »Wunderbar und schrecklich.« Er schob sie sanft zur Seite und sammelte eine Handvoll Stachelbeeren. »Du mußt essen. Hier, das ist nicht viel, aber ich werde in die Festung zurückgehen und schauen, ob ich dort etwas finde. Es muß dort oben Proviant geben.«

Sie berührte seine Wange mit der Hand und bewegte ihn zu bleiben. »Es ist nicht notwendig, an diesem bösen Ort zurückzukehren, mein Gemahl. Das Bleiche Volk wird uns nicht verhungern lassen. Als ich noch ein Kind war, haben sie mich gelehrt, wie man Fallen aus Weidenzweigen baut, und als meinen ersten Zauber habe ich gelernt, wie man schwarze Hasen herbeiruft – die Anhänger der alten Sitten, wie meine Eltern, essen nämlich nur schwarze Hasen, weißt du, denn die Hasen mit hellerem Fell sind der Mondgöttin heilig.«

Uther reichte ihr eine Handvoll weißer Beeren. »Dann iß jetzt wenigstens das hier. Ich werde Weidenzweige sammeln, und wir werden eine Falle bauen. Und auch ein Feuer machen. Wir werden uns heute ausruhen, bevor wir weiterwandern.«

Auf Ygranes Gesicht erschien ein grimmiges Lächeln, das sogleich wieder verflog. »In gewisser Weise sollte ich meiner Tochter für das danken, was sie uns angetan hat. Bevor sie mich entführte, waren du und ich nur dem Namen nach verheiratet. Aber jetzt, durch diese Heimsuchung, sind wir auch in unseren Seelen vermählt.«

Den ganzen Tag verweilte Merlins Geist bei ihnen. Er kämpfte tapfer gegen die Erschöpfung, die ihn immer wieder zu übermannen drohte, und blieb wach, damit er nicht nach Avalon zurück in seinen Leib glitt. Er spürte, daß noch ein Geheimnis enthüllt werden mußte, bevor er sich von ihnen trennen konnte. Ein Geheimnis, dessen Natur er noch nicht kannte, aber das er erkennen würde, wenn er es sah.

Sonnenlicht tropfte wie Honig durch die Herbstblätter. Das kleine Feuer, das das Paar auf dem Kiesufer entzündet hatte, kämpfte mit dem feuchten Oktoberwind. Wie sie es vorhergesagt hatte, fing Ygrane in der Falle einen schwarzen Hasen. Sie häuteten ihn, brieten ihn über dem Feuer und aßen ihn zusammen mit den letzten wässerigen Blaubeeren des Herbstes. Die Schrecken der Krypta verblaßten allmählich, während sie die Stunden in ihrer Zweisamkeit verbrachten, den ganzen langen Tag im goldenen Waldland.

»Wenn wir zurückkehren, wird sich natürlich nichts ändern«, sagte sie ruhig, als sie gegessen hatten. Mit ihrem zerzausten Haar und dem zerrissenen Gwn sah Ygrane eher wie eine Elfenfrau als wie eine Sterbliche aus. »Meine Kelten werden deinen Britanniern nie völlig vertrauen, fürchte ich. Ich bin mir sicher, daß es zwischen unseren eigenen Völkern Streit geben wird, selbst wenn wir uns vereinigen mit dem Ziel, gemeinsam den Barbaren Widerstand zu leisten.«

»Vielleicht wird sich nichts ändern, aber gibt es eine andere Möglichkeit? Können wir nicht zurückkehren und uns den Tatsachen stellen?« Uther lächelte bei dem Gedanken, vor ihrer Aufgabe zu fliehen, und einen Augenblick lang glaubte Merlin, daß Uther es vielleicht tun würde – davonlaufen –, und dieser Gedanke löste in dem Zauberer panische Angst aus. All ihre gemeinsame Arbeit wäre verloren.

»Ist dir schon der Gedanke gekommen, daß keiner von uns beiden in Purpur geboren wurde?« sagte Uther nachdenklich. »Was würde geschehen, wenn wir einfach zu dem Zustand zurückkehrten, den wir als Kinder kannten?«

Ygrane stieß gedankenverloren nach dem verwelkten Laub auf dem Boden. »Wenn wir als König und Königin zurückkehren, dann werden wir einander gewiß verlieren – wenn nicht an den Kriegsrat, dann an die Obliegenheiten des Hofes, an die Treffen mit den Abgesandten, an die Kämpfe ...« Sie hielt inne und blickte ihn im honigfarbenen, heiligen Licht des Waldes an. »Uther, ich habe Angst.«

Diese Worte riefen in ihm die Angst wach, von der er seinen Bruder in der Anderwelt hatte reden hören, und selbst Merlin als Geist sah, wie Uthers Herz zusammenschrak. »Es ist recht, Angst zu haben, meine ich. Sonst werden wir einander verlieren. Selbst hier draußen in der Wildnis können wir uns nicht verstecken – nicht vor unseren Völkern, vor unserem Schicksal. Nicht einmal vor unserem Tod.«

Ygrane schien noch bleicher zu werden. »Warum sprichst du vom Tod?«

Uther senkte den Blick und bemerkte an seiner Stiefelspitze einen blassen Fingerhut, der voll erblüht war, wie eine kleine Seele in einem weißen Mantel. »Es kommt über mich, Ygrane. Ich kann nichts dagegen tun. Der Gesichtsausdruck meines Bruders, bevor er zu ... zu seinem ewigen Schicksal ging –, er beschäftigt mich immer noch. Ich hatte ihn nie in seinem ganzen Leben so dreinschauen sehen, so voller Angst, so zerknirscht. Der Tod hat ihn gedemütigt, wie sonst nichts im Leben es je vermocht hätte. Das belastet meine Gedanken.«

»Denk nicht daran, ich bitte dich, Uther. Um uns herum hat es zuviel Tod gegeben. Ich bin dessen überdrüssig.«

Uther blickte sie liebevoll an. »Dann werde ich nicht mehr davon reden«, versprach er und hob ihrer beider ineinander verflochtene Hände an seinen Mund. »Aber tu dies eine für mich – nenne mich nicht Uther. Du nicht.«

Ygrane blickte ihn verwirrt an.

»Mir hat dieser Name nie gefallen«, gab er zu. »Ein barbarischer Name. Merlinus hat ihn sich ausgedacht, um meinen Feinden Angst einzujagen.«

»Wenn wir zurückkehren, werde ich dich also Theo nennen.« Sie schob die dunklen Locken aus seinen Augen.

»Also, werden wir zurückkehren?« Er legte ihr den Arm um die Schulter. »Und wo werden wir leben? Bitte nicht in

Londinium – in diesem Vipernnest der Intrigen und des Verrats.«

»Aber die keltischen Festungen sind kaum brauchbar – bloß baufällige alte römische Häuser und verfallende Legionskasernen.« Ygrane seufzte. »Es ist eine Schande, aber ich muß zugeben, daß wir Kelten wenig getan haben, um die alten Festungen zu erhalten. Vermutlich ist Tintagel geeignet. Es gehört mir aufgrund älterer Rechte. Gorlois hat vor einigen Jahren versucht, mich zu verführen, indem er mir Tintagel schenkte.«

»Es ist zu weit weg. Wenn wir irgendwo als König und Königin leben müssen, dann ist es besser, unser Haus näher an den Ländern einzurichten, die wir verteidigen.«

»Aber nicht in der Stadt der Legion«, stöhnte Ygrane. »Das ist ein erbärmlicher Ort – all die schwarzen Steine und die alten Bauwerke.«

»Ja, wirklich. Wir werden unsere eigene Festung bauen müssen – etwas Neues, um diese unwahrscheinliche und glückliche Verbindung zu ehren.«

Bei diesem Gedanken hellte sich Ygranes Gesicht auf. »Eine neuartige Festung – ohne Mauern! Überhaupt kein Fort, sondern ein riesiges Amulett, eine Stadt, erbaut aus dem Zauber in unseren Herzen und im Land selbst …«

»Das mit den Mauern müssen wir noch überdenken …«

»Wir werden etwas Neues machen«, schwärmte Ygrane. »Wir werden keine Mauern brauchen. Du wirst sehen. Natürlich möchte ich einen großen Garten haben. Vielleicht könnte die Haupthalle darum herum gebaut werden, im alten römischen Stil. Nur viel größer – mehr wie ein Park. Oh, glaubst du, wir bringen das fertig, Theo?«

Glücklich schlenderten sie durch das Laub des Waldlandes. Und so ließ Merlin sie zurück. Ihn quälte schon die Müdigkeit. Inzwischen schwirrten die letzten Libellen durch die kühle Luft, und das runde, gelbe Taggestirn versank im weiten Rachen des Sonnenuntergangs.

Das Zwielicht nahm zu. Merlin streckte seine Sinne in die Dämmerung aus und suchte nach Gefahr. Er hoffte auf die Rückkehr der Síd und ihres Hirschkönigs. Gefahren entdeckte er nicht. Über ihm flatterten Raben, die ersten Boten der einfallenden Nacht. Sie ließen sich auf den karg belaubten Zweigen der großen Bäume nieder, während kleine Elfenlichter tief über der wurzeldurchzogenen Erde blinkten und zwischen den moosbewachsenen Ästen umgestürzter Bäume glitzerten.

Niemand vom Elfenvolk kam durch das Tor zwischen den Welten. Das enttäuschte Merlin. Wie sehr er auch versucht sein mochte, seiner Erschöpfung nachzugeben und in seinen eigenen Leib zurückzukehren, hielt er sich doch immer noch bei Uther und Ygrane auf. Er mußte sicher sein, daß das königliche Paar geschützt war. Das, so glaubte er, war die Offenbarung, die er suchte: der kurze Anblick eines Engels, die Ankunft der Fianna oder der Männer des Königs. Er nahm in der Umgebung nichts Bedrohliches wahr, keinen Hinweis auf Morgeu oder auf Gefahr durch Tiere. Trotzdem fand er keine Verbündeten, und deshalb zögerte er, sie allein zu lassen.

Der Zauberer schwebte ziellos durch die Kräuter und Farne unter dem rotgoldenen Glanz der Abenddämmerung. Wie immer schien er der Mittelpunkt des Alls zu sein, und zum ersten Mal seit dem Beginn der Zeit erschien ihm dieser Gedanke seltsam.

Warum führt eigentlich das Schicksal jeden von uns zu so verschiedenen Zielen, wo wir doch alle aus dem gleichen Zeug gemacht sind? So viele verschiedene Pfade zurück zu ihr und soviel Schmerz bei der Rückkehr, dachte er.

Nachdem er die Umgebung mit seiner Herzensenergie abgesucht hatte, kehrte er wieder in die zuckenden Schatten des Lagerfeuers zurück und entdeckte zu seinem großen Interesse, daß König und Königin über ihn sprachen.

»Der Hirschkönig hat Merlin auf dem Einhorn fortgeschickt«, sagte Uther, während er eine kleine Forelle in den offenen Flammen briet. »Er ist nach Avalon geritten, einer Insel in der westlichen See.«

»Ein Ort, den ich gut kenne«, sagte Ygrane leise und blickte von den Maronen und Haselnüssen auf, die sie schälte. »Ja, dort leben die neun Königinnen. Du hast von ihnen noch nicht gehört?«

Uther schüttelte den Kopf, und Ygrane erzählte ihm die alte Geschichte, so wie Merlin sie selbst erfahren hatte. Motten flatterten durch den Rauch des bratenden Fisches, während Ygrane Uther über das Opfer des Winterkönigs aufklärte.

Als sie geendet hatte, blickte Uther sie ungläubig an. »Sie haben ihre Könige umgebracht?«

»Seit Tausenden von Jahren war das ihre Sitte«, bestätigte Ygrane.

»Und die Könige haben mitgemacht?«

Die Königin warf eine Handvoll Nußschalen in das Feuer. »Gibt es da wirklich einen Unterschied zu deinem Jesus? Er folgt der gleichen Tradition, mußt du wissen.«

»Er ist für unsere Sünden gestorben – um unsere Seelen zu retten«, berichtigte Uther sie. »Er war ein Zimmermann, kein König.«

»Er war der König der Juden, nicht wahr?«

»So haben ihn die Römer im Spott genannt.«

»Aber er war in Wahrheit der Messias, der Gesalbte, und damit der geistige König seines Volkes, der wahre König. Habe ich nicht recht?«

»Vermutlich schon. Aber er war nie mit einer Königin verheiratet.«

»Nicht?« Ygrane legte die Nüsse auf die heißen Steine, die das Feuer umgaben. »Du sagst, er sei gestorben, um die Seele zu retten. Ist die Seele keine Frau?«

»Ist sie das denn?«

Ygrane warf ihm ein ungläubiges Lächeln zu. »Und du nennst dich einen Mann des Wissens! Lies noch einmal deinen Plotin, lieber Theo – und deinen Aristophanes. Sie werden es dir sagen. Der Geist ist ein Mann, und die Seele ist eine Frau. Dies haben meine Druiden von Anfang an gelehrt. Du siehst also, Jesus ist der Seele zuliebe gestorben, der Königin seines Volkes. Sein Leben und Sterben vollzog sich in der alten Art der opfernden Königinnen.«

Uther überdachte dies alles skeptisch, während er den gebratenen Fisch auf ein langes Stück Birkenrinde legte. »Du redest wie der gelehrte Merlinus, wenn er die Philosophen zitiert. Er hat mich gelehrt, daß die Neuplatoniker glauben, daß der höhere Geist, der Nus, männlich sei, und die Materie, die Hyle, weiblich. Und ich lernte wirklich von der Kirche, daß Christus, der Logos, das Wort, männlich ist, und die Seele, die er rettet, weiblich.« Er trat mit einer eleganten Verbeugung vor und setzte den Fisch zwischen ihnen beiden ab. »Du wirst eine sehr nachdenkliche Christin abgeben, Ygrane. Aber die Kirchenältesten finden vielleicht deine Einsichten mehr als nur ein bißchen beunruhigend.«

»Genauso ist es mit den Druiden. Sie wissen, was sie wissen, und das Verständnis ihrer Lehre, das weitergegeben wurde, darf nicht gestört werden. Ich will dir ein Geheimnis anvertrauen.« Während sie mit einem Haselstecken die Nüsse in das Feuer drehte, erklärte sie: »Die Druiden vertreten das gleiche patriarchalische Erbe wie der Wüstenstamm, der deinen Erlöser hervorgebracht hat.«

Uther legte das Kinn an. »Die Hebräer?«

»In den alten Zeiten«, fuhr Ygrane fort, »als das Zeitalter der Königinnen zu Ende ging und unser Volk über ganz Europa verbreitet war, bis hin zu den südlichen Wüsten, da übernahmen die Druiden die heilige Rolle der Priesterinnen, und das Opfer der Könige endete. *Hu Gadarn Hyscion – Hu der Mächtige,* der unser Volk nach Britannien geführt hat –, dieser mächtige Hu war ein Nachkomme Abrahams. So habe ich es von *Hochsilber,* dem Oberdruiden selbst, gehört, als er mit meiner Lehrerin, der alten Raglaw, sprach. Druidische Altare werden aus unbehauenen Steinen errichtet, wie man es in dem heiligen Buch vom Auszug der Hebräer aus dem alten

Ägypten findet. Kapitel zwanzig, Vers fünfundzwanzig: ›Wenn du mir aber einen Altar aus Steinen errichten willst, so darfst du ihn nicht aus behauenen Steinen bauen.‹« Uther lachte ob dieser überraschenden Kenntnisse. »Hast du das auswendig gelernt?«

Ihre Augen leuchteten.

»Du möchtest, daß ich glaube, daß eure Druiden Juden sind?«

»Ich bitte dich, dies zu glauben: daß sie das Zeitalter der Könige mit dem gleichen Glauben begannen«, sagte die Königin. »Daß sie den Glauben an die Unsterblichkeit der Seele und an ihren Übergang von einem Leben zum anderen gemeinsam haben. Das ist eine der geheimen Lehren der Hebräer – ich glaube, sie nennen sie *gilgul*. Auch die Griechen haben daran geglaubt. Und die prächtigen Reiche im Osten. Und obwohl wir den Schöpfer in seiner ganzen Schöpfung verehren, in der Sonne, den Sternen, den Bäumen und Felsen, so glauben wir doch, daß Gottes Name ein unenträtselbares Geheimnis ist.«

Ein tiefes Glück erfüllte sein Herz, als er sie von diesen heiligen Dingen sprechen hörte.

»Da ist noch mehr. Höre, Theo. Es gibt drei Wüstenpropheten – Jesaja, Jeremia und Sacharja –, die vom kommenden Messias als dem ›Zweig‹ sprechen, Die Druiden lehren uns ebenso, daß unser Erlöser der Zweig ist – der allheilende Mistelzweig, die goldene Schmarotzerpflanze, die auf den Ästen von Bäumen wächst.«

»Dann ist unser Glaube gar nicht so weit auseinander«, wunderte sich Uther, und sein sorgengefurchtes Gesicht wurde im Licht der Flammen wieder jung. Liebevoll trennte er die saftigsten Fischstücke für sie ab.

Mit ruhigem Blick nahm Ygrane die Stücke entgegen, die er ihr anbot, und sie schaute ihm in die vom Feuer funkelnden Augen, während sie ihm ein Stammesgeheimnis anvertraute: »Die Druiden verehren das Kreuz. Wenn sie den Zweig finden, dann kennzeichnen sie den Baum als ein Kreuz

– und sie schnitzen in den Zweig den Namen Allheiler, was in meiner Sprache Yesu lautet.«

Uther klatschte in die Hände. Der Schrei eines Raben begleitete das Echo.

Ygrane erwiderte seine Begeisterung mit einer ruhigen, schwesterlichen Heiterkeit. »Wir sind ein Volk, das Volk dieser Erde. Die Zeit der Königinnen ist vorbei. Jetzt regieren die Könige die Welt, und sie haben über die Grenzen der Völker hinweg einen gemeinsamen Glauben. Sie glauben, was sie glauben wollen. Doch das ändert nichts an der Wahrheit der Dinge, oder?«

»Die Wahrheit ...« Er erbebte innerlich. »Neun Königinnen warten auf Avalon. Meinst du das?«

»Ja. Sie waren auf Avalon, lange bevor Abraham lebte. Und sie waren dort schon lange, bevor es Babylon gab, von dem Abraham gelernt hatte, was er wußte. Und lange vor Ägypten. Und lange vor jedem Königreich. Die Königinnen regierten das Volk Jahrtausende lang, länger, als die meisten Leute heute glauben, daß die Welt schon besteht. Und in dieser ganzen Zeit haben sich die neun Königinnen versammelt, um in Avalon zu sitzen und mit ihrem magischen Blick Zeuginnen der Grausamkeiten unseres Menschengeschlechts zu sein. Indem sie Erbarmen in ihren eigenen matriarchalen Seelen schaffen, indem sie sich selbst ändern, ändern sie uns alle.«

»Aber das Zeitalter der Königinnen ist vorbei«, sagte Uther nachdenklich.

»Lange vorbei.«

»Warum sind sie dann noch dort?«

»Sie warten darauf, daß die Annwn – die Engel – sie ablösen. Durch Könige.«

In einer Vorahnung weiteten sich Uthers Augen. »Soll ich der erste sein? Sind wir deshalb zusammengekommen?«

»Nein, Theo.« Sie nahm seine Hand. »Ich habe nichts davon mit meinem tiefen Blick gesehen.«

Ihm wurde kalt ums Herz. Er begriff nicht länger, was sein Leben enthüllte. Seit er diese heidnische Königin geheiratet hatte, die von den Hebräern abstammte, war seine Wachwelt zu einem Traum geworden: Gewöhnlicher Kummer und gewöhnliche Hoffnung schwanden in ihm jetzt dahin, nachdem er den Geist seines Bruders in der Unterwelt umarmt und seine Seele einem Tiergott zum Pfand gegeben hatte und auf dem Rücken des drachenhaften Satans seiner Alpträume aus der Hölle entwichen war. Er fürchtete sich für das, was er getan und was er gesehen hatte. Und er erinnerte sich an Braunmähnes Warnung, daß Menschen in den Hohlen Hügeln ihren Verstand verlieren.

Ygrane nahm die Haselnüsse vorsichtig von den Feuersteinen und legte sie kunstvoll um den Fisch. Sie genoß den süßen und zugleich scharfen Geruch ihrer Speisen und richtete auf einem glatten Rindenstück eine Portion des mit Nüssen gewürzten Fisches für Uther her.

Als er sie dabei beobachtete, ließ die Angst in ihm nach. Sie schien mit diesen seltsamen Wahrheiten so ruhig vertraut zu sein, daß er sich bei ihr sicher fühlte. Er stand auf und holte die geflochtene Grastasche mit den Beeren aus dem Bach, wo er sie zur Kühlung deponiert hatte. »Genug von all dem. Mir schwirrt der Kopf, wenn ich noch länger darüber nachdenke. Wir haben alle Hände voll zu tun mit der Arbeit für unser Königreich. Wir müssen unsere Männer von den Síd zurückholen. Wir brauchen sie für die Aufgaben, die in diesem Leben noch vor uns liegen. All das – die neun Königinnen, der Hirschkönig, die Engel und Dämonen …« Er verzog das Gesicht in übertriebenem Erstaunen über die Fülle schicksalhafter Mächte, die sie umgaben, und erntete ein Lächeln von Ygrane. »Alles übrige überlassen wir Gott und den Engeln.«

König und Königin saßen zusammen in der warmen Aura des Feuers und sprachen gemeinsam ein Gebet über ihr einfaches Mahl: »Wir danken dir aufs neue, Herrgott«, begann Uther, »daß du uns an diesem Tag aus den Händen derer befreit hast, die uns schaden wollten – und wir danken dir, daß du uns einander wiedergegeben hast, uns beide, die du verbunden hast, um die Völker dieses Landes gegen ihre Feinde zu vereinen.«

»Gott soll am Anfang und am Ende gepriesen sein«, schloß Ygrane. »Möge der Schöpfer des Himmels und der Erde Erbarmen zuteil werden lassen.«

Merlin gab endlich seiner Schläfrigkeit nach. Aber anstatt sanft in seinen physischen Leib in Avalon zurückzuschweben, schnellte sein Astralleib heftig davon. Der Zauberer wußte: wenn er nicht langsamer würde, dann würde sich die Zukunft vor ihm entrollen. Jetzt wollte er keine weitere Vision mehr erdulden, nicht mit seinem von Müdigkeit fast gelähmten Bewußtsein. Das Ringen um die Verlangsamung seines Fluges war wie das Schwimmen stromaufwärts in einem wogenden, starken Fluß. Er war zu müde. Also zog er sich zurück und fand sich erneut bei Ygrane und Uther wieder.

Ihr Essen stand kalt und unberührt neben ihnen, und sie lagen nackt im Feuerschein. Ihre Leiber hatten die Farbe von Rotwild oder von Hügeln im Sonnenuntergang. Dies wollte Merlin nicht sehen. Sie bewegten sich im Rhythmus des Feuers, und obwohl es dem Zauberer unangenehm war, sich in die Wahrheit ihres Zusammenseins hineinzudrängen, und er nicht den Willen hatte zuzuschauen, konnte er nicht wegblicken, ohne wieder fortzugleiten, zurück nach Avalon. Er klammerte sich an sie, so wie sie sich aneinander klammerten ...

Finger tauchten in Haar ein, Beine umschlangen sich, verzückte Gesichter offenbarten im seidigen Schein des Feuers heftige, geheimnisvolle Gefühle. Merlin schreckte davor zurück, sie zu beobachten, denn er fürchtete, sie mit seiner dämonischen Gegenwart zu beschmutzen. Er dämpfte seinen Blick auf die Aura, die ihre beiden Leiber umgab. Eine Sonne ging auf. Nicht weiß und blendend wie ein Engel, sondern kühler: ein diamantenes Leuchten, in dem sich das Feuer ihrer wogenden Leidenschaft brach.

Merlin ließ los. Er konnte es nicht ertragen, noch mehr zu

sehen. Es erinnerte ihn zu schmerzlich an die bösen Intimitäten, die er einst als Incubus vollbracht hatte. Er ließ sich los und fiel zurück, zurück nach Avalon und in die Zukunft. Und während er fiel, verdichtete sich die weiße Sonne, die aus den vereinigten Körperlichtern des Königs und der Königin bestand, zu einem Stern unter den zahlreichen Sternen der Nacht.

Fern von Merlin loderten Uther und Ygrane. Von Vorbedacht und Sorge leer, erfüllt von Instinkt und Gegenwart wilder Wesen, tauchten sie in die namenlose Nacht, entflammt von der Sonne der Liebe.

Als Merlin sich von dem königlichen Paar entfernte, enthüllte sich ihm plötzlich die unmittelbare Zukunft. Er sah die beiden im Feuerschein, wie sie mit den Fingern aßen und weiter über das plauderten, was vor ihnen lag – der Marsch durch die Wälder zur nächsten Römerstraße und schließlich zurück nach Maridunum, wo der Zauberer nach Anweisung des Hirschkönigs sie treffen sollte.

»Warum schickt der Hirschkönig Merlinus nach Avalon?« fragte die Königin.

»Um ein Schwert zu holen – ein Schwert, das die Engel einem Zwerg gestohlen haben, glaube ich.«

»Das Schwert Blitz.«

»Du weißt davon?«

Ygrane hörte auf zu essen. »Ich weiß, daß Brokk es vor langer Zeit für den Wüter geschmiedet hat. Es ist eine Waffe, von der die Sagen erzählen. Nur eine wirklich erhabene Seele kann es führen, ohne unheilbaren Schaden zu leiden.«

»Das werde dann nicht ich sein ...« Uther fingerte an seinem Essen herum. »Ich weiß, wie ich König geworden bin. Merlin und Ambrosius haben mich zu dem gemacht, was ich bin. Es ist nicht mein Verdienst.«

»Stell nicht dein Licht unter den Scheffel, Theo«, schalt ihn Ygrane. »Du warst es. Nicht ein anderer. Gott hat dich auserwählt.«

»Aber warum?« Uther neigte den Kopf. Er war wirklich verwirrt. »Ich war nichts als ein Stallmeister. Wie ist es dazu gekommen?«

»Schicksal – und Magie.«

Uther warf ihr einen scharfen Blick zu. »Das bestreite ich nicht! In der Tat, Schicksal und Magie.« Ein grimmiges, sarkastisches Lachen stieg in ihm auf, als er sich kühl an seine Reise in die Unterwelt erinnerte. »Als ich die Seelen der Toten sah, Ygrane, da sah ich sie tanzen und lachen. Ich hörte die Musik, die sie bewegt.« Sein Gesicht entspannte sich. »Es ist viel größer – so viel größer als alles, das ich mir je hätte vorstellen können.«

»Ja.« Sie blickte ihn verständnisvoll an. »So ist die Wahrheit immer.«

»Kann sie unserem Volk einen Triumph über die Eindringlinge gewinnen?«

»Schon, aber sie haben auch ihre eigene Magie.« Ygrane verzog einen Mundwinkel zu einem bitteren Lächeln. »Magie ist nur die Hälfte. Der Rest ist Schicksal.«

»Gottes Wille.« Er blickte sie mit ungeschmälerter Bewunderung an und erkannte tief in seinem Inneren, warum er sich neben ihr so froh fühlte: Sie war verletzlich, ohne wehleidig zu sein. »Du hast unser gemeinsames Schicksal schon angenommen, was immer es uns bescheren mag.«

»Habe ich das?« Im Feuerschein wirkten ihre Gesichtszüge wissender, als sie sich selbst empfand.

»Du hast mich zu dir gerufen«, sagte er. »Du wußtest, daß ich auf der Welt war, noch bevor du mir begegnet bist. Von Anfang an hast du dein Schicksal als Königin angenommen. Deshalb hast du diese Hügel verlassen, deshalb auch Gorlois geheiratet. Du weißt, daß du zu einem Leben als Herrscherin bestimmt bist.«

»Bin ich das?« fragte sie kaum hörbar.

»Ja, Ygrane. Zwar weiß ich nichts vom Schicksal, aber dies weiß ich.« Seine Stimme war voller Gemütsbewegung, einer Mischung aus Furcht und Hoffnung. »Dein Sohn – unser

Sohn – wird eine stolze Seele sein, dazu bestimmt, des heiligen Schwertes würdig zu werden.«

Ihr aufmerksames Gesicht strahlte Heiterkeit aus. Sie setzte an, etwas zu sagen, aber Uther gebot mit seinen Fingern ihren Lippen Schweigen. Er beugte sich vor und berührte ihre Stirn mit der seinen. Ihre Lippen waren trocken und warm.

Als sie sich küßten und ihre Gesichter eine Silhouette in der Dunkelheit bildeten, mit dem Feuerschein zwischen ihren Stirnen wie ein glühender Stern, zog sich Merlin aus dieser Vision zurück.

Sie blühten beide in ihrer Umarmung auf, füllten sich mit Leben, wurden sichtbar zusammen größer, sichtbar stärker, je mehr sie sich umschlangen. Und der Zauberer dachte an all die getrennten Sterne über ihm, all die getrennten Wesen und Dinge, jedes genau in der Mitte von Überall und Nirgendwo – all diese Sehnsucht nach Ganzheit war in diesen beiden enthalten, diese bedeutungsvolle Vereinigung der Schicksale zu einem gemeinsamen Licht in der Dunkelheit, eine Harmonie aus Verzückung und Gefahr, aus Wissen und Mysterium, aus Schicksal und Magie.

Die Zeit öffnete sich. Wie eine gebirgige Wüste lag die Zukunft mit einer riesigen Aussicht vor Merlin, farblos wie Schiefer. Ganze Berghänge von Zeit knickten nach allen Seiten weg. Der Zauberer lachte zügellos, überwältigt von dem schwindelerregenden Panorama geschäftiger Szenen. Er sah vor allem Schlachten – Barbaren in ihren seltsamen Lederfetzen und lädierten Rüstungen und Uthers schwarzgekleidete Reiter, die über das Hügelland dahinfegten.

Viel näher, auf dem hügeligen Feld vor sich, entdeckte Merlin das Einhorn und die Soldaten, die es aus der Anderwelt herausgeführt hatte. Die Fianna und die königlichen Reiter kamen aus einem Winkel zwischen den Hügeln hervor. In ihren Bärten hing Salz, ihre gequälten Gesichter waren durch die Tortur im ewigen Ödland härter geworden.

Müde stapften sie an einem Bach entlang, der über ein Kiesbett floß, bis sie auf Ygrane und Uther stießen, die in gegenseitiger Umarmung unter einer Decke aus Blättern schliefen. Den Abhang weiter hinab ritten sie alle mitten durch den Wald. Noch weiter entfernt folgten sie einer Römerstraße – und da war auch schon Maridunum mit seinen braunen Mauern, auf denen wilder Wein wuchs.

Merlin spähte zum Horizont, in einen Himmel, der wie zerbrochener Quarz aussah. Eine Fata Morgana flatterte vor seinen Augen, eine verzauberte Landschaft mit tosenden Wasserfällen und dunstigen Bergspitzen unter den silbernen Lippen des Mondes. Dicht daneben führten Pfade im samtigen Riedgras vorbei an wachsamen Basilisken und geflügelten Drachen. Das Band eines Flusses öffnete sich ins Meer, auf der glänzenden Mündung trieb träge ein Kahn vorbei. Neun stolze Königinnen standen aufrecht am Bug, ein toter König lag kalt und blau auf der Ruderbank.

Uther? Der Zauberer konnte nicht sehen, wer es war.

Auf dem diesseitigen Ufer wogte eine weitere Schlacht, das Gras war blutverschmiert, der Himmel voller schwirrender Pfeile, und traurig erkannte Merlin die Breitbeile und Feueräxte der Barbaren, die durch Staub und Dunst hindurchblitzten. Wie eine Flammenzunge wehte Uthers Banner mit dem roten Drachen zwischen den schwarzen Rauchfahnen der Schlacht.

Der Zauberer wandte seinen Blick ab. In der Nähe erblickte er auf einem Fleck grauen Grases, das in einem geisterhaften Wind schwankte, niedrige Buckel aus Granit und eine runde Scheibe aus Eichenholz – ein großes Rad, das aus einem riesigen Baum geschnitten worden war. Das Rad neigte sich, fiel hinab und landete auf den Granitbuckeln. Und von diesem Augenblick an war es kein Rad mehr, sondern ein Tisch – ein riesengroßer runder Tisch. In seiner Mitte stand ein silberner Kelch, verziert mit goldener Einlegearbeit und umflossen von Sternenlicht.

Ein Engel kam aus der Schlucht hervor, ein lebendiges

Feuer mit blendendem Licht, und plötzlich war Merlin wieder in seinem Leib, zurück auf Avalon. Er saß mit gekreuzten Beinen auf dem festgestampften Erdboden und starrte in einen Speer aus Sonnenlicht hinauf. Schnell wandte er sein Gesicht ab. Durch das Nachbild einer schwarzen Sonne hindurch sah er die neun Königinnen, die auf ihren Thronen saßen und ihn durch ihre schwarzen Schleier beobachteten.

»Was hast du gesehen?« fragte Rna mit müder Stimme und neigte sich leicht vor.

Merlin öffnete den Mund, um zu sprechen, doch die Erschöpfung lastete auf seiner Brust. Er murmelte einen Wachsamkeitszauber, und die Müdigkeit verging. Sein Kopf war völlig klar. Er begann den neun Königinnen zu erzählen, wie Uther Ygrane mutig gerettet hatte und welches Strahlen der Liebe er zwischen den beiden beobachtet hatte.

»Nein, Myrddin.« Die alte Rna schüttelte den stolzen Kopf. »Was hast du von den Zeiten gesehen, die kommen werden?«

»Nicht viel«, berichtete Merlin und rieb sich die Augen. »Ein Engel hat mich unterbrochen, und ich kann euch immer noch nicht deutlich sehen. Wie lange habe ich in die Sonne gestarrt?«

»Hast du die Geburt gesehen?« fragte die Stimme der Alten beharrlich, hohl wie ein Echo. »Wird es eine Geburt geben?«

»Ich weiß es nicht.«

»Hast du dich dann selbst gesehen? Wirst du von hier aus Uther folgen?«

Merlin zuckte mit den Achseln, richtete seinen Stab auf und benutzte beide Hände, um schwerfällig auf die Füße zu kommen. Sein Leib fühlte sich trotz des Wachsamkeitszaubers schwer an, und er mußte beide Arme und Beine einsetzen, um sich aufrecht zu halten. »Ich habe euch gesehen, euch alle Neun, in einem Kahn auf einem Fluß, der in das Meer mündet. Ein toter König lag zu euren Füßen.«

Der schwarze Schleier der ältesten Königin flatterte, als sie ärgerlich seufzte und sich zurücklehnte. »Das ist schon wohl bekannt, Myrddin. Hast du noch etwas anderes gesehen?«

»Vor allem Schlachten.«

»Was ist mit dem Schwert Blitz und dem Sternenstein. Sicher hast du sie gesehen?«

»Nein.« Merlin überlegte einen Augenblick. »Nur einen großen, runden Tisch, der aus einer Eiche geschnitten war. Ich glaube, es war ein Tisch. Mit einem schön geformten Kelch aus kostbarem Metall in der Mitte, aber ohne Stühle und Menschen.«

Rna lehnte sich wieder vor, diesmal weiter. Ihre Hände umklammerten die Armlehnen, ihre Ellbogen spreizten sich nach außen wie Schwingen. »Du hast den Gral gesehen?«

»Ich habe einen silbernen Pokal gesehen, mit Einlegearbeiten aus Goldfaden so fein wie Menschenhaar – ein außergewöhnliches Leuchten ging von ihm aus.«

»Das ist der Gral, Myrddin.« Trotz ihrer gleichmütigen, gebieterischen Art klang die Stimme der verschleierten Königin jetzt erregt. »Die Herren des Feuers haben ihn verfertigt, damit er die Kraft auffängt, die sie vom Himmel herabschicken.«

»Eine Antenne.« Merlin kaute an seinem Schnurrbart. »Die Engel müssen sie benutzen, um Energie zu sammeln.« Er suchte nach einem Wort, um die Kraft zu benennen, die er als Dämon gekannt hatte. Electricus – Bernstein-Reibung. »Die Elektrizität ... Es gibt ein enormes elektrisches Potential zwischen der Erde und der höheren Atmosphäre ...«

Eine Bewegung lief durch die anderen acht Königinnen, sie wandten sich einander zu und murmelten miteinander. Doch der Falkenblick der Ältesten wich nicht von Merlin. »Du mußt jetzt gehen, Myrddin. Pflanze den Sternenstein dort ein, wohin das Einhorn dich führt. Dann überreiche das Schwert Blitz an König Uther. Wenn du den Eichentisch deiner Vision baust, wird euch der Gral gegeben werden.«

Bevor der Zauberer antworten konnte, zitterte der Raum. Merlin dachte zuerst, es läge an seinem geblendeten Blick, und er blinzelte. In der Luft schwammen riesige Protozoen, und die Umrisse der runden Kammer krümmten sich und schwankten. Undeutliche Bilder tauchten auf und zerbrachen, als sähe man sie in unruhigem Wasser. Und als Merlin wieder ruhig und deutlich sehen konnte, waren der kreisförmige Raum und die neun Königinnen verschwunden.

Merlin stand in einem Kreis aus Steinen, die mit feuerfarbenen Flechten überzogen waren. Neun Bäume schwankten in einem Wind, der den Geruch des Meeres mit sich trug: Birke, Eberesche, Erle, Weide, Esche, Weißdorn, Eiche, Stechpalme und Hasel. Aus dem kalten Wind, der durch diese Schutzbäume hindurchwehte, strömte Energie in ihn, und ihn umgab eine klare Luft, die nach Seesalz und dem mineralischen Atem der Berge schmeckte.

Der Zauberer blieb nicht länger an diesem Ort. Die neun Königinnen hatten ihn um einer Aufgabe willen zu ihm selbst zurückgeschickt. Eine geschmeidige Kraft erfüllte seine Beine. Er verließ den Steinkreis und lief durch den Apfelwald zurück zum schwarzen Teich.

Dort stand am Rand des Wassers das Einhorn und trank von der Welt, die in der zitternd spiegelnden Wasserfläche schwamm. Sein Fell flimmerte vor überreicher Kraft. Es blickte auf, als er näher kam, und wartete.

Beim Anblick des schönen Wesens verlangsamte Merlin seinen Schritt. Er erinnerte sich zu gut an den himmlischen Frieden, den er bei der Berührung des Einhorns empfand – und an die Verdammnis, die immer auf die Trennung folgte.

Merlin ging um das Einhorn herum, am Rand des kleinen Sees entlang und trat zu dem Sternenstein und dem Schwert, das im Spalt des Steins steckte. Mit Körperkraft allein konnte er den Felsen nicht bewegen, aber mit der Kraft, die er aus der Erde holte, und einem kräftigen Zaubergesang konnte er ihn dazu bringen, daß er einige Zoll über dem Boden schwebte. Merlin steuerte den Stein zu der Stelle, wo das Einhorn ihn beobachtete, dann stieg er auf das Tier.

Wie schon zuvor öffneten sich in seinem Gehirn die duftenden Blüten des Paradieses, und die Gnade des Himmels schien durch alles hindurchzuleuchten. Seine Kraft vervielfachte sich, und nach einem nachdrücklichen Stoß mit seinem Stab erhob sich der Sternenstein in die Luft. Nach etwas mühevollem Hin und Her flog der Stein ihnen voran, als sie nach Osten galoppierten.

An der Felsenküste wehte ihnen Seewind entgegen. Das Einhorn fegte über die unruhige Meeresfläche dahin und wirbelte hinter sich Gischtfahnen auf. Wellenkämme wogten auf allen Seiten. Der Zauberer und sein Roß stürmten geradewegs auf die blauen, mit Heidekraut überwachsenen Klippen der fernen, gewöhnlichen Welt zu.

Nebliger Nieselregen begrüßte die Fianna und die Reiter des Königs, als sie die gespenstische Dunkelheit der Unterwelt verließen. Anfangs glaubten die müden Krieger, diese graue Leere sei ein weiteres Hindernis auf ihrer Flucht. Aber die Spur der gespaltenen Hufe, der sie gefolgt waren, endete im feuchten Erdboden zwischen Immergrün und Rhododendren.

Falon glitt von seinem Roß und hob das Gesicht in den sanften Regen. Im pastellfarbenen Nebel erspähte er die gezackten Umrisse von Föhren und roch ihr Harz. Erleichtert lachte er los. Die Schönheit der Welt versteckte sich im Nebel, als wäre sie ein Geheimnis, und die anderen Männer begannen erst langsam zu begreifen.

»Männer!« rief Falon, während ihm schwindelte. »Wir sind daheim!«

Stöhnen und heisere Rufe wie »Gesegnetes Cymru!« ertönten aus der überwältigten Mannschaft. Alle warfen sich auf den Boden und umarmten die fruchtbare Erde. Mit müden Augen rappelten sich die Männer hoch und taumelten durch den Nebel auf die Schatten riesiger Bäume zu. Wie Blinde tasteten sie mit ausgestreckten Armen nach den mächtigen Säulen der Baumstämme, dankbar, daß sie wieder Rinde und Föhrennadeln und die Gaben des Regens spüren durften.

Oben auf der Anhöhe sahen die Wanderer, daß der Nebel nur in den Talmulden hockte. Die Helligkeit des Morgenhimmels über ihren Häuptern tat ihren Augen weh. Berauscht von Morgentau und Sonnenstrahlen, tanzten die schlammverschmierten Männer wie Spaßmacher ausgelassen herum. Auch die Pferde lebten im neuen Licht wieder auf und wieherten freudig im Herbstwind.

Falon allein bewahrte genügend Haltung, um sich zu orientieren. Von einem Ast aus, den roter Efeu umwand, suchte er mit den Augen die dunstigen Hügel ab, die sich in den gebirgigen Norden erstreckten, und er erkannte, daß sie sich im Wald des *Demeter*-Stammes befanden. Selbst mit ihren erschöpften Pferden konnten die Reiter bis zum Abend des folgenden Tages Maridunum erreichen. Falon sammelte seine Männer und führte sie durch den Morgennebel zum Kiesbett eines Baches, damit sie sich dort wuschen und ihre Pferde tränkten.

Dort fanden sie den König und die Königin, die in gegenseitiger Umarmung unter einer Blätterdecke schliefen. Dieser Anblick erfreute die Krieger ebensosehr wie die warme Berührung der Sonne und die vertrauten Hügellandschaften ihrer Heimat, denn jetzt wußten sie, daß ihre wahnsinnige Durchquerung des Schattenlandes nicht umsonst gewesen war. Mit jubelnden Schreien weckten sie das königliche Paar.

Freudig erstaunt setzten sich Uther und Ygrane auf. Alle Müdigkeit nach der langen Nacht ihrer Liebe verflog, als sie sahen, daß ihre Männer unversehrt waren. In festlicher Stimmung wurde ein Feuer entzündet, während einige Krieger durch den Wald pirschten, um einen Hirsch zu schießen. Die Bogenschützen, die noch halb benommen waren, trafen kein Tier, aber die Fianna-Krieger fingen zahlreiche Forellen, und während der Mahlzeit erzählte man, was sich ereignet hatte.

Der Ritt nach Maridunum, mal unter Wolken, mal im Sonnenschein, reinigte sie von allen Empfindungen aus der Anderwelt. In der Nacht lullte sie der Regen, der auf die Weißdornzweige ihrer Schutzdächer fiel, in einen traumlosen

Schlaf, und sie erwachten in einer kühlen, grauen Morgendämmerung neben sumpfigen Waldpfaden. Als die Morgensonne am Himmel stand, folgten sie einer tief gefurchten Wagenspur, vorbei an kleinen Gehöften und Obstgärten, die so alltäglich und vertraut waren, daß viele der Männer sich endlich heil genug fühlten, um sich Tränen zu erlauben.

Falon mußte immerzu die Königin beobachten. Sie wirkte auf ihn jetzt verändert, denn er hatte sie nie zuvor glücklich gesehen. Die Düsterkeit der Anderwelt hatte seinen Blick für dieses Leben geschärft, und er bemerkte mit Freuden die winzigsten Einzelheiten ihrer gehobenen Stimmung. Er sah, wie die Grübchen ihrer Wangen sich etwas vertieften, wenn sie mit dem König ein Lächeln und stolze Blicke austauschte, und in ihrer Stimme hörte er ihre Seele anklingen, wenn sie mit Uther sprach. Sie war verliebt.

Falon sah darin eine himmlische Gnade, einen Segen für das ganze Volk. Seit sie ihn vor fünfzehn Jahren in ihren Dienst gerufen hatte, schien Ygrane immerzu mit ihrer Magie beschäftigt zu sein. Durch ihre Trancereisen und die Gespräche mit unsichtbaren Wesen war ein großer Teil ihrer Persönlichkeit in der Geisterwelt zu Hause. Aber jetzt erschien sie für Falons scharfen Blick ganz in dieser Welt verwurzelt.

Uther hatte Ygrane verändert und war selbst auch verändert worden, von dem unsicheren König im schwarzen Gewand, der die Königin geheiratet hatte, in einen keltischen Helden, einen Wanderer durch die Hohlen Hügel, einen würdigen Gefährten der Hexenkönigin. Falon spürte endlich, welch starke Magie seine schwermütige, mit Sorgen beladene Königin in all diesen Jahren angesammelt hatte. Die Geschichte der Gezeiten von Königreichen offenbarte sich in diesem dunstigen Wald, erhob sich zwischen entlaubten Bäumen und wirbelte um dieses königliche Paar.

Sie ritten zusammen ohne Sattel auf Falons Roß, die Königin in der Umarmung des Königs, und sie hielten die Zügel gemeinsam. Dieses lebendige Symbol inspirierte die Fianna-Krieger und die Reiter des Königs dazu, beim Reiten gewissenhaft ihre Verteidigungsposten beizubehalten, um das zu schützen, was sie so schwer gewonnen hatten. Falon teilte sich ein Reittier mit einem der Männer, die in der Unterwelt gestorben waren, während ein anderer der Wiedererstandenen schnell vorausgaloppierte, um die Wachen in Maridunum von ihrer Ankunft zu unterrichten.

Als sie den ersten Weiler erreichten, inmitten grüner Weiden, auf denen rote Kühe grasten, da erschienen ihnen die zurückliegenden Abenteuer nur noch als eine Sage. Was vor ihnen lag, das rief sie – das Bündnis zwischen Kelten und Römern, und die notwendigen Schlachten, die gewonnen werden mußten, um ihr Königreich zu vereinen.

Braunmähne, in das grüne Gewand und den weißen Kapuzenmantel seines höchsten Druidenranges gekleidet, hieß den König in seinem Privatgemach willkommen. Obwohl der Raum klein war und mit dicken ledergebundenen Büchern vollstopft, die auf einem Schreibertisch aufgestapelt lagen, hatte er eine gewölbte Decke, die ihm eine gewisse Vornehmheit verlieh. Eine Lampe mit Duftöl, die an einer Kette von der Decke herabhing, füllte den Alkoven mit einem warmen Licht und dem Duft reifer Äpfel.

Dies war die private Zelle des Druiden, wo er sich den alten Texten widmete. Seit dem schrecklichen Erlebnis bei der königlichen Hochzeit, all die Tage lang, die ihm jetzt wie Wochen vorkamen, war er hier gesessen, in tiefes Nachsinnen und Gebet versunken und in die heiligsten Schriften vertieft: *Das Buch vom Grünen Feuer* und *Das Gelbe Buch vom Zweig*, Niederschriften der mündlichen Lehren der frühesten Druiden. In ihnen suchte er nach Erklärungen für die schrecklichen Mirakel, die er erlebt hatte, und er glaubte, er habe sie in diesen ehrwürdigen Spruchsammlungen gefunden.

In beiden Quellen stand geschrieben: ›Es wird Zeichen und Wunder geben, wenn die feurigen Namen wieder gehört werden ...‹ Das war die Stelle, über die er in dem Augenblick nachgedacht hatte, als das Siegeshorn ertönte und Uther mit der Königin nach Maridunum zurückkehrte. Jetzt, nachdem er ihre Geschichten gehört hatte, verstand er: ›die feurigen Namen‹ waren die Helden der alten Zeit, die großen Seelen, die die Phantomgestalt des Fleisches anlegten, wenn das Volk ihre helle Wärme und Macht brauchte.

Braunmähne sah Uther Pendragon in diesem Licht. Bis zum Schrecken der Hochzeit hatte der oberste Druide nur an den politischen und militärischen Vorteil dieses erneuerten Bündnisses mit den Römern geglaubt. Aber jetzt, da der König aus den Hohlen Hügeln zurückgekehrt war, jetzt, da Uther Pendragon selbst davon sprach, daß er dem Hirschkönig der Daoine Síd gegenübergetreten war und mit ihm um Seelen gehandelt hatte, jetzt erkannte Braunmähne in dieser Vereinigung etwas viel Größeres.

Es fand eine spirituelle Offenbarung statt. Braunmähne war davon überzeugt. Er las es in den heiligen Schriften seines Volkes, und er hörte es in den heiligen Verkündungen des Glaubens des Königs, dessen Gesalbter mit Feuer taufte: ›Ich bin gekommen, um Feuer auf die Erde zu werfen.‹

Braunmähne empfing Uther in voller Zeremonialkleidung und mit allen Ehren, die einem König zustanden. Der Herold des Königs hatte ihn mit der Bitte um ein Gespräch überrascht, und dem Druiden war kaum genügend Zeit geblieben, um die Gewänder seines heiligen Amtes anzulegen.

Aber Uther kam barhäuptig an, zwanglos in eine blaue Tunika und Samtpantoffel gekleidet. Sein jugendliches Gesicht war von Sorge überschattet. Er legte seine Hände auf die Schultern des Druiden und hielt ihn davon ab, sich zu verneigen. »Keine Verehrung für mich oder meinen Rang, Braunmähne«, sagte er in einem ehrlichen Ton. »Ich bin zu dir als Mann gekommen – als ein Mensch unseres Volkes. Ich brauche deinen Rat.«

Sie setzten sich nebeneinander auf die Bank am Schreibertisch, Braunmähne schob seine Kapuze zurück und zeigte sein langgezogenes Gesicht, das ein silberner Schnurrbart zierte. »Du bist hier, weil du fürchtest, deine Seele dem Hirschkönig zu übergeben.«

Ein überraschtes Lächeln umspielte Uthers Mund, bevor die feierliche Last dieser Wahrheit sein Gesicht wieder ernst werden ließ. »Ja, Braunmähne. Mein Versprechen wiegt schwer. Wie hast du das gewußt?«

»Ich bin hier gesessen und habe über das nachgedacht, was du mir von deiner Reise in die Unterwelt erzählt hast«, sagte Braunmähne mit seiner leisen Stimme, »und ich habe deine Unruhe gespürt. Du bist ein Christ – und ein keltischer Gott verlangt von dir ein Opfer.«

Uthers Gesicht umwölkte sich. »Ich verstehe die Welt nicht mehr.«

Dem Druiden entfuhr ein trauriges Lachen. »Ich auch nicht, Herr. Viele Jahre als Druide hat mich kein Zauber, kein Wunder berührt. Ich habe klug auf die Zweckmäßigkeiten ausgerichtet dahingelebt. Die Macht meiner Familie hat mich geschützt und ernährt, und mein persönlicher Einfluß ist gewachsen. Ich habe das politische Leben eines Sippenführers gelebt. Ich habe es so gut gelebt, daß ich damals, als mein Vorgänger als oberster Druide, der legendäre Hochsilber, in die Größere Welt hinübergegangen war, ausgewählt wurde, seinen Platz einzunehmen.« Erneut lachte er unfroh auf. »Zu jener Zeit dachte ich, die Geschichten von Hochsilbers Magie wären nur Allegorien – Fabeln zur Erläuterung abstrakter Sachverhalte. Ich ignorierte die mysteriösen Empfindungen der Ehrfurcht, die ich in der Gegenwart der Königin verspürte. Ich spottete über die alte Raglaw, ein primitives Überbleibsel der eingeborenen Vergangenheit unseres Volkes. Ich hielt mich selbst für erleuchtet – fast für einen Römer in meiner Fortschrittlichkeit. Ich dachte auch, ich verstünde die Welt. Ich hatte unrecht.«

Der König fuhr sich verwirrt mit dem Daumen über das rasierte Kinn. »Wie kann es so viele Götter geben?«

»Es gibt nur einen Gott«, versicherte Braunmähne, »aber

die Gottheit trägt viele Gesichter – und nicht alle sind menschlich.«

»Aber ich bin ein Christ, und der Hirschkönig ist heidnisch.«

»Herr – wir sind ein Licht aus vielen Farben. Hör zu.« Er legte seine altersfleckige Hand auf den Stapel brauner Bücher. »Ich habe wieder diese alten Texte studiert, heilige Schriften, die ich einst für weniger wichtig hielt als Sippenverträge und Grenzkarten. Seit eurer Hochzeit sehe ich sie in einem neuen Licht, Herr. Jetzt bin ich überzeugt, daß dein Glaube und der meine derselbe sind.« Ein stilles Lächeln ließ sein großes Gesicht sanft werden. »Ich bin jetzt überzeugt, daß die Druiden eine Priesterkaste sind, die vom Tempel des Salomon in Jerusalem abstammt.«

Dieser Tempel war von den Babyloniern im Jahr 586 vor Christi Geburt zerstört worden, zu einer Zeit, als das keltische Imperium das heilige Land berührte. Damals verfügten beide über ein gemeinsames Wissen von der Magie der Herren des Feuers. Uther erinnerte sich, daß er dies schon gehört hatte, zuerst von Merlin, dann von Ygrane selbst, und jetzt noch von ihrem Druiden. »Ihr seid dann also Hebräer?«

»Ich glaube, daß die Druiden und die Rabbis eine gemeinsame Tradition haben und sehr wohl gemeinsame Vorfahren haben könnten, ja. Wir bewahren die gleichen alten Überlieferungen. Wenn du es wünschst, kann ich sie dir an Einzelheiten erläutern – aber für den Augenblick ist alles, was du wissen mußt, Herr, daß der Gesalbte, Yesu, ein keltischer Retter ist, den unsere Seher seit dem Zeitalter des Salomonischen Tempels vorhergesagt haben.«

»Er ist der Allheiler, symbolisiert durch den Mistelzweig, den eure Weisen verehren«, wiederholte Uther, was seine Frau ihn gelehrt hatte. »Aber, Braunmähne, nehmt ihr, du und die anderen Druiden, Jesus Christus wirklich als den Sohn Gottes und euren persönlichen Retter an?«

»Ich kann noch nicht für die anderen Druiden sprechen«,

sagte Braunmähne offen, »aber für mich selber bin ich mir sicher. Yesu ist der neue Gott unserer neuen Zeit und dazu bestimmt, die oberste Gottheit des Beständigen Nordens zu werden. Ich habe nicht den tiefen Blick wie die Königin, aber ich kann deutlich genug sehen, daß Gott die alte Prophezeiung in Jesus erfüllt hat und in die geringere Welt herabgekommen ist und fleischliche Erscheinung als Mensch angenommen hat.«

»Und euer Gott, Einer-kennt-die-Wahrheit – was ist mit ihm?« fragte der König in herausforderndem Ton. »Er sagte mir, die Christen würden Seelen von ihm stehlen.«

Braunmähnes faltiges Gesicht wurde nachdenklich. »Götter werden sehr gemindert, wenn sie in die Erde eingehen, Herr. Sie werden kleiner. Vielleicht auch beweglicher – aber weit weniger mächtig. Sie leben zu nahe am Drachen, verstehst du? Das verändert sie. Macht sie mehr wie er selbst – wie bei deinem Vorfahren ...«

»Vray Vitki – ja.« Licht fiel auf Uthers Gesicht, als er zu der Öllampe emporblickte und halb erwartete, Gott würde eine Erklärung für das abscheuliche Wunder des Drachenmagus abgeben. »Ich schwöre bei allem, was mir heilig ist, daß er ein müder, alter Drache geworden ist. Wären da nicht meine Kindheitsträume von ihm gewesen, dann hätte ich nie gewußt, daß er jemals ein Mensch war.«

»Das gleiche geschieht mit den Göttern, Herr, nur langsamer, über mehrere Zeitalter hinweg.« Er öffnete einen der Lederbände und zeigte auf das Gewirr verschlungener Schleifen und miteinander verbundener Spiralen in den Glossen. »Mein Volk ist besessen vom Drachen. Du siehst ihn in den Drachenknäueln unserer Bilder. Du hörst ihn in der Wehmut unserer Musik, die der Sehnsucht in des Drachen eigenen Traumliedern entspricht. Der Geist unseres alten Volkes wurde unter die Erde getrieben. Aber jetzt kommt endlich Yesu – der Allheiler, von Gott auferweckt von den Toten. Er wird unser Volk aus dem Untergrund herausführen, weil wir sein Volk sind, direkt von seinem Stamme abstammend. Verstehst du das, König Uther? Der Messias ist zu uns gekommen – in dir.«

Uther spreizte eine Hand auf der Brust und schüttelte den Kopf. »Nicht in mir, Braunmähne. Ich bin nur ein Mensch.«

»Von Gott zum König gemacht.«

»Von Merlinus – Myrddin, um der Wahrheit die Ehre zu geben.«

»Myrddin ist ein Dämon, den die Engel durch Gottes Gnade für sich gewonnen haben«, versicherte Braunmähne. »Er hat dich nicht ausgewählt, sondern du wurdest ihm durch die prophetische Schau der alten Raglaw gezeigt.«

Uther widersprach mit gesenktem Kopf: »Jesus ist der Messias, nicht ich.«

»Deine Demut ist sehr löblich, Herr.« Ein onkelhaftes Lächeln erschien auf Braunmähnes großem Gesicht. »Riochatus würde uns gern glauben lassen, er sei Jesus selbst. Doch er spricht nicht für unseren Erlöser, nur für Ravenna und die römische Kirche. Er ist einer von den Römern, die sich auf ihren Landgütern versammeln, um zu entscheiden, wie Yesu von allen anderen verstanden werden soll. Nein. Yesu lebt in der Seele eines jeden Menschen, der offen für das Heil der Erlösung ist. Du weißt das. Deshalb hat Gott dich zum König erwählt – einen Christen, dessen Seele groß genug ist, um in das Hirschgesicht von Einer-kennt-die-Wahrheit zu schauen und seinen besten Krieger zu bekehren.«

»Aber ich habe Angst, Braunmähne«, gestand Uther. »Ich weiß nicht, was ich tue.«

»Fürchte dich nicht, edler König.« Der Druide lächelte warm. »Du bringst einen großen Teil der keltischen Seele aus dem dunklen Untergrund in das Licht der wachen Welt, der Geschichte. Ich verspreche dir, die Seele, deren Vater du durch dein Opfer wirst, wird durch die Jahrhunderte hindurch leuchten.«

»Und meine Seele?« Die goldenen Augen des Königs wurden schmäler. »Was wird aus meiner Seele in den Händen des Hirschkönigs?«

Das wohlwollende, hoffnungsvolle Lächeln des Druiden wurde nur noch tiefer. »Uther Pendragon, du bist ein wahrer Christ. Du trägst den Allheiler Yesu in deiner Seele. So kannst du in die Unterwelt gehen und unversehrt zurückkehren. Schau dich an ...« Er lehnte sich zurück und blickte Uther voller Bewunderung an. »Du bist in den Hohlen Hügeln gewesen und hast mit dem Gott des Bleichen Volkes gesprochen, und du bist noch heil, nicht verrückter, als du warst, bevor du unser heimgesuchtes Volk geheiratet hast. Dein Glaube schützt dich.«

»Wenn das so ist, Braunmähne, dann würde ich gut tun, für die Geburt meines Sohnes auf Gott zu vertrauen. Warum soll ich meine Seele beim Hirschkönig eintauschen?«

Der Druide wich zurück, als wäre ihm ein Wind durch den Schädel gefahren. »Du würdest die Seele unseres größten Kriegers verschmähen?« Er senkte erstaunt seine Augenlider. »Du mußt aus der Rabenquelle trinken. Du hast dein Wort gegeben. Ein König einem Gott.«

»Es wurde kein Wort gegeben, Braunmähne.«

Das Gesicht des Druiden wurde nüchtern. »Wenn du nicht von der Rabenquelle trinkst, dann wird Ygrane eine weitere Morgeu zur Welt bringen. Und du wirst nichts Besseres werden als ein kleiner Kriegsherr.«

Uther erwiderte den Fluch des Druiden mit einem milden Blick. Er war wirklich froh über alles, was Braunmähne ihm über ihren gemeinsamen Glauben erzählt hatte, und er war besonders erleichtert, daß sein Schicksal ihm nicht erlaubte, wie andere Männer zu leben und zu sterben. Denn wovor der König sich am meisten hinsichtlich seines Handels mit dem Keltengott gefürchtet hatte, war, daß er in die glücklichen Wälder der Unterwelt zurückkehren wollte. Mit geschlossenen Augen konnte er manchmal hören, wie wohlklingend der Wind dort in den Baumwipfeln murmelte, wie Wasser oder sanfter Regen, und er erinnerte sich an den Wohlgeruch.

»Danke für deinen aufrichtigen Rat, Braunmähne.« Der

König stand auf und sah jetzt alltäglich und befriedigt aus. »Ich werde mich an deine Weisheit erinnern.«

Bevor der Druide sich erheben und den König gebührend verabschieden konnte, verließ Uther schon Braunmähnes Gemach und verschwand im dunklen Korridor, als wäre er nichts anderes als ein Phantom, das in das Schattenreich zurückkehrte.

Während der König mit Braunmähne sprach, besuchte die Königin Bischof Riochatus in seinen Räumen, von denen man die schiefen Straßen und Gassen Maridunums überblicken konnte. Sie hatte ihn aufgesucht, um ihn über Miriam, die Mutter von Yesu, zu befragen. Die Vision der gesegneten Mutter hatte sich ihrem Gedächtnis tief eingeprägt.

Der Bischof saß, in rote Gewänder und seine Bischofskappe gekleidet, auf seinem Amtsstuhl, der Kathedra, die er aus Londinium mit sich gebracht hatte. Ein braungekleideter Kleriker suchte passende Schriftstellen in der Bibel, die offen auf einem Lesepult vor dem Kirchenvater lag. Riochatus dozierte des längeren über die heilige Empfängnis, die Jungfrauengeburt und das Mysterium ihrer Aufnahme in den Himmel. Nichts von dem, was er sagte, erinnerte Ygrane an die dunkle mediterrane Frau mit den skythischen Augenbrauen und den verletzlichen Gazellenaugen, deren sinnliche Gelassenheit sie von dem Bewohner der Dunkelheit befreit hatte.

Als der Bischof zum Ende kam, bat er sie, mit ihm zu beten, und sie kniete sich am Fenster nieder, während er von seinem Stuhl aus liturgische Fürbitten intonierte. Seine eintönigen Worte wehten zum Fenster hinaus. Währenddessen betete Ygrane leise: »Ein sterbendes Volk ruft dich, Mutter Gottes. Rette uns, die du deinen Sohn in den Tod gegeben hast und dann auferstehen sahst. Unsere Seele geht schon durch das Tor des Sonnenuntergangs in die Unterwelt verschwundener Völker. Nur dein Sohn, Yesu, kann uns vor der

Finsternis retten. Sende seinen Zauber zu uns, und wir werden dein Licht durch die Zeiten tragen.«

Als sie den Bischof und den Kleriker keuchen hörte, öffnete Ygrane die Augen. Aus einem Himmel wie rauchiger Quarz kam ein Engel hervor. Er schwebte über den strohgedeckten Dächern wie ein Sternenhaufen, dessen Strahlen eine menschliche Gestalt formten. Das Beben seiner Schwingen weckte Musik in ihrem stummen Blut.

Und dann war er verschwunden.

Der Kleriker warf sich auf den Boden, der Bischof fiel zitternd auf die Knie. Mit heißen Tränen in den Augen rief er: »Gesegnete Mutter der Barmherzigkeit! Mein Gebet ist erhört worden. Die Kelten nehmen unseren Erlöser an!« Er richtete seinen inbrünstigen Blick auf die Königin. »Nimmst du Jesus als deinen Erlöser an, Ygrane, Königin der Kelten?«

Die Königin seufzte matt und erhob sich. »Du verstehst nichts, Riochatus.« Sie wandte sich um und verließ den Raum so abrupt, daß das hagere Gesicht des Bischofs immer noch glückselig leuchtete, als sich die Vorhänge schon hinter ihr schlossen.

Der Sternenstein fiel zur Erde, ein Blitz flammte auf, Donner rollte. Leichtfüßig eilte das Einhorn durch die Klamm voller Brombeerbüsche zu der Stelle im schluchtenreichen Land der *Dobuner,* wo der Stein niedergegangen war. Aufgeschreckte Hirsche und Vogelschwärme schossen vorüber, auf der Flucht vor dem Lärm. Inmitten von Schwarzdornbüschen und Astern hockte der Fels hoch auf einem Hügel namens Caliburnus, als hätte er sich dort schon seit unvordenklichen Zeiten befunden.

Aber nein ... Als er näher herankam, sah Merlin, daß der Stein nicht mehr so war wie zuvor. Die beiden Hörner des Steins waren auseinandergebrochen. Wie eine Pekannuß war er in der Mitte gespalten. Der eine Teil lag tief eingesunken im schlammigen Ufer des Baches am Fuß des Hügels, und nur noch eine Ecke war davon sichtbar. Die andere Hälfte lag auf dem Gipfel des Hügels, eingewurzelt wie ein Backenzahn. Das Schwert stand aufrecht, seine Klinge steckte immer noch in dem Spalt, in den sie gestoßen worden war.

Das Einhorn hielt auf dem moosüberwachsenen Geröll am Rand des Baches an, und Merlin saß ab, um das Schwert Blitz zu holen. Als er sich vom Einhorn trennte, erlebte er wieder das traurige Verblassen aller Farben. Er kletterte die Uferböschung hinauf und stützte sich dabei auf seinen Stab. Mit einer Hand griff er nach der freien Ecke des im Ufer versunkenen Teils des Sternensteins. Als er sein Gewicht auf diesen Arm verlegte, geriet der Stein auf seiner Unterlage aus schlammverschmiertem Kies waagrecht ins Gleiten. Merlin verlor seine Stütze und rollte wie ein Baumstamm das Ufer hinab in den kalten Bach.

Er setzte sich kerzengerade auf, griff nach seinem Hut und schüttelte Wasser aus Haar und Bart. Damit verscheuchte er das Einhorn. Als er hinaufblickte, um sich seinen Pfad vorsichtiger zu suchen, packte ihn eine Überraschung. Das Schwert Blitz war weg! Merlin ließ seinen Stab fallen und lief die Uferböschung hinauf.

Das Schwert war nicht verschwunden. Es war einfach umgefallen und lag flach auf dem Stein, von unten nicht sichtbar. Er hob es mühelos hoch. Das Licht, das von der spiegelblanken Klinge zurückgeworfen wurde, drang in seinen Schädel und schenkte ihm eine Erleuchtung.

Er ließ das Schwert auf dem Stein liegen, zog sich zum Ufer zurück und rückte die versenkte Hälfte des Steins wieder in ihre ursprüngliche Stellung. Als er erneut auf den Gipfel des Hügels kletterte, war das Schwert fest mit dem Amboßstein verbunden, unbeweglich, wie eingeschmiedet.

Da begriff Merlin, daß der Sternenstein ursprünglich aus zwei verschiedenen Felsbrocken bestanden hatte: eine Stahlnut und ein Magnetkeil, die miteinander verbunden gewesen waren. Der Aufprall hatte sie voneinander getrennt. Wenn man jetzt den im Boden eingesunkenen Magneten bewegte, gewann oder verlor der Stahl seine Fähigkeit, das Schwert zu halten.

Zwar war sich der Zauberer noch unsicher, was dies für die Bestimmung bedeutete, der dieses Schwert und dieser Stein dienten, aber er erkannte doch, daß dies kein Zufall sein konnte. Es handelte sich um Magie. Er müßte auf der Hut sein, um den Zweck dieser Einrichtung zu erkennen. Dazu entschlossen, zog er die untere Hälfte des Sternensteins in die freie Stellung, kletterte hinauf und hob das Schwert Blitz in die Höhe.

Die abgekantete Klinge spiegelte die feurigen Farben des Waldes wider – orangefarbene Kürbisblüten, rote Ahornblätter, bronzenes Eichenlaub, gelbe Birkenblätter. Mit dem Schwert in der Hand schlitterte der Zauberer die Böschung hinab, hob Stab und Hut auf, bestieg das Einhorn, und schon waren sie wieder auf dem Weg, flink wie der Wind in den Schneisen des Waldes.

Endlich erschienen die von wildem Wein überwucherten Mauern von Maridunum, vom Licht der tiefstehenden Sonne gerötet. Das Einhorn blieb am Waldrand oberhalb des Parklandes vor den Stadtmauern stehen, wo der König und die Königin geheiratet hatten – vor langer Zeit, wie es schien.

Merlin wollte nicht absteigen. Er fürchtete den Kummer, der ihn befallen würde. Das Einhorn warf ungeduldig den Kopf hin und her. Der Zauberer stieß ihm die Knie in die Seite. Er wollte das Tier damit antreiben, da er hoffte, Ygrane würde sie sehen und das Tier für ihn irgendwie stillhalten. Dann könnte er das Schwert auf den Boden werfen und auf dem Rücken des Einhorns in den Himmel davonreiten.

Aber Ygrane kam ihm nicht entgegen, und das Einhorn stampfte auf den Boden. Merlin stieg ab. Lähmende Schwermut überfiel ihn, und er mußte sich sehr anstrengen, nicht unter dieser Last zu Boden zu fallen.

Niedergeschlagen und innerlich leer trottete der Zauberer ins offene Feld. Er blickte nur einmal zurück. Dort, wo das unirdische Roß gestanden war, voll unermeßlicher Liebe und Tollheit, flog jetzt Distelwolle umher.

Das hintere Tor der Stadtmauer öffnete sich, ein Stoßkeil von Fianna-Kriegern stürmte heraus, gefolgt von drei berittenen Bogenschützen, die welkes Laub aufwirbelten. Uther und Ygrane erschienen am Tor. Als sie den Zauberer erkannten, gebot der König den Soldaten anzuhalten, und sie bildeten in zwei Reihen ein Spalier. Merlin ging auf das Königspaar zu und hielt dabei das Schwert Blitz in die Höhe. Es funkelte im orangefarbenen Sonnenlicht.

»Merlin!« begrüßte ihn Uther. »Es sind Tage vergangen, weißt du das? Wo bist du gewesen?«

»In Avalon, Herr – wie der Hirschkönig es mich geheißen hatte.« Der Zauberer senkte das Schwert, damit der König es sehen konnte, doch Ygrane erkannte es als erste.

»Das Schwert des Wüters!« rief sie. »Diesen Zauber können die Barbaren nicht überwinden – den besten ihrer eigenen Götter!«

Merlin drehte das Schwert um, hob es wie einen Kreuzstab und reichte es dem König. »Ein Geschenk der Macht von den Daoine Síd – und den neun Königinnen von Avalon.«

Uther betrachtete das Schwert mit ehrfürchtigen Blicken. Er schwang es geschickt und wandte sich zu seinen Soldaten um. »Schaut! Das Schwert eines Drachentöters in der Hand eures Königs! Damit werden wir mit Sicherheit die Eindringlinge zurücktreiben – wir werden alle nördlichen Horden aus dem Land treiben!«

Wilder Jubel stieg zum abendroten Himmel empor, von den Wällen der Stadt antworteten Rufe der Soldaten, die ihre Unterkünfte verlassen hatten, um Zeugen der Rückkehr des Zauberers zu werden.

Ygrane neigte sich vor und küßte Merlin auf die Wange. »Gut gemacht, Myrddin, und genau zur rechten Zeit. Die Kriegsherren der Britannier und der Kelten weigern sich, zusammenzuarbeiten. Vielleicht wird Uther sie jetzt zusammenbringen können.«

Der König zeigte das Schwert Blitz seinen Soldaten. Das Licht, das sich in seiner Klinge spiegelte, ließ ein hoffnungsvolles Leuchten auf ihren Gesichtern erscheinen.

Cymru, die Heimat ihrer Mutter, und Britannien, das Land ihres Vaters, ließ Morgeu weit hinter sich, als sie so weit nach Norden reiste, wie sie konnte, um noch eine Heimstatt für sich zu finden. Jenseits der Steine der Hadriansmauer und der Torfwälle der antoninischen Grenze, inmitten der nebeligen Flußtäler des Hochlandes, fand sie römische Ruinen. Im grasbewachsenen Tafelland oberhalb eines felsigen Flusses lag ein Labyrinth aus verfallenen Zinnen und Steinhaufen.

Vor vier Jahrhunderten war dies die Legionsfestung von Inchtuthil gewesen, die eiserne Faust, die das östliche Kaledonien für Rom beherrscht hatte. Jetzt war es ein steiniges Feld, überwachsen von Heidekraut. Das Dutzend Y Mamau, das Morgeu auf ihrer Reise nach Norden aufgesammelt hatte, stellte Zelte auf und machte sich daran, Holzdächer für die übriggebliebenen Steinbollwerke zu bauen.

Einige Nächte später verlegten die Pikten, die in der Nähe gelebt hatten, ihre Siedlung, denn sie hatten grüne Geisterlichter beobachtet, die aus den Ruinen herauskamen und in den Bergwäldern der Umgebung verschwanden. Ethiops plagte die hier ansässigen Seebewohner und die mit Äxten bewehrten Räuber in ihren unterirdischen Steinhäusern so lange mit Alpträumen, bis sie den Antrieb verloren, die neu angekommenen Frauen zu überfallen. Die Pikten hielten sich von Morgeus Spukfestung fern, und sie nannten Morgeu die *Fey* – die dem Tod Geweihte.

Noch vor Einbruch des Winters kamen einige Y Mamau mit einem klapprigen Rollwagen aus Segontium zurück. Unter Torfziegeln versteckt, brachten sie eine große steinerne Statue der schwarzen Göttin Morrígan mit sich.

Wieder begannen die verzückten Tänze und ebenso die Blutopfer. Doch diesmal war Morgeu entschlossen, die politischen Schliche ihres Vaters ebenso einzusetzen wie das zauberische Erbe ihrer Mutter, um ihre Feinde anzugreifen und sich ihren Platz in der Welt zu erobern.

Sie erkannte nicht, daß ihre Willenskraft, diesem ausgedehnten, frostigen Waldland zu widerstehen, von Ethiops kam, den es immer noch verlangte, Lailoken von seinen irdischen Bindungen zu befreien. Sein Verlangen war nur noch stärker geworden, seit Bubelis und Ojanzan über Maridunum mit den Engeln zusammengestoßen und zu Schlacke geschrumpft waren. Es würde Jahrhunderte dauern, bis sie sich von diesen Verbrennungen erholt hätten, und während sie hilflos in ihrem Schmerz durch die betäubende Kälte des Alls trieben, mußten er und Azael irgendwie ohne sie zurechtkommen.

Lailoken hatte gern diese Fleischbündel von Menschen getötet, indem er sie übermäßig ihren Gelüsten frönen ließ, und Ethiops hatte entschieden, genau diese List beim Zauberer selbst anzuwenden. Deshalb hatte er Morgeu auf den Gedanken gebracht, ihre eigene Siedlung getrennt von ihren Eltern zu errichten. Mit seiner Hilfe würde sie in diesem Winter in Morrígans Magie stark werden – stark genug, um zu glauben, sie sei eine Zauberin in ihrem eigenen Königreich.

Die Pikten würden sie aus Angst verehren. Verträge würden geschlossen werden, und sie würde als mächtige Vermittlerin zwischen den nördlichen Stämmen und den Kelten des Südens dienen. Sie würde über politische Macht und Magie verfügen. Und wenn Lailokens ehrgeizige Maßlosigkeiten ihn verwundbar machten, dann würde sie bereit und an Ort und Stelle sein, um zuzuschlagen.

In jenem Winter sahen piktische Späher Morgeu oft an den silbernen Kiesufern des Flusses entlangwandern, wobei sie Zaubersprüche vor sich hin murmelte. Sie sprach mit Morrígan über ihre Bestimmung als Königin der Kelten. Sie erörterten die alten Sitten, die Blutmähler, die ihre wölfischen Kriegerinnen stark machten. Und sie planten die Rache für Gorlois und die Vernichtung von Lailoken.

Piktische Späher und Jäger verschwanden, von Ethiops und den Y Mamau an den Trinker des Lebens, den Drachen, verfüttert. Von den Opfern angelockt, spie die riesige Bestie in den Mooren nahe Inchtuthil Dampf hervor und ließ Schlamm hochbrodeln. Sie sprach mit rauher Stimme durch die in Trance versetzten Frauen des Kults und verlangte stöhnend Lailoken zum Fraß. Ethiops hatte auch vor, das Einhorn dem Drachen zum Fraß vorzuwerfen, und sagte dies der Zauberin mit Morrígans Stimme.

Morgeu erinnerte sich von Herzen an ihre goldenen Sommer mit dem Einhorn. Sie gehörten zu den wenigen glücklichen Erinnerungen an ihre Mutter und waren doch mit Kummer gemischt. Als Ygrane aufhörte, ihr das Einhorn zu schicken, schäumte Morgeu vor Wut, weil sie entdecken mußte, daß sie keine eigene Magie und überhaupt keine Macht besaß, um das zauberische Wesen zu rufen, und daß es für sie keine hoffnungsvolle Zukunft als Frau gab.

Sie verzog jetzt noch das Gesicht, wenn sie daran dachte, wie die römischen Familien sie wegen ihrer heidnischen Mutter verachtet hatten.

»All das ist mit dir anders geworden, meine Göttin«, sagte sie zu dem überschatteten Fluß, der die dunklen Seelen von Fichte und Tanne zusammenhielt. »Morrígan, die du in den schwarzen Nadeln der Bäume lebst, Morrígan von der Winternacht, fülle dieses Gefäß mit deiner Magie.«

Zu ihren Füßen hatte der Fluß dem Eis die Wellenform fließender Haare gegeben, und Morgeu erwartete, hier ein Zeichen der Göttin zu sehen.

Aber weder die Elfen noch das Einhorn kamen zu Morgeu, wie sie es auf den Ruf ihrer Mutter hin getan hatten. Wenn Morgeu Morrígan anrief, dann mußte Ethiops die Anwesenheit der Göttin hervorhexen. Der Dämon antwortete Morgeu mit Schwachsinn und trübte ihren Geist mit Blendwerk. Er zeigte ihr etwa die schäbigen Schuppen, die ihre Y Mamau inmitten der Ruinen von Inchtuthil zusammengezimmert hatten, und präsentierte sie ihr als Palast: nicht als römische

Festung, sondern als *mansio* im Freien, einen der Morrígan geweihten Tempel mit Mauern aus Magie statt aus Stein. Von hier aus würde sie Gefahr und Wahnsinn verbreiten.

Am verführerischsten war für sie, daß sie ein Königreich besitzen würde, das weder ihrer Mutter noch ihrem Vater gehört hatte, sondern ihr eigenes war. Ein römisch-keltisches Königreich, das nicht durch leibliche Kindschaft ererbt war, sondern viel inniger aus ihr selbst geboren – denn sie würde es aus ihrer eigenen Seele hervorbringen und damit schaffen, was keiner der Herrscher seit dreißig Generationen gewagt hatte: Sie würde auch weiterhin in die archaische Blutgier Morrígans eingetaucht leben. Und sie würde das als römische Keltin tun, eine Zauberin des ältesten Ordens im Gewand einer modernen Adeligen – Morgeu die Fey.

Für das Einhorn waren die Stunden Wolken. Die fruchtigen Farben der Morgenwolken, die schmutzigeren Farbschatten von Sturmfronten, das weiße Haar mittäglicher Federwolken – sie alle siebten die Zeit durch ihre wechselnden Farbschattierungen. Das Sonnengeschöpf war dessen überdrüssig. Jenseits der dunstigen Grenze des Himmels, über der schwülen Hitze des Drachen, öffnete sich der Raum zu den weiten Feldern der Sonne. Dort, wo die Horizonte unendlich waren, bedeutete Zeit etwas Größeres. Der Wechsel von Tag und Nacht und von Jahreszeiten sowie all die armseligen Einengungen des Lebens auf der Haut eines Drachen verschwanden dort oben. Das Einhorn wollte dorthin zurückkehren, zur Musik seiner Freunde, wollte makellos mit ihnen jubeln, und sein Leib sollte wieder geschmeidig werden, ganz eingetaucht in den Fluß der Herde.

Das Einhorn war bereit, die Erde zu verlassen und die Leine durchzureißen, die sie an die Hexenkönigin band. Ygrane hatte ihren Gefährten gefunden und sich zurückgezogen, um ein Kind hervorzubringen. Jetzt war die Zeit der Trennung für das Einhorn gekommen – jetzt, bevor Ygrane dem Bewohner der Dunkelheit die Macht gab, wieder auf ihm zu reiten. Das Sonnentier war noch erschöpft vom Transport des Sternensteins aus Avalon.

Nur sein unerfülltes Versprechen hielt es noch davon ab, gen Himmel zu fliegen. Die Herren des Feuers hatten es noch nicht freigegeben. Sie hatten ihm jedoch den Weggang auch nicht verboten. Das Einhorn bewegte sich zwischen den düsteren Bäumen dahin, an denen Schierling und wilder Wein hingen. An einem Erdspalt, der rot wie eine Wunde zwischen Herbstahorn und Färberbaum klaffte, blieb es stehen. Nebel quoll aus dem tiefen Spalt und schwebte in einem weichen Morgendunst zwischen den Baumstämmen.

Das Einhorn schabte sein Horn und schärfte es der Länge nach. Die Späne, die es abschälte, versanken in der Erde, ein letzter Tribut an den Drachen, bevor es die Erde verließ. Ein Nachglühen des Traumliedes des riesigen Wesens leuchtete in der Luft. Das Echo der Musik beschwichtigte das Unbehagen und die Enttäuschung des Einhorns, und es fragte sich, ob diese sanfte Gewalt, die die Musik über sein Bewußtsein ausübte, dem ähnlich war, was die organischen Kreaturen als Schlaf erlebten.

Besänftigt durch die Anwesenheit des Drachen, durch seinen Widerhall anderer Welten, hatte das Einhorn mehr Geduld. Es spürte an seiner unsichtbaren Leine entlang in die Hexenkönigin hinein und fühlte, daß etwas ganz anderes sie erfüllte. Anders als bei ihren früheren Kontakten, als die Magie der Königin für Heiltränke oder für beschwerliche Ritte über die Haut des Drachen Kraft aus dem Einhorn geschöpft hatte, schlüpfte diesmal die Energie in Ygrane hinein. In ihr regte sich ein neues Leben, und im Inneren dieses winzigen Lebens flammte ein Königreich von Blitzen auf, eine donnernde Gewalt, schrecklich und schön wie der Frühling.

Das Einhorn richtete seine Aufmerksamkeit wieder auf den Erdspalt und die roten und goldenen Farben des Herbstes. Jetzt war es ruhiger und fühlte sich weniger gedrängt, zur Herde zurückzukehren. Es wanderte hinter dem Sonnenlicht her und war damit zufrieden, geduldig an diesem heißen Ort zu grasen, der seine Stunden zur Schlacke des Zwielichts und zur diamantenübersäten Nacht verbrannte.

Zwischen den Verbündeten in Maridunum blühte der Streit. Drei Leute waren schon bei verschiedenen Streitigkeiten über kleinliche Protokollfragen getötet worden. Es ging dabei um die Marschordnung der Truppen bei einer Parade, die Stellung der Sitze im Kriegsrat und die Farbe der gemeinsamen Standarte. Dieser Unsinn erzürnte Merlin und drängte ihn dazu, seine Vision vom runden Tisch, der Tafelrunde, zu verwirklichen. Aber er hatte keine Zeit, um seine Idee auszuführen.

In den Tagen, die er fort gewesen war, hatten Ygrane und Uther nach Gesprächen mit ihren Beratern beschlossen, eine neue Stadt zu gründen, die sowohl von Römern wie Kelten entworfen und gebaut werden sollte. Aus militärischer Notwendigkeit mußte sie im Osten des keltischen Landes liegen, aus politischen Gründen mußte sie jedoch außerhalb des territorialen Einflusses der mächtigen römischen Familien bleiben. Zu diesem Zweck hatte man ein Gelände in der Wildnis ausgewählt.

Es lag in einer Kette steiler Hügel, die eine alte Römerstraße, den Grabenweg, überragten. In einer scharfen Biegung des Flusses Amnis wurde eine breite Ebene gerodet. Das Einhorn hatte den Sternenstein aus Avalon an einem Seitenbach dieses Flusses fallen lassen, und Merlin glaubte jetzt, daß dies ein Hinweis der Annwn war, der Herren des Feuers, die das Tier geführt haben mußten.

Das Gelände war sowohl vom Standpunkt der Kriegsführung wie des Handels ideal. Mit den Bergen, die auf allen Seiten einige hundert Fuß hoch aufragten, war die Stadt abgeschieden und geschützt, während der Fluß und die nahe Landstraße schnellen Verkehr und Handel fördern würden.

Man hatte auch einen Namen ausgedacht, der die beiden Kulturen der Königin und des Königs miteinander verknüpfte, und das war in ihren Sprachen etwas Neues, das die frohen Hoffnungen eines vereinigten Volkes darstellen sollte: aus dem Lateinischen nahm man *cameralis* für den königlichen Schatz, und aus dem Keltischen *lodd* für Diener. Der Diener des königlichen Schatzes – Camelot.

Man hatte Entwürfe für eine neuartige Stadt gezeichnet. Architekten waren schon damit beschäftigt, Arbeitspläne für den Bau zu entwerfen, der im Frühling beginnen sollte. In der Zwischenzeit, während der Nordwind und seine Schneekrieger das Land besetzt hielten – genau das Land, daß ein Jahr zuvor der Drachenherr Ambrosius mit Kühnheit und List erobert hatte –, sollte der Hof in Tintagel residieren.

Von dort aus, nahe genug bei Armorica, konnten die Männer des Königs die verräterischen römischen Familien leichter überwachen und schneller über sie berichten. Sicherlich planten diese Sippen, Uther Pendragon abzusetzen, auf die gleiche Art, wie sie untereinander um die Macht gerungen hatten, seit die Legionen vor siebzig Jahren abgezogen waren.

Tintagel, das auf Felsenklippen am Meer saß, schien für mögliche Rebellen praktisch uneinnehmbar zu sein. Daß der Überfall der Y Mamau auf Maridunum erfolgreich gewesen war, veranlaßte die Druiden, dem Umzug ihrer Königin in die christliche Provinz zuzustimmen. Daher bereiteten sich viele keltische Familien, ja ganze Dörfer, darauf vor, Ygrane zu folgen.

Das alarmierte die an der Küste lebenden Römer nur noch mehr, und in den Tagen, die dem königlichen Umzug vorausgingen, gab es viel Aufregung unter den Druiden wegen der Proteste der Kirche und den Bedenken von Marcus Dumnoni, Gorlois' Neffen und neuem Herzog der Sachsenküste.

Marcus verlangte Zusicherungen, daß seine örtliche Autorität nicht durch die Ankunft von Ygranes Befehlshabern und ihren Truppen untergraben würde. Die Kirche forderte, daß in der Nachbarschaft keine heidnischen Rituale vollzogen würden. Die Verwalter anderer Bezirke äußerten ihren Ärger darüber, daß man ihnen Steuern auferlegen würde, um eine heidnische Armee zu unterhalten.

Diese Befürchtungen zu besänftigen erforderte alle Zeit, die dem König und der Königin noch blieben. Und eines Morgens stand Ygrane im Säulenvorhof der *mansio*, wo die gepackte Fracht ihres Hofes zu Maridunum aufgehäuft war – Kisten, Kasten und Truhen voll mit Haushaltsgegenständen und den Folianten ihrer Schreiber. Und am gleichen Abend stand sie inmitten der gleichen Haufen in der salzigen Meeresluft zu Tintagel.

Da er sich des Anrechts von Ygrane auf die Festung bewußt war, hatte Marcus Dumnoni alle Möbel seines verstorbenen Onkels entfernen lassen und den Dienern Stellen in anderen Haushalten verschafft. Als das königliche Paar an jenem Herbstabend in Tintagel ankam, füllte nur orangefarbenes Sonnenlicht die weiten Räume.

Während die Kisten mit dem Gepäck vom Hafen in den Palast gebracht und ausgepackt wurden, unternahmen König und Königin einen Rundgang durch die Räume und entschieden, wohin die Möbel gestellt werden sollten. Allerhand Stücke waren als Hochzeitsgeschenke angekommen, nicht nur von den keltischen Häuptlingen und den führenden römischen Familien in den *coloniae*, sondern auch von so fernen Reichen wie Ägypten, Thrazien und dem Orient, der Wüstenheimat von Jesus selbst.

Uther war beeindruckt von der modernen Architektur des Palastes – seinen Erkertürmchen, so schlank wie Minaretts, und den Haupttürmen mit den offenen, gekrümmten Balkonen, die gleichzeitig auf das westliche Meer und auf die Wälder auf den Felsenklippen hinausgingen. Fließendes Wasser sprudelte aus Keramikrohren und durch Steinbecken in den Turmgemächern, gespeist von den Zisternen auf den Dächern, während ein unterirdischer Wasserlauf als Abwasserkanal für die zahlreichen Bäder und Latrinen diente.

Aber wo Uther auf Neues stieß, da suchten Ygrane Erinnerungen heim. Hierher hatten die Druiden sie gebracht, damit sie Gorlois heiratete. Über Nebel und Wasserstaub erhoben sich vor den steilen dunklen Felsenklippen Türme aus leuchtendem Kalkstein – ein Palast, der anscheinend aus dem Salz des Meeres gebaut war. Salzig und bitter waren auch ihre Erinnerungen. Während ihre Fianna-Krieger in den Steinkorridoren auf und ab gegangen waren, hatte sie sich in jener ersten Nacht mit den geilen Grapschereien des Herzogs herumschlagen müssen. Glücklicherweise hatte sie ihre Magie listig genug eingesetzt, um diese lüsterne Begegnung recht kurz zu halten – doch sie konnte deren Gewalttätigkeit nicht mildern: Für den Römer war es eine Eroberung, die keltische Königin ins Bett bekommen zu haben, ein brutaler, körperlicher Triumph, bei dem er seine unglückliche Braut zwang, ihn in einer Folge unterwürfiger Stellungen zu erdulden. Danach schlief sie nie mehr mit ihm.

Die echofreudigen Gemächer mit ihren breiten, zum Meer gewandten Fenstern, von woher kein Angriff zu befürchten war, erinnerten die Königin auch an ihre Tochter, die hier geboren worden und aufgewachsen war. An jenem Wintermorgen, als sie in den Wehen gelegen war, hatte Ygrane gegen die Anordnungen der römischen Ärzte die Winterfensterladen entfernen lassen und dann im Meereswind gezittert, mit Feen und Meereselfen an ihrer Seite, während sie sich mit Morgeus Geburt abmühte. Drei Tage später hatte sie das Kind bei den römischen Ammen zurückgelassen und war aus Tintagel geflohen. Solange Gorlois lebte, war sie nie zurückgekehrt.

Einige der Palastwachen, die auf Befehl des Herzogs versucht hatten, sie aufzuhalten, waren an jenem Tag gefallen, von ihrer Fianna erschlagen. Damals wäre das Bündnis fast zerbrochen. Aber Hochsilber, der oberste Druide, hatte Gorlois besänftigt, und zwar dadurch, daß er mehr von dem gab, was der Herzog wirklich gewollt hatte. Er hatte Cymrus' beste Krieger an die Sachsenküste geschickt, um die kleinen

Inseln dort von allen Plünderern und Räubern zu säubern. Ygrane, die die Verantwortung dafür trug, daß ihre Freiheit mit Blut bezahlt wurde, war bei jenen Feldzügen mitgegangen. Zur Bestürzung der Druiden wie auch der alten Raglaw hatte sie bei den Wundärzten des Heeres Dienst getan und den blutigen Schrecken des Krieges mit eigenen Augen miterlebt.

Sie erinnerte sich daran, wie sie in einer Nacht nach Norden zurückgekehrt war, in einem Schiff voller stöhnender Verwundeter, ihre Gewänder steif vom getrockneten Blut, ihr Herz zusammengekrampft vor Leid, und wie sie dann Tintagel gesehen hatte, dessen schlanke Türme und hohe Zinnen lavendelfarben in der Mondnacht leuchteten. Die Schreie der Sterbenden waren leiser geworden, als sie Tintagel sahen – diese Vision der Zivilisation, für die sie mit ihrem Blut bezahlt hatten.

Jetzt hatte Gorlois selbst für diese Vision bezahlt, die mit den Herren des Feuers zur Erde gekommen war, und Ygrane quälte sich mit dem Gedanken, daß Morgeu vielleicht recht hatte – daß sie, Ygrane, durch ihren Zauberer Myrddin für den Tod des Herzogs verantwortlich war. Indem sie für Uther eingetreten war, hatte sie Gorlois einfach nur ersetzt. Und obwohl sie wußte, daß sie hier in Tintagel mit Uther war, um dem Wohl von Römern und Kelten gleicherweise zu dienen, fürchtete sie um ihre Zukunft, denn als Gorlois gestorben war, hatte sein Blut sie beide besudelt – und was mit Blut begann, mußte mit Blut enden.

In Tintagel wimmelte es von Schauerleuten, die Wagenladungen von Gütern ablieferten, und von Dienern, die emsig den Haushalt einrichteten. Merlin zog sich aus dem Durcheinander in einen leeren, kreisförmigen Garten hinter dem Schrein zurück, um mit seinem weiten Blick die Zeitlandschaft abzusuchen, die vor ihnen lag – und unter ihnen.

Inmitten blattloser Bäume und Haufen welken Laubes fand er einen abgeschiedenen Winkel, wo er sich niedersetzte und seine Kapuze überzog, denn es wehte ein lebhafter Wind. Sofort versank er in der Anderwelt. Er stand an dem Einschnitt am Randfelsen unter einem saphirblauen Himmel mit Sternen so groß wie Krokusse – genau an der Stelle außerhalb von Vray Vitkis Höhle, wo Ambrosius sein düsteres Geständnis der Angst abgelegt hatte. Darunter, in der Grotte nahe der christlichen Nachtodwelt mit ihrem Flammenfeld und den terrassierten Sonnenstufen zum Himmel, schimmerte ein breiter Regenbogen.

Merlin kannte diese leuchtende Farbenoktave von seinen Wanderungen als Dämon: *Bifrost,* die Regenbogenbrücke der Asen, die die Wurzellande mit der Heimstatt der Götter im Großen Baum verband. Der riesige Regenbogen stieg aus einem glitzernden Wald von Silbertannen auf, und dort, wo das Ende des Regenbogens wie farbiges Glas durch das Gewirr der Zweige glühte, standen zwei Gestalten.

Die eine war sehr groß, und Merlin erkannte sie sofort an der rabenhaft krummen Haltung, dem vom Wind zerzausten Bart und der schwarzen Höhle des fehlenden Auges. Der Wüter, der einen Umhang aus dem glänzenden roten Fell eines Bären und Hosen aus dem Pelz von Polarwölfen trug, stand nach vorn gebeugt in vertrautem Gespräch mit einer schlanken Gestalt, die in ein schwarzes, mit magischen Schutzzeichen bemaltes Zauberergewand gehüllt war.

Merlin dachte, es handle sich dabei vielleicht um einen Elfen. Die goldenen Muster auf dem Gewand waren elfenhaft verschlungen. Aber als er sich den beiden näherte, erkannte er Morgeus verwühltes rotes Haar und ihr streitsüchtiges, mondbleiches Gesicht.

»Sie haben dich von Anfang an belogen«, stellte der Wüter mit seiner hallenden Stimme fest und starrte unverwandt auf die sterbliche Frau, die vor ihm stand. »Du bist nicht edel. Du bist ein Bastard – ein Kind der besiegten Fauni und der sterbenden Kelten. Du bist nichts weiter als der erbärmliche Staub der Erde.«

Morgeu erwiderte seinen Blick. Ihr verzerrtes Gesicht

spiegelte sich mit ihrem Wahnsinn in seiner riesigen, schwarz glänzenden Pupille. »Alles Blut ist gemischt«, erwiderte sie und trotzte aufrecht dem wilden einäugigen Blick des nordischen Gottes. Ethiops Aalknäuel rollten wie Hügel vor dem Regenbogen am Himmel, und sein Gesicht, das er durch die Baumzweige steckte, zeigte menschliche Züge – die finstere Grimasse der Morrígan mit ihren Reißzähnen.

Die offenkundige Täuschung verblüffte Merlin und warf ihn beinahe aus seiner Trance. Mit panischem Bemühen rang er um Haltung und versuchte, das Pochen seines Herzens zu beruhigen, um besser hören zu können, was Morgeu zu dem Gott sagte.

»Alles Blut ist gemischt – und das ist natürlich für die Farben der Erde, wie du wohl weißt, du, dessen Herrschaft von den Rentierreitern der Tundra bis zu den Flußleuten des Sachsenwaldes reicht. Das ist ohne Bedeutung. Was zählt, mächtiger All-Vater, ist der Wille der Götter. Ich wende mich an dich, damit du die Göttin Morrígan als deine Gefährtin annimmst und – mit ihr an deiner Seite – das Volk der Kelten in die Stämme des Beständigen Nordens einreihst.«

Der Wüter und Ethiops hinter seiner Morrígan-Maske empfanden die gleiche abscheuliche Befriedigung. »Morrígan und ich sind alte Gefährten. Aber ich kannte sie in jener Zeit, bevor euer Volk sich mit dem Blut und der Magie des Leuchtenden Südens befleckte. Du bist ein Bastard, Morgeu – und deshalb nennt mein Volk dich ›die dem Tod Geweihte‹. Selbst mit der Hilfe deiner Göttin stehst du nur aus einem glücklichen Zufall vor mir. Meine Zwerge haben sich geschworen, meine Feinde zu vernichten.«

»Ich bin keine Feindin des Wüters – es sei denn, du zwingst mich zu handeln, wie du es mit meiner Mutter getan hast. Dann sollst du sehen, warum dein Volk mich fürchtet.«

»Kühne Worte!« Der Wüter näherte seinen finsteren Blick der Zauberin, und Morgeu wich zu Ehtiops zurück, damit sie von ihrer Göttin geschützt würde. »Deine Mutter hat mich getäuscht, indem sie die Nacht der Ahnen ausnützte. Aber du stehst hilflos vor mir, Morgeu die Fey.«

Durch Ethiops' Einfluß ermutigt, hob Morgeu tapfer ihr Kinn. »Ich bin nicht so hilflos, All-Vater. Morrígan unterstützt mich.« Sie wirbelte stolz den Saum ihres Zauberergewandes herum. Die Glyphen aus Goldfäden auf dem schwarzen Stoff glitzerten im Sternenschein wie Irrlichter. »Ich allein habe dieses Gewand angefertigt, das mich vor den Angriffen deiner Zwerge schützt. Durch meine eigene Magie habe ich das Wissen herbeigerufen, das ich dafür brauchte, und durch meine eigene Anstrengung habe ich dieses Wissen in diesen Gegenstand umgewandelt. Wäre ich ohne dieses Gewand jetzt hier?«

»Ohne dieses Gewand hätten dich die Zwerge inzwischen schon gefesselt und dir die Eingeweide herausgeschnitten.« Der Wüter strich anerkennend über seinen wilden Bart. »Du sagst, du willst mir gegen deine eigenen Leute helfen. Warum?«

»Ich bin eine Seherin – wie es meine Mutter ist, die mich ausgebildet hat.« Morgeu hob bittend ihre Hände. »Ich habe im Licht der Trance deine Siege gesehen. Der Wüter ist dazu bestimmt, über diese Inseln zu herrschen, und es gibt keine Macht, die ihn daran hindern kann. Ich bin zu dir gekommen, damit du mich als deine Kriegerin annimmst.«

»Morgeu ...« Der Wüter sprach mit dunkler Stimme, »ich habe nur ein Auge, aber ich schaue in die Tiefe. Du bist keine Verbündete der Asen. Du belügst mich – und dein hübsches Gewand mag die Angriffe von Zwergen aufhalten, aber es wird meinen Zorn nicht abhalten.«

Morgeu blinzelte nicht einmal und ihre kühne Stimme zitterte nicht. »Lüge ich, wenn ich sage, daß du zum Herrscher dieser Inseln bestimmt bist? Nein. Du hast nur ein Auge, das stimmt, aber es ist ein starkes Auge, und du weißt, daß das, was ich vorhersage, so kommen wird. Du weißt auch, daß ich nicht gesagt habe, ich wolle deine Verbündete sein – nur deine Kriegerin. Gib mir die Macht, unseren gemeinsamen Feind zu bekämpfen – Lailoken den Dämonenzauberer, der meine Mutter berät. Er hat meinen Vater erschlagen. Er ist dein Feind so gut wie meiner. Gib mir die Macht, die ich brauche, um ihn zu töten.«

Der Wüter blieb schweigend über sie gebeugt stehen und spürte mit seiner boshaften Klugheit in ihr Inneres. Schließlich funkelte ein kaltes Licht in seinem großen, starren Auge auf, und mit einer abgrundtiefen Stimme sagte er: »Dann gehörst du also mir, Morgeu die Fey. Und du sollst deine Macht haben.«

Mit einem Ruck war Merlin wach. Die Stimme des Wüters ließ ihm noch das Blut in den Adern gefrieren. Er blickte um sich, um festzustellen, daß er tatsächlich wach war. Aber der verfallene Garten mit den Bäumen, die im kalten Wind klappernden Skeletten glichen, gab ihm kein Gefühl der Sicherheit. Er zitterte, und der düster graue Himmel drang tief in seine Seele mit dem unbarmherzigen Versprechen, es werde eine noch schrecklichere Kälte kommen.

Magie vergeht – wie Blau in der Stunde des Einen Sterns

Im Mondlicht hatte das Muttermal zwischen den Schulterblättern ihres Gatten den Umriß eines messerscharfen Zahnes. Bei Sonnenlicht offenbarten die rötlichen Fleischtöne Schattenschwingen, wie ein roter Fleck Sonnenbrand, der seinerseits von einem dunkleren Flecken ausgeht, wie die Keilform eines schmalen Viperngesichts. Als Uther neben ihr schlief, legte Ygrane ihre magnetisch sensible Hand auf das Muttermal und fühlte nach innen, hinab zu dem Ort, wo der Drachenmagus im Kratergestank des Planeten schmorte.

»Von welchem Teil von Adams Leib kommst du?« fragte Vray Vitki in antiquiertem Latein.

»Geschnitzt aus Adams Rippe, die Frau, die vielleicht deinen Samen in die Zukunft trägt«, sagte Ygrane sanft über Uthers Rücken. »Wir brauchen deine Hilfe, um unsere Feinde zu bekämpfen.«

»Das Altern des Fleisches bricht meinen Willen. Ich sterbe.«

Als sie ihre Hand zurückzog, hing daran ein schwacher, müder Geruch von Sumpfdunst. Der Magus verblutete tatsächlich in den Drachen. Seine Jahrhunderte stolzer Freiheit, wo er die Wurzellande des Großen Baums durchstreift und Abenteuer mit Trollen, Riesen und Göttern erlebt hatte, waren vorbei. Tief drunten, im Kern seines Wesens, der schon zum Drachen geworden war, fühlte er sich befriedigt. Nur aus Leichtsinn und aus Stolz auf das Blut seiner Sippe wünschte er noch einmal, an die kalte Erdoberfläche hinaufzusteigen. Unter dem stockblinden Auge der Leere und im eisigen Hauch der Dunkelheit, der selbst Sterne auflöst, würde er den Rest seiner Zauberkraft für Uther Pendragons Sache einsetzen. Aber schon der Gedanke daran wehte in ihm nach unten, mit der Wucht einer Welle, und schob ihn fort von ihr.

Ygrane setzte sich im Bett auf. Wenn Vray Vitki nicht bald eine große Menge Energie bekäme, dann würde er sich wie Dunstschwaden im Tauwetter an einer schilfreichen Küste auflösen. Ihr Herz fühlte sich bleiern an, denn es gab nichts, was sie für ihn tun konnte.

Wie der Kuß eines Lügners erfüllte sie dieser Gedanke mit einer höhnischen Scham. Tatsächlich hatte sie die Macht, den Magus zu stärken. Aber die gesamte Magie des Einhorns und all ihren persönlichen Zauber legte sie in einen Liebeszauber.

»Machst du dir Sorgen?« krächzte Uther im Halbschlaf.

Ygrane wandte sich ihm lächelnd zu und wollte seinem erschöpften Gesicht schon einen Schlummerzauber zusprechen. Doch ein fürsorglicher Blick, der in seiner schläfrigen

Miene erschien, gab ihr Mut, und sie antwortete wahrheitsgemäß: »Ich mache mir Sorgen, Theo.«

Er rollte näher an sie heran. »Erzähl mir.«

»Seit wir verheiratet sind, habe ich Magie gehortet.«

Uthers schläfriger Blick wurde traurig und verwirrt.

»Du würdest es gar nicht merken«, beruhigte sie ihn und fuhr ihm mit der kalten Hand über die Stirn. »Unsere Liebe ist echt, und ich habe dich nicht mit meinem Zauber berührt, mein liebstes Du. Dir fehlt er nicht. Aber unseren Soldaten werden die Heiltränke fehlen, die ich hätte machen können. Und deinem Heer wird Vray Vitki fehlen – denn ich habe die Kraft verbraucht, die ihn hätte wiederbeleben können.«

Als sie den Namen des Drachenmagus erwähnte, wurde Uther mit einem Schaudern völlig wach. »Vray Vitki?«

»Theo, ich bin selbstsüchtig gewesen.«

Sie schlüpfte aus dem Bett heraus und öffnete ein Kästchen aus Schildpatt, in dem sie ihre Talismane aufhob. Etwas glühte wie ein beleuchtetes Juwel, ein Schatten fiel auf ihre langen Beine, die von hauchdünnem Stoff umhüllt waren. »Das ist ein Liebeszauber«, sagte sie und zeigte ihm den blendend hellen Stein.

Ein roh geschnittenes Stück eines eisklaren Minerals fing das spärliche Licht der dunklen Kammer auf und sandte feine Strahlen aus, wie glänzende Silbernadeln. Als er es berührte, fühlte er nichts in der Glimmerkruste, nur die Rauheit eines ungeschliffenen Steins.

»Ich habe ihn für Morgeu gemacht.« Ygrane kniete neben Uther im Bett nieder. »Du wirst in ihm nichts spüren – aber sie. Ach, er hat mich ganz erschöpft. Bis in den Winter hinein werde ich keine Kraft haben, Heiltränke herzustellen. Und ich kann auch Vray Vitki nicht helfen. Wir werden ihn verlieren.«

Uther legte den Talisman wieder in die Hand seiner Frau und schloß seine Hand tröstend über der ihren. »Du empfindest die Liebe einer Mutter für Morgeu. Das bewundere ich. Aber wird er wirken?«

»Wenn ich ihn zu ihr bringen kann. Sie lebt in Kaledonien mit ihren Y Mamau in einer Gemeinschaft, die Dämonen verehrt.«

»Unter den wilden Pikten?«

»Sie nennen sie ›Die dem Tod Geweihte‹. Aber es ist der Dämon in ihr, der sie böse macht. Morgeu ist nicht schlecht. Arrogant, ja, sogar kriegerisch wie ihr Vater, aber nicht grausam. Das ist der Einfluß des Dämons.«

»Der Dämon, der versucht hat, dich zu besetzen?«

»Ethiops. Ich habe noch nie zuvor eine solche pure Bosheit gespürt.«

»Und dieser Stein kann einem solchen Dämon Einhalt gebieten?«

»Wenn er meine Tochter berührt, dann hoffe ich, daß sie vielleicht von diesem greulichen Ding gereinigt wird. Ich habe all meine Magie hineingelegt, in diese – in diese Selbstsucht einer Mutter.«

Uther kam ganz nah an sie heran und flüsterte: »Ich bin stolz auf dich.«

Sie strich ihm das Haar aus dem Gesicht, damit sie im Dunkeln besser einschätzen konnte, wie ehrlich er es meinte. »Du bist nicht enttäuscht, mein König? Ich hätte diese Zauberkraft für unsere Insel, für unser Volk verwenden können.«

»Was du getan hast, meine Frau, ist sehr christlich. Du hast die Herde um des einen verlorenen Schafes willen verlassen. Du liebst die, die dich haßt.« Er lächelte ihr aufmunternd zu. »Sie ist deine Tochter. Du mußt für sie sorgen. Wie willst du den Talisman zu ihr bringen?«

»Durch Falon.«

»Bis nach Kaledonien?« Uther runzelte die Stirn. »Er ist der maßgebende Stratege in der Fianna. Wie können wir auf ihn verzichten?«

»Von allen aus meinem Kreis kennt er Morgeu am besten. Und ich kenne ihn. Er hat als einziger von meiner Fianna das Zeug für einen solchen Auftrag.«

Uther ließ sich auf die Kissen zurückfallen. Er wollte

Falon nicht verlieren. Die Magie seiner Frau, deren Macht er nicht einschätzen konnte, kam in seinen militärischen Überlegungen nicht vor. Aber der Oberbefehlshaber der Fianna – er war ein entscheidend wichtiger Krieger, und der König verlor ihn nur sehr ungern.

»Vielleicht Merlin …«

»Nein«, sagte Ygrane und senkte den Kopf. Sie fühlte die Last ihrer schändlichen Selbstsucht. »Das wäre gerade das, was Ethiops sich wünscht. Wir müssen Myrddin vor den Dämonen beschützen, die er verraten hat, um uns zu dienen. Und da mein Zauber gemindert ist, werden wir seine Macht um so mehr brauchen.«

»Mir wird Falon fehlen.« In Uther wuchs eine Leere. Seit er auf Vray Vitki aus der Unterwelt heraufgeritten war, erfüllte ihn ein geisterhaftes Gefühl. Für lange Zeitspannen ließ seine Liebe zu Ygrane dieses Gefühl verstummen, und er lebte zufrieden, sogar begeistert. In Stunden wie diesen jedoch weckten die grüne Musik des Flöters und die fiebrige Lieblichkeit der Phantomwälder ein unstillbares Verlangen in ihm. Wenn er sich dabei ertappte, wie er in der Schönheit dieses inneren Sonnenuntergangs schwebte, dann zwang er sich, sich auf die Umgebung zu konzentrieren. Immer öffnete sich dann eine Leere zwischen der tatsächlichen Welt und seinem Verlangen.

Er kam sich seiner Frau gegenüber treulos vor. Sie wollte nicht, daß er das Angebot ihres Gottes annahm. Sie verhielt sich mehr wie eine Christin als eine Keltin und sagte ihm immer wieder, daß sie auf Gott vertrauen wolle, daß er ihnen eine würdige Seele schickte. Doch er erinnerte sich an die Warnung des obersten Druiden: »Wenn du nicht von der Rabenquelle trinkst, dann wird Ygrane noch eine weitere Morgeu zur Welt bringen.«

Er fragte sich, ob das wirklich so schlimm wäre. Morgeu konnte man lieben und retten, wie Ygrane es mit ihrem Talisman zeigte. Warum dann nicht jedes beliebige Kind lieben, das Gott ihnen schenkte? War es nicht eine Sünde zu glauben, daß sie einen Retter zeugen konnten? Diese Sendung konnte doch nur Gott erteilen ...

Die Wahrheit war verwirrend. Er fürchtete sich nicht, Gott zu beleidigen. Er hielt sich zurück, das Angebot des Hirschkönigs anzunehmen, weil er Verlangen danach hatte. Die Kirche hatte ihn gelehrt, das Verlangen zu fürchten, und von den ungezähmten Jahren seiner Jugend abgesehen, hatte er dieser Furcht gehorcht. Nie zuvor jedoch hatte er eine solche Flut des Herzensverlangens erlebt, wie er sie jetzt für die zauberischen Wälder der tanzenden Seelen empfand.

Ygrane, betäubt von Erschöpfung und Sorge, spürte den Zwiespalt ihres Mannes nicht. Sie nahm seine Ruhe als einen weiteren Teil der umfassenden Liebe an, die sie verband, und küßte ihn dankbar.

Da Uther und Ygrane daran gelegen war, den Umzug zu beenden, richteten sie sich schnell in Tintagel ein. Der Versammlungsraum des Kriegsrates, die Schlafzimmer und die Quartiere der Offiziere waren an einem Vormittag hergerichtet. Die Befehlshaber der Fianna und die römischen Feldoffiziere der Sachsenküste hatten alle schon zuvor unter dem verstorbenen Herzog zusammen gearbeitet und gekämpft, deshalb hatten sie sich bis Mittag hinsichtlich des militärischen Protokolls, das unter ihnen gelten sollte, und über ihre Verantwortlichkeiten im Feld bis zum Winter geeinigt.

Allmählich, aber unvermeidlich in den unruhigen Tagen, während der Bereich der Offiziere und die Kasernen eingerichtet wurden, benahm sich der König so, wie sich nach seiner Vorstellung sein Bruder benommen hätte. Er traf sich täglich mit Fianna und Römern gleicherweise, lud beide zusammen zu einigen gemeinsamen Gelagen und Jagdausflügen ein, bis sie sich in seiner Gesellschaft wohl fühlten.

Merlin war stolz auf Uthers Bereitschaft, den Lebenden zu dienen, nachdem er die größere Freude der Toten gesehen hatte. Der Zauberer hatte den Verdacht, daß der Zauber der Königin ihn dazu inspirierte, aber er sagte nichts. Er wollte die Hoffnung auf ein dauerndes Bündnis nicht mit seinen persönlichen Schwierigkeiten belasten und behielt es bei sich, wie unglücklich ihn die Abwesenheit des Einhorns machte.

Oft sah Merlin Uther und Ygrane einander an den Händen halten, bedeutungsvolle Blicke austauschen, ja, sogar miteinander turteln. Das Glück, das sie offensichtlich gemeinsam erlebten und vor Druiden wie Britanniern gleicherweise zeigten, hatte mehr für die Moral des Bündnisses getan als jede Rede oder jeder Kriegsplan. Und der Zauberer begann sich Sorgen zu machen, daß seine Traurigkeit ihre gemeinsamen Augenblicke der Freude stören und dann in einer Kaskade miteinander verknüpfter Ereignisse das ganze Unternehmen bedrohen könnte.

Deshalb ahmte Merlin das Einhorn nach und verließ einfach Tintagel. Er beschloß, den Tisch zu suchen, den er in seinen Visionen mit Raglaw und den neun Königinnen gesehen hatte. Doch kein Zaubergesang, den er sich ausdenken konnte, erwies sich als Wegweisung nützlich. Er durchwanderte die ganze Umgegend auf der Suche nach dem vorherbestimmten Baum, der gefallenen Eiche aus der Vision seines starken Auges, und so flogen noch mehr Tage vorbei, wie Wolken im Wind über den Baumwipfeln.

In diesen windigen Mooren widerfuhren dem Zauberer einige kleinere Abenteuer, und er setzte seine Fähigkeiten ein, um verirrten Pilgern zu helfen und in den verarmten Weilern, die ihn beherbergten, Krankheiten zu heilen, so weit er das konnte. Meistens wanderte er allein, nur von den Rindern des Windes begleitet, den massigen Herbstwolken, die einen grauen Winter ankündigten.

Als der Zauberer den lebendigen Baum seiner Visionen in einem urtümlichen Wald nördlich von Tintagel fand, in einer Gegend, die Hirschland genannt wurde, da erkannte er ihn sofort. Eine riesige, von einem Blitz gespaltene Eiche war quer über einen Wasserlauf gestürzt; zuvor hatte das fließende Wasser sie schon unterhöhlt. Ihre Wurzeln ragten in doppelter Manneshöhe zum Himmel empor. Merlin schob die braunen Zotteln der abgestorbenen Ranken beiseite, die auf dem aufgewühlten Lehm gediehen waren, und lauschte der langsamen Baßstimme des Saftes, der in dem Baum zirkulierte. Der Eichenriese lebte noch. Der waagrecht liegende Baum hatte den Sommer über dank des fließenden Wassers überlebt, das ihn umgestürzt hatte, und auf Merlin gewartet. Für den Zauberer war dies deutlich das lebhafte Symbol dieses Zeitalters – die umgestürzte Eiche Roms lebte nur noch, weil der reiche Lehm der Insel sie nicht sterben ließ.

Aber der große Umfang des Baumes vereitelte alle Versuche Merlins, ihn zu zerschneiden. Ganz gleich, wie sanft er seine barbarischen Zaubersprüche flüsterte, die Kraft kam zu schnell, zu stark aus ihm heraus. Die kleineren Stämme, die er benutzte, um daran seine Fähigkeiten zu erproben, brachen ungleichmäßig durch. Keine Magie, über die er verfügte, konnte Holz mit der glatten Präzision schneiden, die er brauchte, um seine Vision zu erfüllen. Der Zauberer brauchte einen Zimmermann.

Unter den Meistern des Schiffsbauerhandwerks in den Hafenstädten entdeckte Merlin den besten Handwerker, einen schlaksigen Affen von einem Mann, glatzköpfig, mit einem rötlichbraunen Schnurrbart und runden, kleinen Augen, die wie blaue Opale aussahen. Da er mehr als genug Arbeit hatte, für einen örtlichen Kriegsherrn Kriegsschiffe zu bauen, wollte er nichts mit Merlin oder dem Hochkönig und seiner keltischen Königin zu tun haben.

Der Zauberer hätte ein Wort zu dem Zimmermann sprechen und ihn einladen können, aber der Gedanke, andere in seine Pläne zu verwickeln, erschien Merlin falsch. Er wollte von diesem Meisterhandwerker nichts Geringeres haben als das Symbol des Königreiches selbst. Er sträubte sich davor, unwillige Arbeiter für diese heilige Aufgabe einzusetzen.

Warum nicht? fragte der dämonische Teil in ihm. Dieser Zimmermann war der beste in der Gegend, und die Vision des starken Auges verlangte den Tisch. Merlin sprach ein

Wort, das die ganze Schiffswerft verstummen ließ. Hämmer hielten inne, Sägen hielten an, Äxte machten eine Pause, und in dem breiten Skelett eines unfertigen Schiffes standen zwanzig Handwerker reglos wie Statuen.

Bevor Merlin noch einen Zaubergesang anstimmen konnte, der die Arbeiter ihre Werkzeuge aufsammeln und ihm folgen lassen würde, ließ der Meister den Hammer fallen, den er gehalten hatte, und das Werkzeug traf eine Zehe in seinen Sandalen.

Der Schmerz ließ den Zimmermann zusammenzucken und befreite ihn vom Bann des Zauberers. Schmerzgekrümmt tanzte er herum – und blieb gleich darauf stehen. Ihm genügte ein einziger Blick auf die schweigende Werft, und er begriff, was geschehen war. Als er sich wieder Merlin zuwandte, veränderte sich sein sommersprossiges, stupsnasiges Gesicht schnell, vom Erstaunen zur Furcht und wieder zurück, wie ein Mann, der plötzlich entdeckt hatte, daß er auf einem geflügelten Fisch stehend über das Meer schoß.

»Keine Zauberei mehr«, bettelte der Zimmermann und hielt beide Hände hoch. »Befreie meine Männer, Meister Zauberer, und wir werden tun, was du verlangst. In den Wald gehen, um aus einer umgestürzten Eiche einen Tisch zu schneiden? Gern, Herr. Betrachte es als schon geschehen.«

Merlin ließ die Männer frei und dankte dem Zimmermann für seine Mitarbeit an einer so heiligen Aufgabe. »Doppelten Lohn für jeden!« versprach der königliche Zauberer.

Der Meister schüttelte den kahlen Kopf. »Kein Geld, Zauberer. Wir haben genug Münzen von den Kriegsherren, die unsere Schiffe kaufen.« Seine kleinen Augen wurde noch kleiner. »Ich möchte einen Wunsch frei haben.«

»Einen Wunsch?«

»Ja.« Sein Affengesicht glotzte Merlin glücklich an. »Wie in den Geschichten, die man am Ofen erzählt. Du bist ein mächtiger Zauberer. Ich will dein Geld nicht. Ich will die Hilfe deiner Zauberei.«

Merlin runzelte streng die Stirn und unterdrückte seinen

Impuls, einen Zauberbann auszusprechen und ihre Arbeit zu erzwingen. »Worin besteht dein Wunsch, Meister Zimmermann?«

»Nicht jetzt, Meister Zauberer, nicht jetzt.« Der Zimmermann zeigte fröhlich seine krummen Zähne. »Erst schneiden und polieren wir den Tisch. Wenn du zufrieden bist, dann wirst du mir erlauben, daß ich zu dir komme, wenn ich deine Hilfe brauche. Einverstanden?«

»Wenn du die Sterne haben willst und den Mond, Mann, dann vergiß es. Du solltest am besten das Gold nehmen. Dreifachen Lohn!«

Mit einem Grinsen fröhlichen Trotzes reckte der Zimmermann Merlin seinen rötlichbraunen Bart entgegen. »Behalte dein Gold! Ich will deine Hilfe, wenn ich sie brauche, und es wird dabei nicht um den Mond oder um die Sterne gehen, das versichere ich dir, Meister Zauberer.

»Einen Wunsch, der in meiner Macht steht, dann – aber keine Tat gegen den König oder die Königin oder irgend jemand, der an diesem Tisch sitzen wird. Verstanden?«

Das breite Lächeln paßte hübsch zum scharf geschnittenen Gesicht des Zimmermanns. »Zeig mir den Baum.«

Merlin ließ die Mannschaft für den einen Wunsch des Zimmermanns hart arbeiten. Zwei Wagenladungen Werkzeuge mußten per Hand zum Baum transportiert werden, da in den urtümlichen Wald keine Wagen eindringen konnten. Dann begann es zu regnen. Zelte flatterten im Wind, als man Maß nahm und Pläne diskutierte. Bei der ersten Unterbrechung des Schauers rodeten die Männer den Wald um den umgestürzten Baumriesen herum und errichteten eine Werkstatt über dem Stamm. Der Tisch wurde herausgeschnitten, und als dann die Rinde abgeschält und das Holz nach den Anweisungen des Zauberers schön poliert und hergerichtet worden war, wurde die riesige Scheibe mit einer geheimnisvollen Mischung aus Harzen, Baumsäften Destillaten und Pigmenten lackiert. Nach dem Trocknen ergab dies einen dunklen, rauchigen Firnis.

Am Rand entlang umschloß, mit auswechselbaren Stiften befestigt, ein Felgenband aus Eisen den Tisch und machte ihn zu einem Rad. Merlin dirigierte das Tischrad mit magischen Befehlen und ließ es auf Pfaden, die die Arbeiter schlugen, aus dem Wald hinausrollen. Auf den lehmigen Marktstraßen, die südwärts nach Tintagel führten, hätte höchstens ein Hagelschauer das Ungetüm aufhalten können. Bauern kamen von den Erntefeldern gerannt und Hirten verließen ihre Herden, um das riesige Rad vorbeirollen zu sehen.

Nach dieser Aufgabe fühlte Merlin sich besser, irgendwie erlöst. Er kehrte fast im Triumph zurück. Vor der Zitadelle von Tintagel berührten Ygrane und Uther das riesige Eisenband und blickten auf ihre erstaunten Spiegelbilder in der polierten Oberfläche des Tisches. »Was ist das, Merlinus?«

»Eine Legende«, verkündete der Zauberer stolz. »In der Geschichte wird man sie als den Tisch der Tafelrunde kennen.«

»Hast du dich damit so viele Tage beschäftigt?« fragte Ygrane. Sie blickte ebenso besorgt drein wie der König, der sich beschwerte: »Du bist weggegangen, ohne auch nur Abschied zu nehmen, Merlinus.«

»Zum Wohle des Königreichs«, verteidigte sich der Zauberer. »Meine unhöfliche Abwesenheit hat euch diesen Tisch beschert, an dem es keinen privilegierten Platz gibt.«

Uther hatte an Merlins Wohlbefinden zu zweifeln begonnen, seit der Zauberer vom Einhorn getrennt war. Merlin hatte tagelang geschmollt, als man seines Rates ganz besonders bedurft hatte. Und jetzt, wo all die wichtigen Entscheidungen gefallen waren, kam er zurück und war außer sich vor Freude über einen lächerlichen rollenden Tisch.

»Und das Allerbeste ist, ich habe den Tisch so machen lassen, daß man ihn tragen kann – bestimmt für ein Königreich ohne feste Hauptstadt.«

»Da ist Camelot«, warf Uther ein.

»O ja, wenn es denn schließlich gebaut sein wird, dann kann der Tisch der Tafelrunde dort für immer bleiben«, räumte Merlin ein. »Aber bis dahin sind es noch Jahre – entscheidende Jahre, in denen du euer Königreich zusammenschweißen wirst. Also denk darüber nach: Mit dem Runden Tisch wird dein Kriegsrat, deine Festtafel, dein Beratungsplatz mit dir gehen, selbst wenn du eine Rundreise durch die *coloniae* machst.«

Uther und Ygrane tauschten besorgte Blicke aus, aber die Königin versuchte ihre Zweifel zu verbergen, indem sie Merlin beglückwünschte. »Sinnreich«, sagte sie und erwiderte die zweifelnde Miene ihres Mannes mit einem begeisterten Lächeln. »Und er ist schön.«

»Ja«, gestand der König zu und fuhr mit den Fingern über die genoppte Oberfläche mit ihren rauchigen Vertiefungen. »Ausgezeichnete Handwerksarbeit. Wieviel hat das unsere Schatzkammer gekostet?«

Diese Frage stellte Merlin auch sich selbst. Der Zimmermann hatte sich von ihm verabschiedet, als der Tisch aus dem Wald herausgerollt war. »Überhaupt keine Kosten, Herr«, sagte der Zauberer zum König, was – zumindest einstweilen – die Wahrheit war. »Er wurde von freien Handwerkern angefertigt, die für ihre Arbeit keine Münzen annehmen wollten. Betrachte es als ein Geschenk an dich von deinem Volk.«

Damit war Uthers Zustimmung gewonnen. Sofort durchforschten er und Ygrane die Zitadelle nach dem passenden Ort, wo man den Tisch aufstellen konnte. Sie entschieden sich für die westliche Terrasse, unter einem Säulengang oberhalb der Meeresklippen. Man entfernte das eiserne Felgenband und legte das riesige Rad seitlich auf vier Marmorklötze. Damit bekam die runde Tafel eine gebieterische Erscheinung, wirkte gewichtig und zeitlos, mit einer eigenen Art von Pracht.

Am allerersten Abend, bei dem der Tisch als Tafel benutzt wurde, als die Fianna-Führer, die Feldoffiziere des Königs, die Druiden, der Bischof von Britannien und Merlin in der Runde saßen, verkündete Ygrane, daß sie schwanger sei.

Jubelnd begrüßte man die Hoffnung der Zukunft. Merlin senkte den Kopf und weinte stumm, da er sich an seine Zeit in Optimas Schoß erinnerte, an jene lebhafte Zeit ungeteilten Glücks, und an sein Versprechen, die Bestimmung zu erfüllen, die er geerbt hatte. Wie ein tiefer, musikalischer Ton erklang in ihm die Gegenwart seiner Mutter – die Gegenwart *der* Mutter – und antwortete auf sein geheimes Gebet. Alles war gut. Die Menschen in dieser Runde hatten mit kleinen Dingen in einer dunklen Welt gewonnen, wo gigantische, schreckliche Mächte aufeinandertrafen. Sie hatten mit Gebeten triumphiert – und mit der Hoffnung, die ein ungeborenes Kind brachte.

Später, als die Festgäste gegangen waren und die Sterne über einem mondlosen Meer flimmerten, saß Merlin mit Ygrane und Uther allein. »Wer ist diese Seele, die du in deinem Leib trägst?« fragte der Zauberer.

»Der, den Gott uns schickt«, antwortete Ygrane.

»Gut.« Merlin streckte den Arm aus und nahm Uthers Hand. Dabei erinnerte er sich an den freudigen Glanz, den er einst in der Anderwelt geschaut hatte. Der Zauberer zürnte immer noch dem Hirschkönig, daß er Uther diesen Vorgeschmack des Himmels gezeigt hatte. Wenige Sterbliche, die einmal eine solche ekstatische Enthemmtheit erfahren hatten, waren damit zufrieden, noch länger in dieser armseligen Welt zu weilen. »Du hast beschlossen, das Angebot von König Einer-kennt-die-Wahrheit zurückzuweisen?«

»Wir haben uns entschlossen, einer höheren Autorität zu vertrauen«, bestätigte der König. »Wir bestehen nur darauf, daß die Seele, die Gott uns als Führer unseres vereinigten Volkes schickt, ein Christ sein soll – auf diese Weise wird der Hirschkönig in unserer Ehe keine Rolle spielen.«

Merlin streckte seine andere Hand Ygrane entgegen. Sie griff danach. »Myrddin, ich muß dir sagen, daß ich den Glauben meines Mannes studiert und in meinem Herzen einen Weg entdeckt habe, wie wir unsere Religionen vereinen können. Sie sind nicht so weit auseinander, finde ich.«

»Wenn überhaupt jemand eine natürliche Vereinigung finden kann, die diese Götter der Wüste und des Waldes, des Südens und des Nordens zusammenbringt, dann du, Herrin.« Der Zauberer schickte das königliche Paar mit mehr Zusicherungen zu Bett, als sie vielleicht verdienten. *Welche Wahl hatten sie wirklich?* Die teuflische Seite in ihm wußte sehr wohl, daß ihre Entschlüsse – nämlich ihren Völkern so zu dienen, wie es das Schicksal entschieden hatte, zu heiraten, wie die Pflicht es forderte, einander zu lieben, wie ihre Herzen es verlangten –, daß diese Dinge von einem viel größeren Stolz als ihrem eigenen geregelt wurden.

Als er allein vor dem großen runden Tisch, vor der schwarzen See und der sternenübersäten Nacht stand, fühlte Merlin die Versuchung, sein starkes Auge zu öffnen. Die Zukunft schlummerte in diesem Tisch, wie Erz im Schweigen der Felsen. Hier würden Verträge geschlossen und Kriege beschlossen werden. Streitigkeiten würden geschlichtet, Lehenseide geschworen werden. Könige und ihre Krieger würden sich an diesem Tisch versammeln, um Königreiche zu schaffen.

Hier, in dieser Nacht, da die Empfängnis des vorhergesagten Retters verkündet worden war, war ein Anfang gemacht. Wohin würde er führen? Über welche Schlachtfelder hinweg? Und würden am Ende all diese Schlachtfelder in Bauernhöfe umgewandelt sein? Oder war die Erde dazu verurteilt, immerwährendes Schlachtfeld zwischen Dämonen und Engeln zu bleiben?

Solche Gedanken erstickten das Verlangen des Zauberers, in die Zukunft dieser Tafelrunde zu schauen. Die Zukunft war ein Trugbild, die Vergangenheit ein Traum. Nur die Gegenwart war wirklich. Und Merlin war müde. Nicht schläfrig. Er war aller Bemühungen müde, auch der dunklen Magie, die notwendig war, um dieses leuchtende Schicksal zu entzünden. Er wünschte, wieder die Freude des Einhorns zu fühlen, Optimas Segen, die Ganzheit des Himmels, die tief in jedem Herzen sanft atmet wie die Sterne.

Falon nahm dankbar den Auftrag an, Morgeu zu finden und den Liebeszauber der Hexenkönigin abzuliefern. Er brannte darauf, etwas anderes für das Bündnis tun zu können, als nur in den nebligen Hallen von Tintagel auf und ab zu gehen und über Kampfstrategien zu reden. »Wird der Talisman sie auf der Stelle heilen, ältere Schwester?«

»In dem Augenblick, wo er sie berührt«, sagte die Königin und reichte ihm den Talisman hoch. Falon saß schon auf seinem Pferd.

Er hielt den Stein in das Tageslicht über den windigen Mooren, und der Quarz schimmerte wie Metall. »Und dieser Dämon – Ethiops –, was wird aus ihm?«

»Der Zauber wird ihn völlig vertreiben. Die wahre Gefahr kommt von den Y Mamau. Meine Talismane werden ihren Zauber abweisen, aber nicht ihre Pfeile und Klingen.« Sie blickte ihrem Leibwächter und Freund unverwandt in die Augen. »Sei vorsichtig, Falon. Ich möchte dich wieder an meiner Seite haben – mit meiner Tochter oder ohne sie. Verstehst du mich, jüngerer Bruder?«

»Ich verstehe, Schwester.« Er verneigte sich und berührte mit seinen Lippen ihre Stirn. Dann ritt er los.

Ygrane stand abseits von den Fianna-Kriegern, die sie begleiteten. Ihr Gewand bauschte sich im Wind, während sie zuschaute, wie Falon ins graue Stechginstergestrüpp hineinritt. Wie ein Wassergespenst schwebte der Mond am Tageshimmel, umgeben von den Spinnweben eisiger Wolken. Doch die Helligkeit, die sie umgab, milderte nicht ihre Angst, daß sie ihn nie wiedersehen würde.

Das erste politische Treffen am Tisch der Tafelrunde fand vierzehn Tage später statt, als die sechs mächtigsten Kriegsherren der Insel eintrafen. Drei waren Römer, drei Kelten. Zum Jubel der christlichen Bevölkerung kamen die Römer mit all dem Pomp des Reiches an – Adlerstandarten, glitzernde Phalanxen von Soldaten in Bronzerüstungen, und ein Gelärm von Trompeten und Trommeln, die stolz ertönten, als wäre Rom nie gefallen. Die streng gedrillten Männer, durch lebenslangen Kampf zur Wachsamkeit erzogen, sahen furchteinflößend aus. Mit ihren bartlosen Gesichtern und ihren harten Augen hatten sie alle Schrecklichkeiten des Krieges gesehen. Viele von ihnen stellten stolz die Narben ihrer Triumphe aus wilden Nahkämpfen zur Schau.

Die Anführer trugen alte Brustpanzer, die mit Gold und Silber verziert waren und die Porträts vergangener Kaiser eingraviert trugen. Einige davon waren Jahrhunderte alt. Uther und Merlin kannten diese Männer vom letzten Winter, als sie mit Ambrosius durch das Land marschiert waren: Bors Bona aus Lindum, berühmt dafür, daß er in den Barbarendörfern, die er vernichtete, niemanden schonte, nicht einmal die kleinen Kinder; Severus Syrax, der *magister militum* von Londinium; und die Autorität der hiesigen Gegend, Marcus Dumnoni, Herzog der Sachsenküste.

Die brutalen Gesichter dieser Kriegsherren, die so düster dreinschauten wie ihre Soldaten, waren von Generationen der Feindseligkeit verhärtet. Mit militärischer Steifheit stellten sie ihre Männer auf dem mit Schiefer gepflasterten Schloßhof von Tintagel auf und grüßten Uther. Der König begrüßte sie huldvoll zu Fuß. Er trug dabei die purpurne, weitärmelige Dalmatik eines *imperators*, des obersten Generals der Republik, und hielt das mächtige Schwert Blitz mit nackter Klinge in der Hand. Bischof Riochatus stand hinter ihm und segnete das Bündnis. Für das Volk war es ein großartiges Schauspiel, aber in den Mienen der Kriegsherren sah Merlin keine Ergebenheit gegenüber dem König, nur eine mürrische, grimmige Loyalität.

Die keltischen Häuptlinge ihrerseits kamen still an, ohne Eskorte und Fanfare, und wurden von den Zuschauern praktisch ignoriert. Sie waren hochgewachsene Männer, alle drei mit mächtigen Schnurrbärten, wie es dem Brauch entsprach, und breiten, bloßen Schultern, die in ihrer Kultur so bewundert wurden. Lot von den Nordinseln, mit scheckiger Mähne und silbergrauem Schnurrbart, kam in Wildlederhosen und ohne Hemd. Auf seiner kräftigen Brust überkreuzten sich die Gurte seines Schildes und seines Schwertes, die er auf dem Rücken trug. Er war ein Kelte von alter Art, viele von Ygranes Fianna-Kriegern stammten von seinen küstennahen Inseln.

Sein ganzes Gegenteil war der rothaarige Kyner aus den Bergen. Er hatte sein Pferd mitgebracht und trug eine eigenwillig zusammengestellte Rüstung: römische Schulterplatten aus gehämmerter Bronze, einen gälischen Kilt, iberische Riemenstiefel aus Leder und einen Krummsäbel, der unter dem Namen *Kurzes Leben* berühmt war. Als Christ trug er ein großes scharlachrotes Kreuz auf seinem ovalen Schild.

Als letzter kam Urien von der Küste, dessen weißblondes Haar bis zum Pelzgürtel seiner Hosen aus Wolfsfell herabfiel. Er trug überhaupt keine Waffen. Unter seinem rotbraunen Umhang waren seine nackte Brust und sein kräftiger Rücken ungeschützt. Er trug nur einen goldenen Ring um den Hals, Symbol seiner Ergebenheit gegenüber der göttlichen Mutter.

Merlin begleitete Ygrane, die ihre drei Kriegsherren am Hafen empfing, wo das Schiff aus Maridunum sie absetzte, und sie umgaben sie wie Brüder, die wieder mit ihrer jüngeren Schwester vereint waren. Gelächter und Gesang hallten von den Meeresklippen wider, während sie auf der Küstenstraße, die zur Bastion hinaufführte, in Erinnerungen schwelgten und sich angenehm unterhielten. Kyner hob die Königin in den Sattel seines stämmigen Kriegsrosses und führte das Tier an der Kandare. Er erinnerte sich daran, wie er zum ersten Mal in den Waldhügeln seines Königreiches Ygrane begegnet war, einer spindeldürren, glatthaarigen Siebenjährigen, die traurig schniefte, weil sie von den Druiden an seinen Hof gebracht wurde – in eine hölzerne Burg, die im Vergleich zu den steinernen Zinnen und Türmen von Tintagel eher wie ein Viehpferch mit Wänden aus Baumstämmen wirkte. Doch sie war vom Glanz seines Hauses mit den Vorhängen aus Bärenfell und den Hirschköpfen als Jagdtrophäen eingeschüchtert gewesen. Alle lachten, als er an damals erinnerte, auch die Königin, doch in ihrer Stimme schwang ein traurIger Unterton mit.

Merlin hielt sich im Hintergrund, bei den Pferdeknechten und Dienern, doch keiner der Kriegsherren, Kelten wie Römer, ließ es sich nehmen, ihn zu begrüßen. Jetzt erst, an diesem windigen Novembertag, begann der Gast aus der Dämonenwelt zu begreifen, welchen eindrucksvollen Ruf er sich erworben hatte. Alle wußten, daß er der königliche Zauberer war, berühmt dafür, daß er die Brüder Aurelianus in den Adelstand gebracht und bei der königlichen Hochzeit Morgeus Dämonen zurückgeschlagen hatte.

Der Bischof, der noch unter dem Einfluß von Merlins Bann stand und sich an keine Dämonen bei der königlichen Hochzeit erinnerte, glaubte, Merlins Einfluß sei gänzlich politisch und beachtete ihn nur beiläufig. Merlin war dafür dankbar, denn sie saßen nebeneinander auf der Sitzbank an der rückwärtigen Mauer des Ratsaales, mit Blickrichtung auf die Tafelrunde und die offene Veranda über den Klippen und der brandenden See. An Merlins anderer Seite saß Braunmähne, der Oberste der Druiden. Zusammen waren die drei stolze Zeugen des ersten Kriegsrats des Bündnisses.

Zehn Stühle mit hohen Lehnen, verziert mit Schnitzereien von Drachen und Einhörnern, umgaben den Tisch. Sie spiegelten sich mit ihrem dunklen Holz auf der polierten Tischfläche wie Felsen in einem Teich. Vier Stühle waren mit dem Wappentier der Königin verziert, vier mit dem des Königs, und zwei trugen beide Embleme. Das Schwert Blitz lag nackt auf dem Tisch, seine Spitze zeigte auf einen leeren Stuhl, in den der Drache und das Einhorn Rücken an Rücken stehend mit erhobenen Klauen und Hufen geschnitzt waren – dies war der Platz des Feindes, der Sitz der Gefahr. Der *Heilige Sitz,* auf den das Heft des Schwertes zeigte, gehörte Gott dem Schützer. Auf diesem Stuhl begegneten sich die beiden Kreaturen und vermischten sich in ihren Umrissen.

Uther saß rechts vom Sitz der Gefahr, nahe am Feind, und

Ygrane saß ihm gegenüber neben dem silber-goldenen Schwertgriff. Severus Syrax, von urbaner Eleganz in seinem grünseidenen Gewand, das Haar in einen Knoten gebunden, eröffnete die Verhandlungen, indem er gegen diese Sitzordnung protestierte. »Warum sitzt eine Frau – selbst wenn sie Königin ist – hier an einem Tisch mit Kriegsherren? Wenn sie nicht die Absicht hat, uns in den Kampf zu folgen, dann sollte sie sich besser zurückziehen.«

»Auf sein Verlangen bin ich hier«, erwiderte die Königin und zeigte auf den leeren Stuhl neben sich. Am Rand seines Stabes vorbeischauend, konnte Merlin gerade noch einen vom Bleichen Volk sehen, der auf dem Heiligen Sitz saß. Der Zauberer kniff die Augen zusammen und erkannte Prinz Helle Nacht. Merlin stieß Braunmähne in die Seite und lud ihn ein, am Stab des Zauberers vorbei in die gleiche Richtung zu blicken. Das Pferdegesicht des Druiden zuckte zusammen, als er den Elfenprinzen erblickte.

»Seid versichert«, sagte die Königin, »ich habe nicht die Absicht, im Rat zu sitzen und Krieg zu planen. Aber die Daoine Síd wollen, daß ich zugegen bin – damit ich ihre Beiträge kundtue.«

Die Römer schnaubten und tauschten ungläubige Blicke untereinander aus. »Sollen wir glauben«, fragte Severus und kniff seine schwarzen Augen zusammen, »daß du den Rat der Elfen vertrittst? Daß du den Heiligen Sitz deiner heidnischen Religion zuweist? Dieser Platz gehört Gott, nicht den Elfen.«

»Das Elfenvolk dient Gott.« Die Königin begegnete dem spöttischen Unglauben der Römer mit hochmütiger Gleichgültigkeit. »Und ich diene ihnen.«

Uther legte die Hände auf den Tisch und blickte nach links und rechts. »Es handelt sich um ein Bündnis mit den Kelten. Wir müssen ihren Sitten Zugeständnisse machen.«

»Und unsere Sitten?« fragte Severus. Auf seiner rechten Wange zuckte ein Muskel und ließ die schwarzen Flammen seines Bartes erzittern. »Sind wir Christen solche Lakaien dieser Gebirgsbewohner geworden, daß wir ihre heidnischen

Götter ehren müssen? Haben wir nichts von Vortigern gelernt, was Bündnisse mit Heiden betrifft?«

»Du warst Vortigerns getreuer Verbündeter!« protestierte Merlin. Urien und Lot sprangen mit geballten Fäusten von ihren Stühlen auf. Die Königin streckte die Hände aus und berührte beide, flüsterte ihnen zu und erreichte, daß sie sich wieder setzten.

»Ich habe die Tore von Londinium für deinen Bruder geöffnet«, wandte sich Severus an den König. »Sag es ihnen, Uther. Ich habe an diesem Tisch genauso viel Recht wie jeder andere – und ich sage, wir beschränken unsere Gesellschaft auf Menschen aus Fleisch und Blut.«

»Ein Bündnis erfordert gegenseitigen Respekt«, sagte Uther mit fester Stimme und beugte sich vor, um den Zorn im dunklen Gesicht seines Stellvertreters auf sich zu lenken. Eine ständige Falte zwischen Severus' buschigen Augenbrauen ließ dessen Blick immer zornig erscheinen, selbst wenn er friedlich war. »Als Christen bringen wir ihnen den Respekt entgegen, den wir wiederum für uns erwarten.«

Severus setzte zu einer Antwort an, doch Kyners dunkle Stimme dröhnte in schroffem Latein: »Ich bin ein Christ. Ich habe das *Heilige Buch* gelesen. ›In jenen Tagen gab es Riesen auf der Erde.‹ Drachen. Einhörner. ›Hast du denn Einsicht in den weiten Raum der Erde? Bist du gewandelt auf dem Grund des Meeres?‹« Bevor Severus verächtlich antworten konnte, stieß der Bischof seinen Hirtenstab heftig auf den Fliesenboden und erhob sich mit flatterndem scharlachrotem Gewand. »›Wo ist der Weg zum Aufenthalt des Lichtes? Die Finsternis, wo hat sie ihren Platz?‹ So fragt Gott den Hiob im Heiligen Buch. Aus dem nächsten Abschnitt aus der Schrift habt ihr zitiert, Fürst Kyner.« Er nickte dem Häuptling der Berge zu, dann richtete er einen kalten Blick auf die Römer. »Ihr an dieser Tafelrunde seid das Licht. Dunkelheit rückt mit den Horden aus dem Norden vor. Unsere Leute werden von diesen Barbaren hingemordet, das Wort Jesu wird von ihnen vernichtet. Die keltischen Barden, die die Nordmänner hinschlachten, werden in ein gemeinsames Grab mit christlichen Märtyrern geworfen. Wir dürfen uns nicht gegenseitig bekämpfen. Wir sind die Hoffnung von Britannien.«

Severus lehnte sich selbstgefällig zurück. »Die Hoffnung Britanniens – Elfen!« hörten ihn alle schon spotten, nach der fatalistischen Art, mit der er seine Arme verschränkte und seinen Haarknoten schüttelte. »Also, dann laßt uns mit dem Rat der Elfen beginnen.«

Riochatus setzte sich hin, und die Königin sprach: »Uns steht das bevor, was wir uns selbst mit dem Schwert bereiten. Die gleiche Wahrheit gilt für die Nordmänner. Ihr erster Fürst ist der Mord. Sie glauben, es sei besser zu töten und zu stehlen als zu bauen. Mord hält das Heft ihres heiligen Schwertes. Der Name ihres Gottes ist Wüter.« Sie warf den Römern und Kyner einen knappen, wissenden Blick zu. »Wer könnte unser Schwert besser gegen sie erheben als die Daoine Síd, die Geister dieser Wälder, zu deren Verteidigung wir kämpfen?«

»Warum nicht Jesus?« fragte Kyner. »Er ist unser Erlöser.«

»Jesus ist der Fürst des Friedens«, sagte Ygrane. »Wir können ihn nicht gegen den Fürsten des Mordens ausspielen.«

Riochatus, Uther, Severus und Braunmähne begannen alle gleichzeitig zu sprechen, doch Kyners laute Stimme übertönte sie. »›Ich bin nicht gekommen, den Frieden zu bringen, sondern das Schwert.‹« Diesmal klopfte Braunmähne mit dem Druidenstab, um Schweigen zu fordern, und neigte den großen Kopf unter der weißen Kapuze so tief, daß nur ein Schatten zu sprechen schien. »Die Kelten erkennen Yesu an – den All-Heiler – und wir nehmen ihn als Erlöser an. Streiten wir nicht weiter darüber. Der *Heilige Stuhl* gehört Yesu.«

Die Christen nickten murmelnd Einverständnis, und Uther führte das Gespräch zu Strategien für die Frühlingsoffensive. Merlin hielt sich aus diesen Debatten heraus. Er wußte schon, welche Vervollkommnungen des Kriegshandwerks vor ihnen in der Dunkelheit der Zukunft warteten. Seine Aufmerksamkeit galt dem Schwert. Es leuchtete mit einem astralen Feuer – in der Spiegelung von Meeresglanz und Himmelstiefe auf der Tischfläche. Es enthielt das Licht der ursprünglichen Welt, bevor die Schalen der Dunkelheit sie in die Materie eingeschlossen hatten. Die acht Leute und ihre blassen Spiegelbilder, die die Klinge umgaben, waren Teil einer traurigeren Prophezeiung.

Merlin ignorierte die Menschen und blickte in das Schimmern des Schwertes. Staunen durchzuckte ihn. Über die Äonen hinweg durchtränkte die Göttin die ganze Schöpfung. Ihr Licht leuchtete durch die Schatten der Realität. Ygrane hatte recht. Was diesen Schattenleuten bevorstand, Sterblichen wie Elfen gleichermaßen, würde durch das Schwert vollbracht werden – dieses Schwert, Blitz, des Feindes eigene Waffe, erlöst, um die Menschen zu retten, zu deren Vernichtung es geschaffen worden war. Genau wie der Zauberer selbst.

Als er tiefer in die metallischen Tiefen der Waffe blickte, erkannte Merlin, daß es das Schwert war, dem er dienen mußte, nicht den Schatten, die sich um das Schwert versammelt hatten. Die groben Kriegsherren, der Bischof in seinen stolzen Gewändern, die Druiden unter ihren Kapuzen, und auch der König und die Königin, sogar das zitternde Licht von Prinz Helle Nacht auf dem *Heiligen Stuhl* – alle waren nur Gespenster. Merlin selbst war nur ein Gespenst. Nur das Schwert, nur das Symbol lebte.

Das Treffen der Kriegsherren dauerte siebzehn Tage. Merlin verbrachte diese Zeit, indem er entweder am Rand der Klippen saß oder sich durch Wolken kreischender Möwen hindurch seinen Weg entlang den vom Vogeldung gebleichten Trampelpfaden suchte. Er versuchte, nicht an das zu denken, was die Leute dort oben auf der überdachten Terrasse planten. Ihm war übel vor lauter bösen Vorahnungen. Die Atmosphäre war nur mit den Vorzeichen von Blutgier und Krieg erfüllt.

Wieder und wieder rief er das Einhorn. Er wollte wieder

das Heilsein und das Versprechen seiner Gegenwart spüren. Einfach wissen, daß es noch da war. Ein Weg hinaus aus einem schlimmen Traum. Aber als es nicht kam, nahm er schließlich hin, daß er allein bleiben mußte. Der König und die Königin hatten einander und ihr ungeborenes Kind. Die Kriegsherren hatten ihren Krieg.

Um seine Angst zu besänftigen, saß er neben der murmelnden See und sprach mit sich selbst über den Heiligen Stuhl und Helle Nacht und über das allererste Mal, wo der Elfenprinz zu ihm gekommen war …

»Ich nahm nichts mit mir, als ich das einfache Haus meiner Mutter verließ. Der Leib, den Optima mir geschenkt hatte, der braune Hanfkittel und die Schilfsandalen waren genug. Ich trottete über die Wiese, den Hang hinab, auf das sterbliche Königreich zu, in dem meine Bestimmung lag.

Als ich dahinhumpelte – meine Gelenke und Muskeln schmerzten noch von der großen Anstrengung der vorausgegangenen Nacht –, beobachteten mich die wilden Wesen. Fuchs und Hase spähten aus dem hohen Gras. Gänse schrien über mir auf ihrem Flug zu den Marschen. Der Tag funkelte herrlich – große, aufgetürmte Wolken zogen am Himmel dahin, goldenes Sonnenlicht schien auf die Grasrispen, Schwärme von Vögeln zwitscherten und wirbelten in der duftenden Luft umher – und ich war traurig darüber, daß meine Mutter nie wieder hier sein und sich an all dem erfreuen konnte.

Ich blieb stehen, um Luft zu holen und für sie zu beten:

›Große Mutter, Optima war dein, du durftest sie wegnehmen – und jetzt ist sie von allem frei. Denke daran, sie hat gelitten, um dir zu dienen. Wenn es einen Weg zum Himmel gibt, dann nimm sie jetzt dorthin und bewahre sie dort, wo wir alle mit dir eins sind.‹

Als ich aufblickte, sah ich einen großen, jugendlichen Mann, der an einem Granitfelsen lehnte, neben sich einen knorrigen Holzstock. Sein helles Haar bewegte sich in der Brise wie eine rote Seeanemone. Seine langen, schrägen

Augen leuchteten grün wie die des Einhorns. Er war kein Sterblicher, das wußte ich sofort, obwohl er die prächtigen Kleider eines sterblichen Edelmanns trug: eine blaue Leinentunika, die mit goldenen Blümchen bestickt war, einen roten Ledergürtel mit Silberknöpfen und gelbe Stiefel.

Der Fremde bot mir den hölzernen Stab an. ›Vielleicht wird dir dies auf deinem Weg helfen, Großvater‹, sagte er mit einer Stimme, die so schön und dunkel war wie die schimmernden Weiten des Abends. Meine feuchten Augen konnten ihn nicht sehr deutlich sehen, doch dann wußte ich, wer er war.

›Du bist von den Síd‹, mutmaßte ich, obwohl natürlich die Sonne schien und die Síd Leiber haben, die zu bleich sind, um bei Tageslicht gesehen zu werden.

Ein listiges Lächeln kräuselte seine schmalen Lippen. ›Du hast recht‹, sagte er. ›Ich bin Prinz Helle Nacht von den Daoine Síd. König Einer-kennt-die-Wahrheit hat mich geschickt, um dich im Land unserer Herrschaft willkommen zu heißen – und dir dieses Geschenk anzubieten.‹

›Du weißt, wer ich bin?‹ forschte ich, denn ich konnte noch nicht glauben, daß die Síd im hellen Tageslicht zu mir kämen.

›In der Tat.‹ Ein schelmisches Lächeln vertiefte die Grübchen in seinen Wangen. ›Du bist der Dämon Lailoken, vor einem Jahr und einem Tag in sterblicher Hülle zur Welt gebracht von der großen Mutter und ihrer heiligen Dienerin, Sankt Optima. Alle Síd wissen um dich und dein berühmtes Gelöbnis.‹

›Prinz Helle Nacht‹, ich neigte ehrerbietig den Kopf, da ich um die Eitelkeit der Elfen wohl wußte. ›Wie kommt es, daß du unter dem vollen Gewicht der Morgensonne hier vor mir stehen kannst?‹

›Das magst du wohl fragen, Großvater Lailoken, das magst du wohl fragen.‹ Er stieß sich von dem Granitblock ab und schwang den knorrigen Stab. ›Weißt du, was ich hier habe? Das ist der Stab des Sturmbaums. Sein Schatten ist so breit wie ein Mann und unsichtbar – und in seinem Schatten wird das Unsichtbare sichtbar. Nimm ihn! Er ist ein Geschenk für dich von den Daoine Síd.‹

Einige Jahre zuvor, als wir die Goten anstachelten, Rom zu plündern, hatte ich die Gelegenheit gehabt, mit dem nordischen Elfenvolk und seinen Göttern, den Asen, zusammenzuarbeiten. Ich hatte ihr geistiges Reich durchwandert, und sie hatten mir den Sturmbaum gezeigt, Yggdrasil, der sich über ihre Welt breitet und die Bereiche ihres Königreiches mit der Welt der Sterblichen und darunter mit der des unterirdischen Drachen verbindet. Die Kraft dieses Geisterbaumes war so dicht konzentriert, daß sie der Macht der Engel gleichkam. Ich erinnere mich daran, wie ich vor Ehrfurcht vor der wahnsinnigen Wirrheit der Wurzeln zitterte, die in bodenlose Tiefe hinabzuschwärmen schienen, und vor dem Gewirr seiner Äste, das die Gestade einer sternendurchsetzten Leere verdunkelte, in die der Baum sich über Jahrtausende hinweg hineinreckte. Als Dämon erfreute ich mich an dieser gewaltigen Macht. Aber jetzt, als Mensch ... Ich zögerte.

›Prinz – ich bin geehrt‹, sagte ich und trat einen Schritt zurück. ›Aber wie sind die Síd an einen heiligen Stab gekommen, der den mächtigen Asen, den Göttern des Nordens, gehört?‹

›Er ist gestohlen, natürlich‹, erwiderte Prinz Helle Nacht stolz. ›Durch die Macht und List unseres Anführers, König Einer-kennt-die-Wahrheit.‹ Seine langen, schalkhaften Augen verengten sich. ›Du verschmähst doch nicht etwa ein Geschenk der Daoine Síd, oder, Alter?‹

›Keineswegs.‹ Ich verneigte mich wieder, so demütig tief, wie mein verkrümmtes Rückgrat es erlaubte. ›Ich frage mich nur, ob ich dessen würdig bin. Ich bin, wie du selbst sagst, in sterblicher Hülle zur Welt gebracht. Darf ein Sterblicher es wagen, ein so mächtiges Geschenk zu besitzen?‹

›Komm, komm, Lailoken. Du bist kein gewöhnlicher Sterblicher. Sankt Optima hat dich hier im Gebiet der Síd geboren, und seit einem Jahr und einem Tag haben wir über dein bemerkenswertes Wachstum gewacht, als wärst du einer von uns. Und bist du das nicht? Du bist auf unserem Boden groß geworden.‹

›Meine Bestimmung ist es, unter den Menschen Gutes zu wirken‹, erwiderte ich offen.

›Wir hätten vom Sohn einer Heiligen auch nichts Geringeres erwartet. Sollen wir jetzt darüber streiten, was gut ist?‹ Das gescheite Lächeln des Prinzen vertiefte sich. ›Was im Lande der Síd gut ist, ist gut für die Síd. Wir werden von den Asen bedrängt. Sie plündern unser Volk aus und stehlen unser Land. Aber jetzt bist du hier! Gewiß bedeutet die Geburt eines so mächtigen Wesens wie du in unserem Reich viel Gutes für uns gegen unsere Feinde.‹

›Wenn es Gottes Wille ist‹, sagte ich demütig.

›Bah! Gottes Wille schließt alles ein.‹ Das Lächeln des Elfenprinzen verschwand, und die animalische Intensität seines grünen Blickes ließ mich bis ins Mark frösteln. ›Was ist dein Wille, Lailoken? Bist du für die Daoine Síd – oder gegen uns?‹

Ich wies über den Fleckenteppich aus Wald, Lichtung und Wiese auf das Dorf weit drunten in dunstiger Ferne. ›Ich bin für das Volk.‹

Ein Anflug seines schlauen Lächelns kehrte auf sein schmales Gesicht zurück. ›Eine Kriegerbande der Leute der Asen marschiert gerade jetzt durch den Wald im Norden dieses Dorfes. Sie kommen zurück von der Ermordung des Königs Cos, deines Großvaters. In zwei Tagen werden dieses Dorf und alle seine Einwohner Asche sein. Von den Bauern, die deiner Mutter Opfergaben gebracht haben, werden nur noch verkohlte Knochen übrigbleiben, und mit ihrer Haut werden unsere Feinde ihre Trommeln bespannen.‹

›Ist das wahr?‹ fragte ich erschrocken.

›Ist das wahr?‹ Der Elfenprinz reckte seinen Kopf und ahmte spöttisch meine Ungläubigkeit nach. ›Du – ein Dämon! Von allen Wesen kennst du diese Wahrheit besser als alle anderen. Nimm den Stab aus dem Sturmbaum und geh, dein Volk zu retten.‹

Ich stand verwirrt da. Ich hatte nicht erwartet, so bald auf die Probe gestellt zu werden. Ich hatte gedacht, es würde Zeit bleiben, um herumzuwandern und mich an mein Leben unter den Sterblichen zu gewöhnen. Meine Zähne waren kaum ausgewachsen, und meine Sehkraft war noch nicht voll entwickelt. ›Ich bin bloß ein alter Mann‹, protestierte ich. ›Was kann ich tun?‹

›Mit solch falscher Bescheidenheit wirst du nicht lang genug leben, um ein junger Mann zu werden.‹ Prinz Helle Nacht hielt mir den Stab aus dem Sturmbaum hin. ›Nimm ihn. Tu, was du kannst.‹

Ich nahm den Stab aus seiner bleichen Hand, und er verschwand. Dann stieß ich mit dem knorrigen Stock auf die Stelle, wo er gestanden war, und er erschien wieder, breit grinsend. In der Tat, als ich den Stab hochhielt, sah ich, daß er überhaupt keinen Schatten warf. Er wog nichts, und ich erwartete fast, er würde in der Luft schweben, wenn ich ihn losließe. Aber er fiel hin, schwer wie Eisen, und als ich ihn aufhob und mich auf ihn stützte, trug er mein Gewicht.

›Wie soll ich dieses Dorf retten?‹ fragte ich mutlos. Als der Elfenprinz nicht antwortete, schwenkte ich den Stab umher. Helle Nacht erschien nicht, und damals wußte ich noch nicht, daß ich ihn viele Jahre lang nicht mehr sehen würde.

Den Stab in der Hand setzte ich meinen Weg fort. Am unteren Ende der Wiese, wo die Düsternis des dichten Waldes begann, hielt ich an und blickte den Weg zurück, den ich gekommen war. Der Morgen zitterte in den kahlen Zweigen der Hochlandbäume, und ich blickte sehnsüchtig zu den dunklen Toren des Bergwaldes, durch die meine Mutter und ich gekommen und gegangen waren. Dann wandte ich mich um und marschierte, schwer auf den Stab aus dem Sturmbaum gestützt, in das neblige Tal der tiefer liegenden Wälder. Ich vertraute darauf, daß Mut und die Sonne mich durch die Dunkelheit führen würden.«

Niemand an der Tafelrunde brauchte Merlin, und so machte sich der Zauberer davon und mischte sich unter die Diener in der Zitadelle und unter die Fischer in den Küstenstädten und vollbrachte unter ihnen die guten Taten, nach denen das Gedenken seiner Mutter verlangte.

Nach vierzehn Tagen des Planens, Streitens, gemeinsamen Speisens und Erzählens von Kriegsgeschichten waren die Kriegsherren wenn schon nicht gerade Freunde, so doch zumindest gute Bekannte geworden. Sie hatten vereinbart, den Kampf zum Feind zu tragen, und alle versprachen höchste Anstrengungen für den Frühling. Eine Kriegsmannschaft von der zehnfachen Stärke des Heeres, das Ambrosius befehligt hatte, würden den Radtisch von Tintagel im Westen nach Londinium im Osten rollen. Die vereinigten Heere der Kelten und Britannier würden dann zu beiden Seiten der Tafelrunde über das Land ausschwärmen. Zur Verständigung würden sie Botenvögel, Trommeln und Rauchsignale benutzen. Sie würden alle Eindringlinge aufspüren und aus dem Mittelland vertreiben.

Dann peitschte der erste Wintersturm das Meer, heulte um die Klippen wie eine Todesfee und riß in den Wäldern die letzten Blätter von den Bäumen. Während er heulte, erörterte der Kriegsrat seine Ziele: Das Land zu reinigen, indem man die heidnischen Stämme tötete, wie es Bors Bonsa wollte, oder sie mit ausgewählten Akten wilder Schlächterei zu terrorisieren, wie Lot vorschlug?

Severus riskierte den Zorn der anderen und schlug tatsächlich vor, mit den Heiden zu verhandeln. Für die Familie Syrax hing die Macht in Londinium – gegründet auf billige Arbeitskräfte und den Zugang nach Gallien – vom guten Willen der Barbarensiedlungen ab. Für sie entstand der Profit dadurch, daß sie die andere Wange hinhielten, und so war Severus dagegen, alle Heiden von der Insel zu vertreiben.

Kein Beschluß wurde erreicht – kein anderes Ziel, als den runden Tisch nach Londinium zu rollen. Den Winter im Nacken eilten die Kriegsherren wieder in ihre Königreiche zurück, und eine Woche später verwandelte ein Schneesturm die felsige Landschaft in einen Mondgarten.

Am Weihnachtstag läuteten bei Tagesanbruch die Glocken der Kapelle von Tintagel. Über dem weißen Spitzenfiligran des Waldes wirkte der Himmel wie mit Blut übergossen. Der König und die Königin riefen Merlin in die Säulenhalle auf der östlichen Terrasse, wohin die runde Tafel gebracht worden war. Er sollte den Festtag mit ihnen verbringen.

Runde Tafel. Tafelrunde. So bezeichneten jetzt alle den Tisch, obwohl der Zauberer ihn bei sich immer noch den Radtisch nannte. Wasserperlen vom Meeresnebel hatten sich auf der Tischfläche niedergesetzt. Diener reinigten ihn fachkundig mit Wischtüchern aus weißem Antilopenleder.

Das königliche Paar und der Zauberer saßen am Tisch neben Feuerbecken, die wie Kobolde geformt waren und seltene Hölzer verbrannten und somit Schwaden duftender Wärme aussandten. Man betete, sprach über das Kind, das in Ygranes Schoß heranwuchs, und beobachtete das Einhorn, das in einem Wirbel von Funken und Eiskristallen am Rand des Waldes herumtollte. Dann ertönten Alarmrufe von den Wachen auf den Zinnen, und plötzlich kam in der Nähe des übermütig herumspringenden Tieres eine Reihe von Wanderern in weißen Gewändern mit schwarzen Kapuzen aus dem Wald. Die düsteren Gestalten bewegten sich in einer langsamen Prozession durch den jungfräulichen Schnee auf die Bastion zu.

Neun Mönche kamen in einer gleichmäßigen rituellen Reihe hintereinander von den Hügeln herab. Als sie sich dem Osttor näherten, zogen sie ihre Kapuzen zurück und erwiesen sich als Frauen mit langen Haarflechten in unterschiedlichen Farben: kastanienbraun, platinblond, schwarz, sturmgrau und verschiedene Nuancen des Sonnenlichts. Merlins Herz pochte laut. Dies waren die neun Königinnen als Mönche gekleidet! Die älteste, die silberne Falkin Rna, trug einen weißglühenden Pokal aus goldverziertem Chrom – den Gral.

Merlin lief, um sie im Schloßhof zu begrüßen, aber sie ignorierten ihn mit demütig gesenkten Augen. Er folgte ihnen in die Haupthalle, wo sie vor dem König und der Königin die Knie beugten.

»Wir sind die Schwestern von Arimathäa«, verkündete Rna. »Einsiedlerinnen, Klausnerinnen der *Heiligen Mutter*. Vierhundert Jahre lang hat unser Orden den geheimen Schrein des Joseph von Arimathäa gehütet, wo wir unaufhörlich für den Frieden und die Erlösung der Welt beten.«

»Willkommen, Schwestern«, begrüßte der König die heiligen Frauen mit Staunen auf seinem Gesicht und lud sie auf die östliche Terrasse ein, wo der Marmor das Tageslicht reflektierte.

»Unsere Gelübde strenger Einsamkeit sind nur für die Zeit aufgehoben, die wir benötigen, um euch dieses Gefäß zu überreichen«, erwiderte Rna und überreichte den silbergoldenen Kelch der Frau hinter ihr, die ihn weiterreichte.

Der Gral war ein goldumrandeter Spiegel in der Form eines eleganten Pokals. In ihren Spiegelbildern auf der glänzenden Oberfläche trugen die neun Frauen schwarze Schleier.

Der Zauberer rieb sich die Augen. Die neun Schwestern von Arimathäa, die da demütig im Morgenlicht standen, zeigten keine der übernatürlichen Züge, die Merlin in ihren Spiegelungen sah. Abgesehen von ihren schwarzen Kapuzen und Umhängen und den weißen Gewändern, die mit grünen Keltenkreuzen bestickt waren, sahen sie aus wie gewöhnliche Frauen, die nur durch ihre heitere Gelassenheit seraphisch schön geworden waren. Die jüngste schien siebzehn, die älteste achtzig Jahre alt zu sein. Mit Rna beginnend und dem Gral durch die Reihe folgend bis zu der rotblonden Jüngsten, sagten sie nacheinander: »Die heidnischen Stämme, die den Fürsten des Friedens verachten, versammeln sich an unseren Ostküsten und kommen vom Hochland herab.«

»Sie verehren den Mord. Sie trinken aus den Hirnschalen der Erschlagenen. Wir sind Opfertiere für ihre Götter.«

»Die Welt wird wahnsinnig ob des Bösen, das sie tun.«

»Alle Hoffnung auf Frieden ruht auf deinem heiligen Krieg, Uther Pendragon.«

»Die Geschichte ist eine schwarze Bestie. Sei stolz, Reiter.«

»Das Licht der Bestattungswagen zeigt den Weg durch die Dunkelheit.«

»Beschütze uns vor den Sturmplünderern und den Todesengeln.«

»Halte die Eindringlinge auf, damit sie nicht diese Insel überrennen, auf der Miriam, die Mutter Jesu, ihren Lebensabend verbracht hat.«

»Nimm dieses Gefäß. Wir haben es zu Ehren jenes Gefäßes angefertigt, aus dem Jesus bei seinem letzten Abendmahl getrunken hat – und deshalb nennen wir es den Heiligen Gral. Es ist geweiht durch unsere Gebet für den Frieden und wird Segen von Gott bringen.«

Die jüngste der Frauen legte das Gefäß in Uthers Hände, und die Arme des Königs zitterten, denn der Kelch war überraschend schwer. »Ich nehme ihn für die ganze Christenheit an«, bestätigte er und krümmte sich innerlich wegen seiner lustvollen Erinnerungen an den von Musik durchwehten Wald des Hirschkönigs.

Ygrane küßte jede der Einsiedlerinnen, und sie segneten sie und das Kind in ihrem Schoß. Dann gingen sie in umgekehrter Reihenfolge weg, die jüngste führte sie zur Zitadelle hinaus und zurück auf die verschneiten Felder. Der Sonnenaufgang funkelte im Horn des Einhorns, das um die Einsiedlerinnen herumtänzelte, bis sie die kristallenen Wälder betraten.

Nach ihrem Weggang – der so plötzlich und so feierlich gewesen war wie ihre Ankunft – fiel ein heiliges Schweigen über die Halle. Uther reichte den Gral an Ygrane weiter, die ihn leicht in der Hand wog. Für sie fühlte er sich an wie aus gesponnenem Glas.

»Was bedeutet das, Myrddin?« fragte sie verwundert und reichte ihm den schlanken Kelch.

Der Zauberer blickte in die feuchten Schatten in der Vertiefung des Pokals und sah, wie sich das türkisfarbene Licht vom Eingang der Halle auf dem Grund des Kelches sammelte. Er konzentrierte sich einen Augenblick und erkannte, daß der metallene Pokal als Antenne diente. Er drehte ihn in seinen Händen und fühlte die Kraft abebben und wieder heranströmen. »Herrin – dies ist ein magisches Gefäß. Die Annwn haben es angefertigt, um Kraft aus den Himmeln aufzufangen. Es wird deine Magie vielfach verstärken.«

Er reichte ihr den Gral zurück. Staunend drehte sie ihn, wie der Zauberer es getan hatte, und sie spürte auch den Fluß der Kraft, die er aus der Luft aufsammelte. Die belebende Strömung entspannte die schuldbewußte Verkrampfung in ihrer Brust. Jetzt hatte sie die Macht, den Drachenmagus wiederzubeleben.

»Es ist ein Wunder«, brachte sie schließlich hervor. »Damit – und mit dem Schwert Blitz auf unserer Seite – können wir nicht unterliegen.«

»Wir können zu leicht unterliegen«, warnte Merlin sie hitzig. »Wir sind kämpfende Dämonen und Götter, die das Böse nicht fürchten. Wir müssen achtgeben, daß wir nicht wie sie werden.«

Uther glitt auf die Knie, beschämt über seine mangelnde Loyalität gegenüber diesem irdischen Leben, und Ygrane tat es ihm gleich, da sie glaubte, er kniete zu einem Dankgebet nieder. Nach dem Augenblick der Prüfung hob der König sein Gesicht, auf dem sich Kummer und Freude mischten, und schickte seine Leibwächter, sie sollten die Nonnen wieder zu ihrer Kapelle begleiten. Doch die Nonnen waren fort. Als die Soldaten den Waldrand erreichten, endete die Spur. Die letzten Schritte waren so groß, wie kein Sterblicher sie hätte vollbringen können.

Der Winter war eine geschäftige Zeit. Trotz einer ungewöhnlichen Anzahl von Schneestürmen und Seestürmen trafen Boten aus Armorica ein, aus dem westgotischen Königreich, von Papst Simplicius in Rom, dem Patriarchen der Ostkirche in Antiochien und dem Knabenkaiser Romulus Augustulus in Ravenna. Keltische Seher und christliche Mystiker kamen aus fernen Dörfern und Einsiedeleien zu Besuch, um das ungeborene Kind zu segnen, das Ygrane in ihrem Leib trug, und sie übermittelten aus den entlegensten Winkeln des Königreichs die Kunde, daß bald etwas Bedeutsames geschehen würde.

Während Ygranes Leib anschwoll, verbrachte Merlin seine Zeit wachsam, indem er nach Morgeu und ihren Y Mamau Ausschau hielt. Obwohl er wußte, daß Falon ausgeschickt worden war, um Ethiops zu vertreiben, so wußte der Zauberer doch auch, daß Morgeus Haß gegen ihn stärker war als der Dämon. Berichte von Händlern und Pilgern erzählten von einem mörderischen Kult in Inchthuthil, der der *Verschlingerin aller Dinge* gewidmet war. Aber diesen ganzen Winter hindurch machte die schreckliche Morgeu ihre unheilvolle Gegenwart oder ihr Bündnis mit dem Wüter nicht bemerkbar. Nicht in Tintagel. Merlin war unfähig, sich wieder des starken Auges zu bedienen, wieder seinen Leib zu verlassen und den unheiligen Schrein selbst zu besuchen. Seine Energie fühlte sich schlaff und nicht lenkbar an. Auch verging die Zeit für den Zauberer auf einmal viel schneller. Die Tage eilten nur so vorüber.

In dem Versuch, das schlüpfrige Dahineilen der Zeit in den Griff zu bekommen, nahm Merlin an den vielen Zeremonien des Palastes teil – an christlichen Segnungen, Messen, Prozessionen bei Kerzenlicht –, alle begleitet von monodischen liturgischen Gesängen der Chöre, die sich aus dem winterlichen Land in Tintagel versammelt hatten, um den Heiligen Gral zu verehren. Auch Ygrane und viele ihrer Druiden nahmen an diesen Gottesdiensten teil. Sie saßen auf der Seite und fügten ihre keltischen Bräuche in die christlichen ein, etwa durch schnelles Verschränken der Finger in stummen Runenzeichen.

Das geistliche Leben der Diözese war noch nie so eifrig gewesen. Bischof Riochatus, der seit seiner ersten Begegnung mit dem Zauberer eine mürrische Miene zur Schau getragen hatte, erschien jetzt glücklich – wirklich verjüngt, runder im Gesicht und lebhaft. Gegenüber allen, denen er begegnete, behauptete er – zum bitteren Verdruß der Fianna und vieler Kelten –, ein Engel habe seine Gebete beantwortet und dieser Gottesbote habe die Bekehrung von ganz Cymru versprochen. Er und Braunmähne verbrachten oft Stunden mit lebhaften Debatten über die heiligen Schriften, und der Bischof ließ sich schließlich vom Druiden davon überzeugen, daß er den Messias nachahmen mußte, indem er sich an die Speisegesetze des Buches Leviticus hielt und nach Art der Hebräer seinen Bart und seine Schläfenlocken wachsen ließ.

Für Ygrane und Uther war dieser Winter die glücklichste Zeit, die sie zusammen verbrachten. Vier Monde gemeinsamer Magie, gegenseitigen Verständnisses und stolzer Entschlossenheit. Jeden Abend versammelten sie sich nach der Gralsfeier vor einem herrlichen Feuer im Kamin mit den Gästen des Hofes – ausländischen Gesandten, weitgereisten Pilgern, Kriegern, Dichtern und Glücksrittern, die es nach Tintagel gezogen hatte – und erfreuten sich an der Teilhabe am Traum der Menschheit, in all seiner Vielfalt und Unterschiedlichkeit. Und jeden Morgen jubelten die Glocken und die liturgischen Gesänge, und danach erfüllte eine ausgelassene Feierstimmung die Terrassen, Höfe und Korridore des Palastes, wenn die Musiker sich in kleine, begeisterte Gruppen aufteilten und die Diener zu ihrer Arbeit begleiteten. Noch nie war in der Zitadelle so fruchtbar gearbeitet worden.

Viele zu Herzen gehende Geschichten spielten sich in jenem Winter ab, aber für Merlin kristallisierte sich die ganze Jahreszeit in einer intensiven Begegnung, als er Ygrane in ihrem Wintergarten in der Mitte von Tintagel besuchte, wo sie ihre magischen Absude herstellte, wie sie es schon einmal in seiner Gegenwart sieben Jahre zuvor und siebzig Großmeilen weiter nördlich in ihrem Sommergarten in Segontium getan hatte, als er, damals noch in Tierfelle gekleidet, ihr zum ersten Mal begegnet war.

Wie zuvor war das Einhorn zugegen. Weiß wie Schnee war es kaum sichtbar vor den reifüberzuckerten Säulen der Pappeln, die eine Mauer um den kreisförmigen Garten bildeten. Uther warf Holzspäne und safrangelbe Klümpchen von duftenden Harzen in die von Koboldstatuen getragenen Feuerbecken, dazu goß er klare Öle in besondere Bronzepfannen, die auf Dreifüßen im Feuer standen. Aufmerksam beobachtete er, wie die Hexenkönigin kleine Bündel von Kräutern, Pilzen, Moosen und Farnen hineintauchte, dazu Rindenstücke, Wurzeln, Seetang und kleine Muscheln, kleine Wellhornschnecken und Strandschnecken, die so bunt waren wie Kandisstückchen.

Ygrane brachte jeden Tag einige Stunden in der Kälte zu, mit Uther an ihrer Seite, der ihr bei den Absuden, dem Feuer und der Magie half. Sie stellte Heilöle für die im Frühling bevorstehenden Kämpfe her. Der Gral, der auf einem zugefrorenen Vogelbad stand, zog Energie aus dem Großen Baum in sich hinein, und die Königin erneuerte häufig ihre Kraft, indem sie mit der Stirn den Rand des Kelches berührte.

Sie brauchte viel Energie, denn es war ihre Absicht, daß jeder Soldat, Fianna-Krieger wie Christ, ein Fläschchen mit ihrem Heilbalsam bekommen sollte. Das bedeutete, daß sie den größten Teil ihrer Arbeit ihren Dienerinnen überließ, von denen die meisten ihrerseits Heilerinnen und Priesterinnen waren. Sie arbeiteten in der Zitadelle fleißig an der Herstellung von Medikamenten aus den Heilkräutern, die die Königin ballenweise aus Maridunum mitgebracht hatte, und Ygrane traf sich mit ihnen jeden Tag, um noch einige weitere Stunden mit ihnen zu arbeiten.

»Ich glaube, du tust zuviel«, beschwerte sich Uther, während er ihr half, indem er die Heilbrühen umrührte und sorgfältig die Hitze der aromatischen Flammen überwachte. »Sammle deine Kraft für den Frühling und für unser Kind.«

»Merlinus, sag Uther, daß ich zuviel Energie habe, jetzt, wo wir über die Fülle des Grals verfügen«, erwiderte sie und hielt ihre Hände in den Dampf, der von den heißen Pfannen aufstieg. Sie schloß die Augen und lenkte einen Strom von Magie in die Elixiere. Mit seiner Herzensenergie spürte Merlin die Heilkraft als einen warmen Erdgeruch in der beißenden Kälte. »Wie könnte ich den ganzen Tag im Bett liegen? Ich muß diese Kraft benutzen.«

»Gib sie dem Kind«, empfahl Uther. »Unser Sohn wird all diese Kraft brauchen, wenn er in diese Welt kommt.«

Einige Male in diesem Winter wollte der Zauberer das starke Auge wieder öffnen, einfach um zu sehen, ob das Kind, das Ygrane in ihrem Leib trug, wirklich männlich war. Er machte sich Sorgen, daß es nicht der zukünftige König sein würde, sondern eine weitere Morgeu. Aber seine Lebenskraft war nicht konzentriert genug, als daß er es hätte wagen können, seinen Leib zu verlassen. So wie die Dinge lagen, verwirrte ihn schon der Fluß der Zeit mit seiner Windeseile. Das starke Auge war für ihn viel zu kräftig, als daß er es ohne die stützende Anwesenheit konzentrierterer Wesen, wie es das Einhorn oder die neun Königinnen waren, einsetzen konnte.

Uther schnippte ein Stückchen glühende Holzkohle in die Richtung des Zauberers. »Merlinus, seit wir Maridunum verlassen haben, bist du immerzu wie benommen.«

»Seit er auf dem Einhorn geritten ist«, stellte Ygrane richtig. »Er läßt sich dahintreiben.«

»Singen deshalb die Kinder Lieder über dich?« fragte der König mit einem Augenzwinkern. Merlin neigte den Kopf vor dieser peinlichen Wahrheit. Bei seinen Versuchen, sich zu beschäftigen, waren ihm in der Zitadelle und den umliegenden Weilern einige Mißgeschicke widerfahren, und er hatte Scherereien verursacht, wo er anderen hatte nützen wollen.

»Deine Mutter hatte dich gebeten, Gutes zu tun«, sagte Ygrane zu ihm an diesem kalten, klaren Morgen im Wintergarten. »Aber sie, die ja eine Heilige war, hatte auch das Herz, dir die Wahrheit zu sagen. Du bist nicht der Retter.«

»Nein.« Merlin drehte sich langsam um seinen Stab und folgte dem tänzelnden Kreislauf des Einhorns. Die verräterische Wonne, die er genoß, wenn er diese Kreatur berührte, beunruhigte sein Herz mit Erinnerungen. Er kaute an seinem Schnurrbart. In dem weißen Schneelicht wirkten die zusammengekniffenen Augen des Einhorns listig.

Uther hauchte Wärme in die Hände und näherte sich dem Einhorn. Er wußte gut, daß er nicht zu nahe kommen durfte. Das Tier scheute vor ihm und hatte sich zweimal zuvor schon gefährlich aufgebäumt. Ein Blick auf diese glasartigen Hufe, und kein Zauberspruch, den der Zauberer wußte, konnte ihn zurückrufen.

»Schau dieses großartige Wesen an«, sagte der König und zeigte auf die rosafarbenen, senkrechten Nüstern, aus denen Atemdampf entwich. »Es ist das schönste Tier auf Erden.« Das Einhorn schloß seine grünen, gekrümmten Augen und schlug mit dem Horn wie mit einem Eisdolch um sich.

Merlin zog den König vorsichtig zurück. »Du kannst dieser Kreatur keine Befehle geben, Uther. Das Tier, das auf deinen Willen wartet, weilt in der Unterwelt.«

»Ich würde Großvater Vitki kein Tier nennen«, protestierte Uther sanft.

»Er ist jetzt weit mehr ein Tier als ein Mensch«, erwiderte die Königin. Sie wußte es, denn sie nährte Vray Vitki jede Nacht mit Kraft aus dem Gral. Zu diesem Zweck war eine Turmkapelle eingerichtet worden. Um Mitternacht, wenn die Nordlichter im Wind wehten, hob Ygrane den Gral zum Himmel und richtete den Strom der himmlischen Kraft durch ihren Leib hinab durch die Felsen des Turms in die planetarischen Räume tief drunten. Das meiste dieses Stroms sickerte durch die wabenartigen Höhlen zum Drachen hinab. Seine Mähne dampfte qualmend aus dem Ozean. Vray Vitki bekam genug, um stärker zu werden.

»Tier oder nicht«, gestand der König, »er ist wieder in meinen Träumen – aber jetzt als Mensch. Ganz und gar ein Mensch. Er sieht aus wie mein Vater, nach der Totenmaske zu schließen, die ich gesehen habe.«

»Ja«, sagte Merlin verständnisvoll. »Er trägt sein menschliches Gesicht für dich ein letztes Mal. Selbst mit der Macht des Grals wird sein Leben nicht den Frühling überdauern. Wir müssen ihn im Kampf klug einsetzen.«

Bei der Erwähnung des Krieges verhärtete sich wie immer der Gesichtsausdruck des Königs. Er wandte sich wieder dem Einhorn zu. »Die Zeit für den Krieg ist noch nicht gekommen.«

Merlin warf Ygrane einen unglücklichen, wissenden Blick zu. Keiner von beiden hatte das Herz zu sagen, was sie beide wußten und was der König gewiß in seinem Herzen wissen mußte – daß der Krieg keine bestimmte Zeit brauchte. Als Erbe der Gewalttätigkeit und der Raserei der Sterne, die trotzig gegen die absolute Kälte der Leere brennen, bis sie bersten, und deren Todeskampf das Eisen für alles Blut schmiedet, ist der Krieg ewig.

Falon wanderte durch die winterliche Welt. Durch windgepeitschten Schneeregen reiste er nach Norden, über Landschaften hinweg, die unter ihrer Schneedecke nicht mehr zu erkennen waren. Ygranes Talisman wehrte Wertiere und Vampire ab, und er kam trotz der Stürme gut voran.

Drei Pferde erschöpfte er in den kalten, blauen Wäldern. Zweimal benutzte er das Gold der Königin und kaufte neue Reittiere in Ställen der *coloniae*, die er bei seiner Reise nach Norden durchquerte. Das dritte Pferd stahl er aus einem Lager der Pikten, dann floh er über einen gefrorenen Fluß, dessen Eis unter dem Druck der Hufe des galoppierenden Pferdes hinter ihm aufbrach.

Im wilden Oberland stieß er auf eine Einsiedelei, die von Plünderern belagert wurde. Das Dutzend skotischer Räuber sah ihn nicht, bis er durch das eisige Dickicht fegte und plötzlich unter ihnen war und sein Schwert todbringend aufblitzte. Drei von ihnen waren tot, bevor die anderen auf ihn losgingen. Während hinter seinem Rücken über dem grauen Wald im Westen zwischen Sturmwolken die riesige Sonne loderte, erschlug er fünf weitere Strauchdiebe. Die anderen flohen. Falon sank von seinem Roß. Eine Wunde unter seinem Arm färbte den von den Hufen aufgewühlten Schnee rot.

Die Eremiten fanden ihn bewußtlos. Sie stillten seine Blutung und trugen ihn in ihr steinernes Heiligtum, das aus einer Gruppe grober, bienenstockförmiger Gebäude auf einem felsigen Vorgebirge bestand. Sie brachten ihn in die nächstgelegene Zelle und legten ihn auf ein Strohbett.

Während sie damit beschäftigt waren, seine Wunde zu reinigen und zu verbinden, stießen sie seine Reisetasche um und verschütteten einen Haufen heidnischer Amulette und Talismane – mit Federn geschmückte Schädel von Nagetieren mit verwirrenden Knoten aus Haaren, Knochen und Sehnen und mit Quarzscheiben in den Augenhöhlen. In diesem abscheulichen Durcheinander fanden sie auch einen Stein, der mit einer Kruste aus winzigen Spiegeln bedeckt war. Sie legten die ganze verfluchte Tasche auf einen Haufen aus gesegnetem Spindelholz, das hart war und heiß brannte, und entzündeten ein Reinigungsfeuer. Ernsthaft beteten sie, um das Teufelswerk zu vertreiben, das diesen tapferen, verwundeten Krieger umnebelte, und seine heidnische Seele vor der ewigen Verdammnis zu retten.

Beim Klang des inbrünstigen Singsangs erwachte Falon aus seiner Betäubung und heulte erschreckt auf, als er entdeckte, daß seine schützende Tasche verschwunden war und daß im Hof der Einsiedelei Rauch von einem Feuer im Schnee aufstieg. Mit einem weiteren wilden Schrei torkelte er von seiner Pritsche davon und stieß die Eremiten beiseite, die ihn zurückhalten wollten. Mit der linken Hand fuhr er in die Flammen und rettete Ygranes Liebeszauber, der zwar angekohlt, aber noch ganz war.

Falon wartete nicht, bis der dräuende Schneesturm nachließ, sondern verließ sofort die Einsiedelei. Er ritt nordwärts in die winddurchtoste Winternacht. Ohne seine Talismane war er eine Beute für jede böse Kreatur, die der Liebeszauber anzog. Obwohl er die Magie in dem Stein nicht fühlte, konnten elende, seelenlose, aus Schatten gewobene Wesenheiten sie spüren.

Die gestaltwandelnden Wertiere waren die schlimmsten der nächtlichen Schrecken. Sie waren plasmische Wesen, die aus dem Ichor, dem Blutsaft, bestanden, der aus Wunden im Großen Baum hervorsickerte. Diese Wunden wurden von Magiern dem Baum zugefügt, die damit den Ichor anzapfen wollten, aus dem sie astrale Diener und Krieger schufen. Und diejenigen davon, die ihren Herren entkamen, die vagabundierenden Gestaltwandler, mußten die Lebenskraft organischer Kreaturen verzehren, um leben zu können. Die meisten von ihnen waren schon Jahrhunderte alt.

Ohne die Talismane der Hexenkönigin zum Vertreiben der astralen Räuber mußte Falon in der Nacht wach bleiben, wenn die schrecklichen Wesen vom Weltenbaum herunterstiegen. Bei Tag ritt er nordwärts und schlief kurz am Mittag. Dann eilte er weiter ins Zwielicht und hielt sich von anderen Menschen so weit entfernt, wie er nur konnte. Sein Fianna-Eid verbot ihm, wissentlich jemandem Schaden zuzufügen, außer den Feinden der Königin. Da er nicht durch Talismane abgeschirmt war, stellte der Liebeszauber einen strahlenden Leuchtturm für alle ektoplasmischen Wesen auf der Insel dar.

Die schlaueren Gestaltwandler bettelten, schmeichelten und drohten aus der Finsternis heraus. Nur ihre roten Augen flackerten im Licht des Feuers. Sie boten ihm verborgene Schätze an, geheimes Wissen, ihre lebenslange Treue. Aber nichts von dem, was sie sagten, hatte einen Einfluß auf ihn. Er wußte, mit ihrer bösen Intelligenz würden sie diese Macht benutzen, um die Tore zwischen den Welten aufzureißen.

Falon beruhigte sich mit dem Wissen, daß seine Königin über den tiefen Blick verfügte. Sie konnte die turbulenten Zeitwinde sehen und den Fluß der Ereignisse lesen, die in die Zukunft strömten. Sie konnte diesen Fluß um jeden Kieselstein herum sehen, und gewiß hatte sie auch die Strömungen gesehen, die um diesen wichtigen Talisman herumflossen. Ygrane wußte, daß der Lauf der Ereignisse klar und ungehindert zu ihrer Tochter führte. Sie hätte ihn nicht mit einer unmöglichen Aufgabe fortgeschickt.

Zuversichtlich wie ein Felsen saß der Krieger der Königin nahe am Feuer, das nackte Schwert in seinem Schoß. Den Kristalltalisman hatte er mit Strähnen seines Haars an die Rückseite seines Halsrings gebunden. Nacht um Nacht saß er so da, wachsam und unberührt von den Listen der Gestaltwandler.

In der Zeit der Wintersonnenwende, als der Wind wie eine Totenfee aus dem Hochland herabheulte und das Wachfeuer flackerte und Funken sprühte, machten die Gestaltwandler einem weniger schauerlichen, doch weit größeren Schrecken Platz. Ein weiblicher Vampir besuchte Falons Lichtkreis.

Die Vampirin kam zuerst als Vision von Ygrane. Der nackte Leib tanzte aufreizend vor Falons Augen. Auf diese Weise schwächte sie ihn von innen. Wie bei allen Fianna-Kriegern war Falons Leben an die Königin gebunden, während alles geschlechtliche Verlangen unterdrückt und nach außen auf die Dienerinnen gerichtet wurde, aus denen die Fianna-Krieger ihre Frauen wählen sollten.

In dem Winter, bevor Ygrane ihn berief, hatte Falon seine Frau an sächsische Plünderer verloren, aber er hatte nie eine zweite Frau genommen. Die Vampirin verhöhnte ihn mit Trugbildern von Ygrane als seiner Frau. Die Wahrheit war, daß über die Jahre hin ein unbarmherziges Verlangen nach ihr in ihm angewachsen war. Scham und Gefühle von Größe umkreisten dieses Verlangen. Doch hatte ihn mehr als nur sein Fianna-Eid bis jetzt davon abgehalten, dieser Wahrheit ins Auge zu blicken. Sie war zu alt für ihn. Sie war schon viele Leben hindurch eine Hexenkönigin gewesen, während dies sein erstes Leben als Krieger war.

Einige Nächte hindurch verspottete die Vampirin ihn mit unmöglichen Trugbildern, in denen er in den Armen seiner Königin lag. In einer windstillen Nacht, in der der Himmel mit Sternen übersät war, kam sie schließlich als sie selbst und stand unbeweglich in den zinnoberroten Schatten am Rand seines Feuerkreises.

Sie war schön. Adern schimmernden Erzes glitzerten in seinem Herzen auf, als er sie sah, und ihre Lieblichkeit tat ihm in der Brust weh. Seine Wunde war schlecht geheilt und pulsierte heißer, als sie ganz in das Licht trat. Ihr langer Leib zitterte wie eine weiße Flamme, und ihre Augen, winzige glühende Sterne, bannten ihn an seinen Platz.

Kalter Schweiß in Perlen so groß wie Tautropfen erschien auf seiner Stirn, als er sich bemühte, sein Schwert zu heben. Mit der Fingerspitze schob sie die Waffe zur Seite und ließ sich neben ihm niedergleiten. Ihre fließende Berührung heilte seinen Schmerz – und als das Tageslicht kam, brannte die Wunde, als wäre sie mit einer Säure übergossen worden.

Bei Tag ritt er jetzt durch dunkle Schneisen und wich den brennenden Sonnenstrahlen aus. Er dachte, er reise nach Norden, doch die meiste Zeit des Tages war sein Geist irgendwo weit weg, und die düstere Landschaft erschien ihm so namenlos wie die Unterwelt. Nur in der Nacht beim Feuerschein wurde sein Geist klar, und da lag sie neben ihm. Sie verzehrte ihn. Das wußte er, während seine Lebenskraft fiebrig durch seine Haut nach außen sickerte. Er wußte es und konnte doch nichts tun, um sie aufzuhalten, denn während sie ihn verzehrte, verzehrte sie auch seinen Schmerz – und den ganzen Schmerz der Welt.

Den ganzen Winter hindurch schrumpfte Falon in ihrer Umarmung. In einem faden, opalenen Zwielicht, als der Krieger schon zu einem Wiesel seiner selbst zusammengeschrumpft war und seine Haut sich schon wie Pilzfleisch anfühlte, kam die Vampirin zu dem Schluß, daß er schließlich zu schwach sei, um noch zu widerstehen, und sie zog ihm den Halsring ab und packte den Kristalltalisman.

Den Mund zu einem stummen Schrei aufgerissen, krampfte sich Falons ganzer Leib unter der Anstrengung zusammen, das Schwert zu ziehen. Er stand gebückt da und hielt das Heft mit beiden Händen. Die Klinge zitterte noch. Die strahlenden Augen der Vampirin spähten durch den Schleier ihres Haares und ihr Lächeln im Frühlingszwielicht war melancholisch und süß. Als er ihr die Klinge ins Herz stieß, war er überrascht. Sie war so weich wie Moos. Ihr bleicher Körper schrumpfte zu einem Häuflein Fadenalgen zusammen, von dem zähe, schwarze Dünste aufstiegen.

Gestaltwandler, die von den Bäumen aus zuschauten, sahen die Vampirin sterben. Da sie jetzt die Gelegenheit erkannten, dem geschwächten Mann den Talisman abzunehmen, schossen sie aus dem mondbeschienenen Wald herab.

Falon packte den Halsring und den daran befestigten Talisman und taumelte vor dem plötzlichen Gestank zurück. Er hatte sich ganz an ihre Schönheit verausgabt und besaß jetzt nicht mehr die Kraft zu fliehen. Er drehte sich um, bereit, sich dem Tod zu stellen, und sah, wie drei mächtige Gestalten, jede so groß wie ein Bär, durch das Mondlicht den Hügel herab auf ihn zukamen, mit gräßlich großen Gesichtern auf langen Schädeln, die Züge verzerrt und unwirklich.

Dieser Anblick erfüllte den erschöpften Krieger mit Schrecken. Zu seiner Linken stiegen violette Dämpfe aus einer Schlucht hoch, und er sprang dort hinein. Zwischen Wurzelknäueln herumtrampelnd, rutschte er zu einem Schiefersims hinab und entdeckte einen Erdspalt, der groß genug war, daß er hindurchkriechen konnte. Auf der Rückseite der feuchten Höhle rollte er sich herum und wartete mit gezogenem Schwert.

Als ein massiger Schatten auf ihn zu polterte, stieß er mit dem Schwert zu. Darauf folgte ein Gekreisch, das eine unbestimmte Zeit lang draußen auf dem Sims vor der Höhle gellte. Die ganze Nacht hindurch trieb Falon hin und her zwischen den grausamen Stimmen, die ihm von draußen drohten, und der Leere in seinem eigenen Inneren, wo die Vampirin alles verschlungen hatte.

Am Morgen kroch er ins Sonnenlicht. Unaussprechliche Schmerzen peinigten ihn. Er rollte sich nicht in den Schatten, sondern entblößte sich vor dem sengenden Feuer der Sonne.

Für seinen Verrat an sich selbst und an der Königin wollte er leiden und ließ sich deshalb von der Sonne verbrennen, bis er das Bewußtsein verlor.

Im Fiebernebel des Mittags erschien das Einhorn. Ygrane hatte den ganzen Winter nach Falon gesucht, seit der Sonnenwende, als sie die Macht des Grals empfangen hatte und den Sonnenhengst schicken konnte, um Falon zu helfen. Aber die Vampirin hatte bis zu diesem Tag Falon in ihrer Finsternis versteckt gehalten.

Eine Berührung seines Horns heilte Falon, und er kehrte auf der Stelle zu seiner Aufgabe zurück. Und obwohl es jetzt keine Notwendigkeit gab, Inchtuthil zu besuchen, denn das Einhorn wußte schon, daß Morgeu von dort fortgegangen war, hielten sie dort doch auf ihrem Rückweg in den Süden an.

Auf dem feuchten Gelände betrachtete Falon die verfallenen Hütten, wo die Y Mamau inmitten der römischen Ruinen gehaust hatten. Verstreut im Schlamm gab es Löcher im Boden, so groß wie Kessel, wo blaue Flammen über einer stinkenden schwarzen Brühe brannten, die aus dem Untergrund hervorsickerte.

Die Gegenwart des Drachen machte das Einhorn nervös, und sie blieben nicht länger. Auf ihrem Weg vorbei am Schutt eingestürzter Schuppen und an Gräben, die nach Exkrementen stanken, stießen sie auf einen Haufen menschlicher Schädel. Schwarz überzogen mit geronnenem Blut lagen sie aufgestapelt um die grinsende Statue der tanzenden Morrígan.

Mit dem Aufkommen der Frühlingsstürme war die goldene Zeit für die Pendragons zu Ende. Nie zuvor in der Geschichte hatte es in solchen Strömen geregnet. Eine Woche lang zuckten Tag und Nacht die Blitze um die spitzen Türme von Tintagel, und die Zitadelle erbebte im Donner, als trommelten Riesen auf ihr herum.

Der Drache kehrte in Uthers Träume zurück. Seine Klauen hoben ihn von der Erde hoch, wie sie es getan hatten, als er mit dem Drachen von der Anderwelt aufgebrochen war, um Ygrane zu retten. Sie trugen ihn hoch, zum riesigen Grinsen der Reißzähne und den großen gelben Augen in ihren tiefen Höhlen. Nebelfetzen kamen aus den mit Reif überkrusteten Nüstern, jede Schuppe wirkte verbogen und schwer wie Metall. Dem kalten, mulchigen Atem des Drachenahnen ausgesetzt, sah Uther, daß dem Drachen ausgefranste Haut vom Kinn hing, wie die Lumpen eines Aussätzigen, daneben wucherten tangartige Gewächse, und in den Winkeln seines Mauls saßen Geschwüre. Und er sah, daß das Tier sehr alt war.

»Uther-r-r«, knurrte die meerestiefe Stimme.

Dann pochte Uthers Herz heftig, er wälzte sich im Bett herum und erwachte mit Schrecken. Manchmal ließen die sanften Liebkosungen seiner Frau ihn wieder einschlafen, aber in den meisten Nächten stand er am Turmfenster und starrte hinaus. Als der Nebel wie die Gespenster Tausender Toter über die Moore kroch und die Angst aus den tiefsten Winkeln der Namenlosigkeit und Hoffnungslosigkeit in seinem Herzen emporflutete, wußte Uther, daß erneut die Zeit für Krieg gekommen war.

Der Wüter beratschlagte sich mit seinen Dämonen, Azael und Ethiops. Sie hockten zusammen in der silbernen Düsternis der Anderwelt. Die unterirdischen Sterne pulsierten im langsamen Atemrhythmus des Drachen.

»Ich will euch nicht noch einmal hier unten begegnen«, beschwerte sich der Wüter mit einem zornigen Blick seines einen Auges unter der gerunzelten Stirn. Er verabscheute ihre gräßlich verdrehten Körper, obwohl er sehr wohl wußte, daß es sich dabei nur um Erscheinungen handelte – die eine ein wulstiges Schädelgesicht inmitten aalartiger Glitschigkeit, die andere eine ekelhafte Walhaut, übersät mit Knötchen und rastlosen Schneckenmäulern, die mit fadenartigen Fangzähnen besetzt waren.

»Herr«, sagte der vipernhafte Ethiops mit einer fahlen,

ruhigen Stimme, »hier in diesen Wurzelknäueln des magnetischen Baums eures Planeten besteht für uns keine Gefahr durch den Drachen.«

»Laß dir nicht einfallen, mich zu belehren«, warnte der Wüter und ließ seine Stimme ausdruckslos klingen, frei von Gefühlen. »Zwei von euch sind schon tot ...«

»Nicht tot, Herr«, stellte Ethiops richtig. »Verwundet.«

»Sie sind tot für diese Welt«, stellte der Wüter richtig. »Ihr seid den Herren des Feuers nicht gewachsen. Ich sollte meine Magie auf der Stelle aus euch herausquetschen und euch wieder in das Haus des Nebels schleudern.«

Die Dämonen rückten näher zusammen. »Wir sind deine Diener, Herr«, versicherte ihm Ethiops, während er daran dachte, wie er den Wüter am besten lenken könnte. Die Einmischung der Engel hatte ihn und Azael überwältigt, und sie waren verschiedener Meinung darüber, wie sie ihren Gott dazu benutzen sollten, um die Strategie ihres Feindes zunichte zu machen. Azael wollte den wütenden Gott und seine Schwärme von Fleischbündeln über die Insel fegen und alles zerstören. Doch Ethiops spürte, daß die Engel dies irgendwie erwarteten und wünschten. Die Engel schienen ihre Macht einigen Menschen verliehen und so eine ausgewählte Streitmacht um ihren Kameraden Lailoken geschaffen zu haben. »Wir haben dich um Audienz an diesem verborgenen Ort ersucht, um dich zu bitten, daß du in Londinium auf die Ankunft unserer Feinde wartest.«

Azael blieb stumm. Er wollte seinen Zwist mit Ethiops nicht offenbaren, da er fürchtete, den zornig dreinblickenden Gott in größere Wut zu versetzen.

»Warten?« Der Wüter kniff sein zorniges Auge noch enger zusammen. »Das letzte Mal, als ihr mich an diesen unseligen Platz rieft, habt ihr mich zu einem Kind sprechen lassen – und du warst als Göttin getarnt! Das war widerlich. Und jetzt sagst du, ich solle warten.« Er zupfte an seinem wilden Bart. »Ich werde nicht warten. Ich werde meine Feinde zerschlagen. Und ihr werdet mir helfen.«

»Wir wollen dir helfen, Herr«, protestierte Ethiops mit einem Anflug von Ungeduld. »Die Herren des Feuers sind über ihre dürftige Schöpfung hin zerstreut. Sie können diese Monstrosität, die sie Zivilisation nennen, nicht lange zusammenhalten. Wir können sie besiegen. Aber ...«

»Ich will dieses Wort nicht hören!« donnerte der Wüter. »Wir werden die Herren des Feuers besiegen! Alles, was ich bin, habe ich dafür aufs Spiel gesetzt.«

»Und wir werden gewinnen«, beteuerte Ethiops. »Ich sage dir, die Herren des Feuers sind zu weit verstreut, als daß sie sich bei unseren Angriffen einmischen. Wir können ungestraft ganze Reiche vernichten. Die Herren des Feuers können nicht gleichzeitig überall sein.«

»Aber!« knurrte der Wüter. »Aber – was?«

»Nur dies – die Herren des Feuers nutzen die lächerliche Anwesenheit unseres alten Gefährten Lailoken als Fleischbündel aus. Die Engel kümmern sich weit mehr als gewöhnlich um seine Verteidigung und die seines Kreises – deiner menschlichen Feinde.«

»Warum?«

»Noch nie zuvor hat ein Dämon für sie gearbeitet«, erklärte Ethiops. »Ich glaube, sie benutzen ihn, um ihre neue Religion auf diesen Inseln zu verbreiten – in allen nördlichen Ländern, wenn möglich.«

»Nein! Er muß vernichtet werden!«

»Ja.« Ethiops kam noch näher, begierig, den Gott in seinem Sinne zu beeinflussen. »Du kannst ihn vernichten. Du bist mächtig genug. Aber die Herren des Feuers werden Lailoken schützen, und nicht einmal du wagst es, ihnen zu widerstehen.«

»Deshalb habt ihr das Kind zu mir gebracht, die Tochter der keltischen Königin.« Der Wüter begann zu verstehen. Die Bewohner der Dunkelheit waren Experten der Vernichtung und geschickt darin, die gewöhnlichsten Wesen zu benutzen, um ihre gewalttätigen Ergebnisse zu erzielen. »Morgeu ist eure Verkleidung, nicht wahr? Eure Methode, nahe genug an den flüchtigen Dämon heranzukommen, um ihn von den Herren des Feuers zu trennen, damit ich ihn töten kann.«

Ethiops Lächeln öffnete sich in seinem Skelettgesicht wie eine helle Klinge. »Azael und ich werden die Engel ablenken. Morgeu wird das Einhorn töten. Es ist der Anker der Herren des Feuers in dieser Welt. Sie benutzen seinen Leib, um sich selbst auf der Oberfläche des Planeten zu sammeln. Wenn es weg ist, dann werden sie wieder zerstreut sein, und du wirst die Genugtuung haben, den zu vernichten, der gegen dich arbeitet.«

»Wenn Lailoken aus dem Fleischbündel herausgerissen ist«, meldete sich Azael, froh, daß er lang genug geschwiegen hatte, um den Haken ihres Einflusses tiefer in den Gott senken zu können, »dann wirst du alle deine Feinde im Triumph hinwegfegen und dir diese Inseln zu eigen nehmen. Wir werden sie alle töten.«

»Und Londinium ist der Schauplatz, den ihr für dieses Gemetzel vorgesehen habt?« fragte der Wüter in einem etwas entspannteren Ton.

»Londinium«, bestätigte Ethiops und zog sich mit seinem Partner in das Land des Schattens zurück. Ihre gräßlichen Körper schwebten davon, substanzlos wie die Finsternis.

Mit wachsendem Schrecken spürte Merlin, wie der Krieg näher kam. Er wußte, daß es eine direkte Konfrontation mit dem Wüter geben würde, und er saß allein in seinem Turmzimmer in Tintagel und starrte aufs Meer hinaus. Dabei stellte er sich dieses schicksalhafte Ereignis vor – die Schlacht um Londinium.

Wie oft wird dieser Kampf gekämpft werden? fragte er sich, während er die Brandung hörte, die wie der Zeitwind rauschte.

Der bevorstehende Zusammenstoß mit dem Wüter erinnerte den Zauberer an seine erste – und letzte – Begegnung als Mensch mit dem Kriegsgott. Die Angst versetzte ihn in eine Lähmung, als diese Erinnerungen sich entfalteten. Er saß da und starrte lange Zeit auf die glitzernde graue See. Während er beobachtete, wie die Farben des Meeres sich veränderten, durchlitt er erneut den Schrecken.

Während die Nacht hereinbrach, begann er zu sprechen und faßte jene Erinnerungen in Worte, die ihn lähmen würden, wenn sie unausgesprochen blieben.

»Ich hatte nur wenig Angst vor dem Wüter, als ich es wagte, ihm als Mensch gegenüberzutreten. Ich wollte unbedingt zu den Leuten meiner Mutter hinabgehen, um sie, falls ich konnte, vor dem Schicksal ihres Königs zu retten, meines Großvaters, den die Barbaren niedergemetzelt hatten. Ich eilte durch die Wälder auf ihre Siedlung zu und trug bei mir den Stab aus dem Sturmbaum.

Die Dorfleute lebten in ziegelgedeckten Häusern, die drei Jahrhunderte alt waren, die letzten wahren Bürger Roms. Wie meine Mutter sprachen und schrieben sie ein Latein, das in Rom selbst schon vor über einem Jahrhundert aus der Mode gekommen war. Sie waren Provinziale des Reiches, Bewahrer der Tradition, die sich selber als zivilisierte Römer sahen. Sie praktizierten die Staatsreligion, die früheste Form des Christentums, in der Jesu Gebot der Nächstenliebe buchstäbliche und tägliche Erfüllung forderte, so daß die ganze Gemeinschaft vertraut wie eine Familie zusammen lebte und arbeitete.

Bei meiner Ankunft im Dorf erkannten die Dörfler mich sofort als den alten, heiligen Mann, der der Einsiedlerin Optima gedient hatte. Sie badeten mich, kleideten mich neu ein und boten mir ein herzhaftes Mahl an. Ich aß nur wenig und erklärte wahrheitsgemäß, daß ich an viel einfachere Kost gewöhnt sei. Freundlich und entgegenkommend reichten sie mir Brot und Honig. Dann beteten wir alle zusammen, um das Anrücken der Barbaren abzuwenden.

Ohne Hoffnung, daß wir kampfgestählten Sturmkriegern Widerstand leisten könnten, drängte ich die Leute des Dorfes, sie sollten sich nach Süden in die Wälder zurückziehen und dort verstecken. Aber diese Taktik erschien ihnen unhaltbar. Die Frühlingsfelder waren gepflügt und mußten bestellt werden, wenn sie im Sommer Frucht und Nahrung für den nachfolgenden Winter bringen sollten.

Ich bot an, die Kinder mit mir zu nehmen, aber die jüngsten von ihnen wollten sich nicht von ihren Müttern trennen, und die Frauen waren entschlossen, bei ihren Männern zu bleiben. Die älteren Kinder wollten auch nicht fliehen. Sie gehörten zu einer römischen, christlichen Gemeinde und waren entschlossen, ihr Schicksal gemeinsam zu tragen, so wie sie ihren Glauben gemeinsam pflegten. Ich konnte nichts tun, als mit ihnen zu beten und mich auf den Kampf vorzubereiten.

Wir mußten nicht lange warten. Früh an meinem zweiten Morgen in dieser Gemeinde erscholl während des gemeinsamen Frühstücks der Ruf der Wachen. Wir nahmen unsere Waffen, die da waren: Stöcke, Schaufeln, Sensen und Äxte. Einige der Männer besaßen spanische Kurzschwerter, wie sie die Legionen benutzt hatten, und zwei verfügten über rechteckige römische Schilde. Die Frauen und Kinder bewaffneten sich ebenso, denn schon seit Jahrhunderten galten die Barbaren des Wüters als erbarmungslos – obwohl keiner von uns, außer mir, bis zu diesem fürchterlichen Morgen je einen Barbaren gesehen hatte.

Sie kamen aus den nördlichen Wäldern, zu Fuß und in einem gemächlichen Gang, und zuerst dachten wir, sie wären vielleicht eine friedfertige Schar, die man mit Winterwein und herzhaften Speisen besänftigen könnte. Doch als sie näher kamen, zerstörte der Schrecken diese törichte Hoffnung. Jeder der vierzig in Felle gekleideten, halbnackten Krieger, die auf uns zukamen, trug eine Wurfaxt und einen Speer mit eiserner Spitze.

Abgesehen von den Waffen trugen keine zwei Barbaren die gleiche Tracht. Einige hatten ihre Köpfe hinten und an der Seite rasiert und trugen Haarknoten, andere hatten sich völlig kahl geschoren, wieder andere trugen das Haar lang und hatten Federn und Knochen in ihre Zöpfe gesteckt. Die meisten hatten ihre Leiber blau und grün bemalt, was ihnen ein unheimliches, schlangenartiges Aussehen verlieh. Einige trugen Fragmente von Rüstungen, die mit den Kopfhäuten und Schädelknochen erschlagener Legionäre verziert waren.

Ein Krieger trug einen Helm aus Rohleder, den Stierhörner zierten. Er benutzte einen menschlichen Schenkelknochen als Flöte und blies darauf ein trauriges Gejaule. Mit rasendem Vergnügen brüllte die wilde Horde auf und stürmte auf uns los.

Wenn man die Frauen mitzählte, so waren wir ihnen zahlenmäßig drei zu eins überlegen, und ich dachte zuerst, es gäbe Hoffnung, sie zurückzutreiben. Das hatte ich wirklich gedacht. Ich – ein Dämon. Ich, der ich als Geist selber in Blutbad und Gemetzel geschwelgt hatte. Ich, der ich glaubte, das Böse zu kennen! Ich hatte keine Ahnung, wie ich jetzt meine Dämonenkräfte benutzen sollte. Ich war bloß ein alter Mann. Und ich hatte unsere Verteidigung aufgestellt und führte diese unbedarften Bauern gegen die kreischenden, johlenden Sturmkrieger des Wüters.

Die Äxte des Feindes flogen und wirbelten daher wie schwirrende Fledermäuse. Eine Axt spaltete das Gesicht des Mannes zu meiner Rechten, eine andere zersplitterte das Brustbein des Bauern zu meiner Linken, und in seinem Todeskampf packte er meinen Arm und riß mich zu Boden, als wollte er mich mit sich ins Jenseits nehmen. Die Schreie Verwundeter erfüllten die Morgenluft.

Mit gesenkten Speeren fielen die Barbaren über uns her und durchbohrten alle, die sich ihnen widersetzten. Ich sah zwei Frauen von einer Lanze durchbohrt. Die zu Boden Gefallenen wanden sich hin und her, während sie mit Äxten in Stücke gehauen wurden. Anderen wurde das Gehirn mit ihren eigenen, abgetrennten Gliedmaßen aus dem Schädel geschlagen. Die Barbaren stimmten Jubelgesänge an, während unter ihren blutverschmierten Sandalen aufgeschlitzte Kinder lagen, in ihre eigenen, herausgequollenen Eingeweide verwickelt.

Nichts, was ich tun konnte, half, während ich auf den Boden schlug. Blut spritzte in hohen Bögen auf mich zu und lief heiß über mein Gesicht. Ich rappelte mich hoch, und eine kräftige Hand packte mich an meinem langen Haar und rammte mich mit dem Gesicht in den geborstenen Brustkasten einer niedergehauenen Frau, deren pulsierendes Herz in seinen letzten heißen Zuckungen gegen meinen würgenden Mund pochte. Blutüberströmt wich ich zurück, und wieder packte mich eine starke Hand am Haar. ›Schau die schreckliche Macht des Wüters!‹ schrie mir ein Krieger ins Ohr, und ich erwartete den Schlag seiner Axt.

Doch der blieb aus.

Die Barbaren warfen mich herum wie ein Spielzeug, einen schwachen alten Mann, den ihre Berserkerwut für ein trostloses Weiterleben ausgewählt hatte. Sie schleppten mich an meinem blutgetränkten Haar zwischen abgeschlagenen Köpfen und zerstückelten Rümpfen hindurch und zwangen mich, beim Häuten der Leichen zuzuschauen. Ich schrie, sie sollten mich töten, doch die grausame, blutbesudelte Bande lachte. Und je lauter ich schrie, desto verrückter wurde ihr Gelächter.

Sie setzten mich auf einen blutverschmierten Thron aus geköpften Leichen, legten einen Umhang aus stinkenden Eingeweiden um meine schaudernden Schultern und steckten mir eine abgehackte Hand als Krone auf den Kopf, und dann kam, als Höhepunkt des Schreckens, der Wüter selbst zu mir.

Riesig überragte er mich mit seinen runden Schultern und dem langen, vom Blut der toten Christen verschmierten Bart. Sein eines gutes Auge war silberblau wie das eines Polarwolfs, und aus der dunklen Höhle seines toten Auges starrte mir ein Stück sternenlose Nacht entgegen.

›Ich bin selbst gekommen, als ich erfuhr, daß du es bist, Lailoken‹, sagte der König der Asen mit tiefdröhnender, doch sanfter Stimme. Sein freundlicher Ton erinnerte mich daran, daß er sein Auge im Austausch für einen Trunk aus der Quelle des Wissens an einen Troll verloren hatte. Anders als seine blutdürstigen Krieger war er kein primitives Vieh. ›Ich mußte mit eigenem Auge sehen, daß du menschliche Gestalt angenommen hast. Als meine Magie aus Versehen einen Dämon in den Schlamm schleuderte, hatte ich keine Ahnung, daß du das warst, alter Freund. Du hast mir geholfen, die Fauni zu besiegen, und ich möchte dir jetzt helfen. Ich fühle mich für deine Zwangslage verantwortlich und möchte dich befreien – aber offensichtlich hat dein Sturz dich verrückt gemacht. Ich wage es nicht, dich frei herumstreifen zu lassen, nicht jetzt, wo du dich mir widersetzt hast. Und wenn ich daran denke, daß wir einmal Kameraden waren! Was ist bloß aus dir geworden?‹

Ich versuchte zu sprechen, ihm zu sagen, wie ich mich verändert hatte, aber mein betäubtes Fleisch konnte nur heiser stammeln, was ich die ganze Zeit geschrien hatte: ›Töte … mich …‹

Sein silbernes Auge funkelte amüsiert. ›Lailoken – nicht einmal ich kann einen Dämon töten. Und was dieses sterbliche Kleid angeht, das du da trägst, so meine ich, deine Strafe für den Verrat an unserem alten Bündnis soll sein, daß du dieses stinkende Fleischbündel trägst, bis es in seiner eigenen Verwesung von dir abfällt.‹

Mit seinem mächtigen Speer zeigte er auf den Stab aus dem Sturmbaum, den seine Krieger mir über die Brust gelegt hatten, als spöttische Nachahmung eines Zepters. ›Du trägst einen Splitter des Schrecklichen – einen Splitter, den die greinenden Síd gestohlen haben. Behalt ihn! Er soll dich immer an diesen Tag erinnern, an dem du es gewagt hast, mir zu widerstehen.‹

Ich stöhnte in meinem Elend, und er nickte. ›Ja‹, sagte er mit vibrierender Stimme. ›Das Leben der Sterblichen ist elend. Warum gibst du dich damit ab? Und, noch schlimmer, warum belastest du dich mit den Síd und den verrückten

Christen? Sie sind zum Untergang verurteilte Völker. Wie die Römer und ihre Fauni, die wir zusammen verschlungen haben, sind diese winzigen Leute vom Tod gezeichnet. Sie können meiner Macht nicht widerstehen. Du weißt, daß dies wahr ist.‹ Traurig schüttelte er den großen Kopf. ›Einmal warst du ein großartiges Wesen, Lailoken. Wie macht es mich traurig, dich so geschrumpft zu sehen.‹

Dann berührte er mit seiner Speerspitze meine Stirn, und sein Fluch ging als Wahnsinn in mich ein. All die Todesschreie der hingeschlachteten Kinder gellten durch meinen Schädel. Sie gellten wild, bis es mir vorkam, mein Kopf müsse bersten. Meine Augen schwammen in Tränen und wurden gegen die Knochen meiner Augenhöhlen gepreßt, mein Hals schwoll an und würgte an einem Schrei in mir, der zu groß war, als daß er seinen Weg nach draußen gefunden hätte. Sinnlos stammelnd saß ich auf dem Thron des Todes und schaute zu, wie der Gott des Mordens über die verstümmelte Leiche der Welt hinwegschritt.«

Als die stahlgrauen und purpurroten Türme der Sturmwolken sich nach Norden zurückzogen und den Himmel dunkelblau zurückließen, rollte der Radtisch aus Tintagel hinaus – und der König und die Königin trugen den Gral und das Schwert in die Welt. Es gab jetzt keinen Zweifel daran, daß die beiden zusammen in den Krieg zogen. Sie waren das Bündnis, das lebendige Symbol des Königreichs, und mußten zusammen die volle Gefahr ihrer Würde auf sich nehmen.

Der Marsch nach Londinium begann mit viel Tamtam und Trara, als marschierten die Pendragons in der Begleitung von Cäsar selbst, um die Britischen Inseln zu erobern. Binnen eines Tages wurde ihnen jedoch ihre wahre Lage deutlich.

Das purpurne Hochland des Isca-Moors stieg vor ihnen aus den Feldern des Stechginsters empor. Aus den verborgenen Winkeln des Landes griffen Barbaren an, eine kleine, vagabundierende Truppe von Berserkern, die die Reihe der Freiwilligen durchbrachen und die Bauernsöhne und dörflichen Rekruten in die Flucht schlugen. Mit tödlicher Tüchtigkeit zertrümmerten die Plünderer ein Dutzend Köpfe von hinten, bevor die Reiterei sich einen Weg durch das Durcheinander bahnen und die Angreifer erledigen konnte.

Pendragons Heer, aufgebläht durch Scharen von Bewunderern, Träumern, Pilgern und Händlern, bot ein bedauernswertes Schauspiel. Die bunt zusammengewürfelten Freiwilligen gerieten ständig den ausgebildeten Soldaten in den Weg. Deshalb schuf Uther für sie eine eigene Abteilung – die Hilfstruppen des Königs, dazu bestimmt, die Fußsoldaten des Marcus Dumnoni und Uthers Reiterei zu unterstützen. Mit ihnen reiste Merlin und begleitete sie täglich auf ihrer Suche nach Proviant.

In regelmäßigen Abständen brachen Berserkerbanden mit Geheul aus Schluchten in der Heide hervor. Sie waren die religiösen Fanatiker ihres Volkes, die eifrigsten Verehrer des Wüters. Nachts landeten Schiffe mit niedrigem Tiefgang an der Küste, nachdem sie tagelang aus Friesland, Jütland oder von den Inseln der Sachsen über die schwarze See gesegelt waren. Die Äxte schwingenden Männer, die ihnen entstiegen und in die Moore zogen, waren entschlossen, auf dem einzig möglichen Weg geradewegs in die Halle der Helden bei den Asen zu gelangen – durch den Tod im Kampf.

Die meisten von ihnen tötete die Reiterei aus der Ferne. Aber gelegentlich, wie beim ersten Scharmützel, durchbrachen sie die Reihen und veranstalteten einen Todestanz unter den erschrockenen Kämpfern. Als Pendragon die Stadt der Legion erreicht hatte, wo das keltische Heer auf ihn wartete, waren seine Truppen schon mit Blut befleckt und unruhig.

Kyner, Urien und Lot kampierten außerhalb der schwarzen Mauern der Stadt in einem weiten, bunten Zeltlager. Dies war die erste Rückkehr der Kelten in das Tiefland, das sie vor Jahrhunderten an die nördlichen Stämme und an die Römer verloren hatten. Ehrfürchtig und aufmerksam betrachteten sie die Landschaft – die Flußebenen ihrer Vorfahren.

Die vereinigten Heere der Kelten und Britannier wälzten

sich ostwärts wie das Wetter. Die Barbaren flohen vor ihnen, wie der Kriegsrat es vorhergesehen hatte.

Außerhalb von Aquae Sulis, wohin Bors Bona mit seiner ganzen Schar aus dem Norden gekommen war, um sie zu begrüßen, war ein Keil von Jüten und Angeln in die Falle gegangen. Zwei Tage lang wurden ganze Sippen gefangen, die durch die Wälder liefen und sich im Unterholz versteckten. Der König hatte knapp zwei Dutzend Heerespriester, nur mit Weihwasser bewaffnet, zu seiner Linken aufstellen lassen, und Marcus Dumnonis Lanzentruppe zur Rechten.

Alle entwaffneten Barbaren, die ihr Haupt vor den Priestern neigten, wurden auf der Stelle getauft und in Wagen zu kirchlichen Gehöften gebracht, wo sie hart arbeiten und die Bibel kennenlernen sollten. Diejenigen, die Widerstand leisteten, wurden getötet, widerspenstige Frauen und Kinder ebenfalls. Und die Lanzentruppe erledigte das Töten mit schneller, genauer Rasanz. Die Reiterei brachte die zur Strecke, die wild davonrannten. Uther wollte, daß das notwendige Töten geschwind erledigt würde, Folter oder Verbrennung wollte er nicht dulden. Die erschlagenen Feinde wurden mit Kalk bestreut, mit Rasenstücken abgedeckt und unter Steinhaufen zur Ruhe gebettet.

Ygrane und ihre Fianna folgten eine Tagesreise hinter dem Heer, und die Königin ließ Magie auf die Steinhaufen einwirken. In den grünen Nebeln des Frühlingszwielichts rief sie die heidnischen Seelen aus der Anderwelt zurück in ihre Gebeine. Wenn sie aus der Dämmerung herausgeschwebt kamen, holten die Síd sie zum Wald der Götter weg. Dort tanzten die noch blutnassen Seelen der Jäger mit dem Flöter und dem Hirschkönig und all den Tiergöttern, die sie gejagt hatten. Viele dieser Seelen wurden wahnsinnig und erlebten den Jägertod. Nur mehrere weitere Leben würden sie heilen können. Andere feierten mit. Die Tiere in ihnen lebten wieder auf, gewährten ihnen Anteil an ihren Geheimnissen und liefen mit ihnen zusammen fort unter die verkrümmten Bäume und die noch nicht erblühten Knospen.

Nach der Arbeit mit den Toten saß Ygrane mit dem Gral in ihrem Zelt. Winziges Volk kniete vor ihr – Elfen, die hell wie Dochte brannten, während sie Wasser im Gral quirlte. Himmelsfarben, die durch das offene Rauchloch des Zeltes fielen, wirbelten Energie in das Wasser. Wenn Ygrane davon trank, wurde sie stärker, das Baby in ihrem Leib ebenso, und ihr tiefer Blick wurde für eine Zeitlang scharf genug, daß sie ihren Bruder Falon sehen konnte.

Falon, dessen sonnengebräuntes Gesicht hager wie das eines Turmfalken geworden war, suchte die südliche Waldgrenze nach dem Einhorn ab, das ihn nach Londinium führte. Von seinem Halsring baumelte an einer Strähne seines orangefarbenen Haares Ygranes Liebestalisman und leuchtete wie ein Geist.

In den Hügeln zwischen Glevum und Corinium markierten Rauchfäden den Vormarsch von Bors Bonas gewalttätigen Truppen und das Ende der Magie der Steinhügel. Zwischen den süß duftenden Blüten waren heidnische Familien an die Bäume genagelt. Männer und Frauen hingen in grotesk verzerrten Haltungen von den Ästen, und unter ihnen die kleinen schwarzen Blüten der Kinder.

Ohne eine Rührung zu zeigen, starrte der König auf die verbrannten Gesichter dieser Leichen. Sein Pferd jedoch scheute, von Fliegen gepeinigt und vom Gestank des Todes beunruhigt. Er schickte einen Herold voraus zu Bors mit dem knappen Befehl, die feindlichen Toten zu bestatten. Am Abend loderten überall auf den Hügeln Flammen in die Höhe. Lachend sagte Bors, er habe den Feind im Feuer bestattet – nach heidnischer Art.

Aber später in der Nacht erstarb das Gelächter, als die vom Wind hochgepeitschten Totenfeuer das Heer nach Osten drängten, in die aufgetauten Sümpfe der Flußebenen. Der Radtisch blieb stecken. Und viel schlimmer: Die Reiterei war nahezu nutzlos auf diesem ungangbaren Terrain. Aus dem Röhricht stießen piktische Berserker hervor, suchten sich

Bogenschützen heraus, die vom Pferd abgesessen waren, und hieben auf sie mit ihren mächtigen Äxten ein.

Die unerfahrenen Soldaten aus den Dörfern gerieten in Panik und stürzten nach Süden davon, auf höheren Grund zu. Die Veteranen, die schon zuvor gegen die Nordmänner gekämpft hatten, versuchten vergeblich, die wilde Flucht zu stoppen, aber da sie nicht aus der wild drängenden Masse herausreiten und ihre Bogen benutzen konnten, saßen sie in der Falle.

Mit Geschrei und Geheul in ihrer barbarischen Sprache stürmten die Pikten geradewegs von den Anhöhen herunter. Im Sternenlicht bildeten sie in der Ferne nur einen dunstigen Schwarm von Schattengestalten. Das Heer löste sich in Panik auf, wurde durch Grasbüschel und schwarze Sümpfe auseinandergerissen und zerstreut. Rufe, die Ordnung schaffen sollten, gingen im schrillen Gewieher der Pferde unter.

Dann kamen die Pikten durch die Rohrdickichte aus dem Süden und stürzten sich wild auf das Heer wie Dämonen, die aus einer anderen Welt entsprungen waren. Die gräßlichen Krieger mit ihren Haarknoten auf den ansonsten kahlen Köpfen und den mit Drachenschuppen bemalten Körpern gingen mit ihren Speeren, Keulen und Äxten auf alle los, die sich ihnen in den Weg stellten. Es war ein jämmerliches Schauspiel. Der Schrecken der Todesschreie der Britannier trieb die Überlebenden dazu, wieder zurück in die eigenen Reihen zu stürmen, und dort stießen sie mit ihren regulären Truppen zusammen.

Uther erwies sich als kläglicher General. Da er von Marcus Dumnoni, seinem besten militärischen Berater, getrennt war, wußte er nicht, welche Befehle er rufen sollte. Von seinem Pferd aus sah Merlin, wie der König sich verwirrt im Sattel herumdrehte und das Schwert Blitz wirkungslos in die Höhe hielt. Nur eine Handvoll Leute konnte ihn in der Dunkelheit sehen.

»Dracon!« schrie er, als er sah, wie sich sein Heer in die Nacht auflöste. »Dracon Vitki!«

Ein reiterloses Pferd raste vorbei, die Augen vor Schreck weit aufgerissen, und prasselte in das Röhricht.

»Großvater Vitki!«

Merlin hörte, wie sein König nach dem Drachenmagus schrie, und obwohl er gehofft hatte, er würde den alten Magier nicht sobald auf diesem Feldzug rufen müssen, sprach er die barbarischen Worte aus, die den Drachenmenschen herbeiriefen.

Die Dunkelheit verhüllte Merlins Sicht, aber diejenigen, die sehen konnten, die Bogenschützen und die Fußsoldaten, die mit ihm in dieser Nacht zusammen waren, erblickten einen Blitzsturm, der plötzlich aus dem nassen Boden hervorschoß. Sumpfgas brannte in grünen Flammen. Kugelblitze hüpften über die Schilfrohre dahin. Der stämmige braune Wallach des Königs bäumte sich erschrocken vor blauen Flammen auf, die fast senkrecht in die Höhe stiegen. Ein unheimliches, astrales Feuer wehte von dem Schwert Blitz her, und mit diesem unirdischen Licht rief Uther sein Heer zu sich.

In einem Brand aus kaltem Feuer führte der König den Vormarsch auf die erschrockenen Pikten an. In einem Augenblick wurde aus einer panischen Niederlage ein gewalttätiger Sieg. In dem Glauben, der Heilige Geist sei auf ihren König herabgekommen, wurden die christlichen Soldaten selber zu Berserkern. Ganze Abteilungen opferten sich als Märtyrer in rasenden Ausfällen gegen die überraschten Barbaren und überrannten sie durch ihre schiere Überzahl.

Als der Morgen über den weiten Ebenen dämmerte, rückte das wütende Heer unter dem Nordlichter-Banner des Königs immer noch nach Süden vor. Irrlichter und Fuchsfeuer umtänzelten sie, während das Gemetzel an den Pikten weiterging, bis die ersten Sonnenstrahlen die Geisterfeuer des Königs auflösten. Dann übergab er den Kampf wieder seinen Kriegsherren und ritt erschöpft zu Ygrane zurück.

Uther saß in der hellen magischen Aura seiner Frau und offenbarte ihr alle Schatten seiner Ängste. Ihr Zauber beruhigte ihn. Von seinen animalischen Qualen erleichtert, nahm er sein Schicksal an: Samenträger zu sein.

Etwas Seltsames war um den Samen. Er war verdichtetes Schicksal, entstanden aus jenem Schicksal, das ihm vorausgegangen war. Jeder Same war das Endergebnis eines Schicksals. Er war tot – bis er wuchs. Dann war er nicht länger ein Same, sondern selbst ein Samenträger mit seinem eigenen Schicksal.

Das machte jetzt einen Sinn, als seine grünäugige Frau im Zelt neben ihm lag. Aber morgen würde er ins Feld zurückkehren müssen, wo die Wunden seines Herzens sich erneut öffnen würden. Nur in dieser Nacht machten die Liebe und das Kind in ihrem Leib für ihn einen Sinn. Morgen würde er wieder die Knochenflöten hören und das unheimliche Geheul, das der Wind von der Halle der Helden hertrug. Für diese Nacht waren die vielversprechenden Bewegungen im runden Bauch seiner Frau genug.

Im Traum, als er in Ygranes Armen schlief, sah er von Britannien über Europa hinab, wie über ein tiefes Grasland, und blickte zu einem felsigen Horizont, dessen Fluchtpunkt der Geburtsort des Erlösers war. Dort stand Jesus. Nicht Jesus, wie er ihn sich in der Kirche und im Gebet vorgestellt hatte, sondern tatsächlich Yeshua, der Mann mit dem nazarenischen Profil, den langen Locken und dem langen Bart seines Glaubens. Er war ein Mann. Er war ein dunkelhäutiger, orientalischer Mann mit besonderen Gesichtszügen, sanften, männlichen Gesichtszügen, die noch nicht vom Kuß der Dornen entstellt waren.

Durch seinen Traum ermutigt, kehrte Uther zu seinem Kommando zurück. Sein überraschender nächtlicher Sieg im Sumpfland hatte seine Autorität gegen all die Fehler abgesichert, die dann folgten. Niemand würde noch einmal seine Entscheidungen in Zweifel ziehen, obwohl er als Feldherr tatsächlich ein Stümper blieb.

Der König hatte keine Phantasie fürs Töten. Sein Zauberer

riet ihm, er solle seinen Generälen den Befehl im Feld überlassen. Merlin äußerte lautstark seinen Glauben, daß man nicht das Land von den Eindringlingen säubern müßte, wie es Uthers Bruder einst versucht hatte. Es war genug, den König und die schwangere Königin nach Londinium zu bringen, um dort die Geburtsstunde einer neuen Ordnung zu vollziehen.

»Die Befehle können später erteilt werden«, schloß Merlin, »sobald unsere Kräfte mit denen des Severus Syrax vereinigt sind. Du mußt ihn dir am nächsten halten, denn er hat die bestbezahlten Fußsoldaten auf der Insel geerbt – und sicherlich ist er unser unzuverlässigster Verbündeter.«

Uther war unbeeindruckt von Merlins Ängsten vor zu langem Verweilen auf dem Land und ermutigte Kommandounternehmen, mit denen diejenigen Banden von Plünderern aufgespürt und vernichtet werden sollten, von denen man wußte. Indem er das Gefühl seines Traums in seinem Herzen wachhielt, fand er den Mut, sein Jesus-Drama zu erfüllen und der besondere Mann zu sein, zu dem Gott ihn gemacht hatte.

Im Laufe der Zeit grüßte ihn und seine keltische Königin jedes Dorf mit neuer Begeisterung. Zuvor isolierte *coloniae* öffneten Pendragon und seinen Kelten die Tore und feierten ihnen zu Ehren Feste und triumphale Zeremonien. Bei jedem Aufenthalt wurde es zu einer Pflichtübung, die Tafelrunde aufzustellen und das Schwert Blitz sowie den Gral zur Schau zu stellen. Die Reise wurde zu einer Pilgerschaft.

Es schien überhaupt keine Rolle zu spielen, daß Uther Pendragon ein schlechter Feldherr war. Vray Vitki hatte ihn groß gemacht. Geschichten von Uthers wundersamen Siegen über die Heiden inspirierten viele Freiwillige, sich ihm begeistert anzuschließen – mehr unerfahrene Soldaten, die von seinen Vorräten zehrten und den Marsch verlangsamten. Das Heer bewegte sich in solch einer stattlichen Prozession, daß die Kunde von der Rückkehr des Drachenherrn bis in die entferntesten Nordlande vordrang, bevor die Verbündeten ein Drittel ihres Weges hinter sich gebracht hatten.

Jeder heidnische Stamm, der jenseits des Hadrianwalls lebte, schickte Kriegerscharen in den Süden, und jenseits der Nordsee stellte der sächsische Kriegsherr Horsa ein Heer auf. Erbittert über den Tod seines Verwandten Hengist sammelte Horsa, ein Häuptling der Sturmkrieger, Schiffe voll rachedurstiger Krieger und segelte die Tamesis flußaufwärts nach Londinium. Von dort aus schickte er Stoßtruppen los, die den Vormarsch der Verbündeten ablenken und schwächen sollten, während die Sachsen das Umland von Londinium verheerten und Severus Syrax' kleines, unberittenes Heer einschüchterten.

Die Reiseabschnitte zwischen den *coloniae* wurden immer mühsamer, und bald kam Pendragons Heer nur ein oder zwei Großmeilen am Tag voran. Sporadische Angriffe der Feinde forderten immer wieder Opfer. Das waren genau die Schlachten, die Merlin bei Raglaw vorausgesehen hatte – brutale Kämpfe über Bäche hinweg und in Straßengräben, bei denen Blut spritzte, Knochen brachen und Schädel zertrümmert wurden.

Die ausgezeichneten Kundschafter der Kelten stellten sicher, daß kein Angriff Uther überraschte – aber die Angriffe gingen endlos weiter. Alle heidnischen Stämme Europas waren nach Britannien gekommen, um für ihre demütigenden Niederlagen durch den Drachenherrn Rache zu nehmen. Botschaften von Severus warnten vor einem großen Stammestreffen vor der Stadtmauer von Londinium. Er deutete an, man solle mit Horsa verhandeln.

Als alle Bäume voll belaubt waren und man die rasenden Mörderbanden in den Wäldern und zwischen den Hügeln nicht mehr so gut sehen konnte und sie deshalb noch gefährlicher geworden waren, hatten die Verbündeten schon vergessen, daß sie die Barbaren vor sich hertreiben wollten. Nachzügler blieben zurück. Freiwillige verschwanden in den Büschen. Und Pendragon rollte seinen runden Tisch ostwärts. Hinter seinem Heer war die alte steinerne Straße schwarz von geronnenem Blut.

Nur Christen wurden begraben, und auch die nur hastig in Gräbern unter Steinhaufen. Die Kelten waren mit der Verbrennung zufrieden. Jeden Tag brannten Scheiterhaufen für ihre Toten. Die toten Feinde blieben liegen, wo sie gefallen waren, und Pendragons Rad rollte weiter. Ygrane und Uther ritten mit dem runden Tisch, und zwischen ihnen wurde der Gral transportiert: nicht mehr offen, sondern in einem schwarz verhängten Kasten auf einem Karren.

Zweimal täglich, in der Dämmerung, trank Ygrane aus dem Gral. Sie hatte um diesen Vorgang eine Zeremonie geschaffen, die auch die Priester und die Druiden einschloß – eine rituelle Darstellung von Yesu heilendem Opfer, für die Christen eine Messe, bei der sie ihre Eucharistie feierten, und für die Kelten ein Ritus der täglichen Erneuerung.

Für Ygrane war dies die Gelegenheit, nach dem Einhorn und nach Falon zu schauen, die hinter Morgeu her waren. Sie erschienen sehr klein in der Ferne. Das Einhorn leuchtete voraus und kündigte Falons langsameren Gang an. Das Sonnentier sandte Lebenskraft aus – doch in diesen Tagen nur in einem dünnen Faden, denn es war erschöpft von all dem, was die Königin ihm den Winter hindurch abverlangt hatte.

Das Einhorn würde neben Ygrane liegen müssen, mit dem Gral zwischen ihnen beiden, und das Sonnenlicht trinken, das Sternenlicht, das Mondlicht und die Strahlen unsichtbaren Lichtes, die es in seinem klaren Leib verstärkte. So würden sie einen Mond lang nebeneinander liegen müssen, bevor es wieder die Stärke hätte, einen Menschen zu tragen.

Und doch benutzte Ygrane ihre Magie, um noch mehr von der einzigartigen Lebenskraft des Einhorns für das Kind in ihrem Leib zu holen, mehr von seiner Gelassenheit und Furchtlosigkeit. Manchmal kam es ihr vor, als würde sie ohne das Einhorn verrückt. Das Leben schlug in ihr Purzelbäume. Unter dem Jubel der Vögel brach auf allen Hügeln und in allen Tälern der Frühling aus. Doch wohin sie schaute, sah sie Leichen. Mit den Händen auf dem Unterleib, um die Magie des Lebens in ihr Kind fließen zu lassen, reiste sie in ihrer

Sänfte, mit offenen Vorhängen. Sie wandte sich nicht von den Leichen ab. Das waren die Opfer für Morrígan, die ihr Leben erforderte. Gott hatte sie dazu berufen, und sie nahm es an und lenkte die furchtbare, schreckliche Magie in das Kind in ihrem Leib: Leben fraß Leben – und Gott allein heiligte dies.

Uther hatte aufgehört, sich umzuschauen. Er beobachtete die Wolken, die sich am Horizont entlangwälzten und den Sommer mit sich brachten, jeden Tag ein wenig näher. Die Leute glaubten, er sei wunderbar königlich, und jubelten ihm zu, wenn sie sich nicht gerade vor den herumstreifenden Plünderern versteckten. Aber er war nicht königlich. Er war entsetzt. Damals in Tintagel, an den kühlen Herbsttagen an der Tafelrunde, in der Anwesenheit der Kriegsherren, war der Marsch nach Londinium so einleuchtend erschienen. Jetzt war er ein unaufhörlicher Schrecken.

Ygrane überschüttete auch weiterhin Uther mit ihrem Zauberglanz, aber der Schutz ihres Kindes vor den Todesschreien und dem Kriegsgebrüll, dem sie Tag und Nacht ausgesetzt waren, begann all ihre Kraft aufzuzehren. Sie wollte, daß Uther bei ihr ritt, wo sie einander helfen konnten. Aber jetzt, wo die Angriffe zugenommen hatten, wollte Uther sich nicht aus Sichtweite seiner Truppen entfernen. Der König und die Königin blieben getrennt, bis die breite, blaue Tamesis sie zu den hohen Palisaden und rauchig-dunklen Türmen von Londinium führte.

Zu dem Zeitpunkt, als Horsas weites Lager der Stammesheere mit seinen vielen Lederzelten und Lanzenkämpfern in Sicht kam, hatte Uther seinerseits eine gewaltige Streitmacht um sich gesammelt – die Heerschar der Britannier und Kelten war fünfmal größer als die Armee, die Ambrosius ein Jahr zuvor auf denselben Flußebenen aufgestellt hatte. Der König erhob sein Gesicht zum blauen Nachmittagshimmel und den Sommerwolken, die dort zeitlos dahinzogen, und er betete mit gieriger Hoffnung auf Frieden. Dann befahl er den sofortigen Angriff.

Er wollte es hinter sich haben. Er wollte nicht einmal den

einen Tag warten, den es brauchte, um sich mit den Streitkräften des Severus Syrax zu vereinigen. Er befahl einen sofortigen Angriff mit allen Kräften, weil er in seinen Alpträumen nicht noch einmal das grausame reptilische Grinsen des Drachenmagus sehen wollte. Er wollte, daß all das Töten, das getan werden mußte, schnell getan würde. Seine Ungeduld setzte sich über die Strategien all seiner militärischen Berater – Merlin eingeschlossen – hinweg. Das Heer war erschöpft. Der Feind auf den Ebenen unter ihnen hatte auf sie gewartet und war währenddessen stärker geworden, aufgepeitscht durch Visionen und Besuche des Wüters.

Der König wollte nicht auf die dringenden Bitten der Anführer hören, und so wandten sie sich an die Königin, sie möge vermitteln. Aber sie wollte nicht. Die Zeitwinde wehten in alle Richtungen. Alle Entscheidungen waren gültig – und ebenso ungültig. Die Zeit für das Opfer war gekommen, wo der König sich seinem Schicksal unterwerfen mußte. Sie stand beiseite.

Ereignisse, die für Merlin in einem Windstoß von Zeit vergangen waren, wirbelten jetzt fast schneller an ihm vorbei, als er folgen konnte. Bors Bona führte den Frontalangriff über die Flußebenen direkt auf das ausgedehnte barbarische Lager. Marcus Dumnoni und zwei der keltischen Befehlshaber, Urien und Lot, schwenkten nach Süden, um die Flanke anzugreifen.

Botschaften flogen zu Fuß, mit dem Boot und mit Botenvögeln zu Serverus Syrax mit dem Befehl, sofort in den Kampf zu ziehen. Uther führte seine Reiterei und Kyners Kelten am Fluß selbst entlang, und zwar auf beiden Ufern. Aber Severus kam nicht sofort aus der Stadt heraus. Verwirrende Botschaften kamen zum König zurück, die aussagten, daß schon Verhandlungen mit Horsa begonnen hätten.

Aber da war die Schlacht schon entbrannt. Uther schickte noch einmal den Befehl nach Londinium und ordnete an, daß Severus aus der Stadt herauskommen und die Lager der Sachsen angreifen solle. Dann verbarrikadierte er den Tisch, an dem Ygrane und eine Handvoll ihrer Fianna zusammen mit dem Zauberer zurückblieben, um den Gral zu bewachen. Schließlich ließ er sich sein Schwert bringen und ritt in den Kampf.

Falon folgte dem Einhorn. Durch Regen und Fluten von Sonnenlicht eilten sie nach Süden. Der Fianna-Krieger ritt den unermüdlichen Rotfuchs, den er vor dem Winter den Pikten gestohlen hatte. Die Fäulnis der Vampirin heilte langsam in ihm.

Das Tier mit dem Horn achtete nicht auf Falons Handlungen. Es war müde. Da seine Reflexe schlaff geworden waren, mußte es sich an höher gelegenes Terrain halten, wenn es nicht den Klauen des Drachen zum Opfer fallen wollte.

Wo waren die Herren des Feuers? fragte es sich, als die Magie der Hexenkönigin es näher an Morgeu und die Bewohner der Dunkelheit, Azael und Ethiops, heranführte. Es hatte Angst. Der Tod, der in der Herde der Sonnenrösser eine Rückkehr in die eine große Liebe bedeutete, ragte über den Horizont des Drachenrückens empor und streute schwarze Blüten. Verbrannte Felder und verkohlte Dörfer sprenkelten die grünen Sommerwälder.

Auch Falon spürte, daß vor ihnen Tod war. Die Flußebenen drunten schimmerten unter dem Dunst der Hitze und dem Rauch von Schlachten. Und die Y Mamau hatten eine neue Fährte im Land zurückgelassen: warme Feuerstellen, frische Hufspuren und Leichen, die ohne Kopf im Fluß dahintrieben.

Morgeu spürte, wie Morrígans Herrlichkeit sie erfüllte und in ihr pulsierte. Sie ritt schnell durch die Wälder, an ihrer Seite galoppierte ihre Fianna. Ethiops gab ihren Tieren soviel Kraft, daß sie wie Schatten dahinflogen. Gegen Mittag passierten sie eine Windgasse in den niedrigen Hügeln und verließen den Wald, der sie jetzt wie eine Ansammlung bärtiger

Riesen überragte. Vor ihnen dehnte sich ein weites Grasland, durch das die Tamesis floß.

Am Himmel begegneten sich die braunen Rauchfäden der Herdfeuer von Londinium und die Rauchsäulen aus den Lagern des Wüters. Dahinter erstreckte sich Weideland in unvergänglichem Grün.

Die Y Mamau zeigten nach Westen. Über die weiten Flußebenen, die von Hecken immergrüner Zwergeichen und von niedrigen Steinmauern in Felder aufgeteilt wurden, rückte ein mächtiges Heer heran. Selbst aus dieser Entfernung, wo die Truppen wie Schatten von Wolken aussahen, die über die Felder und Straßen dahinzogen, erkannte Morgeu die schwarz-grünen Fahnen von Uther Pendragon.

Morgeu stieg vom Pferd und schritt durch die Levkojen und das Fuchsgras im Schatten des hohen Waldes. Morrígan begann in ihrem Kopf zu sprechen und schlug einen Nachtangriff vor, wenn Uthers Männer kampieren würden, um sich für die große Schlacht des morgigen Tages auszuruhen.

»Pendragon greift an!« riefen einige Y Mamau, und Morgeu riß sich aus ihrer Träumerei und stieg wieder auf ihr Pferd, um besser sehen zu können. Unglaublich – der Stallmeister ignorierte die elementaren Regeln der militärischen Taktik. Er hatte keinen Befehlsstand, ließ keine Formationen bilden und die Attacken seines Heeres erfolgten ohne erkennbaren Plan – und doch griff er an! Die Horden, die sich während seines siegreichen Marsches über die Insel um ihn versammelt hatten, stürmten auf Londinium zu.

Unter Wolkenbergen prallten die Heere aufeinander. Morgeu und ihre Y Mamau ritten in wildem Galopp auf das Schlachtgewühl zu. Sie mußte nahe genug herankommen, um ihre Wut loszuwerden. Ethiops verlieh ihr Schnelligkeit und Kampfglück. Auch er war von Pendragons Verantwortungslosigkeit überrascht worden. Dieser impulsive Angriff der Verbündeten ließ ihm keine Zeit, um sich erneut mit Azael zu treffen. Er mußte sich auf die tückische Findigkeit seines Kameraden verlassen.

Ethiops lenkte Morgeu und ihr Dutzend mit den Wolfsmasken über die zertrampelten Felder zwischen äxteschwingenden wilden Männern hindurch, und es traf sie kein Pfeil und keine Lanze. Der Dämon führte seine Rächerinnen zu einer Wagenkolonne in der Mitte des Heeres, wo von einem Wagen mit schwarzer Plane Lichtstrahlen ausgingen. Dort befand sich der Gral. Und davor rollte auf der breiten Straße, die geradewegs auf die ummauerte Stadt am Fluß zulief, ein bizarres großes Rad. Ethiops war sich jetzt sicher: Lailoken konnte nicht weit sein.

Auf einem Hügel, den Kyners schwer gerüstete Krieger umschwärmten, hielt Morgeu ihr Pferd an. Die Flut der kampfwütigen Männer wich vor Ethiops' Todeskälte zurück, und einen Augenblick lang jubelte der Dämon: Richtet ein Chaos an!

Schlachtgebrüll und Todesschreie drangen durch das wilde Klirren von Metall und den Tumult von Männern und Tieren. Morgeu achtete auf die kleinen Einzelheiten des Schlachtfeldes – auf die Fliegen und auf die Scharen von Raben und Möwen, die gekommen waren, um an den Toten zu picken –, während Ethiops nach Lailoken spürte. Seit der Zauberer aufgehört hatte, laut mit sich selbst zu reden, war er schwerer zu finden.

Morgeu und ihre Kriegerinnen starrten wie gebannt auf die Seelen, die wie Nebelgestalten aus den Toten entwichen und im grellen Tageslicht brannten – Flammen ohne Asche. Sie stießen einen gemeinsamen Schrei aus, als sie das Einhorn sahen, das auf sie zu galoppiert kam.

Obwohl das Einhorn müde war, hatte es noch genug Kraft, um Morgeu zu töten. Durch die unsichtbare Leine, die es an die Königin band, spürte es die schmerzliche Notwendigkeit dieser Tat. Ygrane wollte, daß ihre Tochter aus der Macht des Bewohners der Dunkelheit befreit würde.

Ethiops hetzte die Y Mamau auf das anstürmende Tier. Das Horn blitzte auf, und vier der maskierten Reiterinnen stürzten aufgeschlitzt zu Boden. Hufe schwirrten durch die

Luft, und vier weitere Reiterinnen wurden mit gebrochenen Knochen ins Gras geschleudert. Die übrigen vier schwärmten aus, um das wilde Wesen zu umzingeln und mit ihren Metallklingen zu durchbohren. Flink sprang es zwischen ihren Schwertern umher, bäumte sich auf und stieß in jede der Wolfsmasken.

Der Dämon verzweifelte an dieser schwer faßbaren, wilden Kreatur. Er sammelte sich im Inneren von Morgeu und ließ sie ihr Obsidianmesser ziehen – das Opfermesser, das lange Morrígans mörderisches Verlangen gestillt hatte. Wenn das Einhorn die Dienerin des Dämons aufschlitzen würde, dann würde es mit ihr zusammen sterben.

In diesem Augenblick stürmte Falon herbei. Er galoppierte auf den Hügel und stoppte das Einhorn mit einem Schrei: »Ich habe den Talisman!«

Beim Anblick des goldumkrusteten Steins in Falons Faust wurde Morgeu aus Ethiops' Besessenheit gerissen. Das Kriegsgeschrei klang für sie jetzt lauter, die Farben leuchteten heller. Die junge Zauberin schrak hoch und fand sich hoch zu Roß dem Einhorn gegenüber. Das Sonnenlicht, das sich im Horn des Tieres brach, blendete sie mit regenbogenfarbigen Funken und überstrahlte einen Augenblick lang ihren Blick auf den Talisman.

In genau diesem Augenblick, als das Licht Morgeu die Sicht nahm, entschloß sich Ethiops, dieses Fleischbündel für das Tier mit dem Horn zu opfern. Er ließ Morgeu vorwärtsstürmen, ihr Pferd bäumte sich wie rasend auf und schleuderte sie den grünen Augen des Einhorns entgegen.

Das Einhorn zuckte zurück, und Ethiops schlug mit der Obsidianklinge zu. Im gleichen schicksalhaften Augenblick schleuderte Falon den Talisman, und der streifte Morgeus Schulter. Der Aufprall der magischen Kraft der Hexenkönigin schleuderte den Dämon aus Morgeu heraus. Als dunkler Wind, der Fahnen und Rauch hinter sich herzog, wirbelte Ethiops von der Erde davon und stürmte durch den Tageshimmel auf den schmalen Mond zu.

Ein gewaltiger Windstoß riß die Arme der Toten wie die von Bittstellern in die Höhe und wirbelte Krähen, lose Helme und trockenes Laub vor sich her, als Ethiops auf seinem Weg in das All vorüberfegte. Schlaff und zitternd lag das Einhorn in seinem schwarzen Blut. Seine Lebenskraft war jetzt nur noch ein Schatten, der sich immer weiter im verfilzten Gras ausbreitete.

In diesem Schatten, einem Stück Nacht unter einem Gewimmel von Sternen, saßen Morgeu und Falon wie betäubt. Um sie herum stieg das Getöse des Krieges zum blauen Himmel empor, aber in der Dunkelheit, die das vergossene Leben des Einhorns bildete, war es still. Die beiden Menschen starrten blind vor sich hin, von der Leere erfüllt, in der das Tier verblutete.

Der Aufruhr der Schlacht verschlang Ygrane. Sie stand auf einer breiten Straße in Sichtweite von Londinium und sollte mit dem Gral in die Stadt reiten, doch Severus Syrax hatte ihr den Weg nicht geöffnet. Die Tore blieben verschlossen, die Wagenkolonne der Königin und Merlin mit seinem Radtisch wurden von brennenden Barrikaden aufgehalten. Die Fußtruppe, die Uther um sie herum aufgestellt hatte, war von Wellen der Todesengel, der Elitekrieger des Wüters, vernichtet worden. Die unversöhnlichen Kämpfer, mit weißer Asche beschmiert, um Leichen zu ähneln, schossen einen Hagel brennender Pfeile ab, sprangen mit Geheul durch die Rauchfahnen und schwangen ihre Streitäxte. Die Pferde von Kyners Truppe scheuten, und seine Männer mühten sich damit ab, ihre Tiere angesichts dieses erschreckenden Angriffs zu wenden.

Die siebenundzwanzig Fianna-Krieger, die als Wache der Königin aufgestellt waren, schickten von ihren Stellungen zwischen umgestürzten Wagen und aufgeplatzten Frachtkisten Pfeile gegen den Feind. Doch der Rauch der Feuerpfeile und das Gewühl des Nahkampfs ließen nicht viele Ziele erkennen. Streitäxte krachten durch Muskeln und Knochen,

Pferde stürzten mit schrecklichem Gewieher um. Andere Rosse bäumten sich auf und traten um sich, während sie aus dem Gedränge des wilden Gemetzels zu entkommen suchten.

Kyner hieb im dicksten Getümmel um sich. Sein breiter Krummsäbel, *Kurzes Leben*, blitzte rot auf, als er auf die gespenstischen Krieger niederfuhr. Die Hälfte seiner Männer war schon gefallen. Durch die Rauchfetzen sah er feurige Schwingen, die den Himmel verdunkelten: noch mehr brennende Pfeile schwirrten auf seine Reihen zu. Und durch die Rauchschleier stürmten noch mehr leichenfahle, heulende Feinde und hieben die Packpferde nieder.

Kyner gab den Trommlern in den Kriegswagen ein Zeichen, sie sollten das Signal zum Rückzug geben, und ritt zwischen umgestürzten, um sich schlagenden Pferden umher und hieb auf die gräßlichen Axtkrieger ein, die auf ihn zustürmten. Durch geschickte Reitmanöver entging er ihnen und brach zum Wagen der Königin durch. Eine neue Linie mußte gebildet werden, obwohl er schon jetzt sehen konnte, daß Verteidigung hoffnungslos war. Aus allen Richtungen kamen Todesengel angewirbelt. Die einzige vernünftige Hoffnung, die ihm blieb, war, zu sterben, bevor er sehen mußte, wie seine Königin entehrt und ermordet wurde.

Die Reiter, die dem Trommelsignal zum Rückzug folgen konnten, stürmten hinter ihm her und preschten zu der Wagenkolonne, wo Priester kniend beteten und Druiden betend tanzten. Als er die gepflasterte Landstraße erreicht hatte, brüllte Kyner der Königin in ihrem schwarz verhängten Wagen zu: »Zeig den Gral!«

Ygrane konnte ihn nicht hören. Von dem Augenblick an, als die Kämpfe begannen, war sie in Trance gewesen und hatte das Einhorn gerufen. Sie bereute, es hinter Morgeu hergeschickt zu haben – und dieses vergiftete Gefühl brachte eine Bitterkeit aus vier unvollendeten Leben als Königin mit sich. Viermal in der Geschichte hatte sie die Niederlage ihres

Volkes in einer Schlacht mit ansehen müssen, und das Blut der erschlagenen Helden befleckte ihre Seele. Das war ihre Strafe dafür, daß sie Morrígan verraten hatte, indem sie die Opfer beendete und den Häuptlingen diente. Ihr Volk war dem Untergang geweiht.

In einer Dunkelheit, die neunmal tiefer war als die tiefste Nacht, tobte in ihr eine kalte Wut, weil sie ihr Volk verraten hatte. Ihre selbstsüchtige Hoffnung, ihr Kind zu retten, hatte ihre Magie aufgebraucht, und jetzt hatte sie keine Kraft mehr, die sie gegen die Barbaren einsetzen konnte. Der Gral allein bot Kraft, aber sie war ein zu kleines Wesen, um seine Herrlichkeit zu tragen. Sie brauchte das Einhorn, um genügend von der Kraft des Grals umlenken zu können, um den Zeitwind zu ändern. Und sie krümmte sich zusammen vor Wut, daß sie das ihr vertraute Tier in dieser unheilvollen Zeit fortgeschickt hatte.

Das Einhorn hatte die Qual der Königin gespürt, war zurückgeeilt und hatte es gewagt, auf ihre Feinde loszugehen. Das Töten entfachte eine mörderische Wut in dem Tier. Mit jedem Stoß seines Horns in einen Menschenleib floß die Lebenskraft, die aus dem aufgeschlitzten Körper quoll, durch das Horn wie durch eine Antenne in das Tier, und das Einhorn schmeckte das Leben von Menschen.

Gefühle bitterer Einsamkeit strömten in das Sternentier. Es kostete erbärmliches Elend, Furcht, Angst und grausame körperliche Schmerzen, die den Menschen von ihresgleichen zugefügt wurden. Und die Häßlichkeit dieser trüben, grausamen Menschenleben verdichtete sich zu einem wütenden Drang, sich zurückzuziehen und aus der gräßlichen Enge auf der Drachenkruste zu fliehen.

Da löste sich Morgeu abrupt aus dem Schatten des Bewohners der Dunkelheit. Der Anblick der Tochter der Königin riß das Einhorn aus seiner Wut. Der Fianna-Krieger der Königin stieß Rufe aus, während er herangeritten kam. Der Talisman, den er trug, leuchtete in der Luft wie Sonnenlicht. In einer plötzlichen Antwort auf diesen funkelnden Zauber stieß eine große Dunkelheit hinter Morgeu hervor und schleuderte sie von ihrem Reittier.

Das Einhorn sprang zurück, doch zu spät. Ein schneidender Schmerz durchzuckte das Tier, drang bis in das Herz der Königin, und Ygrane schrie auf. Ihre Dienerinnen umflatterten sie, während sie sich aus der Trance losriß. Sie stieß sie zur Seite und griff nach ihrem angeschwollenen Unterleib. Der Todesschatten des Einhorns war in sie übergegangen. Und er umwehte auch das winzige Herz in ihrem Schoß.

Lailoken stand auf dem Rand des Radtisches. Der Wirbelwind der Kämpfe, die er auf den menschenwogenden Feldern sah, erfüllte ihn mit Verzweiflung. Die Tore von Londinium blieben geschlossen, und von den Wällen boten keine Bogenschützen Feuerschutz. Uther und seine Reiterei waren im Kampfgetümmel verschwunden, und der Zauberer wußte, daß er sich zum König begeben mußte. Uther würde den Drachenmagus brauchen. Aber auf der Straße herrschte dichtes Kampfgewühl. Kyners Soldaten schlugen sich mit den wütend anbrandenden Todesengeln. Falls sie zusammenbrachen, wäre die linke Seite der Wagenkolonne ungeschützt, und die nach Trophäen gierenden Barbaren würden sich bald gegenseitig umbringen, um das Recht zu erringen, die Königin zu töten. Der Tisch, der Gral – alles war verloren!

Der Zauberer suchte nach Verbündeten und fand keinen in der Nähe und keinen, der sich der Notlage der Königin bewußt war. Jeder der keltischen Häuptlinge kämpfte verzweifelt in seinem eigenen Gewirr blutrünstiger Stammeskrieger. Allein die Fianna und die Reste von Kyners Truppen schützten Ygrane.

Einen Augenblick lang staunte Merlin über die tödliche militärische List – die böse Intelligenz –, die so heimlich die Verbündeten in diese verzweifelte Lage gebracht hatte. Jemand hatte geschickt die Folge von Überfällen abgestimmt, die einen Pfad zum Wagen der Königin geschlagen hatte.

Merlin hob seinen Stab, kniff die Augen zusammen und suchte nach Dämonen.

Als ersten entdeckte er Azael, dessen riesige Gestalt in der Nähe kauerte. Unbeweglich wie ein Berg konzentrierte sich der Dämon darauf, die Todesengel durch die dichte Masse der Kämpfer zur Königin zu führen. Sein körperloser, schwereloser Schatten verlieh den rasenden Stammeskriegern irrsinnige Kraft.

Merlin schwenkte seinen Blick auf die Straße und sah, noch näher, Ethiops. Der Dämon ringelte sich um einen Hügel, auf dem die Leichen der Y Mamau lagen. Morgeu hockte, in Wolfspelze gekleidet, hoch zu Roß in der Nachmittagshitze, einen schwarzen Dolch im starren Griff, während ihr Kopf schlaff herabhing.

Der Zauberer reckte sich hoch, als er das Einhorn erblickte. Er richtete seine Herzensenergie auf das Tier, doch er konnte es nicht erreichen. Da kam Falon angeritten. Sein Schrei ging im Kampflärm unter, doch in seiner Hand hielt er einen Zauberstein, der wie ein Sonnensplitter leuchtete. Plötzlich packte Ethiops Morgeu mit seinen Knäueln und schleuderte sie auf das Einhorn. Ein Schrei mit dem Leid eines ganzen Lebens stieg von dem Tier auf, als die Opferklinge es durchbohrte, und einen Augenblick später ertönte Ygranes Aufschrei aus dem schwarz verhängten Wagen.

Bevor Merlin etwas tun konnte, schoß Ethiops davon, als wäre er ein Brocken aus einem berstenden Stern, und verschwand schnell über den Rand der Welt. Merlin mußte seinen Hut festhalten. Der Wind bauschte seine Gewänder hoch. Zweige und Rasenstücke fegten im Sog des Dämons vorbei.

Sofort stimmte der Zauberer einen Schutzgesang für die Königin an und suchte nach ihr mit seiner Herzensenergie, um sicher zu sein, daß sie unverletzt war. Er fühlte ihren gigantischen Schmerz – der Tod des Einhorns brachte sie fast um –, und er schrie auf, als er den Kontakt abbrach. Erschrocken schwankte er einen Augenblick auf dem Rand des

Radtisches, dann erstarrte er mit angstverzerrtem Gesicht.

Über der Straße ragte der Wüter empor wie ein Turm. Sein gigantischer, sturmsilbener Bart wirkte in seinem schrecklichen Gesicht wie die Strahlen eines wilden Sterns.

Merlin fiel auf die Knie und kauerte sich hinter seinen Stab. Der Wüter hatte gewonnen! Ethiops hatte dem Einhorn den Tod geschickt, und das Einhorn, das Geschenk des Wüters, schickte den Tod in Ygranes Schoß. Azael metzelte vor den Mauern von Londinium Uthers Heer nieder, dort, wo Ambrosius und Hengist gefallen waren. Und Lailoken kauerte angstvoll vor dem wütenden Gott.

Merlins dämonische Zauberrufe ertranken im stolzen Gelächter des Wüters. Schon formten Töne in der Seele des Gottes diesen Sieg zu einer Geschichte, die er bald seiner Tochter Schönheit und allen glänzenden Asen vorsingen würde: Ihre Magie hatte ihm die Macht gegeben, Bewohner der Dunkelheit aus dem Haus des Nebels herbeizurufen und den Vorkämpfer der Herren des Feuers zu zerschmettern!

Graue Gewänder, weit wie Regenschleier, wehten vom Wüter hoch, als er mit seinem Speer zielte.

Lailoken stand auf und schrie immer noch seine vergeblichen barbarischen Befehle. Gegenüber dem Gott war seine Stärke wie ein Schrei gegen einen Wirbelwind, doch er stand trotzig da, jetzt, wo er erkannt hatte, daß sein Tod unvermeidlich war. Blitze zuckten über den Himmel, und das eine Auge des Wüters fixierte zornig mit böser Genauigkeit sein Ziel – die Kreatur, die die Herren des Feuers geschaffen hatten.

»Du und deine Meister, ihr wollt die Zukunft ermorden, aber die Götter dieser Welt weisen euch zurück!« Der Wüter runzelte die Stirn so tief, daß es schien, sein Schädelknochen würde durchs Fleisch sichtbar werden. »Lailoken, Feind der Wilden Jagd! Ich habe dich einmal verflucht! Jetzt wirst du erfahren, was Sterben heißt!«

Der Speer sauste auf Lailoken los, ein Blitzstrahl, gelenkt vom Auge des zornigen Gottes. »Optima!« schrie der Dämonenmensch nach seiner Mutter, nach ihr, die ihn für diesen Tod geboren hatte.

Der Strahl schoß an Merlin vorbei, versengte seinen Bart, übergoß ihn mit weißer Glut. Sein spitzer Hut wurde weggerissen, die silbernen Haare seines Kopfes standen zu Berge und knisterten vor statischer Aufladung. Im blendenden Licht des Fehlschusses sah Merlin die Bestürzung im verzerrten Gesicht des Wüters: Er hatte gezielt, um seinen Feind zu töten, und wollte nicht glauben, was er jetzt sah.

Hitze traf Merlin von hinten, er kauerte sich nieder und hielt seinen Stab quer, um einen Schlag gegen seinen Rücken abzuwehren. Einen Augenblick später wandelte sich sein Schreck in Erstaunen. Der Speer des Kriegsgottes war über das Schlachtfeld gezischt und zwischen Horsas Männern eingeschlagen – er hatte Azael getroffen! An der Uferböschung, wo er gehockt war, strudelten die weißen Flocken von Aschenüberresten hoch, ein Schneewirbel von verbranntem astralen Fleisch, das in den ersterbenden Wind hochschwebte wie Blütenhaare einer Distel oder Flugsamen von Löwenzahn.

Die Krieger des Wüters in ihren Todesmasken senkten die Waffen, erschüttert von dem blauen Blitz, der das Herz ihres Heeres getroffen hatte. Plötzlicher Donner grollte in der Luft. Die Todesengel ließen verwirrt von ihrem Angriff auf die Wagenkolonne der Königin ab. Kyners Männer stürmten hinter ihnen her über das Feld. Geschwind durchbrachen sie die verwirrten Reihen der Feinde und zerstreuten sie in kleine Gruppen rasender, einzelner Kämpfer, die schnell von Lanzenkämpfern und Bogenschützen umzingelt und wie Wildschweine erlegt wurden.

Merlin sprang von seinem Ausguck auf dem Tisch herab. Jetzt mußte er unbedingt zur verwundeten Königin vordringen. Das ungläubige Gesicht des Wüters war nur noch ein Fleck in der staubigen Luft. Tagelang würde er dort stehen. Sein Zorn war gebrochen, und er war erstarrt im Opferweihrauch seiner Niederlage – dem ekelerregenden Geruch des Krieges, dem Gestank herausgequollener Eingeweide, verbrannten Fleisches, dem Pesthauch von Verwesung und Angst.

Als Merlin an der Barrikade aus gefällten Bäumen und umgestürzten Wagen die Augen hob, begegnete er Ygranes müdem Blick. Sie war aus dem Wagen geklettert und hatte ihre Anwesenheit dazu benutzt, den Speer des Gottes zu blockieren. Sie hatte sich einfach in die Nähe des Zauberers begeben und ihn so beschützt, denn der Wüter hatte im Sturmbaum geschworen, das Blut der Keltenkönigin nicht zu vergießen – und diesem Schwur hatte sein Speer gehorcht.

Als der abgelenkte Speer des Wüters Azael traf und der Dämon barst, warf die Erschütterung Uther aus dem Sattel und schleuderte ihn zwischen aufgeschlitzte Leichen. Der Kampf hörte auf. Aus Kämpfern wurden im Nachhall des Donners Gaffer, die sich neugierig umschauten.

Zauberei!

Der Himmel füllte sich mit der zwielichtigen Düsterkeit von Azaels Plasma, und die Sonne trübte sich zu einem wässerigen roten Mond an einem purpurnen Himmel. Dicker Nebel hing wie Spinnengewebe in der plötzlichen Stille, unbeweglich wie der Rauch zerfallener Sterne. Schatten flitzten schnell durch die Düsternis: Síd-Krieger stießen mit ihren aus Rippen geschnitzten Lanzen nach den betäubten, niedergestürzten Soldaten des Wüters und spießten deren blutige Seelen auf, um sie dem Drachen zum Fraß vorzuwerfen.

Die Energiewellen des Blitzstrahls des Wüters, der mächtige Ausbruch der ablenkenden Kraft der Keltenkönigin und die vergossene Lebenskraft des Einhorns lockten den Trinker der Leben an. Der Drache stieg zur Kruste des Planeten empor, seine magnetische Gegenwart drang durch die Höhlen der Anderwelt in die darüberliegenden Landschaften.

Mit Wolken als fransiger Mähne, Augen aus blauem Carnarvon-Fels und aus Hochland-Schiefer, den Schlund in der langen Tamesis, so trank der Drache die vergossene Kraft von Göttern, Dämonen und Sterblichen gleicherweise in sich hinein. Vray Vitki ritt auf dieser Welle der Drachenkraft zu einem letzten, glorreichen Tanz des Tötens. Schwarz wie ein Käfer, mit drachenhaften Schulterplatten und einem Helm aus Stahlzähnen erschien er vor der gelben Firnis des Dämonenrauchs. Er ritt auf Uthers Pferd – und ein Tumult brandete auf, als die Soldaten ihn entdeckten, wie er durch die Reihen der Feinde lief und mit dem Schwert Blitz Sturmreiter und Todesengel niedermähte. Die verbündeten Truppen stürmten mit mörderischer Inbrunst vorwärts, da sie dachten, er sei der König. Und er war es auch.

Uther rutschte in dem blutigen Schlamm umher, in den er gefallen war, und rappelte sich hoch. Auch er hielt das Schwert Blitz in der Hand. Vray Vitki hatte ihn und das Schwert magisch nachgebildet. Aus der Überlegung, daß der Magus vielleicht auch sein Pferd nachgeahmt hätte, schaute Uther sich nach seinem Roß um. Im staubigen Dunst war es schwer, irgend etwas deutlich zu sehen, und er tastete sich inmitten von Männern umher, die von Lanzen durchbohrt waren und mit gräßlichen Wunden herumtorkelten.

Schließlich fand er sein Pferd, stellte sich auf ein gestürztes Schlachtroß, stieg auf und ritt hinter seinem Vorfahren her. Auf dem sepiabraunen Schlachtfeld glühten unheimliche, gedämpfte Lichter und flackerten rauchende Flammen. Geräusche eines erneuten Kampfes erklangen dumpf, Stimmen riefen wie aus der Tiefe. Er ritt durch diese geisterhafte Landschaft hindurch und hielt dabei das Schwert Blitz an den Sattelknauf gedrückt, bereit, es nach rechts zu schwingen und nach links zu stechen. Aber niemand näherte sich ihm. Niemand sah ihn. Er war ein Gespenst, wie sein Pferd, sein Schwert und seine Zukunft.

In der Düsternis des Zwielichts leuchtete Vray Vitki mit seinem eigenen dunklen Licht. Uther sah, wie der Drachenmagus seine Krieger zu großartigen Reiterangriffen führte, mit der Präzision eines Tänzers in die Reihen der Feinde einbrach und wieder zurückwich und damit seine Männer zu kühnen und wilden Attacken inspirierte. Uther fiel in einen Galopp, doch er kam trotzdem nicht näher an die wirbelnden Reiter heran.

Um den König herum ernteten die Síd Seelen mit ihren Lanzen. Sie marschierten mit den aufgespießten amöbenartigen Gestalten menschlicher Seelen zum Fluß und fütterten den Drachen. In dem onyxfarbenen, ruhig strömenden Wasser nahmen die amorphen Klumpen kurz ihre früheren Gestalten an, ertrunkene Figuren sanken in die Tiefen und wogten hin und her wie Wolken von Krill, bevor sie vom schwarzen Schlund des Ungetüms verschlungen wurden.

Über dem Fluß der Seelen leuchtete Londinium wie ein Palast in der Düsternis. Die Tore wurden aufgerissen, und Severus Syrax marschierte an der Spitze seines eleganten Heeres heraus. Die unbarmherzigen Phalanxen des *magister militum* drückten die Stammeskrieger weg von der Stadt in die tödliche Reichweite der Reiterei und der umzingelnden keltischen Häuptlinge, und bald fegte die wilde Flucht die Leute des Wüters – Krieger und Frauen wie Kinder – in die Binsen. Danach ging das Gemetzel in immer engeren Wirbeln weiter.

Uther wurde übel, er glitt vom Pferd. Er stützte sich auf sein Schwert auf, kniete nieder und übergab sich über einer abgehackten Hand. Als er aufblickte, stand Vray Vitki über ihm. Als der Drachenmagus sein Visier aus Stahlzähnen ablegte, griff sein schuppiges Gesicht Uther an die Seele. Das war das natternäugige menschliche Gesicht seiner Alpträume.

»Großvater Vitki«, stöhnte der König.

Der Magus, der fünfhundert Jahre lang auf Gefahren gestarrt und jede Schwierigkeit mit Magie bezwungen hatte, grüßte seinen entfernten Enkel. Obwohl der junge König nur ein schwacher Wechselbalg der mörderisch listigen Männer war, die ihm vorausgegangen waren, war er gut. Fünfhundert Jahre der Kämpfe und des Blutverlustes, um einen König zu schaffen, der sanft wie ein Priester war! In seiner Brust empfand der Drachenmagus Stolz – eine mysteriöse Wärme, die ihn mit Uther verband, fast Liebe. Dieses Gefühl hatte er zu seiner letzten menschlichen Regung gewählt.

Von oben her rissen Speere von Sonnenlicht die braunen Ausdünstungen auf, eine frische Brise kam vom Wald herüber und fegte den bernsteinfarbenen Nebel in den Fluß. Vray Vitkis Leben war vorüber. Uther streckte die Hand nach ihm aus, in Dankbarkeit dafür, daß der Magus das Töten übernommen hatte, das er, Uther, nicht fertigbrachte. Großvater Vitki wandte sich um und schaute nicht zurück. In den Nebeln löste sich seine menschliche Gestalt in einen reptilischen Schatten auf.

Merlin fand die Königin in ihrem schwarz verhängten Wagen. Sie lag zwischen Kissen und Polstern und wurde von ihren klugen, stillen Dienerinnen versorgt. Sie glühte bleich wie eine Kerze. Der brennende Schmerz des verwundeten Einhorns krampfte sich in ihr zusammen.

»Ich muß spüren, wie weh es dir tut.« Der Zauberer stellte sich neben ihr Bett und beugte sich vor, berührte sie mit seiner Herzensenergie. Der Verlust an Energie, den sie erlitten hatte, ließ seine Knie zittern, und nur sein Stab hielt ihn aufrecht.

Merlin legte eine Hand auf das Handgelenk der Königin. Er spürte mit den Fingerspitzen den Energiefluß in ihrem Inneren, das Strömen des Blutes im Baum des menschlichen Leibes, und er entdeckte ein Wimmern, das tief aus ihrem Becken zu kommen schien. »Du blutest!« schrie er erschrocken.

Ein Zucken in ihren Augen sagte ihm, daß sie es wußte.

»Können wir das Kind retten?« fragte Merlin sie als Heilerin und nahm ihre kalte Hand in die seine.

»Ich will, daß du es mir sagst, Zauberer.« Sie schloß die Augen. »Das Einhorn stirbt. Bedeutet das, daß mein Kind auch sterben muß?«

»Ich werde das Einhorn finden – es heilen«, versprach Merlin.

Sie schüttelte den müden Kopf und schaute ihn mit schmalen Augen an. »Nein. Laß es gehen. Das ist zu gefährlich. Der Tod reitet jetzt das Einhorn.«

Merlin blickte die Königin an. Seine silbernen Augen schimmerten.

»Und Theo ...« Sie packte den Unterarm des Zauberers und holte sich genug von seiner Lebenskraft, um ihr starkes Auge aufzuhellen. Inmitten des Rauchs der Totenfeuer saß Uther im Schlamm, heil, doch mit leerem Blick. »Er leidet.«

»Ich werde zu ihm gehen«, versprach Merlin. Er entzog seinen Arm ihrem Griff. Ihm war schwindlig, da sie seine Kraft angezapft hatte. »Ich werde ihn zu dir bringen.«

Die Königin hob den Kopf und runzelte die Stirn. »Du kannst das Einhorn heilen?«

Merlin zuckte die Achseln und starrte sie regungslos an.

Ygrane sank zurück. Nachdem sie ihre Kraft gesammelt hatte, sprach sie aufs neue, mit einer gewissen Anstrengung. »Ich habe Theo gesehen. Er leidet.«

»Ruhe jetzt, Herrin«, riet Merlin.

»Morgeu – Falon ...« Ihr schläfriges Gesicht zeigte einen traurigen, besorgten Ausdruck. »Der Schatten des Einhorns liegt auch über ihnen.«

»Ethiops ...«, sagte Merlin. »Du hattest schließlich recht, ihn zu vertreiben. Er hätte deine Tochter zusammen mit dem Einhorn vernichtet.«

Der Zauberer wandte sich zum Gehen.

»Warte ...«, rief Ygrane ruhig. »Das Einhorn gehört dir, Myrddin«, flüsterte sie, ohne die Augenlider zu heben. »Ich werde es für dich rufen. Aber sei vorsichtig. Der Schmerz ... Es ist verrückt vor Schmerz ... Heile es, wenn du kannst.«

Falon und Morgeu waren auf dem Hügel zurückgeblieben, auf dem das Einhorn verwundet worden war. Sie starrten hinauf zu den Vögeln, die durch die Luft flatterten, und auf die Felder voller Toter auf allen Seiten. Der Ton der Leere durchbohrte beider Herzen. Sie hatten das Sterben des Einhorns gespürt und waren verwandelt worden.

Falon, betäubt, sprachlos, stumm, traumumfangen, konnte anscheinend seinen Willen nicht lange genug sammeln, um zu sprechen. Die Fianna-Krieger führten ihn weg, bebend vor Freude, daß sie ihn lebend fanden, und zitternd vor Angst, weil er so dünn und lederhäutig aussah.

Niemand näherte sich Morgeu, und sie bewegte sich nicht vom Platz. Die durchbohrten Wolfsmasken ihrer erschlagenen Y Mamau schauten sie aus dem Schlamm an. Sie erinnerte sich an alles, empfand aber nichts. Der Verlust der Morrígan hatte sie ihrer Magie beraubt, aber einen leeren Abdruck in ihrer Seele zurückgelassen. Was im Augenblick Leere war, würde sich rechtzeitig wieder mit neuer Kraft füllen, denn Ygranes Liebestalisman hatte den Dämon vertrieben und doch Morgeu ganz gelassen.

Konnte ihre Mutter sie noch lieben? Ja, antwortete sie sich selber. Das akzeptierte sie jetzt. Warum war sie nur so blind gewesen? Morrígan hatte der jungen Frau in einer Atmosphäre der Gefahr Erleichterung verschafft, und als Morgeu in ihrem Glück geschwelgt hatte, daß sie die Magie der Göttin besaß und daß sie eine eigene Macht bekam, da hatte sie offensichtliche Wahrheiten ignoriert. Die Göttin war zu mächtig gewesen und hatte sie mit einer Wut erfüllt, die viel zu heftig gewesen war, als daß ihr Leib oder ihre Seele sie noch länger ohne Schaden hätten ertragen können. Die Erkenntnis drang durch ihre Benommenheit, als sie hier auf dem Feld des Todes lag. Ihre Mutter war nicht ihre Feindin. Tatsächlich hatte sie sie aus einer Art Wahnsinn gerettet. Also war Ygrane noch die beste, die begehrte Quelle von Liebe und Autorität, der sie nicht Schaden zufügen oder trotzen durfte, sondern die sie lieben und ausnutzen sollte.

Ihre Mutter war schließlich eine Hexenkönigin, bei der die Schatten früherer Leben ständig gegenwärtig waren. Als sie so in dem zerstampften Gras saß, mit den Toten als Zeugen, wußte Morgeu, daß sie nie eine wahre Hexe sein würde, nicht in diesem Leben. Sie verfügte weder über den tiefen Blick noch über den Zauber. Doch wenn sie mit dem Abdruck der Magie, den Morrígan hinterlassen hatte, hart arbeitete, dann würde sie wieder ihren Körper verlassen können, um ferne Orte zu besuchen, und sie würde entdecken, wie sie jemanden mit ihrer Stimme und ihrer unsichtbaren Gegenwart verzaubern konnte. Sie würde aus sich eine Zauberin machen.

Der Talisman der Hexenkönigin hatte gewirkt. Tiefen der Liebe öffneten ihre Abgründe vor Morgeu. Dort drunten, im innersten Bereich ihres Herzens, wartete ein Schicksal auf sie. Am Hof des Herzogs, wo sie aufgewachsen war, hatte sie die Vorteile politischer Macht aus erster Hand erlebt, und jetzt sah sie, daß sie diesen Einfluß für sich selbst haben konnte. Sie war eine Tochter aus königlichem Haus, und sie würde, durch Liebe und die Listen der Liebe, ihren Platz im Königreich behaupten, einen Platz, der an diesem Tag gewonnen werden mußte.

Doch in der Tiefe ihres Herzens sammelte sich Düsternis. Der Schatten des Sterbens des Einhorns erinnerte sie daran, daß ihr die Liebe ihres Vaters fehlte, ein Mangel, der noch mit Blut gerächt werden mußte. Sie ignorierte die Fianna-Wachen und die Dienerin, die ihre Mutter ausgeschickt hatte, um sie zu holen. Sie wollte ihre Stimmen nicht hören, ihre Gesten nicht sehen. Bevor sie diesen Hügel verlassen konnte, auf dem ihre Magie gestorben war, würde sie dem gegenübertreten, der ihren Vater umgebracht und sie der Morrígan übergeben hatte.

Als Merlin eintraf, um nach dem Einhorn zu suchen, stand Morgeu auf. Wo das ätherische Tier geblutet hatte, war das Gras in einem vollkommenen Kreis von vier Fuß Durchmesser grau geworden. Morgeu hinterließ Fußspuren, als sie über diesen Aschenboden ging. Ihre kleinen, schmalen Ziegenaugen blickten Merlin direkt an, scharf wie ein Fluch.

Der Zauberer neigte seinen Stab, um sich zu schützen, und die Fianna-Krieger kamen näher heran, bereit, Morgeu auf Myrddins Nicken hin wegzubringen. Barhäuptig, den langen, fahlen Schädel unbedeckt, zeigte er deutlich dämonische Züge in den Vertiefungen seiner Schläfen und seiner Augenhöhlen.

Morgeu blieb stehen, öffnete ihren Mantel aus Wolfspelz und zeigte so ihre Nacktheit. Ihr weißer Leib war mit Blut beschmiert, das in braunen Spiralen um ihre Brüste und ihren Unterleib gestrichen war – die Zeichen der Morrígan.

»Liebe mich, Lailoken«, verhöhnte sie ihn lüstern. »Liebe mich als die, zu der du mich gemacht hast.« Die letzte Silbe noch auf der Zunge, flog sie auf den Zauberer zu, die Obsidianklinge bereit, um aufwärts zu stechen, auf die Weise, wie ihr Vater sie gelehrt hatte, mit einem Messer zu töten.

Lailoken sprach einen Liebeszauber. Aber die Prägung durch den Dämon Ethiops war in ihr zu tief, und die Worte klangen hohl. Morgeu prallte auf seinen Stab und verzog ihr Gesicht mit klaren Augen zu einer wütenden Grimasse. Die schwarze Klinge verfing sich im Stoff seines Gewandes und schnitt einen Riß in seine Kleidung, doch da packten die Fianna-Krieger sie schon von hinten und zogen sie weg.

Der Zauberer sprach einen Schlafzauber, und der fand reichen Widerhall aus dem Schatten des Einhorns, der ihre Seele befleckte. Sie sank in den Händen der Fianna-Krieger bewußtlos zusammen, und sie schafften dankbar ihren schlaffen Körper fort.

Merlin blickte hinter ihnen her. *Sie konnte nicht immer schlafen, und der Liebeszauber würde nicht immer zwischen ihnen anhalten.* Mit zitternder Hand fuhr sich Lailoken über sein benommenes Gesicht. Das betäubte Fleisch kribbelte immer noch vom haßerfüllten Blick dieser Frau, und er konnte sich nicht vorstellen, wie er die fatalen Fesseln zwischen ihnen lösen sollte.

Merlin ging über das Schlachtfeld, durch den Gestank der Toten und die letzten Fetzen des düsteren Nebels aus dem Dämonenblut. Die Schlacht hatte Tausende von Leichen niedergetrampelt, zerschmettert und in den schlammigen Lehm gedrückt. Durch den bernsteinfarbenen Dunst des späten Nachmittags sah er, daß der Kampf geendet hatte, und er war froh darüber. Horsas Leute schleppten sich nach Süden und trugen auf dem erschöpften Rückzug ihre Verwundeten mit sich.

Jenseits der dunstigen Felder mit den verstreuten Toten leuchtete in einem dunklen Eingang zum Wald das Einhorn wie ein Stern. Merlin blieb stehen. Der Schmerz der Kreatur zuckte durch das Herz des Zauberers und ließ ihn zurückweichen.

Das Einhorn hatte ihn gesehen und kam näher, humpelte die samtgrünen Hügel herab, wo das Feuchtland dem Wurzelwall des Waldes begegnete. Merlin sah die Wunde des Einhorns, einen dunklen Schnitt an der Basis seines gazellenhaften Halses. Überall summten Fliegen im stinkenden Wind, Schmetterlinge leuchteten auf den Kadavern von Menschen und Tieren. Jetzt, wo der Dunst verflogen war, war die Luft von solch kristallener Klarheit, daß er die Fliegen zählen konnte, die an den blauen Lippen der Wunde des Einhorns wimmelten.

Das Einhorn legte sich auf einem schlammigen Feld nieder, das mit Toten übersät war – Brustkästen, aus denen Hunde die Eingeweide geraubt hatten, Gesichter ohne Augen, purpurne Keulen aus Schenkelknochen ...

Merlin näherte sich dem sterbenden Tier. Es hob den Kopf und schlug heftig mit dem Horn um sich, dann sank es wieder in den Schlamm, erschöpft vor Schmerz.

Das todwunde Tier hatte keine Farbe mehr in den Augen. Sie waren schwarze Löcher in seinem Gesicht. Die Qual verdrehte das Rückgrat des Einhorns, es wand sich im Schlamm. Merlin strich die Stirnlocke des Tieres zurück, während er einen Zauberspruch murmelte.

Eine Blase weißen Lichtes dehnte sich schnell von der Stirn des Einhorns aus, ging durch sie hindurch und erleuchtete die ganze Landschaft. In der blendenden Mitte zitterte das Einhorn ob der Kraft der Erde, die durch seine geschmeidigen

Beine nach oben strömte. Der dunkle Fleck des verwundeten Fleisches blutete in dem Leuchten dieser Energie aus und schwemmte seine quälenden Gifte fort.

Als die zuckende Helligkeit davonwehte, hielt Merlin das Horn des Einhorns in der Hand, und die schwarze Wunde zeigte überhaupt keine Veränderung. Doch das Tier erhob sich gestärkt und legte sein Gesicht mit den Schnurrhaaren auf die Schulter des Zauberers. Er rieb die Stirn des Tieres, es ließ die Schnauze von Merlins Schulter gleiten und humpelte wieder zurück zu den Bäumen. Merlin wollte ihm folgen, doch er hatte noch so viel anderes zu tun, und so blieb er stehen und schaute zu, wie das weiße Tier zwischen den sonnenbeschienen Bäumen des Waldes verschwand.

Merlin fand Uther zusammengesunken im Schlamm sitzen, zwischen den wüsten Steinen und den Leichen von Verbündeten und Feinden. Dreimal hatte er das blutverschmierte Schwert Blitz gegen seine eigenen Männer geschwungen, um sie von der Stelle zu vertreiben, wo er saß, und er hatte versucht sie zu überzeugen, daß er alleingelassen sein wollte. Fliegen umwimmelten seinen schmutzigen Leib.

»Uther!« rief der Zauberer und bedeutete den verwirrten Wachen, sie sollten beiseite treten.

Der König richtete das Schwert Blitz auf ihn und wollte ihn wegschicken, doch der Zauberer beruhigte ihn mit einem Zauberspruch. Merlin mußte nur den Spruch murmeln, und der König senkte mürrisch das Schwert und saß still. Er schien weder benommen noch verwirrt zu sein. Eine animalische Klarheit leuchtete in seinen bernsteinfarbenen Augen, und Merlin wagte es nicht, einen Schlafzauber auszusprechen – oder einen für Vergessen.

»Die Königin …«

»… läßt nach dir schicken. Sie hat das Einhorn verloren – sie verliert vielleicht euer Kind.«

Tränen traten in die Augen des Königs. Das Kind war das Leben des Bündnisses, die Zukunft ihres Königreichs. Diese

Binsenwahrheiten hatten alle Bedeutung für ihn verloren – aber er dachte daran, daß ein solcher Tod für seine Königin ein düsteres Vorzeichen wäre, und er weinte innerlich um sie. Bevor er fragen konnte, ob der Zauberer die Macht habe, ihr zu helfen, legte Merlin die Hand beruhigend auf Uthers Schulter, und der König versank wieder in seine Grübeleien.

»Großvater Vitki ist hier gestorben«, sagte er traurig. »Gestorben, wo mein Bruder starb, im Schatten der Stadt, wo mein Vater gestorben ist.«

Der König blickte sich auf den Feldern voller Leichen unter dem klaren blauen Himmel um. »Der Krieg ist tot«, sagte er in die Stille des Bannspruchs des Zauberers.

Hatte der Speer des Wüters ihn gestreift? Schreckliche Erinnerungen daran, wie knapp er dieser Hölle entgangen war, ließen Merlin frösteln, und er schickte seine Herzensenergie aus, um Uthers Verletzung mitzuempfinden. Doch nein – der König war unverletzt, nur gebannt von dem riesigen, besudelten Altar der Erde. Wilde Erinnerungen an den Kampf schwangen in seinen Knochen und Muskeln nach. Schrecken und Erschöpfung hatten sich zu einer umfassenden Wachsamkeit vermischt.

Merlin setzte sich neben ihm in den Schlamm und flüsterte ihm beruhigend zu. Uthers Schultern entspannten sich und fielen herab, der Kopf sank ihm auf die Brust. »Ich habe als König versagt, Merlin.«

»Nach welchem Maßstab versagt, Herr?«

»Nach welchem Maßstab?« Er seufzte und wischte die Fliegen von seinem Gesicht. »Mein Maßstab ist das Leben, Merlin. Schau die Toten an!« Er steckte sein Schwert in den Boden, packte die Parierstange und drückte seine Stirn gegen das Heft. »Ich kann keine Tränen finden, Merlin. Ich habe mich auf dem Marsch leergeweint. Jetzt ist der Krieg tot.«

Merlin scheuchte die Fliegen weg und lenkte die Aufmerksamkeit des Königs wieder auf die Gegenwart. »Der Krieg ist nicht tot.« Er legte seinen Arm um Uthers Schulter und zog ihn sanft vom Schwertgriff weg. »Aber, wenn du es wünschst, kann ich dich diesen Krieg vergessen lassen – jeden Krieg ...«

Uther kniff ärgerlich die Augen zusammen. »Nein. Ich möchte ihn nie vergessen.« Er holte tief Atem. »Der Krieg ist tot für mich, weil ich ihn nie vergessen werde! Großvater Vitki und mein Bruder haben den Kriegsgeist gefunden. Ich kann ihn nicht finden, das sage ich dir.«

Merlin summte einen Beruhigungszauber.

»Großvater Vitki ist am heutigen Tag gestorben, Merlin«, erklärte Uther sanft. »Es ist schrecklich, wenn ich daran denke, daß ich der letzte der Männer der Sippe Aurelianus bin, dem er noch dienen würde. Denn so lange ich lebe, werde ich nie vergessen, welchen Ruhm im Töten er mir eingebracht hat.« Er sprang hoch und zeigte auf das Schwert. »Vray Vitki ist des Schwertes Blitz würdig. Ich nicht.«

Er hinkte drei Schritte und fiel auf ein Knie. Seine Wächter stürzten zu ihm und hoben ihn hoch. Dann richtete er sich unter Schmerzen auf und marschierte von seinen Männern gestützt vom Feld. Sein Schwert ließ er zurück.

Merlin nahm das Schwert Blitz auf und folgte Uther durch den gelben Nachmittag zu den farnbewachsenen Ufern der Tamesis. Während er im kühlen Wasser badete, wusch der Zauberer das Kriegsschwert und reinigte es mit Tang und Moos. Berittene Bogenschützen hielten am Ufer Wache, einige Reiter wateten in voller Rüstung bis zu den Hüften ins Wasser. Keiner sprach, denn der König schwieg. Er ließ sich auf dem Rücken treiben, wie eine Leiche.

Severus Syrax traf mit einer Garde von Soldaten aus der Stadt ein, alle in glänzenden Bronzerüstungen, geschmückt mit eleganten Federbüschen. Er, der als letzter in den Kampf gezogen war, war begierig darauf, als erster dem König den vollständigen Sieg der Britannier und Kelten über die Nordstämme rund um Londinium zu vermelden. Bors Bona, Lot und die Reiterei hatten die Wagen der fliehenden Horden gejagt und ganze Stämme massakriert. Horsa selbst war ergriffen worden. Seinen Kopf hatte man schon eilends in die Stadt gebracht und auf einem Spieß durch die Straßen getragen, um die Bürger der Stadt zu beruhigen.

Die Nasenflügel des Königs zitterten. Merlin sprach einen Friedenszauber, und der König ließ sich in das gelbe Wasser zurücksinken und tauchte unter. Der Zauberer rief Severus beiseite. »Geht sofort nach Londinium und beende alle Schändung des Feindes. Bereite den Weg für deinen Herrn und seine Herrin, die Königin der Kelten. Sie werden den gesamten Statthalterpalast für sich haben. Schick alle anderen davon und stelle nur Fianna-Krieger und Schützen des Königs dort als Wache auf. Wir werden in Kürze bei dir sein.«

Uther kam mit einem zornigen Schrei wieder aufgetaucht, und Merlin schickte sich an, einen Beruhigungszauber zu sprechen. Doch Uther hieb mit der Hand auf das Wasser. »Hör auf damit, Merlinus!« Er stieg langsam aus dem Fluß und winkte seine Männer zur Seite, die zu den Gepäckwagen gerannt waren und jetzt mit einer Truhe voll Gewänder zurückkamen. »Keine Zaubersprüche mehr! Ich möchte Ygrane sehen – allein!«

Tropfnaß schritt er durch den Farn zu den Stufen, die in das Ufer geschnitten waren. Merlin folgte ihm, das Schwert Blitz in der Hand. Der König lief schnell das grasbewachsene Ufer zu seinem Pferd empor. Schweigend warf er einen roten Reitmantel über seine Blöße und galoppierte davon. Merlin blieb zurück. Stab und Schwert in den Händen, stand er im Sonnenlicht des späten Nachmittags.

Über ein Feld voller Kadaver ritt der König unter einem klaren Himmel, an dem Hitzeblitze zuckten, zum Lager der Königin. Barrikaden waren niedergerissen worden und zu Lagerfeuern aufgestapelt. Um den Radtisch und das Zelt mit dem blau-weißen Banner des Einhorns hatte man ein Lager für die Verwundeten errichtet.

Die Fianna-Krieger grüßten ihn ernst und begleiteten ihn durch ein Labyrinth, in dem verwundete keltische Krieger auf Binsenmatten lagen. Die am schlimmsten Verwundeten lagen dem Zelt der Königin am nächsten. Die Priesterinnen der Königin, deren grüne *camisae* mit Blut bespritzt waren, arbeiteten zusammen mit Druiden und Wundärzten daran, amputierte Gliedmaßen abzubinden und aufgeschlitzte Bäuche zuzunähen. Stöhnen und Schreie der Qual stiegen aus tausend persönlichen Höllen empor.

Eine Dienerin hob die Zeltklappe, als Uther herankam, und er ging brüsk durch das Vorzelt und den Vorhang in das düstere Innere der Kammer der Königin. Sie saß in ihrem Bett; ihr messingfarbenes Haar lag über Leinen ausgebreitet, das weniger bleich war als die geisterhafte Flamme ihres Gesichts.

»Theo ...« Sie riß ihre geschwollenen Augenlider weit auf. »Bist du's?«

Er kniete neben dem Bett nieder und tauchte sein Gesicht in ihr Haar und ihren Waldduft.

Er war naß und roch nach dem Fluß, und sie war froh darüber, denn er lebte und war unverletzt. Als er den Kopf hob, um sie anzuschauen, lächelte sie tapfer. »Dein heutiger Sieg macht, daß ich mich stärker fühle«, sagte sie tapfer.

»Blutest du?« Er suchte in ihrem Gesicht nach Anzeichen dafür. »Merlin sagte, das Einhorn sei verwundet worden – und das Kind sei in Gefahr.«

Ihr Lächeln verschwand. Das Kind lebte noch in ihr, aber nur knapp. »Das Einhorn ist vergangen, Theo.« Während sie dies sagte, füllten sich ihre Augen mit Tränen. Uther sackte neben ihr zusammen.

Er spürte, wie jetzt, da das Einhorn verwundet war, ihre Magie gegen sie arbeitete. Sie hatte ihm zuvor gesagt, in ihren Trancezuständen sähe sie rosafarbene zersplitterte Knochen, verstreute Eingeweide, Tod und gräßliche Qualen. War diese grausige Vision jetzt mit seinem blutigen Sieg erfüllt – oder mußte sie auch Tod gebären?

Ygrane drückte mit einem Daumen auf die Sorgenfalte zwischen seinen goldenen Augen. Ihr Schmerz hatte begonnen allmählich abzunehmen, jetzt, da die Trance-Energie des Einhorns von ihr auf Merlin übergegangen war. In ihrer letzten Trance schaute sie das Einhorn in einer Aura aus blauer Kälte, verletzt, aber nicht sterbend – leidend am Leben, wie der Rest der Lebenden. Es tappte durch den feuchten, von Lichtstrahlen durchzogenen Wald und trug schwer an seiner schwarzen Wunde.

Dieses Bild war langsam hinter ihren geschwollenen Augenlidern erloschen, während die Magie des Einhorns verging. Jetzt, da ihr Ehemann endlich wieder neben ihr war, überkam sie ein seltsamer Friede, als sie entdeckte, daß sie langsam eine gewöhnliche Frau wurde. Als die Sonne unterging, wußte sie, daß sie all ihre Kräfte verlor – ihren tiefen Blick und ihren Zauber –, die sich über die Jahre hin mit der Magie des Einhorns verbunden hatten. Nun nahm es diese von ihr weg, und sie war froh, daß sie zu jener Verfassung zurückkehrte, die sie als Kind gehabt hatte – wieder geheim und geheimnisvoll für sich selbst. Als sie die Augen schloß, sah sie nur Finsternis. Ihr Leben als Hexenkönigin war zu Ende, eine neue Zukunft wartete unsichtbar in der glänzenden Dunkelheit.

»Ein lange gehegter Wunsch wurde erfüllt«, murmelte die Königin mit brüchiger Stimme.

Uther drückte sich enger an sie und betete mit ihr, wie sie es ihn an dem ersten Tag, an dem sie sich begegnet waren, gelehrt hatte: »In dir, Gott, ist kein Übel, das nicht ein noch größeres Gutes ist.«

Er befahl den Dienern, neben ihrem Bett ein weiteres aufzustellen, damit sie ihre Hilflosigkeit miteinander teilen konnten. Als sie sich selbst so schwach, so klein erlebten, lachten der König und die Königin des Landes. Das unaufhörliche Stöhnen der Verwundeten im Kriegslager nahebei erinnerte sie, wie weit sie abgekommen waren von den unbekümmerten Gestalten, die sich vor erst sieben Monden in einem Schrein des Friedens getroffen hatten.

Todmüde, erschöpft von den Schmerzen des Einhorns und

seinem Verlust und ohne eine ausgleichende Magie, die sie stützen konnte, döste Ygrane immer wieder ein. »Theo ...«, flüsterte sie im Windschatten ihrer Wachheit. Obwohl sie zusammen gelacht hatten, schimmerte in den abgespannten Gesichtszügen ihres Mannes eine Dunkelheit, und sie suchte nach Worten, um ihn zu beruhigen, bevor sie wieder in Schlaf glitt. »Zweifle nicht an uns ... obwohl der Krieg uns zusammengebracht hat ... bindet uns Liebe ...«

Uther ergriff ihre Hand, während sie in den Schlaf glitt – oder war es der Tod? Er beugte sich vor, um ihren Atem zu hören, bis er sich sicher fühlte, daß sie nur schlummerte. Dann stand er auf und starrte auf sie hinab, prägte seinem Gedächtnis die Erschöpfung in ihren glänzenden Augenlidern und den beruhigten Zügen ein, die seinem Blick eine tiefere Schönheit offenbarten.

Falls sie weiterleben sollte, dann würde ihre Arbeit weit schwerer sein, als jetzt zu sterben, erkannte er, und deshalb betete er zu Gott, er möge sie erlösen. Laß sie in den Schlaf gleiten, betete er. Aber offensichtlich wollte sie leben. Sie und ihr Kind waren in der Tat die Geschichte der Zukunft. Uther Pendragon war die Vergangenheit – der letzte der Sippe Aurelianus, der noch das Zeichen des Drachenmagus trug.

Er schauderte, als er sich an die Schlacht erinnerte. Eine Müdigkeit erfüllte ihn, die stärker war als der taube Schmerz seiner Sehnen und Gelenke. Auf der Suche nach Mut legte er seine Hand auf den Unterleib seiner Frau. Hieraus würde kein Drachenmagus aufstehen und Schlachten gewinnen. Wer auch immer dieses Kind sein würde, eine solche Seele würde sich ihren eigenen Weg durch die vom Krieg zerrissene Welt suchen müssen.

»Du wirst stark sein müssen«, flüsterte er dem ungeborenen Kind zu. »Wirklich sehr stark, um dich in dieser Welt durchzusetzen, ohne einen Drachen.« Eine leichte Bewegung unter seinen Fingerspitzen erhöhte noch seine Wachheit, als lauschte ihm die Zukunft. Während draußen die Verwundeten stöhnten, hob er seine Stimme nicht, sondern flüsterte noch sanfter: »Natürlich wird Merlin dasein. Er wird dich schützen, so wie er mich geschützt hat ...« Er schmeckte Salz, bevor er erkannte, daß er weinte. Er wischte seine Augen, drängte den Kummer zurück und verlangte nach einem größeren Segen für sein Kind. »Um der Welt zu helfen, um all den anderen Seelen deines Zeitalters zu helfen, mein Kind, wirst du viel mehr brauchen, als nur geschützt zu sein. Du mußt ein edles Herz haben – würdig der Größe, die Christus gezeigt hat.«

Opfer. Der Gedanke ließ ihn überlegen, welche Alchemie von Blut und Schlamm und diesen höllischen Leidensschreien in ihm wirkte.

Er küßte die Stirn seiner Frau und war stolz auf sie, dann richtete er sich auf und war so überrascht von ihrer leichenhaften Kälte, daß er erneut nach einem Lebenszeichen suchte. Als er beruhigt war, daß sie noch lebte, stand er auf, und sein Gesicht veränderte sich – keine Tränen mehr, sondern ein entschlossener Blick, stolz wie Wolken, die vor der Sonne vorüberziehen.

Von Bogenschützen eskortiert, trug Merlin das Schwert Blitz in das Lager der Königin. Der König saß schon auf seinem Pferd, eine schwarze Reiterrüstung über einer purpurnen Tunika, und wartete außerhalb des Lagers auf den Zauberer. Er rief Merlin zu sich und schickte die Bogenschützen weg.

Als er und der Zauberer allein auf das jetzt stille Schlachtfeld ritten, steckte Uther das Schwert in die Scheide und zeigte auf die Rauchwolken, die von den Scheiterhaufen aufstiegen. »Unsere Feinde sind tot, Merlin. Meine Arbeit ist getan.«

»Nur begonnen, Herr«, verbesserte ihn Merlin. »Herrschen heißt dienen – und du hast deinen Dienst erst begonnen.«

»Ich bin nicht dazu bestimmt zu dienen. Das weißt du, Zauberer.« Er hielt eine winzige, etwa einen Finger lange Rolle aus Pappelrinde hoch, die mit einer Haarlocke zusammengebunden war.

»Ich habe meine Bestimmung erfüllt«, sagte er mit entschiedener Gewißheit. »Ich kann nicht mehr geben – es sei denn, ich nehme das Angebot des Hirschkönigs an.«

Merlin kniff überrascht die Augen zusammen. Das hatte er mit seinem starken Auge nicht gesehen. Er berührte den König mit seiner Herzensenergie, spürte dessen Müdigkeit und murmelte: »Das Königreich braucht dich hier, Herr.«

»Nein.« Uther schüttelte den Kopf. »Dieses Land braucht keinen König, der über den Krieg unglücklich ist. Ich habe es schon den Druiden gesagt, und Braunmähne hat mir das hier gegeben. Es ist ein Zauberspruch, den ich lesen soll – wenn wir weit genug von hier weg sind. Der Druide hat ihn für mich auf der Stelle geschrieben, mit einem Stück Holzkohle, und mit einer Locke Leichenhaar zusammengebunden. Ich soll ihn erst dann öffnen, wenn wir drei Großmeilen weiter im Westen sind.« Er lenkte sein Pferd in diese Richtung und gab ihm die Sporen, so daß es in einen forschen Kantergalopp fiel. »Komm, Merlin. Machen wir uns auf den Weg zur Rabenquelle.«

»Herr, ich glaube, das ist keine weise Entscheidung«, sagte Merlin und bemühte sich, mit dem König Schritt zu halten. »Es wird bald dunkel sein.«

»Jetzt, Merlin.« Der König dirigierte sein Pferd vom Schlachtfeld weg zu einem Wäldchen blühender Kirschbäume. Blütenblätter umwehten sie wie Frühlingsschnee.

»Von der Rabenquelle zu trinken widerspricht deinem Glauben«, brachte der Zauberer vor.

»Eine weitere Predigt von Optimas weisem Dämon?« fragte Uther mit einem traurigen Lächeln. »Weißt du, wie müde ich bin, Merlin?«

»Dann halt an. Komm zurück ins Lager«, redete ihm Merlin zu. »Fälle diese Entscheidung mit einem klareren Kopf.«

»Noch nie war mein Kopf klarer als jetzt«, antwortete der König mit hohler Stimme. Sie kamen aus dem Kirschenwäldchen in offenes, leeres Grasland. Sie galoppierten über das Feld auf eine tiefe Klamm zwischen den Hügeln zu, dann gingen sie in eine langsamere Gangart über.

Merlin sah ein, daß er nur schwer Uther von seinem Plan würde abbringen können. Um das Schweigen zu füllen, sprachen sie über den Glauben und über Philosophie, so wie sie sich einst vor den Pferdeställen in der Stadt der Legion unterhalten hatten. Der Zauberspruch für Ruhe und Erleichterung, den der Zauberer zweimal über den König ausgesprochen hatte, schien ihm etwas Erholung von seiner körperlichen Müdigkeit gegeben zu haben. Merlin überlegte ernsthaft, ob er ihn in Schlaf versetzen sollte.

»Und am Ende führt es zu dieser momentanen Sache, die Entscheidung genannt wird«, sagte der König. »Hast du mich nicht gelehrt, daß die richtige Entscheidung ein Meißel ist? Daß sie den Diamanten des Schicksals schneiden und die Zeit formen kann?«

»Es kann sein, daß ich das gesagt habe«, gab Merlin zögernd zu. »Aber das bedeutet nicht, daß du von der Rabenquelle trinken solltest. Uther, ich habe mit dem starken Auge kein solches Ende für dich gesehen. Ich habe deine Schlachten gesehen – weder Sieg noch Niederlage. Ich bitte dich, Herr. Du mußt am Leben bleiben, um zu entscheiden, wie es ausgeht.«

Uther schüttelte unnachgiebig den Kopf. »Nein, Merlin. Großvater Vitki ist tot. Ich habe gespürt, wie er um mich herum gestorben ist – und in mir. Kannst du das nicht verstehen? Der Krieg ist vorbei für mich. Ich kann nicht für unser Volk kämpfen.« Er warf Merlin von der Seite einen Blick zu, als sei ihm gerade etwas über sie beide bewußt geworden. »Du denkst, ich opfere mich.« Er stieß ein hartes Lachen aus. »Ich opfere mich nicht, Merlinus. Was ich heute tue, ist selbstsüchtig. Mein Gott, denk daran, was Ygrane noch zu erfüllen hat. Meine Arbeit ist getan. Gott hat mich nur aus diesem Grund zum König gemacht. Um die Seelen der Christen und der Kelten miteinander zu vermählen. Heute ist das Bündnis mit Blut getauft worden.« Er nickte und hielt, seiner selbst sicher, dem Eulenblick seines Zauberers stand. »Und ich möchte zum Hirschkönig zurückkehren. Erinnere die Königin daran! Ich möchte zu jener Musik tanzen – eine lange, lange Zeit. Lange genug, um die Schreie zu vergessen.«

»Aber doch nicht schon jetzt, Uther. Was ist, wenn Ygrane das Kind verliert? Was ist mit der Gefahr, die vom Wüter kommt?«

»Deshalb muß es jetzt sein, Merlin.« Er blickte mit einem Ausdruck durchdringender Klarheit in die dunklen Augen des Zauberers. »Ich habe Ygrane gesehen. Ich habe mit ihr gesprochen. Unser Kind lebt in ihr. Aber sie stirbt. Du weißt es, und du kannst es nicht verhindern.«

»Der Schatten des Einhorns ist in sie eingegangen ...« Merlin zupfte gereizt an seinem Haar. Ihm fiel kein vernünftiges Wort ein, mit dem er den König von der Rabenquelle abbringen konnte, und er war gereizt, weil er wußte, daß Optima dies nicht wollen würde. »Gebet kann Ygrane heilen. Die Herren des Feuers können kommen ...«

»Sie stirbt.«

Merlin konnte sich dem festen Blick des Königs nicht entziehen. »Ja. Morgeus tödlicher Hieb ist durch das Einhorn auf Ygrane übergegangen. Es kann durchaus sein, daß sie stirbt. Der Hieb hat schon ihre Magie getötet.«

Uther nickte voll tiefer Überzeugung und richtete seinen Blick wieder nach vorn. »Falls ich zum Hirschkönig gehe, schickt er ihr Leben. Das hat er mir versprochen. Er muß es tun, um das Kind am Leben zu halten. Er hat geschworen, daß mein Tod beide rettet.«

»Einer für viele«, sagte Merlin müde, und sie kamen in einen Eichenwald, der nach feuchtem Moder und dem Blütenstaub der Blumenteppiche roch. »Wer wird das Königreich regieren?«

»Die große Kriegerseele, die die Síd schicken, damit sie als mein Sohn getauft wird.«

»Es wird ein Dutzend Jahre oder mehr dauern, bevor er herrschen kann ...«

Der König schüttelte den Kopf. »Darauf weiß ich keine Antwort. Ich vertraue auf die Vorsehung – und auf dich, Merlinus. Du bist ein Dämon, um Gottes willen. Du wirst gewiß das Böse nicht falsch beurteilen. Mein Sohn, mein Königreich, mein Gedenken könnten sich nicht in besseren Händen befinden.«

Merlin blickte auf seine knotigen, fleckigen Hände und warf sie verzweifelt hoch. »Also dann – alles ist an seinem Platz, Herr. Die Göttin hat alles für dich gerichtet, nicht wahr? Die Britannier und die Kelten – Vray Vitki und das Einhorn – Jesus und der Hirschkönig ...« Er stieß mit seinem Stab nach den Fenstern des Himmels im dunklen Baldachin des Waldes. »Warum sollte man dann nicht auf die Göttin vertrauen? Warum das Schicksal überhaupt in die eigenen Hände nehmen? Warum aus der Rabenquelle trinken?«

Uther lächelte ruhig. Ihn freute die Loyalität des Zauberers. »Gott – oder die Göttin, wie du dich ausdrückst – hat mich zum König gemacht, weil er ... oder sie weiß, daß ich das tun kann. Ich wollte nie König sein, Merlin. Vor allen anderen solltest du das wissen.«

»Ja, und für jemand, der Priester werden wollte«, tadelte ihn der Zauberer, »benimmst du dich zu sehr wie ein Heide. Dich selber opfern!«

»Meine Seele ist nicht in Gefahr«, beruhigte ihn Uther ganz ernsthaft. »Das ist kein Widerspruch zu meinem Glauben. Ich gehe jetzt an einen heidnischen Ort – und etwas Heidnisches kommt als Christ in diese Welt. Was ich bin, wird nicht verändert.«

»Nur in Gottes Ökonomie herumgeschoben«, sagte Merlin spöttisch, dann schüttelte er feierlich den Kopf. »Gutes kann nicht Bösem folgen – selbst dann nicht, wenn es um des Guten willen getan wird.«

Auf diese Herausforderung hin schwieg Uther einen Augenblick nachdenklich, dann fragte er: »Glaubst du, mein Handel mit dem Hirschkönig sei böse?«

Merlin hielt inne. »Ich kann nicht für die Richtigkeit von

Wahrheiten über Gut und Böse garantieren. Aber ich bitte dich zu überlegen, es ist der Glaube der Optima, der mich von einem Incubus bekehrt hat, den du jetzt aufgibst. Kommt dir das als gut vor?«

»Ich sage dir, ich gebe meinen Glauben nicht auf. Das verlangt der Hirschkönig nicht von mir. Ich bin ein Christ, jetzt und immerdar.«

»Es wird schwer sein, als Christ in einem heidnischen Paradies zu leben, Herr. Dort tanzt man für die Tiergötter, wie du weißt.«

»Wenn es Gottes Wille ist, werde ich sie bekehren.« Er lachte trotzig, als sei ihm wohl bewußt, wie schwach sein Scherz war. »Was vor mir liegt, wird leicht für mich sein. Für Ygrane wird es viel schwerer sein, weiterzumachen.«

Merlin konnte nicht guten Gewissens zulassen, daß der König aus der Rabenquelle trank. Nicht in seinem gegenwärtigen Geisteszustand. Der Mann war von der Schlacht erschöpft und redete jetzt davon, heidnische Götter zu bekehren! Merlin entschloß sich, ihn mit einem Zauberspruch jetzt aufzuhalten und ausruhen zu lassen, bevor Uther eine so endgültige Entscheidung fällte.

Mit einem Pfiff rief Merlin das Pferd zu einem Halt, doch der König erkannte auf der Stelle, was der Zauberer vorhatte. Er stieß seinem Tier die Sporen hart in die Seiten, und das eben noch gebannte Tier bäumte sich erschrocken auf.

Entsetzt sah Merlin Uther fallen. Noch mitten im letzten Zauberspruch steckend, konnte der Zauberer nicht die Leichtigkeit herbeirufen, die den Aufprall des Königs gemildert hätte. Der König kam mit dem Kopf zuerst auf dem Boden auf. Dann lag er auf dem dicken, fröhlichen Sommergras und sah schon aus, als wäre er in Stücke zersprungen.

Merlins Herzensenergie krampfte sich im Hämmern seines eigenen Herzens zusammen, und er mußte sich erst zur Ruhe zwingen, bevor er in Uther hineinspüren konnte, um dessen Leben zu erfassen. Er fand nur eine Hülle vor – verlassene Gebeine, ein regloses Herz, gerinnendes Blut. Nach einem Augenblick entsetzten Schweigens schloß der Zauberer dem König die Augen.

Uther Pendragon war tot, sein Hinterkopf war zertrümmert. Merlin wußte, daß seine Zaubersprüche nichts mehr bewirkten, denn Uthers Seele hatte seinen Leib verlassen und tanzte schon zur Melodie des Flöters.

Merlin taumelte umher, voller Entsetzen, daß er den König getötet hatte. »Nicht mit Absicht!« rief er laut zur Mondsichel empor. »Ich habe nur versucht, ihn davon abzuhalten, daß er sich selber tötet!«

Er ließ seinen Stab fallen und ging im Kreis um die Leiche herum. Dabei raufte er sich verzweifelt und hilflos die Haare. Ihm drängte sich der Gedanke auf, daß er sich selbst töten sollte.

Außer sich griff er nach dem Schild des Königs und zerrte am Schwert Blitz. Als die silberblaue Klinge aus der Scheide glitt, torkelte er rückwärts. Jetzt, wo er die todbringende Waffe in Händen hielt, nahm sein Gesicht einen entschlossenen Ausdruck an. Er ließ sich auf den Boden fallen und begann neben der Leiche des Königs ein Loch in den mulchigen Boden zu graben. Da wollte er das Schwert hineinstecken, mit der Klinge nach oben.

Während er grub, wurde Merlin von Schluchzen geschüttelt. Als er fertig war, stand das Schwert neben Uther aufrecht im Boden, und jetzt brauchte der Zauberer sich nur noch darauf zu stürzen. Doch nachdem er soviel Kraft aufgewendet hatte, um die Klinge einzugraben, war nicht mehr die notwendige Raserei übrig, um die Tat zu vollenden.

Schwankend stand er mit irren Augen vor dem glänzenden Stahl. Die angespannten Muskeln seines Gesichtes zitterten. Hinter ihm wölbte sich der blaue Himmel über der sommerlichen Landschaft, über aufgetürmten Wolken, fliegenden Vögeln, schillernden Libellen, vom Wind getragenen Blüten.

Merlin konnte sich nicht selbst töten. Alles, wofür er lebte, verweigerte ihm die Erfüllung. Was immer er Schreckliches getan hatte, das allen Gebeten seiner Mutter für ihn widersprach, er würde damit leben müssen, auch wenn sein Herz sich zusammenkrampfte. Er packte die scharfe Klinge mit beiden Händen und fuhr daran entlang. So schnitt er sich die Hände auf und fügte seiner hoffnungslosen Reue noch Schmerz hinzu.

Der Zauberer wand sich, stieß mit der Stirn gegen den Schenkel des toten Königs und faßte seine kalte Hand.

»Du bist völlig verändert, Lailoken« sagte eine dunkle Stimme über ihm. »Ich hätte nie gedacht, daß ich es einmal erleben würde, wie ein Dämon um ein totes Fleischbündel weint.«

Merlins verschwommener Blick fiel auf Stiefelspitzen aus gelbem Leder. Er hob sein jammervolles Gesicht und sah Prinz Helle Nacht vor sich stehen. Sein rötliches Haar wehte über sein grinsendes Gesicht. Die Narben aus seinem Kampf mit den Dämonen bei der königlichen Hochzeit waren zu dünnen bleichen Linien in seinem rötlichen Gesicht verblaßt. Er hatte den Stab des Zauberers aufgehoben und stützte sich darauf, während er mit seinen grünen, schmalen Augen auf Lailoken blickte.

»Ich habe den König getötet!« schluchzte Merlin.

»Hast du das jetzt getan?« Der Prinz streckte eine Hand aus und half Merlin aufstehen. »Und schau deine Hände an!« Er schnalzte und riß einen Leinenstreifen von seiner blauen Jacke. Dann biß er in den Saum und riß den Streifen entzwei. »Du bist fast so närrisch geworden wie ein gewöhnlicher Sterblicher, Lailoken. Wenn ich es nicht jetzt mit eigenen Augen sähe, würde ich es nicht glauben.«

Merlin stand benommen da, während der Elfenprinz seine verletzten Hände verband. »Uther ist tot«, murmelte der Zauberer.

»Natürlich.« Prinz Helle Nacht band die Verbände fest und straffte die Knoten mit seinen Zähnen. »Er hat sich selbst dem Hirschkönig ergeben, nicht wahr? Sie hatten einen Handel geschlossen.«

»Aber ich habe ihn getötet«, stöhnte Merlin.

»Keineswegs, Lailoken.« Helle Nacht drückte mit der Sohle seines Stiefels gegen das Schwert Blitz und warf es um. »Ich habe genau diesen Stein als sein letztes Kissen ausgewählt. Und ich selbst habe ihn von seinem Roß gezogen.«

»Du ...«

Helle Nacht fuhr sich mit der Hand durch sein lockeres, helles Haar, bückte sich und nahm aus des Königs Handschuh die winzige Rolle, die der Druide Uther gegeben hatte. Er löste den Knoten aus Leichenhaar, rollte den Streifen Birkenrinde auf und reichte ihn Merlin. In Runenschrift stand da folgender Spruch:

Jede Pore des Leibes ist die Rabenquelle –
Ein Wunsch ist genug, um zum Hirschkönig zu gelangen.

Merlin starrte mit offenem Mund auf die Worte und las sie immer wieder. Als ihr Sinn endlich durch seine Seelenqual drang, fiel er auf die Knie und übergab sich in das unschuldige Gras.

Ygrane erwachte erfrischt und frei von Schmerzen. Und sie wußte sofort: Jetzt, da er fort war, wurde das noch wirklicher, was er für sie gewesen war. Verlust und Angst standen im Widerspruch zur überreichen Freude über die Gesundheit ihres Kindes. Süßes Leben erfüllte sie. Und der Tod war mit ihrem Gefährten entflohen.

Sie betete für Theo. Sie betete zu seinem Gott, der jetzt ihr Gott und der Gott ihres Kindes war, er solle über Theo wachen. Und sie weinte, als sie daran dachte, wie er, ein Christ, die alte Liebestat des geopferten Königs erfüllt hatte.

Nachdem sie gebetet hatte, ging Ygrane zu Morgeu. Sie war entschlossen, ihre Bitterkeit zu beenden. Die Fianna hielt die junge Zauberin in einem kleinen Zelt fest, das von Fackeln und Laternen umgeben war. Niemand hatte gewagt, die Zelttür zu öffnen, seit man sie nach ihrem Angriff auf den Zauberer hierhergebracht hatte.

Ygrane schickte ihre Fianna weg und betrat das dunkle Zelt allein. Animalische Feuchtigkeit umgab sie, und ihre Lampe warf Schatten im Zeltinneren. Morgeu lag auf einer Strohmatte. Sie hatte sich unter ihren Wolfsfellen zusammengerollt und schlief. Da sie nicht mehr über ihre Magie verfügte, spürte die Königin die verhängnisvolle Prägung ihrer Tochter durch den Dämon nicht.

So saß Ygrane eine Weile stolz neben Morgeu und lauschte ihrem Atem. Ihr Kind schlief hier neben ihr, ungestört durch Träume oder gar Dämonen. Ethiops war wieder in seiner Hölle, und Morgeu gehörte wieder sich selbst, und daher war Ygrane froh, daß das letzte magische Werk, das sie vollbracht hatte, der Liebe gewidmet gewesen war.

Prinz Helle Nacht half Merlin aus jungen Bäumen und Zweigen eine Stangenschleife zu bauen. Sie legten den Leichnam des Königs hinter seinem Pferd auf die Trage und kreuzten seine Arme über seinem nackten Schwert.

»Wird König Einer-kennt-die-Wahrheit sein Versprechen halten?« fragte Merlin besorgt. »Wird er Ygranes Kind die Seele seines größten Kriegers schicken?«

Der Elfenprinz blickte unglücklich drein. »Ich werde dir einen Gefallen tun, Lailoken, und ihm nicht sagen, daß du diese Frage gestellt hast.«

Der Zauberer zupfte an seinem Bart herum. »Es wird wirklich eine große Seele erfordern, um das Opfer auszugleichen, das mein König der Rabenquelle dargebracht hat.«

»Cuchulain«, sagte der Prinz, und eine zauberische Ehrfurcht erfüllte die Luft zwischen ihnen wie ein Kraftfeld. »Unser allergrößter Krieger ist aus eigenem Antrieb herbeigekommen, um sein Volk zu schützen. Er schwimmt schon im Meer des Vergessens in Ygranes Schoß.«

Merlin nickte müde und zufrieden und stieg auf sein Pferd. »Ich werde in die Anderwelt gehen und dafür sorgen, daß Uther Pendragon mit seinem Los zufrieden ist.«

»Komm, wenn du es wünschst«, sagte Helle Nacht und

reichte ihm den Stab. »Du wirst sehen, daß seine Seele glücklich ist, wie alle, die in den ewigen Wäldern tanzen.«

Damit zog er sich zurück und verschwand. Merlin griff nach den Zügeln des Pferdes des Königs und führte es zurück auf das Schlachtfeld außerhalb von Londinium. Uthers Leiche wurde hinterhergezogen.

Als sie bei Sonnenuntergang ankamen, erwartete sie Ygrane, von den Schreien der Wachen herbeigerufen. Sie war immer noch voller Kraft, und das junge Leben regte sich in ihr. Sie winkte ihre Dienerinnen beiseite und kam näher.

Bevor sie es selber sah, fiel Merlin zu Boden und verkündete: »Uther Pendragon, der Hochkönig der Britannier, ist tot.«

Ygrane zuckte nicht zusammen, doch ihre Augen füllten sich mit Tränen. Sie kniete still an Uthers Leichnam nieder und dachte an das Leben, das sich in ihr entwickelte – sein Leben, das in sie gesät worden war. Sie strich die langen Locken rabenschwarzen Haars aus seinem bläulichen Gesicht und betrachtete ihn nur kurz. Dieses Leid überraschte sie nicht. Sie war die Frau eines Kriegers. Was sie überraschte, war die Abwesenheit seiner Stimme und seines goldenen Blicks, die jetzt in die Leere hinübergegangen waren und nur dieses bloße Abbild von Leben hinterlassen hatten.

Wie groß erschien ihr die Leere, in die das Leben ihres Geliebten so schnell entschwunden war! Die ganze Vergangenheit war ihm vorausgegangen, und doch blieb diese Leere so leer wie zuvor. Einen Augenblick lang loderte Zorn in ihr auf, und sie hatte den dunklen Wunsch, alle Zukunft solle aufhören. Aber im nächsten Augenblick spürte sie, wie das Kind sich in ihr bewegte, und ihr Zorn floh vor dieser Regung des Lebens.

Dienerinnen halfen ihr aufzustehen, und sie blickte Merlin mit leuchtenden Augen an. »Ich glaube, es hat ihm nicht weh getan«, sagte sie und drückte ihr Gesicht an seine Brust. »Dafür bin ich dankbar.«

»Du weißt, wie er gestorben ist?« fragte Merlin.

»Meine Magie hat mich verlassen«, sagte sie, die Stirn an seinen knochigen Brustkasten gelehnt, »aber ich wußte es, als er starb. Meine Müdigkeit wich von mir, und ich fühlte mich wieder wohl. Ich weiß, wie er gestorben ist. Die Rabenquelle.«

»Sein letztes Wort war dein Name«, sagte Merlin wahrheitsgemäß. »Er hatte an dich gedacht – und an die Schwierigkeiten, die vor uns liegen.«

Sie wich zurück und runzelte die Stirn. »Was wird mit dem Kind geschehen?«

Das hatte Merlin noch nicht überdacht. Sein verständnisloser Blick erschreckte die Königin.

»Die Dämonen werden versuchen, es zu töten«, sagte sie, und ihre Stimme klang leicht beklommen. »Die Dämonen, die die Y Mamau inspiriert hatten. Myrddin – wir müssen noch vorsichtiger sein als jemals zuvor. Theo darf heute nicht umsonst gestorben sein.«

»Ich werde das Kind mit meinem Leben schützen«, schwor der Zauberer.

Ygrane schloß die Augen, sammelte sich und ihre Sinne, und als sie die Augen wieder öffnete, war ihr Blick klar und ruhig. »Geh nach Londinium, Myrddin, und suche den Bischof der Stadt auf«, befahl sie. »Sag ihm, er soll in mein Zelt kommen.«

Merlin gehorchte. Doch er fand den Bischof nicht in der Stadt, sondern auf dem dämmerigen Feld, wo der Kirchenmann bei Fackelschein dahinscheidende Seelen segnete. Nur die rote Mantelette auf seinen breiten Schultern und das Käppchen auf seinem quadratischen Schädel verrieten seinen Rang, denn ansonsten hatte der Bischof den breiten Körperbau und die lederne Miene eines kampferprobten Kriegers. Als Merlin ihm vom Tod des Königs erzählte, nahm der Bischof einem der Priester die Fackel ab und folgte dem Zauberer durch das letzte Licht des Tages.

Vor dem Zelt der Königin zogen sie ihre schmutzigen Stiefel aus und betraten dann das von Lampen beleuchtete Innere. Die Königin saß unbeweglich vor einem niedrigen Tisch, der mit Weidenkätzchen und Kastanienblüten übersät war, und beachtete ihre Besucher nicht. Ihre Diener brachten Kissen und ein Tablett mit Honigkuchen und Becher voll Apfelmost. Der Bischof und der Zauberer waren hungrig. Sie aßen und tranken, während Ygrane auf ihrem Faltstuhl saß und versunken auf die Blumen starrte.

»Dies ist ein Altar für die Annwn«, sagte sie mit versonnen klingender Stimme. »Ich habe hier für die Rettung vor den Eindringlingen gebetet – und für die Gesundheit des Kindes in mir.« Sie lächelte den beiden sanft zu. »Meine Gebete wurden beide Male erhört.«

Der Bischof drückte sein Beileid für den Reitunfall des Königs aus und begann die Bestattungsfeierlichkeiten zu skizzieren. Er schlug vor, eine große Prozession solle genau diejenigen Ebenen umrunden, die Uther den Feinden abgenommen hatte.

»Diese Dinge überlasse ich euch«, unterbrach ihn die Königin. »Ich habe dich nicht wegen der Seeles meines Mannes gerufen – denn die ist schon in Gottes Hand.« Sie neigte den Kopf. »Ich habe dich holen lassen, ehrwürdiger Vater, damit du mich segnest. Ich habe mich entschlossen, mein Leben als Christin zu Ende zu leben.«

»Die Druiden …«, stieß der Bischof überrascht hervor.

Sie unterbrach ihn mit einem scharfen Blick. »Bis zu diesem Tag haben die Druiden mich ganz und gar für sich gehabt. Aber jetzt nicht länger. Das Kind, das ich trage, wird der Hochkönig von ganz Britannien sein, und ebenso König der Kelten. Uther und ich, wir haben uns schon entschieden. Unser Sohn wird Christ sein.«

»Ob Sohn oder Tochter«, dröhnte der Bischof, »Jesus heißt eure Seelen willkommen.«

Ygrane kniete nieder und empfing den Segen des Kirchenmannes. Nach einer flüchtigen Darstellung der wichtigsten Glaubenslehren zog sich der Bischof zurück und hinterließ sein Kruzifix unter den Blumenopfern auf dem Altar der Annwn zurück.

Merlin schüttelte wissend den Kopf. »Du bist nicht mehr Christin als dein Gemahl Kelte war – und doch ist er auf die alte Weise gestorben, an der Rabenquelle, und hat sich für euer Kind und für unsere Zukunft geopfert.«

Ygranes Gesicht hellte sich auf. »Theo ist ... mein Geliebter, Myrddin – meine wahre Liebe. Und ist nicht Liebe die Seele selbst? Dann ist also meine Seele schon in der größeren Welt und tanzt dort und singt den Lobpreis der Annwn.« Sie legte eine Hand auf ihre angeschwollenen Brüste. »Und ich bin alles, was von Theos Seele in der geringeren Welt zurückgeblieben ist. Ich werde seinen keltischen Tod durch mein christliches Leben ehren.«

Verborgen in einem Erlendickicht standen Falon und Ygrane einander auf einem moosbewachsenen Uferdamm der Tamesis gegenüber. Über dem Fluß türmten sich Haufenwolken auf, rosa und orange gefärbt von der Morgenröte, und zogen feurige Spiegelbilder über die ruhige Wasserfläche.

»Eine Christin?« Falon, der die traditionellen Wildlederhosen und Wildlederstiefel trug und sein Schwert auf den nackten Rücken gegurtet hatte, stand wie betäubt vor Ygrane. Ihm war, als wäre sein Kopf voller Heu und als würde es jemand im nächsten Augenblick in Brand setzen, denn er spürte, wie eine plötzliche Hitze in ihm aufstieg. War es Zorn oder Leidenschaft? Er wußte es nicht, denn sein Körper war ein Labyrinth der Schmerzen. Ihm fehlten die magischen Arzneien der Königin und ihr Zauber sehr. Vor allem fehlte sie ihm. Sie schien abwesend zu sein, und sie hatte alles verloren – ihren König, ihre Magie, das Einhorn –, und jetzt diese schwierige Enthüllung, dieser Verlust ihres Glaubens an ihre eigenen Götter! Er wippte auf den Fersen und blickte zu den Wolkenbergen empor. Manchmal fragte er sich, ob er noch in der Anderwelt war und dort ewig herumwanderte, und ob all diese Leiden seit der Hochzeit nur eine lange Wanderung durch das Geisterreich gewesen waren.

Ygrane erzählte ihm von ihrer Bekehrung, von Uthers Opfer für das Leben in ihrem Schoß, von ihrer Schau der Mutter Miriam, von der gemeinsamen lebendigen Vergangenheit der alten Hebräer und Kelten. Falon hörte zerstreut zu. Der Schatten des Einhorns erfüllte seine Seele noch mit seinem unirdischen Schweigen. Viel lauter sprachen zu ihm die Gänseblümchen und Veilchen am Ufer, die er über Ygranes Schulter sah. Ein Reiher stand dort über seinem Spiegelbild im Wasser.

Ygrane verstummte. Ohne ihre Magie konnte sie nicht in ihn vordringen und ihn verstehen lassen. Die leichte Brise, die das schlanke Gras fächelte, hatte ihm mehr zu sagen als sie. Sorgfältig musterte sie ihn im Morgenlicht und schaute, ob er Schaden genommen hätte. Die Vampirin hatte ihre Narbe hinterlassen, ein dunkelrotes Mal seitlich an seinem Hals, wo sie sich jede Nacht an ihn gehängt hatte. Aber das würde heilen. Er sah von seinen Wanderungen mitgenommen aus, doch immer noch stark. Der Schatten des Einhorns würde auch vergehen, das schloß sie aus der Art und Weise, wie Falon die Welt um sich herum aufnahm. Er würde wieder heil werden.

Erleichtert trat die Königin näher und legte ihre rechte Hand auf die Wange ihres Kriegers. »Du bist ein tapferer Mann – und der beste in meiner Fianna.« Dann nahm sie ihm den goldenen Halsring ab.

Falon hob die Hand, um dazwischenzugehen, doch er hielt inne, als er die Festigkeit im Blick ihrer grünen Augen bemerkte. »Ältere Schwester – was tust du?«

Ygrane lächelte sanft. »Du bist frei, Falon. Dein Dienst an deiner Königin ist erfüllt.«

Die Hände am Hals, die Ellbogen gehoben, starrte Falon die Königin erstaunt an. »Ich will dich nicht verlassen«, erklärte er. »Alles, wonach ich verlange, ist, hier bei dir zu sein.«

Sie erwiderte gelassen seinen leidenschaftlichen Blick, dann warf sie den Halsring weit in den Fluß, in das zinnoberrote Wasser. »Die Königin ist fort, Falon.« Sie sprach zu seiner erschrockenen, unerreichbaren Mitte, als besäße sie noch die Macht ihres Zaubers. »Die Königin ist nicht mehr.«

»Wer wird das Königreich regieren?«

Die Königin kreuzte ihre Arme schützend über ihrem ungeborenen Kind. »Ich nicht. Das werden die Häuptlinge unter sich entscheiden. Ich kehre nach Tintagel zurück, um den Sohn des Königs zur Welt zu bringen.« Ihr Blick war zerbrechlich, doch hoffnungsvoll. »In ein paar Jahren wird er einen Kriegsmeister brauchen. Wirst du dann zu ihm kommen?«

»Laß mich jetzt mit dir mitkommen.«

Sie lachte. »Du bist mir in den Himmelsbaum gefolgt und bist für mich in der Unterwelt herumgewandert, Falon. Aber ich glaube nicht, daß du dorthin gehen möchtest, wohin ich jetzt gehen muß.« Sie nahm sanft seine Hand. »Ich sage dir, die Königin ist fort, und sie hat mich als eine Frau des Friedens zurückgelassen. Ich kehre nach Tintagel zurück, um einen Orden der Anbetung zu gründen. Da bist du willkommen.«

»Um den gekreuzigten Gott anzubeten?«

Ygranes Hände fühlten sich klein und weiblich an. Ihnen fehlte ihre frühere lebhaft silberne Aufladung mit Kraft. Alles, was sie gesagt hatte, war wahr – die Königin war fort. Zorn, Enttäuschung, Melancholie stiegen in ihm auf. Er drückte ihre kraftlose menschliche Hand, bis diese Gefühle sich so weit beruhigt hatten, daß er sein Gesicht auf der Wasserfläche seines Ichs gespiegelt sehen konnte.

»Er ist Yesu«, sagte Ygrane. »Er ist gekommen, um jeden von uns zu heilen. Wirst du zulassen, daß er dich heilt?«

Falon ließ ihre Hand los und trat zurück. »Nein. Meine ältere Schwester hat mich schon geheilt. Sie ist die Königin der Kelten, die Hexenkönigin der Daoine Síd. Ihr Zauber hat mich schon vor Jahren geheilt.«

Ygrane nickte, froh über seinen Glauben, und trat einen Schritt zurück. Aber die Art, wie er sie anschaute, erzeugte in ihr das Gefühl, als liebte er sie, und das berührte sie unbehaglich. Diese zurückgewiesenen Gefühle ließen das Kind in ihrem Leib mit seinem eigenen ungeahnten Schicksal ringen, und sie sagte abrupt, um die Stimmung beiseite zu schieben: »Du hast mir gut gedient, jüngerer Bruder. Du bist den Göttern und Wertieren gegenübergetreten und warst mir immer ergeben. Ich habe eine Belohnung für dich. Die Häuptlinge haben zugestimmt, Land für dich in jeder ihrer Provinzen bereitzustellen, auf diese Weise wirst du in jeder Ecke von Cymru ein Heim für dich haben.«

Falon begann zurückzugehen. »Nein, ältere Schwester. Ich gehöre zur Fianna – ich bin ein wandernder Krieger. Ich habe keinen Grundbesitz, und ich gehöre zu niemandem als zur Königin. Wohin sie gegangen ist, dahin muß auch ich gehen.«

Als er sich von ihr abwandte, blies ihm der Wind kühl in den Rücken. Dort, wo er bisher seinen Halsring getragen hatte, spürte er eine neue Bindung – die Freiheit.

Ygrane setzte ihre Worte in die Tat um. Nach Uther Pendragons Bestattung in Londinium zog sie sich nach Tintagel zurück und legte das Gelübde ab, Nonne zu werden. Schließlich gründete sie den Orden vom Gral. Viele Krieger ihrer Fianna bekehrten sich auch, andere fanden Zuflucht bei den heidnischen Häuptlingen und zogen mit Falon und den letzten Druiden nach Westen.

Auch der Hirschkönig setzte seine Worte in Taten um. Er lenkte Lebenskräfte von den Wurzeln des Weltenbaums zu Ygrane, und deren Schwangerschaft gedieh. Spät im Sommer, als die weiße Venus unterging und die Blutsagen mit Mars aufgingen, sammelte sie ihre Dienerinnen zu einem Kreis der Macht und hockte sich zu ihnen.

Aber der Zauber war erloschen. Die nächste Wehe kam. Das war alles, was sie jetzt noch von Erinnerung und Prophezeiung wußte, alles, was von ihrem berühmten tiefen Blick noch übrigblieb. Sie schwebte auf ihrem Schmerz wie auf einem bleichen, vereisten See. Wolken schimmerten auf dem See. Das waren Seelen. Einige waren gestorben und schwebten davon. Andere kamen an, um geboren zu werden. Eine davon war ihr Kind, ihr Sohn. Er kam. Sie hatte ihn zu sich gerufen, wie sie den Vater des Kindes, Uther Pendragon, zu sich gerufen hatte, und zuvor den Dämonenzauberer Myrddin, und vor ihm das Einhorn, das Geschenk des Wüters … und zuvor das Bleiche Volk … die Elfen … Das war jetzt alles ein Traum. Alles eine Illusion angesichts der schneidenden, auslaugenden Schmerzen.

Ygrane gebar einen kräftigen, blonden Jungen, der die gelben Augen seines Vaters hatte. Als sie aus einem Schlaf erwachte, der voll von Träumen über ihren Gatten gewesen war, mußte Merlin es ihr ausreden, das Kind nach Uther zu nennen.

»Herrin, dieser Name wäre ein Todesurteil für dieses Kind.«

Sie empfing ihn auf der westlichen Terrasse der Zitadelle, über den Klippen und der gischtenden Brandung des geschwätzigen Meeres. Der runde Tisch war dort aufgestellt worden, und der Gral stand in seiner Mitte, um die Geburt des zukünftigen Königs zu ehren. Ygrane lag auf einem Bett, das mit blumenbemalter Seide verhängt war, und hatte das Kind an ihrer Brust. Neben ihr kauerte Merlin auf einem Schemel. Er hatte gerade den Körper des Neugeborenen nach dem Drachenmal abgesucht – und es nicht gefunden.

»Mir fehlt meine Magie schmerzlich, Myrddin«, vertraute sie ihm an. »Ohne sie, ohne die Trance, spüre ich nicht, ob Dämonen nah oder fern sind. Das ängstigt mich, da ich weiß, daß ihr Haß und ihre Entschlossenheit andauern.«

»Jetzt noch stärker, da du Uthers Glauben angehörst«, stimmte der Zauberer zu. »Sie und der Wüter werden alles tun, was in ihrer Macht steht, den Jungen zu töten, bevor er ein Mann wird.«

Ygrane blickte hinaus auf das schimmernde Meer, lächelte

in glücklichem Trotz und sagte mit leiser, reiner, klarer Stimme: »Morgeu war ein Versagen aus Liebe, Myrddin. Mein Versagen. Dieses Kind muß es wiedergutmachen. Nicht nur für mich oder für Theo. Dieses Kind muß um der Liebe selbst willen überleben.« Sie streichelte das bleiche Kind in ihren Armen. »Bist du dir völlig gewiß, daß das Heim, das du für ihn ausgesucht hast, sicher ist?«

»Wenn du es mich dir erzählen ließest, dann wäre dein Herz froh für das Zuhause, das ich für ihn gefunden habe.«

»Nein. Ich wage es nicht, es zu wissen. Ich fürchte die Magie des Wüters. Ich darf nichts über den Aufenthalt des Kindes wissen.«

»Dann wisse wenigstens seinen Namen«, schlug Merlin vor, da er ihr etwas geben wollte, wo ihnen jetzt der schwierige Augenblick bevorstand, da sie ihm das Kind übergeben sollte. »Den mußt du behalten.«

Sie schwieg und blickte auf ihr Kind, auf das Leben, das in ihrem Inneren gewachsen war, an dem heiligen Ort, wo ihre Magie gewohnt hatte, wo sie einst das Einhorn gesehen hatte – und das Gesicht des Mannes, den sie lieben würde. »Es gibt einen Namen«, sagte sie schließlich und blickte Merlin mit überraschender Heiterkeit an. »Er kam mir in einem Gebet, als ich aus dem Heiligen Buch sang. Die Stelle bei Matthäus über die Feindesliebe. Da wurde mir klar, daß der Name des Kindes weder keltisch noch römisch sein sollte, sondern ein Name, gegen den der Feind nie einen Verdacht hegen würde. Es muß einer von ihren eignen Namen sein.« Sie sprach zu dem Kind: »Du wirst Adler des Donners heißen – nein.« Sie suchte nach einem Titel. »Königlicher Adler des Donners – Aquila Regalis Thor.«

In seiner stillen Mitte nahm der Zauberer diesen Namen wohlwollend auf. Der römische Adler in Verbindung mit dem keltischen Donnersymbol des Drachen – beide erinnerten an Uther. »Fürst Donner-Adler.«

»Ja«, sagte sie mit einem schelmischen Funkeln in den grünen Augen. »Aber wir werden den Donner beim Namen ihres barbarischen Gottes nennen – Thor. Und das wird der Name dieses Königs von Britannien sein, der *Königliche Adler des Thor* – ein Name des Feindes –, in ihrer Sprache und unserer ausgesprochen, damit sie begreifen werden, daß seine Größe sie ebenso umfaßt wie sein eigenes Volk. Aquila Regalis Thor.« Sie hob das Kind von ihrer Brust und reichte es Merlin. Sie lächelte so offen und gutmütig, ohne einen Schatten von Zweifel oder Versagung, daß der Zauberer das seidene Bündel annahm, als hätte man ihm ein Gewand oder ein paar Schuhe geschenkt und nicht den zukünftigen König des Landes.

Merlin suchte nach passenden Worten, aber mit einem Kopfschütteln gebot sie ihm Schweigen. »Bring ihn an seinen sicheren Ort, Myrddin. Wache über ihn. Und wenn er groß und stark geworden ist, wenn er der Erinnerung seines Vaters würdig ist, dann schick ihn wieder zurück zu mir. Ich möchte ihn als Mann sehen – als König. Ich möchte ihm mit meinen eigenen Händen den Gral geben und ihm mit meinen eigenen Worten die Geschichte von Uther und Ygrane erzählen.«

Der Zauberer zog sich zurück, das kostbare Bündel an sein pochendes Herz gedrückt. »Er wird eines Tages zurückkehren«, versprach er. »Stark und tüchtig.«

»Ich weiß.« Sie schlang die leeren Arme um sich und sank wieder auf ihr Bett. »Er wird zurückkehren. Seine Rückkehr hat schon begonnen. Und wenn er zu mir kommt, wird er mich kennen, und ich werde ihn kennen und bei seinem Namen rufen: Aquila Regalis Thor – Arthor.«

Epilog

MERLIN: EINE ERINNERUNG AN DIE ZUKUNFT

Doch der ihn machte,
hat drohend ihm das Schwert genähert.

Buch Hiob 40,19

»Die Weibliche. Alles, was ich bin, schulde ich ihr. Alles Gute und Böse in meinem Leben. All die Zauberei und alles Geheimnis. Alle Weisheit und alle Verrücktheit. Und hier liegt die Zukunft, die sie gegeben hat, in meinen Händen. Von Ygrane kommt ein kleines, verletzliches Wesen, das meiner Sorge anvertraut ist. Und von Morrígan kommt der Schatten des Todes. Zwischen diesen beiden muß ich unterscheiden.«

Merlin ließ seine innere Stimme verstummen. Die Worte zehrten an seinem Körperlicht, das sein Anteil an der Magie war. Und er brauchte jetzt alle Magie, die er aufbieten konnte.

Das Kind Arthor schlummerte, immer noch eingewickelt in die brokatverzierten Seidentücher seiner Mutter. Noch in Tintagel sprach Merlin einen Zauberspruch des Schlafes über den Kleinen und schaffte ihn durch einen wenig benutzten Ausgang aus der Burg, über eine Geheimtreppe im Inneren der Felsenklippe. Niemand sah ihn, als er mit dem Kind aus einer Höhle am Strand trat, die zweimal täglich von der Flut der Sicht entzogen wurde.

Nur Möwen beobachteten, wie der Zauberer zwischen schwarzen Felsen und berstenden Brechern der Brandung hindurch floh. Mit wehendem Gewand eilte Merlin an Strandtümpeln und Dünenhängen vorbei und stieg die Kalksteinstufen hinauf, die in den Wald führten. An einer Ulme, die ein Blitz gefällt hatte, hielt er an und legte das schlafende Kind in ein Eulenloch.

»Ruhe nun, mein König«, flüsterte er. »Wenn du aufwachst, werde ich Milch für dich gefunden haben. Aber einstweilen ruhe etwas länger. Ruhe auf dem dunklen Rand jenes tieferen Schlafes, aus dem du emporgestiegen bist. Es wird Zeit genug bleiben, um in diese Welt zu erwachen. Zeit genug – und schrecklich viel mehr.«

Merlin erinnerte sich an die neun Königinnen und den Plan der Engel für Arthor. Er sollte ein Zeuge sein, Jahrhunderte wach. Er sollte der erste der geistigen Väter seines Volkes werden.

Aber nur, wenn er überlebt! Seine Sorge um das Wohlergehen des Kindes pulsierte und glühte in ihm wie Metall im Feuer. Sie war der Rohstoff, das heiße Verlangen, aus dem er, wie er wußte, eine Waffe schmieden mußte, so robust wie ein Schild und so genau wie ein Schwert.

Aus dieser Sorge heraus plante Merlin soviel für Arthor zu tun, daß er nicht alles auf einmal im Kopf behalten konnte. Er atmete, wie das Einhorn ihn gelehrt hatte, und ließ seine Gedanken davonschwimmen, hinein in den Energiestrom des Universums, und sein Wahrnehmungsvermögen wurde dadurch ruhig und breit wie ein Fluß.

Das schimmernde, bernsteinfarbene Gras raschelte in der Vorahnung eines Sturms, der noch zwei Tage entfernt war. Regen sammelte sich aus der Luft, aus dem Dröhnen der See, aus dem Stechginster am Rande der Sumpftümpel und aus all den moosigen Stellen im Wald. Mit seinen Blitzketten im Gefolge würde der Sturm kommen, und niemand konnte ihn aufhalten.

Das ist der Geist Gottes, dachte Merlin und spürte, wie das Wetter seine Macht sammelte.

Alle Angst verließ ihn. Eine größere Intelligenz würde all seine Pläne für Arthor zusammenfügen, und das so sicher, wie auch der Sturm seine Teile zusammenzog. Die Engel hatten einen Plan für dieses Kind. Es mußte den nördlichen Völkern dienen, indem es das Leben seines Volkes auf archaische Weise allein durch Träume führte.

Aber bis diese Hoffnung in Erfüllung ging, würden noch Jahre vergehen, ein ganzes Menschenalter. Jetzt im Augenblick war der Himmel klar, Vogelgesang durchzog den Wald, Sonnenschein drang durchs Blätterdach. Bevor der Regen kam, mußte Merlin an Milch für das Kind denken – und er mußte einen Ort finden, wo sich dieses Kind vor dem Bösen verstecken und stark in der Liebe werden konnte.

Liebe! Das Wort klang seltsam. Optimas sorgsame Liebe regte sich weit hinten in seinem Gemüt, hinter Erinnerungen an die trauernde Ygrane, deren Liebe er mit ihrem mutterlosen Kind mit sich trug. *Liebe …* Und Uther war für die Liebe gestorben.

Der Zauberer mußte sich wieder auf seinen Atem konzentrieren, um sich zu beruhigen. Er konnte kaum glauben, daß er hier zwischen den wilden Kirschbäumen und den Rhododendren mit dem König zusammen war, der Hoffnung der Britannier. Optimas Prophezeiung kam ihm in den Sinn, jetzt, in der Wirklichkeit dieses Augenblicks. Braune, welke Kletterranken an den alten Eichen fesselten seine Aufmerksamkeit. Ein weißer Schmetterling, zart wie eine Seele, schwebte einen Augenblick lang über der Glockenheide, dann flatterte er davon, zwischen Sonnenstrahlen und Zweigen und Schatten hindurch.

Merlin hatte sich nie vorgestellt, daß es so sein würde, in einem sonnigen Wald oberhalb der Meeresklippen. Er hatte gedacht, er würde dem König, den Optima vorhergesagt hatte, in einem Palast dienen, nicht in einer Wildnis.

Langsames, tiefes Atmen schenkte Merlin wieder die Gelassenheit, die die höchste Magie ermöglichte. Eine wache Ruhe durchströmte ihn so majestätisch wie ein breiter Fluß. Er schloß die Augen und überließ sich der leuchtenden Dunkelheit in seinem Inneren.

Wenn er mit dieser Energie mitfloß, so rief dies in ihm seine dunkelsten Erinnerungen als Dämon wach, als er auf seinen traumlosen Reisen zu anderen Welten die schwarzen Räume zwischen den Sternen berührt hatte. Wie bitter er auch als

Dämon gewesen war, so hatte er doch selbst dann, wenn er von Wut gepackt war, diese Friedlichkeit gekannt. Unter dem Angesicht der ewigen Nacht war sie ihm wie Langeweile erschienen. Aber seit er sterblich war, seit jenen ersten erstaunlichen Tagen, als Optima ihn in ihren Leib hineinverwoben hatte, war aus der Langeweile Magie geworden.

Merlin richtete seinen Willen nach oben, zum Tor über seinen Augen – dem sechsten Tor, der Schwelle zur Prophezeiung. Er wollte sein starkes Auge öffnen und nach vorn schauen, nur ein kleines Stück, um eine würdige Amme für Arthor zu finden.

Doch statt dessen öffnete er seine sterblichen Augen, und die Sonne funkelte in den Tautropfen auf den Grasbüscheln und Spinnenweben. Wiesenschaumkraut und Schöllkraut mischten ihre Düfte in den Wassernebel von der See.

Arthor bewegte sich, und der Zauberer beruhigte ihn mit einem sanften Zauberspruch. Das Kind brauchte Milch. Das war Merlins erste Aufgabe als Hüter des Kindes. Stolz nahm er es in die Armbeuge, dann schob er das Unterholz mit seinem Stab beiseite und schritt in den Wald hinein.

In dem rubinroten Leuchten im Inneren der Erde verzehrte der Drache seine Nahrung. Er schwamm in einer Wonne der Fülle, denn er hatte die verschütteten Energien von Dämonen, einem Gott und einem Einhorn in sich aufgenommen, sowie von Tausenden winziger Seelen, die die Síd geerntet hatten. Der Strom an Energie, der da zu ihm herabgeflossen war, belebte das heiße, eiserne Herz dieser Kreatur, und ihre Traumlieder loderten heller.

Der Drache sang mit Gedanken, die bis jetzt scheuer als ein Hirsch gewesen waren: Alle Dinge werden in Richtung auf das Licht wachsen. Licht bedeutet Leben.

Mit lebhaftem Blick schaute sein gestärkter Geist schärfer in seine Welt und bemerkte zum ersten Mal deutlich die zahllosen Späne und Fetzen vom Horn des Einhorns, die dieses Tier herabgeschickt hatte. Sie lagen als Gewirr in dem Mergel aus Sternstaub, der durch die Risse in seiner Schale rieselte, irisierende Schnipsel, die viel zu klein waren, um bemerkt, geschweige denn angefaßt zu werden.

In seiner neuen Klarheit sammelte der Drache die Fasern aus dem Staub und untersuchte sie. Aus der Nähe gesehen offenbarten die Knochenspäne dem gestärkten Geist des Drachen ihre Geheimnisse.

Sie waren Himmelskarten.

Dreidimensional zeigten sie dem Drachen seine anderen Ichs, die verstreuten Zellen seines kosmischen Leibes. Sie zeigten den großen Drachen als Ganzes im Universum.

Seit er auf dem Schlachtfeld außerhalb von Londinium Morgeu gegenübergestanden war, hatte Merlin die Dämonenverehrerin nicht mehr gesehen, diese boshafte und gefährliche Waffe des Wüters. Und auch den Wüter selbst hatte er nicht gesehen. Und Ethiops auch nicht. Der Talisman der Hexenkönigin hatte den Dämon aus ihrer Tochter vertrieben, jedoch nicht seine Macht gebrochen. Er und der Wüter würden sich wieder zeigen, und zwar mit Grausamkeiten, die Lailoken als Dämon sich sehr gut vorstellen konnte – aber das würden sie erst dann tun, wenn sie sich ihres Erfolges sicher wären.

Das Kind von Uther Pendragon und der Keltenkönigin durfte nicht am Leben gelassen werden. Mit seinem einen prophetischen Auge sah der Wüter die Kriegerseele dieses Kindes sowie die vielen Tode und Rückschläge, die dieser Krieger den Dienern des Kriegsgottes zufügen konnte. Und früher oder später würde Morgeu gewiß mit schrecklicher Leidenschaft dieses Kind hassen, denn sie war fest davon überzeugt, daß Merlin ihren Vater getötet hatte, damit Ygrane mit ihrem Traumgeliebten ins Bett gehen konnte. Auch Ethiops würde versuchen, dieses Kind umzubringen, und wenn auch nur deshalb, um Merlins Geist und sein sterbliches Festhalten am Leben zu brechen, denn er war erpicht darauf, Lailoken aus der Gefangenschaft im Fleischbündel zu befreien.

Nie zuvor war der Zauberer so wachsam gewesen. Von dem Tag an, als Uther Pendragon seine Seele dem Hirschkönig übergab, hatte Merlin eine schwere Last getragen. Wenn er versagte, wenn dieses Kind verstümmelt oder getötet würde, dann wäre das gewaltige Opfer, das sein König und seine Königin dargebracht hatten, umsonst gewesen. Das Schicksal, das seine Mutter Optima ihm offenbart hatte, die Hoffnung, die seine Göttin in die zeitliche Welt gewoben hatte, würden leer zusammenfallen. In genau die Leere, in der er seine Göttin am Beginn der Zeit verloren hatte – die Leere, die als erstes seine dämonische Wut ausgelöst hatte.

Um der Hoffnung des Himmels willen durfte Merlin nicht versagen. Sonst wäre er zum Wahnsinn verurteilt, schlimmer noch: zur zerstörerischen Verzweiflung eines Dämons. So lebte er jetzt in äußerster Wachsamkeit. Er vermied den Gebrauch des starken Auges, denn es trennte ihn von seinem Leib und dem ihm anvertrauten Kind. Folglich mußte er sich ausschließlich auf seine Herzensenergie verlassen, um in der Welt, die ihn umgab, nach seinen Feinden zu spüren.

Auf dem Weg durch den Wald zum Dorf sprach er beruhigend auf den Säugling ein: »Alles wird gut werden, mein Kleiner. Hab keine Angst. Ich bin schon in viel schlimmeren Notlagen gewesen, das kann ich dir sagen, und jedesmal kam Hilfe – denn wir sind nicht allein, du und ich. Oh, ganz und gar nicht. Da gibt es die Herren des Feuers. Sie werden für uns sorgen. Und das Einhorn. O ja. Obwohl es jetzt verwundet ist, so ist es doch ein Wesen aus Licht, Arthor. Es wird zurückkehren und uns seine Hilfe anbieten.

Ich muß es dir offen sagen, in diesem unserem ersten Gespräch – gäbe es das Einhorn nicht, dann wäre ich jetzt nicht hier und würde dir nicht dienen. Es hat mir den Weg in der Welt bereitet. Wer würde, wenn er mich jetzt in der Fülle meiner Macht sähe, ahnen, daß ich einmal durch die Wälder von Cos gewandert bin, verrückt, plappernd, einen Singsang vor mich hin singend und von Morden quasselnd? Der Wüter hatte mich mit der Spitze seines Speers berührt und Wahnsinn in mein Hirn getrieben.

Jahrelang schlurfte ich irrsinnig und abgerissen durch die dunklen Räume zwischen den großen Bäumen, trottete wie ein Gespenst in die einsamsten Verstecke der Wölfe, zerriß meine Kleider am dornigen Unterholz, ließ im Gestrüpp Haare und Hautfetzen zurück und rief mit schrecklicher Stimme den zitternden Schatten zu: ›Mord, Hunger, Pein – die Welt ist eine Raserei!‹ Und doch blieben die Toten tot, und die Barbaren fuhren mit dem Morden fort.

Wenn ich zufällig aus dem Wald hinaustrat, dann sah ich manchmal Leitern aus schwarzem Rauch zum Himmel aufsteigen, aus einem Dorf oder Weiler, die vom Wüter in Brand gesteckt worden waren, und ich glaubte, ich könnte den traurigen Gesang der Erschlagenen hören, während ihre Geister auf diesen Sprossen höher und immer höher stiegen – nicht in das Paradies, wie unwissende Sterbliche glaubten. Ich wußte sehr gut, daß jenseits des Himmelsblaus auf diese Seelen kein Paradies wartete. Ich wußte gut, daß dort oben nur ewige Nacht und die Kälte der Leere herrschten. Die Geister stiegen nicht in das Paradies, sondern in die gleiche Vergessenheit, der auch zertretene Spinnen und gehäutete Tiere anheimfielen.

Im Winter wickelte ich mich in die Häute toter Tiere ein. Ich schlug Feuer aus Feuersteinen, entzündete tote Baumstämme und starrte dann immerzu in die blutroten Flammen, in das verrinnende Leben der Glut, und ich zählte ihre hellen Augenblicke, während sie allmählich dunkel wurde und in die Kälte zurückkehrte.

Ich aß nur totes Wild, und manchmal, wenn das Fleisch schon angefault gewesen war, wand ich mich von Schmerzen gepeinigt auf dem Waldboden und mußte mich anschließend so heftig erbrechen, daß ich Blut spuckte und alle Kraft mich verließ.

Manchmal blickten Gesichter vom Himmel auf mich herab, die wie grinsende Hunde aussahen, und sie spähten durch die Löcher im Baldachin des Waldes auf mich hernieder. Meine alten Kameraden – die Dämonen.

Sie kicherten erfreut ob meiner Leiden. ›Armer Lailoken ...‹, spotteten sie. ›Bist du jetzt glücklich, Bruder – jetzt, da du die Göttin gefunden hast? Wie geht es übrigens der großen Herrin? Hat sie kürzlich mit dir gesprochen? Grüße sie von uns, wenn du sie siehst, ja? Und vergiß nicht, ihr zu sagen, daß sie uns nicht vergessen soll. Wir halten auch nach ihr Ausschau. Wir wollen auch unsere eigenen Väter sein – genau wie du, lieber Freund. Ja, was du tust, Lailoken, das sieht so rechtschaffen und zufriedenstellend aus, auf dem Waldboden mit den Käfern und Würmern herumzukriechen, tote Tiere zu essen, dir die Eingeweide aus dem Leib zu kotzen, soviel Weisheit auszuspucken und für die ganze Menschheit Gutes zu tun!‹

Vom Wüter verflucht, stolperte ich Jahr um Jahr durch die Wälder von Cos und wurde dabei jünger und wilder. Die Jahreszeiten folgten einander, und die Zeit floß dahin.

Gelegentlich fand ich mich wieder auf der hochgelegenen Wiese, wo Optima mich in dieses sterbliche Leben geboren hatte. Die Hütte, in der sie gelebt hatte, war im Laufe der Jahreszeiten verfallen, und wo ihr Herd aus groben Steinen gestanden war, blieb nur ein Erdbuckel zurück, von Teufelszwirn überwuchert.

Vergeblich suchte ich nach dem Altar aus glatten, grünen Flußsteinen. Ein schlammiger Gießbach hatte sie im Frühling weggeschwemmt. Aber die Blutbuchen standen noch da. Im Herbstnebel, in knietiefem Schnee und unter den blühenden Buchenzweigen kniete ich am Grab meiner Mutter: Jedesmal, wenn meine ziellosen Wanderungen mich zu ihrem Grab brachten, kniete ich nieder und meine Verrücktheit verließ mich lang genug, um zu beten: ›Große Mutter, Optima war dein, und du durftest sie hinwegnehmen – doch die Freiheit, die sie jetzt hat, gibt es hier nicht. Nimm auch mich hinweg aus dieser Welt des Todes.‹

Natürlich antwortete die Göttin nie auf meine Gebete,

denn ich blieb am Leben. Trotz der Unbillen des Winters und der verrückten Handlungen meines Wahnsinns lebte ich weiter. Einmal jedoch, als der neue Mond am purpurnen Nachthimmel stand, blickte ich von meinem Gebet auf und sah das Einhorn, das auf Optimas Grab stand. Das langmähnige Tier hob sein edles Haupt vor meinem wilden Blick, und seine Nüstern bebten. Doch es floh nicht.

Ich stand auf und streckte eine zitternde, verletzte Hand aus. Auf meine Berührung hin durchsummte mich die elektrische Kraft des Einhorns, und die Blumen des Himmels öffneten sich in meinem Hirn. Ihr Duft heilte meinen Irrsinn. Ich kam zu Sinnen, und das Zwielicht umtönte mich mit der vibrierenden Klarheit einer läutenden Glocke. All meine Raserei erschien jetzt absurd. Meine Verrücktheit hatte Energie vergeudet, die die Welt dringend brauchte. Das war der Triumph des Wüters – der Welt das Gute zu verweigern, das ich vielleicht tun konnte. Es kam mir jetzt so leicht vor, die Verrücktheit abzulegen.

Ich ließ mich auf den Boden fallen, stützte mich im nassen Gras rückwärts auf meine Ellbogen auf und blickte zu den rosafarbenen Wolken und dem Schweigen des Winters empor. Schweigen – zum ersten Mal seit Jahren! Ungläubig lachte ich schallend. ›Du hast den Fluch des Wüters gebrochen! Im Namen der Göttin, wie?‹

Seitdem hat mir das Einhorn immer geantwortet. In seiner heilenden Gegenwart fand ich nicht nur Freiheit vom Wahnsinn, ich beruhigte mich auch genügend, um meinen menschlichen Leib kennenzulernen. Ich entdeckte die sieben inneren Tore, die den Fluß der Energie von der Erde durch den Leib zum Himmel regulieren. Mit der stillen Hilfe des Einhorns lernte ich für mich, wie man diese Tore öffnet.

Ach, was weißt du, ein unmündiges Kind, über diese Tore? Nun, du wirst es lernen, genau wie ich. Und wenn du nur das erste öffnest, wirst du ein großer Mann werden. Natürlich war für mich, einen Dämon, das erste Tor leicht, denn es ist die Pforte des Geschlechts, der Eingang zu einer Hölle aus

Hunger, Furcht, Haß und Krieg – eine Hölle, die sich auflösen kann in das Licht und das Gute und die Wahrheit und die Liebe einer Frau, einer liebenswerten Frau, jener liebenswertesten aller Frauen, die die Menschen ihre Seele nennen.

Vom Einhorn geheilt, lernte ich alles über meine sterbliche Seele, mein Menschsein. Ich baute ein bescheidenes, aber nützliches Baumhaus in den hochgelegenen Wäldern nahe den Blutbuchen, wo meine Mutter begraben war. Bei sanftem Regenfall beobachtete ich das Einhorn, wenn es das Grab im Zwielicht besuchte, und ich arbeitete hart daran, die anderen Tore meines Leibes zu öffnen. Und diese ganze Zeit hindurch genoß ich die einfache und erstaunliche Schönheit des Frühlings in den Wäldern von Cos.

Je mehr ich über die Kraftzentren in meinem Leib lernte, desto größer wurde mein Einfluß auf die Welt. Mit der Öffnung des zweiten Tores, des Tores unter meinem Nabel, begann elektrische Energie in mir aufzusteigen, und ich erhielt wieder die Kraft, in beschränktem Maße auf das Wehen des Windes und die Bewegungen der Wolken einzuwirken. Meine dämonischen Kräfte begannen zu mir zurückzukehren.

Dann, mit der Öffnung des dritten Tores, dem unter meinem Brustbein, lud diese elektrische Kraft meine Muskeln mit übermenschlicher Kraft auf. Ich konnte Felsbrocken beiseite schieben und Bäume entwurzeln – solange ich dieses Tor offenhielt. Einmal schloß es sich, als ich eine umgestürzte Eiche hochhob, und der plötzliche Zug der Schwerkraft riß meine Schultern aus ihren Gelenken. Der Schmerz ließ mich ohnmächtig werden. Glücklicherweise stellte die magische Berührung des Einhorns das zerrissene Gewebe und die Sehnen wieder her, und das in nur wenigen Tagen anstatt der Monate, die es hätte dauern können.

Ein Jahr floß vorüber, und an einem Frühlingstag mußte ich traurig mein pilzüberwachsenes Baumhaus verlassen, um dem Einhorn zu folgen. Es weigerte sich, zu mir zu kommen, und wenn ich mich ihm näherte, dann zog sich das Tier zurück, und so führte es mich immer tiefer in die westlichen Wälder.

Tag um Tag führte mich das Einhorn weiter von Cos fort. Um mit ihm Schritt zu halten, ja, einfach schon, um es im Unterholz des urtümlichen Waldes zu finden, mußte ich mein viertes Tor öffnen, das Kraftzentrum des Herzens.

In Fäden fühlender Kraft strahlte durch dieses Tor aus meinem Leib elektrische Stärke hervor. Ich konnte tief in die Welt hineinspüren, als es sich schließlich öffnete – und ich wurde gespürt. Vögel flatterten durch meinen Schatten und setzten sich auf meine Schultern. Schmetterlinge umgaben mich. Auch Fliegen, bis ich lernte, die Kraft, die aus mir floß, auf meine Umgebung zu bündeln.

Nachdem ich gelernt hatte, wie meine Herzensenergie zu lenken war, konnte ich meinen Weg zu jeder Kreatur in meiner Umgebung erspüren. Das Einhorn versteckte sich gern an seltsamen Orten, etwa hinter Wasserfällen oder in Hecken, in denen es von Bienen wimmelte, bis ich erfahren genug war, es zu entdecken, bevor ich gestochen oder durchnäßt wurde.

Ich wurde gut darin, das scheue Einhorn aufzuspüren. Ich konnte seine magnetischen Schwingungen in meiner Brust fühlen; sie erfüllten meine Lungen mit ihrem himmlischen Duft. Es führte mich aus den pfadlosen Wäldern nach Westen, in ein Flußland, wo das Wasser wie Metall und Glas glänzte.

Sumpffelder und Sandbänke voller Reiher und Wildgänse erstreckten sich bis zum Horizont. Gefangen in einer zauberisch umgekehrten Welt, schienen diese Wasservögel wie Wolkenbänke im Himmelsblau des glatten Flusses zusammengedrängt, während über mir Haufenwolken wie schwebende Berge dicht an dicht hingen.

Das war das erste, was ich von Cymru sah. Ich blieb stehen, lauschte dem Seufzen des Waldes hinter mir und verglich seine vertraute Geschlossenheit mit der offenen Helligkeit, die vor mir lag. Das Einhorn führte mich über meine Grenzen hinaus in etwas grimmig Ungewisses. Aber jetzt war ich dank seiner Führung zu mir selbst gekommen. Ich hatte vier von den Toren meines Leibes geöffnet, und durch sie hatte ich Kräfte ausgeschickt, die ich seit meiner stolzen Zeit als Incubus nicht mehr besessen hatte.

Dort und damals, an der Schwelle zu einer Zukunft, für die es in meinem seltsamen Leben weder eine Parallele noch ein Vorbild gab, beschloß ich, daß der Wüter sich dem Zorn eines Dämons gegenübersehen würde, falls er meine Freiheit mißbilligte und mir wieder gegenüberträte.

Aber es war nicht mein Dämonenzorn, was dem Wüter einen Strich durch die Rechnung machte, als wir uns zuletzt auf dem Schlachtfeld vor Londinium trafen. Es war deine Mutter. Die gesegnete Frau.

Wieder hatte mich die Weibliche gerettet, bewahrt für ein größeres Gutes. Für dieses größere Gute, mein Kind – daß ich weiterlebe, um dich zu kennen und dir zu dienen.«

Das lächelnde Gesicht des Zauberers näherte sich dem Kind und löste den Schlummerzauber, so daß der Kleine wieder den Hunger spürte und weinte.

»O meine Güte, still jetzt!« flüsterte Merlin, dann murmelte er einen Schlafzauber und eilte weiter durch das dunstige Licht des Waldes.

In Begleitung einer Amme aus dem Dorf, die den Säugling stillen sollte, trug Merlin Arthor nach Norden in die wilden Berge. Dies war ein gefährliches Unterfangen, weil einst Morgeu und ihre Y Mamau diese Wälder heimgesucht hatten und das durchaus wieder tun konnten. Merlins Herzensenergie kreiste ständig durch die Baumreihen, und zu Beginn dieser Reise spürte er nichts Böses. Dann senkte sich plötzlich eine kalte Schwere durch die Sommerbäume, und er erkannte die kühle Berührung durch das starke Auge eines anderen. Irgend jemand suchte nach ihm.

Auf ein Wort hin, »Schlaft!«, fielen die Amme und das Kind inmitten von Farn und Löwenzahn in einen traumlosen

Schlummer. Merlin versteckte seine ganze Energie in dem senkrechten Saftfluß einer Eiche. Er wurde zu der funkelnden Stille in ihren obersten Ästen. Der kalte Blick des starken Auges glitt über sie hinweg, und sie wurden nicht gesehen.

Der Duft war ungewohnt, der Geschmack der Milch fremd. Arthor schrie nach seiner Mutter, und die Brustwarze erstickte ihn fast. Nach der Behaglichkeit, die er noch kürzlich in der Wärme seiner Mutter genossen hatte, und nach der vorangegangenen wonnevollen Dunkelheit im Mutterschoß, der ihn geboren hatte, war der Wald fremdartig. Wilde Strahlen des späten Sonnenlichts schmerzten in seinen Augen. Vogelschreie erschreckten ihn. Und die erdigen Gerüche verrottender Blätter und des Dungs von Tieren umgaben ihn und weckten verwirrte Gefühle. Wo war die Wärme, aus der er hervorgegangen war? Wo war seine Mutter? Er schrie, und wieder erstickte ihn fast die ungewohnte Brust.

Weit hinten in seinem erwachenden Geist weckte diese Not gestaltlose Erinnerungen. Sie durchzuckten ihn und riefen instinktiv den ersten Schmerz wieder wach, den er gefühlt hatte, als er die Wärme verlor, die ihn immer genährt hatte. In den Knochen seiner Schultern hielt noch der krampfartige Schmerz von jenem heftigen Augenblick an, als sein Kopf geboren worden war. Mit seinen unverklebten Augen blinzelnd, hatte er im Geburtskanal seiner Mutter gezappelt. Licht hatte sein Gehirn gereizt, Kälte sein Fleisch.

Dann war eine traumartige Halluzination durch seinen feststeckenden Körper geschwebt – eine fleischliche Vision von der Art, wie sie der Reinkarnation vorausgeht. Und in dieser grausigen Vision war es nicht um den Schrecken der Geburt gegangen, sondern um den des Todeskampfes. Der Schmerz in seinen Schultern war zu Lederriemen geworden, die ihn aufrecht an einem Pfahl festhielten – an einem Stab, nein, einem Speer. An seinem eigenen Speer, der fest in die Erde gerammt war. Er hing daran, mit Riemen aus Tierleder gebunden, damit er im Stehen stürbe.

Das war wichtig gewesen, doch jetzt wußte er nicht mehr, warum.

Da er angeschwollen und von seinen Wunden verstümmelt war, erkannte er sich nicht selbst, als er neben sich stand, von seinem Körper befreit, und seinem eigenen Sterben zuschaute. Aus seiner gedrosselten Kehle drang Blut, sein aufgedunsener Kopf rollte hin und her, sein Mund sabberte. Er war nackt bis auf den goldenen Ring um den Hals. Das Gold war mit Blut besudelt. Sein langes Haar hing, mit geronnenem Blut verschmiert, in Strähnen von seinem gesenkten Kopf. Über seinen Augenbrauen war die Haut aufgeplatzt, und der weiße Schädel schimmerte hindurch.

»Cuchulain!« rief jemand in Echos, die sich überlagerten.

Ein Kriegsschrei drang wie durch ein Wunder aus diesem zerbrochenen Leib, und die blutverschmierte Gestalt sank tot zusammen. Blutflecken dunkelten im Staub unter seinen verletzten Füßen.

Arthor schwebte zwischen zwei Existenzen. Aus den vielen Wunden seines toten Leibes quoll ein Leuchten. Das gasartige solare Licht schwebte wie ein Irrlicht vor der Leiche, pulsierte in einem helleren Gelb und ähnelte mehr der Sonne. In seinem Glühen verblaßte der tote Körper.

Eine andere Gestalt erschien, trat aus dem Sonnenfeuer hervor – ein kleinerer Mann mit dunklem Haar, der eine römische Rüstung aus schwarzem Leder trug. Uther Pendragon kam in dem solaren Dunst auf ihn zu, doch Arthor-Cuchulain hatte keine Ahnung, wer er war. Noch ein Krieger ...

»Ja«, sagte Uther, »es wird Krieg geben. Und du mußt wieder ein Krieger werden – für dein Volk. Wir brauchen dich, den größten Krieger, der seit Anbeginn der Zeiten in diesem Land geboren wurde. Wir brauchen dich zur Verteidigung deines Volkes.«

Eine Stimme, die Arthor nicht erkannte – seine eigene –, antwortete: »Ich bin des Tötens überdrüssig. Es macht mich krank.«

»Dort, wohin du gehst, gibt es eine Arznei für diese Krankheit.«

»Keine Arznei außer dem Tod«, antwortete die Seele des Kriegers. »Die Welt ist ein Schlachtfeld. Glücklich sind die Toten.«

»Nein«, sagte Uther sanft. »Es gibt noch eine andere, eine mächtigere Arznei, die ich mir versagt habe, damit du sie haben kannst. Sie gehört den Lebenden und den Toten.«

»Ein tapferer Tod ist die einzige Arznei eines Kriegers«, sagte die unbekannte Stimme, die seine eigene war. »Alles andere ist unechte Freude.«

Hinter dem Schmerz, der ihn noch von den Kampfwunden und dem Geburtsgriff der Zukunft durchpulste, flossen andere Erinnerungen voller Wonne und wirbelten aufgeregt durcheinander – die wunderbare Verlockung des glücklichen Landes, wohin die stolzen Toten gingen. Die schöne, unirdische Seite seines Wesens wollte auf der Stelle dorthin zurückkehren.

»Laß mich tot bleiben ...«, flüsterte er, nicht stark genug, diese Schwäche laut kundzutun.

»Du bist schon geboren«, sagte Uther, »so wie ich schon tot bin. Du wirst meinen Platz in der Welt einnehmen und ich den deinen im Jenseits.«

Eine große Woge von Traurigkeit floß durch Arthor-Chuchulain. »Dann wird der Tod mich wieder überschatten.«

»Du hast die Kraft, es mit den stärksten der Lebenden aufzunehmen«, versicherte ihm der dunkelhaarige Mann mit den bernsteingelben Augen. »Deshalb hat dein lebender Gott dich ausgewählt.«

»Der *Große Dagda* hat mich ausgewählt?« Der Sonnennebel atmete heller und abrupt wärmer. »Dann bin ich von adeligen Eltern geboren?«

»Ja«, bestätigte Uther mit stolzem Kopfnicken. »In diesem Leben bist du adelig. Um dieses Geburtsrecht zu rechtfertigen, mußt du wieder deinem Volk mit deinem ganzen Leben dienen.«

»Ich sage dir, ich bin des Tötens überdrüssig. Laß mich im glücklichen Land.«

»Und ich sage dir, ich habe die Arznei für diese Krankheit – hier.« Uther begann eine Schnur zu lösen, die um seinen Hals hing.

»Fremdling, niemand hat ein größeres Herz als der, der sein Leben im Kampf aus Liebe zu seinem eigenen Volk opfert. Auf diese Weise das Blut zu lassen ist heilig.«

»Das ist wahr«, stimmte Uther zu. »Und hier ist der eine, der sein Leben aus Liebe zu allen Völkern geopfert hat – selbst für seine Feinde.«

Hinter seiner Brustplatte aus Elfenbein holte Uther ein kleines Kruzifix hervor, das fein in grünen Stein geschnitten war. Trotz seiner Winzigkeit war das Bildwerk voller Wunden.

Das Kruzifix stieg vor ihm in die Höhe, blendende Strahlen gingen von den vielen Wunden aus und verschmolzen mit der nackten Sonne. Die Vision zerbrach vor den Farben, die dem neugeborenen Arthor in die gerade geöffneten Augen brannten. Und während er ganz aus dem Geburtskanal herausschlüpfte, glitten alle Erinnerungen an sein früheres Leben in eine abgrundtiefe Nacht, die von den lodernden Sternen des inneren Himmels erhellt war.

Diese seelischen Feuer funkelten jetzt hinter seinen geschlossenen Augen unter dem sanften Gewicht der Brust der Amme. Sie verlagerte ihr Gewicht, so daß sich das warme Fleisch von seinem winzigen Gesicht entfernte, und die erdigen Gerüche des Waldes überfluteten ihn. Er hatte Angst. Er verlangte wieder nach dieser vertrauten Wärme. Er wollte sie zurückhaben. Und während er in die letzten Strahlen des Tages blinzelte, wußte sein tiefstes Selbst, daß er den Rest seines schicksalhaften Lebens damit verbringen würde, zu ihr zurückzukehren.

Solange Arthor bei Merlin war, schwebte er in der Gefahr, von seinen Feinden entdeckt zu werden. So schnell er konnte, geleitete der Zauberer die Amme und den Säugling weit in die Wildnis hinein, in Kyners Königreich in den Bergen. Merlin hatte Kyner ausgewählt, weil er sowohl Christ als auch Kelte war. Der zukünftige König würde von ihm sowohl den neuen Glauben der Liebe und des Friedens lernen als auch die zeitlosen Bräuche des Volkes seiner Mutter.

Seine Herzensenergie führte Merlin geradewegs in das Lager des Kriegsherren, das von einer Palisade umgeben war. Über den Baumwipfeln stiegen Rauchfäden in die Höhe, die Tore standen offen, und eine Gruppe von Jägern kehrte gerade mit einem Hirsch zurück, den sie an eine Tragestange gebunden hatten. Dem Zauberer erschien der Zeitpunkt günstig, um Kyner aufzusuchen. Von den smaragdgrünen Schatten des Waldes aus suchte Merlin mit seiner Herzensenergie in dem geschäftigen Treiben des Lagers nach dem Häuptling der Bergstämme.

Er fand Kyner in der langen Häuptlingshalle, vor einer Wand, an der zahllose Geweihe hingen. Er lehrte gerade seinen jungen Sohn Cei, wie man ein Schwert hielt. Cei war noch ein kleines Kind, und das Holzschwert war für ihn zu schwer. Der Junge, der noch Leinenwindeln trug, hielt das Heft mit beiden Händen und schob das Schwert auf dem Boden entlang wie einen Pflug. Kyners dröhnendes Gelächter rief die Kindermädchen herbei, die das Kind wegschafften. Der Häuptling wischte sich fröhliche Tränen aus den Augen.

Mit einem sanften Zauberspruch, den er immer wieder sang, gab Merlin Kyner den Wunsch ein, außerhalb seines Lagers umherzuspazieren. Der Häuptling trat aus dem Tor, fuhr sich mit beiden Händen durch sein rotes Haar, streckte seine Ellbogen aus und atmete die nachmittägliche Wärme des Waldes tief ein. Er zupfte seinen Kilt zurecht und ging in den Wald hinein.

Unter einem Weißdornbusch versetzte Merlin die Amme in Schlaf und entzog sie damit Kyners Blicken, dann legte er das Kind nackt auf ein Bett aus trockenem Laub zwischen den Wurzelknorren einer Eiche. Der Zauberer wartete hinter der Eiche, bis Kyner das schläfrige Kind entdeckt hatte und sich mißtrauisch heranpirschte. Der Häuptling blickte sich suchend nach der Mutter des Kindes um und schaute sogar in die Krone der Eiche empor. Als er sich bückte und das Kind hochnahm, trat Merlin hinter dem Baum hervor.

»Myrddin!« sagte Kyner schroff und runzelte überrascht die Stirn.

»Du siehst mich nicht, Kyner.«

»Ich sehe dich ...« Kyners blaue Augen verengten sich. »Was für eine Teufelei heckst du aus? Ich habe nichts mit Dämonen oder Zauberern zu tun, Myrddin. Ich bin Christ. Hinweg mit dir!«

»Ich werde bald gehen.« Merlin sagte einen Zauberspruch, der die Augen des Häuptlings weitete und die Ohren seiner Seele öffnete. »Jetzt hör mir aufmerksam zu, Kyner. Wenn ich weggehe, wirst du völlig vergessen, daß du mich hier gesehen hast. Das Kind, das du in deinen Armen hältst, wirst du als deinen eigenen Sohn annehmen. Er soll Arthor – Adler des Thor – genannt werden, denn er ist das Kind aus einer Vergewaltigung, die ein Barbar an einer namenlosen Frau aus irgendeinem Dorf verübt hat. Sie hat das Kind hierhergebracht, um sein kleines Leben im Wald auszulöschen.«

Kyner lauschte dieser Lüge aufmerksam und hielt das Kind schützend an seine starke Brust.

»Du wirst Arthor als Christ erziehen«, befahl Merlin, »und du wirst ihn persönlich in allen männlichen Künsten ausbilden. Du wirst ihn so lieben, wie du auch deinen eigenen Sohn Cei liebst.«

»Ihn lieben ...«, murmelte Kyner.

Merlin schlüpfte wieder hinter die Eiche und wartete.

Sobald der Zauberer aus seinem Gesichtsfeld gewichen war, wurde Kyner mit einem Ruck wieder hellwach und stieß einen lauten Ruf aus, der das kleine Kind erschreckte. Es begann zu schreien. Verwirrt wiegte der Häuptling das Kind in seinen kräftigen Armen hin und her und eilte wieder in das

Lager. Dort kamen ihm als Antwort auf seinen Ruf seine Krieger schon entgegengestürzt.

Merlin holte die Amme unter dem Busch hervor und brachte sie tiefer in den Wald hinein. Arthor ruhte jetzt in Gottes Hand. Der Zauberer hatte alles getan, was er konnte, um ihm eine Zuflucht zu bereiten. Jetzt entfernte er sich schnell von jenem Ort. Solange er sich nicht irgendwo in der Nähe des Kindes aufhielt, gab es für Morgeu, den Wüter und die Dämonen keine Möglichkeit, dieses Kind als den zukünftigen König zu erkennen.

Schließlich brachte Merlin die Amme nach Tintagel zurück. Doch er selbst ging nicht ins Schloß. Er löschte im Gedächtnis der Frau alles, was sie erlebt hatte, und pflanzte ihr statt dessen die Erinnerung an eine Schatzsuche ein. Er belohnte sie mit einem Beutel voller Goldmünzen, die seine Herzensenergie unter einer Ulme gefunden hatte, in den skelettierten Händen eines Legionärs, der schon vor langer Zeit dort gestorben war.

Nachdem er alle Spuren verwischt hatte, richtete Merlin seine Aufmerksamkeit auf seine nächste Aufgabe, die letzte Tat, die er für den toten König zu vollbringen hatte. Er mußte das Schwert Blitz wieder aus Uther Pendragons Grab holen.

Der Wüter schritt über die Bergwälder hin, Wind und Wetter in seinem Bart, und suchte unter sich zwischen Birken und feuerfarbenen Eschen nach Lailoken. Ihn dürstete nach Rache. Mit seinen eigenen Händen wollte er den fleischlichen Leib zerreißen, den der Dämon in Besitz genommen hatte, und den Bewohner der Dunkelheit wieder in das Haus des Nebels schleudern.

Der Wüter wußte, in dieser Nacht würde er diese Genugtuung nicht erfahren. Der schlaue Lailoken hatte seit ihrer ersten Begegnung im Königreich Cos viel gelernt. Wie lange war das schon her? Dem einäugigen Gott schien erst ein Augenblick vergangen zu sein. Lailoken war damals ein so bemitleidenswerter Kerl gewesen. Wie kam er dazu, über die Kraft zu verfügen, den Bluttrinker abzulenken?

»Dämon!« rief der Gott zornig. Donner rollte über den Horizont. Er konnte sich nicht damit abfinden, daß sein Bannspruch über den Abgrund zu diesem Ergebnis geführt hatte – seine Magie war gebrochen, seine Eroberung vereitelt, und die ganze Welt rollte noch schneller der Apokalypse zu. Ihn schmerzte die Ironie seiner Lage. Genau der eine Bewohner der Dunkelheit, den sein Zauberspruch unabsichtlich auf die Erde geschleudert hatte, war zum tödlichen Schwert der Herren des Feuers geworden. Ich muß Lailoken finden und vernichten, schrie es in ihm.

Das Feuer der Liebe, die er als Krieger für das Leben, für sein Volk und für diese fruchtbare, grüne Welt empfand, brannte nach dieser Niederlage nur noch heftiger. Er kämpfte für mehr als nur sich selbst und seine Sippe. Seine zornige Leidenschaft bestand darin, einer Kraft zu trotzen, die so abgrundtief schrecklich war, daß sie größer war als die Götter, und um über sie zu siegen, mußte er über sich selbst hinauswachsen.

Er bückte sich durch den Hochnebel, um in dunkle Schluchten hinabzuspähen, und er erniedrigte sich bei seiner verzweifelten Suche so sehr, daß er sich tief genug beugte, um Zimtfarn und Edelweiß unterscheiden zu können, die auf dem Grund der Schluchten wuchsen. Sein Zorn trieb ihn sogar dazu, nach dem Geruch seiner Beute zu schnüffeln, und seine Lungen füllten sich mit dem kräftigen, herbstlichen Erdgeruch. Aber nichts roch nach Mensch, und die Enttäuschung nagte an seinem Herzen.

Seit Horsas Tod hatte der Wüter diese Inseln vergeblich nach Lailoken abgesucht. Selbst die Runenstäbchen offenbarten nichts über den Dämon. Deshalb mischte sich etwas Furcht in den Zorn des Wüters. Wenn sich der Bewohner der Dunkelheit auch vor den Runenstäbchen verstecken konnte, dann stellte er eine tödliche Bedrohung dar, denn das bedeutete, daß er nicht dem Schicksal unterworfen war. Er verfügte über Magie und den wahren Willen, der seiner eigenen Wahrsagung gehorchte.

Der Wüter machte sich Selbstvorwürfe, weil er geglaubt hatte, der Wahnsinn, den die Berührung seiner Speerspitze erzeugte, könnte eine aus dem Abgrund stammende Kreatur ihrer Fähigkeiten berauben. Er hätte diesen hilflos wirkenden alten Mann damals abstechen sollen, als er die Gelegenheit dazu hatte, das erkannte er jetzt. Der Hochmut seines Spottes hatte seinen Bannspruch über den Abgrund vergiftet.

Spatzen ließen sich vom Wind aus dem Gewitterhauch des Gottes davontragen, als er sich erhob und langsam stampfend zornig in den Himmel stieg. Das Rot des Sonnenuntergangs war erloschen, Fetzen leuchtender Wolken, so blau wie Mondlicht, schwebten über die kobaltblauen Höhen empor.

Falken drehten ihre Kreise im Wind, im Sog des Aufstiegs des Wüters trugen ihre Spiralen sie immer höher. Tief am westlichen Rand der Welt stand der Sichelmond. Dort oben, wo der Himmel die erste Kante der Nordlichter erreichte, erhellte Sonnenfeuer den Horizont.

Dort wartete die Bewahrerin der goldenen Äpfel. Sie hatte von oben den wilden Aufstieg des Wüters beobachtet. Sie hatte am wenigsten von dem Schlaftrunk getrunken und erwachte als erste. Weißblondes Haar, vom Wind zerzaust, bedeckte ihr Gesicht. Der Wüter wandte sich ab, denn er wollte ihr spöttisches Lächeln nicht sehen.

»Einauge!« rief sie mit sanfter Stimme.

Pah! Nicht Spott, sondern Mitleid! dachte der Wüter und ging in Richtung auf die helleren Höhen davon, die ihn zur Heimstatt der Götter führten.

»Einauge!« rief die Bewahrerin ungeduldig. »Warte!«

Der Wüter blieb stehen. »Bewahrerin, ich habe jetzt kein Herz dafür. Laß mich allein.«

»Wir müssen einen Handel zu Ende bringen«, sagte sie, strich mit einer Hand ihr Haar zurück und bot ihm mit der anderen einen goldenen Apfel an.

»Was soll das?« fragte der Wüter und runzelte die Stirn. »Treib keinen Spott mit mir, Bewahrerin.«

»Herr«, sagte sie und kniete höflich nieder, »ich biete dir die Belohnung an, die ich dir für die Eroberung der Westlichen Inseln versprach.«

Der Wüter blickte sie zornig an. »Bist du blind, Frau? Meine Feinde haben mich besiegt. Der Anführer meiner Sturmkrieger auf den Westlichen Inseln ist tot. Die Herren des Feuers haben die Bewohner der Dunkelheit vernichtet, die ich aus dem Haus des Nebels gerufen hatte. Ich habe verloren.«

»Nein, Herr«, sagte die Bewahrerin, während der Wüter ihr half, sich zu erheben. »Dort tief unten auf dem Feld konntest du es nicht sehen, aber von den Höhen habe ich es gesehen, und ich sage dir, Einauge, du hast gewonnen.« Er schüttelte den Kopf, doch sie legte ihre Hand an seine Wange. »Die Heere, die man gegen dich aufgestellt hatte, sind schon auseinandergelaufen. Ihr Anführer ist tot. Du weißt es.«

»Ein Prinz der Síd hat ihn getötet«, murmelte er. »Seltsames Blut, diese Brüder. Sie haben ihren eigenen König erschlagen.«

»Wie in der Zeit der Mutter«, sagte die Bewahrerin und schüttelte den Kopf. »Sie haben ihn dem Hirschkopf geopfert.«

»Ja – Hirschkopf«, brummte der Wüter. »Ich bin ihm dort unten begegnet.«

»Ich weiß. Du hast ihn tapfer geplündert.«

»Geplündert – ja, das ist alles, was ich fertigbrachte.«

»Nein, Herr. Du hast viel mehr als das getan. Du hast mir und allen Göttern bewiesen, daß die Westlichen Inseln uns gehören. Der Sieg unserer Feinde ist hohl, und deine Niederlage ist nur scheinbar, ein Trugbild, das die Zeit auflösen wird. Sie haben keinen König, der sie gegen uns führen kann, weder unter den Sterblichen noch unter den Göttern. Hirschkopf muß mit dem gekreuzigten Gott der Herren des Feuers ringen. Sie bekämpfen einander. Ich sage dir, Einauge, sie sind geteilt, und wir waren noch nie so einig wie jetzt.«

Der Wüter fühlte sein Herz pochen, nicht länger vor Zorn, sondern vor Erregung. »Was du sagst, ist wahr«, gab er zu, »weil ich es glauben will.« Er nahm ihr leidenschaftliches Gesicht in seine Hände und drückte seine Stirn an die ihre. Sie zitterte, als sie seinen heißen Geruch wahrnahm, der einen scharfen Beigeschmack vom Schlachtfeld hatte.

Ihre Beziehung zueinander war zärtlich, war gegenseitige Anteilnahme und Geborgenheit. Es erschütterte die Göttin und machte sie schwach. Daß der König der nördlichen Götter sie brauchte, um seine eigene Kraft zu erkennen, erschreckte sie, und zugleich fühlte sie sich dadurch erhöht.

»Ich hatte gedacht, du würdest mich verspotten«, gestand der Wüter und trat einen Schritt zurück, ließ jedoch seine kräftige Hand auf ihrem Arm. »Für meinen Hochmut verdiene ich Spott. Ich war hochmütig, als ich versprach, diese Inseln so leicht einzunehmen.« Freundliche Fältchen bildeten sich um sein einsames Auge. »Aber jetzt sehe ich, du bist gütiger zu mir in meiner Niederlage, als ich es gegenüber mir selber sein könnte.«

»Keine Niederlage, Herr – nicht einmal ein Rückschlag«, beruhigte sie ihn stolz, »sondern Zeit zum Abwarten. Ich und alle Götter, die Zeugen deiner Tapferkeit wurden, wir werden alle mit dir zusammen abwarten.« Sie bot ihm den goldenen Apfel mit beiden Händen dar. »Du hast diese Frucht gewonnen.«

Der Wüter zögerte mit gerunzelter Stirn. »Nein – noch nicht. Ich werde vom goldenen Apfel erst kosten, wenn wir zusammen unter unserem Volk auf den Westlichen Inseln umhergehen.«

Die Bewahrerin der goldenen Äpfel nahm diese Worte an und senkte den Kopf.

Der Wüter hob ihr Kinn und sagte: »Komm, wir wollen mit den anderen reden, und zusammen werden wir den besten Weg finden, um unsere Feinde zu zerbrechen und der Welt die Apokalypse zu ersparen.«

Die Bewahrerin der goldenen Äpfel, die von dem Vorherwissen, das ihren Herrn heimsuchte, bewegt wurde, wußte wohl, daß das Ende zu seiner Zeit kommen würde und nicht abgewendet werden konnte. Doch sie lächelte sanft und nahm seinen schweren Arm. Sie gingen langsam, aber stetig, mit der Majestät einer sicheren Zukunft. Unter den glücklichen Sternen stiegen sie stolz zum schimmernden Gipfel der Heimstatt der Götter empor.

In Londinium lagen die Aurelianus-Brüder nebeneinander in den Marmorgewölben, die über den jahrhundertealten Urnenhäusern der Römer erbaut worden waren. Merlin betrat den Friedhof bei Nacht.

Mit seinen Zaubersprüchen war es für den Zauberer nicht schwer, die verschlossenen Tore zu öffnen und den Marmorblock über dem Grab des jungen Königs zur Seite zu schieben. Verwesungsgeruch stieg aus der Krypta auf und erfüllte das Grabhaus mit einem giftigen Gestank, der seine Nase reizte. Uther lag da in der schwarzen Reiterrüstung und der purpurnen Tunika, in der er gestorben war. Er hielt immer noch das Schwert Blitz, mit dem Heft an seinem Herzen. Die Scheide lag quer über seinem Rumpf und seinen Beinen.

Die Sommerhitze hatte ihre Arbeit getan. Weiße Würmer wanden sich in dem verwesenden Fleisch, der Schädel zeigte schon das ewige Grinsen der Toten. Das Leben, die Liebe und die Tugend dieses Mannes waren von diesem Ort geflohen und hatten dieses elende sterbliche Fleisch zurückgelassen. Jetzt tollten sie mit den Tänzern des Hirschkönigs umher.

Merlin brauchte Zauberkräfte, um das Schwert aus dem festen Griff des Leichnams zu lösen. Es glitt aus der Scheide und schimmerte, als bestünde es aus flüssigem Licht. Merlin hob es empor und gedachte der Aurelianus-Brüder und ihres Dienstes für die Engel. Mit Schaudern sah er in der spiegelnden Oberfläche der breiten Klinge über seiner Schulter Morgeus bleiches Mondgesicht.

»Gibt es keine Schurkerei, die für dich zu gemein ist, Dämon Lailoken?« sagte die Zauberin mit einem höhnischen

Grinsen. »Jetzt werde ich zu den Übeltaten der Kuppelei und des Mordes, die ich an dir beobachtet habe, noch Schändung und Ausrauben von Gräbern hinzuzählen.«

Langsam drehte sich Merlin um und richtete das Schwert auf die bleiche Kreatur. Ist sie ein Gespenst oder ist sie wirklich hier? überlegte er. Ihr gekräuseltes Haar schimmerte hennafarben und die scharlachrote Seide ihres Gewandes umspielte lüstern ihren jugendlichen Leib. Merlin stieß zu, und die Klinge ging geradewegs durch sie hindurch.

Sie lachte auf. Schnell griff er nach hinten, wo er seinen Stab an ein Grabfries gelehnt hatte, und ihr weißes Gesicht wurde hart. »Alles, was du hast«, knirschte sie, »hast du gestohlen. Deinen Leib, den du mit deiner Mutter erhurt hast. Dein Wissen, das du einem Einhorn abgeluchst hast. Und deine Waffen – das Schwert Blitz und der Stab vom Sturmbaum –, sie gehören dem Wüter.«

»Deinem Herrn und Meister«, spottete Merlin.

»Mein Meister ist kein verstohlener Dieb, Lailoken. Der Wüter nimmt das, was er will im Kampf, nicht durch feigen Mord, der mit Täuschungen arbeitet.«

Merlin nahm seinen Stab in die Hand, und das Gespenst zog sich zurück.

»Ich habe lange nach dir gesucht«, behauptete Morgeu. »Hör mich an, Zauberer.«

»Was willst du?«

»Was ich will, werde ich mir nehmen müssen«, sagte die Zauberin. »Ich will deinen Tod. Und den werde ich bekommen, mit der Zeit. Mit der Zeit.«

»Nicht du und alle Dämonen der Leere«, schwor er und stieß mit dem Stab hart auf dem Marmorboden auf. »Ich diene Gott.«

»Ha! Du dienst dem Wahnsinn.«

»Fort mit dir, Hexe!«

»Zuerst sag mir noch, wo du meinen Halbbruder versteckt hast.«

Da lachte Merlin, doch er bereute es sofort. Es konnte sie

nur noch mehr reizen und ihre Überzeugung stärken, daß er wahnsinnig war. Doch er empfand eine solche grenzenlose Wut in einer Sterblichen als komisch.

»Was erhoffst du dir, Lailoken?« Ihre winzigen Augen verengten sich. »Glaubst du wirklich, daß das Kind einer so obszönen Lust zu leben verdient? Was erhoffst du dir, das er mit seinem besudelten Dasein vollbringen soll?«

»Er wird der Hochkönig der Britannier und der Herrscher der Kelten werden, wie es seine Eltern vor ihm waren.«

»Wird er?« Sie schnaubte. »Ich glaube nicht. Die Zeit der Britannier ist vorbei. Der Wüter wird ihnen Land und Leben nehmen. Das ist in den Zeitkristall eingeritzt und kann nicht mehr geändert werden. Das solltest du wissen, Lailoken. Du warst einer der Dämonen, die die Fauni vernichteten, und die waren die einzigen, die den Wüter hätten aufhalten können. Jetzt gehört alles, was Rom besaß, dem Gott des Nordens!«

»Mein König wird die Britannier und die Kelten vereinen«, bekräftigte Merlin, »und der Wüter wird wieder die Niederlage zu kosten bekommen …« Und wenn auch nur für ein Menschenalter, dachte er.

»Der Traum eines Verrückten«, sagte sie verächtlich. »Die Britannier sind dem Untergang geweiht. Was die Kelten angeht, ich bin die Tochter der keltischen Königin und des Herzogs der Sachsenküste. Wenn es einen König der Kelten geben soll, dann wird er mein Sohn sein.«

»Und wer wird der Vater sein? Der Wüter?«

»Spotte über mich, wie du willst, Dämon. Meine Nachkommen werden in späteren Zeiten über deine kläglichen Versuche lachen, dieses Land zu regieren. Ich soll mit Lot von den Nordinseln verheiratet werden. Dieser Kriegshäuptling verehrt die alten keltischen Sitten, und er wird echte Kriegerkönige zeugen – durch mich.«

»Weiß er, daß er eine Dämonenverehrerin heiratet? Und ist er über dein Bündnis mit dem Wüter unterrichtet? Möchte er die Hampelpuppe eines feindlichen Gottes als Mutter seiner Kinder?«

Morgeus Augen zuckten zusammen, ein Anzeichen von Angst. »Er würde dir nie glauben. Ich habe ihn mit einer Liebe verzaubert, die stärker ist als all deine Magie.«

»Ich werde nicht einmal versuchen, deine Macht über Lot zu brechen – wenn du Ygranes und Uthers Sohn in Frieden läßt.«

»Frieden!« sagte Morgeu zornig. »Glaubst du, daß du mit diesem Kind, das aus Wollust und Mord entstanden ist, der Welt Frieden bringst?« Sie kam näher an ihn heran. »Ich werde alles tun, was ich kann, um dich und den Sohn des Stallmeisters zu vernichten, bevor du weitere Bosheiten in dieser Welt anstellst.«

Merlin schwang seinen Stab, und das Holz durchschnitt die Erscheinung mit einem Ton, als würde Blech durchbohrt. Ektoplasmisches Feuer sprühte in der Grabhalle umher, goß Licht über die Grabskulpturen – Streitrosse, Engel, Siegeskränze – und tauchte sie im nächsten Augenblick nur in um so tiefere Finsternis.

Morgeu war verschwunden. Doch die Düsternis ihres Hasses umgab ihn noch, und deshalb verschloß Merlin Uthers Grab schnell, sperrte die Tore hinter sich zu und trug das Schwert Blitz unter dem sternübersäten Nachthimmel davon.

Eine unauslöschliche Freude hatte vom Drachen Besitz ergriffen. Die Energie, die er aus dem Einhorn absorbiert hatte, reichte aus, um lebhaft vibrierende Verbindungen mit seinesgleichen herzustellen, die zuvor nur schwache, mißtönende Echos gewesen waren. Traumlieder entstanden aus dieser Freude und rollten langsam in den Weltraum davon, zu den vielen Welten des einen Drachen.

Binnen Stunden antworteten die nächsten Welten aufgeregt aus ihrem geheimen Inneren. Eine kräftig pulsierende Musik kam von ihnen zurück. Der Drache schwelgte in diesem klaren Traumgesang, den er mit seiner eigenen, größeren Energie in den anderen ausgelöst hatte, und jetzt sang er noch kräftiger.

Und je weiter der begeisterte Gesang des Drachen in das All hinauswirbelte, desto größer wurde der Kreis derer, die daran Anteil nahmen. Jede Stunde antworteten neue, weiter entfernte Welten mit freudigen Erwiderungen. Tag um Tag nahm der Gesang in der schmalen, glühenden Sternenbrücke der Milchstraße an Wirkkraft zu.

Auf der Suche nach Möglichkeiten, die Traumgesänge zu variieren und ihre Schönheit zu vertiefen, benutzte der Drache die holographischen Modelle der inselhaften Galaxien, die das Einhorn ihm hatte zukommen lassen. Aus diesen genauen Himmelskarten wurde so vieles deutlich. Die Drachenzellen, die über diese Koordinaten verfügten und die die nötige Kraft besaßen, konnten ihren Gesang besser auf die entferntesten Welten richten. Wenn genug Zeit zur Verfügung stand, dann konnte es zu einem Austausch weit über die Grenzen der Milchstraße hinaus kommen, wobei dann nur geringe Gefahr bestand, daß in den leeren Räumen zwischen den Galaxienhaufen Energie verschwendet wurde.

Der Drache schloß die Sternenhologramme in seinen Gesang ein und bereicherte damit seine Nachbarn. Ihre glückseligen Antworten hoben den Drachen auf einen Gipfel der Wonne. Während er dort glücklich verweilte, erinnerte er sich daran, wie er diese Hologramme vom Einhorn erhalten hatte. Sie waren als Bezahlung für die Energie zurückgelassen worden, die das Einhorn für sich selbst genommen hatte. Zu jener Zeit, als er nicht die Kraft hatte, sie zu benutzen, hatten die Elfenbeinspäne vom Horn des Einhorns nur potentielles Interesse für den Drachen gehabt. Aber jetzt offenbarte sich die wahre Bedeutung des Geschenks des Einhorns in der Kaskade freudiger Gesänge, die der Drache von den vielen seinesgleichen über die tiefen Horizonte erhielt.

Was war aus dieser zerbrechlichen Kreatur, dem Einhorn, geworden?

Der Traumgesang brach ab. Der Drache löste sich aus seiner tiefen Verbindung mit den anderen und spürte nach draußen, suchte das Einhorn. Es zu finden war leicht für ihn, denn es lag zusammengerollt und regungslos da. Natürlich befand sich das Tier auf dem Gipfelgrat einer dicken Drachenschuppe, außerhalb seiner Reichweite, obwohl dies jetzt unnötig war, denn sein Körperlicht flimmerte zu schwach, um die gestillte Gier des Drachen zu wecken.

Der Drache rief, und das Einhorn regte sich langsam, zu schwach, um aufzustehen. Er mußte sehr genau hinhören, um die gespenstisch kühlen Schwingungen wahrzunehmen. Der Strom des Einhorns war fast völlig erloschen, und sein Kraftfeld war nur wenig mehr geladen als das eines gewöhnlichen Pferdes.

Das Einhorn lag in einem Wäldchen verkrüppelter Zypressen auf einem moosbewachsenen Felsen, wo ein Wasserfall aus einer Felsenquelle entsprang. In der harzigen Luft schrie ein Falke, Grünfinken schwärmten durch die struppigen Bäume.

Der Drache rief erneut. Diesmal bewegte sich das Einhorn überhaupt nicht. Die Schatten wurden länger. Das Schweigen des Einhorns hielt an, und der Drache sank wieder in seine Mitte zurück.

»Warte ...«, rief die undeutliche Stimme des Einhorns von fern, eine Stimme wie silberner Nebel, wie Fäden von Rauch.

Der Drache schob sich an seinen eigenen Rand, dichter Nebel stieg aus dem sumpfigen Wasserlauf auf.

»Drache ...«, kam die Stimme des Einhorns geisterhaft aus seinem reglosen Körper.

»Ich höre dich.« Der Drache streckte sich aus. Der Nebel kroch über die moosbewachsenen Felssimse empor, in das Zypressenwäldchen hinein, und jetzt spürte der Drache endlich wieder die zerbrechliche Leichtigkeit des Einhorns. »Ich habe die Himmelskarten benutzt, die du mir für meine Traumlieder gabst. Jetzt verstehe ich dein Geschenk.«

»Hilf mir ...« Die Bitte wehte mit einem Wind des Erlöschens heran. Die Hilflosigkeit des Einhorns schob alle Mißverständnisse ihrer gemeinsamen Geschichte beiseite.

»Wie?«

»Ich sterbe. Ich möchte, daß du mir meine Stärke wiedergibst, damit ich leben kann.«

Der Drache verkrampfte sich unwillkürlich und rollte sich bei diesem Gedanken wieder zusammen. Jetzt seine unvergängliche Kraft zu verlieren – wieder aus einer solchen Wonne zurückzufallen ...

Doch er zog sich nicht völlig zurück. Noch vibrierte in ihm der Stolz über die Anerkennung durch die anderen, weil er ihnen die Himmelskarten mitgeteilt hatte, und deshalb konnte er das Einhorn nicht verleugnen. Die anderen Zellen des kosmischen Drachen wollten das Einhorn für sein Geschenk belohnen. Sie wollten, daß diese eine Zelle, dieser Drache der Erde, dem Einhorn die Energie gab, nach der es suchte.

Obwohl er sich voll bewußt war, daß er, wenn er diese Energie dem Einhorn überließ, für lange Zeit zu schwach werden würde, um an den herrlichen Traumgesängen der anderen teilzunehmen, gab der Drache widerstrebend nach: »Du wirst die Kraft zurückbekommen, die ich von dir genommen habe.«

»Drache, ich brauche mehr.«

Die Bitte schmerzte das Herz des planetarischen Tieres. Donner aus der Tiefe schüttelte den Tau von den Zypressen. »Mehr?« Die Frage des Drachen hüllte das Zypressenwäldchen in die Stille vor einem aufziehenden Sturm. »Warum sollte ich dir mehr Kraft geben?«

»Damit ich den Dämon Lailoken wegtragen kann.«

Darauf taumelte der Drache zurück. Ein kalter Wind trieb den Nebel in Schwaden über die bewaldete Felsenklippe davon. »Wenn ich dir soviel von meiner Energie abgebe, dann werde ich nicht genügend übrig haben, um wach zu bleiben. Ich werde in Schlaf sinken.«

Das Einhorn flüsterte: »Dann mußt du schlafen. Der Dämon Lailoken hat den Befehl der Herren des Feuers ausgeführt, die mich hierhergeschickt hatten. Ich werde nicht ohne ihn die Erde verlassen.«

Der Drache wollte frei sein, um zu singen und mit den anderen Gemeinschaft zu halten, und so zog er sich von dem Einhorn schnell in sich selbst zurück.

Während der Nebel wieder durch die Bäume strich, wie ein Rudel leichenblasser Hunde, lag das Einhorn vollkommen still in tiefem Schlaf. Es nutzte all seine geringe Kraft, um mit dem Drachen zu kommunizieren.

»Schlafe – und wisse, daß du den ganzen Drachen verherrlichst. Schlafe, und ich werde die Kraft, die du mir gibst, benutzen, um den Dämon Lailoken fortzutragen – in das All – zurück zu den Feldern der Sonne und darüber hinaus. Das ist das Geschenk, das ich von dir erbitte, für die Himmelskarten, die ich dir gegeben habe.«

Die wehmütige Stimme des Einhorns ließ den Drachen innehalten. So sehr er es auch wollte, konnte er sich von dieser Bitte nicht abwenden. Die anderen Teile seines Selbst, die über das Universum verstreut waren, würden nie eine solche Undankbarkeit dulden. Wenn er sich aus Selbstsucht ganz zurückzöge, dann würden die anderen ihn verachten, wenn sie erfahren würden, was geschehen war, und der Traumgesang würde für immer enden. Der Drache mußte gehorchen.

Er wandte sich wieder zurück an die Oberfläche der Erde, dem Einhorn zu. Direkt in das bewußtlose Tier ließ er seine Kraft fließen. Sanft und langsam, um nicht die zarte Wellenform des fragilen Tieres zu überwältigen, ließ das Welttier seine magnetische Kraft hervorströmen. Zuerst trüb, dann allmählich immer heller, phosphoreszierte das Einhorn, und das nebelverhangene Wäldchen leuchtete, als schiene in seiner Mitte der Mond.

Der Drache kehrte ins Innerste seines Bewußtseins zurück, wo die Traumlieder schon zu einem Schweigen erloschen waren, das mit inneren Lichtern leuchtete. Einstweilen waren die Lieder entflohen, nur das Träumen blieb übrig. Müdigkeit wurde zu Erschöpfung, und ein Verlangen erfüllte die ganze Kreatur. Der Drache wollte wieder die unerschöpfliche Schönheit seiner Geschwister jenseits der Milchstraße hören. Und das würde er, versprach er sich selbst. Er wußte, daß er wieder erwachen und die Herrlichkeit und Liebe der Traumgesänge erleben würde, nachdem er sich jetzt hingegeben hatte, um die Dankbarkeit des kosmischen Drachen auszudrücken. Er wußte, daß er schließlich die Kraft haben würde, zurückzukehren.

Und nach diesem Entschluß senkte sich tausendjähriger Schlaf über den Drachen.

Das Einhorn öffnete die Augen. Die Luft glitzerte, als wäre sie mit Fischschuppen verhangen. Die Gegenwart des Drachen war stärker spürbar als je zuvor, doch seine Dämpfe und sein drastischer Gestank waren verflogen. Das Zypressenwäldchen war erfüllt vom Duft des Harzes der Nadelbäume und feurigem Sonnenlicht.

Der Sonnenhengst sah die Kraft des Drachen in der Luft zittern. Sie funkelte über dem Einhorn, das wie zuvor auf der Seite lag, bleich wie Nebel.

Die Musik dieser Kraft durchtränkte das Hirn der verwundeten Kreatur, die Wunden und Narben, die seinen langgestreckten Leib überzogen, verschwanden. Selbst die schwarzen Lippen der Messerwunde verblaßten.

Gegen Mittag stand das Einhorn auf.

Das Tier berührte mit seinem Horn den Boden und übermittelte so seine Dankbarkeit in die Erde. Natürlich vernahm der Drache dies nicht, denn der Schlaf trug ihn durch eine weite, tausend Jahre lange Unterwelt. Dorthin reichten nur Träume.

Als Merlin sich erinnerte, wie das Schwert Blitz in dem Sternenstein festgesteckt war, bis der magnetische Kern auseinandergegangen war, da verstand er den Zweck dieses Aerolithen. Es handelte sich um eine Maschine. Die Annwn hatten sie für ihn gebaut. Als er dies erkannt hatte, begann der Zauberer zu sehen, wie dieser Stein Arthors Bestimmung diente.

Sein Pferd trabte auf der Straße dahin, die von Londinium

wegführte, und Merlin suchte sich mit seiner Herzensenergie den schnellsten Weg durch die Septemberlandschaft hin zum Sternenstein. Jenseits der Wälder erstreckten sich Moorlandschaften. Blaue Horizonte folgten einander wie Wolken. Wenn er in den folgenden Tagen oft sein erschöpftes Reittier nicht einmal mit Magie weiterantreiben konnte, dann wünschte er sich, er würde auf dem Einhorn über das Land dahingaloppieren.

Als er endlich hoch in das Bergkönigreich am Flusse Amnis emporstieg, mußte er das Pferd zurücklassen, sonst hätte er bei dem steilen Aufstieg sein Leben riskiert. Zu Fuß kletterte er die letzten steilen Meilen in die Ausläufer des Wolkenwaldes empor, wo Farne und Flockenblumen zwischen den riesigen Zedern wuchsen, die die Römer hier gepflanzt hatten, während die ersten Christen an den Gestaden Galiläas wirkten.

Von dieser Höhe aus blickte Merlin nach Osten, in den smaragdgrünen Dunst des Tieflandes, und stellte sich vor, wie Camelot aussehen würde, wenn es einmal inmitten dieser Berge gebaut war.

Der Bau ging weiter. Der Bauplatz auf einer Hügelkette über dem Fluß Amnis war gerodet worden. Wie Pilze wuchsen die Zelte der Handwerker und Arbeiter auf den bewaldeten Höhen. Der Zauberer würde dafür sorgen, daß die sechs Kriegsherren der Tafelrunde auch weiterhin Mittel für den Bau der Festung bereitstellten. Mit Gottes Hilfe würde Arthor die schönste Hauptstadt im Lande haben, sobald er die Königswürde bekäme.

Plötzlich erhob sich ein Wind aus dem Flußtal und umwehte ihn kühl. Merlin blickte sich besorgt nach dem Schwert und seinem Stab um, die im Gras lagen, aber dann lenkte ein Brausen in den nahen Bäumen seine Aufmerksamkeit zum Himmel.

Durch Wolkengischt kam das Einhorn dahergeschossen.

Merlin sprang überrascht auf und fiel vor der Kreatur nieder, die glänzte wie Schnee in der Sonne.

»Einhorn!« rief Lailoken und kniff die Augen zusammen. »Schau dich an! Du bist verwandelt!«

Das Einhorn ging im Kreis, sein Leuchten bleichte die Farben von Gras und Fels in seiner Umgebung. »Wirklich«, antwortete das Tier telepathisch in genauem Latein und mit einem menschlichen Stimmklang, deutlicher, als seine Stimme je zuvor geklungen hatte. »Ich bin verwandelt!«

»Die Herren des Feuers!« Merlin kam wie trunken taumelnd auf die Beine, sein Herz pochte. »Die Engel haben dich gerettet!«

Das Einhorn kam näher heran. Der unendliche Himmel über ihm leuchtete wie eine blaue Aura. »Ja, Lailoken, der Drache ist überzeugt worden, uns Kraft zu geben – viel mehr Kraft, als wir je zuvor hatten! Jetzt haben wir endlich die Kraft, zur schwarzen Sonne zu reiten! Komm, Bruder! Der Himmel beginnt hier!«

Das Einhorn neigte vor Merlin den Kopf, damit er aufsteigen konnte. Der Zauberer sprang überrascht zurück und fiel auf sein Gesäß.

»Zum Himmel?« sagte er heiser. »Jetzt?«

»Auf der Stelle!« verkündete die Stimme des Einhorns. »Lailoken, dadurch, daß ich hier um deinetwillen haltmache, habe ich mich in große Gefahr begeben. Ein Extrem schlägt in dieser Welt sehr schnell in sein Gegenteil um – erinnerst du dich?«

Merlin stützte sich auf den Ellbogen auf. Sein Kopf war leer, sein Herz übervoll. »Das habe ich nicht erwartet. Das habe ich überhaupt nicht erwartet. In den Himmel? Jetzt? Ich – ich muß nachdenken.«

»Auf diesen Inseln wimmelt es von Dämonen, Göttern, Riesen, Trollen, Hexen und Zauberern, Lailoken! Alle sind darauf versessen, uns diese Kraft zu rauben.« Das Einhorn warf ungeduldig den Kopf hin und her. »Komm! Denk nicht länger nach. Denken ist der Feind der Erfahrung. Komm! Erfahre wieder den Himmel!«

Merlin stand wie angewurzelt. Ja, er mußte gehen – zurück

in den Himmel! Er hatte den Befehl der Herren des Feuers erfüllt und Arthor in diese Welt gebracht. Was gab es sonst noch, worauf er sich freuen konnte? Arthor war geboren, und mit seiner Geburt war sein Tod garantiert. Und was dann? Nach Arthor kam die tausendjährige Finsternis. Warum mußte er bei Einbruch der Nacht Wache halten?

Er fühlte sein Fleisch schwer an seinem Skelett hängen, denn während er noch diese Gedanken dachte, wußte er, warum er bleiben mußte. Das gleiche Wissen war ihm immer in den Sinn gekommen, wenn er die Möglichkeit erwogen hatte, mit dem Einhorn zu fliehen. »Ich kann nicht mit dir gehen, schönes Wesen«, antwortete er und blickte auf seinen Schatten im Staub hinab. »Ich muß bleiben. Und du solltest auch bleiben. Wir müssen alle zusammenarbeiten, vor allem diejenigen, die die Macht haben, die du besitzt. Wir brauchen dich hier, Einhorn, um gegen das Böse zu stehen, das uns entzweit.«

»Hier ist der Abgrund, Lailoken«, stellte die leuchtende Wesenheit störrisch fest. »Alles ist hier entzweit – Leere und Form, Dunkel und Licht – auch du und ich, es sei denn, du kommst jetzt mit mir.«

»Wir müssen beide bleiben und wirken«, beteuerte der Zauberer. »Nur eine gemeinsame moralische Kraft kann die Welt vereinen.«

»Aber warum?« wollte das Einhorn wissen. »Warum muß Böses mit Gutem erwidert werden? Warum die Welt überhaupt vereinen? Komm mit in die Einheit, die schon existiert – in die Ganzheit des Himmels.«

»Ich kann nicht.« Merlin schüttelte unnachgiebig den Kopf. »Ich habe eine Aufgabe in dieser Welt.«

»Aufgabe?« Das Einhorn richtete sich abrupt auf und blähte die Nüstern, verärgert über Lailokens Zögern. »Ach ja – eine Aufgabe! Ein Ziel!« Es trat näher an ihn heran. »Lailoken – wirst du nie lernen? Was ist ein Ziel? Wie der ferne Mond bietet es keine Hitze, nur ein Bild. Komm mit!«

Lailoken erinnerte sich an die schreckliche Vertreibung aus

dem Himmel, und er erschauerte bis ins Mark bei der Erwartung heimzukehren. Alle seine Sinne wollten gegen Aufgabe und Ziel meutern, weil sie sich an die Ganzheit erinnerten. Sie hatten die Wonne nicht vergessen. Wenn sie sprechen könnten, dann gäbe es kein Zögern, sich dem Einhorn anzuschließen. Aber sie waren stumm in ihrem Leiden, so wie sie blind in ihrer Freude waren.

Der eine, der sprach, mußte seiner Seele antworten, der Frau in ihm, die sein Teil von Optima war, und deshalb sagte er traurig, aber entschlossen: »Nein, helles Wesen. Ich habe als Dämon gelebt und Ziele verspottet – und ich habe als Mensch gelebt und bin von ihnen verspottet worden. Aber jetzt, wo man mir anvertraut hat, ein Ziel für ein Volk zu schaffen, da empfinde ich seine notwendige Schönheit. Es braucht mich oder es wird überhaupt nicht existieren. Und die Leute dieser Welt – sie brauchen mich auch, um des hoffnungsvollen Zieles willen, das ich für sie schaffen kann. Sie brauchen mich. Der Himmel braucht mich nicht.«

Das Einhorn schnaubte verwirrt. »Alle Ziele sind mehrdeutig, Lailoken. Es gibt immer noch eine andere Schicht.«

»So ist das Leben im Abgrund.« Merlin zuckte mit den Schultern. »Hierher hat sie, die einzige, mich geführt – und ich werde ohne sie nicht von hier fortgehen.« Der Zauberer trat zurück und hob den Arm zum Abschied. »Geh – wunderbare Kreatur. Ich werde dir folgen, sobald es an der Zeit ist.«

Die grünen Augen des Einhorns hellten sich auf, während sie tief in die seltsame Gestalt eindrangen, die vor ihm stand. Und obwohl es den Dämonenzauberer für einen Narren hielt, weil er diese eine Gelegenheit versäumte, aus dem Abgrund davonzureiten und durch die schwarze Sonne in den Himmel zu gelangen, zog es sich zurück. »Du bist kein Dämon mehr«, stellte das Einhorn fest, nachdem es ihn schließlich verstanden hatte. »Du bist selbst zu einem der Brennenden geworden. Mögest du dein Licht standhaft in der Dunkelheit tragen, Merlin, wo dein Brennen zum Wohle aller Wesen leuchten wird.«

Das Einhorn wandte sich um und sprang, mit einem letzten, stummen Blick zurück, in den strömenden Himmel. Wie eine Spiegelung auf einer Wasserfläche zitterte das Roß und zerbrach, wurde zu reinem Licht, zu Streifen leuchtender Farben, die wie ein Sonnenaufgang durch die Wolken drangen.

Donner fegte über den Zauberer hinweg, und er setzte sich schwer ins Gras und beobachtete, wie sein Himmel zwischen den von Wind dahergewehten Samen davoneilte.

Nur kurz bedauerte es Merlin, daß er zurückgeblieben war, dann erkannte er, daß die mächtig verstärkte Gegenwart des Einhorns sein starkes Auge geöffnet hatte. Ein Düsenverkehrsflugzeug flog am Himmel vorbei, Autobahnen folgten mit ihren Betonbändern den Konturen der Landschaft. Das war die Zukunft von Arthors Königreich, die Zeiten, die noch kommen würden und die seit damals, als der Speer des Wüters Wahnsinn in sein Gehirn getrieben hatte, immer wieder zu ihm zurückgerufen wurden.

Er erinnerte sich daran, wie er versucht hatte, sich selber dieses Zeitalter des Stahls zu erklären. Jetzt, wo er ohne Herr und Meister dasaß, eine Waise des Himmels, kam es ihm närrisch vor, daß er so oft versucht hatte, die Zukunft zu sehen und zu ändern. Das war gewesen, bevor sich das sechste Tor seines Leibes geöffnet und das starke Auge die Energie aus seinem Hals in seinen Schädel gesaugt hatte und ihn in der Folge hatte auflachen lassen. Jetzt schüttelte ihn kein Gelächter, denn das starke Auge schloß sich, als die Lebenskraft an ihm vorbei zum siebten Tor aufstieg.

Merlin setzte sich aufrecht ins Gras. Er erinnerte sich an das Versprechen des Einhorns, ihm bei der Öffnung aller sieben Tore seines Leibes zu helfen. Er schloß die Augen und sammelte sich in der dunklen Wachheit seiner Mitte. Das starke Auge fest geschlossen, pulsierte er sanft im Dunkel seines Schädels. Er richtete sein Bewußtsein und seine Kraft nach oben.

Plötzlich Weiße und Kälte – ein peitschender Blizzard aus stürmischem Wind und gleißend weißem Licht. Er öffnete die Augen und sah, wie von ihm eine Strahlung ausging, wie kühle Schatten. Er war wie das Einhorn geworden, verwandelt in Licht! In Schwaden feurigen Plasmas quoll die Lebenskraft aus ihm heraus, und der Wind zerrte sie fort. Und während er brannte, wurde er zitternd immer kleiner.

Um ihn herum beobachtete eine bleiche Welt, wie er schrumpfte. Massige Zedern leuchteten durchscheinend wie Bernstein und Jade, und in ihren Tiefen sah er schon die mit Sparren versehenen Hallen und Kreuzgewölbe, die aus ihrem Holz in Camelot gebaut würden. Er sah auch Camelot: die Schlucht eines Flusses als Wassergraben und Berge als Wälle – und auf einem hohen Bergrücken mit weiter Aussicht nach Westen eine Stadt weißer Steintürme, deren Dächer aus blauen Ziegeln so hoch waren, daß sie ihre Farbe direkt am Himmel abzureiben schienen.

Es erschreckte ihn, wie abrupt realistisch die Vision wurde, und er blickte weg. Zitternd vor Kälte, ließ er seinen Blick umherschweifen und entdeckte in der Ferne Ethiops, zusammengekrümmt in der Dunkelheit am Rande des Lichtes, das der Zauberer warf.

Strahlen schossen aus Merlins Schädelkrone hervor. Ihre Stärke hielt den Dämon fern, doch der Zauberer konnte Furcht und Zorn in dem kahlen Gesicht lesen – und das plötzliche bissige Grinsen, Ausdruck der Hoffnung, daß Lailoken sich selbst vernichtet hätte.

Merlin beobachtete sich selbst, wie er schrumpfte. Ihm wurde kälter, während der peitschende Wind die Lebenswärme aus seinem Leib in den Raum hinausfegte. Ihm kam der verdrießliche Gedanke, daß dies vielleicht auch nur eine chemische Sinnestäuschung war, Vergiftung seines Fleischbündels. Ihm kam der Verdacht, daß vielleicht Ethiops ihn schon in Stücke gerissen hatte und daß sein sterbendes Hirn einen Traum ausspie.

Merlin lenkte das Licht seiner Schädelkrone auf sich selber

um und sah, daß er heil war, nur kleiner, daß er schrumpfte und schwächer wurde. Wenn er noch länger in diesem gesteigerten Zustand verharrte, dann würde er sich in Luft auflösen. Ängstlich suchte er nach dem Rückweg nach unten, in seinen physischen Leib. Er mußte gegen die sprudelnde Energie seines eigenen Lebens ankämpfen, das sich in die Leere ergoß.

Gegen diese starke Strömung kämpfend kroch er auf dem Boden der Welt umher und fand einen schmalen Spalt. Verkleinert zu einem kochenden Getröpfel von Quecksilber schlüpfte er durch diesen Riß und drang wieder in sich selbst ein. Jeder Tropfen seines Seins schimmerte mit kugelförmigen Widerspiegelungen des Zedernwaldes, Camelots leeren Bergrücken und seiner eigenen bäuerischen Gestalt, die mit weißem Haar und buschigem Bart im Gras saß und mit erschrockenem Blick aus dunklen Augenhöhlen starrte.

Irisierende Wirbel zogen sich wie Schlieren über die Oberfläche eines jeden Tropfens. Und im Inneren eines jeden sah der Zauberer eine seltsame Wahrheit: Die Eruption, die Engel und Dämonen in die Leere geschleudert hatte, war kein einmaliges Ereignis – nicht ein großer Knall, sondern viele. Die Schöpfung barst immerzu ins Sein, und in der Leere existierten viele Universen. Jedes Universum war ein Riß im kalten, dunklen Gewebe der Leere – Risse, aus denen die Macht der Unendlichkeit floß.

Wieder in seinen Leib zurückgekehrt, saß Merlin hellwach inmitten der Geräusche des Nachmittags, und seine Nerven sprühten vom Gesang der Vögel. Das siebte Tor war der Weg hinaus! Er lächelte ob dieser Erkenntnis: genau der Körper, den er einst für ein Gefängnis gehalten hatte, war in Wirklichkeit ein Tor zu den Reichen der Energie, in denen er einst als Dämon gelebt hatte. Jetzt würde er die Gelegenheit haben zu erfahren, wie es war, hier als ein Engel zu leben.

Wenn es viele große Knalle gab, viele Universen, dann war die Schöpfung nicht das vergossene Licht eines Sturzes, sondern eines endlosen Stürzens, einer majestätischen Ergießung des Feuers der Schöpfung.

Wie betäubt von dieser Offenbarung, starrte er auf seine Hände ohne zu denken, schaute nur auf die blauen Knochen unter der straffen Haut der Knöchel. Er hatte sein Schicksal wieder im Griff. Vielleicht konnte er schließlich seinen eigenen persönlichen Traum in die Tat umsetzen. Er konnte sie hier finden, wie er sie einst im Inneren Optimas gefunden hatte. Er wußte es noch nicht. Das gleiche Mysterium, das ihn in den Mutterschoß gezogen hatte, zog ihn weiter in die Zukunft, mit jedem Tag jünger und voll von Magie.

Da beschloß er, tatsächlich und auch dem Namen nach sein eigenes Schicksal zu gestalten. Er würde nicht länger Merlinus der Britannier oder Myrddin der Kelte sein, sondern Merlin, Zauberer für alle Völker des Königreichs.

Sein nackter Stolz machte den Zauberer verlegen. Er streckte seine müden Muskeln und erinnerte sich daran, daß alles möglich war, aber daß in diesem kalten Winkel des Universums nur Taten allein wirklich waren. Träume und Hoffnungen waren nicht genug.

Er war jetzt in dem Zedernwäldchen, fest in seinem physischen Leib. Er stand auf. Keine Dämonen oder Engel waren in Sicht. Aus dem Gewirr der nachmittäglichen Schatten woben die Zedern die Nebeltücher, die sie nach Einbruch der Dämmerung tragen würden. Eine Brise harziger Luft klärte seinen Kopf. Er nahm das Schwert Blitz und seinen Stab und setzte seine Reise fort.

Merlin stieg hinab zwischen Hügeln aus scharfen, moosüberwachsenen Felsen und suchte sich flink seinen Weg über die glatten, mit Flechten überzogenen Steinblöcke. Er fühlte sich stärker und geschmeidiger als je zuvor in seinem sterblichen Leben. Das siebte Tor strömte sein Licht in die Leere, und sein Leib füllte es wieder auf. Er wurde jünger. Heute verfügte er über die Ausdauer, auf dem schlüpfrigen Pfad unter Wasserfällen und Regenbögen auf den Felsenklippen oberhalb der braunfließenden Amnis entlangzulaufen.

Der steile Pfad schlängelte sich hinab in die Schatten der Berge. Als er tiefer in die grüne Schlucht hinunterkam, wichen der Eichenwald und die Rhododendren den Weiden, dem Efeu und drachenhaften alten Bäumen, die Sonnenstrahlen aus feinem goldenem Nebel horteten.

In diesem Wald in der Schlucht entdeckte Merlin den Bach, der zum Sternenstein führte. Er rann zwischen Wasserrosen hindurch, eilte über felsige Hänge voll eisblauer Moose, vorbei an gestürzten Fichten und leuchtenden Inseln von Birken. Der Zauberer bewegte sich jetzt langsamer und prägte sich die Landschaft in dieser Urszene des Schicksals ein. Hier berührte das dornige Schicksal von Uther und Ygrane die Zukunft Arthors.

Der Bach bog um eine steile Felsklippe, die Mons Caliburnus geheißen hatte, als hier die Römer vor Jahrhunderten einen Wachtturm unterhielten. Zwischen schwankenden Zweigen stiegen Lerchen in das Himmelsblau empor. Am Sternenstein angekommen, schob Merlin den unteren Felsen an seinen Platz und aktivierte so die Magnetkraft zwischen den beiden Hälften. Er sammelte große, vom Wasser geglättete Felsen und rammte sie gegen den Magnetstein, so daß er nicht fortbewegt werden konnte. Blätterranken bildeten einen Vorhang vor dem hohen Ufer. In ein oder zwei Sommern würde die untere Hälfte des Sternensteins völlig der Sicht entzogen sein.

Auf der Klippe stand der Zauberer vor dem silberschwarzen Felsen, das Schwert Blitz in der Hand. Vor seinem starken Auge, in seiner Erinnerung an die Zukunft, entstand Funke um Funke vor seinem inneren Auge das Bild der neun Königinnen, wie sie um den toten König versammelt standen, auf dem Boot nach Avalon. Als er sie so lebhaft sah, konnte er jede der Königinnen erkennen – Rna, die auffliegende Falkin, und die namenlosen acht in jeder Farbe des Herbstes. Sie würden bei Arthor bleiben. Ihre Gesichter waren stolz, doch geduldig. Der Himmel brannte hinter ihnen wie ein zeremonielles Feuer, einige Sterne kündeten die bevorstehende Nacht an.

Merlin wußte nicht, ob seine Strategie und seine Magie Arthor beschützen würden – oder ob sie, wie jeder Dämon argumentieren würde, ihn als Blutopfer den Herren des Feuers und ihren Mysterien opfern würden.

Die Vision verschwand, und er befand sich wieder in einem goldenen Nachmittag auf dem Mons Caliburnus, wo Schmetterlinge die Leitern zum Himmel erkletterten. Arthor würde selbst entscheiden müssen, wem er diente. Aber selbst um ihm diese Wahl zu verschaffen, mußte der Zauberer handeln. Er blickte zu den hohen Zweigen auf, in denen sich das Sonnenlicht fing, und forderte von sich selbst Eifer für das Werk, das noch getan werden mußte, und von allen anderen Kräften forderte er Glück, jenen verleumderischen Namen Gottes.

Bienen landeten auf den goldenen Blütenquasten des Grases, das den Meteoriten umgab. Eine Drossel sang in den Weiden, eine Schildkröte platschte in den Bach. Die Geräusche verschmolzen zu einer Art Musik, zu der Friedlichkeit dessen, was gut ist im menschlichen Sein.

Dann nahm Merlin das Schwert und stieß es in den Stein.

0 50 100 miles
0 50 100 150 km
CALEDONIA
Inchtuthil
PIKTEN
KELTEN
BRITANNIER
Hadrians Wall
CYMRU
Mona
Segontium
Deva
Lindum
DEMETAE
SILURES
Maridunum
Venta Silurum
Stadt der Legion
Glevum
Camelot
Corinium
DOBUNNI
Verulamium
Londinium
CANTIACI
Calleva Atrebatum
Aquae Sulis
Anderida
Durnovaria
Tintagel
DUMNONII

Anmerkungen zu Namen und Wörtern

Lateinische Ortsnamen und ihre modernen Entsprechungen:

Amnis	Avon
Anderida	Pevensey
Aquae Sulis	Bath
Armorica	Kleinbritannien = die Bretagne
Caledonia	Kaledonien, das schottische Hochland
Calleva Atrebatum	Silchester
Cantii, Cantiaci	Cantier, kelt. Stamm im heutigen Kent
Corinium	Cirencester
Hügel zwischen Corinium & Glevum	Cotswold Hills
Demetae	Demeter, ein Stamm in Südwestwales
Deva	Chester
Dobunni	Dobunner, Stamm in der Gegend von Corinium und Glevum
Durnovaria	Dorchester
Durocobrivae	Chesterton (Water Newton)
Glevum	Gloucester
Isca-Moor	Exmoor
Liger	Loire
Lindum	Lincoln
Londinium	London
Maridunum	Carmarthen/Caerfyrddin
Mona	Anglesey
Segontium	Caernarfon
Silures	Silurer, ein Stamm in Südwales

Stadt der Legion	Caerleon
Tamesis	Themse
Venta Silurum	Caerwent
Verulamium	St. Albans
Viroconium	Wroxeter

Zur Aussprache einiger keltischer Wörter

Das kymrische (walisische) **w** wird wie das deutsche **u** ausgesprochen:

Annwn (die Herren des Feuers)	[ánnun]
Gwn (ein Frauengewand)	[gun]
Raglaw	[ráglau]

Das kymrische **u** wird wie das deutsche **i** ausgesprochen, das **y** in den hier vorkommenden Namen wie das dumpfe deutsche **e** in »morgen«:

Cymru (das Land Wales)	[kémri]
Morgeu	[mórge'i]
Y Mamau	[e mámai]

Das kymrische **dd** gleicht dem stimmhaften **th** im Englischen:

Myrddin	[mérdhin]

Daoine Síd, die Bezeichnung für die keltischen Gottheiten, Elfen und Feen (»die Leute aus den Hügeln«), ist aus dem Gälischen entlehnt und wird etwa [dönje schiidsch] ausgesprochen. Auch der Name des großen keltischen Helden Cuchulain [kuchuulin] ist Gälisch.

Götter

Die Götter des Beständigen Nordens sind die Asen, die Götter der Germanen. Der Wüter, ihr Anführer, ist sonst unter den Namen Odin und Wotan bekannt; sein Gegenspieler im eigenen Lager, der in diesem Buch Der Lügner heißt, ist Loki.